런어웨이

Runaway

런어웨이

앨리스 먼로

황금진 옮김

웅진 지식하우스

일러두기

각주는 모두 옮긴이의 것입니다.

차례

런어웨이
RUNAWAY

칼라는 자동차가 동네 사람들이 언덕이라 부르는 도도록한 오르막길을 지나가기도 전에 소리부터 들었다. 제이미슨 부인, 그러니까 실비아가 그리스에 놀러 갔다가 집에 돌아온 모양이었다. 칼라는 밖에서는 쉽사리 눈에 띄지 않는 헛간 문 안쪽에 자리를 잡고서 실비아가 차를 몰고 지나갈 길을 쳐다보았다. 실비아의 집은 그 길을 따라 클라크와 칼라네 집보다 800여 미터 더 떨어진 위쪽에 자리하고 있어서 집에 가려면 그 길을 지나가게 되어 있었다.

칼라네 집 대문 쪽으로 방향을 틀 마음이 있는 사람이라면 지금쯤 속도를 줄여야 했다. 칼라는 마음속으로 빌었다.

'제발 실비아가 아니길.'

하지만 딱 한번 잽싸게 고개를 돌렸을 때 보니 제이미슨 부인이었다. 얼마 전 내린 비 때문에 자갈길에 생긴 홈과 물웅덩이를 피하느라 안간힘을 쓰고 있었다. 운전대에서 한 손쯤 떼고 손을 흔들 법도 한데 그러지 않은 걸 보니 칼라를 보지는 못한 것 같았다. 칼라는 어깨까지 드러난 실비아의 팔이 까무잡잡해지고 금발 머리는 전보다 흐려져 이제는 백발에 가까운 은발이 되어 있는 것을 보았다. 얼굴에는 단호했다가 약이 오른 것도 같았다가 이내 약이 오른 자신이 재미있어 죽겠다는 표정이 떠올랐다. 이렇게 울퉁불퉁한 길을 지나갈 때 제이미슨 부인이 지을 법한 딱 그런 표정이었다. 실비아가 고개를 돌려 칼라의 집 쪽을 쳐다보았을 때 실비아의 얼굴에는 뭔가 궁금해하는 듯 희망에 가득 찬 것 같은 표정이 섬광처럼 스쳐 지나갔다. 칼라는 덜컥 겁이 났다.

'그렇군.'

어쩌면 클라크는 아직 모를지도 모른다. 컴퓨터 앞에 앉아 있다면 길가로 난 창문을 등지고 있을 테니까.

하지만 제이미슨 부인은 아마도 한 번 더 외출해야 할 것이다. 공항에서 곧장 차를 몰고 오느라 중간에 장을 보지 못했을 것이기 때문이다. 집에 와서 필요한 품목도 확인해야 할 테고. 실비아가 장을 보러 나가는 그때, 클라크는 그녀를 보게 되겠지. 어두워지면 그녀의 집에서 흘러나오는 불빛이 보일 거야. 하지만 지금은 7월이니까 해가 꽤 늦게까지 지지 않잖아. 여독이 풀리지 않아 집 안의 불을 켜는 일 따위는 잊고 침대로 직행할지도 몰라.

하지만 실비아가 전화를 할지도 몰랐다. 아무 때고.

이번 여름은 비가 지겹게 내렸다. 아침에 가장 먼저 들리는 소리가 이동식 주택의 지붕 위를 시끄럽게 때리는 빗소리였을 정도로. 길은 진창이 되었고 길게 자란 풀잎은 물을 머금고 있다가 폭우가 내리지도 않고 그렇다고 먹구름이 끼지도 않은 때에 시도 때도 없이 물벼락을 내렸다. 칼라는 밖에 나갈 때마다 쓰는 챙이 넓은 오래된 호주식 펠트 모자를 쓰고 길게 땋아 내린 숱 많은 머리를 셔츠 속에 쑤셔 넣고 있었다.

클라크와 칼라가 캠핑장이나 카페, 여행사 게시판 등 온갖 곳을 다니며 전단지를 붙여놓았건만, 승마 트레킹을 하겠다고 나타난 사람은 없었다. 몇 명 안 되는 학생들이 승마를 배우러 오곤 했지만 작년 여름을 나게 해준 것은 방학을 맞은 초등학생들도, 버스를 대절해서 오는 단체 관광객도 아닌 단골들이었다. 요즘은 그나마 믿고 있던 단골들조차 휴가차 멀리 여행을 떠나거나 휴가를 떠나지 않더라도 궂은 날씨 때문에 레슨을 취소했다. 예약 취소를 너무 늦게 하면 클라크는 레슨비를 그냥 다 받았다. 그러자 손님 몇몇이 불만을 제기하고는 아예 레슨을 끊어버렸다.

대신 맡아서 돌봐주고 있는 말 세 마리로 벌어들이는 수입이 있기는 했다. 그 세 마리하고 그들이 소유한 말 네 마리는 지금 들판에 나가 나무 아래 풀밭을 어슬렁거리고 있었다. 풀 뜯는 데 어찌나 몰두하고 있던지 요사이 오후만 되면 이따금 그랬듯 비가 잠깐 멈췄다가 다시 쏟아질 텐데도 말들은 전혀 개의치 않는 눈치였다. 구름은 혹시 날이 개지는 않을까 하는 희망을 품게 할 정도로 하얘졌다가 엷어지더니 햇살이라고 하기도 민망하게 밝지도 않은 희뿌연 빛을 내뿜다가 그마저도 저녁 전에 자취를 감추고 말았다.

칼라는 헛간 청소를 마쳤다. 매일 반복되는 일이 빚어내는 리듬, 헛간 지붕 아래 뻥 뚫린 공간, 여러 가지 냄새가 좋아서 칼라는 음미하듯 천천히 일을 했다. 그다음에는 5시 레슨을 예약한 학생이 혹시 나타날지도 모르므로 땅바닥이 얼마나 말랐는지 보려고 연습마장 쪽으로 가보았다.

규칙적으로 꾸준히 내리고 있는 소나기는 대개 퍼붓거나 바람을 동반하지는 않았지만 지난주에는 갑자기 대기가 크게 요동치더니 강풍이 불어와 나무 꼭대기를 스치며 지나갔고 거의 눕다시피 한 빗줄기가 눈앞이 안 보일 정도로 쏟아졌다. 15분 동안 폭풍이 휩쓸고 간 집 근처 길바닥에는 나뭇가지가 나뒹굴고 전깃줄이 내려앉았다. 마장을 덮고 있던 커다란 플라스틱 지붕도 뜯겨져 헐겁게 매달려 있었다. 트랙 끄트머리에 호수만 한 물웅덩이가 생겨 클라크가 그 물을 빼려고 밤늦게까지 물길을 내야 했다.

지붕은 아직도 보수하지 못한 상태였다. 클라크는 말들이 진창에 들어가지 못하도록 철조망을 둘러쳤고 칼라는 선을 그어 전보다 짧아진 트랙을 표시했다.

클라크가 인터넷에서 지붕 재료를 살 만한 데를 뒤지는 중이었다. 그들이 감당할 수 있는 가격대의 물건을 파는 재활용품 판매업소나 그런 물건을 중고로 처분하려는 사람을 찾고 있었다. 시내의 하이&로버트 버클리 건축자재 판매점으로는 가지 않을 것이 뻔했다. 그가 날강도라고 명명한 그 가게에는 이미 외상도 많이 진데다 한바탕 싸운 적도 있기 때문이었다.

클라크의 싸움 상대에는 빚을 진 사람들만 있는 것이 아니었다.

클라크는 처음에는 놀라울 정도로 다정하게 굴다가도 곧잘 돌변했다. 여기저기서 싸우고 다니는 바람에 클라크가 못 가게 된 곳이 몇 군데 있었는데 그런 데는 늘 칼라를 대신 보냈다. 약국도 그런 곳 가운데 하나였다. 어떤 할머니가 클라크를 밀치고 끼어든 적이 있었다. 그 할머니는 깜빡한 물건이 있어 돌아왔던 거였고, 맨 뒷줄로 가면 좋았겠지만 그러지 않고 그만 그의 앞에 끼어들고 말았다. 클라크가 항의하자 계산원이 한마디 했다.

"그 할머니는 폐기종 환자입니다."

클라크는 따지듯 말했다. "그래서요? 저도 치질 환잔데요."

급기야 불려 나온 점장은 클라크더러 말이 지나쳤다고 했다. 또 한 번은 고속도로에 있는 커피숍에서 오전 11시가 지났으므로 광고한 대로 아침 식사 할인을 해줄 수 없다고 하자 클라크는 말싸움을 벌였고 테이크아웃 커피 컵을 바닥에 떨어뜨렸다. 주변에 있던 사람들 말로는 클라크가 던진 컵이 하마터면 유모차에 있던 아기를 다치게 할 뻔했다고 한다. 하지만 그는 아이는 멀찌감치 떨어져 있었으며 자신이 잔을 떨어뜨린 것은 순전히 컵 홀더가 없었기 때문이라고 말했다. 그러자 점원들은 달란 말이 없어서 주지 않았을 뿐이라고 반박했다. 클라크는 그런 걸 꼭 달라고 해야 주느냐고 받아쳤다.

"당신이 너무 발끈하고 있잖아." 칼라가 말했다.

"남자들이 다 그렇지."

그래서 조이 터커와 싸웠을 때 칼라는 입을 다물어버렸다. 조이 터커는 시내에 살고 있는 사서로 그들에게 말을 맡겨놓고 있었다.

그 말은 성미가 아주 급한 밤색 암말 '리지'였다. 기분 좋은 날이면 조이 터커는 시답잖은 농담을 던지곤 했는데, 그때는 리지를 리지 보든(자신의 아버지와 계모를 도끼로 살해한 혐의로 재판을 받은 미국 여성)이라 불렀다. 어제는 기분이 전혀 좋지 않았던 조이 터커가 리지를 타고 나갔다 오더니 지붕을 아직도 안 고쳤네, 리지가 너무 불쌍해 보이네, 하면서 투덜댔다. 리지가 감기에라도 걸린 듯 굴었던 것이다.

사실 리지한테 무슨 탈이 난 것은 아니었다. 클라크는 애써 달래 보려고 했다. 클라크 딴에는 엄청 노력한 셈이었다. 그러나 그때는 이미 조이 터커가 머리끝까지 화가 나 있었다. 이런 쓰레기장 같은 데 리지를 맡길 수 없다고 하자 클라크가 욱하며 내뱉었다.

"마음대로 하쇼."

칼라는 조이가 리지를 데려갈 거라고 각오했지만 (아직) 데려가지는 않았다. 다만 전에는 앙증맞은 그 암말을 더없이 귀여워했던 클라크가 리지를 외면하게 되었다. 리지는 마음이 상했던지 연습할 때는 좀처럼 움직이지 않으려 했고 균에 감염되는 것을 막기 위해 매일매일 하던 대로 발굽 청소를 할 때도 소란을 피웠다. 그래서 칼라는 리지에게 물리지 않도록 조심해야 했다.

하지만 그중에서도 칼라를 가장 힘들게 한 일은 헛간에서나 들판에서나 말들의 곁에 있어주던 작은 염소, 플로러가 사라진 것이었다. 플로러가 자취를 감춘 지 벌써 이틀째였다. 칼라는 들개나 코요테, 또는 곰이 플로러를 물어갔을까 봐 걱정되었다.

어젯밤, 그저께 밤에도 칼라는 플로러 꿈을 꾸었다. 어젯밤 꿈에서 플로러는 입에 빨간 사과를 물고서 침대 위로 다가왔다. 하지만 그저께 밤에 꾼 꿈에서는 칼라가 다가오는 것을 보자 플로러가 부리나케 달아나버렸다. 한쪽 다리를 다친 것 같았지만 아랑곳하지 않고 달렸다. 플로러는 칼라를 전쟁터에서나 볼 수 있을 법한 가시철망으로 이끌더니 다리를 절뚝이며 그 가시철망을 통과한 후 하얀 장어처럼 스르르 기어가다가 이내 사라져버렸다.

칼라가 마장을 가로지르자 말들은 돌아갈 때는 자기들을 좀 봐달라는 듯 모두 울타리 주변으로 몰려들었다. 말들은 담요를 덮고 있었는데도 다들 물에 빠진 생쥐 꼴이었다. 칼라는 빈손으로 와서 미안하다며 말들에게 나직이 속삭였다. 그러곤 목을 쓰다듬고 코를 문질러주면서 플로러의 행방을 혹시 아느냐고 물었다.

그레이스와 주니퍼는 마치 플로러라는 이름을 알고 있고 자기들 또한 걱정된다는 듯 코를 킁킁거리며 얼굴을 들이밀었다. 그러나 리지가 그 사이를 헤집고 들어와 머리를 쓰다듬던 칼라의 손을 밀쳐냈다. 리지가 한술 더 떠 손까지 무는 바람에 칼라는 얼마간 리지를 나무라야 했다.

3년 전만 해도 칼라는 이동식 주택은 거들떠보지도 않았다. 물론 입에 올리는 일도 없었다. 부모님과 마찬가지로 칼라 또한 '이동식 주택'이란 말을 같잖게 여겼던 것이다. 이동식 주택에 사는 것이란 트레일러에 사는 거나 다름없고, 그 이상도 그 이하도 아니었다. 트레일러는 하나같이 다들 똑같았다. 클라크를 따라 이곳으로 이사와 그와 함께하는 삶을 택했을 때, 칼라는 사물을 새로운 시각으로 보게 되었다. 그 후 칼라는 '이동식 주택'이라는 말을 입에 올리기 시작했고 기대에 찬 눈으로 사람들이 '이동식 주택'을 꾸미는 모습을 지켜보았다. 커튼이며 트레일러 가장자리에 칠한 페인트, 야심차게 설치한 데크나 테라스 또는 여분의 방을 구경했다. 칼라는 자신도 하루빨리 그렇게 집을 꾸미고 싶었다.

클라크도 한동안은 칼라의 제안에 따라주었다. 계단을 새로 추가했고 계단에 어울리는 구식 연철 난간을 찾아 오래도록 헤매기도 했다. 부엌과 욕실에 쓸 페인트나 커튼 재료에 들어간 돈에 대해서도 전혀 불평하지 않았다. 칼라의 페인트칠 솜씨는 서툴렀다. 당시만 해도 칼라는 찬장 문짝에 칠을 하려면 경첩을 떼어내야 한다는 것도 몰랐다. 커튼에 안감을 대야 한다는 것도 몰랐기 때문에 일찌감치 색이 바래고 말았다.

클라크가 망설인 것은 방마다 똑같아서 칼라가 가장 바꾸고 싶어했던 카펫을 찢어버리는 일이었다. 카펫에는 갈색의 작은 사각형 무늬가 있었는데 각각의 사각형 안에는 또다시 짙은 갈색과 적갈색 그리고 황갈색의 곡선과 도형 무늬가 들어가 있었다. 오랫동안 칼라는 각 사각형 안에 있는 곡선과 도형의 배열 방식이 똑같은 줄로만 알았다. 그러다 시간이 남아돌 때 무늬를 자세히 살펴보니, 네 가지 패턴이 합쳐져 커다란 사각형을 이루고 있다는 사실을 알게 되었다. 배열을 쉽게 알아볼 때도 있었고 뚫어져라 쳐다봐야만 알아볼 때도 있었다.

비가 내리는 날, 클라크의 기분이 언짢을 때, 클라크가 컴퓨터 화면만 주야장천 쳐다볼 때, 칼라는 카펫 무늬를 쳐다보았다. 하지만 그럴 때 가장 좋은 건 역시 헛간에서 할 일을 만들거나 찾아내는 것이었다. 칼라가 슬플 때면 말들은 그녀를 쳐다보려고 하지도 않았지만 묶여 있지 않아 움직임이 자유로운 플로러는 칼라에게 다가와 몸을 비벼댔다. 반짝반짝 빛나는 연두색 눈동자는 네 마음 안다는 표현이라기보다 장난치는 동료의 눈짓에 더 가까웠다.

플로러는 클라크가 마구를 흥정하러 어떤 농장에 갔다가 데려온 염소인데, 그때 플로러는 반쯤 자란 새끼였다. 그 농장 사람들은 시골 생활, 아니 적어도 가축 기르기를 접으려고 했던지 말을 모두 팔았다고 했다. 그런데 염소는 못 팔았단다. 클라크는 염소가 마구간에 안락하고 편안한 기운을 불어넣어준다는 말을 들은 적이 있어서 염소를 길러보고 싶어했다. 때가 되면 플로러에게 새끼도 갖게 해줄 생각이었지만 플로러는 도무지 암내를 풍길 기미조차 보이지 않았다.

처음에 데려왔을 때, 플로러는 온전히 클라크만의 애완동물이었다. 플로러는 그림자처럼 클라크를 따라다니며 그의 주의를 끌려고 춤까지 추었다. 플로러는 새끼 고양이처럼 민첩하고 우아하고 도발적이었으며, 사랑에 빠진 순진한 소녀와 닮아 칼라와 클라크 모두에게 웃음을 안겨주었다. 하지만 플로러는 자라면서 점점 더 칼라를 따르게 되었고 그러면서부터 갑자기 어른스러워지고 겁도 없어졌다. 플로러는 은근하면서도 아이러니한 유머를 발휘할 줄 아는 것 같았다. 말을 대할 때의 칼라는 다정하면서도 엄격한 엄마의 모습을 보였지만 플로러는 마치 친구 같아서 둘 사이에는 인간으로서 칼라가 갖는 우월감이 끼어들 여지가 전혀 없었다.

"플로러 소식은 아직 없어?"

칼라가 헛간에 갈 때 신는 부츠를 벗으며 물었다. 클라크가 인터넷에 염소를 찾는다는 글을 올려놓은 상태였다.

"아직 없어."

클라크가 무심하지만 퉁명스럽지는 않은 목소리로 대답했다. 그러면서 재차 플로러가 숫염소를 찾으러 잠깐 나간 것뿐이라고 주장했다.

다행히 제이미슨 부인 얘기는 꺼내지 않았다. 칼라는 물을 주전자에 담아 가스 불 위에 올렸다. 클라크는 컴퓨터 앞에 앉아 여느 때처럼 콧노래를 흥얼거리고 있었다.

클라크는 가끔씩 컴퓨터에 대고 말대꾸를 하곤 했다. 누가 도발하기라도 한 것처럼 "제기랄" 하고 중얼거리거나 혼자 실없이 웃을 때도 있었다. 하지만 나중에 칼라가 물어보면 무엇 때문에 웃었는지 모른다고 했다.

"차 마실래?"

칼라가 묻자 뜻밖에도 클라크가 컴퓨터를 뒤로하고 직접 부엌까지 왔다.

"그게 말이야, 칼라. 그러니까……."

"뭐가?"

"그 여자가 전화했었어."

"누구?"

"여왕 폐하 말이야, 실비아 여사. 방금 돌아온 모양이더라고."

"자동차 소리도 안 들렸는데?"

"누가 그런 거 알고 싶대?"

"그래서 전화는 왜 했대?" 칼라가 물었다.

"당신더러 와서 집 청소를 좀 도와달래. 그 말이 다였어. 내일 당장."

"그래서 뭐라고 했어?"

"물론 도와드린다고 했지. 그래도 당신이 전화해서 확실하게 해둬." 클라크가 말했다.

"당신이 이미 말했는데 내가 전화를 뭐하러 또 해." 칼라가 찻잔에 뜨거운 물을 부으며 말을 이었다. "여행 가기 전에 청소 다 해놨는데 얼마나 됐다고 청소를 또 한데?"

"너구리가 빈집에 들어와서 어질러놓았을지 누가 알아."

"지금 당장 전화할 필요는 없잖아. 차도 마시고 싶고 샤워도 해야겠어." 칼라가 말했다.

"빨리 해야 될 거야."

칼라가 차를 가지고 욕실로 들어가면서 등 뒤로 소리쳤다.

"우리 빨래방에 가야 해. 다 말렸는데도 수건에서 곰팡내가 난단말이야."

"화제 돌리지 마, 칼라."

칼라가 샤워를 시작하고 난 뒤에도 클라크는 욕실 문밖에 서서 계속 다그쳤다.

"어영부영 넘어갈 생각 마, 칼라."

샤워를 끝내고 나오면서 칼라는 클라크가 아직 욕실 문밖에 서있을지도 모른다고 생각했지만 클라크는 다시 컴퓨터 앞에 앉아있었다. 칼라는 시내에 놀러 나갈 사람처럼 옷을 차려입었다. 칼라는 클라크와 함께 집에서 벗어나 빨래방에도 가고 카페에서 커피도 사 먹으면 지금과는 다른 분위기에서 대화가 가능할지도 모른다고 생각했다. 어쩌면 진실을 털어놓을 수 있을지도 모른다고. 그래서 가벼운 발걸음으로 거실로 가 남편을 뒤에서 와락 끌어안았다. 그러나 바로 그 순간 슬픔이 목까지 차올랐다. 샤워의 열기 때문에 눈물샘이 터진 게 틀림없었다. 클라크에게 기댄 칼라는 그대로 무너지며 엉엉 흐느껴 울었다.

클라크가 키보드에서 손을 떼고 가만히 앉아 있었다.

"나한테 화내지 말아줘." 칼라가 울면서 말했다.

"화난 거 아니야. 당신 이러는 거 너무 지긋지긋해, 그뿐이야."

"당신이 화를 내니까 내가 이러지."

"내 핑계 대지 마. 난 당신 때문에 숨이 막힐 지경이라고. 저녁준비나 해."

그래서 칼라는 저녁 준비를 시작했다. 5시 예약 손님은 오지 않을 것이 분명해졌다. 칼라는 감자를 꺼내 껍질을 벗기기 시작했지만 하염없이 눈물이 쏟아져 아무것도 보이지 않았다. 칼라는 키친 타월로 얼굴을 훔친 다음 한 장을 더 뜯어서 빗속으로 나갔다. 플로러도 없는 헛간에 가는 것은 너무 쓸쓸할 것 같아서 헛간으로는 가지 않았다. 대신 숲으로 이어지는 뒤쪽 길을 따라 걸었다. 말들은 맞은편 사육장에 있었다. 칼라가 나타나자 칼라를 보려고 말들이 울타리 쪽으로 다가왔다. 힝힝거리며 신 나게 뛰어놀고 있는 리지만 빼고 어느 정도 눈치가 있는 다른 말들은 모두 칼라의 정신이 다른 데 팔려 있다는 사실을 알아차렸다.

＊　　　　＊　　　　＊

　모든 일은 둘이 함께 제이미슨 씨의 부고를 읽던 날 시작되었다. 부고는 그들이 살고 있는 도시의 신문에도 실렸고, 저녁 뉴스 또한 그의 얼굴까지 내보내며 부고 소식을 다뤘다. 그때까지만 해도 그들은 제이미슨 부부를 남들과 어울리는 것을 꺼리는 이웃 정도로만 알고 있었다. 제이미슨 부인은 65킬로미터 떨어진 곳에 소재한 대학에서 식물학을 가르치기 때문에 꽤 많은 시간을 길 위에서 보내야 했다. 남편은 시인이었다.

　다들 대충 그 정도만 알고 있었다. 그러나 제이미슨 씨는 시 외의 것들에 정신이 팔려 있는 것 같았다. 시인이자 자기 부인보다 20년이나 나이가 많은 노인네치고는 정력이 넘쳤다. 그는 도랑을 판 다음 그 도랑을 따라 돌을 가지런히 놓아 자기네 집 배수 시설을 개량했다. 땅을 파고 씨앗을 심고 울타리를 둘러 채소밭을 일구기도 했고 숲까지 산책로를 뚫어놓는가 하면 집 안 곳곳을 손수 보수하기도 했다.

　집 자체도 이상한 삼각형으로 생겼는데 몇 년 전 그가 친구들과 함께 다 무너져 가는 농가를 개조해 지은 것이라고 했다. 그 친구들이란 사람들은 히피였다고들 했다. 하지만 제아무리 한참 어린 지금의 부인을 만나기 전의 제이미슨 씨라고 해도 그때 이미 그의 나이는 히피 노릇을 하기엔 너무 많았을 것이 분명했다. 그 사람들이 숲에서 마리화나를 키워 판 돈을 유리병에 넣은 뒤 집 주변에 묻었다는 소문도 있었다. 클라크는 시내에서 알게 된 사람들한테 이 소문을 듣고 와서는 헛소문이라며 일축했다.

"그게 사실이라면 벌써 누군가 파 갔겠지. 어떻게 해서든 제이미슨한테 돈이 어디 있는지 불게 했을 거야."

부고를 읽으면서 칼라와 클라크는 리온 제이미슨이 세상을 뜨기 5년 전에 큰 상을 받았다는 사실을 처음 알게 되었다. 시를 써서 상금을 받았다고 했다. 그 점에 대해서는 아무도 거론하지 않았다. 사람들은 유리병에 마약을 담아 판 돈 애기는 믿어도 시를 써서 받은 상금 애기는 믿지 않는 것 같았다.

부고를 읽은 지 얼마 안 되었을 때 클라크가 뜬금없이 말을 뱉어냈다. "그놈한테 돈을 받아낼 수 있었을 텐데."

칼라는 단번에 무슨 말인지 알아챘지만 농담인 줄로만 알았다.

"너무 늦었어. 죽은 사람한테 어떻게 돈을 받아."

"남자한테는 못 받아도 여자한테는 받을 수 있잖아."

"그 여자 그리스로 떠났대."

"그리스에서 살진 않을 거 아니야."

"하지만 그 여잔 모르는 일이잖아." 칼라가 정색하며 말했다.

"누가 그 여자가 안다고 했어?"

"그 여자한테는 자다가 봉창 두드리는 소리일 거야."

"그거야 우리가 해결해주면 되지."

"그럴 순 없어. 그건 안 될 말이야."

클라크는 칼라의 말은 안중에도 없다는 듯 계속 떠들어댔다. "고소하겠다고만 하면 돼. 다들 그렇게 해서 돈을 받아내잖아."

"어떻게 그럴 수 있어? 지금 죽은 사람을 고소하겠다는 거야?"

"신문사에 제보하겠다고 협박을 하는 거야. 아주 유명한 시인이니까 신문사에서도 군침을 흘리면서 덤벼들걸. 우리는 협박만 하면 돼. 그러면 그 여자가 두 손 두 발 다 들게 될 테니까."

"당신 그냥 상상해보는 거지? 농담 삼아서."

"무슨 소리, 진담이라고."

칼라가 그 얘긴 더 이상 하고 싶지 않다고 하자 클라크는 알았다고 했다.

그러나 둘은 그다음 날에도, 그 다음다음 날에도 그 얘기를 하게 되었다. 클라크는 때때로 이처럼 실없는데다 법에도 어긋나는 생각에 사로잡히곤 했다. 갈수록 흥분하면서 시도 때도 없이 떠들어대다가 칼라로서는 알 수 없는 어떤 이유로 갑자기 관심을 끊어버렸다. 비가 그쳤더라면, 이번 여름이 예년 날씨를 되찾았더라면, 클라크는 다른 때처럼 그 생각도 흘려보냈을 것이다. 하지만 비는 계속 내렸고, 클라크는 지난달 내내 매우 그럴듯하고 중대한 계획이라도 된다는 듯 그 계획에 대해서 쉴 새 없이 지껄여댔다. 문제는 돈을 얼마나 요구할 것인가였다. 너무 적게 달라고 하면 여자가 대수롭지 않게 받아들일지 모르고, 심한 경우 그들이 허풍을 치고 있는 건 아닌가 하는 의심마저 품을 수 있었다. 그렇다고 너무 많이 달라고 했다가는 화를 돋워 일이 더 힘들어질 수도 있었다.

칼라는 다 거짓말이었다는 해명은 더 이상 하지 않았다. 대신 클라크에게 먹히지 않을 거라는 말은 했다. 그 이유는 우선 사람들은 시인이면 으레 그럴 거라 여길 것이고 따라서 그까짓 일을 덮으려고 부인이 돈을 내놓을 리는 없기 때문이라고 했다.

클라크는 제대로만 하면 먹힐 거라고 우겼다. 칼라가 울면서 제이미슨 부인에게 모든 일을 털어놓는다, 그러면 클라크가 등장하여 마치 금시초문이라는 듯 자신은 여태껏 몰랐던 것처럼 군다. 그러고는 불같이 화를 내며 만천하에 공개하겠다고 위협하는 것이다. 단 돈 얘기는 반드시 제이미슨 부인이 먼저 꺼내게 해야 한다고 했다.

"당신은 그 일로 상처를 받았어. 내 부인인 당신이 성추행이라는 모욕을 당했으니 나 또한 모욕을 당한 거나 마찬가지인 거야. 이건 자존심이 걸린 문제라고."

클라크는 칼라에게 이 얘기를 못이 박이도록 했고 그때마다 칼라는 그의 마음을 돌려보려고 애를 써보았지만 그는 막무가내였다.

"내가 하자는 대로 하는 거야, 알았지? 약속해."

일이 이 지경이 된 것은 순전히 그녀가 클라크에게 했던 말, 이제 와서 취소하거나 발뺌할 수도 없는 말 때문이었다.

그 남자 나한테 관심 있나 봐.

그 늙은 놈?

가끔 자기 부인이 집을 비우면 나더러 자꾸 방으로 들어오래.

그래?

부인도 쇼핑 나가고 없고, 간병인도 없을 때 말이야.

칼라가 떠올린 이 기발한 생각에 클라크도 이내 흠뻑 빠져들고 말았다.

그래서 당신은 어떻게 하는데? 그 방에 들어가?

칼라는 부끄러운 척했다.

가끔은.

그 자식이 당신을 자기 방으로 불러들여. 그래서? 그다음엔?

그가 원하는 게 뭔지 알아내려고 들어가는 거지.

그래서 그 자식이 원하는 게 뭔데?

엿듣는 사람이 있는 것도 아닌데 둘은 이 얘기를 소곤소곤 주고받았다. 심지어 둘만의 침대에서조차 속삭였다. 침대에서 나누는 은밀한 이야기는 상세한 묘사가 중요했고 매번 강도를 높여야 했다. 그래서 처음에는 매우 그럴듯하게 주저하고 수줍어하다가 나중에는 키득키득거리게 되었고 급기야 이야기는 걷잡을 수 없이 야해졌다. 여기에 열을 올리고 감사하는 마음을 가진 것은 남편만이 아니었다. 칼라 또한 마찬가지였다. 남편을 만족시키고 흥분시키면서 자신 또한 달아오르고 싶었다. 이 방법이 먹힐 때마다 고마워서 눈물이 날 지경이었다.

그녀의 마음 한구석에서 그것은 진실이 되었다. 상상 속에서 그녀는 잔뜩 흥분한 노인이 발기하면서 시트 위로 불룩 솟아오른 돌출부도 보았고, 병상에 누워 말은 거의 못하면서도 손짓에는 능숙하여 손으로 쿡쿡 찌르고 더듬으며 그녀를 불륜의 공모자로, 아슬아슬하고 야릇한 행위로 끌어들이려고 함으로써 자신의 야욕을 드러내는 것도 보았다. (거절하는 것이 당연한 노릇이지만 묘하게도 클라크는 살짝 실망한 눈치였다.)

가끔씩 어떤 이미지가 떠오르곤 했는데 분위기를 깨지 않기 위해서는 그 이미지를 산산이 박살내야 했다. 제이미슨 부인이나 간병인이 간혹가다 무심코 문을 열어놓아 얼핏 들여다본 방 안에는 대여한 병원 침대에 누워 약을 달고 살면서 나날이 쪼그라드는 흐릿한 몸뚱이가 이불에 덮여 있었는데 그 형상이 떠올랐던 것이다. 실제로 칼라는 그보다 더 가까이 그의 곁으로 다가간 적도 없었다.

사실 칼라는 제이미슨 댁에 가는 것조차 두려웠지만 돈도 필요했고 몽유병에라도 걸린 듯 겁먹고 어리둥절한 제이미슨 부인이 딱하기도 했다. 한 번인가 두 번 정도 칼라는 그저 분위기나 밝게 바꿔보자는 생각으로 뜬금없이 정말 바보 같은 짓을 한 적이 있다. 그것은 처음 말을 타보게 되어 모든 게 어설프고 겁을 집어먹은 초짜들이 굴욕감을 느낄 때 칼라가 써먹던 수법이었다. 그래서 클라크가 꽁해 있을 때도 써먹어보았지만 그에게는 통하지 않았다. 그런데 신통하게도 제이미슨 씨에 관한 이야기는 먹혔던 것이다.

길 위에 생긴 물웅덩이나 길을 따라 길게 자라난 물 먹은 풀들, 또는 요사이 꽃까지 피운 야생 당근을 피할 도리가 없었다. 그래도 날은 따뜻해서 쌀쌀하지는 않았다. 칼라의 옷은 흠뻑 젖어 있었다. 마치 칼라가 흘린 땀 또는 가랑비와 섞여 그녀의 얼굴을 따라 흘러내린 눈물 때문에 젖기라도 한 것 같았다. 시간이 지나자 눈물은 잦아들었다. 아까 가지고 나온 키친타월이 흥건하게 젖어서 줄줄 흐르는 콧물을 닦을 것이 없었다. 그러자 칼라는 몸을 숙이고는 물웅덩이에 대고 코를 흥 하고 풀었다.

칼라는 고개를 들고 가까스로 목젖을 울려가며 길게 휘파람을 불었다. 남편과 그녀가 플로러를 부르는 신호였다. 몇 분 동안 기다린 다음 플로러의 이름도 불러보았다. 몇 번이고 휘파람을 불었다가 이름을 불렀다가를 반복해보았다.

플로러는 대답이 없었다.

제이미슨 부인과 관련하여 자신이 얽혀든 난장판이나 클라크와 벌이고 있는 딱하기 그지없는 시소 놀음에 비하면 플로러를 잃어버려서, 아니 어쩌면 영영 못 찾을지도 몰라서 느끼는 단순한 고통은 차라리 위안거리에 가깝게 느껴졌다. 적어도 플로러가 떠난 것은 칼라 자신이 저지른 잘못 탓은 아니기 때문이었다.

집에 온 실비아가 할 일이라고는 창문을 여는 것밖에 없었다. 그리고 한 가지 더, 어떻게 하면 빨리 칼라를 볼 수 있을지 그 방법을 열심히 궁리하는 것이었다. 이렇게 열심히 궁리하는 자신이 경악스럽기는 했으나 새삼스럽지는 않았다.

남편이 드러누우면서 들인 의료품은 모조리 없애버렸다. 실비아가 남편과 함께 쓰다가 남편의 임종 현장이 된 침실은 마치 아무 일도 없었다는 듯 말끔하게 청소가 되어 있었다. 화장(火葬)을 마치고 그리스로 떠나기 전까지의 끔찍했던 며칠 동안 칼라가 팔을 걷어붙이고 도와준 덕분이었다. 남편이 한 번이라도 걸쳤던 옷가지는 물론이고 한 번도 입지 않은 옷들을 비롯하여 누이들이 보내준 이후 상자에서 꺼내지도 않은 선물까지 모두 차 뒷좌석에 가득 싣고 중고 가게로 가지고 갔다. 남편이 복용하던 알약, 면도용품, 명줄을 최대한 오래 이어갈 수 있게 해준 기능성 음료 캔들, 한때는 달고 살다시피 했던 참깨과자 상자들, 허리 통증을 완화하느라 발랐던 로션이 담긴 플라스틱 병들, 깔고 누웠던 양가죽, 이 모든 것을 닥치는 대로 비닐봉지에 담아 쓰레기차가 가져가도록 내다버릴 때 칼라는 전혀 의문을 제기하지 않았다. '아직 쓸 만하잖아요'라는 말을 하지도 않았고 과자가 뜯지도 않은 새것이라는 사실을 지적하지도 않았다. 실비아가 "옷가지는 괜히 시내까지 갖다 날랐나 봐요, 소각로에 넣고 다 태워버릴걸" 하고 말했을 때도, 칼라는 조금도 놀란 기색을 보이지 않았다. 둘이 함께 오븐도 청소하고 찬장도 박박 문질러 닦고 벽과 창문도 깨끗이 훔쳤다.

어느 날 실비아는 거실에 앉아 조문 편지를 하나하나 훑어보고 있었다. (남편이 작가였으니 읽어봐야 할 종이 뭉치나 공책이 산더미처럼 많을 거라고 기대하겠지만 그런 것은 없었고, 미완성 작품이나 아무렇게나 휘갈겨 쓴 초고 또한 나오지 않았다. 몇 달 전 제이미슨 씨는 모든 것을 내다 버렸다면서 후회는 없다고 했다.)

집의 남측에 있는 경사진 벽면에는 커다란 창문이 여러 개 나 있었다. 그 창문을 올려다본 실비아는 물기를 머금은 햇살이 얼굴을 내민 것을 보고 깜짝 놀랐다. 어쩌면 칼라의 그림자 때문에 놀란 것인지도 몰랐다. 소매를 걷어붙인 채 맨발로 사다리에 오른 칼라는 땋기에는 너무 짧은 샛노란 곱슬머리 아래로 단호한 표정을 짓고 있었다. 칼라는 힘차게 물을 뿌리면서 유리를 박박 문질러 닦고 있었다. 자신을 바라보고 있던 실비아를 보자 칼라는 하던 일을 멈추고 유리창에 대자로 엎어진 시늉을 하면서 양팔을 활짝 벌리더니 괴물석상같이 우스꽝스러운 표정을 지어 보였다. 곧이어 둘 다 웃음을 터뜨렸다. 실비아는 이 웃음이 콸콸 흐르는 시냇물처럼 온몸

으로 쫙 퍼지는 것을 느낄 수 있었다. 칼라가 다시 유리창 청소를
시작하자 실비아도 조문 편지로 눈을 돌렸다. 실비아는 진심이든
겉치레든, 찬사든 후회든 편지 또한 모조리 내다 버린 양가죽과 과
자의 전철을 밟게 해야겠다고 마음먹었다.

칼라가 사다리에서 내려와 부츠 신은 발로 데크를 걷는 소리를
듣자 실비아는 불현듯 부끄러워졌다. 그래서 칼라가 방에 들어와
양동이며 걸레를 싱크대 밑에 다시 갖다 놓으려고 부엌으로 가기
위해 지나쳐 갈 때까지도 실비아는 고개를 숙인 채 그 자리에 가만
히 앉아 있었다. 새처럼 민첩하게 여기저기 바삐 다니느라 제자리
에 멈추는 일은 거의 없었지만 칼라는 용케 짬을 내어 숙이고 있던
실비아의 머리에 가볍게 키스를 해주었다. 그러더니 휘파람으로
알 수 없는 멜로디를 불었다.

그때 칼라가 해준 키스는 줄곧 실비아의 마음속에 남아 있었다.
아무 의미 없는 키스일 뿐이었다. 그저 힘내라거나 거의 다 됐다는
의미에 불과했다. 우리는 슬픈 일을 함께 겪은 친구라는 의미에 지
나지 않았다. 어쩌면 그냥 해가 났다는 뜻이었을지도 모르고 집에
있는 말들에게로 돌아갈 생각을 하고 있었던 것인지도 몰랐다. 그
럼에도 실비아는 그 키스를 폐경기에 나타난다는 열감처럼 그녀의
내면에서 어마어마한 열을 내뿜으며 꽃잎을 활짝 피운 눈부신 한
송이 꽃으로 여겼다.

식물학 수업을 듣는 학생들 중에서도 특별한 여학생들은 더러
있었다. 그런 특별한 여학생이 지니고 있는 영리함과 헌신과 어설
픈 자의식이나 자연계에 대한 진정한 열정을 보면 실비아는 자신

의 젊은 시절이 떠올랐다. 그런 여학생들은 마치 팬처럼 실비아를 추종하면서 상상 이상의 친밀감을 기대했지만 대개의 경우 얼마 안 가 실비아에게 짜증스러운 존재가 되고 말았다.

칼라는 그런 아이들과 달랐다. 실비아가 지금까지 만나본 사람 중에 칼라와 닮은 사람이 있다면, 그건 고등학교 시절에 알고 지냈던 여자아이들일 것이다. 그 아이들은 영리했지만 영악하지 않았고, 착한 운동선수였지만 승부에 목을 매지 않았고, 발랄했지만 난폭하지 않았다. 천성적으로 행복한 아이들이었다.

"내가 갔던 곳은 말이에요, 아주 작은 마을이었어요. 그 작은 마을에 오랜 친구 둘하고 갔었는데, 그 마을이 어떤 마을이었느냐면 아주 가끔 관광버스가 길을 잃어야만 정차를 하곤 하는 마을이었어요. 관광버스에서 내린 관광객들은 길을 잃기라도 한 것처럼 사방을 두리번거리다가 거기가 어딘지 모르겠으니까 완전히 어리둥절해했죠. 마땅히 살 만한 것도 없었고 말이에요."

실비아가 그리스 얘기를 하고 있었다. 칼라는 조금 떨어진 곳에 앉아 있었다. 덩치도 크고 어딘가 불편해 보이지만 눈부시게 아름다운 이 소녀가 마침내 누군가 자기 생각을 어마어마하게 많이 했던 방에 앉아 있게 되었던 것이다. 칼라는 희미한 미소를 지으면서 뒤늦게 고개를 끄덕이고 있었다.

"처음에는 나도 어리둥절했어요. 너무 덥기도 했고. 그런데 눈부시게 밝다는 사람들 말은 정말이었어요. 정말 멋지더라고요. 마침내 나는 거기서 무엇을 해야 할지 생각해냈어요. 단순한 일 몇 가지에 불과했지만 그거면 하루를 보낼 수 있겠더군요. 기름을 사러 1킬로미터 정도 걸어 내려가다가 빵이나 와인을 사러 반대쪽으로 또 1킬로미터 정도를 걷는 거예요. 그러면 아침이 다 가죠. 나무 그늘에서 점심을 먹고 난 후에는 너무 덥기 때문에 셔터를 내리고 침대에 누워서 책을 읽는 것밖에는 할 수 있는 일이 없어요. 그래서 처음에는 책을 읽지만 나중에는 그것도 안 하게 돼요. 뭐하러 책을 읽겠어요? 나중에 보면 그림자가 길어져 있거든요. 그럼 그때 일어나서 수영을 하러 가는 거예요."

실비아가 갑자기 이야기를 멈췄다.

"어머나, 나 좀 봐. 깜빡하고 있었네."

실비아가 벌떡 일어나더니 선물을 가지러 갔다. 사실 실비아는 선물을 잊은 적이 없었다. 칼라에게 바로 건네주기보다는 좀 더 자연스러운 순간이 오기를 바랐던 것이다. 그래서 그리스 얘기를 하는 동안 바다며, 수영하러 가는 얘기를 언제 꺼낼 수 있을까를 바로 그 순간에 앞서 생각해두었던 것이다. 실비아는 그렇게 미리 생각해둔 얘기를 시작했다.

"수영하니까 이 조각상이 생각났어요. 이건 바다 밑에서 발견한 말 모양 조각상이니까요. 청동으로 만든 거래요. 이렇게 세월이 흘렀는데도 물 밑바닥을 뒤져서 건져 올렸대요. 기원전 2세기 물건이라나."

칼라가 들어와 일거리가 없나 둘러보고 있을 때, 실비아가 말을 꺼냈다.

"조금만 앉아 있다가 가요. 그리스에서 돌아온 후로 아무하고도 말할 기회가 없었거든요. 그러니까 이렇게 부탁할게요."

무릎 사이에 양손을 끼운 채 의자 끄트머리에 걸터앉은 칼라는 왠지 쓸쓸해 보였다. 그러곤 까맣게 잊고 있던 예의를 갑자기 떠올리기라도 한 것처럼 이렇게 물었다.

"그리스는 어땠나요?"

이제 실비아는 일어나 있었다. 말 조각상을 감쌌던 얇은 종이는 구겨져 있었는데, 아직 다 벗기지도 못한 상태였다.

"이게 경주마를 상징한대요. 경주에서 마지막 박차를 가하고 죽을힘을 다하고 있는 경주마 말이에요. 말을 타고 있는 소년도 말에게 젖 먹던 힘까지 내라고 재촉하고 있는 게 보일 거예요."

실비아는 그 소년을 보며 칼라를 떠올렸다는 말은 꺼내지 않았다. 왜 칼라가 떠올랐는지 지금도 그 이유를 몰라서였다. 소년은 고작해야 열 살이나 열한 살 정도로밖에 보이지 않았다. 고삐를 쥐고 있는 힘차고 우아한 팔이나 아이 같은 이마에 잡힌 주름 때문이었을지도 모르고, 소년에게서 칼라가 지난봄 커다란 창문을 청소할 때 보여주었던 집중력과 순수한 노력이 엿보였기 때문일지도 몰랐다. 반바지 아래로 드러난 강인한 다리, 넓은 어깨, 유리를 훔치던 시원시원한 동작, 유리창에 벌러덩 몸을 밀착시키고 장난치던 모습, 그런 것들이 실비아에게 웃어달라고 말하는 것 같았다. 아니 심지어 웃으라고 명령하는 것 같았다.

작은 청동 조각상을 찬찬히 뜯어보던 칼라가 말했다.

"정말 보이네요. 고맙습니다."

"천만에요. 커피 한잔할래요? 방금 내렸거든요. 그리스 커피는 꽤 진한 편이었는데 내가 원하는 것보다 진해서 별로였지만 빵 맛은 정말 끝내줬어요. 잘 익은 무화과는 또 얼마나 맛있었다고요. 조금만 더 같이 앉아 있다가 가요, 네? 이러다간 내 얘기만 끝없이 늘어놓겠네요. 여긴 어땠어요? 그동안 잘 지냈어요?"

"여긴 거의 내내 비가 내렸어요."

"그런 것 같더라고요."

실비아가 널찍한 실내가 부엌과 이어지는 곳에서 큰 소리로 말했다. 커피를 따르면서 실비아는 다른 선물에 대해서는 함구하기로 했다. 그 선물은 돈을 주고 산 것이 아니라(청동 말 조각상은 칼라는 생각지도 못할 만큼 비싼 물건이었다) 길가에서 주운 핑크빛이 도는 흰색 돌멩이 하나에 불과한 것이었다.

실비아는 나란히 걷고 있던 친구 매기에게 이렇게 말했었다.

"이건 칼라에게 줄 거야. 바보 같다는 건 알지만 칼라한테 이 땅의 아주 일부분이라도 갖다 주고 싶어."

실비아는 이미 매기, 서라이어, 그 밖에 거기서 만난 다른 친구들에게 칼라 얘기를 하면서, 어떻게 그녀가 자신에게 점점 더 소중한 존재가 되었는지, 어떻게 둘 사이에 형언할 수 없는 연대감이 생겨나게 되었는지, 지난봄의 끔찍했던 몇 달 동안 그녀가 얼마나 큰 힘이 되어주었는지를 들려주었다.

"그냥 그토록 활달하고 원기 왕성한 사람을 집 안에서 보는 게 좋았어."

매기와 서라이어는 상냥하지만 짓궂은 웃음을 터뜨렸다.

짙은 갈색으로 탄 팔을 나른하게 뻗으며 서라이어가 말했다. "늘 젊은 여자가 등장하지."

그러자 매기가 이어 말했다. "우리 모두 언젠간 겪는 일이잖아. 여자한테 홀딱 반하는 거 말이야."

실비아는 *홀딱 반한다*는 고릿적 표현 때문에 은근히 화가 났다. "어쩌면 리온하고 나 사이에 자식이 없어서 그런지도 몰라. 나도 참 바보 같지. 엉뚱한 사람한테 모성애를 느끼다니."

그러자 친구들이 동시에 말을 내뱉었다. 다들 표현은 달랐지만 요는 바보 같기는 해도 사랑은 사랑이라는 것이었다.

하지만 오늘 만난 칼라는 실비아가 기억하고 있던 칼라와 영 딴판이었다. 그리스를 여행하는 내내 마음속에 품었던 침착하고 활달하며 근심 걱정 없고 마음씨 착한 그 사람이 아니었다.

칼라는 선물도 보는 둥 마는 둥 했다. 커피 잔에 손을 뻗을 때는 침울해 보이기까지 했다.

실비아가 씩씩하게 말했다. "당신이 아주 좋아할 것 같은 얘기를 하나 들려줄게요. 염소 얘기예요. 거기 염소는 다 자랐는데도 꽤 작더라고요. 얼룩이도 있고 흰 염소도 있었는데 다들 그 터를 지키는 정령이라도 되는 것처럼 암반 위를 폴짝폴짝 뛰어다녔어요."

실비아는 억지웃음을 지었다. 억지웃음이었지만 자제할 수 없었다.

"걔네들이 뿔에 화환을 쓰고 있었어도 놀라지 않았을 거예요. 그나저나 당신의 염소는 어때요? 이름이 뭐였더라?"

"플로러요."

"맞아, 플로러였지."

"플로러가 없어졌어요."

"없어졌다고요? 어디다 팔기라도 한 거예요?"

"그냥 사라져버렸어요. 어디 있는지 아직도 몰라요."

"어머나, 어떡해요. 정말 유감이에요. 하지만 돌아올 수도 있지 않을까요?"

칼라는 묵묵부답이었다. 이제까지 감히 엄두도 내지 못하고 있다가 생전 처음으로 칼라의 얼굴을 똑바로 쳐다본 실비아는 그녀의 눈에 눈물이 그득 고여 얼굴이 눈물로 얼룩져 있는 것을 보았다. 사실 눈물도 눈물이지만 얼굴이 더럽기도 했다. 아무튼 칼라는 극심한 괴로움에 울다가 얼굴이 부은 것 같았다.

칼라는 실비아의 시선을 피하지 않았다. 입을 앙다물고 두 눈을 꼭 감더니 소리 없이 울부짖기라도 하듯 몸을 앞뒤로 흔들었다. 그러다가 놀랍게도 정말로 울부짖었다. 칼라는 울고불고하다가 숨이 넘어갈 듯 꺽꺽거렸고, 눈물은 하염없이 두 볼을 따라 줄줄 흘러내렸으며 코에서는 콧물이 나왔다. 그러자 칼라는 콧물과 눈물을 닦을 만한 것을 찾아 미친 듯이 주위를 두리번거렸다. 실비아가 재빨리 티슈를 몇 장 가지고 왔다.

"걱정 마요. 자요, 여기 휴지. 다 잘될 거예요."

실비아는 아마도 다음에 해야 할 일은 칼라를 안아주는 것이리라 생각했다. 하지만 실비아에게는 눈곱만큼도 그러고 싶은 마음이 없었다. 그래 봐야 상황만 악화될 것이다. 껴안는 순간 실비아가 그러한 접촉을 얼마나 고대해왔는지, 격했던 오늘의 발작을 보고 사실 얼마나 놀랐는지 칼라가 알아챌지도 모르기 때문이었다.

칼라는 무슨 말인가 몇 번이고 되풀이하기만 했다.

"싫어, 정말 싫어……."

"아니에요. 누구나 가끔은 울어줘야 한대요. 그러니까 괜찮아요. 걱정 마요."

"정말 싫어요."

실비아는 이토록 비참한 칼라의 모습을 보면 볼수록 칼라 또한 연구실에 드나드는 성가신 학생들처럼 평범한 존재가 되어간다는 느낌을 지울 수가 없었다. 성적 때문에 징징거리는 학생들도 있었지만 대개는 여우처럼 우는 건지 아닌지 알 수 없을 정도로 모호하게 짧은 순간 훌쩍거리기만 했다. 그보다 드물긴 하지만 통곡을 하는 경우는 나중에 알고 보면 연애나 부모 또는 임신 때문이었다.

"염소 때문이 아니죠, 그렇죠?"

"아뇨, 아니에요."

"물 한잔 마시는 게 좋겠어요." 실비아가 말했다.

차가운 물이 나올 때까지는 시간이 좀 걸렸기 때문에 기다리면서 실비아는 안아주는 것 말고 어떤 행동을 해야 할지 또는 어떤 말을 해주어야 할지 고민해보았다. 그러나 물 잔을 가지고 갔을 때 칼라는 이미 진정된 상태였다.

꿀꺽하고 물 넘기는 소리를 들으면서 실비아가 말했다. "어서 마셔요. 이제 좀 낫죠?"

"네."

"염소 때문이 아니라면 뭐 때문이죠?"

칼라가 말했다. "더 이상 못 견디겠어요."

뭘 못 견디겠다는 거지?

결국 남편 때문인 것으로 밝혀졌다.

클라크는 늘 칼라에게 화를 냈다. 그녀가 미워 죽겠다는 듯 굴었다. 칼라는 어떻게 행동해야 할지, 무슨 말을 해야 할지 알 수 없었다. 클라크와 살면서 자신이 점점 미쳐가는 것 같았다. 자신이 이미 미쳤거나, 아니면 클라크가 미친 걸지도 모른다는 생각이 들 때도 있었다.

"클라크가 당신을 아프게 했나요?"

아니었다. 클라크가 칼라의 몸을 아프게 한 적은 없었다. 그러나 칼라를 싫어했다. 경멸하기도 했다. 칼라가 울면 클라크는 못 견뎌 했고, 클라크가 화를 내면 칼라는 울 수밖에 없었다.

칼라로서는 어찌해야 할지 갈피를 잡을 수 없었다.

"어떻게 해야 할지는 당신도 아마 알고 있을 거예요." 실비아가 말했다.

"떠나라고요? 그럴 수 있으면 나도 그러겠어요." 칼라가 또다시 흐느끼기 시작했다. "떠날 수만 있다면 뭐든지 할 거예요. 그런데 못해요. 돈도 없고 아무리 생각해도 갈 데가 없거든요."

"잘 생각해봐요. 정말 그럴까요?" 실비아는 최대한 자상하게 말했다. "부모님이 계시지 않나요? 킹스턴에서 자랐다고 하지 않았어요? 그쪽에 가족 없어요?"

칼라의 부모님은 브리티시컬럼비아로 이주했다. 클라크를 끔찍이 싫어해서 칼라가 죽든 말든 신경 쓰지 않겠다고 했었다.

"형제자매는요?"

아홉 살 많은 오빠가 하나 있기는 했다. 오빠는 결혼해서 토론토에 살고 있었지만 역시 칼라가 어떻게 되든 관심이 없었다. 오빠도 클라크를 싫어했다. 올케는 속물이었다.

"혹시 여성 보호소에 갈 생각은 해봤어요?"

"거기는 두들겨 맞은 여자가 아니면 안 받아줘요. 설사 나를 받아준다고 해도 온 동네에 소문이 쫙 퍼질 텐데 그러면 우리 사업에 지장이 있을 거예요."

실비아가 다정하게 웃었다. "지금이 그런 것까지 생각할 때인가요?"

그러자 칼라가 정말로 웃었다. "저도 알아요. 제가 좀 제정신이 아니죠."

"내 말 잘 들어요. 떠날 수 있는 자금이 있다면 어디로 가고 싶어요? 어디 가서 뭘 하고 싶어요?" 실비아가 물었다.

"토론토로 가겠어요." 칼라가 한 치의 망설임도 없이 대답했다. "하지만 오빠네 근처에는 안 갈 거예요. 모텔 같은 데 머물면서 경주마 마구간에 취직할래요."

"그럴 수 있을 것 같아요?"

"클라크를 만난 해 여름에도 경주마 마구간에서 일하고 있었는걸요. 지금은 그때보다 경험도 많으니까요. 훨씬……."

"오랫동안 계획하고 있었던 것처럼 들리는데요." 실비아가 조심스럽게 말했다.

"방금 생각해낸 거예요."

"그럼 떠날 수 있다면 언제 떠나고 싶죠?"

"지금요, 오늘이라도 당장."

"그럼 못 떠나는 이유가 순전히 돈 때문이라는 거네요?"

칼라가 한숨을 내쉬었다. "못 떠나는 이유가 순전히……."

"좋아요. 이제부터 내 말 잘 들어요. 당신이 모텔에는 가지 않았으면 해요. 버스를 타고 토론토로 가서 내 친구네 집에 머물도록 해요. 그 친구 이름은 루스 스타일스고 집은 큰데 혼자 사니까 손님이 와도 개의치 않을 거예요. 일자리를 구할 때까지 거기 머물러요. 돈 문제는 내가 어느 정도 해결해줄게요. 토론토 주변엔 경주마 마구간이 분명 아주 많을 거예요."

"네, 많아요."

"어때요? 지금 전화를 걸어서 버스 시간을 알아봐줄까요?"

칼라는 그렇게 해달라고 했다, 덜덜 떨면서. 손으로는 허벅지를 문지르고 고개를 세차게 가로저었다.

"세상에, 믿을 수 없어요. 돈은 꼭 갚을게요. 정말 고마워요. 꼭 갚을게요. 무슨 말을 해야 할지 모르겠네요."

실비아는 이미 수화기를 들고서 버스 정류장 번호를 누르고 있었다.

"쉿, 버스 시간이 나오고 있어요."

버스 시간을 다 듣고 난 실비아가 전화를 끊고서 말했다.

"당신이 갚을 거라는 거 알아요. 루스네 집에 머물기로 한 것 맞죠? 루스한테 알리려고요. 그나저나 문제가 하나 남았네요."

실비아는 칼라가 입고 있는 반바지와 티셔츠를 못마땅한 듯 쳐다보았다.

"그런 옷차림으로는 안 돼요."

"지금 뭘 가지러 집에 갈 수는 없어요. 이 옷도 괜찮을 거예요." 칼라는 당황한 모습이었다.

"버스엔 에어컨이 나와서 아주 추울 텐데요. 내 옷 중에 당신한테 맞는 옷이 분명 있을 거예요. 마침 키도 비슷하잖아요?"

"하지만 저보다 열 배는 마르셨잖아요."

"예전엔 그렇지 않았답니다."

결국 그들은 실비아가 스타일이 너무 투박해서 잘못 샀다고 여기고 있었기에 거의 입은 적 없는 갈색 리넨 재킷과 황갈색 맞춤 바지, 크림색 실크 셔츠로 결정했다. 칼라가 실비아보다 두 사이즈 더 발이 크기 때문에, 지금 칼라가 신고 있는 신발에 이 옷들이 어울리길 비는 수밖에 없을 것이다.

칼라는 그날 아침에는 경황이 없어서 하지 못했던 일, 즉 샤워를 하러 갔고 실비아는 루스에게 전화를 걸었다. 루스는 그날 저녁 모임이 있어 외출할 예정이지만 위층에 사는 이웃에게 열쇠를 맡겨놓고 나가겠다고 했으므로 칼라는 초인종을 누르기만 하면 되었다.

"버스 정류장에서 택시를 타야 할 텐데, 그 정도는 알아서 할 수 있겠지?" 루스가 물었다.

실비아는 웃었다. "바보천치는 아니니까 그런 걱정은 하지 마. 그저 어쩌다 보니 처지가 좀 안 좋아진 사람일 뿐이야."

"그럼 잘됐네. 내 말은, 그러니까 그 여자가 떠나게 되어서 잘됐다고."

"절대로 바보천치는 아니야."

실비아가 맞춤바지와 리넨 재킷을 입어보던 칼라를 떠올리며 말했다. 극심한 절망에 빠졌다가도 순식간에 회복하는 젊은이의 모습을, 말끔한 옷을 입은 칼라가 당당한 아름다움을 발산하던 모습을!

버스는 2시 20분에 시내에 정차할 예정이었다. 실비아는 점심으로 오믈렛을 만들기로 하고 식탁에 짙푸른 테이블보를 깐 다음 크리스털 잔과 와인 한 병을 놓았다.

칼라가 실비아가 빌려준 옷을 입고 말쑥하고 깔끔한 모습으로 나왔을 때 실비아가 말했다. "뭐라도 입에 넣을 수 있을 만큼 배가 많이 고파야 할 텐데요."

희미하게 주근깨가 낀 칼라의 피부는 샤워를 하고 나서인지 상기되어 있었다. 머리는 젖어서 더 짙어 보이고, 땋았다가 풀어놓아 지금은 귀여운 곱슬머리가 머리 위를 얌전히 덮고 있었다. 말로는 배가 고프다고 했지만 칼라는 오믈렛을 한 점 포크에 찍어 입가로 가져가고도 손이 심하게 떨려 먹지를 못했다.

"왠지 모르겠지만 떨리네요. 너무 신이 나서 그런가 봐요. 이렇게 쉽게 떠나게 될 줄은 몰랐거든요."

"너무 갑작스러워서 실감이 나지 않는 걸 수도 있어요."

"아뇨, 실감 나요. 모든 게 다 실감 나는걸요. 오히려 예전의 내가 꿈을 꾸고 있었던 것 같아요."

"어떤 일에 대해서 마음을 정하고 나면, 마음을 아주 굳게 정하고 나면 원래 그래요. 아무렴 그래야죠."

"친구가 생긴다면 말이에요." 이마까지 얼굴이 붉게 상기된 칼라가 의식적으로 미소를 지어 보이며 말하기 시작했다. "진정한 친구가 생긴다면 말이에요, 그러니까 당신처럼요."

칼라가 포크와 나이프를 내려놓고 와인 잔을 양손으로 부자연스럽게 들면서 말을 이었다.

"진정한 친구를 위하여 건배." 칼라가 거북살스레 덧붙였다. "지금 상황에서 나는 한 모금도 마시면 안 되겠지만 그래도 마실래요."

"나도 건배." 실비아가 짐짓 명랑한 목소리로 대꾸해주었다. "남편에게 전화할 건가요? 난 그냥…… 남편도 알아야 하잖아요. 적어도 집에 돌아오기로 되어 있는 시간쯤에는 당신이 어디 있는지 남편도 알아야 할 것 같은데요."

이 말이 지금 이 순간의 흥을 깨고 말았다.

칼라가 불안한 표정으로 말했다. "전화는 안 하려고요. 못 하겠어요. 혹시 당신이 대신……."

"난 못 해요." 실비아가 말했다.

"그렇겠네요. 바보같이 제가 괜한 말을 했네요. 지금은 생각을 제대로 할 수 없어서 그래요. 아마 우편함에 쪽지라도 남겨야겠죠. 하지만 남편이 그렇게 빨리 알게 되는 건 싫어요. 차 타고 시내로 나갈 때 집 앞을 지나가는 것도 싫은걸요. 뒤로 돌아갔으면 좋겠어요. 그러니까 제가 쪽지를 쓴다면 말이에요. 이따가 돌아올 때 그걸 저희 집 우편함에 슬쩍 넣어주시면 안 될까요?"

달리 대안이 없어 보였기 때문에 실비아는 동의했다.

실비아가 펜과 종이를 가지고 왔다. 그리고 와인도 조금 더 따랐다.

칼라는 자리에 앉아 골똘히 생각하더니 몇 마디를 적었다.

나 떠나. 잘 쓸게.

버스 정류장에서 돌아오는 길에 실비아가 쪽지를 펼쳐보니 이렇게 쓰여 있었다. 물론 칼라도 살게와 쓸게 정도는 구분할 줄 알았을 것이다. 다만 당시에 쪽지를 쓰겠다는 말을 계속 하고 있었던 데다, 극도로 혼란스러운 심리 상태에 빠져 있었기 때문이었을 것이다. 혼란의 정도는 아마도 실비아가 생각한 것보다 훨씬 더했으리라. 칼라는 와인 기운 때문인지 끊임없이 재잘거렸지만 특별히 슬프다거나 심란한 기색은 없었다. 칼라는 고등학교를 갓 졸업하고 열여덟 살 때 일했던 마구간에서 클라크를 만난 이야기를 들려주었다. 부모님은 칼라가 대학에 진학하기를 바랐고 칼라는 수의사만 될 수 있다면 좋다고 했다. 칼라가 예나 지금이나 바라는 삶은 동물 곁에서 일하면서 시골에 사는 것이었으므로. 칼라는 고등학교 때 엉뚱한 아이라서 아이들이 주고받는 저열한 농담에 단골로 등장했지만 신경 쓰지 않았다고 했다.

클라크는 최고의 승마 강사였다. 그래서 여자들이 줄을 섰다. 클라크에게 배우고 싶다는 일념 하나로 승마를 시작하는 여자들이 있을 정도였다. 칼라는 그런 여자들을 가지고 클라크를 놀려댔다. 처음에는 클라크도 즐기는 것 같았지만 얼마 안 가 짜증을 냈다. 칼

라는 사과를 했지만 미안한 마음이 가시지 않아 실수를 만회해볼
까 하고 그에게 꿈을 들려달라고 구슬렀다. 그의 꿈이라기보다 계
획은 시골 어딘가에 승마 학교를 차리고 마구간을 갖추는 것이라
고 했다. 어느 날 마구간에서 클라크가 안장을 얹는 모습을 보고 칼
라는 그와 사랑에 빠졌다는 사실을 깨달았다.

이제 와 생각해보니 그건 사랑이라기보다 섹스였지만. 어쩌면
둘 사이에는 섹스밖에 없었던 건지도 몰랐다.

가을이 되어 칼라가 일을 그만두고 구엘프 대학으로 떠나야 할
때가 왔다. 칼라는 구엘프로 떠나지 않고 1년을 더 쉬겠다고 했다.

클라크는 머리는 아주 좋았지만 고등학교를 마칠 정도의 끈기는
없었다. 가족과는 연락을 완전히 끊은 상태였다. 가족을 피를 더럽
히는 독쯤으로 여겼다. 정신병원 간병인, 앨버타 주 레스브리지에
있는 라디오 방송국의 DJ, 선더베이 근처 고속도로의 도로작업반
원, 견습 이발사, 불용 군수품 매장의 판매원 등 여러 직업을 전전
했다. 칼라한테 알려준 게 이 정도일 뿐 실은 그보다 훨씬 파란만장
했다.

칼라는 엄마가 불러주곤 했던 옛날 노래 때문에 클라크에게 집
시 로버라는 별명을 지어주었다. 칼라가 집 안을 돌아다니면서 하
루 종일 그 노래를 부르면 엄마는 칼라한테 무슨 일이 있다는 것을
눈치챘다.

어젯밤 그녀는 깃털 침대에서 잤다네
실크 누비이불을 덮고서

오늘 밤엔 차갑고 딱딱한 맨바닥에서 잘 거라네
집시 연인과 함께

"그 사람은 네 마음만 아프게 할 게 뻔해."

엄마는 못마땅한 듯 말했다. 엔지니어였던 새아버지가 클라크에
대해 한 말에 비하면 엄마가 한 말은 양반이었다. 새아버지는 클라
크를 "낙오자"라고 불렀다.

"흔해 빠진 부랑자야."

새아버지는 클라크가 옷에 붙은 성가신 벌레라도 되는 것처럼
말했던 것이다. 그러면 칼라는 이렇게 대꾸했다.

"돈 모아서 농장 산 부랑자 보셨어요? 클라크처럼요?"

새아버지는 그저 "너랑 싸우기 싫다"라고만 했다. 그러고는 어
차피 친딸도 아니라는 말을 마치 결정타라도 되는 양 덧붙였다. 이
러니 칼라는 클라크와 도망갈 수밖에 없었다. 부모님의 대처 방식
은 실질적으로 둘의 도피 행각에 부채질을 한 격이었다.

"자리 잡고 나면 부모님께는 연락할 건가요, 그러니까 토론토에
서." 실비아가 물었다.

"아뇨."

칼라는 눈썹을 치키고 볼을 홀쭉하게 집어넣고는 입술을 오므려
과장된 표정을 지으며 "뇨"를 발음했다.

살짝 취한 게 분명했다.

칼라네 집 우편함에 쪽지를 놓고 집에 돌아온 실비아는 아직 식

탁 위에 그대로 놓인 그릇들을 걷어다 설거지를 하고 오믈렛 팬을 윤이 나도록 닦고는 파란색 냅킨과 식탁보를 세탁물 바구니에 던져 넣은 다음 창문을 열었다. 창문을 여는 순간 후회와 짜증이 뒤섞인 묘한 감정이 밀려왔다. 실비아는 칼라를 위해 샤워실 안에 사과향이 나는 비누를 꺼내놓았다. 비누 냄새는 차 안과 마찬가지로 집 안에도 남아 있었다.

비는 아직 내리지 않고 있었다. 가만히 있기가 힘들었던 실비아는 리온이 뚫어놓은 길을 따라 산책했다. 리온이 늪지에 아무렇게나 던져놓은 자갈은 대부분 빗물에 떠내려가고 없었다. 매년 봄이 오면 야생 난을 찾아 리온과 함께 산책하던 길이었다. 야생화를 볼 때마다 남편에게 이름을 가르쳐주었지만 남편은 연령초만 빼고 하나도 기억하지 못했다. 남편은 실비아를 자기만의 도로시 워즈워스*라 부르곤 했다.

지난봄에는 실비아 혼자 딱 한 번 나갔는데 얼레지를 따서 작은 다발을 만들어 남편에게 주었더니 남편은 꽃을 보면서 실비아를 볼 때 가끔씩 짓던 지치고 못마땅한 표정을 지을 뿐이었다.

실비아는 칼라가 버스에 오르는 것까지 지켜보았다. 칼라의 감사 인사는 진심에서 우러나온 것이었겠지만 그 진심이 벌써 무뎌졌는지 의기양양하게 손을 흔들고 있었다. 구원의 감흥이 다한 모양이었다.

6시쯤 집에 돌아온 실비아는 칼라가 아직 도착하지 않았을 거라

---

* 영국의 산문작가로 낭만주의 시인 윌리엄 워즈워스의 누이.

는 사실을 알면서도 토론토에 있는 루스에게 전화를 걸었다. 자동 응답기가 전화를 받았다.

"루스, 나야, 실비아. 내가 보낸다던 여자애 말인데. 너한테 폐가 되지 않았으면 좋겠다. 자기밖에 모르는 경향이 조금 있지만 젊어서 그런 걸 거야. 도착하면 나한테 연락 부탁해. 알았지?"

실비아는 잠자리에 들기 전에 한 번 더 전화를 걸어보았지만 이번에도 자동 응답기가 전화를 받았다. 그래서 간단히 용건만 남기고 전화를 끊었다.

"나야, 또 실비아. 확인차 전화해봤어."

그때가 완전히 깜깜해지기 전인 밤 9시에서 10시 사이였다. 루스가 아직 집에 오지 않아서 혼자 있는 칼라가 남의 집 전화를 함부로 받고 싶지 않아 전화를 안 받았으리라. 실비아는 루스네 윗집에 사는 이웃들의 이름을 떠올리려고 애를 써보았다. 그 사람들도 아직 안 자고 있을 것이 분명했지만 이름이 기억나지 않았다. 이름이 기억나지 않는 게 오히려 다행일지도 모른다. 루스네 이웃들에게까지 전화한다면 너무 유난을 떠는 꼴이 되고 만다. 쓸데없이 걱정하고 경우 없이 구는 사람이 되는 것이다.

실비아는 잠자리에 들었지만 가만히 누워 있을 수가 없었다. 그래서 가벼운 누비이불을 가지고 거실로 나가 리온이 죽기 전 3개월 동안 그녀의 침대가 되어주었던 소파에 누웠다. 소파에서도 잠이올 것 같지는 않았다.

길게 늘어서 있는 창문에 커튼이 달려 있지 않아 내다본 밤하늘에 달은 보이지 않았지만 하늘만 봐도 달이 떴다는 것을 알 수 있었다.

어느 틈엔가 실비아는 어딘가로 가는 버스에 타고 있었다. 그리스인가? 버스에는 모르는 사람들만 잔뜩 있었고 엔진은 놀랍게도 노크 소리를 냈다. 깨어나 보니 그 노크는 실비아네 현관에서 나는 소리였다.

칼라인가?

＊　　　　＊　　　　＊

칼라는 버스가 마을을 떠날 때까지 내내 고개를 푹 숙이고 있었다. 창문에 선팅이 되어 있어서 아무도 버스 안을 볼 순 없겠지만 혹시라도 밖을 내다보지 않도록 스스로도 조심해야 했다. 클라크 눈에 띄지 않기 위해. 버림받았다는 사실은 까맣게 모른 채 가게에서 나오거나 길을 건너려고 기다리면서 오늘이 평소와 다를 바 없는 오후라 여기고 있을 클라크. 아니, 둘의 계획(실은 클라크가 짠)이 실행되고 있는 오후라 여기며, 칼라가 어디까지 진행했을지 궁금해 미치려 하고 있겠지.

버스가 시골길에 접어들자 칼라는 비로소 고개를 들어 안도의 한숨을 내쉬고는 코팅된 유리 때문에 살짝 보랏빛이 감도는 들판에 눈길을 주었다. 제이미슨 부인의 존재 자체로 자신의 주변이 매우 안전하고 깨끗해진 느낌이었고 자신의 탈출도 세상에서 가장 합리적인 결정인 것 같았다. 사실 칼라의 입장에 처한 사람이라면 탈출만이 자존심을 지킬 수 있는 유일한 방법이기는 했다. 딱하게 여길 수밖에 없으면서도 아이러니하고 정직하게 제이미슨 부인에게 자신의 인생사를 털어놓고 보니 생소한 자신감도, 심지어 어른스러운 유머 감각마저도 구사할 수 있을 것 같았다. 최선을 다해서 제이미슨 부인 그러니까 실비아의 기대에 부응하는 삶에도 적응할 수 있을 것 같았다. 자신이 그 누구보다 예민하고 엄격할 것만 같은 제이미슨 부인을 실망시킬지 모른다는 예감이 든 것도 사실이지만 그런 걱정은 접기로 했다.

앞으로 꽤 오랫동안 실비아는 곁에 없을 테니까.

태양은 예전처럼 밝게 빛나고 있었다. 함께 점심 식사를 하려고 식탁에 앉았을 때 햇빛은 와인 잔을 반짝반짝 빛내주었다. 이른 아침 이후로는 비도 쏟아지지 않았다. 바람도 적당히 불어 길가의 풀과 꽃을 피운 잡초들을 푹 젖어 있던 수풀 속에서 일으켜 세워주었다. 비구름이 아닌 여름날의 구름이 하늘을 획획 가로질렀다. 시골은 몸부림치며 머리부터 발끝까지 눈부신 7월로 변신 중이었다. 달리는 버스에서는 얼마 안 된 과거의 흔적들을 거의 볼 수 없었다. 들판에 있던 커다란 물웅덩이가 사라지면서 비에 휩쓸린 씨앗들의 행방이 드러났고, 장대같이 비쩍 말라 딱했던 옥수숫대나 납작 엎드렸던 곡식들은 온데간데없었다.

불현듯 클라크에게 꼭 해야만 하는 말이 떠올랐다. 그러니까 어떤 별난 이유 때문에 그들이 그 눅눅하고 따분한 촌구석을 골랐는지는 모르겠지만 다른 곳에서라면 성공할 수 있었을 거라는 얘기였다.

아니 어쩌면 지금 사는 곳에서도 아직 성공을 못 한 것뿐일까?

그러다가 클라크에게는 앞으로 아무 말도 하지 못하게 되리라는 사실 또한 떠올랐다. 영영 그에게 말할 일은 없을 것이다. 앞으로는 클라크가 어떻게 되건 말건 상관하지 않을 것이고 그건 그레이스나 마이크나 주니퍼나 블랙베리나 리지 보든도 마찬가지일 것이다. 하늘이 도와 플로러가 돌아온다고 해도 칼라는 그 소식을 듣지 못할 것이다.

지금처럼 모든 것을 뒤로한 채 떠나는 것이 칼라에게는 두 번째였다. 첫 번째는 딱 옛날 비틀스 노래 같았다. 식탁 위에 쪽지를 남기고 새벽 5시에 집을 슬그머니 빠져나와 길 아래 교회 주차장에서 클라크를 만났다. 덜컹거리는 차를 타고 떠나면서 칼라는 실제 그 노래 가사를 흥얼거렸더랬다. *그녀가 집을 떠나가네, 안녕, 안녕.* 뜨는 해를 뒤로하고 팔뚝에 난 털조차 늠름해 보였던 클라크가 운전하는 모습을 보던 일이며, 트럭 안에서 풍기는 기름과 금속 냄새, 각종 도구와 마구간 냄새를 들이마시던 것까지 어제 일처럼 생생하게 기억할 수 있었다. 쌀쌀한 가을 아침 바람이 트럭의 녹슨 틈으로 새어 들어왔었다. 트럭은 칼라네 가족은 타본 적도 없고, 그들이 살던 동네에서는 좀처럼 볼 수조차 없는 종류의 차였다.

그날 아침 클라크가 운전에 온 신경을 집중하던 모습(401번 고속도로에 막 도착한 참이었다), 트럭의 상태에 대해 걱정하던 모습, 퉁명스러운 대답, 찌푸린 눈, 심지어 행복감에 들떠 있던 그녀를 보고 살짝 짜증냈던 일까지 모든 것이 마냥 설렜다. 무질서하게 살았던 그의 과거, 스스로 인정한 고독, 말을 대할 때와 그녀를 대할 때 보이는 다정함이 그랬던 것처럼. 칼라에게 클라크는 미래의 설계자였고 자신은 그의 포로였다. 따라서 클라크에게 복종하는 것은 당연하고 매우 고귀한 일이었다.

"넌 네가 무엇을 버리려고 하는 건지 모를 거야."

어느 날 어머니한테 받은 편지에는 이렇게 쓰여 있었다. 답장은 하지 않았다. 하지만 아침 일찍 사랑의 도피를 했던 그 떨리는 순간에 칼라는 비록 어디로 가게 될지는 잘 몰랐어도 자신이 무엇을 버리고 온 건지는 분명하게 알고 있었다. 칼라는 부모도, 집도, 뒷마당도, 가족 앨범도, 휴가도, 쿠진아트*도, 파우더룸도, 사람이 서서 드나들 수 있을 정도로 높았던 붙박이 옷장도, 지하에 설치해놓은 잔디용 살수 장치도 못 견디게 싫었다. 길지 않은 쪽지에 칼라는 진짜라는 단어를 썼다.

늘 진짜 같은 삶을 살아야겠다고 생각했어요. 엄마 아빠는 이해 못 하시겠지만요.

버스가 첫 번째 경유지에 정차했다. 정류장은 주유소였다. 그 주유소는 초창기에 기름을 싸게 넣으려고 칼라가 클라크와 함께 차를 몰고 오던 주유소였다. 그 시절 둘에게는 시골 주변의 마을 몇 개가 세상의 전부여서 지저분한 호텔 바에서 특별 메뉴를 맛보고 다니며 관광객 노릇을 하곤 했다. 족발, 사우어크라우트**, 포테이토 팬케이크, 맥주. 그런 날은 으레 두메산골 촌뜨기들처럼 집에 가는 내내 노래를 불렀다.

하지만 얼마 지나지 않아 이러한 나들이를 모두 시간과 돈의 낭

---

* 주방용 소형 가전 브랜드.
** 독일식 양배추절임.

비라고 인식하게 되었다. 그런 유회는 냉엄한 현실을 깨우치지 못한 사람들이나 하는 짓이었다.

칼라는 자신도 모르게 울고 있었다. 눈에는 눈물이 그득그득 차올라 있었다. 토론토에 가서 우선 해야 할 일들에 대해서만 생각하려고 애썼다. 택시를 타고 낯선 집에 가서 낯선 침대에 누워 혼자 자겠지. 내일은 전화번호부를 뒤져 경주마 마구간 주소를 알아낸 다음 그게 어디든 거기에 가서 일자리를 구해볼 거야.

하지만 머릿속에 그림이 그려지질 않았다. 혼자 지하철이나 전차를 타고 새로 들어온 말을 돌보고 처음 만난 사람들과 말을 하고 매일 클라크가 아닌 사람들과 부대끼며 사는 삶이 그려지질 않았다.

클라크가 없는 삶을 살겠다는 이유, 오직 그 이유 하나 때문에 택한 삶과 장소.

그런 미래를 그려볼 때 점점 분명해지는 이상하고도 끔찍한 점은 그 미래 속에 칼라 자신이 존재하지 않는다는 사실이었다. 그저 여기저기 돌아다니면서 입을 열고 말을 하고 이런저런 일을 할 뿐이었다. 자신은 정말로 그 안에 없었다. 그게 이상하다고 생각되는 이유는 칼라가 지금 이 짓을 벌이고 있는 이유가, 그러니까 이 버스에 올라탄 이유가 바로 잃어버린 자아를 되찾으려는 것이었기 때문이다. 제이미슨 부인이라면 "자기 인생은 자기가 책임을 지라"고 했을 것이다. 칼라 또한 전적으로 동감하는 말이었다. 이제는 칼라에게 눈치를 주는 사람도, 비참한 기분을 전염시킬 사람도 없었다.

그렇다면 앞으로 무엇에 마음을 쏟아야 할까? 어디서 살아 있다는 느낌을 찾아야 할까?

클라크로부터 도망치고 있는 지금 이 순간에도 여전히 클라크는 칼라의 인생에서 한자리를 차지하고 있었다. 하지만 도망 단계를 마치고 삶의 다음 단계로 넘어가면 클라크의 자리는 무엇이 차지하게 될까? 클라크 외에 그 무엇이, 그 누가 생동감 넘치는 도전이 될 수 있을까?

칼라는 간신히 울음을 그쳤지만 이번에는 온몸이 떨리기 시작했다. 위기에 처한 만큼 칼라는 마음 단단히 먹고 정신을 차려야 했다.

'정신 차려.'

이 말은 칼라가 눈물을 참으려고 애쓰면서 방에 처박혀 몸을 잔뜩 웅크리고 있으면 클라크가 방을 지나가면서 던지곤 했던 말이다. 지금이야말로 정신을 바짝 차려야 할 때였다.

버스가 또 다른 마을에 정차했다. 그녀가 버스에 탄 마을로부터 세 번째 마을이었다. 그러니까 두 번째 마을은 지나왔는지도 몰랐다는 뜻이 된다. 두 번째 마을에서도 분명 정차를 했을 것이고, 버스 기사가 마을 이름을 크게 외쳤을 텐데 칼라는 두려움에 사로잡혀 아무것도 듣지도, 보지도 못했던 것이다. 머지않아 버스가 주요 고속도로에 들어서면 토론토를 향해 전속력으로 달리게 되리라.

그러면 그녀는 미아가 될 것이다.

미아가 되다니. 택시에 타서 낯선 집 주소를 알려주고 아침에 일어나서 이를 닦고 세상에 나간들 그게 다 무슨 소용이 있단 말인가? 직업을 구하고 음식을 입에 넣고 대중교통을 타고 여기저기 돌아다녀야 할 이유가 도대체 무어란 말인가?

발이 몸에서 천 리 만 리는 떨어져 있는 것 같았다. 주름 하나 없이 빳빳한 불편한 바지를 걸친 무릎은 쇳덩이를 단 듯 무거웠다. 병에 걸려 앞으로 다시는 일어서지 못할 말이라도 된 것처럼 몸이 자꾸만 바닥으로 가라앉고 있었다.

버스는 이미 몇 안 되는 승객과 이 마을에서 대기하고 있던 소포를 다 실은 상태였다. 어떤 여자와 유모차에 탄 아기가 누군가에게 손을 흔들어 작별 인사를 하고 있었다. 그들 뒤로 버스 정류장 역할을 하는 카페 건물도 움직였다. 벽돌과 창문이 금방이라도 녹아버릴 것처럼 흐물흐물해지면서 빠르게 획획 지나갔다. 생명의 위협을 느낀 칼라는 거대한 몸집을, 강철 같은 사지를 움직여 쓰러질 듯 앞으로 나아갔다. 그러곤 휘청거리며 외쳤다.

"내려주세요."

버스 기사가 짜증을 내면서 큰 소리로 말했다. "토론토로 간다면서?"

버스에 있던 사람들은 아무 생각 없이 호기심 어린 시선만 보낼 뿐 그녀가 괴로워하는 걸 아무도 알아채지 못한 것 같았다.

"여기서 내려야겠어요."

"화장실은 버스 뒤쪽에도 있는데."

"아뇨, 그게 아니에요. 전 내려야 해요."

"버스는 기다리지 않을 겁니다. 그건 알고 있죠? 짐칸에 짐은 없고요?"

"없어요. 네, 없어요."

"짐이 없다고?"

그때 승객 중 한 사람이 수군거리는 소리가 들렸다.

"밀실공포증이로군. 그래서 저러나 봐."

"멀미해요?" 버스 기사가 물었다.

"아니에요. 그냥 내리고 싶어서 그래요."

"좋아요. 그럼. 나야 뭐 상관없으니까."

와서 나 좀 데려가줘. 제발. 와서 나 좀 데려가줘.

"알았어."

        *   *   *

실비아가 깜빡하고 문을 잠그지 않은 모양이었다. 지금은 문을
열 때가 아니라 잠가야 할 때라는 사실을 알면서도 때는 이미 늦어
버렸다. 벌써 문을 열고 난 후였기 때문이다.

아무도 없었다.

그렇지만 노크 소리가 워낙 생생했기 때문에 그녀는 분명 누군
가 있을 거라고 확신하고 있었다.

문을 닫고 이번에는 잊지 않고 잠갔다.

그러자 창가 쪽 벽에서 누군가 장난이라도 치는 듯 딸랑딸랑 두
드리는 소리가 났다. 불을 켰지만 그쪽에 아무도 없는 것을 확인하
고 다시 불을 껐다. 동물 소리인가? 다람쥐? 테라스로 이어지는 창

문 사이의 프렌치 도어*도 잠겨 있지 않았다. 환기하려고 조금 열어
놓고서 잠그기는커녕 닫지도 않았던 것이다. 열려 있던 프렌치 도
어를 닫으려는데 가까운 곳에서 웃음소리가 들렸다. 가까운 정도
가 아니라 아예 같은 공간에 있는 것 같았다.

"납니다. 혹시 나 때문에 식겁하셨나?"

어떤 남자의 목소리가 들렸다. 유리창에 몸을 밀어붙인 그가 실
비아 바로 옆에 있었다.

"클라큽니다. 저 아래 클라크요."

들어오라고 할 마음은 없었지만 그렇다고 면전에서 문을 닫기는
무서웠다. 애를 써서 문을 닫으려고 해도 클라크가 문을 낚아챌지
모른다. 불을 켜고 싶지도 않았다. 기다란 티셔츠 하나만 걸친 채
자고 있었기 때문이다. 소파에서 누비이불을 끌고 와 몸에 둘렀어
야 했는데 그러기엔 이미 너무 늦어버렸다.

"몸에 걸칠 게 필요하신가요? 내가 지금 뭘 가지고 왔는데, 당신
한테 아주 요긴하겠는걸."

클라크의 손에는 쇼핑백이 들려 있었다. 그걸 실비아에게 불쑥
내밀었지만, 몸만은 그 자리에 그대로 있었다.

"뭐죠?" 실비아가 고르지 못한 목소리로 물었다.

"직접 보쇼. 폭탄은 아니니까. 자, 어서 받아요."

그녀는 쇼핑백 안을 들여다보지 않고 손을 넣어 만져보기만 했
다. 푹신한 무언가가 느껴졌다. 재킷 단추, 셔츠의 재질인 실크, 바

---

* 가운데서 양쪽으로 여는 유리문.

지 벨트였다.

"돌려받고 싶을 것 아니오? 당신 옷이니까."

턱이 덜덜 떨려서 실비아는 입을 앙다물어야 했다. 두려움이 엄습하면서 입안과 목구멍이 바짝 말라버렸다.

"그쪽 옷인 걸로 알고 있소만." 클라크가 조용히 말했다.

혀가 솜뭉치로 변한 것 같았다. 실비아는 간신히 입을 열어 물었다. "칼라는 어디 있죠?"

"내 아내, 칼라 말이오?"

이제야 클라크의 얼굴이 좀 더 또렷하게 보이기 시작했다. 실비아는 클라크가 지금 이 상황을 매우 즐기고 있다는 것을 단번에 알 수 있었다.

"내 아내 칼라는 집에서 자고 있지. 우리 집 침대, 원래 그 사람 자리에서."

클라크는 잘생긴 남자였지만 바보처럼 보였다. 키도 크고 군살도 없고 체격도 좋지만 어울리지 않게 자세가 구부정했다. 위협적인 분위기를 풍기려고 기를 쓰고 부자연스럽게 굴고 있었다. 이마 위로 흘러내린 검은 머리, 쓸데없이 기른 콧수염, 희망에 찬 것 같으면서 조롱하는 것도 같은 두 눈, 삐치기 직전이면 어김없이 나타나는 소년 같은 미소.

그의 얼굴만 봐도 싫었다. 리온에게 클라크가 너무 싫다는 말을 하자, 리온은 클라크가 자신감이 없어서 그런 거라고, 너무 친한 척하려고 해서 그런 것뿐이라고 했었다.

클라크에게 자신감이 없다는 사실은 지금의 실비아에게 전혀 도움이 되지 않았다.

"녹초가 되었지. 작은 모험 때문에 말이야. 당신 얼굴을 당신도 봐야 하는 건데. 그 옷을 알아봤을 때 당신 표정이 아주 가관이던 걸. 대체 무슨 생각을 했기에 그런 표정을 지은 거지? 내가 칼라를 죽이기라도 한 줄 알았던 거야?"

"놀랐을 뿐이에요."

"물론 놀라셨겠지. 집사람이 도망치는 걸 팔을 걷어붙이고 도와 줬으니 말이야."

"도우려고 했을 뿐이에요……." 실비아가 매우 힘겹게 말문을 열었다. "절망에 빠진 것 같기에 도와준 것뿐이라고요."

"절망이라." 클라크가 절망이란 단어를 연구라도 하는 것처럼 발음했다. "물론 절망했겠지. 그 버스에서 내려 나한테 자기를 데 려가달라고 전화했을 때 말이야. 어찌나 심하게 울던지 무슨 말을 하는지 못 알아듣겠더라고."

"돌아오고 싶었다던가요?"

"그걸 말이라고 하시나. 당연히 돌아오고 싶었겠지. 얼마나 집에 오고 싶었던지 히스테리까지 부리더군. 칼라는 감정 기복이 심한 여자야. 하지만 뭐 당신이 나보다 칼라를 더 잘 알 수는 없을 테니 까."

"떠날 때는 아주 행복해 보였어요."

"정말이야? 뭐, 믿어주겠어. 당신이랑 이러쿵저러쿵 싸우러 온 건 아니니까."

실비아는 아무 말도 할 수 없었다.

"내가 여기 온 건 남의 집안일에 끼어들지 말고 집사람도 내버려두란 말을 하기 위해서야."

"칼라도 인간이에요."

입 다물고 있는 편이 나았으리라는 것을 알면서도 실비아는 말을 할 수밖에 없었다.

"당신 아내이기 이전에 한 인간이라고요."

"나 원 참 기가 막혀서 정말. 그래? 우리 집사람이 인간이야? 정말로? 알려줘서 고맙군. 내 앞에서 잘난 척하지 마. *실비아.*"

"잘난 척하려던 게 아니에요."

"좋아, 다행이군. 나도 화내기 싫다고. 단단히 일러둘 게 몇 가지 있을 뿐이야. 첫째, 나나 집사람 인생에 쓸데없이 참견하지 말 것. 둘째, 앞으론 칼라를 이 근처에도 못 오게 할 거라는 것. 뭐 칼라도 딱히 여기 오고 싶은 맘은 없을 게 분명하지만 말이야. 지금은 댁을 그다지 좋게 생각하고 있지 않더라고. 마지막으로 지금부터 자기 집 청소 정도는 스스로 알아서 하는 게 좋을 거야. 지금부터라고 했어. 알아들었어?"

"충분히 알아들었어요."

"그래야 할 거야. 아무렴 그렇고말고."

"그렇다니까요."

"한 가지 더 있는데, 그게 뭔지 알아?"

"뭔가요?"

"나한테 해줄 일이 있을 텐데."

"뭐라고요?"

"나한테 해줄 일이 있다고. 사과를 해야지."

"좋아요. 당신 생각이 그렇다면 사과하도록 하죠. 미안해요."

손을 내밀려고 자세를 바꿨을 뿐인데도, 클라크가 몸을 움직이자 실비아는 꺅 비명을 질렀다.

클라크가 웃었다. 클라크는 실비아가 문을 못 닫게 하려고 한 손을 문틀에 얹었다.

"저게 뭐죠?"

"저게 뭐죠?"

클라크가 수작을 부려봐야 나한테는 먹히지 않을 거라는 듯 비아냥거리며 실비아의 말을 따라했다. 하지만 바로 그때 창문에 뭔가가 비쳤고 클라크는 그것이 무엇인지 확인하려고 몸을 홱 돌렸다.

실비아의 집에서 멀지 않은 곳에는 매년 이맘때쯤 밤안개가 자욱하게 끼는 넓고 얕은 구역이 있었다. 오늘 밤에도 안개는 아까부터 내내 끼어 있었다. 그런데 한 군데에서 변화가 감지되었다. 안개가 점점 짙어져 하나의 형태를 띠었다가 삐죽삐죽하고 환하게 빛나는 무언가로 모습을 바꾼 것이었다. 처음에는 살아 있는 민들레 씨앗이 앞으로 굴러오는 것 같더니 얼마 후 마치 거대한 유니콘처럼 기이하게 생긴 순백색 동물 같은 것이 전속력으로 그들을 향해 돌진하기 시작했다.

"세상에."

클라크가 조용하고 엄숙하게 말했다. 그러곤 갑자기 실비아의 어깨를 움켜잡았다. 실비아는 아까와 달리 전혀 놀라지 않았다. 클

라크가 자신의 어깨를 움켜잡은 것은 그녀를 보호하기 위해서든
클라크 자신이 안심하기 위해서든 둘 중 하나 때문이라는 사실을
잘 알고 있어서였다.

그때 갑자기 눈앞이 환해졌다. 안개 속에서, 점점 커지는 빛을 뚫
고(나중에 보니 이 빛은 주차할 자리를 찾아 뒷길을 달리던 자동차
의 전조등 불빛이었다) 나온 것은 흰 염소였다. 기껏해야 양치기개
만 한 자그마한 염소가 춤을 추고 있었다.

클라크가 실비아의 어깨를 놓으며 말했다. "너 도대체 어디 있다
가 온 거냐?"

"당신네 염소군요. 맞죠?"

"플로러라고 합니다. 플로러."

염소는 그들이 있는 곳에서 약 1미터쯤 떨어진 곳에서 멈추더니
면목 없다는 듯 고개를 떨궜다.

"플로러, 너 도대체 어디 처박혀 있다가 나타난 거냐? 너 때문에
우린 간 떨어지는 줄 알았다."

우리?

플로러는 더욱 가까이 다가왔지만 여전히 고개를 숙인 채였다.
플로러가 클라크의 다리에 머리를 들이밀었다.

"빌어먹을 염소 같으니라고. 어디 있다 이제야 나타난 거야?" 클
라크의 목소리가 떨리고 있었다.

"길을 잃었군요." 실비아가 말했다.

"그래요, 길을 잃었어요. 우린 플로러를 다신 못 보는 줄만 알았
다고요."

마침내 플로러가 고개를 들고 위를 쳐다보았다. 달빛에 플로러의 두 눈이 번득였다.

"우리가 너 때문에 얼마나 놀란 줄 아니? 남자친구라도 찾으러 갔던 거야? 무서워서 죽는 줄 알았다. 너도 무서웠지? 우린 네가 유령인 줄 알았어."

"안개 때문이었을 거예요." 실비아가 말했다.

이제 실비아는 문 밖 테라스까지 나와 있었다. 안전하다는 확신이 있어서였다.

"그렇겠죠."

"거기다 자동차 불빛까지 더해졌고요."

"허깨비 같더라니까요." 평정심을 찾은 클라크가 말했다. 허깨비라는 말을 생각해내서 뿌듯해하는 것 같았다.

"맞아요, 그랬어요."

"외계에서 온 염소. 그게 바로 너야. 넌 외계에서 온 염병할 염소라고."

클라크가 플로러를 토닥이며 말했다. 그러나 칼라가 입었던 옷이 든 쇼핑백을 여전히 한쪽 손에 들고 있던 실비아가 클라크를 따라 플로러를 토닥여주려고 하자 플로러는 단번에 고개를 쳐들어 금방이라도 머리로 들이받을 것 같은 태세를 취했다.

"염소들은 종잡을 수 없어요. 온순해 보이지만 실은 그렇지 않죠. 특히나 다 자라고 나면 더더욱."

"플로러는 다 자란 건가요? 꽤 작은 것 같은데."

"자랄 만큼 다 자란 겁니다."

둘은 염소를 내려다보며 서 있었다. 클라크는 실비아가 대횟거리를 좀 더 내놓을 것으로 기대하는 듯했다. 그러나 그런 일은 일어나지 않을 것이 명백해졌다. 바로 그 순간부터 그들은 다른 얘기를 할 수도, 그렇다고 아까 했던 얘기를 다시 꺼낼 수도 없는 상황에 처하고 말았다. 실비아는 클라크의 얼굴에 후회의 그림자가 스치는 걸 얼핏 본 것 같다고 생각했다. 그러나 클라크도 그것을 알아차리고는 이렇게 말했다.

"밤이 늦었네요."

"그러게요." 이번 방문이 그저 일상적인 방문에 지나지 않았다는 듯 실비아가 말했다.

"자, 플로러, 이제 집에 가야지."

"필요하면 집안일은 다른 사람을 구하도록 하죠. 어쨌든 당분간은 필요 없을 것 같지만." 잠시 뜸을 두고 실비아가 웃으며 덧붙였다. "이제부턴 당신들 일에 참견하지 않도록 할게요."

"좋습니다. 집 안으로 들어가는 게 낫겠어요. 감기 걸리지 않으려면."

"옛날 사람들은 밤안개가 위험하다고 생각했대요."

"나로선 금시초문이군요."

"안녕히 주무세요. 플로러도 잘 자."

그때 전화벨이 울렸다.

"실례할게요."

클라크가 한 손을 들어 보이고는 돌아서면서 인사를 건넸다. "안녕히 주무세요."

전화를 건 사람은 루스였다.

"루스구나. 계획이 변경됐어."

생각하면 생각할수록 그 작은 염소가 안개 속에서 나타나던 장면이 신기해서 실비아는 잠이 오지 않았다. 혹시 그 염소가 리온의 현신이었던 것은 아닐까 하는 생각까지 들 정도였다. 시인이라면 이런 일을 소재 삼아 시를 쓸 텐데. 하지만 겪어보니 리온은 그녀가 시인이 시의 소재로 삼을 수 있겠다 생각한 소재에는 관심을 전혀 두지 않았다.

클라크가 나가는 소리를 듣지는 못했지만 들어오는 소리가 들려 칼라는 잠에서 깨어났다. 그는 헛간 주변을 돌아보러 나갔다 오는 길이라고 했다.

"좀 전에 차가 한 대 지나갔는데 거긴 왜 왔을까 궁금하더라고. 나가서 아무 일 없는지 확인을 해봐야 다시 잘 수 있을 것 같아서."

"그래서?"

"내가 최대한 지켜봤어. 그러다 거기까지 올라간 김에 그 집에 가봐야겠다 싶더라고. 옷도 돌려줄 겸."

칼라가 벌떡 일어나 앉으며 물었다. "설마 실비아를 깨운 건 아니지?"

"안 자고 깨어 있던데 뭐. 아무 일 없었어. 얘기만 좀 나눴을 뿐이야."

"픽이나."

"아무 일 없었다니까."

"일전에 그 얘길 꺼내진 않았겠지, 그렇지?"

"안 꺼냈어."

"그거 실은 내가 다 지어낸 얘기야. 정말이야, 믿어줘. 전부 다 거짓말이었어."

"알았어."

"믿어줘."

"믿어줄게."

"그거 내가 다 지어낸 얘기였다고."

"알았다고."

클라크가 침대에 누웠다.

"당신 발이 차네. 어디 물에 빠지기라도 한 것처럼."

"이슬이 많이 내렸더라고. 이리 와봐. 당신이 쓴 쪽지를 읽었을 때 내 속이 텅 빈 것만 같았어. 정말이야. 또 그렇게 떠나버리면 그 땐 못 버틸 것만 같아."

맑은 날씨가 계속되었다. 거리에서도, 상점에서도, 우체국에서도, 사람들은 누군가를 만나면 으레 마침내 여름이 온 것 같다는 말부터 주고받았다. 목장의 풀도 심지어 풍파를 겪은 농작물도 고개를 쳐들었다. 물웅덩이는 바싹 말라붙어 진흙은 흙먼지가 되었다. 따뜻한 미풍이 불어와 모두들 다시 일어설 수 있을 것만 같은 기분에 빠졌다. 전화가 울리기 시작했다. 승마 트레킹, 승마 레슨에 대한 문의가 쇄도했다. 박물관 견학을 취소한 여름 캠프들도 이제는 관심을 보이기 시작했다. 정신 사나운 아이들을 가득 실은 미니밴이 속속 도착했다. 담요를 벗어 던진 말들은 울타리를 따라 껑충거렸다.

클라크는 가까스로 충분한 크기의 지붕 자재를 만족스러운 가격에 구할 수 있었다. 클라크는 가출 기념일(칼라의 버스 여행을 부부는 이렇게 불렀다) 바로 다음 날 하루를 꼬박 연습 마장의 지붕을 수리하는 데 썼다.

며칠 동안 분주하게 이런저런 잡다한 일을 하면서도 클라크와 칼라는 서로에게 손을 흔들어 인사를 했다. 어쩌다 클라크 곁을 지나칠 일이 생겼는데 주변에 아무도 없으면 칼라는 얇은 여름용 셔츠를 걸친 그의 어깨 위에 입을 맞추었다.

"한 번만 더 나한테서 도망치면 늘씬하게 두들겨 패줄 거야."

클라크가 이렇게 말하면 칼라는 이렇게 받아쳤다.

"정말?"

"뭐가?"

"늘씬하게 두들겨 패준다는 거."

"정말이고말고."

클라크는 이제 처음 만났을 때처럼 활기차고 매력적인 사람으로 돌아와 있었다.

도처에 새들이 있었다. 붉은어깨 검정새, 개똥지빠귀, 동틀 녘에 지저귀는 한 쌍의 비둘기까지. 까마귀 떼, 호수에서 정찰 임무를 나온 갈매기들, 숲 가장자리에서 약 1킬로미터쯤 떨어진 죽은 참나무 가지에 앉아 있는 커다란 검은대머리수리(주로 죽은 동물을 먹고 사는 새) 무리. 처음에는 앉은 자리에서 커다란 날개를 말리고, 가끔씩 시행 비행을 하고, 날갯짓을 하더니 조금 있다가는 자세를 가다듬고 태양과 따뜻한 바람에 몸을 맡겼다. 하루 정도 지나니까 원기를 되찾고 하늘 높이 날아올라 창공을 맴돌다가 땅으로 곤두박질친 후 숲으로 사라졌다가 익숙한 벌거숭이 나무로 돌아와 휴식을 취했다.

리지의 주인인 조이 터커도 다시 나타났다. 전보다 검게 그을리고 다정해진 모습이었다. 지긋지긋한 비가 싫어 휴가 동안 로키산맥으로 하이킹을 갔다가 이제 왔다고 했다.

"날씨 운이 기가 막히게 좋으신데요." 클라크가 말했다.

그와 조이 터커는 아무 일도 없었다는 듯 어느새 서로 농담까지 주고받게 되었다.

"리지가 컨디션이 아주 좋아 보이네요. 그나저나 그 꼬맹이 친구는 어디 있죠? 이름이 뭐였더라…… 맞다, 플로러였나?"

"없어졌어요. 로키산맥으로 튄 모양입니다." 클라크가 말했다.

"거긴 야생 염소 천지랍니다. 뿔도 얼마나 멋진지 몰라요."

"그렇다고들 하더군요."

3~4일 동안 칼라와 클라크는 내려가서 우편함을 들여다볼 틈조차 낼 수 없을 정도로 정신없이 바빴다. 칼라가 우편함을 열어보니 전화 요금 고지서, 어떤 잡지를 구독 신청하면 100만 달러를 탈 수 있을 거라고 장담하는 광고지, 그리고 제이미슨 부인의 편지가 들어 있었다.

칼라에게

지난 며칠간 일어난 (다소 극적인) 사건들에 대해서 생각을 좀 해봤
어요. 나도 모르게 혼잣말을 하고 있더군요. 그런데 실은 혼잣말이
아니라 당신한테 말을 하고 있던 거였어요. 그런 일이 너무 자주 일
어나다 보니까 당신하고 꼭 얘기를 해봐야겠다는 생각이 들더군요.
편지로라도 말이에요. 지금으로선 그게 최선일 테니까. 답장은 안
보내도 되니 걱정 마요.

제이미슨 부인은 자신이 칼라의 인생에 주제넘게 끼어들었던 건
아닌지, 칼라에게 행복은 곧 자유라고 생각해버리는 실수를 저지
른 건 아닌지 우려가 된다는 말도 썼다. 뒤이어 자신이 바라 마지않
는 것은 칼라의 행복이며 칼라는 결혼 생활에서 행복을 찾아야 한
다는 사실을 이제야 깨달았다고 언급했다. 그녀는 칼라의 이번 가
출과 그 와중에 느낀 격한 감정들이 칼라의 진심을 표출시켜주었
기를, 그리고 남편이 품고 있던 진심 또한 알아보는 계기가 되었기
를 진심으로 바란다고도 했다.

칼라가 앞으로 자신을 피하더라도 충분히 이해할 것이며 어려운
시기에 함께해준 데 대해서는 평생 은혜를 잊지 않겠다는 말도 쓰
여 있었다.

최근 연달아 일어난 사건들 중에서 나에게 가장 묘하고 놀라운 일
은 플로러의 귀환이었어요. 사실 기적과도 같다고 생각되더군요. 플
로러는 그동안 어디에 있었으며 어째서 바로 그 순간에 나타났던 걸

까요? 칼라도 남편한테 그 얘기는 들었을 테죠. 테라스 문가에서 클라크와 얘기하던 중이었는데 흰색 물체를 처음 발견한 건 창 쪽을 보고 있던 나였어요. 그 물체는 암흑 속에서 갑자기 나타났어요. 물론 안개 때문에 그렇게 보인 거였겠죠. 하지만 그땐 죽을 만큼 무서웠어요. 그래서 나도 모르게 크게 비명을 질렀던 것 같아요. 평생 그 정도로 뭔가에 홀린 적은 없었어요. 홀렸다는 말이 맞을 거예요. 솔직히 말해서 두려웠어요. 다 큰 어른 두 명이 겁에 질려 얼어붙어 있는데 길 잃은 작은 염소 플로러가 안개 속에서 나타났던 거예요.

거기엔 특별한 점이 분명 있을 거라 생각했어요. 물론 플로러가 평범한 동물일 뿐이고 교미할 상대를 찾아서 돌아다닌 것뿐이라는 건 나도 알아요. 플로러가 돌아온 일은 우리 인간사하고는 아무런 관련이 없다고 봐야겠지요. 하지만 바로 그 순간에 플로러가 등장함으로써 당신 남편과 나한테 심오한 변화가 일어났답니다. 적대감으로 무장하고서 대치 중이었던 두 사람이 동시에 똑같은 허깨비를 보고서 넋이 나간 거예요. 아니, 겁을 먹었다는 말이 맞겠군요. 아무튼 중요한 건 둘 사이에 갑자기 어떤 연대감 같은 것이 생겨났다는 거예요. 두 사람은 전혀 예상하지 못한 방식으로 자신들이 순간 하나가 되었다는 사실을 깨달았어요. 인간적인 유대감이랄까요. 그렇게밖에는 표현을 못 하겠군요. 헤어질 때 우리는 친구나 마찬가지였어요. 그러니 플로러는 내 인생에 나타난 착한 천사인 셈이죠. 아마 당신 남편과 당신에게도 마찬가지일 거라 믿어요.

진심으로 행운을 빌며

칼라는 편지를 끝까지 읽자마자 꼬깃꼬깃하게 구겼다. 그런 다음 싱크대에 넣고 태웠다. 불길이 생각보다 높이 치솟아서 수돗물을 틀어 불을 끄고는 흐물흐물해진 더러운 검은 찌꺼기를 변기에 넣고 내렸다. 진작 그렇게 할 것을.

그날은 하루 종일 바빴다. 다음 날도, 그다음 날도 마찬가지였다. 그동안 칼라는 두 그룹을 데리고 트레킹을 나가야 했고, 아이들에게 개별 레슨과 단체 레슨도 해주어야 했다. 밤이 되어 클라크가 안아줄 때면(남편 또한 매우 바빴음에도 피곤한 기색을 비치거나 화를 내지 않았다) 칼라 또한 어렵지 않게 호응할 수 있었다.

폐 속 어딘가에 아주 뾰족한 바늘이 있는 것만 같았지만, 숨을 조심스럽게 쉬면 통증을 피할 수 있었다. 하지만 가끔 심호흡을 할 때면 바늘은 여전히 그 자리에 남아 그녀를 아프게 했다.

실비아는 자신이 가르치는 대학 근처에 아파트를 하나 얻었다. 전에 살던 집은 매매 표지판만 세워놓지 않았을 뿐 팔려고 내놓은 상태였다. 리온 제이미슨은 죽은 뒤에도 무슨 상인가를 받았고 수상 소식은 신문에도 실렸다. 그러나 이번에는 상금에 대한 언급은 없었다.

가을이 되어 비가 오지 않는 황금빛 나날이 시작되면서(가을은 역시 힘이 절로 나는 결실의 계절이다) 칼라는 내면 깊숙이 박혀 있는 날 선 생각을 차츰 받아들이고 있는 자신을 발견했다. 더 이상 날이 섰다고 볼 수도 없었다. 사실 놀랍지도 않았다. 이제 칼라의 내면에 자리를 잡고 들어선 것은 유혹적이라고 할 수 있는 생각, 포복 자세를 취하고서 끊임없이 손짓하는 유혹이었다.

눈을 들기만 했어도, 한 방향을 바라보기만 했어도, 플로러가 어디로 갔을지 알 수 있었을 것이다. 하루 일과를 마치고 저녁 산책을 나갔더라면. 숲 가장자리, 독수리들이 자기들끼리 파티를 벌였던 벌거숭이 나무가 있는 곳까지 갔더라면.

그러면 풀숲에 작고 더러운 뼛조각이 있을 것이다. 피투성이 피부 조각이 더러 붙어 있는 해골이. 찻잔처럼 한 손으로도 쥘 수 있을 만큼 작은 두개골. 손으로 쥐어보면 알 수 있을 텐데.

아니, 아마 모를 것이다. 거기엔 아무것도 없을 테니까.

일어났을지도 모르는 사건의 경우의 수는 그것 말고도 더 있었다. 클라크가 플로러를 쫓아버렸을 가능성도 있었다. 아니면 트럭 짐칸에 묶은 다음 차를 타고 멀리 가서 풀어주었거나, 처음 데리고 왔던 장소에 다시 데려다주었을지도 몰랐다. 플로러를 데리고 있지 않아야 함께 이 시절을 떠올릴 수 있을 것 같아서 말이다.

플로러는 자유를 찾았을지도 모른다.

하루하루 시간은 흘렀고 칼라는 그 근처에도 가지 않게 되었다. 가고 싶어도 꾹 참고 버텼다.

우연
CHANCE

1965년 6월 중순 토런스 하우스의 학기가 끝났다. 줄리엣은 정교사 자리를 제안받지 못했고 줄리엣이 자리를 대신해주었던 교사도 복귀했으므로 지금쯤 집으로 가는 길 어디쯤에 있어야 했다. 그러나 줄리엣은 지금 자칭 약간의 우회라는 것을 하려고 한다. 북부 해안에 사는 친구를 만나기 위해 조금만 돌아가려는 것이다.

한 달 전쯤, 줄리엣은 교직원 중 유일한 동년배이자 친구이기도 한, 동료 교사 후아니타와 함께 「내 사랑 히로시마」라는 영화가 재개봉되어 보러 갔었다. 영화를 다 보고 난 후, 후아니타는 자신도 영화 속 여주인공처럼 유부남과 사랑에 빠진 적이 있다고 털어놓았다. 그 남자는 학부형이기도 했다. 그러자 이번엔 줄리엣이 알고 보면 자신도 그와 비슷한 상황에 놓인 적이 있지만 남자의 부인이 처한 비극적인 상황 때문에 관계를 더 이상 진전시키지 않았다고 말했다. 그의 부인은 뇌사 상태에 빠진 식물인간이었다. 후아니타는 자기 애인의 부인이 뇌사 상태에 빠졌으면 좋겠다고 생각했지만 그런 일은 일어나지 않았다고 했다. 그 여자는 건강한 데다 영향력도 있어서 후아니타를 해고시킬 수도 있다는 말과 함께.

그 대화를 주고받은 직후, 그런 저열한 거짓말 혹은 반쪽짜리 거짓말이 요술이라도 부렸는지 편지가 한 통 도착했다. 편지의 겉봉은 한동안 주머니에 넣고 다니기라도 한 듯 지저분했고 수신인은 '브리티시컬럼비아 주 밴쿠버 마크 가 1482번지 토런스 하우스 줄리엣(선생님)'이었다. 여교장은 이렇게 말하면서 줄리엣에게 편지를 건네주었다.

"선생님한테 온 편지 같군요. 성도 모르면서 주소는 제대로 알고 있다니 이상하네요. 아마 전화번호부 같은 데서 찾았겠죠."

줄리엣에게

당신이 교편을 잡고 있는 학교가 어떤 학교였는지 잊어버렸는데 얼마 전에 불현듯 기억이 나더군요. 그게 나한테는 당신한테 편지를 쓰라는 계시 같았어요. 당신이 아직 그 학교에 있어야 할 텐데…….
하지만 당신 같은 사람이 학기가 끝나기도 전에 그만둔다면 그 학교는 분명 굉장히 끔찍한 곳이겠죠. 어쨌거나 내가 기억하는 당신은 매사 쉽게 포기하는 사람이 아니었으니까요.
서해안 날씨는 마음에 드나요? 당신은 밴쿠버를 비가 많이 내리는 도시라고 생각하겠지만, 그 두 배를 생각해보세요. 내가 사는 이 위쪽이 딱 그렇답니다.

종종 잠 못 이루는 밤에는 별 별을 보면서 당신 생각을 해요. 내가 별이라고 쓴 거 봤겠죠. 여긴 야심한 밤이고 자야 될 시간이라서 그래요.

앤은 여전합니다. 여행에서 돌아왔을 땐 집사람의 상태가 꽤 나빠진 것 같았지만 그런 생각을 하게 된 주된 이유는 지난 2~3년 사이에 야금야금 건강이 나빠진 그녀의 모습을 이제야 불현듯 인식하게 되었기 때문이겠지요. 매일 볼 때는 쇠약해진 걸 의식하지 못했거든요.

리자이나*에 들른 이유는 이제 열한 살이 된 아들을 보기 위해서였다는 말은 당신에게 안 한 것 같군요. 그 애는 거기서 제 엄마랑 살고 있어요. 이번에 보니까 그 녀석도 꽤 많이 변했더군요.

학교 이름을 마침내 기억해낸 일은 기쁘지만 유감스럽게도 당신의 성은 끝내 기억이 나질 않는군요. 어쨌든 이 편지는 봉할 작정입니다. 당신 성이 떠오르기를 바라며.

가끔 당신을 생각합니다.

가끔 당신을 생각합니다.

가끔 당신을 생각합니다. 쿨쿨……

버스는 줄리엣을 다운타운 밴쿠버에서 호스슈 베이까지 데려다 준다. 그다음에는 페리에 승선하여 본토의 반도를 가로지른 다음 또 다른 페리로 갈아타고, 다시 육지에 올라야 편지를 보낸 남자가

---

* 서스캐처원 주의 주도.

사는 마을에 도착한다. 웨일 베이라는 곳이다. 심지어 호스슈 베이에 닿기도 전부터 도시의 풍경이 황야로 변하는 속도는 얼마나 빠르던지! 이번 학기 내내 줄리엣은 날씨만 맑으면 언제든 북쪽 해안의 산들이 무대 위의 막처럼 시야에 들어오는 케리즈데일의 잔디밭과 정원에 둘러싸여 살았다. 돌담에 둘러싸인 학교에는 계절마다 꽃을 피우는 식물들이 있어 아늑하고 안락했다. 학교 주변의 주택들도 마찬가지였다. 철쭉이며, 호랑가시나무, 월계수와 등나무까지 온갖 식물로 잔뜩 치장하고 있다. 그러나 호스슈 베이까지 가지 않아도 공원 숲이 아닌 진짜 숲이 사방에서 포위해온다. 그 너머부터는 계속 물과 바위, 거무스레한 나무들, 나뭇가지에 늘어진 이끼가 이어진다. 가끔 가다 눅눅하고 다 쓰러져가는 작은 집에서 피어오르는 연기가 보인다. 그런 집 마당에는 으레 장작과 목재와 타이어, 자동차와 자동차 부품, 고장 났거나 아직 쓸 만한 자전거, 장난감, 그 밖에 차고나 지하실 공간이 부족할 때 사람들이 밖에 내다놓는 온갖 물건들이 널브러져 있다.

버스가 정차하는 마을들은 제대로 된 마을이라고 할 수도 없다. 건설회사가 지었을 법한 단조로운 집들이 다닥다닥 붙어 있는 곳도 있지만 대부분의 집이 숲에서 본 집과 별반 다를 바 없이 집집마다 어질러진 넓은 마당을 두고 있다. 마치 전혀 의도한 바는 아니었지만 다 지어놓고 보니 옹기종기 모이게 된 것 같은 그런 모양새였다. 마을을 관통하는 고속도로를 제외하고는 포장도로도 없고 인도도 없다. 우체국이나 시청이 들어설 만한 크고 튼튼한 건물도, 눈에 띄게 화려한 상가(商街)도 없다. 전쟁기념비도, 음수대도, 꽃으로 덮인 아담한 공원도 없다. 가끔 호텔이 눈에 띄기는 하지만 술집 정도로밖에 보이지 않는다. 현대적인 학교나 병원은 그런대로 봐 줄 만하지만 창고처럼 낮고 특징 없는 건물이다.

어느 시점엔가(두 번째 페리에서 특히 심했다) 줄리엣은 이번 일 전반에 대하여 거북스러운 의심이 들기 시작했다.

가끔 당신을 생각합니다.

가끔 당신을 생각합니다.

저런 말은 위안을 주려고, 또는 누군가의 마음을 마음대로 조종 하려는 가벼운 의도에서 내뱉는 말에 지나지 않는다.

하지만 웨일 베이에도 호텔 하나쯤은 있을 것이다. 하다못해 여 행자용 통나무집 숙소라도. 줄리엣은 그 마을에 갈 것이다. 커다란 슈트케이스는 학교에 두고 나중에 찾아갈 작정이다. 여행가방 하 나만 어깨에 둘러메고 있으니 이목을 끌지는 않을 것이다. 딱 하룻 밤만 머물러야지. 그에게 전화를 걸어볼까?

하지만 무슨 말을 한담?

마침 친구를 만나러 여기까지 올라오는 길이라고 하자. 학교에 서 알게 된 친구 후아니타가 여름 별장을 가지고 있는데, 어디라고 하지? 후아니타는 야외활동을 즐기는 용감무쌍한 친구라 숲에 오 두막이 있다고 하는 거다(하이힐을 벗는 일이 거의 없는 실제 후아 니타와는 영 다르지만). 그리고 그 오두막이 알고 보니 웨일 베이 남쪽에서 멀지 않더라고. 오두막에도 다녀오고 후아니타 얼굴도 보고 나니까 생각이 났는데, 이미 거기 다 온 셈이나 마찬가지니까, 들리면 어떨까 생각했다고……

바위, 나무, 물, 눈. 6개월 전, 크리스마스와 새해 휴일 사이의 어느 날 아침엔가 기차 창문 밖을 내다보았을 때 시야에 들어온 것은 네 가지 요소가 자리만 바꿔가며 반복된 풍경이었다. 짙은 회색이나 새까만 빛을 띤 집채만 한 바위들이 어떤 때는 불쑥 튀어나와 있고 또 어떤 때는 매끄러운 자갈 모양을 하고 있었다. 나무들은 대부분 소나무나 가문비나무나 삼나무 같은 상록수였다. 가문비나무, 정확히는 검정 가문비나무들은 자신의 모습과 똑같은 새끼 나무들을 층층이 붙여놓은 것처럼 보였다. 상록수가 아닌 나무들은 홀쭉하고 헐벗은 모습이었는데 포플러나 아메리카 낙엽송이나 오리나무인 것 같았다. 개중에는 몸통이 얼룩투성이인 것도 있었다. 눈은 두꺼운 모자처럼 바위 꼭대기 위에 내려앉아 있기도 했고, 나무가 바람을 맞는 방향을 따라 석고처럼 얼어붙어 있기도 했다. 눈은 곳곳에 산재한 크고 작은 호수의 얼어붙은 표면에 부드러운 막을 한 꺼풀 씌워놓기도 했다. 가끔씩 물살이 빨라지곤 하는 가느다란 개울의 시커먼 물에만 얼음이 없었다.

줄리엣은 무릎에 책을 펼쳐놓았지만 읽고 있지는 않았다. 지나가면서 보이는 풍경에서 눈을 뗄 수 없었기 때문이다. 그녀는 지금 2인 좌석에 혼자 앉아 있고 맞은편 2인 좌석에도 승객은 없었다. 여기가 바로 어젯밤 그녀의 임시 잠자리가 마련되었던 곳이다. 침대칸 승무원은 어젯밤에 승객이 자고 난 임시 잠자리를 분해하느라 분주했다. 지퍼가 달린 진녹색 천이 여전히 바닥까지 매달려 있는 칸도 있었다. 공기 중에는 그 천에서 나는 냄새가 감돌았다. 텐트용 직물로 보이는 그 천은 잠옷과 화장실 냄새를 희미하게 풍겼다. 객실의 양 끝에 있는 문으로 사람들이 드나들 때마다 상쾌한 겨울바람이 한바탕 들이닥쳤다. 아까 지나간 사람들은 아침을 먹으러 식당 칸으로 가는 중이었고 이미 아침을 먹고 돌아오는 사람들도 있었다.

눈밭에는 작은 동물들이 지나간 흔적이 남아 있었다. 흔적은 구슬 목걸이처럼 고리 모양으로 이어지다가 어느 순간부터 사라졌다.

줄리엣은 스물한 살이었지만 이미 고전문학 학사와 석사 학위를 소지하고 있었다. 박사 학위 논문을 준비 중이었지만 짬을 내 밴쿠버에 있는 사립 여학교에서 라틴어를 가르쳤다. 교사 훈련을 받은 적은 없었지만 학기 중에 갑작스럽게 결원이 생기는 바람에 학교 측에서 기꺼이 줄리엣을 채용한 것이다. 구인 광고에 응한 사람이 아무도 없었던 모양이었다. 정교사라면 아무도 수용하지 않을 정도로 봉급이 짰기 때문이리라. 하지만 오랫동안 얼마 안 되는 장학금에 의존했던 줄리엣으로서는 조금이라도 돈을 벌 수 있어서 기뻤다.

줄리엣은 고운 피부에 키가 크고 몸집은 호리호리했다. 담갈색 머리는 스프레이를 잔뜩 뿌려도 부팡스타일*을 유지하지 못했다. 전체적으로 또랑또랑한 모범생 같은 인상을 풍겼다. 높이 쳐든 고개, 야무지게 둥근 턱, 얇은 입술과 시원스러운 입, 들창코, 초롱초롱한 눈, 뭔가 애를 쓰거나 이해하려고 할 때 종종 붉어지곤 하는

---

* 윗부분을 동그랗게 부풀리는 헤어스타일.

이마. 교수들은 그녀를 보면서 흐뭇해했다. 요즘 같은 시대에 고대 언어를 포기하지 않고 끝까지 공부하겠다는 젊은이가 있다는 사실만으로도 고마울 따름인데 그 젊은이가 수재이기까지 하니 더없이 기뻤으리라. 그러나 걱정스러운 마음 또한 있었다. 문제는 그 젊은이가 여자라는 사실이었다. 결혼이라도 하게 되면, 장학금을 받는 여학생치고 못생긴 편은 아니니 어느 때건 곧 일어날 일이었으므로, 학생 본인의 노력뿐만 아니라 교수들의 노력도 모두 헛수고가 되고 말기 때문이었다. 그렇다고 결혼을 안 하면 승진 기회를(가족을 부양해야 하니 여자보다는 남자에게 더욱더 필요한 것이므로) 번번이 남자들에게 빼앗기면서 쓸쓸하고 고독한 삶을 살 것이 뻔했다. 게다가 줄리엣은 자신이 선택한 고전문학의 특이성을 옹호하지도, 고전문학이 일상생활과 무관하다거나 따분하다는 일반 대중들의 인식을 받아들이지도, 그렇다고 남들처럼 고전문학을 중도에 포기하지도 못할 사람이었다. 특이한 선택에 있어서는 남자들이 무조건 훨씬 유리했다. 그런 남자들 대부분은 기꺼이 결혼하겠다는 여자를 찾는 데 아무런 어려움도 겪지 않을 것이기 때문이었다. 그러나 여자의 경우에는 그렇지 않았다.

그래서 교수들은 교직 제의가 들어오자 줄리엣에게 수락하라며 조언을 아끼지 않았다. 너한테도 이롭다, 사회에 나가봐라, 현실을 직접 체험해보라는 말과 함께.

그런 유의 충고는 줄리엣도 익히 들어왔던 터라 새삼스러울 것은 없었다. 다만 정작 현실 세계에서 세파에 시달려본 적도 없을 것 같은 사람들 입에서 그런 말을 듣게 되었다는 점이 실망스러울 뿐이었다. 줄리엣이 자란 마을에서 똑똑한 여자는 절름발이나 육손이와 동류로 분류되기 일쑤였고 그런 부류의 여자들에게 으레 나타나곤 하는 단점, 이를테면 재봉틀을 못 다룬다거나 선물 포장을 깔끔하게 못한다거나 속옷이 밖으로 드러나도 알아채지 못하는 것과 같은 단점을 보이기라도 하면 기다렸다는 듯 지적하고 나섰다. 쯧쯧, 커서 뭐가 되려고……

그런 생각은 딸을 자랑스럽게 여기던 줄리엣의 부모에게도 미쳤다. 어머니는 줄리엣이 친구들 사이에서 인기 있는 아이가 되기를 바라고, 그 목적 하나를 달성하기 위하여 줄리엣에게 스케이트를 가르치고 피아노 레슨을 받게 했다. 줄리엣은 스케이트나 피아노 둘 다 좋아하지 않았고 잘하지도 못했다. 아버지는 줄리엣이 남들과 잘 어울리기만을 바랐다. 아버지는 줄리엣에게 '남들하고 원만하게 지내야 한다. 그걸 못 하면 인생이 고달파진다'라고 했다. (이는 아버지는 물론이요, 어머니 또한 더하면 더했지 덜하지는 않았는데, 그들 또한 남들과 그다지 원만하게 지내지 못했지만, 비참하지 않았다는 사실을 간과한 발언이었다. 아마도 아버지는 줄리엣도 자신들처럼 운이 좋지는 않으리라 생각했을 것이다.)

집을 떠나 대학에 진학한 후부터 줄리엣은 부모님께 원만하게 지내고 있다고 말했다. 고전문학과에 잘 적응하고 있어요. 전 정말 잘 지내고 있다니까요.

그런데 대학에서도 똑같은 충고를 듣게 되었다. 그것도 그녀를 아끼고 대견하게 여기는 줄 알았던 교수들로부터. 그들은 늘 웃는 얼굴로 줄리엣을 대해주었지만 근심을 감출 수는 없었다. 사회에 나가보라고들 했다. 마치 지금까지 줄리엣이 속해 있던 곳이 허구의 세계라도 된다는 듯.

그럼에도 기차에서 줄리엣은 행복했다.

'타이가*로구나.'

지금 보고 있는 풍경에 딱 들어맞는 단어인지는 알 수 없었다. 다만 마음속 깊은 곳 어딘가에서는 자신을 밤에는 늑대가 울부짖는 땅, 어떤 운명이 기다리고 있을지 모르는 낯설고 두렵고 흥분되는 땅을 향해 나아가는 러시아 소설 속의 젊은 여주인공쯤으로 여기고 있었던 것 같다. 줄리엣은 자신을 기다리고 있는 운명이 러시아 소설에서처럼 암울하거나 비극적이거나 혹은 양쪽 다일 공산이 크다고 해도 상관없었다.

어쨌거나 중요한 건 개인의 운명이 아니었다. 그녀를 잡아끈 것, 정확히는 매혹시킨 것은 캐나다 순상지**의 불규칙한 표면에서 찾아볼 수 있는 무차별성, 반복성, 무관심, 조화에 대한 경멸이었다.

그때 곁눈으로 그림자 하나가 들어왔다. 이내 바지를 입은 다리 한쪽이 들어오는 모습도 시야에 들어왔다.

"여기 자리 있습니까?"

물론 빈자리였다. 빈자리를 빈자리라고 할 수밖에……

술 달린 로퍼, 황갈색 바지, 황갈색과 진갈색 체크무늬 재킷에 고동색 줄무늬가 들어간 남색 셔츠, 파란색과 금색이 드문드문 섞인

---

* 북반구 냉대 기후 지역의 침엽수림.
** 캐나다 서스캐처원주, 매니토바주, 온타리오 주 그리고 퀘벡주, 래브라도주의 북부와 뉴펀들랜드주의 중앙 부분에 위치해 있는 암석 분포 지역.

고동색 넥타이 차림이었다. 모든 것이 방금 산 새것처럼 보였지만 구두를 제외하고 몸에 걸친 모든 것이 마치 그 옷을 산 후 몸집이 작아지기라도 한 듯 지나치게 컸다.

금빛이 도는 갈색 머리카락 몇 가닥이 두피에 딱 달라붙어 있는 남자는 50대인 것 같았다. (염색일 리는 없었다. 도대체 누가 저렇게 몇 가닥 안 남은 머리를 염색한단 말인가?) 머리카락에 비해 좀 더 짙고 붉은빛이 감도는 숱 많은 눈썹은 끝으로 치켜 올라가 있었다. 얼굴 피부는 다소 두둘두둘한 편으로 상한 우유의 덩어리진 표면처럼 두꺼웠다.

못생겼냐고? 물론 그랬다. 못생긴 건 맞지만 줄리엣이 생각하기에 그 나이 대 남자들 중에는 못생긴 사람이 수두룩했다. 나중이었더라면 줄리엣도 그가 유독 못생겼다고 말하지는 않았을 것이다.

유쾌한 인상을 심어주려는 듯 남자는 눈썹을 추어올리고 눈동자가 엷어 못 미더운 눈을 동그랗게 떴다. 남자가 줄리엣의 맞은편에 자리를 잡고 앉았다. 그러고는 입을 열었다.

"별로 내다볼 것도 없네요."

줄리엣은 시선을 책 쪽으로 내리깔며 대답했다.

"그러게요."

"아하." 남자가 이제부터 편하게 말을 틀 수 있게 되었다는 듯 곧 이어 물었다. "어디까지 가시나요?"

"밴쿠버요."

"나도 밴쿠버까지 가는데, 전국을 가로질러서 말이에요. 아가씨도 멀리 나온 김에 다 돌아보는 편이 좋겠네요, 안 그래요?"

"글쎄요."

남자는 집요하게 계속 말을 걸었다. "아가씨도 토론토에서 탔어
요?"

"네."

"거기가 내 고향이라오, 토론토 말이에요. 평생을 거기서 살았
죠. 아가씨도 토론토가 고향인가요?"

"아뇨."

줄리엣은 다시 책 쪽으로 시선을 돌려 침묵을 되도록 오래 끌려
고 했다. 그러나 가정교육 때문인지 민망해서인지 그것도 아니면
갑자기 동정심이라도 생긴 건지, 아무튼 거부할 수 없는 무언가 때
문에 줄리엣은 고향 마을의 이름을 알려주고 말았다. 여러 대도시
와의 거리를 알려주고, 휴런 호, 조지언 베이를 기준으로 잡았을 때
의 위치까지 설명하여 고향 마을이 어디쯤 있는지 가늠할 수 있게
해주었다.

"콜링우드에 사촌이 하나 있다오. 그 윗동네가 아주 멋진 데지.
사촌네 가족을 보러 몇 번인가 올라간 적이 있었거든. 그나저나 혼
자 여행 중이에요, 나처럼?"

남자는 한쪽 손을 반대쪽 손에 얹은 채 양손을 쉼 없이 위아래로
움직였다.

"네."

줄리엣은 제발 더 이상 말을 걸지 않았으면 좋겠다는 생각을 했
다.

"이번이 난생처음 나선 먼 여행길이라오. 혼자서 다니기엔 어지

간히 멀 텐데."

줄리엣은 아무런 대꾸도 하지 않았다.

"보니까 마침 여기 혼자 앉아서 책을 읽고 있기에 어쩌면 저 아가씨도 혼자서 갈 길이 멀지도 모르겠구나 하고 생각했지. 그래서 말인데 우리 말동무나 하면서 가면 어떻겠소?"

*말동무나 하자*는 말을 듣는 순간 속에서 싸늘한 바람이 한바탕 몰아쳤다. 남자가 자신에게 수작을 걸어보려는 게 아니라는 사실은 줄리엣도 잘 알고 있었다. 때때로 당하곤 하는 불쾌한 일 가운데 한 가지는 꼴사납고 매력도 없는 외로운 남자들이 줄리엣 또한 자신들과 같은 처지라는 식의 말을 은연중에 풍기면서 그녀에게 껄떡거리는 것이었다. 하지만 지금 이 남자한테는 그런 의도는 없었다. 남자는 여자친구가 아닌 그냥 친구를 바라고 있었다. 소위 말동무를 바랐던 것이다.

꽤 많은 사람들에게 자신이 괴상한 외톨이로 보일 거라는 사실을 줄리엣은 알고 있었다. 그리고 어떤 면에서 그렇다고 할 수도 있었다. 그러나 그녀 또한 꽤 오랫동안 그녀의 관심과 시간과 영혼을 마지막 한 방울까지 짜내려는 사람들에 둘러싸여 있다는 느낌을 받은 경험이 있었다. 그리고 대개는 그렇게 하도록 내버려두었다.

만나자면 만나주고, 다정하게 대하라(특히나 인기가 없는 사람이라면 더더욱). 그것이 바로 작은 마을에서, 또한 여자 기숙사에서 배운 것이었다. 너란 사람에 대해서는 아무것도 모르면서 너를 우려먹으려 드는 사람이 있다면 그게 누구든 응해주어라.

줄리엣은 웃음기가 싹 가신 얼굴로 앞에 앉아 있는 남자를 똑바로 쳐다보았다. 줄리엣의 표정이 단호해진 것을 본 남자의 얼굴에는 갑작스러운 놀라움이 떠올라 있었다.

"좋은 책인가 봐요, 무슨 책이지?"

줄리엣은 고대 그리스에 관한 책이며 그리스인들이 비이성적인 것에 지나치게 집착했다는 말을 하지 않을 작정이었다. 그리스어는 가르치지 않지만 그리스의 사상이라는 과목을 가르치기로 되어 있었기에 건질 만한 것이 있을까 하여 도즈*의 책을 다시 읽고 있던 참이었다. 줄리엣이 대답했다.

"책에 집중하고 싶네요. 전망차로 갈까 합니다."

그길로 일어나 객실을 나온 줄리엣은 전망차로 간다는 말은 하지 말걸 하고 생각했다. 남자도 따라 일어나 자신을 따라와 사과하면서 또 다른 구실을 생각해낼 수도 있어서였다. 게다가 전망차는 춥기 때문에 가져오지 않은 스웨터를 아쉬워하고 있을 자신의 모습이 눈에 선하기도 했다. 이제 와서 스웨터를 가지러 다시 갈 수는 없었다.

기차의 맨 뒤에 있는 전망차에서 3면을 통해 내다본 풍경은 침대차 창문에서 본 풍경보다 나을 것이 없었다. 앞쪽 시야가 기차의 차체에 늘 가려지기 때문이었다.

아마도 예상했던 대로 춥다는 것이 문제인지 몰랐다. 게다가 심란하기도 했다. 그렇다고 미안하지는 않았다. 조금만 더 있었으면 남자가 축축한 손을 내밀어 악수를 청했을 것이고(축축하거나 건

---

* 아일랜드 출신의 그리스 고전문학자.

조하고 푸석푸석하거나 둘 중 하나였을 것이다), 통성명까지 하게 되었을 것이다. 그러면 꼼짝없이 그 침대칸에 남자와 단둘이 갇혀 있게 되는 것이다. 이번이 이런 종류의 일에 직면했을 때 그녀가 용케 거둔 최초의 승리였다. 상대는 여태껏 겪어본 사람 중 가장 초라하고 후줄근했다. 남자가 말동무라는 말을 우물거리던 소리가 그때까지도 귓가에 생생하게 남아 있었다. 사과와 무례함. 사과는 그의 습관일 것이다. 무례함은 일말의 희망이나 투지가 그의 외로움, 정에 굶주린 상태를 둘러싸고 있던 껍데기를 부수고 나온 결과일 것이다.

필요한 조치였지만 쉽진 않았다. 결단코 쉽지 않았다. 사실 좀 전의 일은 그런 상태에 놓인 누군가에게 용감히 맞서 거둔 승리이기에 더욱 대단한 것이었다. 번지르르하고 자신감 넘치는 상대에게서 얻은 승리보다 더욱 대단한 것이었다. 대신 그녀는 한동안 다소 비참한 기분에 빠지게 될 터였다.

전망차에 앉아 있는 승객은 줄리엣을 제외하고 두 명밖에 없었다. 나이가 지긋한 여자 두 명이 각자 따로 앉아 있었다. 거대한 늑대 한 마리가 오점 하나 없이 새하얗게 눈이 덮인 작은 호수를 가로지르는 모습을 보았을 때, 줄리엣은 저들도 보았으리라는 것을 알았다. 그러나 아무도 정적을 깨지 않았고, 줄리엣은 그 점이 매우 마음에 들었다. 그 늑대는 기차 따위는 안중에도 없다는 듯 주저하지도, 그렇다고 서두르지도 않았다. 털은 길었고 서서히 흰색으로 변하는 은빛이었다. 저 늑대는 털 때문에 자기가 투명 늑대라도 된 줄 아는 걸까?

줄리엣이 늑대를 바라보는 사이 승객이 한 명 더 들어왔다. 남자
는 줄리엣이 앉은 자리의 통로 건너편 자리에 앉았다. 그 남자도 책
을 한 권 가지고 있었다. 뒤이어 노부부 한 쌍이 들어왔는데 할머니
는 체구가 작고 정정했으며 할아버지는 덩치가 크고 둔해 보였다.
할아버지가 못마땅한 듯 땅이 꺼져라 한숨을 내쉬었다.

"여긴 춥잖아." 할아버지가 자리에 앉으면서 말했다.

"외투 가져다 줘요?"

"귀찮게 뭘."

"안 귀찮아요."

"괜찮아."

"여기선 경치가 훨씬 잘 보일 거예요." 할머니가 말했다.

할아버지가 아무런 대꾸도 하지 않자 할머니가 다시 말을 꺼냈
다.

"사방이 탁 트였잖아요."

"볼 게 뭐가 있다고."

"산맥을 통과할 때까지 기다려봐요. 멋진 경치가 나올 테니까.
아침은 맛있게 드셨어요?"

"계란이 너무 덜 익었어."

"누가 아니래요."

할머니는 할아버지의 말에 맞장구를 쳐주었다.

"차라리 당장 주방으로 쳐들어가서 내가 직접 할걸 그랬다는 생
각까지 듭디다."

"주방이 아니라 조리실이지. 이런 데서는 조리실이라고 부른다

고."

"난 배에 탔을 때나 쓰는 말인 줄 알았죠."

동시에 책에서 시선을 거둬 눈을 치켜뜬 줄리엣과 맞은편 남자의 시선이 마주쳤다. 양쪽 다 아무런 감정도 드러내지 않으려는 차분한 얼굴이었다. 그때 마침 기차가 서서히 속도를 늦추더니 정차했고, 둘은 각자 다른 곳으로 시선을 돌렸다.

기차는 숲 속에 있는 작은 마을에 도착했다. 한쪽에는 암적색으로 칠한 역이 있었고 반대쪽에는 똑같이 암적색으로 칠한 집이 두어 채 있었다. 철도 역무원들을 위한 사택이나 막사인 것 같았다. 10분간 정차하겠다는 안내 방송이 흘러나왔다.

역 플랫폼의 눈은 말끔히 치워져 있었다. 정면을 응시하던 줄리엣은 몇몇이 기차에서 내려 플랫폼을 걸어 다니고 있는 것을 보았다. 줄리엣도 밖에 나가 걷고 싶었지만 외투가 없어서 그럴 수 없었다.

맞은편 남자가 일어나더니 뒤도 한 번 돌아보지 않고 계단을 내려갔다. 앞 칸 어딘가의 문이 열리면서 차가운 바람이 야금야금 흘러 들어왔다. 할아버지가 정차는 왜 했으며, 여기가 대관절 어디냐고 물었다. 할머니가 전망차 앞쪽까지 가서 지명을 확인하려고 했으나 알아내지는 못했다.

줄리엣은 마에나디즘*에 관한 내용을 읽던 중이었다. 도즈에 따르면 의식은 한겨울 밤에 열렸다. 여자들은 파르나소스 산 정상까

---

* maenadism. 광란주의.

지 올라가야 했는데, 한 번은 여자들이 눈보라 때문에 산 정상에 고립되어 구조대를 보내야 했던 적이 있었다. 이 예비 마에나드스*는 다들 극도의 광란 상태에서 구조를 수락했는데, 산에서 실려 내려왔을 때 그들의 옷은 판자처럼 딱딱하게 얼어붙어 있었다. 이는 줄리엣이 보기에 요즘에도 계속 벌어지는 행위처럼 보였고, 왠지 몰라도 그 때문에 그 여사제들의 광적인 행동을 현대적인 시각으로 볼 수 있게 해주는 것 같았다. 학생들도 과연 동의할까? 그럴 것 같지 않았다. 학생들은 전과 마찬가지로 조금이라도 오락의 기미가 보이거나 그런 데 참여하라는 것 같으면 십중팔구 강한 거부감을 나타낼 것이다. 거부감이 없는 학생들이 있더라도 그걸 드러내고 싶어하지는 않을 것이다.

승차 안내 방송이 나왔다. 상쾌한 바람이 뚝 끊겼고 멈칫거리며 선로를 바꾸는 움직임이 느껴졌다. 고개를 들고 지켜보노라니 조금 떨어진 앞쪽에서 기관차가 커브를 돌아 사라지는 모습이 보였다.

바로 그때 휘청하면서 크게 덜컹거리는 느낌이 기차를 온통 훑고 지나간 것 같았다. 줄리엣이 타고 있던 전망차에서도 덜컹거리는 느낌이 났다. 곧이어 열차가 갑자기 멈춰 섰다.

모두들 기차가 다시 출발하기를 기다리며 자리에 앉아 있었고, 아무도 말을 하지 않았다. 내내 불평을 쏟아내던 할아버지조차 아무 말이 없었다. 몇 분이 흘렀다. 여기저기 문이 열리고 닫히면서

---

* 디오니소스를 모시는 여사제들을 일컫는데, 산속에서 황홀하게 춤추고 노래하며 디오니소스의 의식을 도와주었다.

사람들이 뭐라고 외치는 소리가 들리자, 공포와 불안감이 삽시간에 퍼졌다. 전망차 바로 앞 칸에 있는 특별 객차에서 차장일 것으로 짐작되는 사람의 권위적인 목소리가 들려왔다. 그러나 무슨 말인지 알아들을 수는 없었다.

줄리엣은 자리에서 일어나 전망차의 앞쪽으로 간 다음 앞에 있는 객차들의 맨 위를 모두 훑어보았다. 눈밭을 달리고 있는 형상이 몇몇 눈에 들어왔다. 혼자 있던 노부인 중 한 명이 줄리엣에게 다가와 옆에 섰다.

"무슨 일이 날 것 같더라니." 노부인이 말을 이었다. "아까 정차했을 때 뒤쪽에 뭐가 있는 것 같더라고. 그래서 기차가 출발하지 말아야 할 텐데 하고 생각했는데, 내 기어이 무슨 일이 날 줄 알았다니까."

다른 노부인 한 명이 그들 뒤에 서며 말했다. "아무 일 아닐 거야. 선로에 나뭇가지라도 걸린 모양이지."

"기차에는 객차보다 먼저 출발시키는 게 있어. 선로에 나뭇가지 같은 게 있는지 알아보려고 말이야."

첫 번째 노부인이 말했다. "지금 막 떨어졌나 보지."

두 여자 모두 영국 북부 억양을 썼고 낯선 사람이나 방금 만난 사람에 대한 예의 같은 것은 찾아볼 수 없었다. 이제야 두 노부인의 얼굴을 찬찬히 뜯어보게 된 줄리엣은 한쪽이 더 얼굴이 넓적하기는 했지만 나이를 덜 먹었고, 또 자매인 것 같다는 생각을 했다. 그렇다면 자매는 함께 여행하면서도 따로 앉았다는 얘기가 된다. 어쩌면 자매가 다투는 바람에 따로 앉은 걸지도 몰랐다.

차장이 전망차로 이어지는 계단을 올라오고 있었다. 계단을 반쯤 오른 차장이 고개를 돌리며 말했다.

"여러분, 걱정할 만큼 심각한 일은 아닙니다. 선로에 있던 장애물을 친 것 같습니다. 열차가 지연되어 대단히 죄송합니다. 최대한 빨리 출발하겠지만 여기서 좀 더 지체될 수도 있습니다. 식음료 담당자가 저한테 말하길 얼마 후 무료로 커피를 제공해드리겠다고 하는군요."

줄리엣은 차장을 따라 계단을 내려갔다. 자리에서 일어선 순간 줄리엣은 자신에게 해결해야 할 문제가 하나 있다는 사실을 깨달았다. 여행 가방을 놓아둔 자신의 좌석으로 돌아가 아까 자신이 쌀쌀맞게 대한 남자가 그대로 있는지 확인해야 했다. 객실을 여러 칸 지나는 동안 그녀는 자신과 마찬가지로 이동 중인 사람들과 마주쳤다. 사람들은 지금이라도 곧 객차 문이 열리기라도 할 것처럼 기차 한쪽에 난 창문에 몸을 바짝 붙이거나 객차 중간에서 멈춰 섰다. 누군가를 붙잡고 물어볼 겨를은 없었지만 지나가면서 곰이나 말코손바닥사슴, 소였을 거라는 말을 들었다. 사람들은 암소라면 대체 왜 이 숲 속에 있는 건지, 곰이라면 어째서 겨울잠도 안 자고 깨어 있던 건지, 혹시 어떤 주정뱅이가 선로에서 잠들어버린 것은 아닌지 궁금해했다.

식당차에도 사람들이 테이블에 자리를 잡고 앉아 있었는데 흰색 테이블보는 모두 벗겨져 있었다. 그들은 공짜 커피를 마시고 있었다.

줄리엣이 앉았던 좌석에도, 그 맞은편 좌석에도 사람은 없었다.

줄리엣은 여행 가방을 집어 들고 부리나케 여자 화장실로 향했다. 그녀에게 생리는 인생의 골칫거리였다. 도중에 시험장을 나가 생리대를 갈 수도 없는 중요한 서너 시간짜리 시험 답안을 작성할 때조차 찾아와 지장을 주곤 했기 때문이다.

얼굴이 화끈거리고 배도 아픈데다 머리도 약간 어지럽고 메스껍기까지 한 줄리엣은 변기에 주저앉아 피에 흠뻑 젖은 생리대를 빼서 화장지에 돌돌 만 다음 쓰레기통에 버렸다. 변기에서 일어난 줄리엣은 가방에서 새 생리대를 꺼내 붙였다. 변기 안에 있는 물과 소변이 피로 새빨갛게 물든 게 보였다. 변기의 물 내림 버튼을 누르고 나서야 기차가 정차 중일 때는 물을 내리지 말라는 안내문이 눈에 들어왔다. 물론 그 말은 기차가 역 근처에 정차 중일 때 물을 내리면 불쾌하게도 사람들 눈에 띌 수 있다는 뜻이었다. 줄리엣이 지금 그 지경에 처할지 모르는 상황이었다.

줄리엣이 물 내림 버튼을 한 번 더 누르려던 바로 그 순간, 옆에서 목소리가 들렸다. 기차 안이 아니라 불투명 유리창 밖인 것 같았다. 곁을 지나가고 있던 철도 노동자들이리라.

기차가 움직일 때까지 그 자리에 가만히 있을 수도 있겠지만, 그때까지 도대체 얼마를 기다려야 할까? 만약 볼일이 너무 급한 사람이라도 생기면 어쩌지? 줄리엣은 변기 뚜껑을 내리고 화장실에서 나가는 수밖에 없다는 결론을 내렸다.

줄리엣은 자신의 좌석으로 돌아갔다. 맞은편에는 네다섯 살가량의 아이가 크레용으로 색칠공부 책을 마구잡이로 칠하고 있었다. 아이 엄마가 줄리엣에게 공짜 커피 얘기를 꺼냈다.

"공짜긴 한데 직접 가서 가져와야 하는 모양이에요." 여자가 잠시 뜸을 들이다 말했다. "제가 커피를 가지러 가는 동안 제 아들 좀 봐주시겠어요?"

"저 아줌마랑 같이 있기 싫어." 아이가 고개도 들지 않은 채 칭얼댔다.

"제가 다녀올게요." 줄리엣이 말했다.

그러나 바로 그때 급사가 커피 트레이를 가지고 들어왔다.

"어머나, 조금만 기다리면 될 걸 괜히 투덜거렸나 봐요. 그나저나 시체 때문이었다는 거, 들었어요?"

줄리엣은 고개를 가로저었다.

"외투도 안 걸치고 있었다지 뭐예요, 글쎄. 그 남자가 기차에 내려서 맨 앞까지 걸어가는 걸 본 사람이 있었는데 설마 그런 일을 벌일 줄은 몰랐대요. 기관사가 제때 못 보게 하려고 일부러 커브를 돈 게 틀림없어요."

아이 엄마가 앉은 통로 쪽 좌석에서 몇 좌석 앞에 앉아 있던 어떤 남자가 끼어들었다.

"돌아들 오는군요."

줄리엣이 앉은 쪽 통로 사람들이 몸을 구부리고 밖을 내다보았다. 아이도 일어나 유리창에 얼굴을 바짝 갖다 댔다. 그러자 아이 엄마가 아이에게 앉으라고 다그쳤다.

"넌 색칠이나 잘해. 이렇게 엉망으로 칠하면 어떻게 하니, 다 선 밖으로 삐져나왔잖아." 그러더니 줄리엣을 향해 말했다. "전 못 보겠어요. 그런 건 너무 끔찍해서……."

줄리엣은 일어나서 보았다. 남자들 여럿이 역사를 향해 저벅저벅 걸어가는 게 보였다. 그중 몇몇은 외투를 벗고 있었는데 그 외투는 그들이 나르던 들것 위에 겹겹이 쌓여 있었다.

줄리엣 뒤에 있던 남자가 일어서지 않은 여자에게 말했다. "어차피 안 보여요. 다 덮어놔서."

고개를 숙이고 이동하던 남자들이 모두 역무원인 것은 아니었다. 그중에는 전망차에서 줄리엣 맞은편에 앉았던 남자도 있었다.

10분에서 15분 정도가 지나자 기차는 다시 움직이기 시작했다. 커브를 돌면서 보니 기차 양옆 어디에도 핏자국은 없었다. 하지만 삽으로 퍼다 나른 눈 더미를 밟아서 다져놓은 부분이 있었다. 줄리엣 뒤에 있던 남자가 또다시 일어서며 말했다.

"저기가 현장인 것 같군요."

남자는 어떤 흔적이라도 남아 있지는 않은지 한참을 주시하더니 돌아서서 다시 자리에 앉았다. 기차는 지체한 시간을 만회하려고 속도를 내기보다 오히려 전보다 더 천천히 달리는 것 같았다. 아마도 조의를 표하기 위해서 그랬겠지만, 앞에서 기다리고 있을 다음 커브가 걱정되어서 그랬을지도 몰랐다. 급사장이 점심은 선착순이라는 내용을 알리며 객차를 지나가자 아이와 아이 엄마가 벌떡 일어나 급사장 뒤를 따랐다. 곧이어 긴 줄이 형성되었고, 줄리엣은 어떤 여자가 지나가면서 "정말이에요?" 하고 묻는 소리를 들었다.

그 여자와 얘기를 나누던 또 다른 여자가 속삭이듯 말했다.

"그 여자가 그랬어요. 온통 피바다였다고. 그래서 기차가 깔고 지나가면서 피가 안으로도 튀었을 거라고……."

"그만해요."

얼마 후 줄은 없어졌고, 점심 행렬에 일찍 나섰던 사람들이 식사를 하고 있을 때, 그 남자, 밖에서 눈밭을 걷고 있던 전망차의 그 남자가 들어왔다.

줄리엣은 벌떡 일어나 그 남자를 황급히 따라갔다. 객실 사이의 춥고 어두운 공간에서, 그가 묵직한 문을 밀어 열려는 찰나, 줄리엣이 말을 걸었다.

"실례합니다. 여쭤보고 싶은 게 있어요."

갑자기 그 공간이 소음으로 가득 차면서 무거운 바퀴가 철로를 철커덕철커덕 굴러가는 소리가 귀를 따갑게 때렸다.

"그게 뭔가요?"

"의사신가요? 혹시 보셨나 해서요. 아까 그…… 남자를?"

"전 의사가 아닙니다. 기차에 의사가 한 명도 없더군요. 하지만 마침 제가 의술 경험이 조금 있어서요."

"그 남자, 몇 살이었죠?"

남자는 슬슬 인내가 바닥나고 있다는 표정으로 줄리엣을 바라보다가 이제는 불쾌한 기색까지 내비쳤다.

"단정할 순 없지만 젊지는 않았습니다."

"파란 셔츠를 입고 있었나요? 금발 같은 갈색 머리였나요?"

남자는 고개를 가로저었지만, 줄리엣의 질문에 대한 답이라기보다 더 이상 말을 이어가기 싫다는 의사 표현이었다.

"아는 분이었나요? 만약 그렇다면 차장한테 알리셔야 합니다."

"아뇨, 모르는 사람이었어요."

"실례하겠습니다."

남자가 문을 밀어 열고 가버렸다.

물론, 그 남자는 줄리엣도 남들처럼 역겨운 호기심이 넘치는 사람이라고 생각했을 것이다.

온통 피바다였다고. 역겨우려면 이 정도는 돼야지.

방금 전 실수에 대해서 줄리엣은 아무에게도 털어놓지도, 그것을 소재 삼아 끔찍한 농담을 할 수도 없을 것이다. 혹시라도 발설했다가는 남들이 그녀를 피도 눈물도 예의도 없는 사람으로 간주해버릴 것이기 때문이다. 그러나 그러한 오해의 한편에 자리하고 있는 것, 즉 자살한 사람의 으스러진 시체는 그 이야기를 반복하면 할수록 줄리엣 자신의 생리혈보다 더럽고 끔찍할 것 없는 것처럼 보이게 된다는 사실 이 었 다.

아무에게도 발설하지 말자. (사실 줄리엣은 몇 년 후 이 얘기를 그때까지만 해도 이름조차 모르고 있던 크리스타란 여자한테 털어놓았다.)

하지만 그녀는 누군가에게 무슨 얘기든 하고 싶어 미칠 지경이었다. 그래서 공책을 꺼내 줄이 쳐진 페이지에다 부모님께 보내는 편지를 쓰기 시작했다.

아직 매니토바 근처에도 못 왔는데 경치가 단조롭다고 투덜거리는 사람들이 많아요. 하지만 극적인 사건이 빠진 여행이라고는 못할 테죠. 오늘 아침 기차가 북부 지역의 숲에 있는 어느 외딴 마을에 정차했는데, 기차역 아니랄까 봐 온통 빨간 페인트를 칠해놓은 곳이었어요. 기차 뒤쪽 전망차에 타고 있었는데 거기서 난방을 너무 약하게 해주는 바람에 얼어 죽는 줄 알았지 뭐예요. (눈앞에 펼쳐진 장관 때문에 추위 따위는 잊을 것이라 착각한 모양이에요) 하지만 터벅터벅 걸어가서 스웨터를 가져오기는 귀찮았어요. 한 10분에서 15분 정도 앉아 있으려니까 기차가 시동을 걸었죠. 기관차가 커브를 도는 게 보이더니 갑자기 엄청 큰 쿵 소리가 들려왔어요…….

줄리엣과 줄리엣의 부모는 집에 오면 식구들에게 재미있는 이야깃거리를 들려주어야 한다는 의무감 같은 것을 가지고 있었다. 그러려면 전달하려는 사실뿐만 아니라 그 사실이 벌어지는 세상에서 자신이 차지하는 위치까지 티 나지 않게 바꿔주어야 했다. 적어도 줄리엣이 학교에 속했을 때 발견한 바에 따르면 그랬다. 그녀는 자신을 무리보다 다소 우월하고 강인한 관찰자로 둔갑시켜놓았다. 오랫동안 집을 떠나 있다 보니 이러한 자아 개조는 버릇이 되었고 거의 의무로까지 굳어져버렸다.

그러나 엄청 큰 쿵 소리라는 말을 쓰는 순간 줄리엣은 더 나아가지 못하고 있는 자신을 발견했다. 늘 써오던 위장용 말투로는 편지를 계속 써나갈 수 없었기 때문이다.

창밖을 내다보면 기분이 좀 나아질까 하여 창밖을 내다본 줄리엣은 똑같은 요소들만 이어지던 바깥 경치가 바뀌어 있음을 발견했다. 160킬로미터도 채 못 왔는데 기후가 전보다 따뜻해지기라도 한 것 같았다. 가장자리만 얼어붙었을 뿐, 호수 한가운데가 얼지 않왔던 것이다. 겨울 구름 아래 시커먼 물과 시커먼 바위 때문에 대기는 암흑으로 가득 차 있었다. 경치 감상에도 싫증이 난 줄리엣은 다시 도즈의 책을 집어 들고 아무 데나 펼쳤다. 어차피 이미 전에 읽어본 책이기 때문이었다. 페이지마다 밑줄이 엄청나게 그어져 있었다. 분명 마음에 드는 구절이라 밑줄을 그었겠지만 다시 읽어보니 한때는 그토록 만족스럽게 다가왔던 구절들이 지금은 모호하고 미심쩍게만 보였다.

……산 자의 편협한 시각으로는 악령의 소행으로 보이지만 훨씬 폭넓은 통찰력을 지닌 죽은 자에게는 우주적 정의로 인식된다……

책이 손에서 스르륵 빠져나오고 눈이 감기더니 어느새 줄리엣은 어떤 아이들(아마도 제자들?)과 호수 위를 걷고 있었다. 그들이 발을 디딜 때마다 호수 표면에는 어김없이 5각형으로 금이 갔다. 똑같은 5각형이 아름답게 반복되자 빙판은 마치 타일을 깐 바닥처럼 보였다. 아이들이 이 얼음 타일의 이름을 묻자 줄리엣은 자신 있게 약강 5보격이라고 답해주었다. 그러나 어찌된 일인지 학생들은 깔깔대고 웃었고, 웃음소리가 울려 퍼지자 틈은 점점 넓게 벌어졌다. 자신의 실수를 깨달은 줄리엣은 곧이어 정확한 명칭만이 이 상황을 벗어나게 해줄 수 있다는 사실을 깨달았지만 그 단어를 도저히 떠올릴 수 없었다.

깨어나 보니 눈앞에 아까 그 남자, 그녀가 객실 사이에서 성가시게 했던 남자가 맞은편에 앉아 있었다.

"주무시고 계셨군요." 남자가 자기 말이 우습다는 듯 희미한 미소를 지었다. "너무 당연한 얘긴가요."

줄리엣은 할머니처럼 고개까지 꾸벅거리면서 자고 있었던 데다 깨어보니 입가에는 침까지 흘러 있었던 것이다. 게다가 지금 당장 화장실에도 가야 했다. 그녀는 치마에 제발 아무것도 묻어 있지 않기만을 바랐다. 줄리엣은 "실례하겠습니다"(그러고 보니 아까 남자가 줄리엣에게 마지막으로 했던 말이다) 하고 말한 후 여행 가방을 챙긴 다음 최대한 태연한 척하며 걸어 나갔다.

깨끗이 씻고 옷매무새도 가다듬고 생리대도 간 후 돌아와보니, 남자는 아직 그 자리에 있었다.

그가 줄리엣을 보자마자 말을 꺼냈다. 사과하고 싶었다면서.

"나중에 생각해보니까 제가 너무 무례했더군요. 그러니까 아까 저한테 물어보셨을 때……."

"그래요, 무례했어요."

"당신 말이 맞았습니다. 그 남자의 인상착의 말이에요."

이 대화는 그에게 있어 대화를 해달라는 부탁이라기보다 단도직입적이고 불가피한 거래인 것 같았다. 줄리엣이 시큰둥한 반응을 보이면 남자는 그대로 일어나서 나가버릴 것 같았다. 자신은 애초에 마음먹은 일을 완수했으므로 딱히 실망할 것도 없다는 듯.

그때 창피하게도 줄리엣의 눈에서 눈물이 줄줄 흘러나왔다. 너무 뜻밖의 일이라 고개를 돌릴 틈조차 없었다.

"괜찮아요. 다 괜찮아요." 남자가 말했다.

줄리엣은 몇 번인가 빠르게 고개를 끄덕이고는 심하게 훌쩍거렸고 마침내 가방에서 찾아낸 휴지로 코를 풀었다.

"이제 괜찮아요." 줄리엣이 말했다.

곧이어 그에게 아까의 일을 솔직하게 털어놓았다. 남자가 몸을 숙이고 자리 있느냐고 물은 일이며, 그가 자리에 앉은 일, 그녀가 계속 창밖을 내다보려고 했지만 그럴 수 없어서 책을 읽어보려고, 혹은 읽는 척하려고 노력한 일이며, 남자가 줄리엣에게 기차를 어디서 탔느냐고 물은 일, 그녀의 집을 알아낸 일, 대화를 이어보려고 계속 말을 걸어서 급기야 자신이 남자를 두고 나가버린 일까지 모조리.

딱 한 가지 줄리엣이 남자에게 밝히지 않은 것은 *말동무나 하자라는* 표현이었다. 그 말을 내뱉으면 또다시 울음을 터뜨릴 것만 같아서였다.

"여자들을 가만히 내버려두지 못하는 치들이 있지요. 남자보다 만만하니까." 남자가 말했다.

"맞아요. 그런 사람들이 있어요."

"그런 남자들은 여자라면 모두 친절해야 한다고 생각합니다."

"하지만 그 남자는 그저 말상대가 필요했던 것뿐이었어요." 줄리엣이 자세를 바꾸면서 말을 이었다. "누군가를 *원하지 않았던* 내 마음보다 누군가를 간절히 원했던 그의 마음이 훨씬 컸던 거예요. 이제야 알겠어요. 나는 못돼 보이지도, 잔인해 보이지도 않지만 실은 그런 사람이었다는 것을."

잠깐 동안 침묵이 흘렀고, 그동안 그녀는 또다시 훌쩍거리고 주체할 수 없을 만큼 눈물을 흘렸다.

남자가 말했다. "그동안 아무에게도 거절하고 싶었던 적이 없었다는 말인가요?"

"아니에요, *있었어요.* 하지만 실제로 거절해본 적은 한 번도 없었어요. 그렇게까지 심하게 한 적은 없었는데. 그런데 이번에 거절했던 이유는 그 남자가 너무 초라했기 때문이에요. 이번 여행 때문에 옷까지 샀는지 새 옷을 쭉 빼입고 있었죠. 우울해서 여행이라도 떠나야겠다고 생각했을 거예요. 여행이야말로 사람을 만나고 친구를 사귈 수 있는 좋은 방법이니까. 그렇게 멀리 간다고만 안 했어도…… 하지만 그 남자는 밴쿠버까지 간다고 했고 저는 꼼짝없이 그에게 붙잡혔을 거예요. 며칠 동안."

"그랬을 겁니다."

"정말 그랬을지도 몰라요."

"알아요."

"그렇군요."

"재수가 나빴던 것뿐이에요." 남자가 보일 듯 말 듯 희미한 미소를 지으며 말했다. "하필이면 당신이 처음으로 용기를 내서 누군가에게 퇴짜를 놓은 날 그 사람이 기차에 몸을 던진 겁니다."

"다른 일 때문에 꾹 참고 있다가 터진 걸 거예요." 줄리엣이 변명조로 말했다. "틀림없이 그랬을 거예요."

"앞으로는 조금 조심하기만 하면 괜찮을 겁니다."

줄리엣은 턱을 치켜들고 남자를 응시했다. "제가 너무 확대해석하고 있다는 말씀이군요."

그때 알 수 없는 일이 일어났다. 아까 눈물이 쏟아졌을 때처럼 너

무나 갑작스럽고 뜻밖의 일이었다. 입이 씰룩거리더니 걷잡을 수
없는 웃음이 터져 나왔던 것이다.

"조금 극단적이신 것 같습니다." 그가 곧이어 덧붙였다. "아주
조금요."

"제가 과장하고 있다고 생각하시는 건가요?"

"그건 당연한 겁니다."

"하지만 실수라고 생각하신다면서요." 웃음이 잦아든 줄리엣이
말을 이었다. "죄책감이 사치에 불과하다고 생각하시는 거죠?"

"내 생각엔……." 남자가 잠시 뜸을 들이다 말을 이었다. "내 생
각엔 이런 일은 사소한 일이라는 겁니다. 살다 보면 온갖 일이 일어
나죠. 십중팔구 오늘 일은 우습게 보일 정도의 일들도 일어날 겁니
다. 물론 죄책감을 느끼게 될 일도 일어날 거고요."

"하지만 그건 흔해 빠진 말이 아니던가요, 자기보다 어린 사람한
테 하는? 연장자랍시고 '언젠간 생각이 달라질 거야, 두고 봐.' 그
렇게들 말하죠. 마치 상대에게는 진지한 감정을 느낄 권리도, 능력
도 없다는 듯."

"감정이라…… 나는 경험을 말한 건데요."

"하지만 죄책감은 아무짝에도 쓸모가 없기라도 한 것처럼 말하
고 있잖아요, 남들처럼. 정말 그런가요?"

"그거야 나도 모르죠."

그들은 이 주제를 놓고 꽤 오랫동안 대화를 나눴다. 목소리는 크
지 않았을지언정 그 열기가 너무 뜨거워 가끔씩 지나가던 사람들
은 지나치게 추상적인 토론을 우연찮게 듣게 되었을 때 으레 보이

는 반응을 보였다. 즉 깜짝 놀라거나 심지어 언짢아하기까지 했던 것이다. 줄리엣은 얼마 지나지 않아, 자신이 비록 죄책감 같은 감정들이 공개적인 삶과 사적인 삶에 모두 필수적인 감정이라는 주장을 펼치고 있기는 하지만, 그것도 꽤 훌륭하게, 그 순간 자신이 아무런 감정도 느끼지 않게 되었다는 사실을 깨달았다. 심지어 즐기고 있다고 말할 수도 있었다.

그가 라운지로 가서 커피를 마시자고 제안했다. 막상 라운지에 가자 줄리엣은 배가 고팠다. 그러나 점심시간은 이미 끝난 지 오래였다. 구할 수 있는 것이라고는 프레첼과 땅콩이 다였지만 줄리엣이 그것을 어찌나 걸신들린 듯 먹어 치웠던지 방금 전까지 그들이 나누던 대화, 경쟁 심리마저 살짝 자극하던 심오한 대화를 다시 나누기란 불가능해 보였다. 그래서 그들은 대신 각자에 관한 이야기를 나눴다. 남자의 이름은 에릭 포티어스고 서해안에 있는 밴쿠버의 북쪽 어딘가에 있는 웨일 베이라는 마을에 살고 있다고 했다. 그러나 집으로 곧장 가지 않고 리자이나에서 여행을 잠시 중단하고 오랫동안 못 만난 사람들을 만날 예정이었다. 어부인 그는 새우를 잡는다고 했다. 줄리엣은 아까 의술 경험이 있다는 말은 무슨 말이냐고 물었다.

그의 대답은 이랬다. "아, 그거요. 경험이 그렇게 많지는 않아요. 의학 공부를 조금 했거든요. 숲이나 바다에 나가면 무슨 일이 생길지 모르니까요. 동료에게든 자기 자신에게든 말이에요."

결혼은 했고 부인의 이름은 앤이라고 했다.

8년 전, 앤은 자동차 사고를 당해 다쳤다. 그녀는 몇 주간 의식불

명 상태였다. 마침내 깨어났지만 전신마비라 걸을 수도, 심지어 혼자서 밥을 먹을 수도 없었다. 아내는 남편을 알아보는 듯했고, 남편이 아내를 집에서 돌볼 수 있도록 도와주고 있는 여자도 알아보는 듯했다. 하지만 말을 하려는 노력이나 주변 상황을 파악하려는 노력은 이내 사라져버렸다.

부부는 함께 어떤 파티에 갔었다. 부인은 딱히 가고 싶은 마음이 없었지만 남편은 가고 싶다고 했다. 얼마 후 파티 분위기가 못마땅해진 아내는 집까지 혼자 걸어가기로 했다.

아내를 치고 달아난 범인은 그들과 다른 파티에 참석했던 술에 취한 10대 패거리였다.

천만다행으로 부부에게는 아이가 없었다. 불행 중 다행인 셈이었다.

"이 얘기를 하면 의무라도 된다는 듯 '어머나, 끔찍해라', '정말 비극적이네요' 같은 말들을 하더군요."

"그게 잘못인가요?"

자신도 막 그런 말을 하려던 참이었기에 줄리엣은 궁금할 수밖에 없었다.

그는 잘못은 아니라고 했다. 단지 상황이 그보다 훨씬 복잡할 뿐이었다. 앤이 비극이라고 생각했을까? 아마도 아닐 것이다. 그렇다면 그는 비극이라고 생각했을까? 비극이라기보다 살다 보면 적응하게 되는 일, 새로운 삶의 방식이었다. 그뿐이었다.

남자들과의 접촉 중 줄리엣이 재미있었다고 생각한 경우는 모두

허구 속 인물과의 만남이었다. 한두 명의 영화배우, 오래된 〈돈 조반니〉 오페라 음반 속의 매력적인 테너(남성미 넘치는 무정한 남자 주인공이 아니다)부터 셰익스피어의 희극 〈헨리 5세〉에 나오는 헨리 5세와 영화 〈헨리 5세〉에서 로렌스 올리비에가 연기한 헨리 5세까지.

한심하고 어이없는 일이었지만 아무에게도 말하지 않으면 그만이었다. 현실에서는 굴욕과 실망만 느꼈기 때문에 줄리엣은 그런 경험을 되도록 빨리 잊으려고 애썼다.

고등학교 댄스파티에서는 인기 없는 다른 여자아이들 무리 중에서 그나마 군계일학이었다. 대학에 와서는 별로 마음에도 없는 남학생들과의 데이트에서 명랑한 모습을 보이려고 어설픈 시도를 해보았지만, 그 남자들 역시 줄리엣을 그다지 좋아하지 않았다. 작년에 친척 집을 방문 중이던 논문 지도교수의 조카와 데이트를 했을 때는 한밤중 윌리스 공원 바닥에서 난데없이 관계를 맺게 되었다(줄리엣 또한 그럴 마음이 있었으므로 강간이라 볼 수는 없다).

집으로 가는 길에 그 남자는 줄리엣이 자신의 타입이 아니라고 해명했다. 줄리엣은 너무나 자존심이 상했지만 댁 또한 내 타입이 아니라고 맞받아치지도 못했다(당시에는 그 사람이 자신의 타입이 아니라는 인식조차 하지 못하고 있기도 했지만).

현실 세계의 특정한 남자한테 환상을 품은 적도 없었다. 선생님들한테는 더더욱. 현실 속의 나이 많은 남자들은 다소 혐오스러웠다.

이 남자, 나이는 얼마나 됐을까? 적어도 8년 동안은 결혼생활을 했다는 얘기가 되니 거기다 2년, 2~3년, 어쩌면 그 이상을 더해야할 것이다. 따라서 서른다섯이나 여섯쯤이리라. 곱슬곱슬한 검은 머리 양쪽으로는 희끗희끗 흰머리가 보였고, 넓은 이마는 거칠었으며 강인해 보이는 어깨는 약간 굽어 있었다. 키는 줄리엣과 비슷했다. 눈 사이가 멀고 검은 눈동자에는 열정과 신중함이 어려 있었다. 가운데가 푹 파인 둥근 턱은 호전적인 인상을 풍겼다.

줄리엣은 에릭에게 직업과 학교 이름이 토런스 하우스라는 것까지 알려주었다. ("토먼츠*라고 불린다는 데 얼마 거실래요?") 정교사는 아니지만 요즘에는 배우는 사람이 거의 없으므로 대학에서 그리스어와 라틴어를 전공한 사람이라면 아무나 받아주었을 거라는 말과 함께.

"그렇다면 당신은 왜 선택한 거죠?"

"그냥 특이하게 보이려고 그랬나 보죠."

그러다 줄리엣은 문득 남자든 남학생이든 내뱉는 즉시 그녀에 대한 흥미를 싹 가시게 할 것이 분명한 말을 입 밖에 내고 말았다.

"그리고 제가 아주 좋아하는 거니까요. 전부 다. 진심으로."

그들은 저녁까지 함께 먹었다. 와인도 한 잔씩 마신 후 어두운 전망차에 단둘이 앉아 있었다. 이번에는 스웨터를 잊지 않고 챙겨 왔다.

"사람들은 밤이 되면 여기선 아무것도 볼 게 없다고 생각하겠지만, 맑은 밤하늘에 떠 있는 저 별들을 좀 보세요."

---

* 고통이라는 의미인 torment의 복수형.

과연 아주 맑은 밤이었다. 달도 (아직) 안 뜬 밤하늘에 밝기가 제 각각인 별들이 총총히 떠 있었다. 그리고 배에서 살다시피 한 어부 답게 그는 별자리를 아주 잘 알고 있었다. 줄리엣이 알아볼 수 있는 별자리라고는 북두칠성밖에 없었다.

"저기를 시작점으로 삼는 거예요. 북두칠성의 손잡이 쪽 말고 국 자 부분의 바깥 쪽 별 두 개를 찾아보세요. 찾았어요? 그 별들이 지 극성*이에요. 그 별을 계속 따라가봐요. 따라가다 보면 북극성이 보 일 거예요."

에릭은 줄리엣에게 오리온자리도 찾아주었다. 오리온자리는 북 반구의 겨울 별자리 중 가장 눈에 잘 띄는 별자리라고 했다. 천랑성 이라고도 불리는 시리우스자리는 그맘때 북쪽 하늘에서 가장 밝게 빛나는 별이라고도 했다.

줄리엣은 가르침을 받는 것도 즐거웠지만 자신이 가르치는 입장 이 되는 것도 즐거웠다. 에릭이 별자리 이름은 많이 알고 있을지 몰 라도 역사까지는 아니었다.

줄리엣은 오리온이 오이노피온 때문에 장님이 됐지만 태양 쪽으 로 눈을 돌려 잃었던 시력을 되찾았다고 알려주었다.

"오리온은 너무 아름다워서 장님이 되었지만 헤파이스토스가 도 와주었죠. 아르테미스가 오리온을 죽이기는 했어도 곧 별자리로 바뀌었고요. 신화에서는 정말 소중한 사람이 곤경에 처하면 별자 리로 바뀌는 일이 비일비재하답니다. 그나저나 카시오페이아자리

* 큰곰자리 중의 두 별.

112

는 어디 있죠?"

에릭은 그녀에게 눈에 별로 띄지 않는 W 모양을 알려주었다.

"원래는 웅크리고 앉은 여자 모습이죠."

"이번에도 역시 아름다움이 문제였어요." 줄리엣이 말했다.

"아름다움은 위험하다는 얘긴가요?"

"그럼요, 카시오페이아는 에티오피아의 왕과 결혼했고 안드로메다의 어머니이기도 하죠. 아름다운 외모였지만 그걸 뽐내다가 벌을 받아서 하늘로 쫓겨났어요. 안드로메다도 있지 않아요?"

"안드로메다는 성운이에요. 오늘 밤에는 보일 텐데. 육안으로 볼 수 있는 성운 중에서 가장 잘 보이는 성운이죠."

위치를 알려주고, 하늘의 어디쯤을 봐야 한다고 알려줄 때조차 그는 줄리엣에게 손 하나 대지 않았다. 물론 그럴 수밖에 없었을 것이다. 유부남이니까.

"안드로메다는 어떻게 됐죠?" 에릭이 물었다.

"안드로메다는 어미의 죄를 대신하여 바위에 사슬로 묶였지만 페르세우스가 구해주었어요."

*   *   *

웨일 베이.

기다란 부두, 길게 늘어선 커다란 배들, 유리창에 버스 정류장 겸 우체국이라는 표지판이 달린 주유소 겸 잡화점.

잡화점의 한편에 주차된 차의 창문에는 손수 제작한 듯한 택시 표지판이 붙어 있다. 줄리엣은 버스에서 내린 자리에 그대로 서 있었다. 버스가 떠난다. 택시가 빵빵 경적을 울린다. 운전기사가 내리더니 줄리엣 쪽으로 다가온다.

"혼자 오셨나 보네. 어디로 가세요?"

줄리엣은 관광객을 위한 숙소가 있는지 묻는다. 호텔은 없을 게 뻔하므로.

"올해에는 방을 빌려주는 집이 있으려나 모르겠네. 내가 섬 안에서 물어봐줄 수는 있어요. 이 동네에 아는 사람 없어요?"

에릭의 이름을 대는 수밖에 없다.

"그러면 그렇지. 어서 타요. 후딱 그리로 모셔다 드릴 테니까. 그나저나 어째요, 한발 늦어서 문상도 못 하고."

처음에는 *분장*을 잘못 들은 줄 알았다. 아니면 *부상(副賞)*? 낚시대회라도 열린 걸까?

"슬플 시기죠." 택시 기사가 이제 운전석에 앉으며 말을 한다. "그렇기는 해도 평생 못 고칠 병이었으니까요, 뭐."

*문상*이구나. 그의 부인이라는 앤.

"걱정 마요. 아직 사람들이 좀 남아 있을 테니까. 물론 장례식은 못 가겠지만. 어제였거든요. 엄청 성대하게 치렀는데. 휴가를 못 내셨나 봐요?"

"네."

"그걸 문상이라고 불러야 하는 건지 모르겠네, 안 그래요? 땅에 묻히기 전에 마지막으로 받는 게 문상이잖아요, 맞죠? 그러면 그다음은 뭐라고 불러야 하나. 뒤풀이라고 부르고 싶은 사람은 없을 테

고, 안 그래요? 아무튼 저 위에 올라가서 꽃다발하고 이것저것 있
는 묘까지는 알려드릴게요, 그럼 되죠?"

고속도로를 빠져나와 육지 쪽으로 흙먼지가 풀풀 날리는 길을
400미터쯤 가니까 웨일 베이 공동묘지가 나온다. 울타리에서 가까
운 곳에 꽃에 파묻힌 봉긋한 흙더미가 있다. 색이 바랜 생화, 전혀
빛을 잃지 않은 조화, 이름과 날짜가 새겨진 작은 나무 십자가. 현
란한 빛을 발하는 꼬불꼬불한 리본이 묘지 잔디밭 도처에 흩뿌려
져 있다. 택시 기사는 줄리엣에게 어젯밤 수많은 차가 지나가는 바
람에 생긴 바퀴 자국이며 지저분한 흔적을 가리켜 보인다.

"조문객 절반이 그 여자하고 일면식도 없던 사람들이었어요. 그
래도 남편 얼굴 봐서 온 거지, 다들 에릭은 알거든."

택시는 방향을 틀어 후진했지만 고속도로에 다시 진입하는 내내
후진하지는 않는다. 줄리엣은 택시 기사에게 마음이 바뀌어서 그
누구의 집도 방문하고 싶지 않고 아까 그 잡화점에서 기다렸다가
돌아가는 버스나 잡아타겠다는 말을 하고 싶다. 날짜를 착각하는
바람에 장례식을 놓친 것이 너무나 부끄러워 문상을 아예 접어야
겠다고 말하면 될 것이다.

그런데 도무지 말문을 열 수 없다. 게다가 가든 안 가든 그가 자
신의 얘기를 할 것이 뻔하다.

택시는 비좁고 구불구불한 뒷길을 따라가면서 몇몇 집을 그냥
지나쳐 간다. 방향을 바꾸지 않고 진입로를 지나갈 때마다 잠깐이
나마 안도감이 든다.

"아이고, 이게 어떻게 된 일이여." 택시 기사가 묘지로 들어서며

말한다. "다들 어딜 갔을까? 내가 한 시간 전에 지나갔을 때만 해도 차가 대여섯 대는 있었는데. 에릭의 트럭조차 안 보이고. 파티가 끝났나 보구먼. 아이고, 미안해요. 파티란 말은 왜 해가지고."

"아무도 없으니까 그냥 내려가면 되겠네요." 줄리엣이 간절한 심정으로 말한다.

"누군가는 있을 테니까 걱정 마요. 에일로가 있네, 저기 자전거가 있는 걸 보니까. 에일로는 만난 적 있어요? 간병을 도와준 여잔데."

기사가 택시에서 내려 줄리엣 대신 차 문을 열어준다.

줄리엣이 내리자마자 노란색의 커다란 개가 뛰어오르면서 짖기 시작한다. 어떤 여자가 현관에서 개들을 불렀지만 소용없다.

"자자, 그만, 펫." 택시 기사가 요금을 주머니에 넣고는 잽싸게 차에 다시 올라타며 말한다.

"조용. 조용히 해, 펫. 진정해. 이 아이 물지는 않을 거예요. 이래 봬도 아직 강아지거든요." 여자가 큰 소리로 말한다.

펫이 강아지라고 해서 누군가를 자빠뜨릴 가능성이 조금도 낮아질 것 같지는 않다. 이제는 붉은색이 도는 갈색의 작은 개까지 나와 이 소란에 합세하고 있다. 여자가 계단을 내려오며 고함을 친다.

"펫, 코르키. 가만히 있어. 자기들을 겁낸다 싶으면 더 사납게 달려든답니다."

여자의 사납게란 말이 싸납게처럼 들린다.

노란 개가 코를 자신의 팔에 대고 거칠게 문지르자 줄리엣이 뒤로 펄쩍 뛰면서 말한다. "전 겁나지 않아요."

"그럼, 어서 들어와요. 너희 둘, 시끄럽다고 했지? 계속 짖으면 꿀밤 먹일 줄 알아. 장례식 날짜가 헷갈렸나 봐요?"

줄리엣은 미안한 듯 고개를 흔들고는 자신을 소개한다.

"아무튼, 참 안타깝게 됐네요. 난 에일로라고 해요."

둘은 악수를 나눈다.

에일로는 키가 크고 어깨도 넓어 체격이 좋지만 퉁퉁하지는 않다. 노란 빛이 도는 백발은 어깨 위에 늘어뜨리고 있다. 목구멍에서 다소 걸쭉하게 나오는 그녀의 목소리는 우렁차고 고집 세게 들린다. 독일? 네덜란드? 아무튼 북유럽 억양인 듯하다.

"여기 부엌에 앉아야 할 거예요. 다른 데는 다 난장판이라. 커피를 좀 드릴게요."

부엌은 높고 경사진 천장에 난 채광창 덕분에 밝다. 접시와 유리컵과 냄비들이 여기저기 쌓여 있다. 펫과 코르키는 에일로를 따라 고분고분 부엌으로 들어와, 무엇이 들어 있는지는 몰라도 에일로가 바닥에 내려놓은 구이용 팬에 담긴 것을 핥아 먹기 시작한다.

부엌 너머 널찍한 계단 두 단 위로는 동굴같이 어두운 거실 비슷한 공간이 있고 바닥에는 커다란 쿠션 여러 개가 여기저기 흩어져 있다.

에일로가 식탁에서 의자를 하나 꺼내며 말한다. "앉으세요. 앉아서 커피도 마시고 먹을 것도 좀 드세요."

"전 괜찮습니다." 줄리엣이 말한다.

"아니에요. 방금 끓인 커피가 있어서 그래요. 일하면서 내가 마시려고 끓인 거예요. 게다가 남은 음식도 많고요."

에일로가 커피와 함께 푹 꺼진 머랭으로 덮인 연두색 파이 한 조각을 내놓는다.

"라임 맛 젤로예요." 에일로가 못 미더운 표정으로 말을 꺼낸다. "보기엔 이래도 맛은 괜찮을 거예요. 아니면 루바브 파이를 드릴까요?"

"아뇨, 괜찮아요."

"아수라장이죠. 문상 끝나고 청소도 하고 정리도 다 해놨거든요. 그런데 장례식이 또 있지 뭐예요. 장례식이 끝나면 대청소를 한 번 더 해야 될 판이에요."

그녀의 목소리에 불평의 기색이 역력하다. 줄리엣은 이 상황에서 하지 않으면 안 될 것 같은 말을 한다.

"다 먹고 나면 저도 도울게요."

"아니에요, 아니에요. 어차피 집 안 구석구석을 다 아는 사람은 나니까요."

그녀는 빠릿빠릿하지는 않지만 필요한 곳만을 골라 능률적으로 집 안 곳곳을 돌아다니고 있다. (저런 여자들은 나 같은 여자의 도움은 절대로 바라지 않는다. 내가 어떤 사람인지 단번에 알아보기 때문이다.) 뒤이어 유리컵이며 접시며 포크, 나이프 등의 물기를 닦아낸 후 건조가 다 된 것은 찬장과 서랍에 넣는다. 그다음에는 냄비와 팬에 남아 있는 찌꺼기를 긁어내고(아까 개들한테 주었던 팬까지 거둬서) 세제 푼 물에 담가놓더니 식탁과 싱크대 위를 북북 문질러 닦고 행주를 닭의 모가지라도 되는 양 비틀어 짠다. 줄리엣에게 말을 걸 때는 잠깐 하던 일을 멈춰가며.

"앤의 친구인가요, 오래전부터 알던?"

"아니에요."

"아닐 거라고 생각했어요. 그러기엔 너무 젊으시니까. 그럼 앤의 장례식엔 왜 오신 거죠?"

"그게…… 실은 몰랐어요. 그냥 잠깐 얼굴이나 보고 가려고 들렀던 거예요."

줄리엣은 이번 방문이 매우 충동적인 방문인 것처럼, 친구가 많아서 특별한 일이 없어도 친구들을 보러 여기저기 잘 돌아다니는 사람인 것처럼 보이려고 애를 쓴다.

줄리엣의 말에 아무런 대꾸를 하지 않기로 작정한 듯, 에일로는 반감 어린 태도를 보이며 과하게 힘을 들여 냄비를 윤이 날 정도로 닦고 있다. 냄비 몇 개를 더 닦을 때까지 줄리엣을 기다리게 한 후에야 말을 꺼낸다.

"에릭을 보러 왔군요. 그렇다면 제대로 오셨어요. 여기가 에릭이 사는 집이니까."

"당신은 여기서 안 산단 말인가요?"

줄리엣은 이 말로 화제가 바뀌길 바란다는 듯 말한다.

"그래요, 난 여기 안 살아요. 언덕 아래에 살아요, 남편이랑."

남편이란 말에는 자부심과 비난의 감정이 묵직하게 실려 있다.

에일로는 묻지도 않고 줄리엣의 잔에 커피를 따르고는 자기 잔에도 따른다. 자신이 먹을 파이도 한 조각 가지고 온다. 밑부분은 장밋빛이고 윗부분은 크림으로 덮인 파이다.

"루바브 커스터드예요. 지금 안 먹으면 상하거든요. 배는 안 고프지만 그냥 먹는 거예요. 한 조각 갖다 드릴까요?"

"아뇨, 전 괜찮습니다."

"지금은 에릭이 집에 없어요. 오늘 밤엔 안 들어올 거예요. 아마도. 에릭은 크리스타네 집에 갔거든요. 크리스타는 알아요?"

줄리엣이 고개를 세차게 가로젓는다.

"여기서는 누구네 집에 숟가락이 몇 개 있는지까지 다 알아요. 모르는 게 없죠. 당신이 사는 곳은 어떤지 모르겠네요. 밴쿠버인가요?"

(줄리엣이 고개를 끄덕인다.)

"도시하곤 다르죠. 자기 부인을 잘 돌보려면 에릭한테는 도움이 필요해요. 아시겠어요? 그리고 내가 바로 그 도움을 주는 사람이고요."

줄리엣은 어리석은 말을 내뱉고 만다.

"보수를 받지 않으시나요?"

"물론 받죠. 하지만 이건 그냥 일이 아니에요. 에릭은 여자한테 다른 종류의 도움도 받아야 해요. 내 말이 무슨 뜻인지 이해하겠어요? 남편 있는 여자는 안 돼요. 그건 나쁜 짓이고 싸움만 날 테니까요. 에릭이 처음에 만난 여자는 샌드러였고, 얼마 후 샌드러가 멀리 떠나버렸어요. 그다음에 만난 게 크리스타고요. 크리스타랑 샌드러가 겹친 적이 잠깐 있었지만 둘이 친한 친구라서 아무 문제없었죠. 크리스타는 예술가예요. 해변에 굴러다니는 나무를 가져다가 작품을 만들죠. 그런 나무를 뭐라고 하더라?"

"유목(流木)요."

줄리엣이 자기도 모르게 대답을 한다. 그러자 너무나 실망스럽고 부끄러워서 몸이 얼어붙는 것만 같다.

"맞아요, 유목. 아무튼 크리스타가 그걸 어디다 갖다 주면 거기서 대신 팔아줘요. 다 큼직큼직하죠. 동물이랑 새 모양인데 사실주의자는 아니에요. 사실주의자가 아닌가?"

"사실적이 아니라는 말씀이시죠?"

"맞아요, 그거예요. 크리스타한테는 자식이 없어요. 크리스타는 에릭을 안 떠날 거예요. 에릭이 이런 얘기 하던가요? 커피 좀 더 마시겠어요? 냄비에 조금 남았는데."

"아뇨, 고맙지만 사양할게요. 그런 얘기 안 해줬어요."

"그렇군요. 그래서 지금 내가 이렇게 해주는 거예요. 다 마셨으면 컵은 설거지하러 가져갈게요."

그녀가 빙 둘러 냉장고 반대편으로 가서는 거기 누워 있는 노란 개를 신발 신은 발로 살살 밀면서 말을 꺼낸다.

"일어나야지, 이 게으름뱅이 아가씨야. 집에 갈 시간 다 됐잖아. 아, 그리고 밴쿠버행 버스는 8시 10분에 지나가요." 부엌을 등지고 싱크대에서 부지런히 설거지하면서 그녀가 말을 잇는다. "나하고 우리 집에 가 있다가 버스 시간 되면 우리 남편 차 타고 가요. 저녁도 줄 수 있어요. 나는 자전거를 타고 갈 거지만 천천히 탈 테니까 따라올 수 있을 거예요. 여기서 별로 멀지도 않고."

앞으로의 일정이 너무나 확고하게 잡힌 것 같아 줄리엣은 아무 생각 없이 자리에서 일어나 가방을 찾아 주변을 두리번거린다. 그러다 다시 앉았는데 아까와는 다른 의자이다. 다른 의자에 앉아 새로운 각도에서 본 부엌 풍경이 결심을 굳혀주기라도 한 듯 줄리엣은 이렇게 말한다.

"전 여기 남을래요."

"여기라고요?"

"짐도 별로 없으니까 버스 정류장까지는 걸어가면 될 거예요."

"길은 어떻게 찾아가려고요? 1.6킬로미터는 가야 할 텐데."

"그렇게 먼 거리도 아닌걸요."

줄리엣은 자신이 길을 잘 찾아낼지 미심쩍었지만 어차피 언덕만 내려가면 된다고 생각하기로 한다.

"에릭은 오늘 안 돌아와요. 오늘 밤에 말이에요."

"상관없어요."

에일로가 경멸스럽다는 듯 어깨를 크게 으쓱거린다.

"일어나, 펫. 일어나란 말이야."

에일로가 어깨 너머로 말한다. "코르키는 이 집에 두고 갈 거예요. 집 안에 둘까요, 밖에 둘까요?"

"밖이 낫겠네요."

"그럼 묶어놓을게요, 그래야 나를 못 따라올 테니까. 낯선 사람하고 같이 있는 걸 싫어할지도 모르고."

줄리엣은 아무 말도 하지 않는다.

"우리가 나가면 문은 잠겨요. 알겠죠? 그러니까 나갔다가 다시 들어오고 싶으면 여길 눌러요. 아예 떠날 거면 누르지 말고요. 그래야 잠기거든요. 알아듣겠어요?"

"알았어요."

"여기선 아무도 문을 잠그지 않고 다니지만 지금은 타지 사람이 너무 많으니까요."

그들이 별자리 감상을 마쳤을 때, 기차는 위니펙에 잠깐 정차했다. 둘은 밖에 나가 말은커녕 숨조차 쉬기 힘들 만큼 살을 에는 차가운 바람을 맞으며 걸었다. 다시 기차에 올라서는 라운지에 앉아 브랜디를 주문했다.

"우리를 따뜻하게 데워주고 당신을 잠들게 해줄 겁니다." 그가 말했다.

그는 잠을 자지 않을 모양이었다. 아침을 얼마 앞둔 새벽, 리자이나에서 내릴 때까지 밤을 새려는 것이리라.

그가 줄리엣을 객차로 바래다주었을 때, 대부분의 잠자리는 마련되어 있었고 암녹색 커튼 때문에 복도는 좁아진 상태였다. 모든 객차에는 승객의 이름이 붙어 있었고, 그녀의 이름은 미라미치였다.

"여기까지군요."

객실 사이 공간에서 줄리엣이 이 말을 하는 순간, 에릭의 손은 이미 그녀가 들어갈 문을 밀고 있었다.

"그럼 여기서 작별 인사를 나누기로 하죠." 그가 문에서 손을 떼며 말했다.

둘은 덜컹거리는 공간에서 몸의 균형을 잡았다. 그래야 에릭이 줄리엣에게 진한 키스를 할 수 있으므로. 키스가 끝났는데도 그는 줄리엣을 놓아주지 않고 꼭 끌어안은 채 그녀의 등을 어루만지면서 얼굴 여기저기에 키스를 퍼붓기 시작했다.

그때 줄리엣이 몸을 빼며 다급하게 말했다. "저는 처녀예요."

"그래요, 알았어요."

그가 웃으며 줄리엣의 목덜미에 키스하고는 그녀를 놓아주더니 앞에 있는 문을 밀어 열어주었다. 그들은 줄리엣의 침상이 있는 곳까지 복도를 내려갔다. 줄리엣은 커튼에 몸을 밀착시키고 혹시나 그가 다시 키스를 해주거나 어루만져주지는 않을까 하는 기대를 품고 뒤를 돌아보았으나, 그는 마치 우연히 마주친 사람인 것처럼 슬며시 지나가버렸다.

얼마나 바보 같고 비참했던가! 물론 자신을 쓰다듬던 손이 점점 아래로 내려가다가 생리대를 고정하려고 벨트에 묶어놓은 매듭에 닿기라도 하면 어쩌나 불안한 것은 사실이었다. 그녀가 탐폰을 거리낌 없이 쓰는 여자였다면 그런 일은 결코 일어나지 않았을 텐데.

*처녀*란 말은 대체 왜 했을까? 처녀인 것이 걸림돌이 되지 않도록 하려고 윌리스 공원에서 마음에도 없는 짓을 한 마당에? 그가 진도를 더 나가고 싶어 할 경우(생리 중이란 말은 절대로 못 할 말이므로) 뭐라고 말해야 할지 궁리하고 있었던 게 틀림없다. 그건 그렇다 치고 어떻게 그가 그런 일을 꾸밀 수 있었겠는가? 대체 어떻게? 어디서? 코딱지만 한데다 아직 안 자고 깨어 있을 나머지 승객들이 주변에 진을 치고 있기도 한 그녀의 침대칸에서? 선 자세로 앞뒤로 덜컹덜컹 흔들리는 와중에 누구라도 와서 벌컥 열어젖힐 수 있는 기차 문에 기댄 채 객차 사이의 위태위태한 그 공간에서?

지금 이 순간 에릭은 그날 저녁 내내 그리스 신화에 대해서 아는 척 떠들어대던 어떤 바보 같은 여자가 막상 빨리 떼어버리려고 잘 자라는 키스를 하려니까 자기는 처녀라며 절규했다는 이야기를 누군가에게 하고 있을지도 몰랐다.

에릭이 그런 말을 할 부류의 남자로 보이지는 않았지만 줄리엣으로서는 그런 상상을 할 수밖에 없었다.

줄리엣은 밤늦도록 뜬눈으로 지새우다가 기차가 리자이나에 정차했을 때 곯아떨어졌다.

홀로 남았으니 이제 집 안을 구석구석 살펴볼 수도 있을 것이다. 그러나 줄리엣은 그런 짓은 하지 않을 것이다. 에일로의 그림자로부터 벗어나려면 적어도 20분은 더 있어야 할 것이다. 에일로가 돌아와 자신을 감시한다거나, 깜빡 잊고 두고 간 물건을 찾으러 다시 올지도 몰라서 조마조마한 것은 아니다. 에일로 같은 여자는 고된 하루를 보내고 난 끝일지라도 뭔가를 깜빡하는 그런 여자가 아니다. 게다가 줄리엣이 뭔가 훔쳐갈지도 모른다고 생각했으면 줄리엣을 그냥 집에서 쫓아내고 말았을 것이다.

그러나 에일로는 자기 공간에 대한 소유권, 특히나 부엌에 대한 소유권이 확실한 여자이다. 창문턱에 놓인 화분에 심어놓은 식물(허브?)부터 반질반질 윤이 날 정도로 잘 닦아놓은 리놀륨 바닥까지 줄리엣의 시야에 들어오는 모든 것이 에일로에게 점령당했던 흔적을 보여주고 있다.

에일로를 부엌에서 아예 몰아내지는 못하고 가까스로 구식 냉장고 옆으로 돌려보내고 나니, 이번에는 크리스타가 떡 버티고 있다. 에릭한테는 여자가 있다. 왜 없겠는가! 크리스타. 줄리엣은 좀 더 젊고 매력적인 에일로를 떠올린다. 큰 엉덩이, 강인한 팔, 흰머리가 하나도 없는 기다란 금발, 헐렁한 셔츠 밑으로 적나라하게 일렁이는 가슴. 에일로와 마찬가지로 호전적이고 우아하지도 않겠지만 크리스타라면 섹시할 것이다. 역시 에일로처럼 말을 입안에서 질경거리다가 내뱉는 독특한 말버릇도 있을 것이고.

또 다른 여자 두 명이 줄리엣의 마음속에 등장한다. 브리세이스와 크뤼세이스. 아킬레우스와 아가멤논의 유희 상대. 두 여자 모두 '볼이 예쁘다'고 묘사되어 있다. 수업 시간에 교수가 볼이 예쁘다는 뜻의 그리스어(지금은 그 그리스어가 기억나지 않지만)를 발음하다가 이마가 새빨개지더니 간신히 웃음을 참는 모습을 보인 적이 있었다. 그 순간 줄리엣은 그 교수를 경멸해 마지않았다.

그렇다면 만약에 크리스타가 더욱 억세고 지리적으로 좀 더 북쪽에서 태어난 현대판 브리세이스와 크뤼세이스라는 사실을 알게 되면 줄리엣은 에릭 또한 경멸할 수 있게 될까?

줄리엣이 고속도로 근처로 걸어 내려가 버스에 올라탄다면 그러한 궁금증은 영원히 풀리지 않을 것이다.

사실 줄리엣은 돌아가는 버스에 오를 마음이 전혀 없었다. 그런 것 같다. 에일로라는 훼방꾼이 곁에 없으니 자신의 진의가 무엇인지 파악하기가 아까보다 수월해진다. 그녀는 마침내 자리에서 일어나 커피를 더 끓인 다음 에일로가 꺼내놓은 컵이 아닌 다른 컵에 커피를 따른다.

너무 긴장해서 허기조차 느껴지지 않지만 줄리엣은 싱크대 위에 놓인 병 여러 개를 살펴본다. 조문을 온 사람들이 두고 간 것이리라. 병 안의 내용물은 체리브랜디, 복숭아 슈냅스*, 티아 마리아**, 스위트 베르무트***였다. 마개는 이미 땄지만 내용물이 별로 줄어들지 않은 것을 보니 인기가 없었던 모양이다. 에일로가 문가에 죽 세워놓은 빈병들을 보니 다들 부어라 마셔라 했나 보다. 진과 위스키, 맥주와 와인을 마셨군.

　줄리엣은 티아 마리아를 커피에 따른 다음 병을 가지고 계단을 올라 널찍한 거실로 간다.

　오늘은 1년 중 낮이 가장 길다는 날이다. 그러나 잎이 무성한 키 큰 상록수와 가지가 붉은 알부투스 나무들이 주변을 둘러싸고 있어 지는 해가 내뿜는 빛이 하나도 들어오지 못하고 있다. 채광창 덕분에 부엌은 계속 환한 반면 거실에 난 창문들은 벽에 난 기다란 구멍에 불과해서 이미 어둠이 깔리기 시작하고 있다. 바닥은 마감재를 쓰지 않아 낡고 닳아빠진 러그 아래로 네모난 합판이 보였고, 안에 들인 가구는 되는대로 들인 듯 이상하다. 바닥 여기저기에 흩어져 있는 것은 대부분이 쿠션이고 무릎방석도 두어 개 있는데 덮어씌워놓은 가죽이 갈라져 있다. 몸을 파묻고 앉아 발을 올려놓을 수 있는 발 받침대까지 딸린 커다란 가죽 의자도 하나 있다. 진짜 손으

---

* 도수 높은 술이라는 뜻의 독일어. 그러나 미국에서는 과일, 설탕 등을 섞어 시럽처럼 달게 만들어 마신다.
** 브랜디에 자메이카산 블루마운틴 커피를 넣어 만든 리큐르.
*** 와인에 브랜디나 당분을 섞고 향료나 약초를 넣어 향미를 낸 혼성주. 쓴맛과 단맛으로 나뉜다.

로 일일이 이어 붙인 것 같지만 너덜너덜해진 패치워크가 덮인 소
파, 정말 오래된 것 같은 TV, 벽돌과 널빤지로 만든 책장(책은 없고
《내셔널 지오그래픽》 과월호만 잔뜩 쌓여 있고 그 밖에 항해 잡지
와《파퓰러 미케닉스》 몇 권이 다이다)도 보인다.

　에일로가 여기까지 올라와 청소를 하지는 않은 모양이다. 재떨
이를 러그 위에 뒤엎어서 생긴 담뱃재 자국이 있기 때문이다. 여기
저기 빵 부스러기도 떨어져 있다. 순간 진공청소기를 찾아봐야겠
다는 생각을 해보지만(있을지도 의문인 데다) 설사 찾아서 청소를
시작한다고 하더라도 얇은 러그가 구겨지면서 청소기에 빨려 들어
가는 따위의 사소한 사고를 칠 것만 같다. 그래서 그냥 가죽 의자에
앉아 커피가 줄어든 잔에 티아 마리아나 더 붓고 만다.

　이쪽 해안에는 줄리엣의 마음에 드는 것이 하나도 없다. 나무는
지나치게 크고 다닥다닥 붙어 있는 데다 개성이 전혀 없어 그냥 하
나의 숲으로만 보인다. 산 역시 너무 커서 그럴듯해 보이지 않고 조
지아 해협의 바닷물 위에 떠 있는 섬들 또한 집요하게 그림 같은 구
석이 있다. 경사진 천장이 있고 마감재를 쓰지 않은 나무가 깔린 이
널찍한 집은 삭막하고 남의 시선을 지나치게 의식하는 것처럼 보
인다.

　때때로 개가 짖고 있지만 다급한 소리는 아니다. 집 안으로 들어
와 사람 곁에 있고 싶다는 뜻인지도 모른다. 하지만 줄리엣은 개를
길러본 적이 단 한 번도 없어서(집 안에서 함께 사는 개는 반려자
가 아니라 목격자이다) 개를 집 안으로 들여와봤자 개만 더 불편해
질 것이다.

어쩌면 개는 탐험에 나선 사슴이나 곰, 퓨마를 보고 짖고 있는지도 모른다. 밴쿠버 신문에 어린아이를 공격하여 다치게 한 퓨마의 기사가 난 적이 있었는데 이쪽 해안이었던 것으로 기억한다.

모든 외부 공간을 인간을 습격하려 호시탐탐 노리는 적대적인 동물들과 공유해야 하는 곳에서 그 누가 살고 싶어할까?

칼리파레오스. 예쁜 볼. 이제 생각난다. 그녀가 기억의 바다에서 낚아 올린 호메로스의 단어가 낚싯바늘에서 찬란히 빛나고 있다. 그러자 별안간 모든 그리스어 단어들이 떠오른다. 근 6개월 동안 벽장에 꽁꽁 처박아두었던 것을 이제야 발견한 기분이다. 그동안 그리스어를 가르치지 않아 기억의 저편에 묻어두고 있었던 것이다.

언제나 이런 식이다. 한동안 벽장에 처박아두었다가 때때로 다른 것을 찾으려고 뒤지다 보면 기억이 나고 생각이 떠오르는 것이다. 그것도 *금방.* 그러다 벽장에 계속 처박아두면 그 앞에도, 그 위에도 뭔가가 잔뜩 쌓이다가 급기야 전혀 떠올리지 않는 존재가 되어버린다.

한때는 보물 1호였던 것. 그것을 까맣게 잊게 되는 것이다. 한때는 잊어버린다는 생각조차 할 수 없었던 것이 이제는 머리를 쥐어짜야 겨우 떠올리는 것이 되고 만다.

언제나 그런 식이다.

그렇다면 처박아둔 것도 아니고 오히려 생계 수단인 경우에는 어떠한가? 줄리엣은 학교의 나이 많은 교사들을 떠올려본다. 그들 대다수가 자신이 가르치는 과목에 얼마나 애정이 없는가를! 가령 아일랜드인인 후아니타는 자신의 세례명과 어울리는 데다 여행 중에 유창하게 써먹고 싶다는 이유로 스페인어를 골랐다. 후아니타한테 스페인어가 보물이라 할 수는 없을 것이다.

자기만의 보물을 가지고 있는 사람은 극소수이며 용케 그 소수에 들었더라도 방심해선 안 된다. 매복하고 있을 적에게 빼앗겨서도 안 된다.

커피에 넣은 티아 마리아가 온몸에 퍼진 모양이다. 술기운 때문에 조심성은 무뎌졌지만 더 팔팔해진 느낌이다. 술기운 덕분에 따지고 보면 에릭도 그렇게 중요한 사람이 아니라는 생각까지 든다. 에릭은 줄리엣의 불장난 상대일 뿐이다. 불장난이란 표현이 적절하다. 안키세스가 아프로디테의 불장난 상대였던 것처럼. 따라서 어느 날 아침 줄리엣도 슬그머니 사라져버릴 것이다.

줄리엣은 일어나서 욕실에 다녀온 후 퀼트 이불을 덮고 소파에 눕는다. 너무 졸려서 이불에 묻은 것이 코르키의 털인지 냄새인지도 알아챌 수 없다.

잠에서 깨어보니 날이 훤히 밝아 있다. 그러나 부엌의 벽시계는 겨우 6시 20분을 가리키고 있다.

두통이 밀려온다. 욕실에 있던 아스피린 병에서 두 알을 꺼내 삼킨 다음 세수를 하고 머리를 빗은 뒤 가지고 온 가방에서 칫솔을 꺼내 이도 닦는다. 그런 다음 커피를 새로 끓여 집에서 만든 빵을 굳이 데우지도, 버터를 바르지도 않고 그냥 먹는다. 줄리엣은 식탁에 앉는다. 나무들 사이를 뚫고 내리비친 햇살을 받은 알부투스 나무의 매끄러운 몸통이 구릿빛으로 빛나고 있다. 코르키가 짖기 시작하더니 한참을 멈출 줄 모른다. 트럭이 마당에 들어서는 소리가 들리고 나서야 코르키는 잠잠해진다.

트럭 문이 닫히는 소리, 그가 코르키한테 말 거는 소리가 들리자 줄리엣은 덜컥 겁이 난다. 어디에라도 숨고만 싶다(줄리엣은 나중에 "식탁 밑으로 기어 들어갈 수도 있었어요"라고 말했지만 물론 그렇게 어처구니없는 짓을 할 생각은 없다). 학교에서 최우수상을 발표하기 전과 같은 순간이다. 다만 현실적인 가능성이 없기 때문에 이번이 더 비참하다. 그녀의 인생에서 이처럼 중대한 기회는 두 번 다시 오지 않을 것이기 때문이기도 하다.

현관문이 열렸을 때 줄리엣은 고개를 들지 못한다. 무릎 위에 올린 깍지 낀 손에 힘만 줄 뿐.

"왔군요."

에릭이 세상에서 가장 뻔뻔하고 대담한 구경거리라도 된다는 듯 의기양양하게, 감탄해 마지않는다는 표정을 지으며 웃고 있다. 그가 양팔을 벌리자 마치 바람이 들이쳐 그녀의 고개를 억지로 처들게 한 것만 같다.

6개월 전에는 이 남자의 존재조차 몰랐다. 6개월 전에는 기차에 깔려 죽은 남자도 살아 있었다. 어쩌면 그는 그때 여행길에 오를 옷을 고르고 있었을지도 모른다.

"왔군요."

목소리만으로 그가 자신을 제 여자로 여긴다는 걸 알 수 있다. 멍한 상태로 일어나 기억하고 있던 것보다 더 늙고, 더 뚱뚱하고, 더 성급한 모습의 그를 바라본다. 그가 그녀를 향해 다가오자 머리부

터 발끝까지 발가벗겨진 느낌이 드는데도 행복에 점령당한 안도감
이 물밀 듯 밀려온다. 이 얼마나 놀라운 일인가. 이런 감정이 실망
감과 종이 한 장 차이라니!

나중에 알고 보니 에릭이 깜짝 놀랐던 것은 연기였다. 에일로가
전날 밤 에릭에게 전화를 걸어 처음 보는 여자, 즉 줄리엣의 존재를
알려주고는 줄리엣이 버스에 탔는지 대신 알아봐주겠다고 했던 것
이다. 에릭은 왠지 줄리엣이 어떻게 할지 운에 맡겨보는 것이, 어쩌
면 운명을 시험해보는 것이 옳은 것 같다는 생각이 들었지만 에일
로가 다시 전화를 해서 그 여자가 안 떠났다는 말을 해주었을 때 놀
랍게도 뛸 듯이 기뻤다. 그러면서도 그 즉시 집에 오지도 않았고 크
리스타에게 알리지도 않았다. 하지만 빠른 시일 내에 크리스타에
게 말해야 하리라는 사실은 그도 알고 있었다.
　이 모든 사실을 줄리엣은 그 일이 있은 후 수주, 수개월에 걸쳐
아주 조금씩 알게 되었다. 우연히 귀에 들어온 정보도 있었고 경박
스러운 뒷조사를 통해 알아낸 정보도 있었다.
　줄리엣의 고백(처녀가 아니라는)은 대수롭지 않게 여겨졌다.
　크리스타는 에일로와 전혀 다르다. 엉덩이가 크지도 않고, 금발
도 아니다. 검은 머리에 날씬한 여자로 가끔 침울해할 때도 있지만
재치가 넘친다. 크리스타는 훗날 줄리엣의 친한 친구이자 정신적
지주가 된다. 그러나 크리스타는 능청스럽게 놀리는 버릇도, 표면
에 드러나지는 않지만 분명 존재하는 경쟁의식을 반의적으로 드러
내는 일도 결코 멈추지 않을 것이다.

머지않아
SOON

옆모습 두 개가 서로를 마주보고 있다. 하나는 유난히 온순하고 착한 얼굴을 하고 있는 흰색 어린 암소의 옆모습이고, 다른 하나는 젊지도 늙지도 않은 초록색 얼굴을 한 남자의 옆모습이다. 남자는 하급 공무원으로 보인다. 쓰고 있는 모자를 보아서는 우체부인 듯하다. 입술은 창백하고 흰 눈동자는 반짝반짝 빛나고 있다. 남자의 것으로 보이는 손이 그림의 맨 아래 부분에서 보석이 주렁주렁 달린 작은 나무 한 그루인지 잎이 무성한 가지인지를 내밀고 있다.

그림의 맨 위 구석에는 먹구름이 있고, 먹구름 아래에는 기우뚱한 집들과 아주 작은 십자가가 달린, 아주 작은 교회 한 채가 둥그런 지표면 위에 자리 잡고 있다. 둥글게 굴곡진 그 지표면 안에서 어떤 작은 남자가(작다고는 하지만 비율로 따지면 건물에 비해 크게 그려놓았다) 어깨에 기다란 낫을 둘러메고 어딘가를 향해 걸어가고, 남자와 같은 비율로 그려놓은 여자는 그 남자를 기다리는 것처럼 보인다. 하지만 여자는 거꾸로 매달려 있다.

그림 속에는 그 밖에 다른 것들도 있다. 가령 어린 암소의 한쪽 볼 안에는 소젖을 짜는 소녀가 한 명 그려져 있다.

줄리엣은 이 복제화를 부모님께 크리스마스 선물로 드리겠다고 단번에 결정했다.

"이 그림을 보면 부모님이 생각나." 줄리엣이 크리스타를 보고 말했다.

크리스타는 함께 쇼핑하려고 멀리 웨일 베이에서부터 와준 친구다. 둘은 지금 밴쿠버 아트갤러리에 있는 선물 가게에 와 있다.

크리스타가 웃으며 말했다. "녹색 얼굴 사나이하고 젖소 말이야? 그분들이 퍽이나 좋아하시겠다."

크리스타는 무슨 말이든 처음부터 진지하게 받아들이는 법이 없이 꼭 농담부터 해야 직성이 풀렸다. 하지만 줄리엣은 전혀 신경 쓰지 않았다.

나중에 퍼넬러피라 불리게 될 아이를 임신한 지 3개월째에 접어든 지금, 갑자기 입덧이 뚝 끊겼고, 그 이유 때문인지 아니면 다른 이유 때문인지 툭하면 행복감에 빠지곤 했기 때문이다. 자나 깨나 먹을 것만 생각하는 요즘인지라 구내식당을 발견하고는 이 선물 가게에도 들어오지 않으려 했었다.

줄리엣은 그림의 모든 것이 마음에 들었지만, 윗부분에 있는 작은 사람들과 기우뚱해 보이는 건물들이 특히 마음에 들었다. 긴 낫을 든 남자와 거꾸로 매달려 있는 여자.

줄리엣은 제목을 찾아보았다.

나와 마을.

너무나 딱 들어맞는 제목이었다.

"샤갈이구나. 나도 샤갈이 좋더라. 피카소는 개자식이었지만."
크리스타가 말했다.

자신이 발견한 그림에 온통 정신이 팔려 있던 줄리엣은 크리스
타의 말을 듣는 둥 마는 둥 했다.

"글쎄, 피카소가 샤갈보고 뭐라 그랬는지 아니? *샤갈은 여점원들
한테나 어울린다나.* 여점원이 뭐가 어때서, 참나. 피카소는 웃기게
생긴 사람한테나 어울린다고 샤갈도 맞받아쳤어야 되는 건데." 크
리스타가 말했다.

"내 얘긴, 부모님의 인생이 생각난다는 뜻이야. 왜 그런지는 모
르겠지만." 줄리엣이 말했다.

부모님에 관해서는 크리스타한테 이미 이런저런 얘기를 해놓은
터였다. 아버지는 인기 만점 교사였지만, 그럼에도 부모님은 남들
과 동떨어진 삶을 살았고, 두 분이 특이하기는 해도 그렇다고 불행
하게 살지는 않았다는 얘기까지. 부모님이 남들과 고립된 삶을 살
았던 데에는 엄마의 심장 문제도 있었지만 주변 사람들은 아무도
읽지 않는 잡지를 구독하고, 역시 주변 사람들은 아무도 듣지 않는
국립 라디오 방송국의 프로그램을 청취한다는 점도 한몫했다. 엄
마가 버터릭*의 옷본 대신 《보그》의 패턴으로 자기 옷을 직접 만들

---

* 옷본을 상업화한 미국의 재단사.

어 입은 점도 물론 한몫했을 것이다. 가끔씩 결과물이 어설프게 나오곤 했으므로. 학교 친구 부모들처럼 뚱뚱해지지도 않고 자세가 구부정해지지도 않은 점 또한 마찬가지였다. 줄리엣은 자신이 아버지를 닮아 목이 길고 턱이 살짝 튀어나왔으며 담갈색 머리가 두피에 착 달라붙는 것이라고 알려주었다. 반면 엄마의 머리는 창백한 금발로 푸석하고 숱도 적은데다 헝클어져 있지만 나름대로 아름다움이 있다고 설명해주었다.

퍼넬러피가 13개월이 되었을 때, 줄리엣은 퍼넬러피와 함께 비행기를 타고 토론토에 간 다음 기차를 잡아탔다. 때는 1969년이었다. 줄리엣은 자신이 자란 마을이기도 하고 부모님이 지금까지도 살고 있는 마을에서 30킬로미터쯤 떨어진 곳에서 내렸다. 보아하니 기차는 자신이 어린 시절을 보낸 마을에 더 이상 정차하지 않게 된 모양이었다.

줄리엣은 실망스러웠다. 낯선 역에 내려보니 제일 먼저 반겨주던 기억 속의 나무와 보도와 집들, 그리고 얼마 안 가 바로 나오던 자기가 살던 집이자 엄마 아빠가 살던 집, 담장 역할을 해주던 연단풍나무 뒤로 널따랗지만 평범하고, 흰색 페인트가 여기저기 벗겨진 그 집이 보이지 않았던 것이다.

그전까지 한 번도 와본 적 없는 마을에서 만난 부모님은 웃고 있었지만 전보다 왜소해지고 근심 어린 모습이었다.

엄마는 무언가에 찔리기라도 한 것처럼 이상한 비명을 꽥 하고 질렀다. 그러자 플랫폼에 있던 사람들 몇몇이 고개까지 돌려 쳐다보았다.

엄마를 찌르는 물건은 없었으니 그저 흥분해서 소리를 지른 것이 분명했다.

"길기도 하고 짧기도 하지만 우리 제법 잘 어울리지." 엄마가 말했다.

처음에는 도대체 무슨 말인가 했지만 얼마 안 돼 줄리엣은 무슨 뜻인지 알 수 있었다. 엄마는 종아리까지 내려오는 검은색 마 스커트와 스커트에 맞춘 검은색 재킷을 입고 있었던 것이다. 재킷의 칼라와 소매 끝동은 검은색 점무늬가 들어간 눈부시게 밝은 라임 그린색 천이었다. 똑같은 색깔에 똑같은 재질로 만든 터번도 두르고 있었다. 직접 만들었던지, 아니면 정체 모를 의상실에 맡긴 게 분명했다. 옷 색깔은 엄마의 피부에 자비 따위를 베풀 생각이 전혀 없어 보였다. 그래서 마치 미세한 분필 가루가 내려앉은 것처럼 보였다.

줄리엣은 아주 짧은 검정 원피스를 입고 있었다.

"사실은 네가 한여름에 장례식이라도 가는 것처럼 왜 이렇게 시커멓게 입었냐고 할까 봐 걱정했어. 그런데 네가 나랑 맞추기라도 한 듯 입고 와서 얼마나 좋은지 몰라. 아주 말쑥해 보이네. 원피스가 아주 100점짜리야." 엄마가 말했다.

"그리고 그 긴 머리도. 영락없이 히피 같구나." 아버지도 한마디 거들고는 허리를 굽혀 퍼넬러피의 얼굴을 들여다보았다. "안녕, 퍼넬러피."

"어쩜 이렇게 인형처럼 예쁠까!"

엄마가 퍼넬러피를 향해 팔을 뻗었다. 그러나 소매 속에서 나온 두 팔은 아기의 무게도 버티지 못할 정도로 약한 나뭇가지처럼 보였다. 불행인지 다행인지 엄마의 그 부러질 듯한 두 팔은 할머니의 목소리를 생전 처음 듣고 잔뜩 긴장한 퍼넬러피가 으앙 하고 울음을 터뜨리며 고개를 돌리더니 줄리엣의 목덜미에 얼굴을 파묻어버린 덕분에 아기의 무게를 버틸 필요가 없게 되었다.

엄마가 웃으며 말했다. "내가 그렇게 허수아비 같니?"

이번에도 엄마는 목소리 조절에 실패하여 귀가 찢어질 정도로 새된 소리를 냈고 서서히 차분한 목소리로 돌아가긴 했지만 역시나 지나가던 사람들의 눈총을 받았다. 이런 일은 난생처음이었다. 꼭 그렇지만은 않을 수도 있지만. 엄마가 웃거나 말할 땐 사람들이 늘 쳐다보는 것 같다고 생각한 적은 있지만, 예전에 이목을 끌었던 건 때때로 엄마가 표출하곤 했던 소녀다운 매력이 풍기는 유쾌한 모습 때문이었다(엄마의 이런 모습을 모두가 좋아한 것도 아니었고 엄마가 늘 관심을 끌려고 기를 쓰는 거라고 하는 이들도 있었다).

"피곤해서 그래요." 줄리엣이 말했다.

아버지가 옆에 서 있던 젊은 여자를 소개했다. 그녀는 일행으로 보이지 않으려는 듯 일부러 거리를 두고 멀찌감치 서 있었다. 사실 줄리엣도 그 여자가 일행이라는 생각을 전혀 하지 못했다.

"줄리엣, 여긴 아이린이란다. 아이린 에이버리."

퍼넬러피를 안은 채 기저귀 가방을 들고 있던 줄리엣이 최대한 손을 내밀었으나 아이린이 악수할 생각이 전혀 없다는 사실이(아마도 악수하자는 상대의 의사를 전혀 알아차리지 못한 듯했다) 분명해지자 줄리엣은 그저 웃기만 했다. 아이린은 미소에 화답하지 않았다. 그 자리에 꼼짝 않고 서서 당장이라도 이 자리에서 벗어나고 싶다는 인상만 풍겼다.

"안녕하세요." 줄리엣이 인사를 건넸다.

"만나서 반갑습니다."

아이린이 줄리엣에게 충분히 들릴 정도의 목소리로, 그러나 아무런 감정도 싣지 않은 채 말했다.

"아이린은 우리 집 요정이란다."

엄마가 이렇게 말했지만 아이린의 표정은 전혀 변하지 않았다. 자신도 민망했는지 살짝 얼굴을 찌푸리기만 할 뿐이었다.

아이린은 (키가 큰 편인) 줄리엣보다 키는 작았지만 어깨와 골반이 더 넓었고 팔은 힘세고 턱은 고집스러워 보였다. 숱이 많고 찰랑거리는 검은 머리를 뒤로 잡아당겨 묶었고 숯덩이 같은 눈썹은 적대적인 인상마저 풍길 정도로 진했으며 피부는 햇볕에 쉽게 타는 그런 피부였다. 눈동자는 녹색이나 푸른색을 띠었는데 피부에 비해 놀라울 정도로 밝고 눈이 움푹 들어가 있어 잘 보이지는 않았다. 고개를 살짝 숙인 채 얼굴을 한쪽으로 돌리고 있기도 해서 눈은 더더욱 잘 안 보였다. 이처럼 경계하는 모습을 보이는 이유는 습관으로 굳어졌기 때문일 수도 있지만 이번은 의도적인 것 같았다.

"요정치고는 하는 일이 어마어마하게 많단다." 전략적 의도를 지닌 함박웃음을 지으며 아버지가 말했다. "그건 내가 장담할 수 있지."

줄리엣은 엄마가 요즘 부쩍 기운이 달리게 되어 집안일을 도와

줄 여자를 들었다는 편지 내용을 이제야 기억해냈다. 나이가 훨씬 많은 사람을 상상했는데 아이린은 기껏해야 줄리엣 또래쯤으로 보였다.

차는 여전히 아버지가 10년 전 중고로 구입한 폰티악이었다. 본래의 파란색 페인트는 여기저기 갈라져 대부분이 회색으로 바랬고, 겨울철 도로에 뿌리는 염화나트륨 때문에 차체 하부의 가장자리는 녹슬어 있었다.

"우리의 오랜 회색빛 애마란다."

역 플랫폼에서 차 있는 곳까지 얼마 걷지도 않았는데 엄마가 가쁜 숨을 몰아쉬며 말했다.

"지금까지 버텨주고 있네요."

줄리엣이 부모님이 내심 바라고 있는 대로 감탄 어린 표정을 지으며 말했다. 그녀는 애마라는 별명을 자신이 직접 지었으면서도 가족들끼리 이 차를 애마라고 불렀다는 사실을 깜빡 잊고 있었다.

"당연하지, 우리 애마는 끝까지 달릴 거야." 아이린의 부축을 받아 뒷좌석에 앉으며 엄마가 말했다. "우리도 끝까지 우리 애마와 함께할 거란다."

줄리엣은 또다시 칭얼거리기 시작한 퍼넬러피를 안고 앞좌석에 탔다. 기차 역사에 있는 포플러 나무의 얼마 안 되는 그늘을 찾아 창문도 내린 채 주차해놓았음에도 자동차 내부의 온도는 어마어마하게 높았다.

"실은 말이야……" 아버지가 차를 후진하면서 말을 이었다. "트럭하고 바꿀까 생각 중이야."

"아버지가 농담하시는 거야." 엄마가 새된 목소리로 말했다.

"사업을 위해서야. 훨씬 편할 거라고. 문짝에 상호를 써놓으면 차를 몰고 돌아다닐 때마다 광고 효과도 어느 정도 볼 수 있고 말이야."

"장난치시는 걸 거야. 나더러 신선한 채소라고 쓰여 있는 차를 타고 다니란 말이에요? 그 차 타려면 호박이나 양배추가 되어야겠네요?"

"말씀 좀 그만하시죠, 부인. 숨넘어가서 집에도 못 가시겠습니다." 아버지가 말했다.

시골에 있는 공립학교를 돌며 30년 가까이 교직 생활을 한 끝에 (마지막 학교에서는 10년이나 근무했다), 아버지는 학교를 그만두고 본격적으로 채소 장사에 뛰어들기로 했다. 아버지는 늘 집 옆에 있는 공터에 커다란 밭을 일궈 채소와 산딸기를 길렀다. 식구들이 먹고 남은 농산물은 동네 사람들 몇몇에게 팔곤 했다. 그러나 이제 소일거리였던 이 취미는 생계수단으로 바뀌어 식료품점에도 납품하고 궁극적으로는 대문 앞에 가판대도 세울 모양이었다.

"진심이세요?" 줄리엣이 조용히 물었다.

"진심이고말고."

"교직이 그립진 않으시겠어요?"

"천만에, 교직이라면 지긋지긋하다. 신물 날 정도로."

그렇게 오랜 세월 교직에 있었는데도 아버지는 그 어떤 학교에서도 교장직을 제의받지 못했다. 아마도 그 때문에 교직이 지긋지긋하다고 한 것이리라. 아버지는 모두에게 풍부한 유머 감각과 활력의 소유자로 기억되었고, 학생들에게 그 어느 학년보다도 특별한 6학년을 선사하는 뛰어난 교사였다. 그럼에도 번번이 승진에서 제외되었는데 바로 그 때문에 미련 없이 교직을 그만두었을 것이다. 아버지의 교육 방식은 권위를 떨어뜨린다고 볼 수도 있었다. 그러니 권위를 중시하는 교육청으로서는 당신은 학교를 책임지는 자리에 적합한 인물이 아니므로 현재의 위치에 있는 편이 모두에게 이로울 거라 말했으리라.

아버지는 야외에서 하는 일을 좋아하고 사람들하고 얘기하는 것도 좋아하니 채소 장사가 더 적합할지 몰랐다. 하지만 엄마는 매우 싫어할 것이다.

줄리엣도 싫기는 마찬가지였다. 그럼에도 두 분 중 한쪽 편을 들어야 한다면 아버지 편을 들어야 했다. 그래야 잘난 척하는 속물이 되지 않을 테니까.

그러나 사실 줄리엣은 자신을, 뿐만 아니라 부모님까지, 더욱 구체적으로 말하자면 자신과 아버지를 주변 사람들보다 우월하다고 여기고 있었다. 그러니 아버지가 채소 행상을 한들 무슨 대수겠는가?

아버지가 음모라도 꾸미는 것처럼 목소리를 낮추며 물었다. "이름이 어떻게 되니?"

물론 아기의 이름을 묻고 있는 것이다.

"퍼넬러피요. 페니라고는 부르지 않고 꼭 퍼넬러피라고만 부를 거예요."

"아니, 내 말은, 성이 어떻게 되느냐는 거였다."

"아, 성이요. 그야 헨더슨 포티어스겠죠. 포티어스 헨더슨이든지. 그치만 퍼넬러피란 이름도 이미 긴데 성까지 그렇게 길면 입이 바쁘겠죠? 예상은 했지만 그래도 우린 퍼넬러피란 이름이 아주 마음에 들었어요. 그건 우리가 어떻게든 알아서 할게요."

"그러니까 그 남자가 제 이름을 붙여주었다는 얘기구나. 그것도 대단하다면 대단한 거겠지. 뭐 잘됐다는 얘기다."

줄리엣은 일순간 깜짝 놀랐다가 평정을 되찾았다.

"당연하죠. 자기 딸이기도 하잖아요." 줄리엣이 짐짓 어리둥절한 동시에 흥미로운 체하면서 말했다.

"그야 그렇지. 하지만 상황을 고려해보면……."

"제가 깜빡했네요. 우리가 결혼을 안 했다는 상황을 말씀하시는 거라면 고려하고 자시고 할 것도 없어요. 우리가 사는 데선 아무도 그런 데 신경 안 쓰니까요."

"그럴지도 모르지. 그 사람 첫 번째 부인하고는 결혼했니?" 아버지가 물었다.

줄리엣은 자동차 사고를 당한 후 8년 동안 에릭이 돌봤다는 그의 아내에 대해서 아버지에게 말해준 적이 있었다.

"앤요? 그랬을걸요. 저도 잘은 모르겠지만 아마 결혼했었을 거예요."

엄마가 앞좌석에 대고 큰 소리로 말했다. "아이스크림 가게에 들르면 좋지 않겠어요?"

"집에도 아이스크림은 있잖소."

아버지가 뒤에 있는 엄마한테 크게 대답하고는 뒤이어 줄리엣에게 낮은 목소리로 충격적인 말을 했다.

"네 엄마를 데리고 나가서 외식이라도 시켜주잖니, 그러면 네 엄마 아주 가관이란다."

여전히 올리지 않은 차창을 통해 뜨뜻미지근한 바람이 들어왔다. 완연한 여름이었다. 줄리엣이 아는 한 서해안 지역에서는 절대로 맞이할 수 없는 계절이었다. 활엽수는 저 멀리 들판 가장자리까지 가지를 뻗어 쪽빛 그림자를 드리우고 있었고, 그런 나무들 앞에 펼쳐진 농경지와 목초지는 따가운 햇살 아래 황금빛과 초록빛을 띠고 있었다. 튼실히 자란 어린 밀과 보리, 옥수수와 콩은 눈부시게 아름다웠다.

"무슨 회담이라도 열린 거야, 앞좌석에서? 바람 때문에 뒤에 있는 우리한테는 안 들린단 말이야." 엄마가 말했다.

"별 얘기 아니야. 그냥 줄리엣한테 그 사람 아직도 낚시하느냐고 물어봤어." 아버지가 둘러댔다.

에릭은 오래전부터 왕새우를 잡아서 먹고살았다. 한때는 의대생이었지만 (여자친구가 아닌) 친구에게 낙태 시술을 해주는 바람에 꿈을 접어야 했다. 수술은 성공적이었지만 어쩌다가 그 이야기가 새어 나갔다. 줄리엣은 관대한 부모님께 이 얘기를 털어놓을까도 생각했었다. 에릭을 단순한 어부가 아닌 많이 배운 사람으로 인식시키고 싶어서 그런 생각을 했던 것 같다. 하지만 그게 무슨 대수란 말인가? 특히나 아버지도 채소 장사를 하겠다는 이 마당에. 게다가 부모님의 관대함이라는 것이 줄리엣의 생각만큼 믿을 만한 것이 아닐 수도 있었다.

신선한 채소와 베리 종류 말고도 팔려는 품목은 더 있었다. 잼, 병에 담은 주스, 렐리시*가 부엌에서 모습을 드러냈다. 줄리엣이 도착한 바로 다음 날 아침에는 산딸기 잼 만들기에 들어갔다.

잼 만들기를 도맡은 아이린의 블라우스는 김인지 땀인지에 흠뻑 젖어 어깨뼈 사이의 피부에 찰싹 달라붙어 있었다. 아이린은 잼을 만드는 사이사이 뒤쪽 복도에서 부엌 출입구 쪽으로 밀어 옮겨놓은 TV를 흘끔흘끔 곁눈질로 보았다. 그 바람에 부엌에 들어가려면 TV를 빙 돌아 좁은 틈을 비집고 지나가야 했다. 화면에서는 어린이를 위한 아침 프로그램인 불윙클**이 나오고 있었다. 아이린이 이따금 만화영화에서 우스꽝스러운 장면을 보고 크게 소리 내어 웃을 때면 동질감을 느끼게 해주려고 줄리엣도 따라 웃어주었다. 이것 역시 아이린은 눈치채지 못했다.

줄리엣이 퍼넬러피의 아침으로 쓸 계란을 삶아 으깨고, 자신이 먹고 마실 커피와 토스트를 준비하기 위해서는 반대편 공간을 치워야만 했다.

"이 정도면 괜찮겠어요?" 아이린은 줄리엣이 마치 종잡을 수 없는 요구를 시도 때도 없이 해대는 훼방꾼이라도 된다는 듯 못마땅한 목소리로 물었다.

줄리엣이 가까이서 자세히 보니 아이린의 팔뚝에는 가느다란 검은 털이 무성하게 나 있었다. 귀 바로 옆의 볼 부분에도 털이 나 있

---

* 끓이거나 식초에 절이거나 다진 채소 또는 과일로 음식의 풍미를 더하기 위해 쓰이는 일종의 소스.
** 로키와 불윙클 쇼로, 미국의 TV 애니메이션 프로그램.

었다.

아이린은 줄리엣이 가스레인지 손잡이를 이것저것 만지작거릴 때(처음에는 어느 손잡이를 돌려야 어떤 버너의 불이 켜지는지 기억나지 않았다)부터, 냄비에서 계란을 꺼내 껍질을 벗길 때(계란 표면에 달라붙은 껍질은 큼직한 조각이 아닌 자잘한 부스러기 상태로 떨어져 나갔다), 또 계란을 으깰 그릇을 고를 때까지 곁눈질로 일거수일투족을 지켜보았다.

"그거 아기가 바닥에 떨어뜨리면 안 될 텐데요."

그거란 도자기 접시를 가리키는 것이다.

"아기용 플라스틱 접시 같은 거 없어요?"

"내가 지켜보면 되잖아요." 줄리엣이 대꾸했다.

나중에 알고 보니 아이린도 엄마라고 했다. 세 살짜리 아들과 두 돌이 채 안 된 딸을 두고 있었다. 이름은 각각 트레버와 트레이시였다. 애들 아버지는 작년 여름 근무하던 양계장에서 사고로 죽었다. 아이린은 줄리엣보다 세 살이나 어려 스물두 살이었다. 애들이나 남편에 관한 정보는 줄리엣이 질문을 하니까 대답해주어서 알 수 있었고, 나이는 아이린이 한 말을 토대로 계산해본 결과 알 수 있었다.

남편이 사고를 당했다는 말을 듣고 자신이 너무 꼬치꼬치 캐물은 듯도 하고 이제 와서 동정을 표하기에는 위선적인 것 같아 "어머, 미안해요" 하고 말하자, 아이린은 불행이 마치 팔찌의 장식물처럼 하나하나 늘려가는 것이라도 되는 양 "마침 내 스물한 번째 생일에 딱 맞춰 사고가 일어났지 뭐예요" 하고 말했다.

퍼넬러피가 계란을 먹을 만큼 다 먹자, 줄리엣은 아이를 허리께 까지 들어 올린 다음 위층으로 올라갔다.

계단을 반쯤 올라서야 줄리엣은 계란 먹은 접시를 치우지 않았 다는 사실이 떠올랐다. 아직 걷지는 못하고 빠른 속도로 기어 다닐 수만 있는 아기를 마땅히 내려놓을 데가 없었다. 그렇다고 아기를 살균기에 펄펄 끓는 물도 있고 뜨거운 잼과 식칼까지 있는 부엌에 혼자 5분이나 방치할 수는 없는 노릇이고 아이린에게 맡기자니 무 리한 부탁인 것 같았다. 게다가 퍼넬러피는 오늘 아침 일어나자마 자 할머니를 보고 낯을 심하게 가렸다. 그래서 줄리엣은 아이를 양 쪽이 벽으로 막힌 다락방으로 통하는 계단으로 데리고 올라가 다 락방 문을 닫아놓고는 그 계단에 내려놓고 놀게 했다. 아이가 계단 에서 노는 동안 줄리엣은 오래전 자신이 쓰던 아기 놀이울을 찾아 보았다. 다행스럽게도 퍼넬러피는 계단에서 곧잘 놀았다.

집은 2층 높이여서 천장은 높았지만 꼭 상자처럼 보였다. 적어 도 지금의 줄리엣이 보기에는 그랬다. 지붕은 급경사를 이루고 있 어서 다락방의 한가운데 주변에서는 똑바로 서서 걸을 수도 있었 다. 어렸을 때 줄리엣이 그랬다. 다락방을 돌아다니면서 전에 읽은 이야기에 내용을 더하거나 수정을 가하면서 자기한테 들려주곤 했 던 것이다. 춤 역시 가상의 관객 앞에서 추었다. 진짜 관객은 부서 졌거나 버려진 가구, 낡은 트렁크, 어마어마하게 무거운 물소 가죽 코트, 암청색 큰 제비를 위한 새집(아버지의 제자들이 오래전에 준 선물이지만 제비는 한 마리도 끌어모으지 못했다), 친할아버지가 제1차 세계대전 당시 집으로 가지고 온 것으로 보이는 독일군 군모, 세인트로렌스 만에서 침몰 중인 *아일랜드 여왕 호** 사방에서 몸을 날려 뛰어드는 성냥개비 모양 사람들이 있어 뜻하지 않게 우스꽝스러운 분위기를 풍기게 된 어설픈 그림이었다. 거기에는 벽에 기대어 세워놓은 〈나와 마을〉도 있었다. 정면을 향한 채로. 숨기려는 노력조차 하지 않은 것이다. 이렇다 할 먼지가 없는 걸 보니 이곳에 가져다 놓은 지 얼마 안 된 모양이었다.

얼마 후 줄리엣은 아기 놀이울을 찾았다. 나무 바닥에 나무살 테두리가 있는 만듦새가 좋은 묵직한 가구였다. 유모차도 있었다. 부모님은 혹시나 아이가 더 생기지 않을까 하는 마음에 모든 걸 보관해왔다. 줄리엣이 알기로 엄마는 적어도 한 번 유산한 경험이 있었다. 일요일 아침마다 부모님 침대에서 웃음소리가 들리기라도 하면 줄리엣은 집에 은밀하고 수치스럽기까지 한 불청객, 자신에게 적대적인 존재가 쳐들어온 것 같은 느낌을 받곤 했었다.

유모차는 접었다 폈다 할 수 있어서 아기를 눕히거나 앉힌 자세로 데리고 다닐 수 있었다. 줄리엣은 까맣게 잊고 있던 기능이었다. 어쩌면 아예 몰랐던 기능이거나. 줄리엣은 땀까지 뻘뻘 흘려가며 먼지까지 뒤집어쓴 채, 낑낑거리며 유모차를 펴려고 했다. 이런 종류의 일은 늘 험겨웠다. 끼워 맞추는 방식을 도무지 제대로 파악할 수가 없었다. 그래서 줄리엣은 유모차를 아래층으로 끌고 내려가 정원까지 가서 아버지한테 도와달라고 할 작정이었으나 순간 아이

---

* 1914년 미국과 캐나다 사이의 경계를 이루는 세인트로렌스 강을 운항하던 중 마주 오던 노르웨이의 배 스토스다트와 충돌하여 불과 15분 만에 배 전체가 가라앉았다. 이 사고로 840명이 사망했다.

린이 떠올랐다. 깜박거리는 아이린의 창백한 눈, 곁눈질로 상대를 재는 듯한 표정, 다부지게 보이는 손, 경계하는 듯한 태도에는 경멸이라고 하기는 뭐한 뭔가가 깃들어 있었다. 줄리엣은 적당한 단어를 찾을 수 없었다. 고양이처럼 무관심하면서 단호한 태도랄까.

마침내 줄리엣은 유모차를 제대로 접어 아기를 앉힐 수 있게 바꿔놓았다. 매우 힘들여 바꿨지만 크기는 집에서 쓰던 유모차에 비해 반배나 더 컸다. 물론 더럽기도 했다. 줄리엣이 온전히 자기 자신한테 빠져 있는 동안 계단 위에 있던 퍼넬러피는 거의 무아지경에 빠져 있었다. 아기의 손 바로 옆에는 줄리엣이 그동안 있는 줄도 몰랐던 것이 놓여 있었다. 못이었다. 못이란 물건은 있는 둥 없는 둥 내내 신경도 안 쓰다가 무엇이건 입으로 가져가는 아기가 생기고 나면 자나 깨나 두 눈 크게 뜨고 지켜봐야 하는 그런 물건이다.

그런데 줄리엣은 지금까지 그러질 못했다. 주변에 있는 모든 것이 주의를 흩뜨려놓기 때문이었다. 열기, 아이린, 익숙한 것과 익숙하지 않은 것들.

나와 마을.

"어머나, 네가 몰랐으면 했는데. 너무 속상해하지는 마." 엄마가 말했다.

일광욕실은 이제 엄마의 침실이 되어 있었다. 대나무 발이 창문마다 걸려 있어 한때 베란다의 일부였던 실내에는 갈색이 도는 노란빛과 한결같은 열기가 가득 차 있었다. 그런데도 엄마는 핑크색 털 파자마를 입고 있었다. 어제 역에서는 눈썹도 그리고 산딸기색

립스틱도 바르고 옷에 맞춰 터번까지 두르고 나와 프랑스 노부인 (프랑스 노부인을 본 적이 많아서가 아니라)처럼 보이더니, 백발을 풀어헤치고 거의 없다시피 한 눈썹 밑으로 퀭한 눈을 하고 있는 지금은 이상하게 나이 먹은 아이처럼 보였다. 엄마는 베개에 등을 기대고 앉아 퀼트 이불을 허리께까지 끌어올려 덮고 있었다. 게다가 아까 욕실까지 부축해주면서 보니 이 더위에도 엄마는 침대에서 양말과 실내화까지 신고 있었다.

침대 옆에는 등받이가 곧은 의자가 하나 놓여 있었는데, 테이블보다 손을 뻗기가 더 쉬워 가져다 놓은 듯했다. 의자 위에는 여러 가지 알약과 의약품, 탤컴파우더*, 보습 로션, 반쯤 마시다 만 밀크티가 담긴 컵, 짙은 색의 강장제, 말하자면 철분 같은 것이 담겼던 흔적이 보이는 유리컵이 놓여 있었다. 침대 위에는 《보그》와 《레이디스 홈저널》 과월호가 놓여 있었다.

"속상하지 않아요." 줄리엣이 말했다.

"그 그림 정말로 걸어놨었어. 식당 문 옆 뒤쪽 복도에 말이야. 그런데 아버지가 내리신 거야."

"왜요?"

"나한테도 아무 말 안 해줬어. 그림을 내릴 거란 말도 안 해줬는걸. 어느 날 보니까 안 보이더라고."

"아버지가 왜 그림을 내렸을까요?"

"음…… 너도 알다시피 아버지한테 좀 그런 면이 있잖니."

---

* 주로 땀띠를 방지하기 위해 몸에 바르는 분.

"그런 면이라니요?"

"내 생각엔 말이야, 아마 아이린 때문인 것 같아. 아이린이 보면 심란할까 봐서."

"나체가 있는 것도 아니잖아요. 보티첼리와 달리."

부모님의 집 거실에는 실제로 〈비너스의 탄생〉 복제화가 걸려 있었다. 오래전 다른 선생님들을 저녁 식사에 초대하기로 한 날을 앞두고 그 그림은 실제로 신경질적인 농담의 대상이 되기도 했다.

"그게 아니라, 이번 건 *현대적이잖아*. 그래서 아버지가 거북해진 걸 거야. 아이린이 있는 데서 그 그림을 보는 게 거북했을 수도 있고. 그 그림 때문에 아이린이 우리를 경멸하게 될까 봐 걱정됐을지도 몰라. 너도 알다시피 우리가 좀 별난 사람들이잖니. 아버지는 아이린이 우리를 그런 사람들로 여기지 말았으면 했던 거지."

"그런 그림을 벽에 걸어놓는 그런 사람들이라고요? 그러니까 엄마 말은 아이린이 우리 집에 걸린 그림들에 대해서 어떻게 생각할지 아버지가 엄청 신경 쓴다는 거네요?"

"아버지가 어떤 사람인지 너도 잘 알잖니."

"내가 아는 아버지는 남들과 생각이 다른 걸 두려워하지 않았어요. 학교에서 힘들었던 것도 그 때문이었잖아요?"

"뭐라고? 그래, 그랬지. 아버지는 싫으면 싫다고 하는 분이야. 하지만 네 아버지도 가끔은 조심한단 말이야. 그리고 아이린 말인데, 아버지는 아이린 눈치를 엄청 살피셔. 그 애가 우리한테 너무나 중요하기 때문에."

"그럼 아버지는 우리 집에 걸린 그림이 이상하다고 생각되면 아이런이 일을 그만둘지도 모른다고 생각한단 말이에요?"

"나라면 그 그림을 그대로 걸어뒀을 거란다. 애야. 네가 주는 건 뭐든 소중하니까. 그렇지만 아버지는……."

줄리엣은 아무 말도 하지 않았다. 그녀가 아홉 살이나 열 살이 되던 해부터 아마도 열네 살이 되던 해까지, 모녀는 늘 아버지를 이해해주어야 했다.

'네 아버지가 어떤 분인지 너도 알잖니.'

그때는 모녀가 함께 여자였다.

뻣뻣하고 가는 줄리엣의 머리에 가정용 파마 약을 발라보기도 하고, 양재 수업이 끝나면 세상에서 하나뿐인 옷이 탄생했고, 아버지가 학교 회의 때문에 야근이라도 하는 날이면 피넛버터와 토마토와 마요네즈로 만든 샌드위치로 저녁을 때웠다. 엄마는 예전 남자친구들과 여자친구들, 심장병이 악화되기 전, 교사 시절 동료들과 주고받던 농담들이며 재미있었던 얘기를 몇 번이고 들려주었다. 그보다 더 먼 과거 이야기도 나왔다. 류머티즘열에 걸려 침대에 누워 있을 때 롤로와 맥신이라는 상상 속의 친구를 사귀었는데, 그 친구들은 아동용 책에 나오는 등장인물들처럼 모든 미스터리를 풀어주었다. 심지어 살인사건까지도. 아버지가 엄마한테 푹 빠져 구애하던 시절, 빌린 차를 가지고 나갔다가 사고를 친 일이며 아버지가 부랑자로 변장하고 엄마네 집 문 앞에 나타났던 일화까지.

줄리엣은 엄마와 퍼지*를 만들고 페티코트 테두리에 난 아일릿

---

* 설탕, 버터, 우유로 만든 연한 사탕 과자.

무늬에 리본을 꿰는 등 단짝 친구처럼 지냈다. 그러던 어느 날부터 줄리엣은 더 이상 엄마와 놀지 않았다. 대신 부엌에서 밤늦도록 아버지와 대화를 나누고 아버지에게 블랙홀, 빙하기, 신에 대해 묻기 시작했다. 줄리엣은 엄마가 눈을 동그랗게 뜨고 천진난만한 질문을 하면서 아버지와의 대화에 끼어드는 것도, 어떻게든 대화의 주제를 자신에게 돌려놓으려고 안간힘을 쓰는 모습도 싫었다. 그래서 하는 수 없이 늘 늦은 밤에 대화를 나눠야 했고 아버지와 줄리엣은 암묵적인 양해를 구해야 했다.

'엄마가 잠들 때까지 기다리자꾸나. 물론 당분간만.' 또 아버지는 줄리엣에게 당부의 말 또한 잊지 않았다. '엄마한테 잘해드리렴. 엄마는 목숨 걸고 너를 낳았단다. 그걸 잊지 말아야 한다.'

"아버지는 자신보다 높은 사람한테는 싫다는 말을 얼마든지 하시지만." 엄마가 심호흡을 하고 나서 말을 이었다. "밑에 있는 사람한텐 어떤지 너도 잘 알잖니. 그런 사람들한테는 자신도 그들과 전혀 다르지 않다는 느낌을 주려고 어떤 일도 마다하지 않으시잖아. 자기 수준을 낮춰가면서까지 말이야……."

물론 줄리엣도 알고 있었다. 아버지가 주유소에서 일하는 소년에게 말을 걸 때나, 철물점에서 농담을 건넬 때 그들을 어떻게 대했는지. 하지만 줄리엣은 더 이상 아무 말도 하지 않았다.

"그런 사람들 비위까지 맞춰줘야 직성이 풀리는 분이잖니."

엄마가 갑자기 어조를 바꿔 악의에 찬 듯 불안정하고 날카로운 목소리로 말하더니 들릴 듯 말 듯 작은 소리로 킬킬거렸다.

줄리엣은 유모차를 깨끗이 닦은 다음 퍼넬러피와 함께 동네 산책에 나섰다. 기저귀 빨 때 일반 비누를 사용하면 발진이 생기므로 순한 소독용 비누가 있어야 한다고 둘러대고 나온 길이었다. 하지만 줄리엣에게는 다른 이유가 더 있었다. 창피하지만 억누를 수 없는 이유가.

이 길은 줄리엣이 학창 시절 다녔던 길이다. 대학생 시절, 집에 들렀을 때도, 그녀는 여전히 학교에 가는 소녀였다. 학교 안 가는 날이 오기는 하는 거야? 언젠가 줄리엣이 대학 대항 라틴어 번역상을 탔을 때 누군가 아버지한테 이렇게 물었다고 한다. 그때 아버지는 "안 올걸" 하고 대답했다. 아버지는 이 이야기를 혼자만 간직했다. 아버지는 상 탄 얘기를 할 리 없는 사람이었다. 그런 일은 엄마한테 맡겼다. 하지만 엄마는 무슨 상을 받았는지 곧잘 까먹었다.

그런 그녀가 여 보란 듯 나타난 것이다. 다른 여자들처럼 유모차를 밀고서. 기저귀 비누 걱정까지 해가며. 게다가 보통 아기가 아니라 사생아였다. 그녀는 이따금 퍼넬러피를 그런 식으로 지칭했다. 에릭에게만. 에릭이 농담으로 받아들이고 줄리엣도 농담처럼 말할 수 있는 이유는 물론 둘이 지금도 함께 살고 있고 예전에도 함께 살았고 앞으로도 계속 함께 살 계획이기 때문이었다. 그녀가 아는 한 결혼하지 않았다는 사실은 그에게 무의미했고, 자신 또한 종종 그 사실을 까먹곤 했다. 그러나 가끔, 특히나 지금처럼 이렇게 고향에 있을 때, 뿌듯한 성취감과 물밀듯 밀려오는 극도의 행복감을 안겨 주는 것은 자신이 결혼하지 않았다는 사실이었다.

"오늘 윗동네엘 갔었다고." 아버지가 말했다.

(아버지가 예전부터 *윗동네*란 말을 썼었나? 엄마와 줄리엣은 *주 택가*라고 불렀다.)

"누구 아는 사람이라도 만났니?"

"약국에 갈 일이 있었어요. 거기서 찰리 리틀하고 얘기를 좀 나 눴어요."

밤 11시 이후 부엌에서 나눈 대화였다. 줄리엣은 이때야말로 퍼 넬러피가 내일 먹을 우유를 만들어놓기에 더없이 좋은 때라고 생 각했다.

"리틀 찰리*라고?"

아버지에게는 그녀가 한동안 잊고 있었던 이상한 버릇이 있었는 데, 그것은 누가 됐든 졸업 후에도 학교 때 별명으로 부르는 것이었 다.

"그 애가 네 핏줄을 예쁘다고 하더냐?"

"물론이죠."

"하긴 당연하지."

아버지는 호밀 위스키를 마시며 담배를 피우고 있었다. 위스키 를 마시는 아버지의 모습은 생소했다. 외할아버지가 술꾼이었기 때문에, 비록 빈털터리 주정뱅이는 아니고 생전에 수의사였다고는 하지만 가정에 공포 분위기를 조성하여 급기야 딸로 하여금 술만 봐도 무서워 덜덜 떨게 만들 정도의 술꾼이 되었으므로, 줄리엣은

---

* 찰리가 이름이고 리틀이 성인 것을 순서를 바꿔 꼬마라는 뜻의 리틀 찰리로 바꿔 부른 것이다.

아버지가 집에서는 맥주조차 입에 대지 않는다고 알고 있었다.

줄리엣이 약국에 갔던 것은 기저귀 비누를 살 수 있는 곳이 그곳 밖에 없기 때문이었다. 그 약국이 찰리네 집안 대대로 내려오는 약국이라는 사실은 알고 있었지만 막상 찰리를 만날 줄은 몰랐다. 마지막으로 들었던 찰리 소식은 엔지니어가 되려 한다는 것이었다. 눈치 없게도 오늘 줄리엣이 찰리에게 그 얘기를 꺼냈지만, 찰리는 일이 잘 안 풀린다는 얘기를 하면서도 느긋하고 유쾌했다. 찰리는 배가 나왔고 웨이브와 윤기를 잃은 머리카락은 숱마저 줄어 있었다. 그가 자신뿐만 아니라 퍼넬러피까지도 우쭐할 정도로 너무나 열과 성을 다해 맞이해준 바람에 줄리엣은 그와 얘기를 나누는 내내 얼굴과 목이 다 화끈거릴 정도였다. 고등학교 시절 찰리에게 줄리엣 따위를 상대할 틈은 없었다. 가끔 예의 바른 인사를 건넨 적도 있었지만, 그건 찰리가 워낙 서글서글하고 민주적이기 때문이었다. 그는 학교에서 가장 인기 많은 여자아이들과 데이트를 했고, 지금 그 여자애들 중 한 명과 결혼했다고 했다. 제이니 필. 애가 둘인데, 한 명이 퍼넬러피 또래고 한 명은 그보다 크다고 했다. 찰리가 털어놓은 바에 따르면 그 때문에 엔지니어의 꿈을 좇을 수 없게 되었다고 했다. 찰리가 이렇게 솔직하게 털어놓은 데에는 지금 줄리엣이 처한 상황이 한몫 거든 것 같았다.

그래서 찰리는 퍼넬러피를 웃게 하고 까르륵거리게 하는 방법을 알고 있던 것이다. 줄리엣은 그와 동등한 부모로서, 같은 수준에 속한 사람으로서 수다를 떨었다.

바보 같지만 줄리엣은 우쭐하고 들뜬 기분이었다. 그가 관심을 보인 것은 더 있었다. 반지를 끼지 않은 그녀의 왼손을 곁눈질로 훑고는 자신의 결혼을 가지고 농담을 했던 것이다. 그 밖에도 또 다른 무언가가 있었다. 은밀히 그녀를 뜯어보는 눈길이 느껴졌다. 아마도 이제는 대담한 성생활의 결실이 여실히 드러나는 그녀를 여자로 보는 것이리라. 그 모든 여자 중에서도 줄리엣을, 얼뜨기에 공부벌레였던 그녀를.

찰리가 쪼그리고 앉아 퍼넬러피를 뜯어보더니 물었다. "널 닮았니?"

"아빠를 더 닮았어."

무심한 듯 말했지만 자부심이 물밀듯 밀려오면서 윗입술에 땀이 방울방울 맺혔다.

"그래?" 찰리가 자세를 바로 하며 자신만만한 투로 말했다. "그런데 말이야, 너한테 해주고 싶은 말이 있어. 너희 집안에 일어난 일 말인데, 개인적으로 유감스럽다고 생각해……."

*   *   *

줄리엣은 찰리가 한 말을 아버지에게 전했다.

"찰리가 아버지 일은 참 유감스럽다고 그랬어요."

"그랬니? 그래서 넌 뭐라고 했니?"

"무슨 말을 해야 할지 모르겠더라고요. 무슨 뜻인지 몰랐으니까요. 하지만 찰리한테 내가 모른다는 사실을 알리고 싶지는 않았어요."

"그랬구나."

줄리엣이 테이블 앞에 앉았다. "저도 한잔하고 싶어요. 위스키 말고요."

"이제 술도 마시니?"

"와인은요. 집에서 만들어 먹죠. 웨일 베이에선 다들 그래요."

아버지가 그때 농담을 하나 했다. 전 같았으면 절대로 했을 리 없는 그런 유의 농담을. 모텔에 가려는 한 커플에 관한 이야기였는데 "내가 주일학교에서 여자애들한테 하는 말이랑 똑같네. 술 마시고 담배 피우지 않아도 즐거운 시간을 보낼 수 있으니 말이야"라는 말로 끝났다.

줄리엣은 웃었지만 아까 찰리와 있을 때와 마찬가지로 얼굴이 화끈거렸다.

"학교는 왜 그만두신 거예요? 저 때문에 잘리신 건가요?"

"이런 이런. 세상이 너를 중심으로 돌아간다고 생각하지는 말거라. 나는 잘린 게 아니다." 아버지가 웃으며 말했다.

"좋아요. 그럼, 그만두신 거군요."

"내가 그만둔 거다."

"저랑은 아무 상관없는 일이었다 이거죠?"

"늘 내 목을 죄는 올가미가 지긋지긋해서 그만뒀다. 그렇지 않아도 언제고 그만둬야지 생각하고 있었어."

"저랑은 아무 상관없는 일이란 말씀이시죠?"

"그래, 어쩌다가 싸움에 휘말린 거야. 수군거리는 사람들이 있어서."

"뭘 가지고 수군거렸는데요?"

"넌 알 필요 없다. 걱정하지도 말고." 아버지가 잠시 뜸을 들였다가 말했다. "학교에서 해고한 게 아니란다. 해고하려야 할 수도 없었지. 법이 있는데. 이미 말한 대로 예전부터 그만둘 심산이었어."

"아버지는 모르세요. 아무것도 모르시잖아요. 얼마나 바보 같은 상황이고 여기가 얼마나 역겨운 곳인지. 그런 말을 아무렇지도 않게 해대고. 제가 아는 사람들한테 얘기하면 못 믿을 거예요. 농담인 줄 알 거라고요."

"글쎄다. 유감스럽게도 네 엄마와 난 네가 사는 곳에 살지 않아. 여기가 우리 삶의 터전이야. 너희 동네 사람들이 이 말도 농담으로 여길 것 같니? 밤이 늦었다, 이 얘긴 그만하고 잠자리에 들어야겠구나. 네 엄마 좀 들여다보고 난 이만 자러 가야겠다."

"기차 말이에요……." 여전히 기세등등한 줄리엣이 조소의 기운을 담아 말을 꺼냈다. "지금도 여기 정차하죠, 그렇죠? 제가 여기서 내리는 게 싫으셨던 거죠? 아니에요?"

이미 부엌에서 나가고 있던 아버지는 대답하지 않았다.

동네의 마지막 가로등에서 흘러나온 불빛은 이제 줄리엣이 누운 침대에까지 떨어졌다. 커다란 연단풍나무가 베여나간 자리에는 아버지가 심은 루바브가 있었다.

어젯밤에는 빛이 침대까지 닿지 않도록 커튼을 꼭 닫았지만 오늘 밤엔 바깥 공기가 필요했다. 그래서 줄리엣은 베개를 침대 발치로 가지고 가 얼굴에 빛이 정면으로 비추고 있는데도 곤히 잠든 퍼넬러피와 함께 누웠다.

위스키를 조금 마실걸 하고 후회하는 중이었다. 줄리엣은 좌절
과 분노에 휩싸인 채 뻣뻣하게 누워 있었다. 머릿속으로는 에릭에
게 보낼 편지를 쓰면서…….

*내가 여기 왜 왔는지 모르겠어요. 오지 말걸. 빨리 집에 가고 싶어
요.*

집.

*　*　*　*　*　*

아침 햇살이 채 들이치기도 전에, 줄리엣은 진공청소기 소리에
잠에서 깼다. 청소기 소리 사이사이 아버지의 목소리가 들리는가
싶더니 줄리엣은 어느새 다시 잠에 빠졌다. 얼마 후 잠에서 깬 줄리
엣은 아까 일이 분명 꿈이라고 확신했다. 꿈이 아니었다면 퍼넬러
피도 깼을 텐데 그러지 않았기 때문이다.

오늘 아침 부엌은 어제보다 시원했고 부글부글 끓던 과일 냄새
도 더 이상 나지 않았다. 아이린은 모든 잼 병에 작은 체크무늬 헝
겊 뚜껑을 덮고 라벨을 붙이고 있었다.

"청소기 소리가 나던데요." 줄리엣이 애써 쾌활한 목소리로 말
했다. "내가 꿈을 꿨나 봐요. 새벽 5시밖에 안 됐을 때니까."

아이린은 바로 대꾸하지 않았다. 라벨에 글씨를 쓰고 있었다. 어
찌나 집중하고 있던지 입술까지 앙다물고 있었다.

"아주머니였어요. 아저씨가 아주머니 때문에 깼는데 아주머니를

말리느라고 아저씨가 할 수밖에 없었어요." 아이린이 하던 일을 마치고 말했다.

믿기지 않는 얘기였다. 엄마는 어제 침대에서 일어나 화장실에 가는 것도 힘겨워했다.

"아저씨가 그러는데, 아주머니가 한밤중에 자다가 일어나서 자꾸 일을 벌이는 바람에 아저씨도 덩달아 일어나서 말려야 한대요."

"엄마가 순간적으로 에너지가 넘치기라도 하는 모양이에요."

아이린이 라벨에 글 쓰는 일을 다시 시작하며 말했다. "그러게 말이에요."

그 일이 끝나자 그녀는 줄리엣을 마주 보며 말을 이었다. "아저씨를 깨워서 관심을 끌려고 그러시는 것뿐이에요. 아저씨도 피곤할 텐데 자다가 일어나서 아주머니까지 챙겨야 하다니."

줄리엣은 고개를 돌려버렸다. 아이에게 안전하지 못한 곳이라도 된다는 듯, 퍼넬러피를 내려놓지 않고 곡예하듯 허리께에 안은 채 숟가락으로 계란을 건져서 껍질을 두드려 깐 다음 한 손으로 으깼다.

퍼넬러피에게 계란을 먹이는 동안 줄리엣은 혹시나 자신의 목소리 때문에 아기가 놀라 울음을 터뜨리게 될까 봐 말하기가 두려웠다. 아이린도 그런 낌새를 눈치챘는지 전보다 낮은 목소리로, 그러나 밑바탕에는 멸시를 깔고서 말했다.

"다들 그래요. 몸이 아프면 어쩔 수 없죠. 자기 생각밖에 못하게 되는 거예요."

엄마는 눈을 감고 있다가, 인기척이 느껴지자 눈을 번쩍 떴다.

"오, 내 새끼들." 엄마가 자조적인 목소리로 말했다. "우리 줄리엣. 우리 퍼넬러피."

퍼넬러피는 이제 할머니한테도 어느 정도 적응한 모양이었다. 그래서인지 오늘 아침에는 적어도 울거나 고개를 돌려버리지는 않았다.

"이리 오렴." 엄마가 잡지 쪽으로 손을 뻗으며 말했다. "아기는 내려놓고 이 잡지나 가지고 놀게 내버려두려무나."

퍼넬러피는 순간 미심쩍은 표정으로 잡지를 쳐다보다가 한 페이지를 움켜쥐더니 마구잡이로 찢기 시작했다.

"이것 보렴, 아기들이 잡지 찢는 걸 얼마나 좋아한다고. 엄마는 다 기억한단다."

침대 옆 의자에는 밀크림* 대접이 놓여 있었지만 거의 손대지 않은 것 같았다.

"아침을 안 드셨네요, 메뉴가 마음에 안 드셨어요?"

엄마가 대단히 진지한 사고를 요하는 일이지만 힘에 부친다는 듯 대접을 바라보았다.

"기억이 안 나. 내가 먹고 싶은 게 아니었던 것 같아." 엄마가 발작을 일으키는 듯 컥컥거리다가 숨을 헐떡거리면서 말했다. "누가 알겠니? 방금 생각난 건데 말이야, 그 애가 날 독살할 수도 있잖아." 진정된 엄마가 이어 말했다. "농담이야. 하지만 그 애는 너무

---

* 1893년 뉴욕에서 처음으로 선보인 후 크게 인기를 얻어 전 미국에 급속히 보급된 아침 식사용 핫 시리얼.

사나워. 아이린 말이야. 아이린을 과소평가해서는 안 돼. 그 애 팔에 난 털, 너도 봤니?"

"고양이 털 같던데요." 줄리엣이 말했다.

"스컹크 털 같지."

"그 많은 털 중 한 올이라도 잼에 안 들어갔기만 바라야죠 뭐."

"웃기지 마, 애, 이제 더는……."

퍼넬러피가 시간 가는 줄 모르고 잡지 찢기에 열중하고 있는 덕분에 줄리엣은 아이를 엄마 방에 두고 시리얼 대접을 부엌에 갖다놓을 수 있었다. 줄리엣은 묵묵히 에그노그*를 만들기 시작했다. 아이린은 잼 병이 든 상자를 자동차로 옮기느라 부엌을 들락날락하고 있었다. 아버지는 뒷문 계단에서 호스로 물을 뿌려 새로 캔 감자에 달라붙은 흙을 씻어내고 있었다. 아버지는 노래를 불렀다. 처음에는 너무 은은하게 불러서 가사를 알아들을 수 없었는데, 아이린이 계단가에 나타나자 아버지는 목청을 높였다.

아이린, 잘 자~요
아이린, 잘 자요
잘 자요, 아이린, 잘 자요, 아이린
내 꿈꾸기를

부엌에 있던 아이린이 잽싸게 몸을 돌리더니 소리쳤다. "저 나오

___
* 우유, 계란, 설탕 등을 이용해 만드는 부드러운 음료로, 술을 넣어 칵테일로 마시기도 한다.

는 노래 부르지 마시라니까요."

"너 나오는 노래라니?" 아버지가 짐짓 놀란 척하며 물었다. "누가 네 노래를 한다고 그러니?"

"아저씨요. 아저씨 말고 누가 있어요."

"아, 이 노래. 아이린 나오는 노래? 노래 속에 나오는 소녀? 아차, 네 이름도 아이린이라는 걸 깜빡했구나."

아버지는 다시 노래를 부르기 시작했지만 이번에는 들릴 듯 말듯 흥얼거리기만 했다. 아이린은 얼굴에 홍조를 띠고 흥분으로 오르락내리락 부풀어오르는 가슴을 안고서 언제라도 가사만 들리면 덮칠 태세로 서 있었다.

"제 노래 부르지 마시라니깐요. 제 이름이 나오니까 제 노래 맞잖아요."

갑자기 아버지가 다시 목청껏 소리 높여 부르기 시작했다.

지난 토요일 밤 나는 결혼을 했다네
나하고 아내는 정착을 했다네

"그만하세요. 그만하시라니까요." 아이린이 눈을 동그랗게 뜨고 한껏 흥분해서는 외쳤다. "당장 그만두지 않으면 그쪽으로 가서 호스로 물을 뿌리겠어요."

*   *   *

그날 오후 아버지는 주문이 들어온 여러 식료품점과 선물 가게 몇 군데에 잼을 배달할 예정이었다. 아버지는 줄리엣에게 함께 가자고 권했다. 아까 철물점에 가는 것 같더니 퍼넬러피를 위해 아기용 카시트를 사가지고 온 모양이었다.

"우리 다락에 이건 없을 거야. 네가 어렸을 때는 이런 게 있는 줄도 몰랐거든. 알았어도 소용없었겠지만 말이야. 그땐 어차피 차도 없었으니까." 아버지가 말했다.

"꽤 고급스럽네요. 너무 비싼 거 아니에요?" 줄리엣이 물었다.

"얼마 안 들었단다." 아버지가 허리를 굽히고 카시트를 차 안에 넣으며 말했다.

아이린은 산딸기를 더 따러 밭에 나가 있었다. 이번 산딸기는 파이용일 것이다. 아버지는 경적을 빵빵 두 번 울린 다음 출발하면서 손을 흔들었다. 이에 화답하기로 마음먹은 듯, 아이린도 한쪽 팔을 들어 올렸는데 파리라도 쫓으려는 모양새였다.

"멋진 아이야. 저 애가 없었으면 우리가 어떻게 살았을지 모르겠다. 하지만 가만 보니까 아이린이 너한테는 좀 까칠하게 구는 것 같더구나."

"잘 알지도 못하는 여자인걸요."

"아냐, 너를 얼마나 무서워하는데."

"그럴 리가요."

아이린에 관하여 뭔가 고마운 말이나, 적어도 감정을 드러내지 않는 중립적인 말이 없을까 고심하던 줄리엣은 그녀의 남편이 양계장에서 어떻게 죽었는지 물었다.

"그 남자가 범죄형이었는지 그저 철이 없었는지는 나도 모른단다. 아무튼 훔친 닭으로 부수입을 올리려고 계획하던 패거리하고 한패가 되었는데 마침 경보기를 건드려선 농장 주인이 총을 들고 나왔던 거지. 그 농장 주인이 작정하고 총을 쏜 건지 어쩐 건지는 모르고……."

"세상에."

"그래서 아이린하고 시댁 식구들이 나서서 소송을 걸었는데 농장 주인이 풀려났다는구나. 당연히 그랬겠지. 아무튼 아이린이 꽤 힘들었을 거야. 별 볼 일 없는 남편이었다고 하더라도 말이야."

줄리엣은 당연히 힘들었을 거라고 말하고는 아이린이 아버지의 제자였냐고 물었다.

"아니야, 아니야. 내가 알기로 아이린은 학교에 제대로 다닌 적이 없거든."

아버지는 아이린의 가족이 헌츠빌 근처 북쪽 어딘가에 살았다고 했다. 말 그대로 근처 어딘가였다.

어느 날 가족이 다 함께 마을로 갔다. 아버지와 어머니와 아이들 모두가. 아버지는 볼일이 있으니 조금 이따가 만나자고 했다. 그러고는 장소와 시간을 일러주었다. 나머지 가족들은 약속 시간까지 돈 한 푼 없이 여기저기 떠돌아다녔다. 아버지는 끝내 약속 장소에 나타나지 않았다.

"처음부터 나타날 마음도 없었겠지. 가족을 버린 거야. 그래서 식구들은 사회보장 연금으로 살아야 했어. 싼값에 얻을 수 있는 시골의 판잣집에서 살았지. 아이린한테는 언니가 한 명 있었는데 집

안의 대들보 노릇을 했으니 엄마 이상의 존재였을 거야. 그런데 그 언니가 그만 맹장 파열로 죽었단다. 눈보라는 몰아치는데 전화마저 없어서 언니를 시내로 데리고 갈 수 없었던 거지. 아이린은 그때 학교로 돌아가고 싶지 않았대. 언니가 못되게 굴던 애들로부터 자기를 보호해주고 있었으니까. 지금은 얼굴에 철판이라도 깐 것처럼 보이겠지만 처음부터 그랬던 건 아닐 거야. 어쩌면 지금도 가면을 쓰고 있는 걸지도 모르지."

아버지 말에 따르면 아이린의 아들과 딸은 친어머니가 봐주고 있다고 했다. 그런데 놀랍게도 이제껏 코빼기도 내밀지 않았던 아버지가 나타나 어머니와 다시 잘해보려고 한다는 것이었다. 재결합이라도 하게 되면 아이린은 낙동강 오리알 신세가 된다. 아이들을 친할아버지 곁에 두고 싶지 않기 때문이다.

"애들도 얼마나 귀여운지 몰라. 딸아이가 구개열이 있어서 이미 수술을 한 번 받았는데 나중에 또 해야 한다나 봐. 그러면 아이는 괜찮을 거야. 하지만 그건 빙산의 일각에 지나지 않지."

빙산의 일각이라니.

줄리엣은 자신에게 대체 무슨 문제가 생기기라도 한 걸까 하고 생각했다. 동정심이 전혀 느껴지지 않았기 때문이다. 오히려 마음속 깊은 곳에서는 이 비참하기 짝이 없는 장황한 이야기에 반감마저 일고 있었다. 해도 너무했다. 구개열이 이야기에 등장했을 때 줄리엣이 정말 보이고 싶었던 반응은 불평이었다. *해도 너무하잖아요.*

자신이 옳지 않다는 건 스스로도 알고 있었지만 그런 감정은 전혀 사라지지 않았다. 이성을 배반하고 그런 말을 내뱉을까 두려워, 줄리엣은 더 이상 말을 하기가 두려웠다. 이를테면 아버지에게 이런 말을 하게 될까 봐 두려웠던 것이다.

'이렇게 불쌍한 얘기만 잔뜩 늘어놓고선 뭐가 대단하다는 거죠? 아이린이 성인이라도 된다는 거예요?' 혹은 이렇게 용서받지 못할 말을 내뱉으면 어쩌나 싶었다. '우리를 그런 사람들하고 엮을 생각은 아니시겠죠.'

아버지가 말을 이었다. "아이린이 우리 집에 왔을 때 정말이지 나는 속수무책이었다. 작년 가을 네 엄마는 완전히 말썽덩어리였어. 모든 걸 내려놓으려는 것도 아니었고. 하긴 차라리 모든 걸 내려놓았더라면 더 나았겠지. 차라리 아무것도 하지 않았으면 좋았을 거야. 그런데 네 엄마는 무슨 일을 시작하고는 그걸 중간에 그만 둬버렸어. 그것도 밥 먹듯이. 하긴 어제오늘 일도 아니지. 그러니까 나는 늘 네 엄마 치다꺼리를 하고 돌보면서 집안일도 해야 했다는 말이야. 기억나니? 엄마는 늘 심장이 약한 예쁜 소녀였기 때문에 시중받는 일에 익숙해 있었잖아. 그런데 세월이 흐르니까 가끔은 엄마가 좀 더 노력했어야 되는 거 아닌가 그런 생각이 들더구나. 아무튼 상황은 점점 심해지기만 했다. 어느 날은 집에 와봤더니 부엌 한가운데 있는 세탁기에서 젖은 옷이 흘러 넘쳐서 사방에 널려 있더구나. 빵을 굽겠다고 난리를 쳐놓고 그만두었을 때는 까맣게 탄 재가 오븐 안에 딱딱하게 굳어 있었고. 나는 네 엄마가 자기 몸에 불이라도 지르면 어쩌나 무서웠다. 집에 불을 지를지도 모르고 말이야. 그래서 내가 침대에 누워 있으라고 누누이 말했다. 그런데 들지 않고 난장판을 만들어놓고는 울기만 했어. 집안일을 돕게 하려고 여자애들을 몇 명 들였는데 다들 엄마를 감당하지 못했다. 그러다가 아이린을 만나게 된 거야. 아이린, 나한테 그날은 축복받은 날이다. 정말이지 축복받은 날이야."

아버지가 크게 한숨을 쉬었다.

하지만 아버지는 모든 좋은 일에는 끝이 찾아오게 마련이라고 말했다. 아이린이 결혼을 앞두고 있기 때문이었다. 마흔인지 쉰인지 모를 홀아비한테. 농부라고 했다. 그 남자한테는 돈이 좀 있을 것으로 짐작만 할 뿐인데, 아이린을 위해서도 아버지는 그것이 사실이길 바랐다. 돈을 빼면 별 볼 일이 없는 남자였으므로.

"그런데 세상에, 그 남자 돈도 없는 것 같더구나. 내가 보니까 이도 하나밖에 없더라고. 불길한 징조야. 너무 자존심이 세든지, 돈 아끼느라 틀니도 안 낀 걸 보면. 생각해보렴, 아이린처럼 멋진 여자가 그런 남자와 결혼을 한다니."

"결혼식은 언젠데요?"

"가을쯤 한다고 했어. 가을에."

퍼넬러피는 시동을 걸자마자 카시트에 기대 내내 잠만 잤다. 앞쪽 창문이 열려 있어 줄리엣은 방금 베어 쌓아놓은 건초 냄새를 맡을 수 있었다. 요즘은 아무도 건초를 돌돌 말아놓지 않는다. 느릅나무가 자기들끼리 따로 떨어져 아직도 버티고 있는 모습이 경이로웠다.

그들은 좁은 골짜기에 자리 잡은 거리를 따라 형성된 마을에 정차했다. 골짜기의 암벽에는 기반암이 툭 튀어나와 있었는데, 그처럼 거대한 바위를 볼 수 있는 곳은 수십 킬로미터 반경 내에서 그곳이 유일했다.

줄리엣은 이곳에 돈을 내고 입장하는 특별한 공원이 있었을 때가 기억났다. 공원에는 분수도 있었고 스트로베리 쇼트케이크와 아이스크림을 파는 찻집도 있었다. 그 밖에 그녀가 미처 기억해내지 못한 것들도 분명 있었을 것이다. 바위 곳곳에 있는 동굴은 각각 일곱 난쟁이의 이름을 달고 있었다. 부모님은 줄리엣이 서둘러 동굴 탐험을 떠난 사이 분수대 바닥에서 아이스크림을 먹으며 앉아 있었다. 동굴은 사실 꽤 낮아서 별로 볼 것도 없었다. 부모님과 함께 가고 싶어서 줄리엣이 조르면 아버지는 이렇게 말했다.

"엄마는 동굴을 올라갈 수 없잖니."

그러면 엄마는 이렇게 말해주었다. "얼른 가보렴. 네가 보고 와서 우리한테 다 말해줘야 해."

엄마는 한껏 차려입고 있었다. 엄마의 검은색 태피터* 스커트는 잔디밭에 동그랗게 원을 그리며 펼쳐져 있었다. 그런 스커트를 발레리나 스커트라 불렀다.

분명 무슨 특별한 날이었을 것이다.

아버지가 상점에서 나오자 줄리엣이 물어보았다. 아버지는 처음에는 전혀 기억을 못 했다가 얼마 후 기억해냈다. "바가지가 엄청났던 곳"이라는 말을 했다. 그러나 언제 없어졌는지는 아버지도 모

---

* 광택이 있는 빳빳한 견직물로, 특히 드레스를 만드는 데 쓰인다.

르고 있었다.

거리 어디에도 분수대나 찻집의 흔적은 남아 있지 않았다.

"평화와 질서를 몰고 온 복덩이란다." 아버지가 뜬금없이 말했다.

줄리엣은 시간이 얼마간 흐른 후에야 아버지가 지금까지도 아이린 얘기를 하고 있다는 사실을 알아차렸다.

"아이린은 뭐든 잘해. 잡초도 베고 정원도 가꾸고. 무슨 일을 하건 최선을 다하고 매사에 감사할 줄도 알지. 날마다 감탄이 절로 나온단다."

근심 걱정 없이 놀았던 그날은 도대체 무슨 날이었을까? 생일? 결혼기념일?

아버지는 힘겹게 언덕을 오르느라 트럭이 시끄럽게 털털거리는 와중에도 시종일관, 사뭇 엄숙한 표정까지 지어가며 아이린 이야기를 계속했다.

"아이린은 여성에 대한 내 믿음을 회복시켜주었어."

아버지는 매번 줄리엣에게 잠깐이면 된다는 말과 함께 상점으로 뛰어 들어가서는 한참이 지나서야 차로 돌아왔고 빠져나올 수 없었다고 둘러댔다. 다들 할 말이 많고, 아버지가 오면 들려주려고 농담까지 준비해놓고 있더라고 했다. 몇몇은 딸과 손녀를 직접 보려고 아버지를 따라 나오기도 했다.

"라틴어 하던 따님이시구만." 어떤 여자가 말했다.

"요즘엔 녹이 좀 슬었어요. 애가 너무 바쁘다 보니까 짬이 안 나서." 아버지가 말했다.

"그야 당연하죠." 여자가 퍼넬러피를 보려고 목을 길게 빼며 말했다. "그래도 아기는 축복이잖아, 안 그래요? 어머나, 작기도 해라."

줄리엣은 아버지에게 논문에 다시 손댈 작정이라는 얘기를 할까 생각했다. 비록 현재는 요원한 일이지만. 전에는 아버지와 그런 주제를 놓고 대화를 나누는 것이 자연스러웠다. 그러나 엄마와는 그럴 수 없었다. 엄마가 "요즘 뭐 배우는지 엄마한테도 얘기해줘" 하고 말하면 줄리엣은 요약해서 설명해주곤 했다. 그러면 엄마는 줄리엣에게 그 많은 그리스 이름을 어떻게 정확하게 기억하고 있느냐고 물을 뿐이었다. 하지만 아버지는 줄리엣이 무슨 얘기를 하는지 이해하고 있었다. 대학 시절 그녀는 자신이 열두 살인가 열세 살이었을 때 책을 읽다가 우연히 발견한 thaumaturgy*라는 단어의 뜻을 묻자 아버지가 어떻게 설명해주었는지를 자랑한 적도 있었다. 그러면 친구들은 아버지가 학자시냐고 물었다.

줄리엣은 "그럼, 우리 아버진 6학년을 가르치시거든." 하고 대답했다.

이제 줄리엣은 아버지가 은근히 자신의 수준을 얕잡아보려 한다는 느낌을 받았다. 대놓고 묻기라도 하면 아버지는 다 망상이라고 할지도 모른다. 혹은 절대 까먹을 리 없는 것들도 까먹었다고 우기실지도 모르겠다.

하지만 어쩌면 정말 까먹으신 걸지도 모른다. 아버지의 머릿속

---

* thaumaturgy. 기적을 의미하는 그리스어 thauma와 힘을 의미하는 ergon이 합쳐진 단어로 마술, 마법을 뜻한다.

공간은 점점 좁아지다가 아버지가 판단하기에 세상에 널리 알리기에는 너무 쓸모없는 것, 너무 욕되는 것들은 가리려고 창문마저 어둡게 막은 건지도 모른다.

줄리엣은 의도한 것보다 더욱 모질게 말해버리고 말았다. "그 여자도 결혼이 하고 싶대요? 아이린 말이에요."

이 질문은 아버지를 크게 놀라게 했다. 말투도 모질었던 데다 꽤 오랫동안 아무 말이 없다가 나온 말이기 때문이었다.

"나도 모르겠구나." 아버지가 이렇게 말하고는 얼마 후 한마디 더 보탰다. "어떻게 그런 결혼을 할 수 있는지 정말 모르겠어."

"아이린한테 물어보세요. 아버지도 묻고 싶을 거 아니에요. 아이린에 대한 아버지의 감정을 보면 그럴 것 같은데요."

차를 타고 얼마간 달리다가 아버지가 별안간 말했다. "네가 무슨 말을 하는 건지 모르겠구나."

줄리엣이 한 말에 기분이 상한 것이 틀림없었다.

"행복이, 심술이, 멍청이, 잠꾸러기, 재채기쟁이." 엄마가 말했다.

"똘똘이." 줄리엣이 이어 말했다.

"똘똘이. 똘똘이. 행복이, 재채기쟁이, 똘똘이, 심술이, *부끄럼쟁이*, 재채기쟁이. 아니지. 재채기쟁이, 부끄럼쟁이, 똘똘이, 심술이 *잠꾸러기*, 행복이, 똘똘이, 부끄럼쟁이……."

"여덟 명 아니었니?" 손가락을 꼽아가며 이름을 대던 엄마가 물었다. "거기엔 여러 번 갔단다. 한때는 스트로베리 쇼트케이크 사원이라고 불렀지. 아, 다시 한 번 가고 싶은데!"

"이젠 아무것도 없어요. 흔적도 못 찾겠던데요." 줄리엣이 말했
다.

"나라면 찾을 수 있었을 거야. 나는 왜 같이 가지 않은 거지? 여
름 드라이브인데. 차에 타는 게 뭐가 그리 힘든 일이라고? 네 아버
진 늘 나더러 기운이 없단 소리만 하시지."

"저 보러 마중은 나왔잖아요."

"그래, 갔었지. 하지만 그때도 나더러 나가지 말라고 했었어. 그
래서 성질을 내야만 했지."

엄마는 머리 뒤에 있는 베개를 세우려고 팔을 뒤로 뻗었지만 그
것조차 할 수 없어서 줄리엣이 대신 해주어야 했다.

"제기랄. 나 좀 보렴, 얼마나 쓸모없는 여자인지. 그래도 목욕 정
도는 할 수 있을 줄 알았는데. 그러다 손님이라도 오면 어떻게 한단
말이니?"

줄리엣이 누가 오기로 했느냐고 물었다.

"아니, 하지만 만약에 오면 어떻게 해?"

그래서 줄리엣이 엄마를 욕실로 데리고 갔고, 퍼넬러피는 모녀
뒤를 엉금엉금 기어서 따라갔다. 목욕물이 준비되어 제 할머니가
들어가자, 퍼넬러피는 자기도 목욕해야 하는 줄 안 모양이었다. 줄
리엣이 퍼넬러피의 옷을 벗겨주자 할머니와 손녀가 함께 목욕을
하게 되었다. 벌거벗은 엄마는 늙은 여자라기보다는 늙은 소녀 같
았다. 말하자면 생기를 빼앗아가는 어떤 이름 모를 소모성 질환을
앓고 있는 소녀처럼 보였던 것이다.

퍼넬러피는 할머니와 함께 있으면서도 전혀 놀라지 않았고, 노란색 오리 모양 비누만 꼭 쥐고 있었다.

엄마가 마침내 에릭에 관하여 조심스럽게 물어본 것은 욕조 안에서였다.

"물론 좋은 남자일 거야, 그렇지?"

"가끔은요." 줄리엣이 태연하게 대답했다.

"첫 번째 부인한테 그렇게 잘했다면서."

"첫 번째이자 유일한 부인이에요. 지금까지는." 줄리엣이 고쳐 말했다.

"그렇지만 지금은 이렇게 아기가 있으니까 넌 행복할 거야. 분명 행복할 거야."

"결혼도 안 하고 사는 것치고는 행복해요."

줄리엣이 비누칠한 엄마의 머리 위로 물이 뚝뚝 떨어지는 목욕 수건을 비틀어 짜는 바람에 엄마를 놀라게 했다.

"내 말이 그 말이야."

엄마가 물속에 얼굴을 집어넣고 신이라도 난 듯 흥겨운 비명을 지르더니 고개를 들고 말했다.

"줄리엣?"

"네?"

"내가 네 아버지에 대해서 심술궂은 말을 하더라도 진심이 아니라는 거 알지? 아버지가 엄마를 사랑한다는 건 알고 있거든. 아버지는 그냥 행복하지 않은 것뿐이야."

줄리엣은 다시 아이가 되어 이 집에 사는 꿈을 꾸었다. 그렇지만 꿈속에서 방의 위치는 조금 달라져 있었다. 낯선 방 중 한 곳에서 창밖을 내다보던 줄리엣은 물살이 호를 그리며 공중에서 반짝거리는 것을 보았다. 물은 호스에서 나오고 있었다. 아버지가 등을 돌린 채 정원에 물을 주고 있었다. 어떤 형상 하나가 산딸기밭을 들어갔다 나갔다 하다가 잠시 후 모습을 드러냈는데 아이린이었다. 단, 유연하고 즐거운 어린 시절의 아이린이었다. 그녀는 호스에서 뿜어져 나와 반짝이는 물을 이리저리 피하고 있었다. 숨었다 나타났다를 반복하던 아이린은 대체로 물을 잘 피했지만 도망치기 직전 일순간 영락없이 물살에 맞았다. 아버지와 아이린이 벌이는 게임은 건전하고 즐거워 보였지만 창문 뒤에서 지켜보던 줄리엣에게는 역겹게 느껴졌다. 아버지는 시종일관 줄리엣에게 등을 돌리고 있었지만, 어쩐지 줄리엣은 아버지가 호스를 앞쪽 아랫부분에 바짝 댄 채 물이 나오는 분사구만 앞뒤로 돌리는 모습을 본 것만 같았다.

꿈은 불쾌한 공포로 가득 찼다. 피부를 뚫고 나와 모습을 드러내는 그런 공포가 아니라 좁다란 핏줄을 타고 스멀스멀 흐르는 그런 공포였다.

잠에서 깬 후에도 그 느낌은 계속 남아 있었다. 꿈이지만 창피했다. 뻔하고 진부하기 짝이 없는 꿈이었다. 자신의 추잡한 쾌락을 반영한 꿈이었다.

*　　　　*　　　　*

한낮에 현관문을 두드리는 소리가 났다. 아무도 드나들지 않던 문이어서 그런지 줄리엣이 열 때 약간 뻑뻑했다.

문 앞에 서 있는 남자는 빳빳하게 다린 반소매 노란색 셔츠와 황갈색 바지를 입고 있었다. 나이는 줄리엣보다 몇 살 더 많은 것 같았고, 키는 크지만 가슴이 빈약해서 허약해 보였음에도 인사는 활기찼고 미소는 사그라질 줄 몰랐다.

"이 집 아주머니를 뵈러 왔습니다." 남자가 말했다.

줄리엣은 그를 그렇게 세워놓은 채 일광욕실로 갔다.

"누가 와 있는데, 외판원인 것 같아요. 쫓아버릴까요?"

"아냐, 아냐." 엄마가 가쁜 숨을 몰아쉬며 말했다. "내 매무새 좀 고쳐주겠니? 목소리가 돈이던데. 내 친구 돈 말이야."

돈은 이미 집 안으로 들어와 일광욕실 밖까지 와 있었다.

"아니, 그러실 것 없어요, 아주머니. 접니다. 옷은 제대로 입고 계시죠?"

엄마는 신나고 행복한 얼굴로 애초에 잡지도 못할 빗을 찾아 손을 뻗었다가 포기하고는 손으로 머리를 대충 빗었다.

엄마가 또랑또랑 울리는 목소리로 말했다. "그럼요, 그 어느 때보다도 제대로 입고 있는걸요. 어서 들어오세요."

모습을 드러낸 남자가 부리나케 엄마 곁으로 가자 엄마가 그를 향해 두 팔을 들어 올렸다.

"당신한테 여름 냄새가 나요. 무슨 냄새인가요?" 엄마가 그의 셔츠를 매만지며 말했다. "다림질이군요. 다림질한 면이었어요. 이런, 잘도 다려 입으셨네요."

"제가 직접 했답니다. 샐리가 꽃 장식을 하느라 교회에 가 있어서요. 다림질 솜씨가 꽤 괜찮죠?"

"보기 좋아요. 그나저나 당신 하마터면 못 들어올 뻔했어요. 줄리엣이 외판원인 줄 알았다지 뭐예요. 줄리엣은 제 딸이에요, 사랑스러운 딸. 제가 얘기하지 않았나요? 우리 딸 온다고요. 돈은 목사님이란다. 줄리엣. 내 친구이자 목사님이셔."

돈이 옷매무새를 가다듬고는 줄리엣의 손을 움켜잡았다.

"잘 오셨습니다. 만나 뵙게 돼서 반갑네요. 그나저나 당신이 그렇게 틀린 말을 한 것도 아니랍니다. 사실 저도 외판원 비슷한 사람이니까요."

줄리엣은 목사님다운 농담에 예의상 미소를 지어 보였다.

"어떤 교회 목사님이시죠?"

줄리엣의 질문에 엄마가 웃음을 터뜨렸다.

"어머나, 그걸 알려주면 비밀이 탄로 날 텐데, 안 그래요?"

"저는 삼위일체 교파입니다." 돈이 전혀 당황하는 기색 없이 입을 열었다. "비밀 얘기가 나와서 말인데, 부모님인 새러하고 샘이 이 동네 어느 교회에도 다니지 않는다는 사실을 저는 진즉부터 알고 있었는걸요. 어머님께서 너무나 매력적인 분이라서 들르는 것뿐이랍니다."

줄리엣은 삼위일체 교파라 불리는 것이 성공회였는지 통일교였는지 기억나지 않았다.

"돈한테 의자를 좀 갖다 드리겠니, 애야?" 엄마가 말했다. "돈이 황새처럼 내 쪽으로 몸을 굽히고 있잖니. 음료수 좀 드시겠어요,

돈? 에그노그는 어떠세요? 줄리엣이 세상에서 제일 맛있는 에그노그를 만든답니다. 아니지, 아니지. 에그노그는 너무 부담스러울지 모르니까. 더운 데 있다가 방금 들어오셨죠. 그럼 차는 어떠세요? 아, 그건 너무 뜨겁겠군요. 진저에일은요? 주스가 나을까요? 우리 집에 무슨 주스가 있더라, 줄리엣."

"저는 물 한 잔이면 됩니다. 그것만으로도 고맙지요." 돈이 말했다.

"차를 안 마시겠다고요? 정말이세요?" 엄마가 가쁜 숨을 몰아쉬며 말했다. "하지만 난 좀 마셔야겠어요. 목사님도 반 잔은 드실 수 있겠죠. 줄리엣?"

정원에서 콩밭을 갈고 있는 아이린이 내다보이는 부엌에 혼자 있게 된 줄리엣은 문득 차는 엄마가 돈과 사적인 대화를 나누기 위해 자신을 내보내려고 둘러댄 구실이었을지도 모른다는 생각을 했다. 사적인 대화 몇 마디, 어쩌면 길지 않은 기도라도 하려고? 그런 생각을 하자 줄리엣은 역겨워졌다.

부모님은 그 어떤 교회에도 다니지 않았지만, 여기 정착한 지 얼마 안 되었을 때 아버지가 누군가에게 자신들은 드루이드교*라는 말을 한 적이 있었다. 동네에 교회도 없는 교파에 속한다는 소문이 돌자, 부모님은 종교가 아예 없는 사람들에서 순식간에 신분이 격상되었다. 줄리엣은 한동안 성공회의 주일학교에 다녔지만 친구가

* 고대 갈리아 및 브리튼 제도에 살던 켈트족의 종교. 드루이드라 불리는 사제들이 창시한 것으로 영혼 불멸, 윤회, 전생을 믿고 죽음의 신을 세계의 주재자로 받든다.

있어서 갔을 뿐 다른 이유는 없었다. 아버지는 〈여왕 폐하 만세〉[*]에 반대하지 않았던 것처럼 학교에서 매일 아침 성경을 읽고 주기도문을 외는 관습에도 결코 반대한 적이 없었다.

"위험을 무릅써야 될 때가 있고 그러면 안 될 때가 있단다. 이런 식으로 비위를 맞춰주면, 아이들한테 진화에 관한 사실 몇 가지를 일러주고도 무사히 넘어갈 수 있거든." 아버지는 이렇게 말했다.

어머니는 한때 바하이교[**]에 관심을 가지기도 했지만 줄리엣은 그런 관심이 시들해진 줄로만 알고 있었다.

줄리엣은 세 명이 마실 수 있을 만큼 차를 충분히 준비한 다음 찬장에서 다이제스티브 비스킷도 꺼내고 엄마가 보통 특별한 손님이 오면 꺼내놓았던 놋쇠 쟁반도 꺼냈다.

돈은 차도 받아들이고 줄리엣이 잊지 않고 가져다 준 얼음물도 단숨에 들이켰지만, 쿠키만은 사양했다.

"저는 됐습니다. 고맙습니다."

그가 강조하려는 듯 힘주어 말했다. 계율이 금하고 있기라도 하다는 듯.

그는 줄리엣에게 어디 사는지, 서해안의 날씨는 어떤지, 남편은 무슨 일을 하는지 물었다.

"남편은 왕새우를 잡는 어부지만 사실 남편이라고 할 수는 없어요." 줄리엣이 명랑하게 말했다.

---

[*] 영국 국가. 캐나다는 영국 연방 회원국으로 영국 국가를 그대로 쓰다가 〈아아 캐나다여〉라는 캐나다 국가가 생기자 기존의 영국 국가는 왕실의 노래가 되었다.
[**] 19세기 중반 바하 울라로 알려진 미르자 호세인 알리 누리가 창시한 종교.

돈이 고개를 끄덕이며 "아, 그렇군요" 하고 말했다.

"그쪽은 바다가 꽤 사납죠?"

"가끔은요."

"웨일 베이라, 한 번도 못 들어본 이름이지만 이제부턴 기억하고 있겠습니다. 웨일 베이에서는 어느 교회에 다니시나요?"

"우린 안 다녀요. 어떤 교회에도."

"당신이 믿는 교회가 가까이에 하나도 없나요?"

줄리엣은 웃으며 고개를 가로저었다. "우리가 믿는 교회는 없어요. 우린 신을 믿지 않으니까요."

돈이 컵을 컵받침에 내려놓을 때 달그락거리는 소리가 살짝 났다. 그는 신을 믿지 않는다는 말에 유감이라고 했다.

"정말 유감입니다. 지금과 같은 의견을 갖게 된 지는 얼마나 되었나요?"

"저도 모르겠네요. 진지하게 생각해보질 않아서."

"어머니께서 말씀하시길 아이가 있다고 하던데, 따님이죠?"

줄리엣은 그렇다고 답했다.

"그러면 그 아이는 세례를 받은 적이 없나요? 무신자로 키울 생각이신가요?"

줄리엣은 언젠가 퍼넬러피가 스스로 결정할 문제라고 답했다.

"하지만 우리는 그 애를 무신자로 키울 생각입니다. 그럴 생각이에요."

"슬픈 일이군요. 당신들에게 말이에요. 당신과 당신의, 뭐라고 불러야 할지 모르겠습니다만, 아무튼 하느님의 은총을 거부하기로 결정하셨다니. 하긴 당신들은 성인이니까요. 하지만 아이의 은총도 거부하신다니, 그건 아이를 굶기는 것과 마찬가지입니다." 돈이 침착하게 말했다.

줄리엣은 마음의 평정에 금이 가는 것을 느꼈다.

"하지만 우리는 믿지 않는다니까요. 우리는 신의 은총을 믿지 않아요. 아이를 굶기는 게 아니라 아이에게 거짓을 주입시키지 않으려는 거죠."

"거짓이라. 전 세계 수백만 명이 믿고 있는 것을 거짓이라 부르시는군요. 하느님을 거짓이라 부르는 건 다소 교만한 일이라고 생각하지 않으시나요?"

"그 수백만 명은 믿는 것이 아니라 그저 교회에만 다닐 뿐이죠. 만약 신이 존재한다면 신이 저한테 머리도 주셨을 텐데, 머리는 쓰라고 주신 게 아닐까요?" 줄리엣은 침착함을 잃지 않으려고 노력하면서 말을 이었다. "게다가 다른 걸 믿는 사람들도 수백만 명이나 있잖아요. 이를테면 불교 신자처럼요. 그런데 어떻게 수백만 명이 믿는다고 해서 그게 진실이 된다는 거죠?"

"그리스도는 살아 계십니다. 부처는 그렇지 않지만요." 돈이 서슴없이 말했다.

"그건 그저 말에 지나지 않잖아요. 그게 무슨 의미가 있죠? 게다가 어느 한쪽이 살아 있다는 증거도 제 눈엔 안 보이네요."

"당신 눈엔 안 보일 겁니다. 하지만 다른 사람들 눈엔 보이죠. 혹시 헨리 포드, 정확하게는 헨리 포드 2세를 아십니까? 없는 게 없고 주변에 사람도 많았지만 평생 매일 밤마다 무릎을 꿇고 하느님께

기도를 드렸지요."

"헨리 포드요?" 줄리엣이 크게 반문했다. "헨리 포드요? *헨리 포드*가 대체 나랑 무슨 상관이 있다는 거죠?"

논쟁은 이러한 종류의 논쟁이 밟는 전철을 그대로 밟고 있었다. 분노보다 애처로움이 묻어나던 목사의 목소리는 철석같은 확신을 잃지는 않았지만 점차 날카롭고 꾸짖는 어조로 바뀌었다. 한편 줄리엣은 처음에는, 적어도 자기가 생각하기에, 차분하고 예리하고 미칠 만큼 정중하게 논리적인 대응을 했지만 지금은 차갑고 싸늘하고 통렬한 분노에 휩싸여 있었다. 둘 다 유익하기보다 상대에게 모욕을 주는 논거와 반박을 생각해내지 못해 안달이었다.

그동안 엄마는 그들은 쳐다보지도 않은 채 다이제스티브 비스킷을 조금씩 깨물어 먹었다. 이따금씩 둘의 말이 자신에게 날아와 부딪히기라도 한 듯 몸을 떨었지만 아무도 알아차리지 못했다.

둘의 설전을 종식시킨 것은 기저귀가 젖어 잠이 깬 후 한동안 조용하게 투정을 부리다가 반응이 없자 더욱 격렬하게 투정을 부려본 끝에 마침내 무섭게 화를 내며 귀가 찢어질 정도로 크게 울어댄 퍼넬러피였다. 손녀의 울음소리를 맨 먼저 듣게 된 할머니가 둘의 이목을 끌어보려고 했다.

"퍼넬러피." 엄마가 처음에는 힘없이 말했다가 조금 더 힘을 주어 말했다. "줄리엣, 퍼넬러피 봐야지."

줄리엣과 목사는 둘 다 그 소리에 주의를 빼앗겨 엄마를 바라보았고, 잠시 후 목사가 갑자기 목소리를 크게 낮추며 말했다.

"아기가 우는군요."

줄리엣은 서둘러 방을 나갔다. 퍼넬러피를 안아주면서도 손이 덜덜 떨리는 바람에 새 기저귀에 옷핀을 꽂다가 하마터면 퍼넬러피를 찌를 뻔했다. 퍼넬러피는 울음을 그쳤다. 기저귀를 갈아주었기 때문이 아니라 엄마의 거친 손길에 놀랐기 때문이었다. 아직도 눈물을 머금고 있는 휘둥그런 눈, 놀란 표정이 그때까지 줄리엣의 정신을 장악하고 있던 자리를 파고 들어왔다. 줄리엣은 최대한 다정한 말투로 퍼넬러피를 달래면서 아이를 안고 위층 복도를 왔다 갔다 하면서 자신의 마음을 가라앉혀보려고 했다. 바로 안심한 건 아니었지만 몇 분이 흐르자 퍼넬러피는 긴장을 풀기 시작했다.

줄리엣은 자신도 퍼넬러피처럼 긴장이 풀리는 것을 느꼈다. 둘 다 자제력과 평정심을 어느 정도 회복했다고 생각했을 때, 줄리엣은 퍼넬러피를 안고 아래층으로 내려갔다.

목사는 엄마의 방에서 나와 줄리엣을 기다리고 있었다. 뉘우치는 기색도 엿보였지만 그보다는 겁먹은 듯 보였다.

"착한 아기군요."

"감사합니다." 줄리엣이 말했다.

줄리엣은 이쯤이면 서로 작별 인사를 하기에 딱 좋겠다고 생각했지만 목사는 왠지 주춤거렸다. 줄리엣을 뚫어져라 쳐다보면서 한 발짝도 움직이지 않고 있었다. 그러더니 줄리엣의 어깨를 잡기라도 할 것처럼 한 손을 내밀었다가 힘없이 떨어뜨렸다.

"혹시 없뜰까요……."

목사가 말을 하다 말고 고개를 절레절레 저었다. 없을까요가 없뜰까요로 들렸다.

"주쯔가."

목사가 이렇게 말하고는 손으로 자기 목을 찰싹 때렸다. 그러고는 부엌 쪽으로 손을 흔들어 보였다.

처음에 줄리엣은 목사가 취했다고 생각했다. 고개가 살짝 앞뒤로 흔들리고 눈빛이 흐리멍덩해졌기 때문이었다. 이 집에 올 때부터 취한 상태였다면 주머니에 뭔가 넣어가지고 왔다는 말인가? 그때 불현듯 머릿속에 뭔가가 떠올랐다. 반년 동안 가르쳤던 학교에 어떤 여학생이 있었다. 당뇨를 앓던 이 소녀는 너무 오랫동안 음식을 섭취하지 못하면 일종의 발작이 왔고 말이 어눌해지고 정신을 잃으면서 비틀거렸다.

줄리엣은 퍼넬러피를 허리께로 옮기고 목사의 팔을 잡아 그를 부축한 다음 부엌 쪽으로 데리고 갔다. 주스. 학교에서 당뇨병을 앓던 소녀에게 주었던 것도, 목사가 찾던 것도 주스였다.

"잠깐만 기다리면 괜찮아질 거예요." 줄리엣이 말했다.

목사는 양손으로 싱크대를 꽉 누른 채 고개를 푹 숙이고 꼿꼿하게 서 있었다.

오렌지 주스가 없었다. 그날 아침 마지막 남은 주스를 퍼넬러피에게 먹이면서 좀 더 사놔야겠다고 생각했던 것이 떠올랐다. 하지만 아버지와 아이린이 정원에서 일하고 돌아왔을 때 마시곤 하는 포도맛 탄산음료가 있었다.

"여기요." 줄리엣이 말했다.

곧잘 하던 대로 용케 한 손으로 유리잔에 포도 음료를 가득 따랐다.

"자, 마셔요."

목사가 음료를 마시는 동안 줄리엣이 말했다. "주스가 없어서 미안해요. 하지만 여기도 설탕이 들어 있으니까 괜찮죠? 설탕이 필요한 것 맞죠?"

목사가 음료를 단숨에 들이켜고 나서 말했다. "맞습니다, 설탕. 감사합니다."

목사의 목소리는 이미 또렷해져 있었다. 줄리엣은 학교에서 본 그 소녀가 얼마나 빨리, 기적적으로 회복했는지 그것도 기억했다. 그러나 목사가 거의 회복되기 전, 혹은 평상시 자기 모습을 거의 되찾기 전, 줄리엣은 고개를 비스듬히 들고 있던 그와 눈이 마주쳤다. 일부러 보려고 해서 본 것이라기보다는 우연히 마주친 것 같았다. 목사의 눈빛은 고마워하는 눈빛도 용서의 눈빛도 아니었다. 인간의 눈빛이라기보다는 지푸라기라도 잡으려는 깜짝 놀란 동물의 원초적인 눈빛이었다.

얼마 안 가, 그런 눈빛과 얼굴은 다시 인간의 눈빛과 얼굴로 돌아와 있었다. 목사는 잔을 내려놓더니 말 한마디 없이 도망치듯 서둘러 집에서 나갔다.

줄리엣이 차 쟁반을 가지러 방에 들어갔을 때, 엄마는 자고 있었다. 어쩌면 자는 척하고 있는 것인지도 몰랐다. 엄마는 잘 때와 꾸벅꾸벅 졸 때와 깨어 있을 때, 이 모든 상태를 구분 짓는 경계가 하도 미묘하고 가변적이어서 어떤 상태인지 분간하기 힘들었다. 어쨌거나 엄마는 속삭임에 가까운 목소리로 말했다.

"줄리엣이니?"

줄리엣이 나가려다 말고 문간에 멈춰 섰다.

"너는 돈이 얼간이라고 생각하겠지. 하지만 그 사람 건강이 좋질 않아. 당뇨를 앓고 있거든. 꽤 중증이야."

"알아요."

"그 사람한테는 신앙이 필요해."

"참호 속엔 무신론자가 없다잖아요*."

줄리엣이 나직이 말했지만 엄마는 듣지 못한 모양인지 계속 자신의 말만 이어나갔다.

"내 신앙은 그렇게 간단하지 않아." 엄마의 목소리는 떨리고 있었다.

줄리엣이 보기에 지금 이 순간, 엄마는 일부러 동정심을 유발하려는 것 같았다.

"말로는 설명할 수 없어. 그저 특별한 무언가가 있다는 말밖에는. 그건 정말 놀라운 거야. 상태가 정말 나빠지면, 너무 심해지면, 그런 때 무슨 생각을 하는지 아니? 나는 말이야, 그래, 머지않았다는 생각을 해. 머지않아 줄리엣을 보게 될 거라고."

무서운(사랑하는) 에릭

무슨 말부터 해야 할까요? 저도 잘 지내고 퍼넬러피도 잘 지내고 있어요. 그런대로 말이에요. 퍼넬러피는 이제 엄마가 누워 있는 침대

---

* 전쟁과 같은 극한 상황에서는 누구나 신의 존재를 믿는다는 뜻의 경구.

주변을 썩썩하게 잘 걸어 다니지만 붙잡을 게 없으면 앞으로 나가
는 건 아직도 망설이네요. 서해안에 비하면 이곳은 말도 못하게 더
워요. 비가 와도 더위가 꺾이지 않을 정도로. 비가 와서 얼마나 다행
인지 몰라요. 그래야 아버지의 채소 장사가 번성하거든요. 얼마 전
에는 아버지와 함께 오래된 고물차를 타고 갓 딴 산딸기하고 산딸기
잼(우리 집 부엌에 상주하는 어린 일제 코흐*가 만들었어요) 하고 처
음 캔 제철 감자를 배달하러 나가기도 했답니다. 아버지가 얼마나
열성적이었는지 몰라요.

엄마는 침대에 누워 꾸벅꾸벅 졸거나 옛날 잡지를 뒤적거리곤 해요.
그리고 어떤 목사가 엄마를 찾아왔는데 신의 존재와 같이 민감한 주
제를 놓고 그와 바보 같은 언쟁을 벌였지 뭐예요. 그의 방문은 무난
했어요. 하지만…….

이 편지를 줄리엣은 수년 후에 발견했다. 에릭이 자신도 모르게
간직하고 있었던 모양이었다. 이 편지는 두 사람의 인생에 딱히 의
미 있는 편지도 아니었으니 그가 일부러 보관했을 리는 없었다.

*   *   *

줄리엣은 자신이 어린 시절을 보낸 집을 다시 한 번 찾았다. 편지
를 쓰고 나서 몇 달 후, 엄마의 장례식에 참석하기 위해서. 아이린

---

* 제2차 세계대전 중 유대인 수용소장을 지낸 카를 오토 코흐의 아내로 잔혹하기로
  유명하다.

의 모습은 보이지 않았고, 아이린의 소재를 묻거나 들은 기억도 나지 않았다. 아마도 결혼했기 때문이리라. 아버지가 몇 년 후에 재혼하신 것처럼. 아버지는 동료 교사였던 온화하고 건장하고 유능한 여자와 결혼했다. 두 사람은 여자 쪽 집에서 살았다. 아버지는 엄마와 함께 살았던 집을 허물고 정원을 넓혔다. 새 아내가 퇴직하자 두 사람은 트레일러를 하나 사서 기나긴 겨울 여행에 나섰다. 줄리엣을 보러 웨일 베이도 두 번이나 찾았다. 에릭이 두 분을 배에 태워 바다로 나가기도 했다. 에릭과 아버지는 서로 잘 맞았다. 아버지 말마따나 눈 깜짝할 새 친해졌다.

편지를 읽었을 때 줄리엣은 과거의 조작된 자아가 내던 민망한 목소리를 발견할 때면 누구나 그러하듯 움찔했다. 당시의 고통스러웠던 기억을 떠올려보면 이처럼 활기찬 척할 수 있다는 사실이 그저 놀랍기만 했다. 그러다 문득 틀림없이 어떤 변화가 있었을 것이고 자신이 그 변화를 기억하지 못했을 거라는 생각이 들었다. 이를테면 집을 떠나 있는 것과 같은 변화가. 자신은 그때 에릭과 함께 웨일 베이에 있는 집이 아니라, 에릭을 만나기 전 평생을 보낸 집에 돌아가 있었던 것이다.

집에 있을 때 우리는 최대한, 있는 힘을 다해서, 무언가를 지키려고 들기 때문이다.

하지만 줄리엣은 엄마를 지켜주지 못했다. 엄마가 '*머지않아 줄리엣을 보게 될 것*'이라고 말했을 때, 줄리엣은 대꾸할 말을 떠올리지 못했다. 정말 떠올리지 못했던 걸까? 그게 뭐가 그렇게 어려운 일이라고? 그냥 '*그럼요*'라고만 하면 되었을 텐데. 줄리엣 자신에게는 사소한 말이었을지 몰라도 엄마한테는 아주 의미심장한 말이었을 텐데. 하지만 줄리엣은 그대로 돌아섰고 쟁반을 부엌으로 가지고 가서 찻잔을 씻고 물기를 닦아냈다. 목사가 들이켰던 탄산음료가 담겨 있던 유리컵까지도. 줄리엣은 모든 것을 치워버렸던 것이다.

침묵
SILENCE

버클리 베이에서 덴먼 섬까지 페리를 타고 가는 짧은 뱃길에 오른 줄리엣은 차 안에서 나와 뱃머리에 선 채 여름에 부는 산들바람을 맞았다. 마침 그곳에 서 있던 어떤 여자가 줄리엣을 알아보았고, 그렇게 두 여자의 대화는 시작되었다. 줄리엣을 한 번 더 돌아보고는 전에 어디서 본 적이 있는데 어디서 보았을까 하고 궁금해하다가 마침내 기억을 떠올리곤 하는 사람들이 가끔 있는데 그다지 드문 일은 아니었다. 왜냐하면 줄리엣은 프로빈셜 TV 방송국 채널의 〈오늘의 이슈〉라는 프로그램에 고정 출연하면서 독특하거나 남들과 다른 삶을 사는 사람들을 인터뷰하고, 공개 토론회도 노련하게 진행하고 있기 때문이다. 지금은 최대한 바짝 깎아놓은 머리를 진즉부터 안경테에 맞춰 아주 짙은 적갈색으로 염색해놓은 터였다. 자주 입는 옷은 검은색 바지(오늘도 검은색 바지를 입고 있다)와 아이보리색 실크 셔츠이고 가끔 그 위에 검은색 재킷을 걸친다. 오늘 그녀의 모습을 어머니가 보았다면 눈부시게 멋지다고 했을 것이다.

"실례합니다. 알아보는 사람들 때문에 꽤나 귀찮으시겠어요."

"괜찮아요. 방금 치과에서 나온 것만 아니라면 말이에요." 줄리엣이 말한다.

말을 걸어온 여자는 줄리엣과 비슷한 또래이다. 검고 긴 머리 사이로 흰머리가 군데군데 보이고 화장기 없는 얼굴에 기다란 청치마를 입고 있다. 여자가 덴먼 섬 주민이라고 말하자 줄리엣은 영성 균형센터에 관하여 아는 것이 없는지 묻는다.

"제 딸이 지금 거기 있거든요. 그 애가 거기서 피정*인지 강습인지를 받고 있다는데 정확히 뭘 하는지는 잘 모르겠네요. 벌써 6개월째예요. 이번이 6개월 만에 그 애를 처음 보러 가는 거랍니다."

"섬에 그런 데가 몇 군데 있어요. 생겼다가 사라졌다 하죠. 미심쩍은 데가 있는 건 아니에요. 다만 그 사람들은 대개 깊은 산속에 자리를 잡고는 마을 사람들하고 어울리질 않는답니다. 하긴, 마을 사람들과 어울린다면 그게 무슨 피정이겠어요?"

여자가 줄리엣에게 딸을 다시 만나게 될 순간만을 고대하겠다고 말하자, 줄리엣은 그렇다고, 목이 빠질 지경이라고 말한다.

"저는 한심한 엄마랍니다. 그 애는 스무 살이고 이번 달에 스물한 살이 되는데 우리 모녀는 여태까지 떨어져 지낸 적이 별로 없거

---

* 일상생활에서 벗어나 성당이나 수도원 같은 곳에서 묵상이나 기도를 통하여 자신을 살피는 일.

든요."

여자는 스무 살짜리 아들 하나, 열여덟 살과 열다섯 살인 딸이 둘 있는데, 남매를 따로따로 또는 한꺼번에 돈을 들여서라도 가끔 피정을 보내버리고 싶을 때가 있다고 한다.

줄리엣이 웃으며 말한다. "저는 딸 하나밖에 없어서요. 물론 몇 주밖에 안 된다고 하면 딸아이를 보내버리는 데 열렬히 찬성하지 않을 거라고는 저도 장담 못하겠네요."

이런 식으로 애정 어린 투정을 늘어놓는 엄마들 간의 대화에는 줄리엣도 늘 손쉽게 가담하곤 하지만(줄리엣은 호응의 달인이다) 사실 퍼넬러피는 엄마인 그녀에게 불평할 기회를 거의 준 적이 없다. 이 시점에서 줄리엣이 톡 까놓고 솔직하게 말한다면 6개월은커녕 단 하루도 어떤 식으로든 딸과 연락하지 않고는 버티기 힘들다고 해야 할 것이다. 퍼넬러피는 밴프 국립공원에서 여름 동안 객실 담당 종업원으로 일한 적도 있고, 멕시코로 버스 여행을 떠난 적도 있고, 뉴펀들랜드로 히치하이크 여행을 다녀온 적도 있다. 그러나 줄리엣과 따로 살았거나, 6개월이나 집을 떠나 있었던 적도 없었다. 따라서 이렇게 말할 수도 있을 것이다.

'우리 딸은 저한테 기쁨을 준답니다. 그렇다고 우리 딸이 행복과 활력과 긍정을 입에 달고 사는 그런 아이라는 건 아니에요. 저는 제가 그 아이를 그보단 잘 키웠기를 바라요. 우리 딸은 우아하고 남을 불쌍하게 여길 줄도 알고 한 80년은 산 것처럼 나이에 비해 월등히 현명하답니다. 산만한 저와 달리 천성적으로 사색적이에요. 제 아빠처럼 말수는 적은 편이고요. 천사처럼 예쁘고, 저희 어머니를 닮아서 머리도 금발이에요. 하지만 외할머니처럼 푸석푸석한 금발이 아니랍니다. 강하면서 고상하죠. 카리아티드*처럼 생겼다고 해야 할까요. 사회적인 통념과 달리 저는 그 애한테 전혀 질투가 나지 않아요. 지금껏 내내 딸아이 없이, 아무 소식도 못 듣고 지냈어요. 영성균형센터는 편지도, 전화도 못 하게 하거든요. 여태 저는 사막에 떨어진 기분이었어요. 그 애한테 메시지를 받았을 때는 오랫동안 메말라 갈라져 있던 땅에 단비가 내린 것 같았죠.'

엄마, 일요일 오후에 만나. 드디어 때가 왔어.
집에 갈 때가 왔다는 말이기를 줄리엣은 바랐지만 물론 그건 퍼넬러피에게 맡겨야 할 부분일 것이다.

퍼넬러피가 그려준 약도대로 오니 얼마 후 오래된 교회가 나와서 줄리엣은 주차를 했다. 오래되었다고는 하지만 스투코**로 뒤덮인 75년이나 80년쯤 된 건물로, 줄리엣이 자란 마을에서 본 것처럼 아주 오래되거나 인상적인 건축물은 아니었다. 교회 뒤에는 경사진 지붕과 전면 가득 창이 나 있는 좀 더 최신식인 건물과 간단한 무대와 관객용 벤치, 그리고 밑으로 늘어진 네트가 있는 배구장처럼 보이는 시설이 있었다. 모든 것이 낡았고, 한때는 개간지였을 땅덩이에는 노간주나무와 포플러 나무가 제자리를 찾아와 있었다.
남자인지 여자인지 분간할 수 없는 사람들 몇몇이 무대에서 목

---

* 그리스의 건축 용어로 여상(女像)으로 된 석주를 뜻한다.
** 벽돌이나 목조 건축물 벽면에 바르는 미장 재료.

공 일을 하고 있었고, 벤치에 따로 모여 앉은 사람들도 있었다. 다들 노란색 승복이나 수도복이 아닌 평범한 옷차림이었다. 몇 분 동안이나 줄리엣의 차를 알아차리는 사람이 없었다. 그때 벤치에 앉아 있던 사람들 가운데 한 사람이 일어나더니 줄리엣 쪽으로 느긋하게 다가왔다. 키가 작은 중년의 남자로 안경을 쓰고 있었다.

줄리엣은 차에서 내려 그 남자와 인사를 나눈 다음 퍼넬러피를 찾았다. 남자는 말을 하지는 않았지만(묵언 수행 중인 모양이었다) 고개를 끄덕이고는 돌아서서 교회로 들어갔다. 잠시 후 남자가 들어간 곳에서 나온 이는 퍼넬러피가 아니라 육중한 몸집에 청바지와 헐렁한 스웨터를 입은 백발의 여자였는데 움직임이 굼떴다.

"만나 뵙게 돼서 얼마나 영광인지 모르겠습니다. 어서 들어오세요. 도니한테 차는 이미 부탁해두었어요." 여자가 말했다.

여자의 얼굴은 넓적하고 말쑥했으며 장난꾸러기 같으면서 상냥하기도 한 미소를 띠고 있었다. 눈은 흔히들 말하는 초롱초롱 빛나는 눈이었다.

"저는 조안이라고 해요." 여자가 자기를 소개했다.

세레니티*나 동양적인 멋이 묻어나는 가명을 예상하고 있던 줄리엣에게 조안처럼 평범하고 흔한 이름은 뜻밖이었다. 물론 뒤늦게 여교황 조안을 떠올리기는 했다.

"제가 제대로 찾아온 게 맞겠죠? 덴먼 섬은 처음이라서요. 제가 퍼넬러피를 보러 온 것도 알고 계시겠죠?" 줄리엣이 천진하게 말

---

* 고요함, 평온이라는 뜻.

했다.

"물론 알고 있습니다. 퍼넬러피를 보러 오셨죠."

조안은 찬양이라도 하듯 퍼넬러피를 길게 발음했다.

교회 안은 높은 창마다 자주색 헝겊이 드리워져 어두컴컴했다. 신도석과 그 밖의 교회 비품들은 치워놓은 상태였고 평범한 흰색 커튼이 죽 매달려 있어 병실에서처럼 사적인 공간이 여러 개 만들어져 있었다. 그러나 줄리엣이 안내를 받아 들어간 커튼 안 공간에 침대는 없었고 작은 탁자와 플라스틱 의자 몇 개, 서류 더미가 어수선하게 쌓인 선반만 있었다.

"아직 정리가 덜 끝나서 이 모양입니다. 줄리엣, 줄리엣이라고 불러도 될까요?" 조안이 말했다.

"물론이죠."

"제가 유명 인사하고 대화를 나눠본 적이 별로 없어서요" 조안이 기도를 할 때처럼 두 손을 모아 턱 아래에 갖다 대면서 말을 이었다. "허물없이 편하게 대해도 될지 모르겠네요."

"저는 유명 인사라고 할 수도 없는걸요."

"아니요, 유명 인사가 맞죠. 그런 말씀 마세요. 저도 그냥 속 시원하게 털어놓겠습니다. 당신이 하는 일을 제가 얼마나 우러러보고 있다고요. 어둠을 비추는 한줄기 빛과 같다고나 할까요. 제가 유일하게 볼 만하다고 여기는 프로그램입니다."

"말씀 감사합니다. 그런데 제가 퍼넬러피한테 쪽지를 하나 받았는데요……."

"압니다. 이런 말씀 드리게 돼서 유감스럽습니다만, 줄리엣, 너무 실망하지는 마세요. 죄송하지만…… 퍼넬러피는 여기 없어요."

여자가 *퍼넬러피는 여기 없다*는 말을 아주 경쾌하게 한다. 퍼넬러피의 부재가 생각만 해도 즐거운 일, 심지어 쌍방에게 기쁜 일이라는 착각이 들 정도이다.

줄리엣은 심호흡을 한다. 잠시 말문이 막혔기 때문이다. 두려움이 온몸을 엄습한다. 불길한 예감. 잠시 후 그녀는 다시 정신을 차리고 이 사실을 논리적으로 생각한다. 가방 안을 뒤적이면서.

"그 애가 만나자면서……."

"저도 알아요. 알고말고요. 퍼넬러피는 정말 여기 있으려고 했는데, 실은 그럴 수 없었던 게……." 조안이 말한다.

"어디 있나요? 어디로 간 거죠?"

"그건 알려드릴 수 없습니다."

"못 알려주겠다는 건가요, 안 알려주겠다는 건가요?"

"못 알려드린다는 겁니다. 저도 모르니까요. 하지만 마음이 놓일 만한 사실 한 가지는 알려드릴 수 있습니다. 어디에 가 있든, 어떤 결정을 내렸든 모두 퍼넬러피한테 옳은 일이라는 겁니다. 그녀의 영성과 성장에 옳은 일일 거예요."

줄리엣은 이 말은 무시하기로 한다. 전경기*에서 대례미사에 이르는 모든 것을 포괄하는 듯한 영성이라는 말에 그녀는 메스꺼움을 느낀다. 똑똑한 퍼넬러피가 이런 일에 휘말리리라고는 상상조차 하지 못했다.

———
* 기도, 명상 때 돌리는 바퀴 모양의 경전.

"그래도 전 알아야겠어요. 그 애가 저한테 자기 물건을 미리 보내고 싶을지도 모르니까요."

"소유물 말씀이신가요?" 조안은 터져 나오려는 웃음을 억지로 참는 것 같더니 이내 다정한 표정으로 얼굴을 싹 바꾼다. "퍼넬러피는 지금 자신의 소유물에 별로 관심이 없습니다."

이따금 줄리엣은 방송이 시작되기 전에는 전혀 드러나지 않지만 내면에 꽁꽁 숨겨두었음이 분명한 적대감을 인터뷰 도중 느끼곤 했다. 그녀가 과소평가한 사람, 다소 바보 같다고 생각했던 사람이 그런 괴력을 가지고 있을지도 몰랐다. 장난치는 것 같지만 치명적인 적대감을 품고 있는 사람. 그런 때 중요한 건 깜짝 놀란 모습을 결코 보여서는 안 된다는 것, 상대의 적대감에 눈에는 눈, 이에는 이 식으로 대응해서도 절대로 안 된다는 것이다.

"제가 말씀드리는 성장은 물론 내적인 성장입니다." 조안이 말한다.

"알겠습니다." 줄리엣이 조안을 정면으로 응시하며 말한다.

"퍼넬러피는 지금까지 살아오면서 흥미로운 사람들을 만날 기회가 아주 많았더군요. 사실 그런 사람들은 만날 필요가 없었는데 말이에요. 무엇보다 그녀는 흥미로운 사람 곁에서 *성장했잖아요. 어머니*인 당신 곁에서요…… 하지만 알다시피 때때로 부족한 것이 있을 수 있는 법이죠. 다 자란 자녀들이 뭔가 놓친 것 같다고 느끼게 되는 겁니다……"

"아, 그럼요. 다 자란 아이들도 온갖 불만을 가질 수 있다는 건 저도 알고 있습니다." 줄리엣이 말한다.

조안은 세게 나가기로 결정했다. "영적인 차원, 퍼넬러피의 삶에는 그것이 완전히 결여되어 있지 않았나요? 퍼넬러피는 신앙이 없는 집에서 자랐다고 알고 있습니다만."

"우리 집에서 종교는 금기시되는 주제가 아니었습니다. 얼마든지 종교에 대해서 대화를 나눌 수 있는 분위기였어요."

"하지만 아마도 어머님 방식에 따른 대화였겠죠, 지식적인 측면만을 고려한? 제 말이 무슨 뜻인지 아실 겁니다. 아주 똑똑한 분이시니까."

조안은 친절하게도 말미에 똑똑하다는 말을 덧붙인다.

"그건 당신 생각일 뿐이죠."

줄리엣은 지금 상황에 대한 통제력도, 자기 자신에 대한 통제력도 점점 잃고 있음을, 아니 어쩌면 아예 잃었을지도 모른다는 사실을 깨닫는다.

"제 생각이 아니에요, 줄리엣. 퍼넬러피 생각이죠. 퍼넬러피는 사랑스럽고 멋진 아이인데도 우리를 찾아 이곳에 왔을 때 이미 어마어마한 갈증에 시달리고 있었습니다. 가정에서는 찾을 수 없는 것들에 목말라 있었죠. 어머니인 당신이 성공적이고 멋진 인생을 누리느라 분주하게 지내는 동안 페넬러피는 고독을 알아가고 있었다는 말을 꼭 해야겠군요. 당신 딸은 불행을 알게 된 겁니다."

"살면서 한 번이라도 외롭고 불행하지 않은 사람이 얼마나 있을까요?"

"저야 모르죠. 아! 줄리엣. 당신은 경이로운 통찰력을 지닌 여성이에요. TV에서 당신을 보면서 이런 생각을 자주 했습니다. '저 여자는 어쩜 저리 사물의 핵심을 꿰뚫어 보는 걸까, 모든 사람들에게 어쩌면 저렇게 늘 친절하고 예의 바르게 대할 수 있을까?' 하고 말이에요. 당신과 이렇게 단둘이 앉아 직접 대화를 나눌 날이 오리라고는 생각지도 못했습니다. 게다가 내가 당신을 도울 수 있게 되리라고는 더더욱……."

"그 점은 당신이 착각하고 계신 것 같군요."

"기분이 상하셨군요. 기분 나쁜 게 당연한 겁니다."

"이것 역시 당신이 상관할 바 아니에요."

"알겠습니다. 아마도 퍼넬러피가 당신한테 연락을 하겠죠. 결국엔 말이에요."

몇 주가 흘렀지만 퍼넬러피는 줄리엣에게 연락하지 않았다. 생일 카드 한 장이 퍼넬러피의 생일인 6월 19일에 도착했다. 스물한 번째 생일. 카드는 받을 사람의 취향을 전혀 모르는 사람에게 보낼 법한 그런 카드였다. 유치한 유머가 담긴 카드도, 기상천외한 재치가 담긴 카드도, 감상적인 카드도 아니었다. 앞면에는 가느다란 보라색 리본으로 묶어놓은 작은 팬지 꽃다발이 있었고 리본 끝 부분에는 *행복한 생일 보내세요*라는 문구가 찍혀 있었다. 카드 안에도 똑같은 문구가 찍혀 있었지만, 이번에는 그 문구 위에 *세상에서 제일*이라는 말이 덧붙어 있었다.

보낸 사람 이름은 없었다. 줄리엣은 처음엔 누군가가 퍼넬러피한테 보내놓고 이름 적는 걸 깜빡하는 바람에 자신이 실수로 뜯어본 것인 줄 알았다. 퍼넬러피의 이름과 생년월일을 알고 있는 누군가가. 이를테면 치과의사나 운전면허 강사 같은 사람들이. 그러나 봉투에 적힌 주소를 확인하는 순간 자신이 실수로 뜯어본 것이 아니라는 사실을 알게 되었다. 봉투에는 줄리엣의 이름이 퍼넬러피의 필체로 쓰여 있었던 것이다.

　우체국 소인은 더 이상 아무런 단서가 되지 못했다. 캐나다 소인만 찍혀 있었기 때문이다. 줄리엣은 적어도 어느 주에서 보냈는지는 알아낼 수 있을지도 모른다고 생각했다. 하지만 그걸 알아내려면 우체국에 문의한 다음 편지를 가지고 방문해서 자신이 직접 받은 편지이고 해당 정보에 접근할 권리가 있는지 입증해야 할 공산이 컸다. 그렇게 되면 누군가는 그녀를 알아보게 될 터였다.

　줄리엣은 옛 친구 크리스타를 찾아갔다. 크리스타는 웨일 베이에 살았던 친구로, 줄리엣 또한 퍼넬러피가 태어나기 전에 그곳에 살았었다. 크리스타는 다발성 경화증을 앓고 있어서 키칠라노에 있는 요양 시설에 살고 있었다. 그녀의 방은 작은 개인 테라스가 딸린 1층에 있었다. 줄리엣은 그녀와 함께 그 테라스에 앉아 햇볕이 내리쬐는 잔디밭과 쓰레기통을 가리기 위해 친 울타리를 따라 활짝 핀 등나무 꽃을 내다보고 있었다.

　줄리엣은 크리스타에게 덴먼 섬에 갔던 이야기를 전부 들려주었다. 크리스타 외에는 아무에게도 말하지 않은 상태였고, 앞으로도 아무에게도 말할 일이 없기를 바랐다. 줄리엣은 날마다 퇴근하면서 기대했다. 혹시 퍼넬러피가 아파트에서 기다리고 있는 건 아닐까? 그게 아니면 편지라도 와 있지는 않을까? 그러던 중 그 매정한 카드가 도착했던 것이다. 줄리엣은 떨리는 손으로 카드를 뜯었었다.

"무슨 의미가 있겠지. 너한테 잘 지낸다는 걸 알려준 거잖아. 뭔가가 또 올 거야, 분명히. 기다려봐." 크리스타가 말했다.

줄리엣은 한동안 열을 내며 시프턴* 이야기를 늘어놓았다. 시프턴이란 교황 조안이라는 별명이 시큰둥해지자 줄리엣이 생각해낸 또 다른 별명이었다.

"그런 거지 같은 술수를 부리다니! 종교라는 저열하고 달콤한 허울을 내세워 그런 소름 끼치는 끔찍한 짓을 저지르다니! 퍼넬러피가 시프턴에게 넘어가다니 상상이 안 돼." 줄리엣이 말했다.

크리스타는 퍼넬러피가 그 교회에 갔던 이유로 어쩌면 글을 써볼 생각이었는지도 모른다는 의견을 내놓았다. 탐사보도 같은 것을 위해 현장조사에 나선 것일지도 모른다며. 개인의 시각에서 바라보고자, 요즘 선풍적인 인기를 끌고 있는 장황한 개인적인 관점을 몸소 체험해보고자.

"조사를 6개월이나 한다고? 퍼넬러피라면 10분 만에 시프턴을 간파할 수 있었을 거야."

"이상하긴 하다." 크리스타가 시인했다.

"너 나한테 숨기고 있는 건 없는 거지, 그런 거지? 나도 이런 질문하기는 죽기보다 싫지만 너무 막막해서 그래. 바보가 된 느낌이야. 물론 그 여자는 나를 바보로 만들고 싶었겠지. 연극 같은 데서

---

* 1488년 요크셔에서 태어나 런던 대화재나 증기 기관의 출현을 예고했다는 예언자이자 마녀. 실존 여부는 불분명하다.

보면 무슨 말인가 불쑥 내뱉는데 당사자만 빼고 다들 이미 알고 있던 내용이라서 사람들이 등 돌리고 마는 그런 등장인물 꼭 있잖아, 그런 사람이 된 것 같아⋯⋯."

"요즘엔 그런 연극 없어. 이젠 다들 아무것도 몰라. 그리고 퍼넬러피는 나한테만 비밀 같은 거 털어놓고 그러는 아이가 아냐. 걔가 왜 그러겠니? 결국 네 귀에 들어갈 거라는 걸 알 텐데."

줄리엣은 한동안 잠자코 있다가 시무룩하게 투덜거렸다. "그동안 너 나한테 말 안 한 것도 있었잖아."

"세상에, 그 얘기 또 꺼낼 건 아니지?" 크리스타가 악의 없는 표정으로 말했다.

"또 꺼낼 건 아냐. 기분이 너무 엉망이라 그래, 그뿐이야."

"조금만 버텨봐. 부모들이 겪는 통과의례 같은 걸 거야. 그동안은 얌전한 딸이었잖아. 1년 뒤엔 다 끝나 있을 거야."

줄리엣은 자신이 결국 품위 있게 돌아 나오지 못했다는 말을 크리스타에게 하지 않았다. 사실 그녀는 돌아서서 무섭게 화를 내며 거의 애원하다시피 울부짖었던 것이다.

"그 애가 당신한테 뭐라고 했지?"

시프턴은 예상이라도 하고 있었다는 듯, 줄리엣을 쳐다보면서 가만히 서 있기만 했다. 고개를 절레절레 젓는 그녀의 얼굴에는 굳게 다문 입술까지 환한 조소가 번져 있었다.

이듬해가 되자 줄리엣은 이따금씩 퍼넬러피의 친구들이 걸어온 전화를 받곤 했다. 그들의 물음에 대한 줄리엣의 대답은 늘 똑같았다. 퍼넬러피가 1년간 쉬기로 결정했다는 것이었다. 그러면서 여행 중이라고 했다. 여행 일정이 확실하게 정해진 게 아니라서 줄리엣도 퍼넬러피한테 연락할 방법이 없고, 알려줄 주소도 없다고 했다.

줄리엣은 퍼넬러피와 친하게 지냈던 친구 중 그 누구에게서도 소식을 듣지 못했다. 이는 퍼넬러피와 가깝게 지냈던 사람들은 퍼넬러피의 소재를 잘 알고 있다는 의미일 수도 있었다. 또는 그 친구들도 외국 여행 중이거나, 다른 주에서 취직을 했거나, 새로운 인생을 시작한 관계로 현재로서는 여유도 없고 자리도 잡히지 않아 옛 친구를 궁금해할 수 없는 것일 수도 있었다. (그 또래 아이들에게 옛 친구란 반년 정도 못 본 친구를 말한다.)

집에 들어오자마자 줄리엣은 자동 응답기의 불빛이 깜박거리는지부터 확인했다. 전에는 방송에서 한 발언을 가지고 성가시게 구는 사람일 거라 생각하면서 피하곤 했던 바로 그 자동 응답기를. 줄리엣은 전화기까지 가면서 온갖 바보 같은 수단을 다 동원해보았다. 전화를 받는 방식부터 호흡 방식까지. 제발 딸이기만을 바라면서.

하지만 아무것도 먹히지 않았다. 얼마 후 이 세상에서 퍼넬러피가 알던 사람들이 모조리 빠져나간 것만 같았다. 그녀가 차버린 남자친구들과 그녀를 찼던 남자친구들, 함께 재잘거리고 비밀도 서로 털어놓았을 여자친구들까지 모조리. 퍼넬러피는 공립학교가 아닌 사립 여자 기숙학교(토런스 하우스)에 다녔고, 이는 그녀의 오랜 친구들이 대부분(대학에 와서까지 친하게 지내는 친구들도 포함하여) 먼 타지 출신이라는 것을 의미했다. 알래스카나 프린스 조지나 페루 같은.

크리스마스에는 메시지가 없었다. 그러나 6월이 되자 먼젓번 것과 비슷하지만 글씨가 전혀 없는 카드가 또 한 번 왔다. 줄리엣은 카드를 열어보기 전에 와인을 한 잔 마셨다. 카드는 보자마자 팽개쳐버렸다. 이따금 눈물을 펑펑 흘리며 대성통곡한 후에는 걷잡을 수 없이 몸이 떨려왔다. 그러나 이러한 슬픔도 잠시, 이내 참을 수 없이 화가 났고 그럴 때는 집 안을 돌아다니면서 주먹 쥔 손으로 반대쪽 손바닥을 세게 쳤다. 화는 시프턴을 겨냥한 것이었지만 그 여자의 모습은 점차 희미해졌고 급기야 줄리엣은 그 여자가 화풀이 대상에 불과하다는 사실을 인정해야만 했다.

어느덧 퍼넬러피의 사진은 모조리 침실로 추방당했다. 웨일 베이를 떠나기 전 그린 연필 그림과 크레용 그림 다발, 갖가지 책, 여름 동안 맥도날드에서 일해서 난생처음 번 돈으로 줄리엣을 위해 샀던 선물인 프렌치 프레스가 딸린 유럽식 1인용 커피메이커도 함께 쫓겨났다. 냉장고에 붙이는 소형 플라스틱 선풍기같이 아파트를 장식하라고 사다 준 충동적인 선물, 태엽식 장난감 자동차, 욕실 창문에 거는 비즈 커튼도 같은 운명에 처했다. 침실 문은 굳게 닫혔고 이윽고 마음의 동요 없이 지나갈 수 있게 되었다.

줄리엣은 지금 살고 있는 아파트에서 나가 새로운 환경의 혜택을 누려볼까도 생각했다. 하지만 크리스타에게는 지금 퍼넬러피가 알고 있는 주소인 데다 우편물이 새 주소지로 배송되는 기간은 3개월밖에 되지 않으므로, 딸이 제 엄마를 찾을 수 있는 장소가 없어지는 셈이어서 이사를 갈 수 없다고 했다.

"언제든 방송국으로 찾아갈 수 있을 텐데 뭐." 크리스타가 말했다.

"내가 언제까지 다닐 수 있을 줄 알고? 그 애는 연락을 주고받지 못하게 하는 공동체 같은 데 있을 게 뻔하잖아. 집단 내 모든 여자들하고 자면서 구걸까지 해 오라고 거리로 내보내는 교주도 있는 그런 데 말이야. 주일학교에도 보내고 기도도 가르쳤으면 이런 일은 일어나지 않았을 텐데. 그렇게 할걸. 천추의 한이다. 예방 차원에서 말이야. 내가 퍼넬러피의 영성을 방치한 거야. 시프턴이 말했던 것처럼."

갓 열세 살이 되었을 때, 퍼넬러피는 토런스 하우스에서 만난 친구네 가족과 함께 브리티시컬럼비아에 있는 쿠트니 산으로 캠핑을 떠났다. 줄리엣은 이 캠핑 여행에 대찬성했다. 토런스 하우스에 다닌 지 1년밖에 되지 않았는데도(엄마가 한때 교사였기 때문에 학비 혜택을 받을 수 있었다) 퍼넬러피가 벌써 믿을 만한 친구를 사귄 데다 그 친구의 가족에게도 선뜻 받아들여졌다는 사실이 기뻐서였다. 자신의 딸이 캠핑을, 그것도 자신은 어렸을 때 가볼 기회조차 갖지 못했던 남들은 다 가는 캠핑을 가게 되어 기쁜 마음도 있었다. 줄리엣으로 말할 것 같으면 그때 이미 책벌레였기 때문에 딱히 캠핑을 가고 싶어했던 것은 아니었지만 퍼넬러피가 과거의 자신보다 좀 더 정상적인 여자아이로 자라고 있다는 징후를 그녀는 두 팔 벌려 환영했던 것이다.

하지만 에릭은 불안해했다. 무엇보다 퍼넬러피가 너무 어리다는 것이었다. 딸이 아버지인 자신이 잘 알지도 못하는 사람들과 휴가를 떠나는 것도 탐탁지 않게 여겼다. 게다가 기숙학교에 다니는 딸을 볼 수 있는 시간도 얼마 없었다. 그런데 어째서 그 귀한 시간을 더 단축시켜야 한단 말인가?

줄리엣한테는 다른 이유도 있었다. 자신과 에릭 사이의 분위기가 심상치 않았기 때문에 여름방학이 시작되는 처음 몇 주 동안은 퍼넬러피가 집을 벗어났으면 하고 바랐던 것이다. 그녀는 문제가 해결되기를 바랐지만 그렇지 않았다. 그녀는 오로지 자식 때문에 잘 지내는 척해야 한다는 게 싫었다.

반면 에릭은 자신들의 문제가 흐지부지되다가 아예 묻혀버리길 더없이 바라고 있었을 것이다. 부부간에 예의를 지키다 보면 서로에게 호감을 되찾을 것이며, 사랑을 재발견할 때까지는 사랑 비슷한 것만 있으면 그럭저럭 살아갈 수 있다는 것이 에릭의 사고방식이었다. 만약에 사랑 비슷한 것도 없다면, 그래도 견뎌야 했다. 에릭은 그럭저럭 살아갈 수 있었다.

에릭한테는 그게 정말 가능하구나 하는 생각에 줄리엣은 낙담했다. 퍼넬러피를 집에 붙잡아두면 둘 다 행동을 조심하게 된다는 것이 에릭의 생각이었다. 에릭이야 악감정을 유발하는 쪽은 늘 줄리엣이라고 생각하고 있었으니 퍼넬러피가 집에 있으면 아무래도 줄리엣이 좀 더 자제하게 될 거라 여긴 모양이었다. 참으로 에릭다운 발상이 아닐 수 없었다.

그래서 줄리엣은 그러한 생각을 입 밖에 내버렸고, 에릭에게 그녀를 미워하고 비난할 수밖에 없는 이유를 하나 더 제공하고 말았다. 에릭은 정말로 퍼넬러피가 못 견디게 보고 싶었으므로.

줄리엣과 에릭이 싸우는 이유는 구태의연하고 평범한 것이었다. 죽은 에릭의 부인에 대해서는 의리를, 줄리엣에 대해서는 못마땅한 마음을 품고 있는 그들의 오랜 이웃 에일로의 사소한 폭로 또는 지나친 솔직함 또는 악의 때문에 줄리엣은 에릭이 크리스타와 잤다는 사실을 알게 되었다. 크리스타는 오랫동안 줄리엣의 가까운 친구였지만, 줄리엣과 친구가 되기 전에는 에릭의 여자친구이자 *정부*(요즘에는 안 쓰는 말이지만)였다. 에릭은 줄리엣과 함께 살기 위해 크리스타를 떠났다. 크리스타와의 일은 줄리엣도 다 알고 있었으므로 에릭과 사귀기 전에 일어난 일에 대해서는 줄리엣으로서도 당연히 반감을 품어서는 안 됐고 품고 있지도 않았다. 그녀가 반감을 품게 된 일, 가슴을 찢어놓았다고 주장했던 일은 그 후에 벌어졌다. (에릭은 옛날 일이라고 했다.) 그 일은 줄리엣이 한 살이 된 퍼넬러피를 데리고 온타리오에 다시 가 있는 동안 벌어졌다. 부모님을 뵈러 갔을 때였다. 지금까지도 늘 지적하듯이 다 죽어가는 어머니를 뵈러 간 것이었다. 줄리엣이 집을 떠나 몸과 마음을 다해 에릭을 사랑하고 그리워하고 있을 때(그녀는 지금도 당시에는 그랬다고 믿고 있다), 에릭은 너무나 쉽게 옛날 버릇대로 행동했다.

처음에는 한 번뿐이었다고 (술기운에) 고백했지만, 추가 심문과 술을 동원한 결과, 어쩌면 한 번 이상이었을지도 모르겠다는 말이 나왔다. 어쩌면? 기억도 못 한단 말인가? 얼마나 자주였으면 기억을 못 한다는 거지?

에릭은 기억을 못 했다.

크리스타가 줄리엣을 찾아와 별일 아니었다며 (이 말은 에릭의 후렴구이기도 했다) 안심시키려 했다. 줄리엣은 크리스타에게 꺼져버리라고, 다시는 눈앞에 나타나지 말라고 을렀다. 그러자 크리스타는 이렇게 된 김에 캘리포니아에 있는 오빠나 보러 가겠다고 했다. 사실 크리스타에 대한 줄리엣의 분노는 형식적인 감정에 지나지 않았다. 예전 여자친구와 몇 번 뒹군 것(상황을 최대한 무마해보려는 에릭의 어설픈 시도에서 비롯된 끔찍한 표현이다)은 새로 만난 여자와의 뜨거운 포옹에 비하면 발톱에 긴 때만큼도 위협이 되지 못한다는 것은 줄리엣도 짐작할 수 있었다. 게다가 에릭에 대한 분노가 억누를 수 없을 정도로 너무나 컸기 때문에 다른 사람을 원망할 여지조차 남아 있지 않았다.

줄리엣의 주장은 에릭이 자신을 사랑하지 않았다는 것, 사랑한 적도 없다는 것, 등 뒤에서 크리스타와 함께 자신을 웃음거리로 만들었다는 것이었다. 그가 (한결같이 줄리엣을 미워하기만 하는) 에일로 같은 사람들 앞에서 자신을 조롱거리로 만들었고, 천대했으며, 그에 대하여 자신이 품고 있는 (혹은 품고 있던) 사랑을 업신여겼고, 자신을 속인 채 살았다는 거였다. 그에게 섹스란 아무 의미가 없거나 적어도 그녀에게 의미하는(의미했던) 것과는 다른 의미를 가지고 있어서 그러면 가까운 데 있는 사람 아무하고라도 섹스를 했을 것이다.

그녀가 늘어놓은 이러한 주장들 중 오직 마지막 주장만이 그나마 진실의 싹을 담고 있었으며, 좀 더 침착한 상태에서는 줄리엣도 그것을 알고 있었다. 그러나 그 알량한 진실조차 주변의 모든 것을 무너뜨리기에는 충분했다. 원래 그래선 안 되는 거겠지만 현실이 그랬다. 그리고 에릭으로서는 그게 원래 그래선 안 되는 이유를 도무지 알 수 없었다. 줄리엣이 싫어 죽겠다면서 난리를 피우고, 대성통곡을 했다는 데에는(크리스타 같은 여자라면 그럴 리 없겠지만) 놀라지 않았지만, 그녀가 정말로 해를 입었고 지금까지 지탱할 수 있게 해준 모든 것을 상실했다고 여긴다면, 그것도 *12년 전에* 일어난 일 때문에 그렇게까지 생각한다면 그로서는 도저히 받아들일 수 없었다.

어떤 때는 줄리엣이 연기를 하고 있고, 상황을 우려먹고 있다는 생각이 들다가도, 또 어떤 때는 자신이 그녀를 아프게 했다는 생각에 이루 말할 수 없이 슬퍼지곤 했다. 슬픔은 그들을 흥분시켰고, 그런 때에는 황홀한 섹스를 할 수 있었다. 그는 매번 이제 다 끝났다고, 그들의 고통은 끝났다고 생각했다. 그러나 그것은 매번 그의 착각이었다.

침대에서 줄리엣은 에릭에게 그들과 비슷한 상황에서 격정에 사로잡힌 일이 있던 페피스*와 페피스 부인에 관한 이야기를 깔깔대고 웃으며 들려주었다. (고전 연구를 포기하다시피 한 이후 줄리엣의 독서 영역은 더욱 넓어졌으며, 요즘은 간통에 관련된 책만 읽는

---

* 새뮤얼 페피스. 영국의 해군 대신으로, 1660년부터 1669년까지 쓴 일기로 유명하다. 일기에는 런던 대화재 등 굵직굵직한 역사적 사건 외에도 페피스 개인의 사생활, 심지어 혼외 관계까지 자세하게 기록되어 있다.

것처럼 보였다.) 페피스는 그토록 자주, 그토록 열정적으로 사랑을 나눈 적은 없었다고 하면서도 자신의 부인은 자는 동안 그를 죽일 생각을 했다고도 적어놓았다. 줄리엣은 재미있어했지만 30분 뒤, 에릭이 참새우 덫을 살펴려고 배를 타러 나가면서 다녀오겠다는 인사를 했을 때는, 마치 그가 비 내리는 와중에 여자를 만나러 바다 한가운데로 나가려 한다는 듯 돌처럼 차가운 얼굴로 체념한 표정을 지으며 입맞춤했다.

그날 바다에는 비만 내린 것이 아니었다. 에릭이 나갔을 때는 파도가 거의 없었지만 오후가 되자 남동쪽에서 돌풍이 불어와 데설레이션 사운드와 말라스피나 해협을 발칵 뒤집어놓았다. 악천후는 어둠이 짙게 깔릴 때까지 계속되었다. 6월의 마지막 주라 해가 길 때였기 때문에 밤 11시경이 되어서야 사그라졌던 것이다. 어른 두 명과 아이 두 명이 타고 있던 요트 한 척이 캠벨 강에서 실종되었다. 어선 두 척도 실종되었다. 한 척에는 남자 두 명이 타고 있었고 나머지 한 척에는 남자 혼자 타고 있었다. 남자 혼자 타고 있던 배는 에릭의 배였다.

다음 날 아침은 고요하고 쨍쨍했다. 산이고 바다고 해안이고 아무 일도 없었다는 듯 매끄럽게 빛나고 있었다.

물론 저 사람들 중 실종된 사람은 아무도 없고, 다들 피난처를 찾아 수많은 만 중 한 군데에서 밤을 보냈을 가능성도 있었다. 그러나 그것은 시애틀에서 휴가차 놀러 와 요트에 타고 있던 외지에서 온 가족보다는 어부들에게나 가능한 일이었다. 그날 아침 즉시 배 여러 척을 보내 본토와 섬의 해안가와 바다를 수색했다.

구명조끼를 입은 채 익사한 아이들이 가장 먼저 발견되었고, 날이 저물 무렵엔 부모의 시신도 수습되었다. 함께 여행길에 나섰던 할아버지는 그다음 날이 되어서야 찾을 수 있었다. 함께 고기를 잡으러 나갔던 두 남자들의 시신은 끝까지 찾지 못했지만 그들이 타고 있던 보트의 잔해는 레퓨지 코브 근처에서 발견되었다.

에릭의 주검은 셋째 날 발견되었지만 줄리엣에게는 보여주지 않았다. 시신이 해안가로 떠밀려 온 뒤 뭔가가(어떤 동물이었을 것이다) 시신을 훼손했다고 했다.

에릭의 친구들과 동료 어부들이 에릭을 해변에서 화장하려고 했던 이유는 아마도 그 때문이었을 것이다. 시신을 볼 수도 없고 장의사도 필요 없게 되었으니 말이다. 줄리엣은 반대하지 않았다. 사망진단서를 발급받아야 했으므로 1주일에 한 번 웨일 베이에 오는 의사의 파월 강에 있는 사무실로 전화를 걸었다. 전화를 받은 사람은 매주 그의 조수 노릇을 하는 공인 간호사이자 사망진단서 발급 권한을 가지고 있는 에일로였다.

바닷가에는 유목과, 바닷물을 머금고 있는 나무껍질이 사방에 널려 있어서 불을 피우기에 더없이 좋았다. 몇 시간 만에 모든 준비가 끝났다. 알릴 틈도 별로 없었는데 다들 어떻게 알고 찾아왔는지, 여자들이 음식을 들고 하나둘 나타나기 시작했다. 이번 일을 진두지휘한 것은 에일로였다. 스칸디나비아 음식, 꼬장꼬장한 태도와 늘어뜨린 백발 때문인지 그녀는 바다 과부라는 역할에 천성적으로 어울려 보였다. 아이들이 통나무 위를 뛰어다니자 어른들은 점점 쌓여가는 화장용 장작 더미에서 아이들을 쫓아냈다. 수의로 감싸 놓은 놀랄 만큼 작은 꾸러미는 에릭이었다. 반쯤 이교도적이라고 할 수 있는 이 의식에 교회에서 나온 여자들이 커다란 커피 주전자를 제공해주었고, 사려 깊게도 맥주 상자와 온갖 음료 병은 자제의 의미로 자동차 트렁크와 트럭의 운전석에 얌전히 놓아두었다.

누가 추도사를 낭독하고 장작 더미에 불을 붙일 것인가를 정해야 했다. 사람들은 줄리엣에게 "당신이 하겠느냐?"라고 물었다. 넋이 나간 채 정신없이 커피 잔을 돌리던 줄리엣은 미망인인 자신은 불길 속으로 뛰어들게 되어 있으므로 잘못들 생각하신 거라고 답했다. 이 말을 하면서 줄리엣이 실제로 웃었기 때문에 권했던 사람들은 생각 자체를 접었다. 혹시라도 줄리엣이 히스테리를 부리면 어쩌나 불안했기 때문이었다. 에릭과 가장 많이 자주 바다에 나갔던 남자가 불붙이는 일은 하겠지만 추도사 낭독은 못하겠다며 고사했다. 그러자 애초에 그에게 맡기기로 한 것은 그리 좋은 결정이 아닐지도 모른다는 의견이 나왔다. 그의 부인이 복음주의 성공회 교인이라서 비록 에릭이 듣지는 못하더라도 그의 비위를 거스를 것이 뻔한 말을 부득이 하게 될 가능성이 있어서였다. 그때 에일로의 남편이 나섰다. 그는 오래전 배에서 일어난 화재로 인해 몰골이 흉해진 왜소한 남자로, 불만 많은 사회주의자이자 무신론자였다. 에릭을 전우라고 지칭한 때를 제외하면 그의 연설은 대부분이 에릭과 무관한 내용이었다. 뿐만 아니라 쓸데없이 길기까지 했는데, 연설이 끝난 후 사람들은 에일로에게 꽉 잡혀 살면서 기가 죽은 탓이라고 수군거렸다. 그의 장광설이 중단되기 전에도 모여든 사람들 사이에는 어수선한 분위기가 감돌았고, 행사가 진행되면서 기대한 만큼 장관이라거나 엄숙하다거나 비장하지는 않다는 느낌도 만연해 있었을지 모르는 일이었다. 그러나 일단 불이 붙자 이러한 감정은 싹 사라지고 다들 엄청난 집중력을 보였다. 특히 어린아이들이 그랬다.

그때 어떤 남자가 외쳤다. "애들을 여기 있게 해선 안 돼요."

불꽃이 시신에 닿는 순간, 지방과 심장과 신장과 간이 타면서 탁탁거리고 지글지글거리는 듣기 거북한 소리가 날 수 있다는 사실을 뒤늦게 깨달았던 것이다. 그래서 꽤 많았던 아이들은 엄마 손에 끌려 쫓겨났다. 순순히 끌려간 아이들도 있었지만 크게 실망한 모습을 감추지 못하는 아이들도 있었다. 이렇게 해서 화장의 마지막 단계는 주로 남자들만 참석한 의식이 되었고, 이 경우 불법까지는 아니지만, 다소 추잡해지기까지 했다.

줄리엣은 남았다. 두 눈을 크게 뜨고 얼굴에 뜨거운 열기를 맞으며 쪼그리고 앉아 지켜보았다. 몸은 그 자리에 있었지만 생각은 다른 데 가 있었다. 불길 속에서 셸리*의 심장을 낚아챘던 트릴로니**가 떠올랐던 것이다. 그 의미에 있어서 유구한 역사를 자랑하는 심장! 생각해보면 굉장히 이상한 일이었다. 그 당시라면 그렇게 오래된 옛날도 아닌데 몸속의 장기에 불과한 것을 그토록 소중하게 여기면서 용기와 사랑의 원천으로 여겼다니 말이다. 그것은 불에 활

---

* 퍼시 비시 셸리. 영국의 시인으로 바이런, 키츠와 함께 영국 낭만주의 3대 시인으로 꼽힌다. 작은 돛배를 타고 가다가 익사했는데 정확한 원인은 밝혀지지 않았다.
** 영국의 작가 겸 모험가. 퍼시 비시 셸리와 바이런의 친구였다.

활 타고 있는 살덩이에 불과했다. 에릭과는 무관한.

　퍼넬러피는 아무것도 모르고 있었다. 밴쿠버 신문에 단신이 실리기는 했지만 해변에서 치러진 화장이 아니라 익사에 관한 내용이었던 데다 쿠트니 산의 깊은 산속에 있었기 때문에 신문도 라디오 뉴스도 접하지 못했던 것이다. 퍼넬러피가 밴쿠버로 돌아와 친구 헤더네 집에서 자신의 집으로 전화를 걸었을 때, 크리스타가 전화를 받았다. 크리스타는 너무 늦게 돌아와 화장 의식에는 참석하지 못했지만 줄리엣 곁에 머물면서 도움을 주고 있었다. 크리스타는 줄리엣이 집에 없다고 둘러댄 다음, 헤더네 어머니를 바꿔달라고 했다. 그런 다음 사고를 설명하고 자신이 줄리엣을 데리고 밴쿠버로 지금 당장 출발하겠다고 했다. 퍼넬러피한테는 밴쿠버에 도착하면 어머니인 줄리엣이 직접 말할 거라고 했다.

　크리스타가 줄리엣을 퍼넬러피가 있는 집에 내려주자 줄리엣은 혼자 집 안으로 들어갔다. 헤더의 어머니가 줄리엣을 퍼넬러피가 기다리고 있는 일광욕실로 안내했다. 아빠의 사고 소식을 듣자 퍼넬러피의 얼굴에는 놀란 기색이 역력했고, 줄리엣이 다소 어정쩡하게 안아주자 놀라움은 곧 당황스러움으로 바뀌었다. 하얀색과 녹색과 오렌지색이 가득한 헤더네 집 일광욕실에서, 헤더의 남동생들이 뒷마당에서 농구까지 하고 있는 와중에 그처럼 끔찍한 소식이 와 닿질 않았던 모양이었다. 화장 의식에 대한 이야기는 꺼내지 않았다. 헤더네 집이나 헤더네 집이 있는 동네에서 그런 얘기는 원시적이고 기괴한 일처럼 보일 것이 불 보듯 뻔한 일이었으므로.

게다가 이 집에서 줄리엣은 의도한 것보다 다소 과하게 밝은 모습을 보였다. 그녀의 행동은 *분위기 메이커*에 가깝다고 해도 과언이 아니었다.

헤더의 어머니가 가볍게 노크한 후 아이스티를 가지고 들어왔다. 퍼넬러피는 아이스티를 단숨에 들이켜더니 복도에서 기웃거리고 있던 헤더에게 갔다. 그때 헤더의 어머니가 줄리엣에게 말을 꺼냈다. 그녀는 너무 야박하게 구는 것 같아 미안하지만 시간이 촉박해서 어쩔 수 없다고 했다. 친척들을 만나러 헤더 아버지와 함께 수일 내 동쪽으로 먼 길을 떠날 예정이라면서. 한 달 동안 집을 비우기 때문에 헤더도 데려가기로 했다는 것이다. (아들들은 캠프를 떠나기로 되어 있었다.) 그런데 지금 헤더가 함께 가지 않겠다면서 퍼넬러피와 집에 있게 해달라고 조르는 중이었다. 현실적으로 열네 살짜리와 열세 살짜리만 집에 남겨두고 떠나는 것은 불가능했으므로 고심하던 부부는 줄리엣이 큰일을 겪었으니 한숨 돌릴 겸 집을 벗어나 시간을 보내고 싶을지도 모른다고 생각한 것이다. 남편을 비극적인 사고로 잃었으니 말이다.

얼마 후 정신을 차려보니 줄리엣은 지금까지와는 전혀 다른 세계, 즉 궁궐같이 밝고 세심하게 꾸며놓은 깨끗한 집에서 손 닿는 곳마다 있는 소위 편의 시설(그녀의 관점에서는 사치품이었다)을 누리며 살고 있었다. 집은 비슷한 집들이 늘어서 있는 완만하게 굽은 거리에 있었고 앞에는 깔끔하게 다듬어진 관목과 현란한 화단이 있었다. 그 달에는 날씨마저 흠 잡을 데 없이 완벽해 따뜻하면서도 시원하고 맑았다. 헤더와 퍼넬러피는 수영도 하고 뒷마당에서 배

드민턴도 치고 영화도 보러 가고 쿠키도 구워 실컷 먹기도 하고 다이어트도 하고 선탠도 하며 지냈다. 줄리엣한테는 가사가 감상적인 데다 짜증스럽게 느껴지는 노래를 집 안이 떠나가라 크게 틀어놓는가 하면 가끔 친구들을 불러 함께 놀곤 했는데, 딱히 남자애들을 초대했다고 할 수는 없었지만 집 앞을 지나던 길이거나 옆집에 모인 남자애들하고 킬킬거리면서 길고 무의미한 잡담을 나누곤 했다. 줄리엣은 우연히 퍼넬러피가 집에 놀러온 여자아이에게 하는 말을 듣게 되었다.

"실은 별로 친하지도 않았는걸, 뭐."

제 아버지를 두고 하는 말이었다. 순간 묘한 기분에 휩싸였다.

파도가 일렁이는 날이면 배를 타고 바다에 나가는 것을 무서워했던 줄리엣과 달리 퍼넬러피는 전혀 겁이 없었다. 가끔씩 에릭에게 데리고 가달라고 조르곤 했고, 대개는 제 아빠가 딸의 애원에 넘어가주었다. 오렌지색 구명조끼를 입고서 자기가 들 수 있는 장비를 짊어진 채 에릭을 따라갈 때의 퍼넬러피는 늘 유독 진지하고 열중한 표정이었다. 참새우 덫 놓는 법을 눈여겨보더니 잡은 새우의 머리를 잘라 죽이는 데 노련하고 신속하고 무자비한 솜씨를 보였다. 언젠가 어렸을 때는(여덟 살에서 열한 살 정도였던 것 같다) 나중에 어른이 되면 어부가 되겠다고 입버릇처럼 말하기도 했다. 그러면 에릭은 요즘은 여자 어부도 있다는 말을 해주었다. 줄리엣은 퍼넬러피가 똑똑하지만 책에만 파묻혀 지내는 타입이 아니고 활력과 담력이 넘치므로 어부가 될 수도 있겠다고 생각했다. 하지만 에릭은 퍼넬러피가 못 듣는 자리에서는 어부가 되겠다는 생각이 시들해지길 바라며, 누구든 어부가 되겠다면 말리고 싶다고 했다. 자신이 선택한 일이 지니고 있는 고난과 불확실성이라는 속성에 대하여 그는 늘 이런 식으로 말했지만 바로 그 속성에 자부심을 가지고 있는 것 같기도 했다.

이제 에릭은 잊힌 사람이 되었다. 퍼넬러피에게. 아이는 최근 네일숍에서 자주색 매니큐어도 바르고 왔고 몸통에 새긴 가짜 문신을 자랑스럽게 내보이기도 했다. 자신의 인생을 가득 채워주었던 아버지란 사람을 퍼넬러피는 떨쳐낸 것이다.

한편 줄리엣은 자신도 퍼넬러피와 다르지 않다는 느낌을 받았다. 물론 일자리를 알아보고 살 집을 구하느라 바쁘긴 했다. 웨일베이에 있는 집은 이미 팔려고 내놓은 상태였다. 그 집에서 계속 산다는 것은 상상조차 할 수 없었다. 트럭은 팔았고 회수한 새우 덫이며 소형 보트 같은 에릭의 어구는 거저로 넘겨버렸다. 개는 장성한 에릭의 아들이 서스캐처원에서 와서 데려갔다.

줄리엣은 대학 도서관의 참고 문헌 부서와 공립 도서관의 일자리에 지원해놓은 상태였고 둘 중 한 군데에서는 연락이 올 것 같았다. 키칠라노나 던바나 포인트 그레이 지역에 있는 아파트들도 봐두었다. 청결하고 깔끔하고 관리가 간편한 도시 생활은 볼 때마다 줄리엣을 놀라게 했다. 남자의 일터가 야외가 아닌 곳, 남자의 일과 관련된 온갖 활동이 결국 집 안까지 이어지지 않는 곳, 날씨가 기분에는 영향을 미칠지언정 생계와는 무관한 곳, 참새우와 연어의 생태 변화나 어획 가능성과 같은 절실한 문제가 단순한 흥밋거리에 지나지 않거나 아예 관심 밖인 곳, 그런 곳에서는 사람들이 이렇게 사는구나 하고 줄리엣은 생각했다. 그에 비해 불과 얼마 전까지 줄리엣이 웨일 베이에서 살던 삶은 무계획하고 무질서하며 고되기만 한 삶처럼 보였다. 지난달의 우울한 기분을 말끔히 씻어내 활달하고 자신만만해진 지금의 줄리엣은 전보다 더 나아 보였다.

지금의 그녀를 에릭이 봐야 되는 건데.

줄리엣은 늘 이런 식으로 에릭을 생각했다. 에릭이 죽었다는 사실을 받아들이지 못해서 그런 것은 아니었다. 오히려 단 한순간도 그 사실을 잊은 적이 없었다. 그럼에도 그녀는 에릭이 여전히 그녀의 존재를 그 누구보다도 중요하게 여기는 사람이라도 된다는 듯, 끊임없이 마음속으로 그를 찾았다. 그가 여전히 자신을 빛나는 존재로 봐줄 사람이라도 된다는 듯, 여전히 논쟁거리와 정보와 깜짝 놀랄 만한 일을 함께 나눌 수 있는 사람이라도 된다는 듯……. 이것은 오래된 습관이기도 하고, 워낙 무의식적으로 일어나다 보니, 그가 죽었다는 사실도 어쩌지 못하는 것 같았다.

게다가 마지막 싸움도 결판이 나지 않은 상태였다. 그녀는 지금까지도 왜 나를 배신했느냐고 에릭을 추궁하고 싶었다. 지금처럼 이렇게 자신이 조금은 눈부실 때 배신은 더더욱 납득이 안 됐다.

폭풍우, 시신 수습, 해변에서의 화장, 이 모든 것이 줄리엣에게는 에릭과 자신하고는 무관한데도 억지로 지켜보고 실재한다고 믿을 수밖에 없는 가장행렬 같았다.

*   *   *

줄리엣은 대학 도서관의 참고 문헌 부서에 취직이 되었고 침실 두 개짜리 아파트를 간신히 얻었다. 퍼넬러피는 토런스 하우스 기숙사에서 나와 통학을 했다. 웨일 베이에서 처리해야 할 일들이 마무리되어 그곳에서의 삶은 끝이 났다. 크리스타조차 봄에 밴쿠버 쪽으로 이사를 왔다.

웨일 베이에서의 삶이 일단락되기 전, 2월의 어느 날엔가 줄리엣은 오후 업무를 마치고 학내 버스 정류장에 서 있었다. 비가 그친 후 서쪽으로 길게 펼쳐진 맑은 하늘은 조지아 해협 너머로 해가 완전히 떨어지면서 온통 붉게 물들어 있었다. 이처럼 낮이 길어졌다는 징후가 나타나고 계절이 어김없이 변하는 모습은 그녀에게 전혀 예상치 못했던 치명적인 영향을 미쳤다.

에릭이 죽었다는 사실을 실감하게 되었던 것이다.

그녀가 밴쿠버에서 살고 있는 동안 에릭이 어딘가에서 그녀와 재결합할 날을 기다리는 것만 같았다. 에릭과 함께한다는 것이 마치 결정을 기다리는 하나의 선택 사항이기라도 한 것 같았다. 밴쿠버에 정착한 후에도 그녀는 여전히 에릭의 그림자를 느끼며 살아갔다. 에릭이 더 이상 이 세상에 존재하지 않는다는 사실을 전혀 깨우치지 못한 채. 에릭의 그 어떤 것도 존재하지 않았다. 일상적이고 평범한 세상에서 그와 함께했던 기억은 구석에 처박혀버렸다.

이런 것이 애도로구나. 시멘트 한 포대가 쏟아져 들어와 순식간에 몸이 굳어버린 느낌이다. 몸을 거의 움직일 수 없다. 버스에 오르고, 버스에서 내리고, 집까지(대체 왜 여기서 살고 있는 거지?) 반 블록을 걸어가는 일이 마치 절벽을 오르는 것만 같다. 퍼넬러피한테 이런 기분을 들켜선 안 된다.

저녁을 먹는 자리에서 온몸이 덜덜 떨리기 시작했지만 줄리엣은 손가락을 풀고 포크와 나이프조차 내려놓을 수 없었다. 퍼넬러피가 식탁을 빙 돌아와 줄리엣의 손을 비집어 열어주었다.

퍼넬러피가 물었다. "아빠 때문이지, 그렇지?"

그 후 줄리엣은 크리스타를 비롯한 가까운 사람 몇몇에게 퍼넬러피의 그 말은 세상에서 가장 큰 위안을 준 말이자 가장 애정 어린 말처럼 들렸으며, 이제껏 그 누구도 자신에게 그런 말을 해준 적이 없었다고 털어놓았다.

퍼넬러피는 자신의 차가운 손으로 줄리엣의 팔 안쪽을 위아래로 주물러주었다. 다음 날 도서관에 대신 전화를 걸어 엄마가 몸이 안 좋아서 출근할 수 없다고 알려주고는 줄리엣이 회복될 때까지 며칠 동안 학교에도 가지 않고 집에 머물면서 엄마를 돌봐주었다. 그 며칠 동안 줄리엣은 퍼넬러피에게 모든 것을 털어놓았다. 크리스타며, 에릭과 싸운 일, 해변에서의 화장(여태껏 퍼넬러피에게 잘도 숨겼는데 기적에 가까운 일이 아닐 수 없었다)까지. 모조리 털어놓았다.

"이런 얘기로 너한테 부담을 주어서는 안 될 텐데."

"그러게, 그러면 안 되지." 퍼넬러피가 곧이어 씩씩하게 덧붙였다. "내가 엄마 다 용서해줄게. 나도 이제 다 컸나 봐."

줄리엣은 다시 세상으로 나갔다. 예전에 버스 정류장에서 느꼈던 감정이 되살아났지만 그때처럼 강렬하지는 않았다.

도서관 일로 조사를 하다가 프로빈셜 TV 채널 사람들을 알게 되었고, 그쪽에서 일자리 제의가 들어와서 방송국에 취직한 것이다. 방송국에서 일한 지 1년쯤 되었을 무렵 인터뷰를 시작했다. 그동안 이것저것 가리지 않고 닥치는 대로 읽으면서 쌓은 독서편력과(웨일 베이에 살 때 에일로가 못마땅하게 여겼다) 차곡차곡 수집해둔 이런저런 정보들, 잡식성 기호와 빠른 동화력이 이제야 빛을 보았다. 그동안 자신을 낮추면서 상대를 은근히 약 올리는 수법을 길렀는데 대개는 그 역할을 톡톡히 해냈다. 카메라 앞에서도 당황하는 일이 거의 없었다. 그러나 사실 집에 가면 방송 중에 사소하게라도 장비가 이상을 일으켰거나 자신이 동요하는 모습을 보였던 순간, 더 심하게는 발음을 틀린 단어를 기억해내고는 훌쩍거리거나 욕지거리를 하면서 발을 동동 구르곤 했다.

5년이 지나자 더 이상 생일 카드도 오지 않았다.

"별일 아니야. 그 카드는 오로지 그 애가 어딘가에 살아 있다는 것을 너한테 알려주려고 보낸 걸 거야. 이제 네가 알아들었을 거라 생각하고 있겠지. 네가 그 애를 찾으려고 하지 않을 거라고 믿고 있는 거야. 그뿐이야." 크리스타가 말했다.

"내가 그 아이한테 지나치게 기댔던 걸까?"

"세상에, 줄.*"

"에릭이 죽은 일만을 말하는 게 아니야. 나중에 다른 남자들도 있었잖아. 못 볼 꼴을 너무 많이 보였나 봐. 내 못난 모습을 너무 많

---

* 줄리엣의 애칭.

이 보였어."

열네 살이던 퍼넬러피가 스무 살이 될 때까지 줄리엣은 연애를 두 번 했고 나중에 후회하기는 했지만 두 번 다 물불 안 가리는 사랑을 했다. 그중 한 명은 줄리엣보다 나이가 훨씬 많은 데다 이혼할 리 없는 유부남이었다. 나머지 한 명은 어렸지만 당장이라도 결혼할 기세인 줄리엣을 보고 놀라 달아났다. 나중에는 자신이 왜 그런 사람들한테 빠졌는지 스스로도 놀랐다. 그녀는 "생각해보면 정말 좋아한 것도 아니었는데"라고 했다.

"아니야, 넌 그러지 않았어." 크리스타가 말했다. 잠시 후 지쳤다는 듯 한마디 덧붙였다. "나도 모르겠다."

"세상에, 난 정말 바보였어. 이젠 그때처럼 남자 많이 안 만나는데, 그렇지 않니?"

크리스타는 남자친구 후보감이 없기 때문이라는 말을 굳이 하지 않았다.

"그래, 너 이제 많이 안 만나, 줄."

"따지고 보면 그렇게 끔찍한 짓을 저지른 적도 없어." 줄리엣이 잠시 후 밝아진 표정으로 덧붙였다. "왜 자꾸만 내 잘못이라면서 자책만 하는 걸까? 그 애가 수수께끼 같은 아이였던 것뿐인데. 이제는 인정해야만 해. 수수께끼같이 알 수 없고 쌀쌀맞은 아이였다는 걸."

줄리엣이 문제가 해결되었다는 투로 말했다.

"아니야." 크리스타가 말했다.

"그래, 아니야. 그건 아니지." 줄리엣이 말했다.

그 후 두 번째 맞이한 6월에도 아무 소식이 없자 줄리엣은 이사하기로 결심했다. 크리스타에게 말하길, 그녀는 처음 5년 동안은 무엇이 올까 궁금해하며 6월을 기다렸노라고 했다. 하지만 지금과 같은 상황이라면 매일 궁금해하고 매번 실망해야 했다.

그녀는 웨스트엔드에 있는 고층 건물로 이사를 갔다. 퍼넬러피의 방에 있던 물건은 모조리 내다버릴 작정이었으나 결국 쓰레기 봉투에 쑤셔 담아서 다 가지고 오고 말았다. 지금 사는 아파트에는 침실이 하나밖에 없지만 지하실에 수납공간이 있었다.

줄리엣은 스탠리 공원으로 조깅을 나가기 시작했다. 이제 퍼넬러피 얘기는 거의 꺼내지 않았다. 심지어 크리스타에게조차. 그리고 남들이 남자친구라고 부르는 애인도 생겼다. 그는 줄리엣에게 딸이 있었는지조차 모르고 있다.

크리스타는 나날이 야위어갔고 점점 우울해했다. 그러다 갑자기, 1월의 어느 날 세상을 떠났다.

언제까지나 TV에 출연할 수 있는 사람은 없다. 제아무리 시청자들에게 호감을 산 얼굴이라고 하더라도 새로운 인물은 언제든 나타나게 마련이다. 자연을 소재로 하는 프로그램을 위하여 자료를 조사하고 해설 원고를 쓰는 일이 들어왔지만 줄리엣은 전면적인 변화가 필요한 시점이라고 설명하면서 좋은 얼굴로 거절했다. 그러곤 다시 고전문학 연구를 시작했다. 전보다 전공자가 훨씬 줄어든 과지만 그래도 박사 학위 논문을 다시 써볼 생각이었다. 돈을 절약하기 위해 고층 아파트에서 독신자용 아파트로 거처도 옮겼다.

남자친구는 중국에 강사 자리가 생겨 떠났다.

줄리엣의 아파트는 주택의 지하실에 있었지만 뒤쪽에 있는 미닫이문을 열면 1층으로 통하는 구조였다. 거기에 벽돌을 깔아 만든 작은 테라스도 있고, 스위트피와 으름덩굴이 타고 올라간 넝쿨 시렁, 허브와 꽃을 심은 화분이 있었다. 난생처음 그녀는 규모는 작을지언정 아버지처럼 정원을 가꾸는 사람이 되었다.

때때로 상점이나 대학 버스에서 "실례합니다만 낯이 익어서요"라든가 "TV에 나왔던 분 아니세요?"라는 말을 듣곤 했다. 그러나 1년쯤 지나자 그런 일은 아예 없어졌다. 그녀는 꽤 오랫동안 야외 좌석에 앉아 커피를 마시면서 책을 읽었지만 알아보는 사람은 아무도 없었다. 머리는 자르지 않고 자라도록 내버려두었다. 오랫동안 붉은색으로 염색한 탓에 자연 갈색이었을 때의 윤기는 사라지고 없었다. 가늘고 구불구불한 머리카락은 이제 은빛이 감도는 갈색이 되어 있었다. 그녀는 어머니인 새러와 비슷해 보였다. 새러처럼 부드럽고 찰랑거리는 금발이 회색이었다가 하얗게 변하는 것까지.

이제 더는 저녁 식사에 사람들을 초대할 공간도 없었고 요리에도 흥미를 잃었다. 영양 섭취에는 문제가 없지만 매일 똑같은 음식으로 끼니를 때웠다. 그러려고 작정한 것은 아니었지만 친구들과도 대개 연락이 끊겼다.

놀랄 만한 일은 아니었다. 줄리엣은 이제 활달하고 여러 가지 문제에 관심을 보이며 끊임없이 공부하던 예전의 유명했던 줄리엣과는 전혀 다른 삶을 살고 있었다. 깨어 있는 시간의 대부분은 책 속에 파묻혀 책을 읽으면서 논문을 시작할 때 바탕으로 삼은 전제를 심화하고 수정하는 데 보냈다. 한 번은 전 세계 뉴스를 일주일 동안 이나 놓친 적도 있었다.

그녀는 박사 학위 논문을 그만두고 그리스 소설가들로 일컬어지는 작가들에 관심을 갖게 되었다. 그리스 소설가들의 작품은 그리스문학사에 다소 늦게 등장한 편이었다(요즘 알게 된 방식에 따르면 B.C.E.* 1세기에 시작되어 중세 초기까지 이어졌다). 아리스티데스**, 롱고스***, 헬리오도로스****, 아킬레우스 타티오스*****. 이들의 작품은 대부분 현존하지 않거나 부분만 남아 있으며 외설적이라고 알려져 있기도 하다. 하지만 헬리오도로스가 쓴 연애소설이 한 편 존재하는데, 『아에티오피카』******라고 하며, 1534년 바젤에서 출간된 이후 유럽에 알려졌다.

이 이야기에 등장하는 에티오피아 여왕은 아기를 낳았는데 피부가 하얬다. 간통을 저질렀다는 비난을 받을까 두려웠던 나머지 여왕은 딸이었던 아기를 나체 고행자, 즉 은둔자거나 신비주의자들에게 맡겨버린다. 카리클레이아라 불린 이 소녀는 결국 델포이 신

---

* before common era의 약자로 BC와 AD는 표현 자체가 특정 종교의 역사관과 교리를 함축하고 있기 때문에 점차 BCE와 CE를 사용하고 있다고 한다.
** 고대 그리스 아테나이의 정치가.
*** 2~3세기의 그리스 작가. 연애소설 『다프니스와 클로에』의 작가.
**** 3세기 에메사, 시리아의 그리스 작가로 『아에티오피카』 또는 『테아게네스와 카리클레이아』라는 제목의 고대 그리스 소설의 저자.
***** 2세기경 알렉산드리아에서 활동한 수사학 교사. 수세기 후 소설의 발전에 영향을 미친 그리스 산문 중 하나인 『레우키페와 클레이토폰』을 썼다.
****** 원래 개인 장서였다가 1541년의 부다 공방전 때 회수되었다.

전으로 보내져 아르테미스의 여사제가 된다. 거기서 그녀는 테아게네스라 불리는 귀족 신분의 테살리아 사람을 만나 사랑에 빠지게 되고 한 영리한 이집트인의 도움을 받아 함께 도망친다. 뒤에서 밝혀진 바에 따르면 에티오피아 여왕은 한시도 자기 딸을 잊은 적이 없었고 그런 여왕이 고용한 사람이 바로 그 이집트인이었다. 불운과 모험은 주요 등장인물들이 모두 메로에*에서 만날 때까지 계속된다. 카리클레이아는 친아버지에 의해 제물로 바쳐질 뻔하지만 이번에도 역시 구조된다.

이 책에는 흥미로운 주제가 득시글거렸고, 줄리엣으로서는 자연히 끌릴 수밖에 없는 요소가 있었다. 특히 나체 고행자 부분에 끌렸다. 일반적으로 힌두 철학자라 불렸던 이 사람들에 관하여 줄리엣은 최대한 많은 것을 알아내려고 했다. 이 경우 인도는 에티오피아와 가깝다고 여겨졌던 걸까? 아니다. 헬리오도로스는 그 정도 지리도 알려져 있지 않았던 시대 사람이 아니었다. 나체 고행자들은 한곳에 정착하지 않고 떠돌아다니는 사람들이었을 것이고 활동 반경도 넓었을 것이다. 그 과정에서 관계를 맺게 된 사람들 중에는 순수한 삶과 사고에 철저히 헌신하고 소유물을 경멸하여 의복이나 음식까지 경멸하는 그들의 모습을 보고 이끌린 이들도, 기피한 이들도 있었을 것이다. 그런 사람들 틈에서 자란 아름다운 처녀에게 벌거벗고 쾌락을 추구하는 삶에 대한 비뚤어진 갈망이 생기는 것은 어찌 보면 당연한 일이었다.

---

* 수단 북부 나일 강에 면한 고대 도시.

줄리엣은 래리라는 새 친구를 사귀었다. 그는 그리스어를 가르쳤고 줄리엣에게 자기 집 지하실에 쓰레기봉투를 두도록 허락해주었다. 래리는 『아에티오피카』를 뮤지컬로 만들면 어떨지를 즐겨 상상했다. 줄리엣도 그의 그런 상상에 공동 연출자로 나서 놀랄 만큼 바보 같은 노래와 터무니없는 무대 효과까지 지어냈다. 그러나 줄리엣은 내심 결말을 다르게 바꾸고픈 유혹을 느꼈다. 그 결말에서 카리클레이아는 나체주의를 버리고 과거 탐험에 나선다. 그 과정에서 사기꾼과 협잡꾼, 거짓말쟁이 그리고 그녀가 정말로 바라고 있는 것을 허황되게 모방한 것에 직면하게 되어 있다. 그녀가 정말 바라고 있는 일이란 바로 죄를 저질렀지만 뉘우쳤으므로 근본은 고결하다고 할 수 있는 여왕과의 화해였다.

줄리엣은 이곳 밴쿠버에서 시프턴을 보았다고 거의 확신하고 있었다. 앞으로 절대로 입을 일이 없는 옷(이제는 실용적인 옷만 입게 되었으므로)을 가지고 구세군 중고 물품점에 가서 옷이 담긴 봉투를 접수실에 내려놓다가 무무*를 입고 바지에 가격표를 붙이던 뚱뚱한 늙은 여자를 보았다. 그 여자는 동료들과 잡담을 나누고 있었다. 얼굴은 웃고 있지만 조금도 방심하지 않는 감독관, 관리자의 분위기를 풍겼다. 어쩌면 그 여자 자체가, 공식적인 직위가 어떻게 되든 개의치 않고 그러한 역할을 자청하고도 남을 여자라서 그런 분위기가 느껴졌던 것일지도 몰랐다.

----

* 헐겁고 화려한 하와이 여자의 드레스.

그 여자가 정말 시프턴이라면, 그녀는 현세로 추락한 셈이었다. 하지만 시프턴일 리 없었다. 시프턴이라면 추락 자체가 불가능할 정도의 부양력과 자기 확신이 차고 넘쳤을 테니 말이다.

악의에 찬 충고가 차고 넘쳤던 것처럼.

퍼넬러피는 우리를 찾아 이곳에 왔을 때 이미 어마어마한 갈증에 시달리고 있었습니다.

줄리엣은 래리에게 퍼넬러피에 관하여 털어놓았다. 털어놓을 사람이 한 명은 있어야 했다.

"그 애하고 고결한 삶에 관한 대화라도 나눠야 했던 걸까요? 희생에 대해서? 이방인의 필요에 삶을 개방하라고요? 그런 생각은 못 해봤어요. 내가 나처럼만 자라면 된다는 듯이 굴었던 게 틀림없어요. 그 때문에 그 애가 역겹다고 생각했을까요?"

래리는 줄리엣의 모든 것을 원하는 그런 남자가 아니었다. 그저 우정과 쾌활한 성격만을 원했다. 그는 구닥다리 총각이라 불렸을 법한 사람이었다. 줄리엣이 아는 한 섹스에 관심이 없었고(물론 줄리엣이 잘못 알고 있었을 수도 있다) 사적인 이야기를 털어놓는 데 있어서도 결벽증에 가까운 모습을 보였지만 함께 있으면 늘 재미는 있었다.

줄리엣을 파트너로 삼고 싶어했던 남자는 두 명 더 있었다. 한 명은 그녀가 있던 야외 테이블에 앉아 있다가 만난 남자였다. 얼마 전에 상처했다고 했다. 줄리엣은 그 남자가 좋았지만, 그가 외로움을 너무 노골적으로 드러내는 데다 자신에게 지나치게 기대는 바람에 아연실색하고 말았다. 또 다른 남자는 크리스타의 생전에도 몇 번 만난 적이 있는 크리스타의 오빠였다. 여러 가지 면에서 크리스타와 닮은 그는 줄리엣에게 안성맞춤이었다. 결혼 생활을 접은 지도 오래되었고 여자가 궁색한 사람도 아니었다. 크리스타한테 듣기로는 결혼하자고 매달리는 여자들은 많지만 그가 피하고 있다고 했다. 하지만 그는 지나치게 이성적이었고 그녀를 선택한 이유도 따뜻한 느낌보다는 냉혈한에 가까운 차가운 이성 때문이었다. 줄리엣은 그 점이 굴욕적이었다.

어째서 굴욕적으로 느껴졌을까? 그 남자를 사랑한 것도 아니었는데.

줄리엣이 헤더와 우연히 마주친 때는 크리스타의 오빠(그의 이름은 게리 램이었다)와 사귀던 때였다. 줄리엣은 게리와 함께 초저녁에 상영하는 영화를 보고 극장에서 막 나와 저녁을 먹으러 어디로 갈 것인지 논하던 참이었다. 하늘에 아직 빛이 남아 있던 따뜻한 여름날 밤이었다.

어떤 여자가 인도에 있던 일행 가운데서 혼자 빠져나왔다. 그 여자는 줄리엣에게 곧장 다가왔다. 비쩍 마른 여자는 30대 후반쯤으로 보였다. 세련된 옷차림이었고 검은 머리 사이로 드문드문 토피색 머리카락이 몇 가닥 보였다.

"포티어스 아줌마시죠?" 얼굴은 알아보지 못했지만 목소리는 단번에 알 수 있었다. 헤더였다. "정말 신기해요. 저 여기 3일 있다가 내일 떠나거든요. 남편 회의 때문에 왔어요. 이제 밴쿠버에는 아는 사람이 아무도 없겠구나 하고 주위를 둘러보는데 아줌마가 보이는 거예요."

줄리엣은 헤더에게 지금은 어디 살고 있느냐고 물었고 헤더는 코네티컷에 살고 있다고 했다.

"한 3주 전엔가 조시, 제 동생 조시 기억나시죠? 아무튼 조시네 가족을 만나려고 에드먼턴에 갔다가 우연히 퍼넬러피를 봤거든요. 지금처럼 길거리에서요. 아 참, 길거리가 아니라 엄청나게 큰 쇼핑몰이었어요. 애들 몇 명을 데리고 있었는데 교복을 사러 왔다고 했어요. 아들이더라고요. 둘 다 너무 놀라서 기절하는 줄 알았지 뭐예요. 저는 바로 알아보지 못했는데 퍼넬러피가 저를 알아봤대요. 물론 걔도 비행기로 왔고요. 저 위 북쪽에서요. 거기도 이제 꽤 발전했대요. 퍼넬러피가 아줌마가 아직 여기 살고 계신다고 했어요. 그런데 일행도 있고, 남편 친구들인데요. 아무튼 그래서 아직까지 전화도 못 드렸네요……."

줄리엣은 몸짓으로 당연히 틈이 없었을 것이며 전화를 바라지도 않았다는 뜻을 전했다. 그러고는 헤더에게 애들이 몇이냐고 물었다.

"셋이에요. 다들 말을 얼마나 안 듣는지 몰라요. 빨리 커버렸으면 좋겠어요. 하지만 퍼넬러피에 비하면 제 인생은 여유 만만한 거죠 뭐. 걔는 애가 다섯이나 되니까."

"그래."

"영화를 보기로 해서 빨리 가봐야 해요, 아줌마. 영화에 대해서는 아는 것도 없고 더군다나 프랑스 영화는 좋아하지도 않는데 말이에요. 하지만 이렇게 아줌마를 만나서 얼마나 반가운지 몰라요. 저희 부모님은 화이트락으로 이사하셨어요. TV에 아줌마가 나오면 빼놓지 않고 보셨답니다. 친구들한테는 아줌마가 우리 집에 잠깐 산 적도 있다고 자랑까지 하셨어요. 부모님이 아줌마 이젠 TV에 안 나온다던데, 질려서 그만두신 거예요?"

"그렇지 뭐."

"지금 가요, 지금 가."

헤더가 으레 하듯 줄리엣을 안고 입 맞추더니 일행에게로 쪼르르 달려갔다.

그렇다면 퍼넬러피는 에드먼턴에 사는 게 아니라는 말이 된다. 에드먼턴까지 *내려왔다고* 했으니 말이다. 비행기를 타고서. 그 말은 퍼넬러피가 화이트호스나 옐로나이프에 산다는 뜻이다. *꽤 발전했다는* 설명이 맞아떨어지려면 거기밖에 더 있겠는가? 어쩌면 그 말은 헤더를 놀리려고 반어적으로 한 말이었을지도 모른다.

애들이 다섯이고 그중 최소한 두 명은 아들이구나. 아들들한테 교복을 입히고 있고. 그렇다면 사립학교에 다닌다는 뜻이고, 돈이 있다는 뜻이기도 했다.

헤더가 처음에는 그 애를 못 알아보았다고 했다. 그 애가 그렇게 늙었다는 뜻일까? 다섯 번의 출산 끝에 몸매가 망가졌다는 뜻일까? *자기 관리를* 그렇게 소홀히 했다는 뜻일까? 헤더는 아니던데. 줄리엣도 어느 정도는 그렇고. 그 애가 자기 관리를 위한 노력 자체를 우습게 여기는, 자기 관리를 불안감의 표출에 지나지 않는다고 여기는 그런 여자가 된 걸까? 아니면 그런 걸 생각할 틈이 없었던 걸까?

줄리엣은 퍼넬러피가 초월주의에 가담했거나 신비주의자가 되어 명상하면서 지낼 거라고 생각했다. 아니면 그와 정반대되는 삶을 선택하여 철저히 소박하고 검소한 삶을 살 거라 상상했다. 어쩌면 남편과 함께, 어쩌면 건강한 아이들도 낳고서, 브리티시컬럼비아 해안의 인사이드패시지*의 차디찬 바닷물에서 낚시같이 거칠고 위험한 일을 하면서 생계를 꾸려갈 거라고.

그런데 전혀 아니었다. 부유하고 현실적인 주부의 삶을 살고 있었다. 의사나 어쩌면 그 장악력이 차차, 야금야금, 그러나 열렬한 환호 속에 원주민에게로 넘어가고 있는 북부 지방 담당 공무원하고 결혼했을지도 모른다. 혹시라도 줄리엣이 퍼넬러피를 다시 만나게 된다면 둘은 줄리엣의 빗나간 상상을 두고 깔깔거리며 웃을 것이다. 각자 다른 장소에서 헤더와 우연히 마주친 일을 두고, 얼마나 기이하냐며 하하호호 웃을 것이다.

아니다, 그러지 않을 것이다. 사실 줄리엣은 이미 퍼넬러피 앞에서 너무 많이 웃어버렸기 때문이다. 너무나 많은 것들이 농담거리였다. 개인적인 것들, 그저 만족감에 불과했던 사랑까지 너무나 많은 것들이 비극이 되었듯이. 줄리엣은 어머니다운 감정의 억제, 어머니의 소질, 자제력이 부족했던 것이다.

---

* 워싱턴 주의 퓨젯 사운드로부터 캐나다 브리티시컬럼비아 해안을 거쳐 북쪽으로 알래스카 팬핸들까지를 포함하는 지역으로 1,000여 개의 섬들과 해안선 사이에 형성된 뱃길을 말한다.

퍼넬러피는 그녀, 줄리엣이 밴쿠버에 아직 살고 있다고 말했다. 그러나 헤더에게 어머니와의 절연은 알리지 않은 모양이었다. 아니 알리지 않은 것이 분명했다. 절연 소식을 들었더라면 헤더가 그토록 싹싹하게 말을 걸었을 리 없으니 말이다.

퍼넬러피는 줄리엣이 아직 밴쿠버에 산다는 걸 어떻게 알고 있는 걸까? 전화번호부라도 확인한 걸까? 만약 그런 거라면 그것은 무엇을 의미하는 걸까?

아무 의미도 없을 것이다. 의미 부여를 하지 말자.

줄리엣은 모퉁이를 돌아 요령껏 재회의 현장에서 물러나 있던 게리 곁으로 갔다.

화이트호스, 옐로나이프. 당장이라도 비행기를 타고 갈 수 있는 장소라고 생각하니 너무나 고통스러웠다. 거리에서 어슬렁거릴 수도 있고, 어디를 둘러볼지 계획을 짤 수 있는 구체적인 장소들. 하지만 줄리엣은 미치도록 기뻐하지는 않았다. 그래선 안 되기 때문이다.

저녁을 먹으면서 줄리엣은 방금 입수한 정보로 인하여 결혼을 하건 동거를 시작하건, 게리가 원하는 대로 하는 데 있어서 자신의 처지가 더욱 나아졌다는 생각을 했다. 퍼넬러피를 걱정할 필요도, 퍼넬러피 때문에 뭔가를 보류할 필요도 없어졌으니까. 퍼넬러피는 유령이 아니었다. 그녀는 남들처럼 안전했고 아마도 남들만큼 행복하기도 할 것이다. 퍼넬러피는 줄리엣을 떠났고, 십중팔구 줄리엣에 대한 기억도 버렸을 것이다. 줄리엣으로서는 퍼넬러피와 마찬가지로 자신도 거리를 두는 수밖에 도리가 없을 것이다.

하지만 퍼넬러피는 헤더에게 줄리엣이 밴쿠버에 살고 있다는 말을 했다. *줄리엣*이라고 했을까, *엄마*라고 했을까? 아니면 *우리 엄마*?

줄리엣은 게리에게 헤더가 옛 친구의 딸이라고 얘기해주었다. 게리에게는 퍼넬러피 얘기를 한 적이 없었고, 게리도 퍼넬러피의 존재를 알고 있다는 티를 낸 적이 없었다. 크리스타가 말해서 알고 있었지만 쓸데없는 참견은 하지 않는다는 배려로 아무 말 하지 않은 걸 수도 있었다. 아니면 크리스타한테 듣기는 했지만 까맣게 잊어버렸거나. 그도 아니면 크리스타가 퍼넬러피에 대해서는 아무 말도, 심지어 그 애의 이름조차 언급하지 않았을지도 몰랐다.

줄리엣이 게리와 함께 산다면, 퍼넬러피라는 실체는 다시는 표면으로 떠오르지 않을 것이다. 퍼넬러피는 존재하지도 않을 것이다. 실제로 퍼넬러피는 더 이상 존재하지 않았다. 줄리엣이 찾아 헤매던 퍼넬러피는 사라졌다. 헤더가 에드먼턴에서 보았다는 여자, 교복을 사주려고 아들을 에드먼턴에 데리고 왔다는 여자, 얼굴과 체형이 너무 많이 바뀌어서 헤더가 알아보지 못했다는 여자는 줄리엣이 알던 퍼넬러피가 아니었다.

줄리엣은 과연 이걸 믿고 있을까?

게리는 줄리엣이 심란해한다는 것을 알더라도 모른 체할 것이다. 하지만 자신들은 절대로 함께할 수 없다는 사실을 둘이 동시에 깨달은 것은, 모르긴 몰라도 이날 저녁이었을 것이다. 둘이 함께하는 것이 가능했다면 줄리엣은 아마도 게리에게 이렇게 말했을 것이다.

'내 딸이 나한테 인사도 없이 떠났어요. 그땐 자기가 무슨 짓을 하고 있는지 몰랐을 테죠. 이렇게 오래 떠나 있게 될 줄도 몰랐을 테고요. 내 생각엔 말이에요, 집을 떠나고 싶다는 생각도 하루아침에 갑자기 떠올린 게 아닐 거라고 봐요. 그건 그저 그 애가 제 앞가림을 할 수 있는 방법을 찾다가 생각해낸 한 가지 방법일 뿐이에요. 차마 나한테 그런 얘기를 할 수는 없었을 거예요. 사실은 시간이 없었을 테죠. 당신도 알다시피 우린 늘 이런저런 이유가 있을 거라고 생각하면서 어떻게든 이유를 알아내려고 하잖아요. 나만 해도 이 자리에서 내가 잘못한 일을 얼마든지 댈 수 있을 거예요. 하지만 그 이유라는 건 쉽게 파헤칠 수 있는 것이 아니에요. 그 애한테 내재하는 순수성처럼 말이에요. 그래요. 그 애한테는 섬세함과 엄격함과 순수함, 그리고 바위처럼 단단한 정직함이 있어요. 우리 아버지는 당신이 싫어하는 누군가에 대해서, 그 사람은 쓰잘머리 없다고 말씀하시곤 했어요. 그 말을 말 그대로 받아들이면 안 될까요? 나한테 퍼넬러피는 쓰잘머리 없는 애예요. 그 애는 내가 못 견디겠나 보죠. 그럴 수 있잖아요.'

줄리엣은 이제 친구가 있다. 그렇게 많지는 않지만 어쨌거나 친구가 있기는 있다. 래리는 여전히 놀러 와서 농담을 늘어놓는다. 그녀는 연구를 계속하고 있다. 연구라는 말은 줄리엣이 지금 하고 있는 일에 딱 들어맞는 말은 아닌 듯하다. 오히려 조사라고 하는 편이 나을 것이다.

생활비가 빠듯해진 줄리엣은 자신이 자주 가서 야외 테이블에 앉아 많은 시간을 보내곤 했던 카페에서 1주일에 몇 시간씩 일을 한다. 이 일 덕분에 그리스어에 지나치게 몰두하지 않을 수 있어서, 금전적인 여유가 생기더라도 줄리엣은 그만두지 않을 작정이다.

그녀는 여전히 퍼넬러피의 연락을 기다리고 있지만 강요하고 싶지는 않았다. 사람들이 그럴 리 없다는 것을 잘 알면서도 과분한 복이나 자연스러운 치유 같은 것을 바라듯 그녀 또한 퍼넬러피의 연락을 바라고 있을 뿐이다.

열정
PASSION

그리 오래 되지 않은 얼마 전, 그레이스는 오타와 강 유역에 있는 트래버스 가족의 여름 별장을 찾고 있었다. 오랫동안 그 지역을 찾은 적이 없어서인지 당연하게도 많은 것이 변해 있었다. 7번 고속도로는 코앞까지 지나던 마을 몇 개를 더 이상 지나가지 않게 되었고 전에는 커브 길이었던 것으로 기억하고 있던 몇 군데는 직선 도로로 바뀌어 있었다. 캐나다 순상지의 이 구역에는 작은 호수가 아주 많이 분포하고 있어서 보통 지도에는 일일이 표시할 자리조차 없다. 심지어 리틀 사보* 호수를 찾았을 때는 착각일 수도 있지만, 호수로 진입하는 시골길이 너무 많아 보였고, 그 많은 길 중 하나를 고르고 보니 기억도 안 나는 이름의 포장도로가 그 길과 겹쳐 있

----
* little sabot. 작은 나막신이라는 뜻.

었다. 사실 40년도 넘은 옛날 그녀가 살았을 때는 거리 이름 자체가 없었다. 포장도로도 물론 없었다. 호수로 이어지는 흙길 하나, 그리고 그 호수의 가장자리를 다소 위험천만하게 둘러싼 흙길 하나가 다였다.

이제는 마을도 하나 생겼다. 아니, 남들은 교외라 부를지도 모르겠다. 왜냐하면 우체국도, 하다못해 허름한 편의점도 하나 눈에 띄지 않았기 때문이다. 주택가는 호숫가 깊숙한 곳의 네다섯 개 거리에 자리를 잡고 있었는데 좁은 터에 작은 집들이 다닥다닥 늘어서 있었다. 그중 일부는 여름 별장인 것이 분명했다. 겨울이 되면 늘 하던 대로 창문에 판자를 덧대어놓은 것을 보고 알 수 있었다. 하지만 다수를 차지하는 나머지 집들은 1년 내내 사람이 살았던 흔적이란 흔적은 모조리 보여주고 있었다. 그 흔적이란 대개 마당을 운동 기구들과 야외용 바비큐 그릴, 어린이용 자전거와 피크닉 테이블로 채우는 사람들이 남긴 흔적이었다. 아직 따뜻한 9월이라 그런지, 그런 피크닉 테이블 중 일부에서는 이따금 사람들이 앉아 점심을 먹거나 맥주를 마시고 있었다. 학생들이거나 혼자 사는 늙은 히피일 것으로 짐작되는 사람들이 커튼 대신 깃발이나 은박지를 걸어놓은 흔적도 보였다. 작지만 대개는 그런대로 봐줄 만한 싸구려 집들 중에는 겨울을 나기 위해 손을 본 집들도, 그렇지 않은 집들도 있었다.

지붕 둘레에 뇌문이 새겨져 있고 두 벽에 한 벽 꼴로 문이 나 있는 8각형 집을 발견하지 못했더라면 그레이스는 그대로 돌아나갔을 것이다. 그 집은 우즈의 집이었다. 기억 속의 우즈네 집에는 언제나 문이 여덟 개 있었지만 어찌된 일인지 네 개밖에 보이지 않았다. 실내 공간이 어떻게 나뉘어져 있는지, 혹은 공간이 나뉘어져 있기는 한 건지 들여다본 적은 한 번도 없었다. 그레이스는 트래버스네 가족도 그 집에 들어가본 적이 없을 거라고 생각했다. 그 집은 예전에는 높다란 생울타리에 둘러싸여 있었고 옆에는 해안을 따라 부는 바람에 바스락거리는 소리를 내던 반짝반짝 빛나는 포플러나무가 있었다. 우즈 부부는 지금의 그레이스처럼 나이가 많은 사람들이었는데 친구들이고 자녀들이고 간에 아무도 방문하는 사람이 없는 것 같았다. 그들의 고풍스러운 집은 이제 황량하고 시대착오적인 모습을 하고 있었다. 대형 휴대용 음향기기와 이따금 분해된 자동차와, 장난감과 빨래가 보이는 이웃들이 그 집 양옆으로 옹기종기 모여 있었던 것이다.

이 길을 따라 1.6킬로미터쯤 더 가자 트래버스 가족의 집을 찾을 수 있었는데, 그 집도 우즈네 집과 상황이 마찬가지였다. 길은 이제 막다른 길이 아니라 트래버스네 집을 지나서까지 이어져 있었고, 양쪽에 있는 집들은 반원형의 넓은 베란다에서 겨우 몇 미터 정도밖에 떨어져 있지 않았다.

트래버스 가족의 집은 그런 양식으로 지어진 집으로는 그레이스가 처음 본 집이었다. 1층 높이에 본관 지붕이 사방에서 베란다까지 중단 없이 죽 이어져 있었다. 나중에 호주에 갔을 때는 그런 집을 수도 없이 많이 보았더랬다. 아무래도 뜨거운 여름을 떠올리게 하는 양식이었다.

전에는 베란다에서부터 먼지 풀풀 날리는 진입차도 끝자락을 지나 밟혀 뭉개진 잡초와 산딸기가 무성한 모래밭을 가로질러 트래버스 가(家)까지 간 다음 뛰어서, 아니 사실은 진창 속을 헤치고 나아가면 호수가 나왔다. 지금은 딱 그 경로를 가로질러 지어놓은 고래 등 같은 집 때문에, 보통의 교외 주택치고는 드물게 차 두 대가 들어가는 차고까지 있는 그 집 때문에 호수는 아예 보이지도 않았다.

이번 탐험에 나서면서 그레이스가 정말로 찾으려 했던 것은 무엇이었을까? 어쩌면 최악은 그저 자신이 찾고 있던 것으로 착각한 것을 찾고 마는 것일지도 몰랐다. 비바람을 막아주는 지붕, 가려진 창문, 집 앞의 호수, 집 뒤에 있던 단풍나무와 삼나무와 길레아드 발삼나무 숲. 완벽한 보존, 고스란히 남아 있는 과거, 모두 그레이스에게는 해당되지 않는 말이었다. 지붕창이 생기고 지나치게 새파란 페인트가 칠해진 지금의 트래버스네 집처럼 여전히 존재하고 있기는 하지만 뜬금없어진, 아주 초라해진 것을 찾게 된다면 차라리 마음이 덜 아플지도 모르겠다.

만약 찾던 것이 아예 사라져버리기라도 했다면? 우리는 투덜거린다. 함께 온 사람이라도 옆에 있으면 들으라는 듯, 상실감에 울부짖을 것이다. 그러나 한편으로는 안도감이 온몸을 훑고 지나가고, 예전에 느꼈던 당혹감이나 해묵은 의무감이 일소되지는 않을까?

트래버스 씨는 그 집을 트래버스 부인에게 깜짝 결혼선물로 주려고 지었다. 좀 더 정확히 말하면 남의 손을 빌려서 지었다고 해야 할 것이다. 그레이스가 그 집을 처음 본 것은 아마도 30년 전이었을 것이다. 트래버스 씨네 아이들은 터울이 많이 났다. 그레천은 스물여덟, 아홉 정도여서 이미 결혼을 하고 아이도 낳았으며, 모리는 스물한 살로 대학 졸업반에 접어들고 있었다. 거기에 30대 중반에 접어든 닐도 있었다. 하지만 닐의 이름은 트래버스가 아니었다. 그는 닐 버로였다. 트래버스 부인이 죽은 전남편과의 사이에서 낳은 아들이었다. 트래버스 부인은 비서학교에서 상업영어를 가르치면서 생계를 꾸리고 아들 뒷바라지도 했다. 트래버스 씨는 부인을 만나기 전 그녀가 겪은 이 시기를 가리켜 거의 징역과도 같은 고난의 시기라 칭하면서 평생을 호강시켜준다고 하더라도 결코 보상받지 못할 세월이겠지만 그래도 자신이 열심히 호의호식을 누리게 해주겠다고 했다.

  트래버스 부인 자신은 그 시절을 그런 식으로 말하는 법이 없었다. 그녀는 펨브록 시내의 철도 선로에서 멀지 않은 곳에 위치한 크고 오래된 다세대 주택에 살았는데, 저녁 식사 자리에서 들려준 이야기의 대부분은 그곳에서 일어났던 사건들, 그곳에 세 들어 살고 있던 주민들에 관한 이야기였다. 그 이야기를 할 때는 꼭 프랑스계 캐나다인 집주인의 귀에 거슬리는 프랑스어와 어설픈 영어를 흉내내곤 했다. 그때 들은 이야기들은 그레이스가 10학년 교실 뒤의 도서관 선반에서 우연히 발견한 『미국 유머 선집』에서 읽었던 서버*의 이야기들처럼 제목을 달아도 좋을 것 같았다. (그 선반에는 『남작들의 최후』와 『범선 항해기』**도 있었다.)

---

* 미국의 유머 작가인 제임스 서버 풍자 만화가이자 삽화가이다.
** R.H.데이너가 1840년 발표한 소설.

'노부인 크로마티가 지붕으로 나온 날 밤', '우체부 아저씨가 플라워스 양의 마음을 사로잡은 방법', '정어리를 먹어치운 개'.

트래버스 씨는 저녁 자리에서 이야기를 먼저 꺼내지도, 말도 거의 없었지만 천연 수석에 눈길이 닿는 것을 보기라도 하면 "돌에 관심이 많으신가요?"라는 말로 시작하여 그 돌 하나하나는 어디서 가져온 것이며, 홍색 화강암을 천신만고 끝에 찾아낸 경위를 들려줄 것이다. 트래버스 씨가 돌에 그토록 열광하게 된 까닭은 트래버스 부인이 언젠가 암벽 사이 길에서 언뜻 그런 돌을 보면서 감탄한 적이 있기 때문이었다. 돌 얘기가 아니면 트래버스 씨는 자신이 집의 설계에 추가한 그다지 특별할 것 없는 면모들, 이를테면 부엌에 있는 문이 바깥쪽으로 열리는 코너형 찬장이라든가 창턱 밑 긴 의자 아래 숨은 수납공간 같은 것들을 보여줄 것이다. 키가 크고 어깨가 구부정하며 숱이 적은 머리는 기름을 발라 매끄럽게 두피에 붙여놓았는데 목소리만큼은 부드러웠다. 물속에 들어갈 때는 수영 신발을 신었고, 평상복을 입고 있을 때는 뚱뚱해 보이지 않았지만 수영복을 입으면 접힌 팬케이크처럼 허리둘레 위로 창백한 뱃살이 삐죽 드러났다.

그레이스는 그해 여름 리틀 사보 호수 북쪽에 있는 베일리스 폴스라는 호텔에서 일을 했다. 초여름의 어느 날 트래버스 가족이 그 호텔로 저녁을 먹으러 왔다. 자신이 담당한 테이블에 앉은 것도 아니었고 정신없이 바빠서 처음에는 알아차리지 못했다. 새로운 손님 일행을 위해 테이블을 세팅하던 중 누군가 자신에게 말을 걸려고 기다리고 있다는 느낌이 들었다.

그 사람은 모리였다. "언제 나랑 데이트하러 가주겠어?"

그레이스는 재빠른 손놀림으로 은 식기를 제자리에 놓느라 고개를 들지도 않은 채 말했다. "지금 무슨 내기 중이에요?"

그의 목소리가 높고 초조한 데다 누군가에게 떠밀리기라도 한 듯 뻣뻣하게 서 있어서 그레이스로서는 그런 생각을 할 수밖에 없었다. 게다가 휴가용 시골집에서 온 젊은 남자들이 자기들끼리 웨이트리스한테 데이트 신청하는 내기를 벌이곤 한다는 사실은 익히 알려져 있었다. 물론 그러한 내기가 처음부터 끝까지 장난인 것은 아니었다. 웨이트리스가 데이트 신청을 받아들이면 영화를 보여주지도 않고 커피는커녕 그저 주차장에 있기만 할 때도 더러 있었지만 어쨌거나 약속 장소에 나타나기는 했기 때문이다. 따라서 그런 제의를 받아들이는 것은 여자로서 다소 수치스럽고, 궁색한 것으로 여겨졌다.

"뭐라고요?"

모리가 힘겹게 되묻자, 그레이스도 하던 일을 멈추고 그를 쳐다보았다. 그 순간만큼은 온전한 모리, 진실한 모리를 본 것 같았다. 겁먹고, 분노하고, 순진하고, 완강한 모리를.

"좋아요." 그녀가 곧바로 대답했다.

그 대답이 의미하는 것은 '좋아요, 우선 진정해요. 내기 아니란 거 알았으니까. 당신이 그런 내기를 할 사람이 아니라는 것도 알고요' 내지는 '좋아요. 당신과 데이트하겠어요'였을 것이다. 그녀 자신도 어느 쪽인지는 몰랐다. 그러나 그는 수락으로 받아들였으며 목소리를 낮추지도 않고, 주변 손님들의 시선에도 아랑곳하지 않은 채, 바로 다음 날 밤 퇴근 후에 데리러 오겠다며 일사천리로 약속을 잡아버렸다.

모리는 그레이스를 영화관에 데리고 갔고, 함께 〈신부의 아버지〉를 보았다. 그레이스는 그 영화가 싫었다. 그녀는 영화 속에 나오는 엘리자베스 테일러 같은 여자들, 애교를 부리며 이것저것 요구하기만 하는 철없는 부잣집 여자애들이 싫었다. 모리는 그저 코미디에 지나지 않는다고 했지만 그레이스는 중요한 건 그게 아니라고 반박했다. 하지만 중요한 게 무엇인지는 그레이스도 콕 짚어 말할 수 없었다. 누구나 그녀가 웨이트리스이고 너무 가난해서 대학에도 못 갔기 때문이라고, 그런 결혼식을 치르고 싶다면 자기가 알아서 몇 년 동안이나 저축해야 하기 때문이라고 생각할 것이다. (모리도 그런 생각을 했고, 그러자 그녀에 대한 존경심, 거의 숭배에 가까운 감정이 불끈 솟아났다.)

질투 때문은 전혀 아니고, 분노 때문이라는 것을 그레이스는 설명할 수도, 이해시킬 수도 없었다. 자신은 그런 식으로 쇼핑할 수 없다거나 그런 옷을 입을 수 없어서가 아니었다. 단지 여자에 대한 정형화된 생각 때문이었다. 남자들은, 어쩌면 남자고 여자고 모두들, 여자는 그래야 한다고 생각하는 걸까. 애지중지 고생을 모르고 자란 버릇없고 이기적이고 백치 같은 아름다운 여자. 그게 바로 양갓집 규수, 사랑에 빠지고 싶은 여자의 모습이었다. 그러다 엄마라도 되면 그런 여자들은 아기한테 지나치게 헌신하며 물고 빨아댈 것이다. 이제 이기심은 사라지지만 대신 백치미는 배가되는 것이다. 영원히 쭉.

그레이스는 그녀에게 지성과 영혼이 존재한다는 사실을 그 자리에서 믿어버렸고, 가난을 로맨틱한 허영으로 여기는 바람에 그녀에게 반해버린 한 소년 옆에 앉아 씩씩거리며 이 이야기를 하고 있었던 것이다. (직업 때문이 아니라 그녀도 깨닫지 못하고 있던 오타와 강 유역의 강한 억양.때문에라도 그는 그녀가 가난하다는 사실을 알게 되었으리라.)

모리는 영화에 대한 그레이스의 감정을 존중해주었다. 화가 난 얼굴로 기를 쓰며 설명해준 그녀의 변을 들었으므로 그 또한 기를 쓰고 뭔가 설명하려고 했다. 그는 질투라는 감정이 그렇게 단순하고 *여성스러운* 감정만은 아니라는 사실을 이제는 알겠다고 했다. 그는 그것 말고도 알게 된 것이 있었다. 그녀는 천박함을 견디지 못할 것이며, 다른 여자들처럼 쉽게 만족하는 여자가 아니라는 것을. 그녀는 특별했다.

그레이스는 그날 밤 자신이 입었던 옷을 한시도 잊은 적이 없었다. 감색 발레리나 스커트에 아일릿 레이스를 통해 가슴 봉우리가 엿보이는 흰색 블라우스 차림에 폭 넓은 장밋빛 고무벨트를 매고 있었다. 그레이스가 몸을 단장한 방식과 상대에게 인식되고 싶은 모습 사이에는 분명 격차가 있었다. 그러나 당시 스타일로도 그녀에게는 얌전하다거나 당돌하다거나 세련된 구석은 전혀 없었다. 식사 시중을 들 때는 커다란 망사 속에 가둬야 할 정도로 제멋대로인 길고 곱슬곱슬한 머리에, 싸구려 은색 팔찌를 차서 집시 같은 분위기를 냈지만 사실 약간 조잡했다.

특별한 여자예요.

모리가 어머니에게 그레이스 얘기를 하자 어머니는 이렇게 말했다. "그레이스라는 아가씨, 언제 한 번 꼭 저녁 식사에 초대하려무나."

그레이스에게는 생전 처음 일어난 일이었고 듣자마자 날아갈 듯 기쁜 일이었다. 사실 모리가 그녀에게 푹 빠졌듯 그녀 또한 트래버스 부인에게 푹 빠져 있었다. 물론 그레이스는 성격상 모리처럼 대놓고 어벙하고 얼빠지게 굴지는 않았다.

그레이스는 이모와 이모부(사실은 이모할머니와 이모부할아버지) 손에 자랐다. 어머니는 세 살 때 돌아가셨고 아버지는 서스캐처원으로 이사한 후 거기서 또 다른 가정을 꾸렸다. 이모와 이모부는 다정하게 대해주었고 당혹스럽게도 심지어 그녀를 자랑스럽게 여기기까지 했지만 대화를 즐기는 편은 아니었다. 이모부는 등나무 의자를 만들어 생계를 꾸렸고, 그레이스에게 등나무 줄기로 의자 만드는 법을 가르쳤다. 덕분에 그레이스도 이모부를 도울 수 있었고, 이모부의 시력이 나빠졌을 때는 이모부의 일을 아예 물려받았다. 그러다가 여름 한철 베일리스 폴스에 취직이 되었다. 이모부나 이모 모두 그레이스를 내보낼 형편은 못되었지만 그레이스도 자리를 잡기 전에 인생이 무엇인지 체험해볼 필요가 있다고 생각했다.

그레이스는 스무 살이었고 이제 막 고등학교를 졸업한 참이었다.

1년 전에 졸업했어야 하지만 그레이스가 별난 선택을 하는 바람에 졸업이 늦어지게 된 것이었다. 그녀가 살았던 작은 마을(트래버스 부인이 말한 펨브록에서도 별로 멀지 않은)에는 촌이었음에도 국가고시와 당시 대학입학자격 취득시험이라 불리던 시험을 준비할 수 있는 5학년 과정 고등학교가 있었다. 개설된 과목을 모두 다 공부할 필요는 없었다. 그레이스는 그 과정을 시작한 첫 해가 끝나갈 무렵, 그러니까 마지막 학년이 되었어야 할 13학년에 역사와 식물학과 동물학, 그리고 영어와 라틴어와 프랑스어 시험을 치렀고 필요 이상으로 높은 점수를 받았다. 하지만 그레이스는 여학생들에게 특히 어려운 과목으로 통하는 물리학과 화학, 삼각법과 기하학, 그리고 대수학을 공부할 작정으로 9월에 학교로 다시 돌아왔다. 그 학년을 마쳤을 때, 그레이스는 학교에 담당 교사가 없어 과목 자체가 없는 그리스어와 이탈리아어와 스페인어, 독일어를 제외하고 13학년이 이수해야 할 모든 과목을 끝냈다. 그녀는 전년도에 이룩한 위업에는 못 미쳤지만 삼각법과 기하학과 대수학 모두와 과학 과목에서 우수한 성적을 거뒀다. 심지어 다음 해에 시험을 볼 수 있도록 그리스어와 스페인어와 이탈리아어, 독일어를 독학으로 공부해볼까도 생각했다. 그러나 교장은 그녀와의 면담에서 어차피 대학에 갈 수 없으면 모두 부질없는 짓이며, 그처럼 전 과목을 요구하는 대학도 없다고 설명했다. 공부하는 목적이 무엇이냐, 계획은 있느냐는 질문과 함께.

그레이스는 계획은 없지만 무료로 배울 수 있는 것은 무엇이든 배워두고 싶을 뿐이라고 답했다. 등나무 의자 만드는 일을 직업으로 삼기 전에.

베일리스 폴스 호텔의 매니저와 안면이 있으니 여름 한철 웨이트리스 일을 해보고 싶으면 말을 해주겠다고 제안한 이는 교장이었다. 교장 또한 인생 체험을 언급했다.

학교라는 공간에서 배움을 총괄하고 있던 사람조차 배움이 인생과 무관하다고 믿고 있었다. 그레이스가 자신의 학교생활을 들려주면, 그러니까 고등학교 졸업이 늦어진 이유를 해명하기 위해 그 얘기를 꺼내면 누구든 "너 미쳤구나" 하고 말했다.

쓸모 있는 사람이 되어야 한다는 말을 듣고는 대학 대신 실무학교를 다녀야 했지만 트래버스 부인만은 달랐다. 이제는 쓸모 있는 것 대신 쓸모없는 것들로 머릿속을 가득 채울 수 있다면 소원이 없겠다고 할 정도였으니까.

"돈을 벌어야 해서 하는 일이겠지만 아무튼 등나무 의자는 쓸모 있는 일 같은걸. 앞으로 두고 보면 알게 되겠지."

두고 본다고? 그레이스는 앞날을 미리 생각하고 싶은 마음이 전혀 없었다. 이제까지 살아온 대로만 살고 싶었다. 당직을 바꿔 일요일은 어떻게든 휴무일로 만들어서 아침 식사 시중 후부터는 푹 쉬고 있었다. 이는 토요일에는 늘 밤늦게까지 일했다는 뜻이었다. 실제로는 모리와 함께하는 시간을 모리네 가족과 보내는 시간과 맞바꾼 것이었다. 이제 그레이스와 모리는 함께 영화를 보러 갈 수도, 진정한 데이트를 할 수도 없었다. 그러나 모리는 일이 끝나는 11시경이면 그레이스를 데리러 왔고 함께 드라이브를 하다가 어딘가에 들러 아이스크림이나 햄버거를 먹고는(그레이스가 아직 스물한 살이 되지 않아서 바에는 한사코 데려가지 않으려 했다) 어딘가에 주차하는 것으로 만남을 마무리했다.

대개 새벽 1~2시까지 이어졌던 주차 시간에 대한 그레이스의 기억은 트래버스가의 원형 식탁에 둘러앉아 있다가 마침내 자리에서 일어나 다들 커피나 음료를 손에 든 채 이동하여 부엌 반대편의 황갈색 가죽 소파와 흔들의자, 쿠션이 깔린 고리버들의자에 앉아 있던 기억보다 흐릿했다. (트래버스 부인의 '내 친구 우렁각시 에이블'이 다음날 아침에 오게 되어 있었으므로 설거지나 부엌 청소를 하느라 소란을 피우는 법이 없었다.)

모리는 늘 러그 위로 쿠션을 질질 끌고 와 그곳에 앉았다. 저녁 자리에는 늘 청바지나 군복 바지를 입고 나타났던 그레천은 보통 넓은 소파 위에 책상다리를 하고 앉았다. 모리나 그레천 모두 몸집이 크고 어깨가 넓었으며 어머니의 예쁜 구석을 닮아 구불구불한 캐러멜빛 머리와 다정한 녹갈색 눈을 하고 있었다. 모리의 경우에는 보조개까지 닮았다. 다른 웨이트리스들은 모리를 '귀염둥이'라 불렀다. 그 애들은 은은하게 휘파람까지 불었다. *누구는 좋겠네.* 그러나 트래버스 부인은 키가 150센티미터에 불과했고, 밝은 색의 무무를 입고 있으면 뚱뚱해 보이지는 않았지만 아직 덜 자란 아이처럼 튼실하고 통통해 보였다. 반짝반짝 빛나는 강렬한 그녀의 눈빛, 언제든 몸 밖으로 튀어나올 준비가 돼 있는 유쾌한 성격을 본받거나 물려받은 사람은 없었고, 또 그것이 가능해 보이지도 않았다. 고작 발진처럼 울긋불긋하게 달아오른 양 볼에 지나지 않았는데도 말이다. 트래버스 부인의 얼굴이 그리 된 것은 살결은 생각하지도 않고 어떤 날씨에든 밖에 나가 돌아다닌 탓일 것이다. 무무처럼 그녀의 외모 또한 독립적인 성격을 드러내주었다.

일요일 저녁에는 가끔 트래버스 가족 외에 손님도 있었다. 부부든 미혼이든 대개 트래버스 부부 또래였고 여자가 적극적이고 재치 넘치는 반면 남자는 말수가 적고 느긋하며 포용력이 있는 것까지 비슷했다. 손님으로 온 사람들은 흥미진진한 이야기를 들려주었는데 다들 자기 자신을 농담의 표적으로 삼았다. (그레이스는 자신에게조차 가끔 신물이 날 정도로 꽤 오래전부터 매력적인 재담꾼 노릇을 해오고 있지만, 그 시절 트래버스 씨네 저녁 자리에서 오고간 대화를 신기하게 여겼던 게 언제였는지 지금은 기억조차 가물가물하다. 그녀가 자란 곳에서 활발한 대화란 대개 음담패설의 형태를 띠고 있었고, 물론 그녀의 이모와 이모부는 여기에도 끼지 않았다. 극히 드물었지만 손님이 방문한 경우에도 대접한 음식에 대한 칭찬이나 사과, 날씨 얘기, 식사가 최대한 빨리 끝나기만을 바라는 열망밖에 없었다.)

트래버스가의 저녁 자리에서는 밤공기가 차가워지면 트래버스 씨가 불을 피웠다. 트래버스 부인이 "멍텅구리 단어게임"이라 불렀던 게임도 했다. 멍텅구리라는 이름이 붙기는 했지만 제아무리 바보 같은 정의를 생각해낸다고 하더라도 사실 꽤 똑똑해야 할 수 있는 게임이었다. 게다가 이 게임은 저녁 내내 거의 말이 없었던 사람에게 비로소 찬란한 빛을 발할 수 있는 기회를 주기도 했다. 굉장히 말도 안 되는 주장을 주제로 짐짓 진지한 체하며 토론을 벌이기도 했다. 그레천의 남편 워트가 곧잘 그랬고, 얼마 후에는 그레이스도 동참했는데 트래버스 부인과 모리가 매우 기뻐했다(모리가 "봤지? 내가 그랬잖아, 똑똑한 여자라고" 하고 외치면 그레이스를 제외하고 모두들 못 견디게 재미있다는 표정을 지었다). 게임이 너무 진지해지거나 한 명이라도 게임에 참여한 사람이 열을 내지 않도록 재기발랄한 언변으로 모두를 옹호해가면서 이러한 단어 지어내기 게임을 이끌어준 사람은 다름 아닌 트래버스 부인이었다.

게임에 불만을 품은 사람이 생겨 문제가 되었던 때는 트래버스 부인의 아들 닐과 결혼한 메이비스가 저녁을 먹으러 왔을 때 딱 한 번뿐이었다. 메이비스와 그녀의 두 아이는 트래버스가에서 그리 멀지 않은 호수 아래 친정집에서 머물고 있었다. 그날 밤에는 메이비스와 닐이 아이들을 데리고 오기로 되어 있어서 트래버스 가족과 그레이스밖에 없었다. 그런데 메이비스가 혼자 왔다. 닐은 의사였는데 나중에 알고 보니 닐이 오타와에서 바쁜 일이 있다고 했다. 트래버스 부인은 실망했지만 활기를 되찾고는 짐짓 생기발랄하게 큰 소리로 물었다.

"하지만 아이들까지 오타와에 간 건 아니겠지?"

"안타깝지만 애들도 오타와에 있어요. 하지만 그렇게 귀여운 애들도 아닌걸요. 여기 있어봤자 저녁 내내 소리만 지를 거예요. 둘째는 땀띠가 났고, 마이키는 어디가 잘못된 건지 도무지 모르겠어요."

메이비스는 날씬하고 햇볕에 그을린 구릿빛 피부를 지닌 여자였다. 자줏빛 드레스에, 또 드레스와 어울리는 자주색 끈으로 검은 머리를 묶고 있었다. 당당한 아름다움을 지닌 그녀는 지루해서인지 못마땅해서인지 입가가 부루퉁해져 있었다. 음식에도 거의 손대지 않았는데, 커리에 알레르기가 있다며 해명했다.

"이런, 메이비스. 딱해서 어떡하니. 혹시 알레르기가 생긴 거니?" 트래버스 부인이 물었다.

"아니에요. 오래전부터 있었는데 그땐 예의상 말씀 못 드렸어요. 밤새 토하는 것도 이젠 지겹네요."

"진작 말하지…… 뭐 다른 거 가져다 줄까?"

"신경 쓰지 마세요, 전 괜찮아요. 엄마 노릇 하느라 열불도 나고 너무 기뻐서 어차피 입맛도 없네요." 메이비스가 담배에 불을 붙였다.

식사가 끝나고 게임을 하던 중에는 워트가 내린 정의를 가지고 논쟁을 벌였고, 사전을 찾아본 결과 허용 가능한 것으로 밝혀지자 메이비스는 이렇게 말했다.

"이런, 미안하게 됐네요. 제가 여러분한테 한참 못 미치는 모양이에요."

다음 라운드를 위해 각자 종이에 자기만의 단어를 적어낼 때가 되었을 때는 웃으며 고개를 절레절레 젓더니 이렇게 말했다.

"전 생각나는 게 없어요."

"이런, 메이비스." 트래버스 부인이 말했다.

그러자 트래버스 씨가 나서서 거들었다. "그러지 말고, 얘야. 이미 있는 단어라도 아무거나 괜찮단다."

"이미 있는 단어든 뭐든 생각나는 게 없는걸요. 죄송해요. 오늘 밤은 제가 바보가 된 기분이네요. 다들 저 빼고 계속하세요."

그래서 다들 아무 일도 없었다는 듯 게임을 계속했다. 그동안 메이비스는 담배를 피우면서 상냥해 보이기로 작정한 듯 부자연스러운 억지 미소를 계속 지어 보였다. 잠시 후 자리에서 일어나더니 말도 못하게 피곤하기도 하고, 아이들을 외할머니, 외할아버지 손에 계속 맡겨둘 수도 없으므로 기분 좋고 유익한 방문을 뒤로하고 집에 가봐야겠다고 말했다.

"다음 크리스마스 때는 옥스퍼드 사전이라도 하나씩 드려야겠어요."

딱히 누구를 지칭하지도 않은 채 조소를 머금고 나가면서 던진 말이었다. 워트가 아까 찾아본 사전이 미국 사전이었음을 겨냥한 것이었다.

메이비스가 가고 난 후 아무도 눈을 마주치려 하지 않았다.

그때 트래버스 부인이 입을 열었다. "그레천, 혹시 우리한테 커피를 끓여줄 힘이 남아 있니?"

그레천은 "기가 막혀서, 참 나"라고 중얼거리면서 부엌 쪽으로 자리를 떴다.

"사는 게 힘들어서 그래. 애들이 아직 어리잖니." 트래버스 부인이 말했다.

그 주에 그레이스는 딱 하루 아침 식사 테이블을 치우고 저녁 식사 테이블을 세팅할 때까지 휴식 시간을 가질 수 있었다. 이 사실을 알게 된 트래버스 부인은 그 자유 시간 동안 베일리스 폴스까지 차를 몰고 와 그레이스를 호숫가 집으로 데리고 와주었다. 모리는 여름 동안 7번 고속도로 도로 보수반과 함께 일을 하고 있었으니 그때 근무 중이었을 것이고 워트는 오타와에 있는 자기 사무실에, 그레천은 아이들과 수영하고 있거나 노를 젓고 있었을 것이다. 대개는 트래버스 부인도 쇼핑할 것이 있다거나 저녁 준비를 한다거나 써야 할 편지가 있다면서 그레이스를 움푹 찌그러진 부분이 있는 가죽 의자와 책이 꽉꽉 들어찬 서가가 있는 크고 시원한 거실에 남겨두곤 했다.

"마음에 드는 책 있으면 아무거나 꺼내서 읽으렴. 자고 싶으면 의자에 푹 파묻혀 잠을 자든지. 힘든 일이라 꽤 피곤할 거야. 시간 되면 내가 꼭 깨워줄 테니 걱정 말고."

그레이스는 결코 자는 법이 없었다. 늘 책을 읽었다. 꼼짝 않고 책을 읽다 보면 짧은 반바지 아래로 드러난 다리가 땀으로 범벅이 되어 가죽에 착 달라붙었다. 독서가 주는 강렬한 즐거움 때문이었을 것이다. 차를 얻어 타고 일터로 돌아갈 때까지 눈에 띄는 사람은 트래버스 부인밖에 없을 때가 많았다.

트래버스 부인은 어떤 책이건 그레이스가 푹 빠져 있던 책에서 현실 세계로 돌아올 만큼 충분한 시간이 흐른 뒤에나 말을 걸곤 했다. 그리고 나서야 자신도 그 책을 읽었노라는 말과 함께 그 책에 대한 자신의 의견을 밝혔다. 책에 대한 견해를 피력할 때도 늘 사려 깊고 유쾌한 태도를 유지했다. 가령 『안나 카레니나』에 대해서는 이렇게 말했다.

"몇 번을 읽었는지 몰라. 그런데 처음에는 나 자신을 키티와 동일시했다가 그다음에는 또 안나와 동일시하게 되더구나. 안나의 경우에는 얼마나 끔찍했는지 몰라. 그런데 또 지금은 나도 모르게 내내 돌리를 측은하게 여기고 있더라고. 돌리가 그 많은 아이들을 데리고 시골에 가서 빨래하는 법을 배우게 됐는데 빨래통에 문제가 생기잖아. 나이가 들면 불쌍하게 느끼는 것도 달라지기 때문인 것 같아. 열정은 빨래통 뒤로 밀려나는 거지. 내 말 너무 귀담아듣지는 말고. 안 그럴 거지, 그렇지?"

"제가 귀담아듣는 사람이 있는지도 잘 모르겠어요."

그레이스는 자신이 말해놓고도 깜짝 놀라 혹시나 건방지고 치기 어린 말처럼 들렸으면 어쩌나 하고 생각했다.

"그래도 아주머니 말씀은 듣기 좋아요."

트래버스 부인이 웃으며 말했다. "나도 내 말이 듣기 좋더라."

왠지 모르겠지만 그때쯤 모리가 결혼 얘기를 꺼내기 시작했다. 당장 결혼하자는 것은 아니었지만(엔지니어 자격증을 취득하고 정식 엔지니어로 일하게 될 때까지 기다려야 하겠지만) 결혼이 자신은 물론이고 그레이스 또한 당연하게 여기고 있는 일인 것처럼 말했다. '우리 결혼하면'과 같은 말을 할 때면, 그레이스는 그에게 묻거나 따지는 대신 그저 묘한 표정으로 듣기만 했다.

결혼을 하면 둘은 리틀 사보 호수에 집을 마련할 것이다. 부모님 댁에서 너무 가깝지도, 멀지도 않은 곳에. 물론 그 집은 여름 별장일 뿐이었다. 나머지 기간에는 어디건 그가 엔지니어로 근무할 곳의 근처에서 살게 될 터였다. 페루가 될지 이라크가 될지 노스웨스트 준주가 될지는 몰랐다. 그레이스는 모리가 엄청나게 뿌듯해하며 *우리만의 집*이라고 말하곤 하는 뜬구름 잡는 소리보다는 멀리 떠나게 될지도 모른다는 생각에 더욱 기분이 들떴다. 그 어느 것도 실감이 나지 않았지만 지금 사는 마을의 자신이 자란 옛집에서 이모부를 도와 등나무 의자 장인의 삶을 시작하게 될 거라는 생각도 실감나지 않기는 마찬가지였다.

모리는 이모와 이모부한테 자신에 대해서 뭐라고 했는지, 언제 자신을 집으로 데려가 그분들께 인사를 시켜줄 것인지 자꾸만 그레이스에게 물었다. 자신 또한 즐겨 쓰곤 했던 단어임에는 틀림없지만 너무나 쉽게 집이라는 단어를 쓰는 그의 모습이 그녀에게는 비정상적으로 보였다. *내 이모와 이모부의 주거지*라는 말이 더욱 적합해 보였다.

사실 그레이스는 1주일에 한 번씩 보내는 짧은 편지에 '여름 동안 이 근처에서 일하는 어떤 남자와 사귀고 있다'는 말 외에는 별다른 말을 하지 않았다. 심지어 그 남자가 자신과 같은 호텔에서 일하고 있다고 오해하게 만들었을 가능성도 있었다.

결혼 생각을 해본 적이 없는 것은 절대로 아니었다. 등나무 의자 장인으로서의 삶과 더불어 반 정도 확실한 결혼의 가능성 또한 늘 염두에 두고 있었다. 아무에게도 구애를 받아본 적이 없다는 사실에도 그레이스는 언젠가 딱 이런 식으로 한 치의 망설임도 없이 마음을 정해버리는 남자와 이런 일을 벌이리라는 생각을 했었다. 남자가 그녀를 본다. 아마도 의자를 고쳐달라고 온 남자일 것이다. 보자마자 남자는 사랑에 빠져버린다. 그 남자도 모리처럼 잘생기고, 열정적일 것이다. 쾌락적인 신체 접촉이 뒤따른다.

모리와는 아직 일어나지 않은 일이었다. 차 안에 있든 함께 별을 보며 잔디밭에 나가 있든 그레이스는 기꺼이 응할 생각이었다. 모리도 준비는 되어 있었지만 꺼리는 마음이 있었다. 모리는 그레이스를 지켜주어야 할 책임이 있다고 여기는 듯했다. 그리고 자신을 너무 쉽게 허락하는 그레이스의 모습은 그를 당황하게 했다. 십중팔구 그 또한 싸해진 분위기를 느꼈을 것이다. 그로서는 이해할 수도 없고 그녀에 대하여 자신이 품고 있던 이미지와도 맞아떨어지지 않는 고의적인 허락이었다. 자신이 얼마나 싸늘했는지 그레이스 자신은 모르고 있었다. 다만 그레이스는 자신이 열의를 보이면 혼자 상상만 하던 쾌락으로 유도할 수 있을 것이라 믿었고 그다음부터는 온전히 모리에게 달려 있다고 생각했다. 그러나 모리는 그 다음으로 나아가지 않으려 했다.

이러한 대치 상황으로 인하여 두 사람은 모두 심란해했고 조금은 화 또는 수치심을 느끼고 있었다. 그 때문에 둘은 서로에게 보상이라도 하려는 듯 헤어질 때 끊임없이 키스를 하고 꼭 껴안고 애정 어린 말을 퍼부었다. 그레이스는 기숙사 침대에 들어가서 마지막 몇 시간을 머릿속에서 지워버리면 마음이 놓였다. 앞으로도 온전히 그레이스와 사랑에 빠진 사람으로 남아 있기 위해 혼자 차를 몰고 고속도로를 달리면서 그녀에 대한 인상을 바꿔버리면 모리 또한 마음을 놓을 수 있으리라고 그레이스는 생각했다.

웨이트리스들 대부분은 노동절* 이후 고등학교나 대학으로 돌아

---

* 9월 첫째 월요일로 공휴일이다.

가기 위해 호텔을 떠났다. 그러나 호텔은 줄어든 인원으로 추수감 사절까지 영업을 계속할 예정이었다. 감소된 인력에는 그레이스도 끼어 있었다. 올해 겨울 시즌에는 12월 초나 늦어도 크리스마스 시 즌에는 다시 문을 열 거라는 소문이 돌았지만 주방이나 식당 종업 원 중에서 그 말이 사실인지 여부를 아는 사람은 아무도 없어 보였 다. 그레이스는 이모와 이모부한테 보내는 편지에 크리스마스 시 즌이 확정되기라도 한 것처럼 썼다. 사실 호텔이 문을 닫는다는 말 자체를 언급하지 않았다. 가능하면 신년 이후까지도. 그래야 그레 이스를 기다리지 않을 테니까.

왜 그랬을까? 딱히 다른 계획이 있는 것도 아니었는데. 모리에게 는 그가 대학 마지막 학년을 마치게 될 올 한 해 동안 자신은 이모 부를 도우면서 등나무 공예를 배울 다른 사람을 찾아볼 생각이라 고 말했다. 심지어 크리스마스에는 그를 초대해서 꼭 가족을 만날 수 있게 해주겠다는 약속까지 했다. 그러자 모리는 크리스마스야 말로 약혼을 공식화하기에 좋은 때라고 말했다. 그는 그레이스에 게 다이아몬드 반지를 사주려고 여름부터 번 돈을 모으고 있었다.

그레이스 또한 저축을 하고 있었다. 그래야 버스를 타고 킹스턴 에 가서 학기 중에 모리를 만날 수 있을 거라면서.

그녀는 아주 쉽게 이 말을 뱉어버렸고, 약속도 했다. 그러나 그녀 는 이 말이 실현되지 않을 거라 믿고 있었다. 심지어 그렇게 되길 빌고 있었다.

"모리는 성품이 아주 훌륭한 아이란다. 너도 알 거야. 그 애도 제 아버지처럼 우직한 애처가가 될 거야. 형과는 달리. 걔 형인 닐은 아주 똑똑하지. 그렇다고 모리가 똑똑하지 않다는 건 아니야. 머리가 나쁘면 엔지니어가 될 수 없지 않겠니? 하지만 닐은, 그 애는 열 길 물속 같은 아이야." 트래버스 부인이 자조 섞인 미소를 짓더니 말을 이었다. "*헤아릴 수 없이 깊은 동굴에 사는 바다 곰이랄까……. 내가 무슨 말을 하고 있는 거지?* 오랫동안 우리 모자에게는 서로밖에 없었단다. 그래서 내가 그 애를 특별하게 여기는 것 같아. 그렇다고 그 애가 따분하기만 하다는 건 아니야. 하지만 가끔은 가장 웃기는 사람이 우울해하곤 하잖니? 가지 많은 나무에 바람 잘 날 없단다. 그렇다고 다 큰 자식을 걱정해봐야 무슨 소용이겠니? 닐도 조금은 걱정되지만, 모리는 그보다 조금 더 걱정된단다. 그레천은 전혀 걱정되지 않지만 말이야. 여자들한테는 늘 살아갈 힘을 주는 무언가가 있으니까, 안 그러니? 남자들한테는 그런 게 없거든."

트래버스가는 추수감사절까지 결코 폐쇄되는 법이 없었다. 그레천은 물론 애들 학교 때문에 오타와로 돌아가야만 했다. 여름에 임시로 하던 일이 끝난 모리도 킹스턴으로 돌아가야 했다. 트래버스 씨는 주말에만 나올 예정이었다. 그러나 트래버스 부인은 그레이스에게 말했던 것처럼 보통은 계속 머물면서 손님을 초대하기도 하고 혼자 지내기도 했다.

그러나 트래버스 부인의 일정이 바뀌었다. 9월에 트래버스 씨와 함께 오타와로 돌아가게 되었던 것이다. 워낙 갑작스럽게 결정된 일이다 보니 주말 저녁도 취소할 수밖에 없었다.

모리는 어머니가 가끔 신경증을 앓곤 한다고 했다.

"어머니는 쉬셔야 해. 몇 주 입원하고 나면 안정을 찾으실 거야. 퇴원할 즈음엔 늘 상태가 좋았거든."

그레이스는 그의 어머니가 그런 문제를 겪으리라고는 상상도 하지 못했다고 말했다.

"원인이 뭔데요?"

"병원에서도 모르는 것 같아." 그러나 잠시 후, 모리는 이렇게 덧붙였다. "모르긴 몰라도 남편 때문인 것 같아. 내 말은 첫 번째 남편, 그러니까 닐 형의 아버지를 뜻하는 거야. 그 사람한테 무슨 일이 있었거든."

그 무슨 일이란 닐의 아버지가 자살했다는 사실이었다.

"정신이 불안정했나 봐." 잠시 후 그가 다시 말을 이었다. "하지만 아닐지도 모르지. 다른 문제가 있는 건지도. 어머니 또래 여자들이 겪는 문제일 수도 있어. 그래도 괜찮아. 병원에 가면 약으로 쉽게 고칠 수 있으니까. 정말 끝내주는 약이 있거든. 걱정할 필요 없어."

모리가 예견했던 대로 추수감사절 무렵 트래버스 부인은 퇴원했고 다 나아가고 있었다. 여느 때처럼 호숫가 집에서 추수감사절 만찬이 열릴 예정이었다. 역시 여느 때처럼 짐을 싼 다음 월요일에 집을 폐쇄할 수 있도록 만찬 날짜는 일요일로 잡혔다. 아직도 일요일이 비번이어서 그레이스에게도 다행스러운 일이었다.

온 가족이 모이기로 되어 있었다. 그레이스를 빼면 손님은 없었다. 닐과 메이비스와 아이들은 메이비스의 친정집에 머물면서 월요일 저녁도 그 집에서 먹기로 했지만 일요일은 트래버스가에서 보내기로 했다.

일요일 아침 모리가 그레이스를 호숫가 집으로 데리고 왔을 무렵 칠면조는 이미 오븐에 들어가 있었다. 아이들이 있어서 저녁은 5시쯤 일찌감치 먹기로 했다. 싱크대에는 호박파이, 애플파이, 야생블루베리파이가 있었다. 운동할 때 못지않게 몸놀림이 유연한 그레천이 주방을 맡았다. 트래버스 부인은 식탁에 앉아 커피를 마시면서 그레천의 작은 딸, 데이너와 함께 직소 퍼즐을 맞추고 있었다.

"그레이스 왔구나."

트래버스 부인이 자리에서 벌떡 일어나 한 손으로 어설프게 퍼즐 조각들을 흐트러뜨리면서 나머지 한 손으로 여태껏 하지 않던 포옹을 했다.

데이너가 "*할머니*"를 부르며 울음을 터뜨렸다.

곁에서 위태롭게 지켜보고 있던 언니 제이니가 퍼즐 조각을 손으로 퍼 담았다.

"다시 맞추면 된단다. 할머니가 일부러 그런 건 아니야." 트래버스 부인이 말했다.

"크랜베리 소스는 어디에 두세요?" 그레천이 물었다.

"찬장에." 아직까지도 그레이스의 팔을 꽉 잡은 채 흐트러진 퍼즐은 무시하면서 트래버스 부인이 말했다.

"찬장 어디요?"

"아, 크랜베리 소스. 나는 만들어서 쓴단다. 먼저 크랜베리를 물이 조금 담긴 그릇에 넣어. 그런 다음 약불에 조리고. 아니, 먼저 물에 푹 담그던가……"

"엄마, 만들 시간은 없어요. 그러면 없다는 말씀이세요?"

"없을걸. 직접 만드니까 당연히 없지."

"그럼 사오라고 하죠, 뭐."

"우즈 부인한테 부탁하려무나."

"아니에요, 그 아줌마하고는 말도 몇 마디 나눠본 적 없는걸요. 그럴 엄두가 안 나네요. 누가 가게에 좀 다녀와야 될 텐데."

"애야, 추수감사절이잖니. 이런 날 누가 문을 열겠어." 트래버스 부인이 온화하게 말했다.

"고속도로 아래 가게는 연중무휴잖아요."

잠시 후 그레천이 목청을 높여 물었다. "워트는 어디 있어요?"

"밖에서 보트를 타고 있어요."

뒤쪽 침실에 있던 메이비스가 큰 소리로 말했다. 아기를 재우려 애쓰고 있던 중이므로 경고하겠다는 듯 일부러 목소리에 힘을 실었다.

"워트가 마이키도 데리고 나가서 보트에 태웠어요."

메이비스는 마이키와 아기를 자기 차에 태워 직접 운전하고 왔었다. 닐이 전화할 데가 있어서 나중에 오기로 했기 때문이었다.

트래버스 씨는 골프를 치러 가고 없었다.

"가게에 가줄 사람이 필요해서 그런 것뿐이에요." 그레천이 말했다.

누군가 나서주길 기다렸지만 침실에서는 아무런 대꾸가 없었다.

그러자 이번에는 눈썹을 추어올리며 그레이스 쪽을 쳐다보았다.

"자긴 운전 못하지, 그렇지?"

그레이스는 그렇다고 했다.

트래버스 부인이 의자가 어디 있나 두리번거리더니 즐거운 표정으로 자리에 앉았다.

"음, 모리가 운전할 줄 알지. 모리는 어디 있어?"

모리는 다들 수영하기엔 물이 너무 차갑다고 했는데도 앞쪽 침실에서 자기 수영복을 찾고 있었다. 그는 그 가게도 문을 열지 않았을 거라고 말했다.

"열 거야, 주유소도 하잖아. 거기가 문을 안 열었으면 퍼스 들어가자마자, 왜 아이스크림 콘 파는 데 있잖아."

모리는 그레이스가 함께 가주길 바랐지만 꼬맹이 아가씨들인 제이니와 데이너가 집 옆 노르웨이 단풍나무 아래 할아버지가 만들어준 그네를 타러 함께 가자고 그녀를 잡아당기고 있었다.

계단을 내려가던 그레이스는 샌들 끈 하나가 끊어지는 것을 느꼈다. 그래서 양쪽 신발을 다 벗고 모래흙 위, 납작하게 눌린 질경이와 이미 우수수 떨어진 오그라든 낙엽들 위를 편안하게 걸었다.

그레이스가 먼저 그네에 탄 아이들을 밀어주었고, 그다음에는 아이들이 그레이스를 밀어주었다. 영문도 모른 채 한쪽 다리가 허물어지면서 고통에 찬 비명을 내지른 것은 그레이스가 맨발로 그네에서 뛰어내리던 순간이었다.

다친 쪽은 다리가 아니라 발이었다. 대합조개 껍질의 날카로운 모서리에 왼쪽 발바닥이 베였는데 극심한 통증이 몰려왔다.

"데이너가 그 조개껍데기 가져왔어요. 달팽이집 지어준다면서요." 제이니가 말했다.

"달팽이 도망갔단 말이야." 데이너가 말했다.

그레천과 트래버스 부인, 심지어 메이비스까지 아이들이 낸 비명인 줄 알고 집 밖으로 부리나케 달려 나왔다.

"저 언니 발에서 피가 나요. 땅바닥에도 여기저기에 피가 묻어 있어요." 데이너가 말했다.

"언니가 조개껍데기에 베였어요. 데이너가 여기다 조개껍데기를 나눠서 그래요, 아이번 집 지어준다면서요. 아이번은 달팽이예요." 제이니가 말했다.

잠시 후 상처를 씻으려고 물을 담은 대야와 수건을 내왔고 다들 얼마나 아프냐고 그레이스에게 물었다.

"그렇게 심하지는 않아요." 그레이스가 절뚝절뚝 계단을 오르면서 대답했다.

데이너와 제이니는 서로 그레이스를 부축하겠다며 경쟁했지만 오히려 방해만 되었다.

"어머, 꽤 아프겠는걸. 대체 신발은 왜 벗고 있었던 거야?" 그레천이 물었다.

"샌들 끈이 끊어져서요."

데이너와 제이니가 동시에 대답하는데 와인색 컨버터블 한 대가 소리 없이 노련하게 한 바퀴를 돌며 주차했다.

"이거야말로 시기적절이라고 해야겠는걸. 지금 우리한테 필요한 사람이 왔으니 말이야. 의사 선생님 오셨다." 트래버스 부인이 말했다.

그 사람은 그레이스가 처음 보는 사람, 닐이었다. 키가 크고 바싹 마른 그는 움직임이 민첩했다.

"왕진 가방 가져오렴. 네가 오려고 환자가 생겼나 보다." 트래버스 부인이 신이 나서 말했다.

"저 멋진 고물은 뭐야, 새로 샀어?" 그레천이 물었다.

"순간 혹해서 샀다." 닐이 말했다.

"아기가 깼잖아요."

메이비스가 딱히 누구에게랄 것도 없이 원망 섞인 한숨을 쉬더니 집 안으로 들어갔다.

제이니가 심각한 표정으로 말했다. "저 아기가 툭하면 깨는 바람에 할 수 있는 게 없다니까."

"조용히 해." 그레천이 제이니를 나무랐다.

"설마 왕진 가방을 안 가지고 온 건 아니겠지." 트래버스 부인이 말했다.

그러나 닐이 뒷좌석에서 왕진 가방을 얼른 꺼내자 트래버스 부인이 뒤이어 말했다.

"아무렴, 가져왔겠지. 잘했다. 사람 일은 모르는 거란다."

"네가 아픈 거니? 어디가 아파? 두꺼비를 삼킨 거야?" 닐이 데이너에게 말했다.

"저 언니예요. 그레이스 언니." 데이너가 도도하게 말했다.

"그렇구나. 저 언니가 두꺼비를 삼켰구나."

"저 언니가 발을 베였어요. 피가 많이, 많이 나고 있어요."

제이니가 끼어들었다. "조개껍데기 때문이에요."

닐은 조카들에게 "저리 비켜주세요"라고 말하더니 그레이스 바로 아래 계단에 앉아서 조심스럽게 발을 들어 올렸다.

"아무거나 천 쪼가리 좀 갖다 주세요." 닐이 말했다.

잠시 후 닐이 천으로 피를 빨아들여 닦아낸 후 상처를 들여다보았다. 그가 코앞만큼 가까워지자 그레이스는 올여름 호텔에 일하면서 식별할 수 있게 된 냄새를 알아차렸다. 그것은 바로 박하 냄새로 감추려 한 술 냄새였다.

"정말이네요. 피가 많이, 많이 나고 있군요. 잘된 겁니다. 깨끗하게 닦여나갈 테니까요. 아픈가요?"

"조금요." 그레이스가 대답했다.

닐은 아주 잠깐 동안이었지만 살피는 듯한 눈초리로 그레이스의 얼굴을 쳐다보았다. 그녀가 술 냄새를 포착했는지, 그에 대해서 어떻게 생각할지 궁금하게 여기고 있는 것 같았다.

"꽤 아플 겁니다. 여기 살점이 펄럭이는 게 보이죠? 그 아래 부분까지 확실하게 소독한 다음 한두 바늘 꿰매야 할 겁니다. 소독 기구가 있는데 생각만큼 아프진 않을 거예요." 닐이 올려다보며 말했다.

"자, 구경꾼들은 이제 물러납시다."

지금까지도 그가 때마침 나타나서 얼마나 다행인지 모른다는 말을 몇 번이고 되뇌고 있는 그의 어머니에게 닐은 여태껏 한마디도 하지 않고 있었다.

"보이스카우트 정신이죠. 늘 준비하라."

손놀림에서도 눈빛에서도 술기운은 느껴지지 않았다. 아까 아이들한테 말할 때 흉내 내던 장난꾸러기 외삼촌처럼 보이지도 않았고, 그레이스를 대할 때 흉내 내려던 전문용어를 능수능란하게 읊어 환자를 안심시키는 의사처럼 보이지도 않았다. 그는 넓고 창백한 이마에 잿빛이 감도는 뽀글뽀글한 흑발을 볏처럼 세운 헤어스타일을 하고 있었고, 눈동자는 연회색이었으며, 극심한 조바심 때문인지 식욕 때문인지 고통 때문인지 길고 얇은 입술을 비죽거리고 있었다.

바깥 계단 위에서 상처에 붕대를 다 감았을 때, 그레천은 부엌으로 돌아가면서 안 가겠다는 딸들까지 데리고 들어갔지만 트래버스 부인은 남아서 절대로 방해하지 않겠다는 약속이라도 한 듯 입을 앙다문 채 예의 주시하고 있었다. 닐은 그레이스를 시내에 있는 병원으로 데리고 가는 게 낫겠다고 말했다.

"파상풍 예방 주사를 맞아야 해요."

"그렇게까지 아프지는 않은데요." 그레이스가 말했다.

"그게 문제가 아니에요." 닐이 말했다.

"내 생각도 그래. 파상풍이 얼마나 끔찍하다고." 트래버스 부인이 옆에서 거들었다.

"오래 안 걸릴 거예요. 그레이스라고 했죠? 그레이스, 내가 차까지 부축해줄게요."

닐이 그레이스의 한쪽 팔을 잡았다. 그레이스는 한쪽 샌들을 신은 다음 반대쪽 샌들을 질질 끌고라도 갈 수 있게끔 낑낑대며 그 안에 발가락을 집어넣었다. 붕대는 깔끔하고 팽팽하게 감겨 있었다.

그레이스가 차에 타고 있는데 닐이 말했다. "집에 좀 얼른 들어 갔다 올게요. 사과를 해야 해서……."

그레천에게? 아니면 메이비스에게 사과를 하려나 보다.

트래버스 부인은 평소다운, 이런 날에는 더더욱 지을 수밖에없 을 것 같은 멍한 표정으로 열에 들떠서는 내려왔다. 부인이 자동차 문에 한 손을 얹은 채 말했다.

"잘됐어. 아주 잘됐다, 그레이스. 너는 하늘이 준 선물이야. 저 애가 오늘만은 술을 못 마시게 네가 막아줄 테지, 그렇지? 어떻게 해야 할지는 너도 잘 알 거야."

그레이스는 트래버스 부인의 말을 듣기는 했지만 거의 한 귀로 흘려들었다. 그녀는 트래버스 부인의 변화, 즉 불어난 몸과, 전반적 으로 뻣뻣해진 몸놀림과, 시도 때도 없이 다소 광적으로 내뿜는 자 애로운 분위기와, 금방이라도 펑펑 울 것같이 표출하는 기쁜 마음 에 당혹스러워하고 있었다. 설탕이라도 묻었던 것처럼 입가에 희 미하게 뭔가가 굳어 있는 점 또한 난감하기는 마찬가지였다.

병원은 5킬로미터 정도 떨어진 칼턴 플레이스에 있었다. 철도선 로 위로 난 고가도로가 있어 그 길을 타고 빠르게 달렸다. 어찌나 빠르게 달렸던지 꼭대기에 다다랐을 때 그레이스는 자동차가 도로 를 벗어나 공중으로 날아가는 줄만 알았다. 차가 그렇게 많지 않아 서 겁이 나지는 않았다. 겁이 난다고 하더라도 어쩔 수 없었겠지만.

닐과 응급실 담당 간호사는 서로 아는 사이 같았다. 그가 어떤 양식을 작성한 다음 간호사에게 그레이스의 발을 슬쩍 보여준 뒤(간호사는 무표정한 얼굴로 "잘하셨네요" 하고 말했다), 알아서 파상풍 주사를 놓았다. ("지금은 안 아프지만 나중에 아파질 수 있어요.") 그가 막 주사를 놓았을 때, 간호사가 칸막이 공간으로 들어와 말을 전했다.

"대기실에 어떤 남자 분이 여자 분 데려가겠대요. 남자 분 말이 약혼자라던데요."

"아직 안 끝났다고 전해줘요. 아니, 우리 이미 갔다고 전해줘요." 닐이 말했다.

"이 안에 계신다고 벌써 말했는데요."

"돌아와 보니까 벌써 가고 없다고 해주세요." 닐이 말했다.

"선생님이 형이라던데요. 주차장에서 선생님 차를 발견하지 않겠어요?"

"내 차는 저 뒤에 주차시켜놓았어요. 의사용 주차 공간에."

간호사가 어깨 너머로 말했다. "엄~청 치밀하시네요."

"아직 집에 가고 싶지 않을 거 아니에요, 안 그래요?" 닐이 그레이스에게 물었다.

"네."

그레이스는 마치 '네'라는 글자가 눈앞 벽에 쓰여 있기라도 한 것처럼, 시력 검사를 받고 있기라도 한 것처럼 말했다.

다시 한 번 그레이스는 부축을 받아 한쪽 발을 샌들 끈에 끼운 채 달랑거리며 차까지 간 다음 크림색 자동차 의자에 앉을 수 있었다. 이번에는 주차장에서 나와 뒷길을 택하는 바람에 낯선 길을 통해 시내를 빠져나갔다. 그레이스는 모리를 마주할 리 없다는 사실을 잘 알고 있었다. 지금은 모리를 생각할 필요가 없었다. 메이비스는 말할 것도 없고.

훗날 그녀에게 그녀가 지금 택한 길, 그녀의 인생에 일어난 지금과 같은 변화에 대해서 설명하라고 한다면, 그녀는 문 하나가 뒤에서 쾅하고 닫힌 것 같았다고 말했을 것이고 실제로도 그렇게 설명했다. 그러나 당시에는 쾅 소리 같은 것은 없었다. 그저 묵인이 파문을 일으키며 그녀를 휩쓸고 지나갔고, 남은 사람들의 권리는 간단하게 묵살되었다.

곱씹어볼 때마다 살짝 달라진 부분이 있었을지는 몰라도 그레이스는 그날을 또렷하고 자세하게 기억했다. 그러나 잘 생각해보면 심지어 자세하게 기억하고 있던 부분에서조차 그레이스의 기억은 틀렸을 가능성이 높았다.

우선 그들은 7번 고속도로를 타고 서쪽으로 갔다. 그레이스의 기억 속에는 고속도로에 다른 차가 한 대 더 있고, 둘이 타고 있던 차의 속도는 아까 고가도로에서 날아갈 듯 달렸던 속도에 근접했다. 이 부분은 사실일 리 없었다. 도로에는 일요일 아침 집으로 가는 사람들, 추수감사절을 가족과 함께 보내려고 나선 사람들이 분명히 있었을 테니까. 교회로 가고 있던 사람들이든 교회에서 집으로 가고 있던 사람들이든 분명 다른 사람들이 있었을 것이다. 마을을 통과하거나 시내 변두리를 지나갈 때, 그리고 구 고속도로에 있는 수많은 커브를 돌 때 닐은 분명히 속도를 줄였을 것이다. 지붕을 접은 컨버터블을 타고 드라이브를 하는 데 익숙지 않았던 그레이스는 눈 뜨기가 힘들었고 바람에 정신없이 날리는 머리카락을 주체할 수 없었다. 그 때문에 내내 거의 날다시피 빨리 달리면서도 광란의 질주가 아니라 기적적으로 고요하다는 착각을 했던 것이다.

모리와 메이비스와 나머지 가족들은 마음속에서 깨끗이 지워졌지만, 트래버스 부인의 잔재만큼은 남아 머리 위를 맴돌면서 기묘하고 쑥스러운 키득거림과 함께 그녀의 마지막 말을 속삭였다.

어떻게 해야 할지는 너도 잘 알 거야.

물론 그레이스와 닐은 아무 말도 하지 않았다. 그녀가 기억하는 바로는 상대방에게 무슨 말이든 하려면 목청껏 소리를 질러야 했다. 사실을 털어놓자면 섹스란 어떤 것일까에 관하여 당시에 품고 있던 생각 내지는 환상과 기억이 뒤죽박죽 섞여 거의 구분이 되지 않는다. 우연한 밀회, 조용하지만 강렬한 신호, 마치 포로라도 된 듯한 느낌을 주는 소리 죽인 질주. 은은한 굴복, 욕망만이 넘실거리는 육체.

마침내 그들은 칼라다에서 멈춘 후 지금까지도 남아 있는 호텔에 들어갔다. 그레이스의 손을 가져다가 깍지를 낀 채 닐은 절뚝거리며 걷는 그녀와 보조를 맞춰주었다. 닐은 그레이스를 바(bar)로 데리고 갔다. 한 번도 가본 적은 없었지만 그레이스는 그곳이 바라는 것을 알 수 있었다. (베일리스 폴스는 아직 주류 판매허가를 못 받아서 술을 마시려면 객실이나 길 건너편에 있는 다 쓰러져가는 소위 나이트클럽에서 마셨다.) 이 바는 그레이스가 상상했던 모습과 딱 맞아떨어졌다. 환기도 안 되는 어두컴컴하고 널찍한 실내에는 시간에 쫓겨 급하게 청소하는 바람에 원래 있던 자리에 대충대충 놓은 것 같은 의자와 테이블이 있었고 맥주, 위스키, 시가, 파이프 담배, 남자들 냄새를 미처 지우지 못한 리졸* 냄새가 풍겼다.

바에는 아무도 없었다. 오후나 되어야 문을 열기 때문인 것 같았다. 하지만 지금이 오후가 아니었나? 갑자기 시간관념이 어긋난 것 같았다.

그때 어떤 남자가 다른 방에서 들어와 닐에게 말을 걸었다. 그가 "안녕하시오, 의사 양반" 하고 인사를 건네더니, 바 뒤편으로 갔다.

그레이스는 어딜 가나 이런 식일 거라는 생각이 들었다. 어디를 가건 거기에는 이미 닐이 알고 있는 사람이 있을 것이다.

"오늘이 일요일인 건 아시오?"

남자가 근엄한 표정으로 주차장에서 멀리 있는 누군가에게 말할 때처럼 목청껏, 거의 고함에 가까운 소리로 말했다.

"일요일에는 아무것도 팔 수 없소. 여자 분한테도 아무것도 팔 수 없고. 여자 분은 여기 들어오면 안 된다는 것도 모르시오?"

"압니다, 알고말고요. 그 말씀에 진심으로 동의합니다." 닐이 말했다.

두 남자가 말을 주고받는 동안 바 뒤에 있던 남자가 숨겨진 선반에서 위스키 한 병을 꺼내 술잔에 따르더니 카운터 너머에 있는 닐에게 떠넘겼다.

"목 말라요?" 그 남자가 그레이스에게 물었다.

---

* 소독제 상표명.

남자는 이미 콜라 병을 따고 있었다. 그러더니 잔도 없이 콜라를 그레이스에게 주었다.

닐이 카운터에 지폐를 놓자 남자가 지폐를 닐 쪽으로 되밀었다. "말했잖소, 안 판다고."

"콜라는 어떤가요?"

"안 팔아요."

남자가 위스키 병을 치웠고, 닐은 잔에 있던 내용물을 게 눈 감추 듯 순식간에 들이켰다.

"훌륭한 분이로군요. 준법정신이 투철한."

"콜라 병은 가지고 가시오. 여자 분을 여기서 빨리 데리고 나가 줄수록 내가 행복하겠소만."

"당연하죠. 이 분은 착한 여자거든요. 제 제수씹니다, 미래의. 제가 알기론 말이죠." 닐이 말했다.

"정말이오?"

그들은 7번 고속도로로 돌아가지 않았다. 대신 비포장도로지만 폭이 넓고 비교적 잘 닦아놓은 북쪽으로 가는 길을 탔다. 아까 마신 술은 닐의 운전에 보통 술과는 정반대의 영향을 미친 것처럼 보였 다. 지금 달리는 도로에서 요구하는 것보다 필요 이상으로 얌전하 게, 심지어 조심스럽다고 할 수 있을 만큼 천천히 달리고 있었기 때 문이다.

"괜찮아요?" 닐이 물었다.

"뭐가요?"

"아무 데로든 끌려가는 것 말이에요."

"괜찮아요."

"당신이 옆에 있어줬으면 해요. 발은 어때요?"

"아무렇지도 않아요."

"꽤 아플 텐데."

"정말 아무렇지도 않은걸요. 괜찮아요."

그가 콜라 병을 잡고 있지 않은 그레이스의 손을 살며시 들어 올리더니 손바닥을 자신의 입에 바짝 갖다 대고는 핥았다가 내려놓았다.

"내가 불순한 의도로 당신을 납치했다고 생각하나요?"

"아뇨."

그레이스는 거짓 대답을 하면서 불순하다는 표현을 쓰다니 모전자전(母傳子傳)이로군 하고 생각했다.

"당신 생각대로 행동하던 시절도 있었죠. 하지만 오늘은 아니에요. 오늘 당신은 교회에 있는 것처럼 안전할 거예요."

친밀하고, 솔직하고, 차분하게 바뀐 그의 목소리와 그의 입술이 자신의 피부에 밀착되고, 혀가 날름거리며 닿았던 기억 탓인지 그레이스는 그가 하는 말을 들으면서도 말뜻은 알아듣지 못했다. 그의 혀가 자신의 온몸을 백 번이고 천 번이고 핥으며 구애의 몸짓을 하는 것을 느낄 수 있었다. 그러나 그녀는 생각 끝에 이렇게 말했다.

"교회라고 늘 안전한 건 아니죠."

"그래요, 맞는 말이에요."

"그리고 난 당신의 제수씨가 아니에요."

"미래의 제수씨죠. 내가 미래라고 하지 않았나요?"

"미래에도 제수씨는 안 될 거예요."

"아, 그렇군요. 별로 놀랍지는 않네요. 전혀, 전~혀 놀랍지 않아요."

그때 그의 목소리는 또다시 바뀌어 사무적인 어투가 되어 있었다.

"이 위쪽, 오른쪽으로 난 갈림길을 찾는 중이에요. 거기 갈림길이 분명히 있을 텐데. 혹시 이 동네 지리를 알고 있나요?"

"이 근처는 몰라요, 전혀."

"플라워 스테이션 몰라요? 움파, 폴란드도? 스노 로드도?"

모두 그레이스는 들어본 적이 없는 곳이었다.

"보고 싶은 사람이 있어요."

닐이 알아들을 수 없는 말을 중얼거리더니 갑자기 핸들을 오른쪽으로 꺾었다. 이정표도 없었다. 길은 점점 좁고 울퉁불퉁해지다가 바닥에 널빤지를 깐 편도 1차로 다리가 하나 나왔다. 머리 위로는 활엽수림을 이룬 나무의 가지들이 깍지를 끼듯 서로 맞물려 있었다. 이상 고온 현상 때문에 올해 나뭇잎에는 아직 단풍이 들지 않아서 가끔씩 여기저기서 현수막처럼 반짝반짝 빛을 발하는 이상한 나뭇가지를 빼고는 다들 여전히 파릇파릇했다. 숲에는 성스러운 느낌마저 감돌았다. 꽤 먼 길을 달리는 동안 닐과 그레이스는 내내 아무 말도 하지 않았고, 나무들도 아무런 변화 없이 계속 이어졌으며, 숲도 끝이 보이지 않았다.

그때 닐이 평화로운 분위기를 깼다. "운전할 수 있어요?"

그레이스는 못 한다고 대답했다.

"운전은 반드시 배워야 해요."

닐의 그 말은 지금 당장을 뜻하는 것이었다. 그는 차를 세운 다음 내리더니 빙 돌아서 조수석 쪽으로 왔고 그 바람에 그레이스는 운전석 쪽으로 움직여야 했다.

"여기야말로 운전을 배우기에 가장 좋은 장소예요."

"뭐가 나타나면 어떻게 하죠?"

"아무것도 안 나타날 거예요. 혹시 나타나더라도 문제없어요. 그래서 일부러 직선 코스를 고른 거니까, 그러니까 걱정 말아요. 오른발만 잘 움직이면 될 거예요."

그들은 나무들 때문에 만들어진 기다란 터널이 시작되는 지점, 땅바닥이 햇볕에 반짝거리는 곳에 있었다. 차가 어떻게 움직이는지에 관한 설명 따위는 필요 없다는 듯, 닐은 발을 어디에 두어야 하는지만 알려주고는 기어 변경을 연습하게 하더니 잠시 후 이렇게 말했다.

"이제 내가 하라는 대로 하면 돼요."

차가 단번에 휭 하고 나가자 그레이스는 덜컥 겁이 났다. 그래서 끽끽거리며 기어를 바꿨고, 이제 운전 수업은 끝났겠구나 하고 생각했지만, 닐은 그저 웃기만 했다.

"워워, 진정하고. 천천히, 계속 가는 거예요."

그레이스는 닐이 말한 대로 했다. 그는 번번이 가속 페달 밟을 때를 놓치는 그레이스의 운전에 대해 가타부타 말이 없었고, 그저 계속 가라고만 했다.

"계속 가요. 쭉 가요, 길에서 벗어나지 말고, 시동도 꺼뜨리지 말고."

"언제 멈춰요?" 그레이스가 물었다.

"내가 알려줄 때까진 멈추지 말아요."

그는 계속 운전을 하게 하다가 나무 그늘 터널을 빠져나와서야 그레이스에게 브레이크 작동법을 가르쳐주었다. 그레이스는 정차하기가 무섭게 차문을 열고 닐과 자리를 바꾸려고 했지만, 닐이 사양했다.

"안 돼요. 이건 휴식 시간일 뿐이에요. 당신도 곧 운전을 좋아하게 될걸요."

다시 운전대를 잡자 닐의 말이 옳을지도 모른다는 생각이 들었다. 순간적으로 자신만만해진 그레이스 덕분에 그들은 도랑에 빠질 뻔했다. 그런데도 닐은 운전대를 꼭 붙잡고 웃기만 했고 운전 레슨을 계속했다.

그는 꽤 먼 거리를 달릴 때까지, 심지어 커브도 몇 번이나 (천천히) 돌고 나서야 그레이스에게 멈추라고 했다. 그러더니 운전을 하지 않으면 방향 감각을 잃어버릴 수 있으니까 다시 운전을 바꾸는 게 낫겠다고 했다.

그가 운전을 해보니 어떤 느낌이냐고 물었고, 다시금 온몸이 떨려왔으면서도 그레이스는 좋았다고 말했다.

그가 그레이스의 팔을 어깨부터 팔꿈치까지 어루만지더니 "대단한 거짓말쟁이로군!" 하고 말했다. 그러나 더 이상은 만지지 않았고, 그녀의 몸 어느 부분에도 입술은 대지 않았다.

어느 정도 달리고 나더니 닐은 방향감각을 되찾은 모양이었다. 교차로에 다다르자 좌회전을 했고 나무가 듬성듬성해지더니 곧 울퉁불퉁한 기다란 언덕을 올랐다. 그 후 몇 킬로미터를 달리자 어떤 마을, 기껏해야 길가에 건물이 몇 채 들어선 곳에 불과한 마을이 나왔다. 교회 하나와 상점 하나가 나왔는데, 둘 다 원래 용도로 쓰이고 있지는 않았다. 주변에 늘어선 차와 창문에 달린 초라한 커튼으로 보건대 누군가 거처로 쓰고 있는 것 같았다. 앞서 본 건물과 다를 바 없는 상태의 집 두어 채와 그 집들 뒤로 폭삭 내려앉은 헛간이 하나 있었는데, 금 간 기둥 사이로 해묵은 시커먼 건초가 불어난 내장처럼 불거져 나와 있었다.

닐은 그 광경을 보자 기쁨의 탄성을 질렀지만 그렇다고 차를 세우지는 않았다.

"아, 다행이야, 정말 다행이야. 이제야 알겠어. 고마워요."

"뭐가요?"

"운전을 가르쳐줄 수 있게 해줘서요. 덕분에 마음을 가라앉힐 수 있었어요."

"마음을 가라앉혔다고요, 정말요?"

"정말이고말고요."

닐은 웃고 있었지만 그레이스를 쳐다보지는 않았다. 그는 마을을 통과하고부터는 도로를 따라 펼쳐져 있는 들판 너머 좌우를 살피느라 분주했다. 그러면서 내내 혼잣말을 했다.

"여긴데, 여기가 틀림없는데. 이제 우리가 알 때가 됐는데."

혼잣말은 어떤 들판을 직선이 아니라 바위와 노간주나무가 들어선 자리를 요리조리 피해 굽이돌면서 관통하는 길이 나올 때까지 계속되었다. 그 길의 끝에는 아까 마을에서 보았던 집들보다 나을 바 없어 보이는 집이 한 채 있었다.

"자, 여기예요. 나 혼자 들어갔다 올 거예요. 5분도 안 걸릴 겁니다."

닐은 그보다 훨씬 오래 있다가 나왔다.

그레이스는 집이 드리운 그늘 아래, 차 안에 앉아 있었다. 그 집의 문은 열려 있었고, 방충망 문만 닫혀 있었다. 방충망에는 군데군데 때운 흔적이 있어서 예전 철사와 새 철사가 뒤섞여 있었다. 아무도 그녀를 보러 나오지 않았고, 심지어 개 한 마리조차 얼씬거리지 않았다. 이제 자동차 시동마저 꺼진 주변에는 기이한 적막감이 넘쳐흘렀다. 그렇게 뜨거운 날 오후라면 풀밭에도, 노간주나무 풀숲에도 온갖 벌레들이 윙윙거리고 왕왕거리고 찍찍거릴 만도 한데 아무것도 없으니 기이했다. 눈앞에 보이는 건 없더라도 벌레들이 내는 소음만은 땅 위에서 자라고 있는 온갖 것들에서 흘러나와, 저 멀리 지평선 너머까지 퍼지게 마련이었다. 어쩌면 철이 지나서, 남쪽으로 날아가면서 꽥꽥거리는 거위의 울음소리를 듣기에도 늦어버려서 그런 걸까?

마치 그들이 세상 꼭대기에, 아니 그중 한 군데에 와 있는 것 같았다. 들판은 사방에서 낮아지고 있었고 나무들도 더 낮은 지대에서 자라는 나무들이라서 윗부분만 살짝 보였기 때문이다.

여기에 있는 누구를 안다는 거지, 이 집에 누가 살고 있는 거지?

여자? 그가 원하는 여자가 이런 곳에서 살 리는 없어 보였지만 오늘 그레이스가 맞닥뜨린 기이한 일에는 끝이 없었다. 그러니 여기서 끝나란 법은 없었다.

한때는 벽돌집이었지만 누군가 벽돌 담장을 허물려고 했던 것 같았다. 벽돌 밑으로 판자 울타리가 드러나 있었고 그 판자 울타리를 덮었던 벽돌들은 마당에 아무렇게나 쌓여 있었는데, 아무래도 팔려고 내놓은 것 같았다. 집 담벼락에 남아 있던 벽돌은 대각선으로 한 층 한 층 높아지는 모양이었는데, 무료했던 그레이스는 의자에 기댄 채 벽돌을 세기 시작했다. 그녀는 꽃잎을 한 장 한 장 떼어낼 때처럼 바보 같으면서도 나름 진지하게 벽돌을 셌지만 *사랑한다, 사랑하지 않는다*와 같이 유치한 말은 하지 않았다.

재수 있다, 없다, 재수 있다, 없다. 그레이스가 기껏 용기 내어 뱉은 건 이 말이었다.

지그재그로 배열된 데다가 문 위부터는 평평해져서 벽돌을 세는 일은 생각보다 만만치 않았다.

그레이스는 알아챘다. 여기가 거기가 아니라면 어디겠어? 밀주업자의 집이 틀림없었다. 그녀는 고향에서 보았던 밀주업자를 떠올렸다. 피곤에 전 비쩍 마른 노인은 시무룩하고 미심쩍은 얼굴을 하고 있었다. 그 노인은 핼러윈 밤에는 엽총을 들고 자기 집 현관 계단에 앉아 있었다. 그는 누가 훔쳐가더라도 알아챌 수 있도록 문가에 쌓아놓은 장작더미에까지 번호를 매겨놓았다. 그레이스는 그 노인이, 아니 지금 이 밀주업자가 지저분하지만 정리정돈이 잘된 자기 방에 앉아 한낮의 더위를 이기지 못하고 꾸벅꾸벅 졸다가(방충망을 덧댄 솜씨로 방의 상태도 짐작할 수 있었다), 지금은 죽었을 어떤 여자 친척이 옛날 옛적에 만들어준 얼룩덜룩한 퀼트를 깔아놓은 삐걱거리는 간이침대나 긴 의자에서 일어나는 모습을 떠올렸다.

밀주업자의 집 안에 들어간 적은 한 번도 없었지만 고향에서는 남부끄럽지 않은 삶이나 그렇지 않은 삶이나 다들 고만고만해서 그 둘 사이의 구분이 아주 희미했다. 그래서 그레이스도 세상이 어떤지는 대충 알고 있었다.

모리와 결혼할 생각을 다 했다니, 얼마나 이상한 일인가! 그것은 일종의 배신이었다. 자기 자신에 대한 배신. 하지만 닐은 자신이 알고 있는 것과 똑같은 것들을 어느 정도 알고 있었으니 닐과 사귀는 것은 배신이 아니었다. 그리고 그녀는 내내 닐에 대하여 점점 더 많은 것을 알아가고 있었다.

어느새 문간에는 구부정하고 어리둥절한 이모부가 나타나 그녀가 마치 아주 오랜만에 집에 돌아오기라도 한 것처럼 목을 길게 빼고 문 밖을 내다보고 있었다. 마치 그녀가 꼭 집에 돌아오겠다고 약속해놓고는 그 약속을 까맣게 잊고 있다가 나타나기라도 한 것 같은, 이모부는 이미 죽고도 남았을 텐데 이날 이때까지 이렇게 살아 있다는 듯한 그런 모습이었다.

그레이스는 이모부한테 말을 하려고 애썼지만 어느새 이모부는 사라지고 없었다. 그녀가 잠에서 깨어났을 때 차는 다시 움직이고 있었다. 닐과 함께 차를 타고 다시 도로 위를 달리고 있었던 것이다. 입을 벌린 채 잠이 들었던 탓인지 그레이스는 목이 말랐다. 닐이 그녀 쪽으로 고개를 돌린 것은 아주 잠깐 동안이었지만, 그들이 주변에 일으킨 아주 작은 바람만으로도 그녀는 방금 마신 위스키 냄새를 알아차릴 수 있었다.

밀주업자의 집이 맞았던 것이다.

"깼어요? 나와 보니까 곤히 자고 있더군요. 미안해요, 친목을 다 지느라 늦었어요. 화장실에 안 가도 되겠어요?"

사실 아까 그 집 앞에 멈췄을 때부터 그레이스가 고민하던 문제가 바로 화장실이었다. 집 뒤쪽으로 화장실이 보였지만 차에서 내려 거기까지 걸어가기가 왠지 쑥스러웠다.

"여기면 되겠어요." 닐이 차를 세우며 말했다.

그레이스는 차에서 내려 만발한 미역취와 야생 당근과 들국화 사이를 걸어들어가 쪼그리고 앉았다. 닐은 그레이스에게 등을 보인 채 길 반대편 비슷한 꽃들 사이에 서 있었다. 그녀가 차로 돌아왔을 때 술병은 조수석 바닥, 그녀의 발 옆에 놓여 있었다. 병은 이미 3분의 1이나 비어 있었다.

그레이스의 시선이 술병에 닿은 것을 보고 닐이 말했다. "걱정 말아요. 다 마신 게 아니라 여기에도 담았으니까." 닐이 휴대용 술병을 들어 보였다. "운전 중일 때는 이게 더 편하거든요."

바닥에는 콜라 병도 하나 더 있었다. 닐은 그레이스에게 자동차 앞좌석 서랍에 보면 병따개가 있을 거라고 알려주었다.

"어머나, 차가워요." 그레이스가 깜짝 놀라며 말했다.

"아이스박스 덕분이죠. 겨울이면 호수에서 얼음을 채취해다가 톱밥에 저장해놓아요. 그 양반은 그걸 지하실에 보관하고요."

"그 집 문간에서 이모부를 본 줄 알았어요. 그런데 꿈이었더라고요."

"이모부 얘기를 해줘요. 당신이 사는 곳, 당신이 하는 일, 무엇이든. 당신 얘기가 듣고 싶어요."

그의 목소리에서는 새로운 힘이 묻어났고 얼굴도 달라져 있었지만 취기로 인한 광기는 아니었다. 그저 아주 심하게는 아니고 단지 기분이 축 처져서 몸이 좀 안 좋았다가 이제 괜찮아졌다는 확신을 심어주고 싶어하는 그런 모습이었다. 그가 휴대용 술병의 마개를 열어 내려놓더니 손을 뻗어 그레이스의 손을 잡았다. 전우의 손이라도 되는 양 손을 꼭 잡았다.

"연세가 꽤 많으세요. 실은 이모부 할아버지죠. 등의자 장인이에요. 그러니까 등나무로 의자를 만든다는 말이죠. 말로는 설명할 수 없지만 의자만 있으면 등나무로 어떻게 만드는지 보여드릴 텐데……."

"마침 의자가 없군요."

그레이스가 웃으며 말했다. "사실 따분한 일이에요."

"그럼 재미있는 일이 뭔지 말해봐요. 당신한테는 무엇이 재미있죠?"

"당신요."

"아! 내 어떤 점이 재미있나요?" 그가 슬며시 손을 거뒀다.

"지금 당신이 하고 있는 일 말이에요." 잠시 후 그레이스가 결심한 듯 한마디 덧붙였다. "그 이유도."

"술 마시는 거 말이에요? 내가 술 마시는 이유?" 휴대용 술병의 마개가 또 한 번 열렸다. "그렇다면 왜 나한테 직접 물어보지 않는 거죠?"

"무슨 말을 할지 다 아니까요."

"무슨 말인데요? 내가 무슨 말을 할 것 같은데요?"

"술 마시는 것 말고 할 일이 뭐가 있는데? 뭐 그 비슷한 말을 하겠죠."

"맞아요. 물어보면 그렇게 말했을 거예요. 그러면 당신은 내 생각이 왜 틀렸는지 설명하려 들겠죠."

"아뇨, 나는 그러지 않을 거예요."

그 말을 하는 순간 그레이스는 한기를 느꼈다. 지금까지는 자신이 진지한 줄 알았는데 이런 대답들로 그에게 잘 보이려 기를 쓰고 있는 자신의 모습이, 자신도 그 못지않게 세상 경험이 많은 척하려 기를 쓰고 있는 모습이 눈에 들어와서였다. 그런 와중에 최악의 진실까지 발견했던 것이다. 그것은 바로 진실되고 현실적이며 지속적인 희망이 부재한다는 것이었다.

"그러지 않을 거라고요? 물론 당신은 그러지 않겠죠. 그 말을 들으니 마음이 놓이네요. 그레이스, 당신이 나한테 위안을 주는군요." 얼마 안 있어 그가 다시 말을 시작했다. "있잖아요, 내가 좀 졸리거든요. 적당한 장소만 찾으면 차를 세우고 한숨 잘까 해요. 잠깐 동안만요. 괜찮을까요?"

"괜찮아요. 제 생각에도 좀 주무셔야 할 것 같아요."

"내가 자는 동안 곁을 지켜줄 건가요?"

"그럴게요."

"잘됐군요."

그가 찾아낸 장소는 포천(Fortune)이라 불리는 작은 마을에 있었다. 변두리 강가의 공원에 자동차를 위해 바닥에 자갈을 깔아놓은 공간이 있었다. 그는 자동차 의자를 뒤로 젖히더니 곧바로 잠에 빠져들었다. 저녁 먹을 때쯤밖에 되지 않았는데 밤이 된 것을 보니 여름이 다 갔음을 알 수 있었다. 좀 전까지만 해도 여기에는 추수감사절 소풍을 나온 사람들이 있었다. 야외 바비큐 그릴에서는 아직도 연기가 피어올랐고, 주변 어딘가에서 햄버거 냄새가 솔솔 풍겨왔다. 다른 때 같았으면 햄버거 냄새가 나면 배가 고파졌을 텐데 이번에는 전혀 그렇지 않았다.

날이 곯아떨어져서 그레이스는 차에서 내렸다. 운전 연습을 하느라 몇 번이고 멈췄다 출발했다를 반복했더니 온몸에 흙먼지가 뽀얗게 내려앉아 있었다. 그레이스는 아쉬운 대로 야외 수돗가에서 최대한 꼼꼼하게 팔과 손, 얼굴을 씻었다. 그러곤 상처가 난 발을 조심스레 움직이면서 천천히 강가 쪽으로 걸어갔다. 강물은 갈대가 표면 위로 불쑥 솟아나 있을 만큼 얕았다. 욕설이나 음란한 행동 또는 저속한 말을 금하며 이를 어길 시 처벌받을 거라는 경고문도 있었다.

그레이스는 그네에 올라섰다. 서쪽이 눈에 들어왔다. 무릎을 움직여 그네를 높이 띄운 다음 맑은 하늘을 올려다보았다. 지평선에는 희미한 초록빛과 흐릿한 황금빛, 타오르는 듯한 핑크빛 띠가 걸쳐져 있었다. 대기는 이미 싸늘해져 있었다.

그레이스는 촉감 때문일 거라고 생각했다. 입술, 혀, 피부, 몸, 뼈

위에 뼈가 부딪히는 느낌. 격정. 열정. 하지만 그것은 그레이스와 닐과는 인연이 먼 것들이었다. 그녀가 그를 알아가게 된 경위, 그녀가 그의 내면을 얼마나 깊이 들여다보았는지를 생각하면 그것은 애들 장난에 불과한 것이었다.

그녀가 본 것은 고정불변 상태였다. 그녀는 마치 끝없이 펼쳐진 잔잔하고 시커먼 물가에 서 있는 것 같았다. 차갑고 고요한 물, 아주 시커멓고 차갑고 고요한 물을 내다보면서 있는 것이라고는 오로지 그 물밖에 없다는 것을 알게 된 기분이었다.

술 때문은 아니었다. 무슨 짓을 해도 똑같은 문제가 평생 발목을 붙잡을 것이 뻔했다. 술, 술을 마시고 싶은 욕구, 그것은 다른 모든 것과 마찬가지로 일종의 기분전환거리에 불과했다.

그레이스는 차로 돌아가 닐을 깨우려고 했다. 그는 뒤척이기만 할 뿐 잠에서 깨어나지는 않았다. 그래서 다시 차에서 내려 몸도 덥히고 다친 발로 수월하게 움직이는 연습도 할 겸 주변을 걸어 다녔다. 그녀는 내일 아침이면 일터로 돌아가 아침 식사 시중을 들어야 하리라는 사실을 떠올렸다.

이번에는 다급한 말을 건네면서 그를 한 번 더 깨워보았다. 닐은 이런저런 약속과 중얼거림으로 대답하는 것 같더니 또다시 곯아떨어져버렸다. 날이 완전히 어두워지자 그녀는 포기했다. 차가운 밤기운이 파고들면서 또 다른 사실이 뚜렷하게 드러났다. 그들은 여기에 계속 있을 수 없다는 사실, 어쨌거나 아직은 이 세상 사람들이라는 사실, 자신은 베일리스 폴스로 돌아가야만 한다는 사실이.

그레이스는 가까스로 닐을 조수석 쪽으로 넘겼다. 그래도 깨지

않았으니 어떻게 해도 깨우지 못한다는 얘기였다. 그녀는 한참이
걸려 간신히 전조등 켜는 법을 알아낸 다음 차를 움직여 덜커덩거
리면서 천천히 도로 쪽으로 다시 나갔다.

방향감각도 없었고 거리에는 길을 물어볼 사람도 하나 없었다.
그래서 무조건 마을 반대쪽으로 계속 차를 몰았고 거기서 천만다
행으로 이런저런 장소로 가는 길을 알려주는 이정표를 하나 발견
했는데 그중에 하나가 베일리스 폴스였다. 거리는 15킬로미터 정
도밖에 되지 않았다.

그레이스는 시속 50킬로미터를 넘기지 않으면서 2차선 고속도로
를 따라 계속 달렸다. 도로에는 차가 거의 없었다. 어떤 차가 지나
가면서 경적을 울렸고, 어쩌다 만난 몇 대 안 되는 다른 차들도 다
들 경적을 울렸다. 한 번은 너무 천천히 가서 경적을 울린 것 같았
고, 그다음에는 그녀가 전조등 밝기를 낮추는 법을 몰라서 울린 것
같았다. 하지만 그녀는 신경 쓰지 않았다. 용기를 내자고 도로 한가
운데서 멈출 수는 없는 노릇이었다. 닐이 말했던 것처럼 계속 나아
갔다. 앞으로 계속……

안 다녀본 방향에서 우연히 발견하는 바람에 처음에는 베일리스
폴스를 못 알아보았다. 알아보았을 때는 15킬로미터를 달리는 동
안 무서웠던 것보다 훨씬 무서워졌다. 모르는 동네에서 운전하는
것과 알고 있는 호텔의 정문 쪽으로 방향을 트는 것은 별개의 일이
었다.

닐이 잠에서 깬 것은 주차장에 차를 세웠을 때였다. 그는 현재 위
치나 그녀의 행동 그 어느 것에도 놀란 기색을 보이지 않았다. 사실

은 경적소리를 듣고 아까 깼지만 놀라게 하고 싶지 않아서 일부러 자는 척했노라고 털어놓았다. 하지만 전혀 걱정은 되지 않았다고 했다. 그녀가 해낼 줄 알고 있었으므로.

그레이스는 지금은 운전할 수 있을 만큼 완전히 잠이 깼느냐고 물었다.

"잠이야 확 깼죠. 말똥말똥해요."

그는 그레이스에게 샌들을 벗어보라고 하더니 손으로 발 여기저기를 꾹꾹 눌러보고 나서 말했다.

"좋아요. 열은 안 나는군요. 붓지도 않았고. 혹시 팔이 아픈가요? 아플 것 같진 않은데."

그는 그레이스를 문까지 바래다주고는 오늘 함께 있어줘서 고맙다고 했다. 그녀는 무사히 돌아왔다는 사실에 아직도 기분이 얼떨떨했다. 그래서 작별 인사를 해야 할 때라는 사실조차 인식하지 못했다.

사실 그녀는 지금까지도 알지 못한다. 자신이 그런 말을 정말로 들었는지, 그가 자신을 붙잡았는지, 자신에게 양팔을 두른 채 아주 오랫동안, 두 팔로도 모자라다는 듯 힘을 더 줘가면서 꼭 껴안았는지, 그녀에게 자신을 포기하면 안 된다고, 불가능한 일은 없다고 했다가 말을 바꿔서 아니라고, 자신을 포기해야 한다고, 그녀에게 자신의 흔적을 각인시키고 나면 보내줄 작정이었다는 듯, 자신을 포기하지 말라는 요구와 포기하라는 요구를 동시에 하면서, 강인하고 가벼운 몸으로 그녀를 감쌌었는지 그레이스는 알지 못한다.

아침 일찍 매니저가 기숙사 방문을 두드리며 그레이스를 불렀다. "누가 전화를 했어. 문까지 열 건 없고. 그냥 네가 여기 있는지 확인하고 싶었대. 내가 가보겠다고 했어. 확인했으니까 나 간다."

모리일 거라고 그레이스는 생각했다. 모리가 아니면 트래버스 일가 중 한 사람이었으리라. 그래도 모리일 가능성이 높았다. 이제 그녀는 모리와 대면해야 할 것이다.

캔버스 신발을 신고 아침 식사 시중을 들러 내려갔다가 사고 소식을 듣게 되었다. 어떤 차가 리틀 사보 호수로 내려가는 길을 반쯤 가다가 다리 교대*로 돌진했다. 옹벽을 그대로 들이받은 차는 완파 후 전소되었다. 사고에 연루된 다른 차는 없었고 승객도 없는 것으로 보였다. 운전자는 치과기록으로 신원을 확인해야 할 판이었다. 시간이 어느 정도 흘렀으니 이미 신원 확인을 마쳤을 수도 있었다.

"정말 끔찍해. 차라리 목을 따고 말지." 매니저가 말했다.

"사고였을지도 모르잖아. 졸음운전이었을 수도 있다고." 천성이 낙천적인 요리사가 말했다.

"픽이나."

그레이스는 세게 얻어맞기라도 한 듯 갑자기 팔이 아팠다. 쟁반을 제대로 들 수 없어서 양손을 다 동원해서 날라야 할 정도였다.

*   *   *

---

* 다리의 양끝을 받치는 옹벽.

그녀는 모리와 대면할 필요가 없었다. 모리가 편지를 보내온 것이다.

제발 형이 억지로 시켰다고 말해줘. 당신은 가기 싫었다고 말이야.

그레이스는 *나도 가고 싶었어요.* 이 세 마디만 적어 답장을 보냈다. *미안해요*라는 말을 덧붙일까 하다가 관뒀다.

트래버스 씨가 호텔로 그레이스를 찾아왔다. 그는 예의 바르면서도 사무적이었다. 강하고 냉철했지만 불친절하지는 않았다. 그레이스는 이제야 물 만난 고기가 된 그를 볼 수 있었다. 책임을 떠맡은 다음 상황을 착착 정리하는 남자의 모습을. 그는 매우 슬픈 일이며, 온 가족이 슬퍼하고 있지만 알코올중독이 정말 끔찍한 결과를 초래했다고 말했다. 트래버스 부인이 조금이라도 호전되면 함께 어디든 따뜻한 곳으로 여행을 떠날 거라고 했다. 그러더니 어디가볼 데도 있고, 할 일도 산더미라고 덧붙였다. 작별의 의미로 악수를 나누면서 그가 그레이스의 손에 봉투를 하나 쥐어주었다.

"우리 부부 모두 그레이스가 요긴하게 쓰기를 바라요."

수표는 1,000달러짜리였다. 확인하자마자 그레이스는 다시 돌려보낼까 아니면 찢어버릴까 고민했다. 그렇게 했더라면 얼마나 위풍당당하게 보였을까 하는 생각을 지금까지도 이따금 하곤 한다. 하지만 물론 그녀는 그렇게 할 수 없었다. 그 시절에 1,000달러라는 돈은 새 출발을 가능케 해줄 만큼 큰돈이었으므로.

허물
TRESPASSES

그들이 차를 몰고 마을을 빠져나온 것은 자정쯤이었다. 해리와 델핀이 앞자리에 앉고 에일린과 로렌이 뒷자리에 앉았다. 하늘이 맑게 개어서인지 나무에 쌓였던 눈은 스르륵 떨어졌지만 나무 아래나 길옆 돌출된 바위 위에 쌓인 눈은 녹지 않았다. 해리가 다리 옆에 차를 세웠다.

"여기가 좋겠군."

"누가 우리 차를 볼지도 모르잖아. 우리가 무슨 짓을 하고 있는지 알아보려고 가다가 서는 차도 있을 거라고." 에일린이 말했다.

해리가 다시 차를 몰기 시작했다. 그들은 처음 나온 작은 시골길에 들어섰다. 모두들 차에서 내린 다음 조심스럽게 그다지 길지 않은 강기슭을 내려가 검은색 레이스 같은 삼나무 사이로 들어갔다. 눈 밑 땅바닥은 부드러운 진흙이었는데도 뽀드득뽀드득 눈 밟는 소리가 났다. 로렌은 외투 밑에 여전히 파자마 차림이었지만, 신발 만큼은 에일린이 부츠를 신겼다.

"여긴 괜찮을까?" 에일린이 물었다.

"길에서 별로 안 멀잖아." 해리가 말했다.

"이 정도면 길에서 충분히 멀지 뭐."

올해는 해리가 지칠 대로 지쳤다며 시사 잡지사를 그만둔 해였다. 그는 어린 시절의 기억 속에 남아 있던 이 작은 시골 마을의 주간신문사를 사들였다. 그의 가족이 예전에 이 근처에 산재한 작은 호수 중 하나에 여름 별장을 갖고 있기도 했고, 이 동네 중심가에 있는 호텔에서 처음으로 맥주를 마셨던 추억도 떠올랐기 때문이리라. 그와 에일린과 로렌은 마을에 도착하고 처음 맞은 일요일 밤, 함께 저녁을 먹으러 그 호텔에 갔다.

그런데 가보니 바의 문이 닫혀 있었다. 해리와 에일린은 물을 마셔야 했다.

"어째서 문을 안 연 거지?" 에일린이 물었다.

해리가 웨이터도 겸하고 있는 호텔 주인에게 불만스럽다는 듯 눈살을 찌푸리며 물었다.

"일요일엔 안 여나요?"

"허가를 못 받았수." 호텔 주인은 강한 사투리 억양에 깔보는 듯 한 어투로 대답했다.

그는 셔츠에 넥타이를 매고, 카디건과 바지를 입고 있었는데, 하나같이 흐물흐물한 데다 꾸깃꾸깃하고 보풀까지 일어 있었다. 옷들이 일제히 자라기라도 한 듯 얇고 쭈글쭈글한 허물처럼 보여 그 허물을 벗기면 그의 진짜 피부가 나올 것만 같았다.

"옛날이랑 달라졌네요."

해리가 이렇게 말을 건넸는데도 호텔 주인이 아무런 대꾸를 하지 않자 해리는 모두를 대신해서 로스트비프를 주문했다.

"친절하기도 해라." 에일린이 비아냥댔다.

"유럽 스타일이야. 거긴 문화가 그래. 늘 웃어야 한다는 의무감 같은 게 없지." 해리가 말했다.

곧이어 그는 높은 천장, 느릿느릿 도는 환풍기, 심지어 깃털이 적갈색으로 물든 새를 입에 문 사냥개를 그린 흐릿한 유화까지 식당에서 변하지 않고 예전 그대로인 것들을 하나하나 가리켜 보였다.

다른 손님들이 들어왔다.

가족 모임이라도 열린 모양이었다. 에나멜 구두를 신고 까슬까슬한 프릴 장식이 달린 옷을 입은 여자아이들, 아장아장 이제 막 걸음마를 뗀 아기 한 명, 정장을 쫙 빼입고 창피해서 죽으려 하는 10대 소년 한 명, 그 아이들의 부모로 보이는 어른 여럿과, 그 부모의 부모로 모이는 노인들까지 있었다. 정신이 없는지 여기저기 두리번거리는 비쩍 마른 노부부가 옷에 꽃 장식을 달고서 나란히 휠체어에 털썩 주저앉아 있었다. 꽃무늬 드레스를 입고 있는 여자들 중에서 아무나 하나를 골라도 몸집이 에일린의 네 배는 되어 보였다.

"결혼기념일인가 봐." 해리가 쏙닥였다.

식당에서 나가는 길에 해리는 자신이 새로 신문사를 인수한 사람이라는 말도 하고 축하 인사도 건넬 겸 그 가족이 앉아 있는 자리에 들러 직접 자기소개를 했다. 그는 그 가족들의 이름을 기록해도 괜찮은지 양해를 구했다. 해리는 얼굴이 넓적하고 소년 같은 매력을 풍기는 남자로 구릿빛 피부에 윤기 나는 담갈색 머리카락을 가졌다. 그의 행복감과 특별할 것 없는 감사 인사가 테이블 전체로 번졌다. 10대 소년과 노부부만 빼고. 그는 노부부에게 몇 년이나 해로하셨느냐고 물었고, 65년이라는 답을 들었다.

"65년이나요!"

해리가 생각만으로 아찔하다는 듯 비틀거리며 탄성을 질렀다. 그러고는 신부에게 입 맞춰도 되느냐고 물은 다음 할머니에게도 입맞춤을 했다. 할머니가 고개를 한쪽으로 기울이는 바람에 그녀의 기다란 귓불이 해리의 입술에 닿았다.

"자, 이제 당신이 신랑한테 입 맞출 차례야."

해리가 에일린한테 권하자, 에일린은 억지 미소를 지으며 할아버지의 정수리에 입술을 갖다 댔다가 후딱 뗐다.

해리가 행복한 결혼 생활의 비결을 물었다.

"저희 어머니는 말씀을 못 하세요. 하지만 제가 아버지한테 여쭤봐드릴게요."

뚱뚱한 여자들 중 한 명이 말했다. 그러더니 아버지의 귀에 대고 고함을 질렀다.

"행복한 결혼 생활을 위한 충고를 해달래요."

할아버지가 장난스럽게 오만상을 찌푸려 보였다. "아주 쉽~지, 마누라를 꽉 잡게나."

어른들은 모두 웃음을 터뜨렸다.

잠시 후 해리가 말했다. "좋습니다. 신문에다가는 할아버님께서 할머님과 늘 상의를 했다고 내도록 하지요."

식당 밖에서 에일린이 말했다. "어떻게 하면 그렇게 뚱뚱해질 수 있대? 이해가 안 가. 그렇게 살찌려면 밤이고 낮이고 먹어대야 할 것 같은데."

"그러게, 이상하네." 해리가 말했다.

"깍지콩 말이야, 통조림 썼더라. 8월이면 깍지콩이 제철일 때 아닌가? 게다가 이것저것 농사도 많이 짓는 시골 한가운데면서."

"그건 더 이상하군." 해리가 만면에 희색을 띠고 말했다.

그들이 다녀간 직후, 호텔에 변화가 생겼다.

전에 식당이었던 공간에는 금속 줄에 사각형 판지를 매달아 만든 가짜 천장이 생겼다. 커다란 원형 테이블은 작은 사각형 테이블로 교체되었고 묵직한 나무 의자들은 좌석 부분이 밤색 플라스틱으로 된 가벼운 금속 의자로 바뀌었다. 낮아진 천장 때문에 창문 모양도 기다란 직사각형에서 짜부라진 직사각형으로 바꿔야 했다. 유리창 하나에 달아놓은 네온사인에는 '커피숍 환영'이라고 쓰여 있었다.

이름이 팔라지영인 주인은 그런 네온사인을 달고도 누군가에게 음식을 갖다 주는 일은 고사하고 웃지도 않고 말 한마디 건네는 법도 없었다.

그럼에도 커피숍은 정오나 늦은 오후쯤이면 손님들로 가득 찼

다. 손님들은 대개 9학년에서 11학년 사이의 고등학생들이었다. 초
등학생 고학년도 더러 있었다. 이 커피숍이 지닌 어마어마한 매력
은 누구나 담배를 피울 수 있다는 점이었다. 그러나 16세 이하로 보
이면 담배를 살 수는 없었다. 팔라지엉 씨는 그 점에 대해서만큼은
엄격했다. 사투리 억양이 섞인 따분한 목소리로 *넌 안 돼*라고 말하
곤 했다. *넌 안 돼.*

　이쯤 되자 그는 여자를 한 명 고용했는데, 그 여자는 너무 어려
보이는 누군가가 담배를 사려고 시도하면 코웃음을 치곤 했다.

　"누가 속을 줄 알고, 이 꼬맹아."

　하지만 열여섯 살 이상인 아이들이 그보다 어린 아이들한테 돈
을 받아서 열두 갑을 사면 그만이었다. 해리는 이런 게 바로 법의
허점이라고 했다.

　해리는 너무 시끄럽다며 점심은 더 이상 거기서 먹지 않았지만
아침은 계속 애용했다. 언젠가 팔라지엉 씨가 마음을 열고 그의 인
생사를 들려줄 날이 오기를 바라는 마음에서였다. 해리는 사람들
의 인생사에 귀를 쫑긋 세우고 다니며, 책의 소재가 될 만한 이야기
를 듣게 되면 바로 적을 수 있도록 늘 수첩을 들고 다녔다. 해리는
팔라지엉 씨 같은 사람, 심지어 입이 거친 뚱뚱한 웨이트리스 같은
사람도 베스트셀러감이 될 만한 동시대의 비극이나 모험담을 품고
있을 수 있다고 주장했다.

　로렌에게는 인생에서 중요한 것은 흥미를 가지고 세상을 살아가
는 것이라고 말하기도 했다. 항상 두 눈을 크게 뜨고 누구를 만나든
그 사람에게 내재하는 가능성을 보는 것, 인간성을 알아보는 것이

라고. 그러니 늘 깨어 있어야 한다고 했다. 로렌에게 가르쳐주고 싶은 게 있다면, 바로 그것이었다. *깨어 있으라는 것.*

로렌은 아침을 알아서 차려 먹었는데 대개 시리얼을 우유가 아닌 메이플 시럽과 함께 먹었다. 에일린은 커피를 가지고 침대로 다시 가서 느긋하게 마셨다. 지금은 말을 하고 싶지 않았다. 오늘 하루를 맞이하기 위해서는, 신문사 사무실에서 일하기 위해서는 기운을 차려야 했다. 기운을 차린 후(가끔 로렌이 등교한 후에야 기운을 차릴 때도 있었다) 에일린은 침대에서 기어 나와 샤워하고 늘 입던 대로 도발적인 옷을 꺼내 입었다. 가을이 깊어짐에 따라 대개는 두툼한 스웨터에 짧은 가죽 치마를 입고 밝은색 스타킹을 신었다. 팔라지엉 씨처럼 에일린도 그럭저럭 수월하게 마을에서 튀는 사람이 될 수 있었다. 그러나 팔라지엉 씨와 달리 바싹 깎은 검은 머리와 느낌표처럼 보이는 가느다란 금귀고리, 연보라색 아이섀도를 보일 듯 말 듯 엷게 바른 에일린은 아름다웠다. 신문사 사무실에서의 태도는 사무적이었고 표정도 쌀쌀맞았지만 중간중간 전략적으로 환하게 미소 짓는 일을 잊지 않았다.

그들은 마을 변두리에 집을 하나 빌렸다. 뒷마당 너머로는 곧바로 관광지 같은 허허벌판이 펼쳐져 작고 둥근 바위 언덕과 화강암 경사면, 삼나무 습지, 작은 호수, 포플러 나무, 연단풍나무, 아메리카 낙엽송, 가문비나무로 이루어진 전통적인 숲이 나왔다. 해리는 그곳을 사랑해 마지않았다. 어느 날 아침, 잠에서 깨어 밖을 내다보면 무스가 보일지도 모른다고 했다. 로렌은 수업을 끝내고 해가 이미 낮게 깔리기 시작하여 가을날의 따끈한 온기가 사실은 속임수였다는 것을 깨달을 때쯤 집으로 돌아왔다. 집 안은 쌀쌀했고 어제 저녁에 먹은 음식과 시큼한 커피와 쓰레기 냄새가 났다. 쓰레기를 내다 버리는 일은 로렌의 몫이었다. 해리는 내년엔 밭을 가꾸겠다며 퇴비 더미를 쌓고 있었다. 로렌은 각종 껍질들, 사과 속, 커피 가루, 음식물 찌꺼기를 무스나 곰이 나타날지도 모른다는 숲 가장자리로 가지고 나갔다. 포플러 나뭇잎이 노랗게 물들었고 오렌지색 털처럼 보이는 아메리카 낙엽송의 솔잎은 시커먼 상록수에 맞서 꿋꿋이 버티고 있었다. 로렌은 쓰레기를 버린 다음 흙과 꺾은 풀로 그 위를 덮었다. 해리가 가르쳐준 그대로.

무더운 오후 해리와 에일린과 함께 차를 타고 수많은 호수 가운데 한 곳으로 수영하러 갔던 불과 몇 주 전까지만 해도 로렌의 삶은 지금과 크게 달랐다. 그렇게 수영을 한 날이면 그녀는 해리와 함께 저녁때 마을 주변으로 도보 탐험을 떠났고, 에일린은 그동안 자기 혼자 하는 게 훨씬 속도도 빠르고 결과도 더 낫다고 주장하면서 집 안 곳곳을 사포로 문지르고 페인트를 칠하고 벽지를 발랐다. 이런 때 에일린이 해리한테 바란 것은 오직 하나, 서류가 든 박스와 문서 보관함과 책상을 모조리 지하실에 있는 지저분한 작은 방으로 가져가 걸리적거리지 않게 치워주는 것이었다. 로렌은 해리를 도왔다.

해리를 돕느라 마분지 상자 하나를 들어 올린 로렌은 유독 가벼

---

* 북미산 큰 사슴.

운 그 상자 안에 종이보다는 헝겊이나 실처럼 폭신한 것이 담긴 것 같다는 느낌을 받았다. 로렌이 "이게 뭐야?" 하고 묻는 순간 해리가 그 상자를 들고 있는 로렌을 발견하더니 "야!" 하며 놀라는 모습을 보였다. 곧이어 해리는 "제기랄!"이라고 했다.

해리는 로렌의 손에서 상자를 가져다가 문서 보관함 서랍에 넣고 세차게 닫으며 "제기랄"을 연발했다. 로렌에게 그런 식으로 험악하게 짜증내며 말하는 법이 없던 해리였다. 해리는 주변에 그들을 본 사람이 있을지도 모른다는 듯 주위를 두리번거리더니 양손으로 다리를 찰싹 소리가 나게 때렸다.

"미안하구나. 네가 그 상자를 나르게 될 거라고는 상상도 못 했단다." 해리가 그 상자를 넣은 문서 보관함 위에 팔꿈치를 올리더니 이마를 양 손바닥 위에 얹었다. "로렌, 너한테 그럴듯한 거짓말로 둘러댈 수도 있겠지만 나는 사실대로 알려주려고 해. 나는 아이들도 진실을 알 권리가 있다고 생각하니까. 적어도 네 나이쯤 됐으면 그럴 권리가 있거든. 하지만 이번에는 비밀로 해야 해, 알겠니?"

로렌은 "알겠다"고 했다. 그러나 알 수 없는 무언가 때문에 그녀는 벌써부터 해리가 사실대로 말하지 않았으면 좋겠다고 마음속으로 빌게 되었다.

"그 상자에는 재가 있단다."

*재*를 말할 때 해리의 목소리는 유독 낮아졌다.

"보통 재가 아니라 화장한 아기의 재지. 그 아기는 네가 태어나기도 전에 죽었어. 알겠니? 앉아보렴."

로렌은 해리의 글이 담긴 양장 노트 더미 위에 앉았다. 해리가 고개를 쳐들고 로렌을 바라보았다.

　"그런데 말이야, 내가 지금 너한테 하려는 얘기는 에일린이 들으면 무척 괴로워할 거야. 그래서 비밀로 해야 한다는 거야. 네가 지금까지 그 얘기를 못 들은 이유도 에일린이 그 기억만 떠올려도 못 견뎌하기 때문이거든. 무슨 말인지 알겠니?"

　로렌은 응당 해야 할 말을 했다. 응.

　"그럼 됐다. 어떻게 된 건가 하면 너를 갖기 전에 엄마 아빠에게 이 아이가 있었어. 여자아이였는데 그 아기가 아주, 아주 작은 아기였을 때 엄마가 임신을 했어. 엄마한테는 엄청나게 큰 충격이었지. 왜냐하면 이미 태어난 아기 때문에 할 일이 산더미라는 걸 이제 막 알게 됐는데, 이제 또 잠도 못 자고 막 토하게 됐잖아. 임신을 하면 입덧이라는 걸 하거든. 그게 아침에만 토하는 사람들도 있다는데 엄마는 아침, 점심, 저녁 내내 토했거든. 엄만 그걸 어떻게 또다시 겪어야 할지 몰랐던 거야. 임신 말이야. 그래서 어느 날 밤 정신이 나가가지고는 왜 그랬는지 모르겠지만 밖에 나가야겠다는 생각을 하게 됐어. 그래서 아기용 간이침대에 누워 있는 아기를 데리고 차에 올라탄 거야. 비까지 내리는 깜깜한 밤에 과속으로 달리다가 그만 핸들을 잘못 꺾고 말았지. 그래서…… 제대로 고정이 안 되어 있던 아기는 아기 침대에서 밖으로 튕겨 나갔어. 엄만 갈비뼈가 부러지고 뇌진탕을 일으켰고. 한동안 엄마랑 아빤 아기를 둘 다 잃게 되는 줄 알았단다." 해리가 긴 한숨을 쉬었다. "무슨 말이냐면, 한 명은 이미 잃었잖니. 아기 침대에서 튕겨 나가 죽었으니까. 그런데 그때 엄마 배 속에 있던 아기는 무사했던 거야. 왜냐하면 그게 바로 너였으니까. 알겠니? 그게 너였단다."

로렌은 겨우 고개를 끄덕일 수 있었다.

"그러니까 우리가 너한테 이 얘길 안 한 이유는, 엄마가 마음이 편치 않아서이기도 하지만, 우리가 널 그다지 반기지 않았다고 네가 느낄까 봐 그랬어. 처음엔 그랬을지 몰라. 하지만 분명 넌 환영 받는 아이였단다. 아, 로렌. 넌 환영받는 아이였고 지금도 마찬가지야."

해리는 서류 보관함에서 팔을 걷어붙이고 로렌 쪽으로 다가가서는 꼭 안아주었다. 해리한테는 땀 냄새 그리고 엄마와 저녁때 마신 와인 냄새가 나서 로렌은 거북하기도 하고 당혹스럽기도 했다. 해리가 해준 이야기 때문에 심란한 건 아니었지만 재 부분은 살짝 엽기적이란 생각이 들었다. 그래도 에일린이 그 일로 괴로워했다는 말은 믿어졌다.

"둘이 싸우는 건 그 일 때문이야?"

로렌이 퉁명스럽게 묻자 해리가 포옹을 풀었다.

"아, 싸움 말이구나. 잠재적인 동기가 될 수는 있겠지. 엄마의 히스테리도 그렇고. 음, 있잖아, 나도 그 일에 대해서는 가슴 아파하고 있단다. 정말이야."

함께 산책을 나갈 때면 해리는 로렌에게 일전에 해준 이야기 때문에 걱정이 되거나 슬프지는 않은지 묻곤 했다. 로렌이 "아니"라고 다소 짜증이 묻어나는 목소리로 확고하게 대답하면 해리는 "다행이구나" 하고 말해주었다.

거리마다 신기한 볼거리가 있었다. 빅토리아 양식의 저택(지금은 요양원으로 쓰이고 있다), 벽돌 탑만 달랑 남아 있는 빗자루 공장, 1842년까지 거슬러 올라가는 묘지. 게다가 며칠간 열릴 가을 축제도 있었다. 부녀는 트럭이 행렬을 이루어 한 대씩 진창길을 뚫고 지나가는 모습을 지켜보았다. 트럭은 시멘트 벽돌을 실어놓은 화물대를 견인 중이었는데 벽돌이 앞으로 쏠리면서 트럭 뒷부분이 좌우로 흔들거리자 멈춰 서서 서로 간의 거리를 가늠해보았다. 해리와 로렌은 각자 응원할 트럭을 골랐다.

이제 로렌에게는 그동안의 세월이 모두 일상성 혹은 현실의 무게가 반영되지 않은, 학기가 시작되고 신문이 나오기 시작하고 날씨가 변하면 이리저리 짊어지고 다녀야 하는 가짜 불꽃, 바보 같고 무모한 열정처럼 보였다.

곰이나 무스는 필요한 것을 어떻게 하면 얻을 수 있을지 궁리해야 하는 실존하는 야생동물이지 스릴의 대상이 아니었다. 로렌은 이제 예전처럼 축제 마당에서 트럭을 응원하면서 폴짝폴짝 뛰고 비명을 지르지 않을 것이다. 같은 학교에 다니는 누군가가 그녀를 보고 괴상한 아이로 여길지도 몰랐다.

그 생각이 실재에 거의 근접하기는 했지만 말이다.

로렌이 학교에서 외톨이가 된 근본적인 이유는 순진함과 새침한 내숭으로 보일 수도 있는 지식과 경험 때문이라는 것을 로렌도 어느 정도 알고 있었다. 다른 아이들에게는 무섭고 불가해한 일들이 로렌에게는 그렇지 않았다. 그렇다고 안 그런 척할 줄도 몰랐다. 그러한 점은 란세오 메도스*를 제대로 읽을 줄 알고 『반지의 제왕』을 다 읽었다는 사실만큼이나 로렌의 고립에 큰 기여를 했다. 다섯 살에 맥주 반병을 마신 바 있고 여섯 살에는 마리화나도 피워봤지만, 어느 것 하나 마음에 들지 않았다. 저녁때는 이따금 와인을 홀짝이기도 했는데, 그건 괜찮았다. 구강성교에 대해서도 알고 있고 온갖 피임 방법과 동성애자들의 성행위에 대해서도 다 알고 있었다. 엄마 아빠가 나체인 모습은 심심치 않게 봐왔고 숲속 캠프파이어 때는 부모님 친구들이 벌거벗은 모습을 본 적도 있었다. 그 당시 로렌은 다른 아이들과 함께 텐트에서 몰래 기어 나와 아빠들이 음흉한 묵계하에 남의 부인이 자고 있는 텐트로 슬그머니 들어가는 모습도 보았다. 남자애 하나가 로렌에게 섹스하자고 제안했고 로렌도 동의했지만 남자애가 진도를 못 나가서 둘은 서로에게 화만 내다가 끝났고, 나중에는 그 남자애가 꼴도 보기 싫어졌다.

그 모든 일은 로렌에게 부담으로 남았다. 창피하기도 하고 묘하게 슬프기도 했고, 심지어 박탈감마저 느껴졌다. 학교에서는 해리와 에일린을 아빠, 엄마라고 불러야 한다는 사실을 명심하는 것 외에 로렌에게는 별 다른 도리가 없었다. 아빠, 엄마라고 부르면 부모님이 더 크게는 보였지만 그렇게 존경스럽지는 않았다. 그러한 칭호를 사용하면 그들을 둘러싸고 있던 날카로운 테두리가 흐릿해지고 성격도 그럴듯하게 얼버무릴 수 있었다. 그러나 부모님과 얼굴을 마주하기라도 하면 그게 잘 안 됐다. 그렇게 하는 것이 더 마음

---

* L'Anse aux Meadows 뉴펀들랜드 섬 그레이트노던 반도 끝자락에 있는 바이킹족의 거주 유적지.

이 놀이는 것인지조차 인정할 수 없었다.

로렌네 반 여자아이들 중에는 가까운 곳에 커피숍이 있다는 사실을 알고는 가보고 싶어 안달하면서도 감히 들어갈 엄두를 못 내서 호텔 로비까지 들어갔다가 화장실로 우회하는 아이들이 있었다. 그런 아이들은 화장실에서 서로의 머리를 이렇게, 저렇게 바꿔주고 스테드맨*에서 훔쳤을 것이 분명한 립스틱도 발라주고 약국에 있는 샘플 향수란 향수는 모조리 뿌려놓은 목과 손목에 서로 코를 대고 킁킁거리면서 15분이나 30분 동안 나갈 줄을 몰랐다.

그 아이들이 함께 가자고 했을 때 로렌은 무슨 꿍꿍이일까 미심쩍으면서도 함께 가겠다고 했다. 숲 가장자리에 위치한 집에서 그여느 때보다 부쩍 짧아진 오후 시간을 혼자 보내기 싫었던 이유도어느 정도는 있었다.

호텔 로비에 들어서자마자 그 패거리에 있던 여자아이들 몇 명이 로렌을 꼭 붙잡더니 안내 데스크 쪽으로 떠밀었다. 안내 데스크에는 레스토랑에서 일하는 여자가 높은 의자에 앉아 계산기를 두들기고 있었다.

이 여자의 이름은(로렌은 해리한테 들어서 이미 알고 있었다) 델핀이었다. 델핀의 머리는 길고 머릿결이 고왔다. 백발에 가까운 금발처럼 보였는데 그다지 젊지 않았으니 완전한 백발일지도 몰랐다. 지금은 머리를 뒤로 흔들어 얼굴을 가린 머리카락을 뒤로 보내

---

* 캐나다의 할인 잡화점 체인.

314

고 있었는데 자주 그래야 할 것 같았다. 검은 테 안경 뒤에 가린 눈의 눈꺼풀에는 자주색 아이섀도가 칠해져 있었다. 몸처럼 넓적한 얼굴은 창백하고 고왔지만 빈틈이 없을 것 같은 인상이었다. 눈꺼풀이 걷힌 눈은 단호한 담청색이었다. 그녀는 마치 너희가 그 어떤 비열한 짓을 저질러도 눈 하나 깜빡하지 않겠다는 듯 여자애들을 하나하나 쳐다보았다.

"애가 걔예요." 여자애들이 말했다.

여자, 그러니까 델핀은 이제 로렌 쪽으로 눈을 돌렸다.

"애가 로렌이라고? 확실한 거야?"

어리둥절한 로렌이 그렇다고 대답했다.

"내가 쟤네들한테 너희 학교에 로렌이란 애가 있느냐고 물어봤거든."

델핀은 다른 애들을 지칭하면서 그 애들이 이미 저만치 멀리 가버렸고 로렌과의 대화에서도 제외되었다는 듯 말했다.

"내가 커피숍에서 뭘 주워서 쟤네들한테 물었거든. 누군가 커피숍에 떨어뜨린 것 같더라고."

델핀이 서랍을 열더니 금목걸이를 집어 들었다. 금줄에 매달려 있는 것은 로렌(LAUREN)이라는 철자였다.

로렌이 고개를 가로저었다. "네 거 아니었니? 안됐구나. 고등학교에 다니는 애들한테는 이미 물어봤는데. 그러면 그냥 내가 계속 보관하고 있어야겠네. 누가 찾으러 다시 올지도 모르니까 말이야."

"우리 아빠 신문에 광고를 낼 수도 있을 거예요."

로렌은 다음 날 학교 복도에서 여자애들 몇 명이 지나가면서 우

*리 아빠 신문*이라고 흉내 내는 소리를 듣고 나서야 그냥 '신문'이라고 말할 걸 그랬구나 하고 뒤늦게 후회했다.

"그럴 수도 있겠지. 하지만 그렇게 하면 너도나도 몰려와서는 자기 거라고 우길 텐데. 이름까지 속여가면서 말이야. 금이니까."

"하지만 자기 이름이 아니면 어차피 차고 다닐 수도 없을 텐데요." 로렌이 지적하고 나섰다.

"아닐걸. 사람들은 그런 짓을 하고도 남아."

다른 여자애들은 이제 여자 화장실 쪽으로 우르르 몰려가고 있었다.

"거기 너희들, 거긴 출입금지야." 델핀이 애들 뒤통수에 대고 소리쳤다.

여자애들이 깜짝 놀란 얼굴로 뒤를 돌아보며 따지듯 물었다. "어째서요?"

"왜냐하면 출입금지니까 출입금지지. 다른 데 가서 놀아."

"전에는 한 번도 못 가게 한 적 없었잖아요."

"그땐 그때고 지금은 지금이지."

"공중화장실이잖아요."

"아니야. 시청에 있는 게 공중화장실이지. 썩 꺼져."

"너 말고." 델핀이 다른 아이들을 따라가려던 로렌에게 말했다. "목걸이 주인이 아니라서 유감이구나. 하루나 이틀 후쯤 다시 오렴. 찾으러 오는 사람이 아무도 없으면, 그러면 뭐, 어쨌거나 네 이름이 있으니까, 네 거지 뭐."

로렌은 다음 날 다시 찾아갔다. 목걸이에는 아무 관심이 없었다.

사실 로렌으로서는 자기 이름을 자기 목에 걸고 다니는 건 상상도 못할 일이었다. 그저 소일거리, 갈 데가 있었으면 싶어서 찾아간 거였다. 신문사 사무실에 갈 수도 있었겠지만 *우리 아빠 신문*이라는 말까지 한 마당에 그러고 싶지는 않았다.

로렌은 델핀이 아니라 팔라지영 씨가 안내 데스크에 있으면 들어가지 말아야겠다고 마음먹고 있었다. 그러나 거기 있는 사람은 전면 창에 있는 못생긴 식물에 물을 주고 있던 델핀이었다.

"아, 왔구나. 목걸이를 찾으러 온 사람이 없었어. 주말까지만 기다려주자. 그래도 네가 목걸이 주인이 될 것 같기는 하지만. 요맘때는 언제든 와도 좋아. 오후에는 커피숍에서 일하지 않으니까. 로비에 없으면 벨을 울려, 어디든 이 근처에 있을 거니까."

로렌은 "그럴게요" 하고 말한 다음 가려고 돌아섰다.

"잠깐만 앉았다 갈래? 마침 차 한잔할까 생각 중이었거든. 차 마셔본 적은 있니? 아니, 차 마셔도 되니? 아니면 청량음료를 마실래?"

"레몬라임요." 로렌이 잠시 후 덧붙였다. "주세요."

"컵에? 컵에 따라 줄까? 얼음도 같이?"

"그냥 주세요. 감사합니다."

델핀이 어디선가 얼음이 담긴 컵을 가지고 왔다.

"나한테는 별로 시원하게 느껴지지 않는데 어떨지 모르겠구나." 델핀이 말했다.

로렌에게 창가에 있는 다 낡아빠진 오래된 가죽 의자와 안내 데스크 뒤 높은 의자 둘 중에 어디에 앉겠느냐고 물었다. 로렌이 높은 의자를 고르자 델핀이 가죽 의자에 앉았다.

"그럼 오늘 학교에서 뭐 배웠는지 아줌마한테 말해줘야지?"

"음······." 로렌이 망설였다.

"아줌마가 장난으로 물어본 거야. 그런 말 하는 사람들 아줌마도 되게 싫어했어. 일단 아줌마는 뭐가 됐든 그날 배운 걸 외우질 못했거든. 거기다 학교에 있을 때 말고는 학교 얘기를 하기도 싫었고. 그러니 우리 그 부분은 건너뛰자."

로렌은 친구가 되려는 이 여자의 적나라한 바람이 전혀 놀랍지 않았다. 어린아이와 어른도 얼마든지 동등한 관계를 맺을 수 있다고 믿으며 자라온 덕이었다. 비록 많은 어른들이 이 사실을 이해하지 못하고 있고 이 사실이 새삼스럽게 내세울 것도 못 된다는 사실 또한 모르고 있다는 것을 눈치채기는 했지만 말이다. 로렌은 델핀이 살짝 긴장하고 있다는 것을 알아차렸다. 쉼 없이 말을 늘어놓는 것도, 웃을 일도 아닌데 때때로 웃는 것도, 서랍으로 손을 뻗어 초콜릿 바를 꺼내는 동작에 지나치게 신경을 쓰는 것도 다 긴장한 탓이었다.

"음료수랑 먹을 간식거리야. 날 보러 온 보람이 있어야 하지 않겠니?"

로렌은 여자를 대신하여 쑥스러운 기색을 보였지만 초콜릿 바는 덥석 받았다. 집에서는 사탕을 못 먹게 하기 때문이었다.

"저한테 뇌물 같은 거 안 주셔도 돼요. 저도 오고 싶어서 오는 거니까요." 로렌이 말했다.

"아하. 그럼 안 줘도 되는 거네, 그치? 너 정말 보통내기가 아니

로구나. 좋아, 그럼 그거 다시 내놔."

델핀이 초콜릿 바를 잡아채자 로렌은 빼앗기지 않으려고 몸을
피했다. 이제 로렌도 웃고 있었다.

"제 말은 다음부터였어요. 다음엔 정말 안 주셔도 돼요."

"한 번 정도는 받아도 괜찮다, 그거니?"

"할 일이 생겨서 좋아요. 집에 바로 안 가도 되니까." 로렌이 말
했다.

"친구네 집에 놀러 가고 그럴 거 아니야?"

"사실 전 친구가 없어요. 9월부터 이 학교에 다니기 시작했거든
요."

"글쎄다. 여기 우르르 몰려오는 그 패거리 중에서 친구를 골라야
하는 거라면, 차라리 친구 없는 게 낫겠더라. 이 동네는 마음에 드
니?"

"되게 쪼그매요. 좋은 것도 있고요."

"쓰레기야, 다들 쓰레기라고. 살면서 쓰레기를 하도 많이 겪어
놔서 지금쯤이면 쥐새끼 같은 놈들이 내 코까지 다 물어뜯었을 거
야."

델핀이 자기 코를 위에서 아래로 톡톡 두드리며 말했다. 매니큐
어 색깔과 아이섀도 색깔이 똑같았다.

"쥐새끼가 아직도 있다니까." 델핀이 말끝을 흐렸다.

쓰레기야. 델핀은 그런 말을 종종 하곤 했다. 그것도 분기탱천하
면서. 상대에게 의견을 구한다기보다 선언에 가까운 말투로. 그녀

의 기준은 엄격하고 변덕스러웠다. 자신에 관하여 말할 때는, 이를 테면 자신의 취향이라든가 신체적 특징 등을 말할 때는, 기념비적인 미스터리, 유일무이하고 최종적인 어떤 것이라도 되는 듯한 태도를 보였다.

델핀은 사탕무 알레르기가 있었다. 만일 사탕무 즙이 한 방울이라도 목구멍에 들어가는 날이면 조직이 부풀어 올라 당장 병원에서 응급수술을 받아야 숨을 제대로 쉴 수 있었다.

"넌 어떠니? 알레르기는 없어? 없다고? 다행인 줄 알아야 해."

델핀은 여자라면 직업에 상관없이 손을 늘 보기 좋게 관리해야 한다고 믿었다. 그녀는 짙은 파란색이나 진자줏빛 매니큐어를 선호했다. 크고 쨍그랑거리는 귀고리를 좋아했는데 일터일지라도 그건 마찬가지였다. 조그만 단추 같은 귀고리는 싫어했다.

또 뱀은 겁내지 않으면서 고양이한테는 묘한 감정을 품고 있었다. 아기였을 때 고양이가 자기 몸 위에 올라와 드러누웠는데, 우유 냄새에 끌려서라고 철석같이 믿고 있었다.

"그래, 너는 어떠니? 뭘 무서워하지? 제일 좋아하는 색깔은 뭐야? 자면서 돌아다닌 적 있어? 너는 피부가 잘 타는 편이니, 아니면 빨갛게 달아오르기만 하니? 머리는 빨리 자라는 편이니, 더디게 자라는 편이니?" 델핀이 물었다.

누군가 자신에게 관심을 보이는 것이 어색한 것은 아니었다. 해리와 에일린은, 특히 해리가, 로렌의 생각과 의견, 감정에 지대한 관심을 보였다. 지나친 관심 때문에 때때로 짜증이 나기도 했지만 그런 관심에는 기분 좋은 의미로 중요해 보이는 다른 것들, 임의적인 사실들 또한 있을 수 있다는 사실을 전에는 꿈에도 알지 못했다. 델핀의 질문 뒤에는 다른 질문이 숨어 있다는 사실을, 조심하지 않으면 자신의 속이 까발려질 수도 있다는 사실을 로렌은 집에서와 마찬가지로 전혀 몰랐다.

델핀은 로렌에게 농담을 가르쳐주었다. 자신은 농담을 수백 가지도 넘게 알고 있지만 로렌에게는 적합한 것만 가르쳐주겠다고 했다. 해리였다면 뉴피* 출신 사람들에 관한 농담을 적합하다고 여기지 않았겠지만, 로렌은 의무감에 웃어주었다.

로렌은 해리와 에일린에게 방과 후에 친구네 집에 놀러 갈 거라고 말했다. 엄밀히 말해 거짓말도 아니었고, 둘은 기뻐하는 눈치였다. 하지만 델핀이 로렌이라는 철자가 달린 금목걸이를 거절한 것은 해리와 에일린 때문이었다. 로렌은 그 목걸이의 주인이 여전히 애타게 찾고 있을지도 몰라서 걱정이 된다는 식으로 둘러댔다.

델핀도 해리를 알고 있었고, 커피숍에서 해리에게 아침 식사를 가져다 준 적이 있으므로 로렌이 자신에게 놀러 온다는 말을 꺼냈을 수도 있었다. 하지만 보아하니 그러지 않은 모양이었다.

델핀은 이따금 *필요하면 벨을 울려주세요*라는 표지판을 내걸고는 로렌에게 호텔을 구경시켜주었다. 투숙객이 드는 일은 아주 드물었지만, 어쨌든 침대도 정리해야 하고, 욕실과 세면대도 닦아야 하고, 청소기도 돌려야 했다. 로렌이 돕겠다고 하면 델핀은 사양했

---

* 뉴펀들랜드 사람.

다.

"거기 앉아서 그냥 얘기나 해줘. 이 일이 좀 외로운 편이거든."

하지만 막상 얘기를 하는 사람은 델핀이었다. 그녀는 자기가 살아온 얘기를 두서없이 늘어놓곤 했다. 등장인물들이 나타났다가 사라지면 로렌은 그 사람들이 누군지 스스로 알아내야 했는데, 아무개 씨와 아무개 부인이라고 불린 사람들은 착한 사장들이었다. 쭈그렁뱅이 짠돼지와 쭈그렁뱅이 메줏덩어리(*내 말 따라하면 안 된다*) 같은 사람들은 나쁜 사장들이었다. 델핀은 병원(*혹시 간호사였어요? 지금 장난하니?*), 담배 농장, 그럭저럭 괜찮은 식당, 싸구려 술집을 전전했고, 벌목장에서는 요리를, 버스 차고지에서는 청소를 하면서 구역질 나는 장면을 수두룩하게 보았으며, 24시간 편의점에서는 강도를 만난 후 그만둔 적도 있었다.

델핀은 어떤 때는 로레인하고 친하게 지내다가 또 어떤 때는 필하고 친하게 지냈다. 필에게는 묻지도 않고 남의 물건을 빌리는 버릇이 있었다. 그래서 델핀의 블라우스를 빌려 입고 춤을 추러 갔다가 땀범벅이 되어서는 겨드랑이에 얼룩을 남겼다. 로레인은 고등학교를 졸업했지만 멍청이랑 결혼하는 어마어마한 실수를 저질렀고 지금은 땅을 치며 후회하고 있었다.

델핀도 결혼을 할 뻔했다. 사귀던 남자들 몇몇하고는 사이가 아주 좋았지만, 나중에 놈팡이로 변한 남자들도 있었고, 나머지는 뭐가 됐는지 전혀 모른다고 했다. 델핀은 토미 킬브라이드라는 남자를 좋아했지만 그 남자는 가톨릭 신자였다.

"가톨릭 신자가 여자한테 어떤 의미인지 넌 아마 모를 거야."

"피임하면 안 된다는 뜻이잖아요. 에일린도 가톨릭 신자였지만 교리에 동의하지 않아서 돌아섰어요. 에일린은 우리 엄마 이름이에요."

"좌우지간 네 엄만 걱정할 필요가 없었잖니, 보다시피."

로렌은 무슨 말인지 이해하지 못하다가 델핀이 하려던 말이 로렌이 외동아이라는 뜻이었구나 하고 깨달았다. 델핀은 해리와 에일린이 로렌을 낳고 나서 아이를 더 갖고 싶었지만 에일린한테 아이가 안 생겼을 거라고 생각하는 게 틀림없었다. 하지만 로렌이 알기로는 그렇지 않았다.

"원했으면 더 나을 수도 있었어요. 저 다음에 말이에요." 로렌이 말했다.

"너 그렇게 생각하고 있구나? 어쩌면 네 부모님이 아기를 전혀 가질 수 없었을지 모르지. 너도 입양한 걸지도 모르고." 델핀이 농담조로 말했다.

"아뇨, 우리 부모님은 입양 안 했어요. 제가 알아요."

로렌은 에일린이 임신했을 때 어떤 일이 있었는지 말하려다가 비밀을 지켜야 한다고 누차 강조했던 해리의 말이 떠올라 입을 다물었다. 어른들은 밥 먹듯이 서슴지 않고 약속을 깨지만 그럼에도 로렌은 약속을 어기는 데 관하여 일종의 미신을 품고 있었다.

"그렇게 심각한 표정 짓지는 마." 델핀은 두 손으로 로렌의 얼굴을 잡고 블랙베리색 손톱으로 양 볼을 톡톡 두드리며 말했다. "농담일 뿐이니까."

호텔 세탁실의 건조기가 고장 나는 바람에 델핀은 젖은 이불과 수건을 빨랫줄에 널어야 했다. 그날은 비가 내려서 오래된 마굿간에 빨래를 너는 것이 가장 좋았다. 로렌은 델핀을 도와 하얀 리넨을 차곡차곡 쌓아 담은 바구니들을 호텔 뒤 자갈 깔린 작은 뜰에서 석조 창고까지 날랐다. 바닥에 시멘트를 깔아놓았지만 시멘트를 뚫고 흙냄새가 여전히 배어나오고 있었다. 어쩌면 돌벽에서 나는 냄새인지도 몰랐다. 축축한 흙, 말가죽, 오줌과 가죽 냄새가 코를 찔렀다. 그 공간에는 빨랫줄과 부서진 의자 몇 개와 책상밖에 없었다. 델핀과 로렌이 내는 발소리가 메아리가 되어 울렸다.

"네 이름을 불러보렴." 델핀이 제안했다.

"델-피이-인." 로렌이 크게 소리쳤다.

"네 이름을 부르라니까?"

"메아리에 더 좋은 이름이잖아요." 로렌이 다시 한 번 크게 소리쳤다. "델-피이-인."

"난 내 이름이 싫어. 자기 이름이 좋은 사람이 누가 있겠어?" 델핀이 말했다.

"저는 제 이름이 *싫지* 않은걸요."

"로렌이야 좋지, 좋은 이름이잖아. 부모님이 이름 하나는 참 잘 지어주셨다, 얘."

델핀은 빨랫줄에 널어 빨래집게를 꽂아둔 이불 뒤로 사라졌다. 로렌은 휘파람을 불며 이리저리 돌아다녔다.

"여기서 정말 듣기 좋은 소리는 노랫소리야." 델핀이 말했다. "네가 가장 좋아하는 노래를 불러보렴."

로렌은 자신이 가장 좋아하는 노래가 무엇인지 얼른 떠올릴 수 없었다. 그러자 델핀은 지난 번 로렌이 아는 농담이 하나도 없다는 사실을 알게 됐을 때처럼 재미있어하는 것 같았다.

"난 엄청 많은데." 그러더니 델핀이 노래를 부르기 시작했다. *"문 리버, 하염없이 넓은 강……."*

그 노래는 해리가 가끔 부르던 노래였는데, 그 곡을 부를 때면 언제나 노래든 자기 자신이든 꼭 놀림감으로 만들었다. 델핀의 노래는 사뭇 달랐다. 로렌은 델핀의 구슬픈 목소리를 따라 펄럭이는 하얀 이불 쪽으로 자신이 끌려가는 것을 느꼈다. 이불이 델핀을 중심으로 녹듯 사라지는 것처럼 보였다. 아니, 로렌 자신과 델핀을 중심으로 녹듯 사라지면서 갑자기 달콤한 느낌이 몰려왔다. 델핀의 노래는 지금이라도 당장 뛰어들고 싶은, 두 팔을 활짝 벌려 기다리고 있는 포옹 같았다. 그와 동시에 나른한 기분이 들면서 배 속이 뒤틀리더니 어렴풋하게 속이 울렁거리려 했다.

미칠 듯한 마음으로 기다리네
내가 찾던 그 친구를……

로렌은 밖에서 의자를 가져다가 의자 다리를 바닥에 대고 끌어서 끽 소리를 내며 노래를 중단시켰다.

*　　　*　　　*

"물어보고 싶은 게 생겼어."

로렌이 결연한 표정으로 저녁 식사 자리에서 해리와 에일린에게 말을 꺼냈다.

"혹시 나 입양됐어?"

"도대체 왜 그런 생각을 하게 된 거지?" 에일린이 물었다.

해리는 저녁을 먹다 말고 로렌에게 경고하듯 눈살을 찌푸려 보이더니 농담을 하기 시작했다.

"입양할 거였으면 이렇게 꼬치꼬치 캐묻는 애를 입양했겠니, 우리가?"

에일린이 자리에서 일어서더니 스커트 지퍼를 만지작거렸다. 잠시 후 스커트가 바닥으로 떨어지자 에일린은 스타킹을 돌돌 말아 내리고는 팬티마저 내렸다.

"여길 보렴. 보면 알 수 있을 거야."

옷을 입고 있을 때는 하나도 안 나와 보였던 에일린의 배가 약간 볼록하고 축 처져 있었다. 비키니 수영복을 입고 태운 흔적이 지금까지도 남아 있는 배의 표면에는 새하얀 줄 몇 가닥이 부엌 조명을 받아 반짝이고 있었다. 로렌은 전에도 그 줄을 본 적이 있었지만, 그 줄이 에일린의 쇄골에 난 쌍둥이 점처럼 마치 에일린의 몸에 원래부터 있었던 것인 줄만 알았다.

"이건 살이 터서 그런 거야. 널 넣고 다니느라 배가 엄청 나왔었거든."

지금의 배를 보면 도저히 상상이 되지 않았다.

에일린이 배에 손을 갖다 대며 말했다. "이제 확신이 드니?"

해리가 에일린에게 고개를 갖다 대더니 드러난 배에 코를 비비적거렸다. 고개를 뒤로 뺀 해리가 로렌에게 말했다.

"왜 동생이 없는지 궁금해할지도 모르니까 말해주는 건데, 그건 우리한테는 너만 있으면 되기 때문이야. 넌 똑똑하고 예쁘고 유머 감각도 있는 아이니까. 그런 애가 또 나온다는 보장이 없잖니? 게다가 우리는 보통 가정하고는 다르잖아. 이사를 자주 다니니까. 이 것저것 경험하면서 자유롭게 사느라고 말이야. 우리한테는 완벽하고 적응 잘하는 아이가 이미 있어. 그러니 쓸데없이 다시 위험한 짓을 할 필요는 없지."

에일린한테는 보이지 않았지만 해리는 말의 내용에 비해 훨씬 엄한 얼굴로 로렌을 쳐다보고 있었다. 아까에 이어진 경고에는 실망과 놀라움이 뒤섞여 있었다.

에일린이 그 자리에 없었다면 로렌은 해리에게 물어보았을 것이다.

'그때 아기를 한 명만 잃지 않고 둘 다 잃었다면 어떻게 되는 건데요? 내가 에일린 배 속에 들어 있었던 적도 없고 배에 난 줄무늬도 나 때문이 아니라면 어떻게 되는 건데요? 내가 대타가 아니라는 걸 어떻게 확신할 수 있는 건데요? 지금까지 모르고 있었던 어마어마한 비밀이 하나 있었다면, 그런 비밀이 또 없으란 법은 없잖아요?'

이러한 생각은 불안감을 유발했지만 희미하게나마 매력적이기도 했다.

방과 후 호텔 로비를 찾아갔을 때 로렌은 콜록콜록 기침을 하고 있었다.

"위층으로 가자꾸나. 기침에 좋은 게 있어." 델핀이 말했다.

델핀이 *필요하면 벨을 울려주세요* 표지판을 내걸려던 찰나 팔라지엉 씨가 커피숍에서 로비로 들어왔다. 한쪽 발에는 구두를 신고, 반대쪽 발에는 슬리퍼를 신고 있었는데, 슬리퍼에는 붕대를 감은 발을 집어넣기 위해 찢어놓은 부분이 있었다. 커다란 발가락이 있을 것이 분명한 자리에는 말라붙은 핏자국이 있었다.

로렌은 팔라지엉 씨가 나타났으니 표지판을 내릴 거라고 생각했지만 델핀은 그러지 않았다. 델핀이 한 말이라고는 "시간 되면 그 붕대 좀 갈아요"가 다였다. 팔라지엉 씨는 고개를 끄덕였지만 델핀 쪽을 보지는 않았다.

"잠깐만 쉬었다 올게요."

델핀의 방은 3층, 처마 밑에 있었다. 로렌은 계단을 오르면서도 계속 기침을 했다.

"저 아저씨 발은 왜 그렇게 된 거예요?" 로렌이 물었다.

"무슨 발? 아, 누가 밟았나 보지. 아마도 굽 높은 신발로."

델핀의 방은 천장이 지붕창 양 끝에서 급격하게 경사져 있었다. 방에는 1인용 침대, 세면대, 의자, 서랍 달린 책상이 있었다. 의자 위에는 주전자를 얹어놓은 핫플레이트*가 있었다. 책상 위에는 화장품, 빗과 알약, 티백 통, 코코아 가루 통이 어지럽게 널려 있었다.

---

* 조리용 전기 히터.

328

침대보는 객실에서 쓰는 것과 마찬가지로 황갈색과 흰색의 가는 줄무늬가 들어간 시어서커 천이었다.

"그렇게 깔끔하진 않지? 여기 있는 시간이 별로 없어서 그래."

델핀이 세면대에서 주전자에 물을 채우고 핫플레이트의 전원을 연결한 다음 침대보를 홱 잡아당겨 담요를 빼냈다.

"그 외투는 벗고 이걸 몸에 두르고 있어." 델핀이 라디에이터를 만지며 투덜거렸다. "어느 세월에 여기까지 열기가 올라오려나 모르겠네."

로렌은 델핀이 하라는 대로 했다. 델핀은 책상 맨 위 서랍에서 컵 두 개와 숟가락 두 개를 꺼내 코코아를 만들기 시작했다.

"나는 그냥 뜨거운 물만 부어 먹거든. 넌 우유를 부어 마셨겠지. 난 차도 그렇고 아무 데도 우유를 안 넣어. 우유를 가지고 올라오면 맨날 상하거든. 여긴 냉장고가 없으니까."

"물도 괜찮아요."

한 번도 물에 탄 코코아를 먹어보지 않았지만 로렌은 그렇게 말했다. 로렌은 불현듯 집에 가서 담요를 돌돌 말아 뒤집어쓰고 TV나 봤으면 싶었다.

"그렇게 서 있지만 말고." 델핀이 살짝 짜증난 혹은 초조한 목소리로 말했다. "편하게 앉아 있어. 물은 금방 끓을 거야."

로렌은 침대 끄트머리에 걸터앉았다. 그때 델핀이 갑자기 돌아서더니 로렌의 겨드랑이를 붙잡고(그 바람에 로렌의 기침이 다시 시작되었다) 위로 끌어올려 로렌이 벽에 등을 기대고 양발을 바닥 위로 내민 채 앉을 수 있게 해주었다. 로렌의 부츠를 벗긴 델핀은 로렌의 발이 젖지 않았는지 보려고 양발을 꼭 쥐었다.

안 젖었군.

"기침 멎는 약을 주려고 그러는 거야. 내 기침 시럽이 어디 있더라?"

아까 코코아 통을 꺼냈던 서랍에서 호박색 액체가 반쯤 들어 있는 병이 나왔다. 델핀이 숟가락에 시럽을 따랐다.

"입 벌리고. 그렇게 쓰지는 않아."

약을 삼킨 로렌이 물었다. "여기 위스키도 들었어요?"

델핀은 라벨이 붙어 있지 않은 병을 뚫어져라 쳐다보았다.

"여기 그런 말은 안 쓰여 있는데, 넌 보이니? 만약 너한테 기침 멎으라고 위스키를 먹인다면 너희 엄마 아빠가 얼마나 화를 내실까?"

"우리 아빠도 가끔 토디*를 만들어주시는걸요, 뭘."

"그렇지, 아빠도 그러시지?"

이제 주전자의 물이 펄펄 끓고 있었다. 델핀은 뜨거운 물을 컵에 따른 뒤 설탕 덩어리를 으깨고는 대충 휘저었다.

"빨리 좀, 녹아라. 이것들아, 빨리 좀." 델핀은 애써 명랑한 척하고 있었다.

오늘 델핀은 어딘가 이상해 보였다. 지나치게 허둥대고 흥분한 것이 그 밑바탕에는 분노가 깔려 있는 듯했다. 게다가 이 방에 비해 델핀은 지나치게 크고, 지나치게 들떠 있고 화려했다.

---

* 독한 술에 설탕과 뜨거운 물을 넣거나, 때로는 향신료도 넣어 만든 술.

"이 방을 둘러보면서 네가 무슨 생각을 할지 나는 알아. 분명 '우아, 이 아줌마 가난하구나. 뭐 이렇게 가진 게 없지?' 그렇게 생각하고 있을 거야. 하지만 나는 물건을 쌓아두지 않아. 짐을 싸서 뜬 경험이 너무 많아서 그래. 자리를 잡는가 싶으면 꼭 무슨 일이 생겨서 떠야 했지. 그래도 저축은 한단다. 내가 은행에 돈이 얼마나 많은지 알면 다들 놀라 자빠질걸."

델핀은 로렌에게 컵을 건네준 다음 베개를 뒤에 받치고 스타킹 신은 발을 침대보에 올린 채 조심스럽게 침대 머리맡에 앉았다. 로렌에게는 스타킹에 대한 이상한 혐오감이 있었다. 맨발이나 양말 신은 발, 또는 구두 신은 발이나 나일론 스타킹 위에 양말을 신은 발은 아무렇지도 않았지만 유독 나일론 스타킹만 신은 발만은, 특히나 그 발이 다른 천에 닿을 때를 못 견뎠다. 이건 버섯이나 우유 속에서 철렁거리는 시리얼만큼이나 지극히 개인적인 괴벽일 뿐이었다.

"오늘 오후 네가 왔을 때, 그때 무척 슬프더라. 예전에 알던 어떤 여자애 생각을 하면서 그 애가 어디 있는지 알면 편지라도 쓸 텐데 하고 생각하고 있었거든. 지금쯤 그 애는 어떻게 되었을까 하고."

델핀의 체중 때문에 매트리스가 처져서 로렌은 델핀 쪽으로 미끄러지지 않으려고 애를 먹었다. 델핀의 몸에 닿지 않으려 안간힘을 쓰다 보니 로렌은 난처해졌고, 더더욱 예의를 차리게 되었다.

"그 여자를 안 게 언제였는데요? 젊었을 때예요?"

델핀이 웃으며 말했다. "그럼, 젊었을 때지. 그 여자애도 젊었는데 집을 나와야 했어. 가출하고는 어떤 남자랑 어울리더니 덜컥 사고를 쳐버렸지. 그게 무슨 뜻인지 아니?"

"임신했다는 뜻이잖아요." 로렌이 말했다.

"맞아, 그런 뜻이야. 그래서 어쩌면 생긴 애가 떨어져버릴지도 모른다는 생각에 그 여자는 여기저기 떠돌아다녔어. 하하하, 감기라도 되는 것처럼 말이야. 남자한테는 결혼은 안 했지만 부인이나 다름없는 여자 사이에서 낳은 애가 이미 둘이나 있었고, 호시탐탐 그 여자한테 돌아갈 생각만 하고 있었지. 그런데 그 전에 남자가 경찰에 붙잡히고 만 거야. 여자도 잡혔고. 남자 대신 물건을 날랐기 때문에 조이스도 잡혔던 거지. 물건을 탐팩스*에 집어넣어가지고 말이야. 그게 어떻게 생겼는지 아니? 내가 말하는 물건이 뭔지 알아?"

"알아요. 당연히 마약이겠죠." 로렌은 두 질문에 모두 답했다.

델핀은 코코아를 마시면서 꿀꺽꿀꺽 소리를 냈다.

"이거 다 일급비밀이야. 알겠지?"

코코아 분말 덩어리가 충분히 으깨지지 않아서 완전히 녹지 않은 상태였다. 그렇다고 기침 시럽 맛이 여전히 남아 있을 숟가락으로 분말 덩어리를 으깨고 싶지는 않았다.

"그 여자는 집행유예로 풀려났어. 임신 덕에 풀려났으니 임신이 그렇게 나쁜 일만은 아닌 셈이었지. 그 후에는 어떻게 됐느냐 하면, 무슨 기독교 집단하고 어울렸는데 그 사람들은 미혼모가 아기를 낳으면 그 아기를 바로 입양시켜주는 어떤 의사 부부를 알고 있

---

* 탐폰의 브랜드.

었어. 그다지 떳떳한 일은 아니었지, 아기를 돈 받고 넘겼으니까. 아무튼 그 덕에 조이스는 사회복지사들을 안 봐도 됐으니까 뭐. 그 래서 그 여자는 아기를 낳고도 얼굴 한 번 보지 못했어. 딸이었다는 것만 알고 있었지."

로렌은 시계를 찾아 방 안을 두리번거렸다. 그러나 시계는 없는 것 같았다. 델핀의 시계는 저 위 검정 스웨터 소매 밑에 있었다.

"그곳에서 나온 후로 이런저런 일들 때문에 정신이 없어서 여자 는 아기에 대해서는 잊고 지냈어. 언젠간 자기도 결혼해서 애를 더 낳을 줄 알았으니까. 그런데 그런 일은 일어나지 않았어. 결혼 안 한 사람이야 얼마든지 있으니까 그 여자도 그 점에는 별로 신경 쓰 지 않았지만 말이야. 그런 일 없게 하려고 심지어 수술도 몇 번 받 았단다. 어떤 수술인지 아니?"

"낙태 수술이겠죠. 그런데 몇 시예요?" 로렌이 물었다.

"너 정말 모르는 게 없는 아이로구나. 맞아, 낙태 수술이야."

델핀이 시계를 보려고 소매를 올렸다.

"5시도 안 됐어. 그때 보내버린 어린것이 생각나기 시작해서 그 애가 어떻게 됐나 궁금한 마음에 그 애를 찾기 시작했다는 말을 할 참이었는데. 어쩌다 운이 따라줘서 그때 그 사람들을 찾게 됐어. 그 기독교 패거리 말이야. 좀 치사하게 굴어야 했지만 어쨌든 정보를 좀 얻어냈지. 그 애를 데려간 부부의 이름을 알아낸 거야."

로렌은 몸을 꼼지락거려 침대에서 빠져나왔다. 담요에 발이 걸 려 넘어질 뻔했지만 용케 중심을 잡고 컵을 책상 위에 올려놓은 다 음 말했다.

"저 이제 가야 돼요." 로렌이 아담한 창문 밖을 내다보았다. "눈이 내리고 있어요."

"그래? 눈 내리는 게 뭐 대수라고? 나머지 이야기가 궁금하지 않니?"

로렌은 델핀의 비위를 거스르지 않으려고 딴 데 정신이 팔린 척하면서 부츠를 신었다.

"양아버지 되는 남자가 무슨 잡지사를 다닌다고 해서 그 여자가 직접 찾아갔더니 그런 사람은 없다고 하더구나. 대신 그 남자가 있을 만한 곳을 알려줬지. 그 여자는 자기 아기한테 어떤 이름을 지어주었는지 몰랐지만 그것도 알아내면 그만이었지. 직접 찾아보기 전에는 뭘 찾게 될지 모르는 법이란다. 너 지금 나한테서 도망치려는 거니?"

"가야겠어요. 속이 안 좋아요. 감기에 걸려서 그런가 봐요."

로렌은 델핀이 방문 뒤 문 꼭대기에 달린 고리에 걸어둔 외투를 홱 잡아당겼다. 외투를 곧바로 내리지 못하자 로렌의 눈에는 눈물이 가득 고였다.

"조이스란 사람 저는 알지도 못하잖아요." 로렌이 애처롭게 말했다.

델핀은 한쪽 발로 바닥을 짚은 채 침대에서 천천히 일어난 후, 컵을 책상 위에 올려놓았다.

"속이 안 좋으면 더더군다나 누워 있어야지. 위스키를 너무 빨리 마셔서 그런가 보다."

"제 옷만 내려주세요."

델핀은 로렌의 외투를 위로 올려 고리에서 빼냈지만 높이 쳐들고만 있었다. 로렌이 외투 자락을 붙잡자 외투를 놓지 않으려 했다.

"대체 왜 그러는 거니? 설마 울고 있는 건 아니겠지? 난 널 이런 울보로 안 봤는데. 알았어, 알았다고. 여기 있어. 장난 좀 친 것뿐이야."

로렌은 소매에 팔을 집어넣었지만 도저히 지퍼를 올릴 수 없었다. 그래서 양쪽 주머니에 손을 찔러 넣었다.

"괜찮은 거야? 이젠 괜찮냐고. 우리 아직 친구 맞는 거지?" 델핀이 물었다.

"코코아 잘 마셨습니다."

"너무 빨리 걷지 마, 속 좀 가라앉혀야지."

델핀이 몸을 숙였다. 델핀의 백발, 펄럭이는 은빛 장막이 입에 닿을까 봐 무서워 로렌은 뒤로 주춤 물러났다.

머리가 백발이 될 정도로 나이를 먹었으면 머리를 저렇게 치렁치렁 길러선 안 된다.

"네가 비밀을 지킬 수 있다는 걸 나는 알아. 여기 찾아온 일이며 여기서 들은 이야기며 모든 걸 아무한테도 말하지 않을 거라는 걸. 시간이 지나면 너도 이해하게 될 거야. 넌 정말 놀라운 아이니까. 그렇고말고."

델핀이 로렌의 이마에 입을 맞추었다.

"아무 걱정 안 하셔도 돼요." 로렌이 말했다.

커다란 눈송이가 수직으로 떨어지면서 보도에 뽀송뽀송한 장막을 드리웠다. 사람들이 밟은 부분은 눈이 녹아 시커먼 흔적이 남았다가도 이내 눈에 덮이고 말았다. 차들은 노란 불빛을 뿌옇게 내뿜으며 조심조심 움직이고 있었다. 로렌은 이따금 주변을 두리번거리며 미행하고 있는 사람이 없는지 확인했다. 굵은 눈발과 으스름한 불빛 때문에 앞을 제대로 볼 수는 없었지만 따라오는 사람은 없는 것 같았다.

아랫배가 부풀어 오른 것 같기도 하고 텅 빈 것도 같았다. 음식만 잘 찾아 먹으면 그런 느낌을 없앨 수 있을 것이다. 그래서 로렌은 집에 들어가자마자 부엌 찬장으로 직행한 다음 늘 먹던 아침 시리얼을 그릇에 부었다. 메이플 시럽이 다 떨어지고 콘시럽이 있었다. 로렌은 추운 부엌에 선 채로 신발도, 외투도 벗지 않고, 방금 흰 눈이 쌓여 온통 희게 변한 마당을 내다보며 시리얼을 먹었다. 눈 덕분에 부엌 불을 켜놓았는데도 바깥이 잘 보였다. 유리창에서 로렌은 눈 내린 마당과 눈 쌓인 시커먼 바위, 벌써부터 눈 무게를 못 이기고 아래로 처진 상록수 나뭇가지들을 배경으로 서 있는 자신의 모습을 보았다.

마지막 한 숟가락을 입에 넣으려는 찰나 로렌은 화장실로 달려가 모두 토하고 말았다. 방금 먹은 시리얼과, 끈적끈적한 시럽과, 미끈거리는 줄 모양의 옅은 초콜릿까지 모두.

부모님이 집에 돌아왔을 때 로렌은 부츠도 외투도 벗지 않고 소파에 누워 TV를 보고 있었다. 에일린이 로렌의 외출복을 벗기고 담요를 가져다 준 다음 체온을 재더니(정상이었다) 배가 딱딱한지 보려고 만져보았다. 로렌에게 오른쪽 무릎을 굽혀 가슴께로 올려보라고 한 후 오른쪽 옆구리가 아프냐고 물었다. 에일린은 자신이 파티에서 맹장염에 걸린 이후로 늘 맹장염 걱정을 했다. 며칠 동안이나 계속되는 그 파티에서 어떤 여자가 급성 맹장염으로 죽었다. 다들 약에 취해 있어서 그 여자가 심하게 아프다는 사실을 알아차리지 못한 탓이었다. 로렌의 증세가 맹장과는 무관하다고 판단한 에일린은 저녁을 차리러 가고 해리가 로렌 곁에 있어주었다.

"내 생각엔 말이야, 넌 학교가기싫어염(炎)에 걸린 것 같아. 나도 걸리곤 했단다. 내가 어렸을 때는 치료법이 아직 안 나왔었지. 치료법이 뭔 줄 아니? 바로 소파에 누워 TV를 보는 거란다."

다음 날 아침, 로렌은 다 나았으면서도 여전히 아프다고 거짓말을 했다. 아침도 마다하고 기다렸다가 해리와 에일린이 집에서 나가자마자 커다란 시나몬 빵을 가지고 와서 데우지도 않고 TV를 보면서 먹어치웠다. 로렌은 빵 때문에 끈적끈적해진 손가락을 덮고 있던 담요에 슥 문질러 닦고는 앞으로 어떻게 해야 할지 생각해보았다. 로렌은 앞으로도 계속 바로 여기, 즉 소파에 있고 싶었지만 진짜 병을 만들어내지 않는 한 꿈도 못 꿀 일이었다.

뉴스가 끝나고 일일 드라마가 시작됐다. 작년 봄 기관지염에 걸렸을 때 이후로 까맣게 잊고 있던 낯익은 세계가 다시 찾아왔다. 그동안 챙겨보지도 않았건만 드라마는 별로 달라진 것이 없어 보였다. 등장인물도 대부분 똑같았고(물론 상황은 바뀌었지만) 나와서 하는 짓도 똑같았고(고상하고, 무정하고, 섹시하고, 애처로운 짓) 먼 곳을 바라보는 듯한 멍한 표정도, 사고나 비밀을 말할 때 말끝을 흐리는 것도 똑같았다. 한동안 드라마에 푹 빠져 있던 로렌은 갑자기 뭔가가 떠올라 걱정이 되기 시작했다. 이런 드라마 속에는 늘 지금까지 함께 살던 가족이 자기 가족인 줄만 알았다가 자신이 다른 가족의 일원이었다는 사실을 알게 되는 아이들이나 어른들이 자주 등장했다. 이따금 미치광이같이 위험한 사람이 뜬금없이 나타나 파멸을 초래하는 주장과 감정을 내세우곤 했는데, 그럴 때면 사람들의 인생이 뒤죽박죽 엉망이 되었다.

한때는 그런 내용이 흥미진진한 가능성으로 다가왔지만, 이제 더 이상 그렇지 않았다. 해리와 에일린은 결코 문을 잠그는 법이 없었다. 때문에 로렌은 당장 자리에서 일어나 앞뒤 문을 모두 잠갔다. 그러고는 창문마다 다니며 커튼을 쳤다. 오늘은 눈이 안 내리고 있지만 어제 내린 눈은 전혀 녹지 않았다. 새하얀 눈밭은 하룻밤 사이에 폭삭 늙기라도 한 듯 잿빛을 띠고 있었다.

현관문에 난 작은 창문을 막을 방법은 없었다. 현관문에는 눈물방울 모양의 창문이 대각선 방향으로 세 개 나 있었다. 에일린은 그 창문을 아주 싫어했다. 그녀는 벽지를 뜯어내고 이 싸구려 집을 의외의 색깔로 칠했다. 청록색, 블랙베리 장미색, 담황색으로. 보기 흉한 카펫을 걷어낸 다음 바닥을 사포로 문질러 매끄럽게 다듬었지만 자그마한 저 창문만은 에일린도 어쩌지 못했다.

해리는 현관문에 난 창문이 그렇게 싫지는 않다면서, 창문이 마침 식구 수와도 맞아떨어지고, 높이도 안성맞춤이라 세 식구가 밑에서부터 위쪽으로 각자의 높이에 맞게 밖을 내다볼 수 있다고 했다. 심지어 창문에 아빠 곰, 엄마 곰, 아기 곰이라는 이름까지 붙여 주었다.

드라마가 끝나고 어떤 남자와 여자가 나와 실내에서 기르는 식물에 관한 이야기를 시작할 때쯤 로렌은 자신도 모르는 사이에 스르르 잠이 들어버렸다. 집 뒷마당이 대낮처럼 환히 밝아진 것을 본 때는 자다가 동물이 나오는 꿈, 그러니까 확신할 수는 없지만 회색 족제비나 뼈만 남은 여우 같은 겨울 짐승이 나오는 꿈에서 막 깨어난 비몽사몽의 상태에서였을 것이다. 꿈에서 누군가 로렌에게 이 동물은 인간도, 인간이 사는 집도 무서워하지 않으니 위험하다고 말해주었다.

그때 전화벨이 울렸다. 로렌은 전화벨 소리를 듣지 않으려고 담요를 머리끝까지 푹 뒤집어썼다. 델핀이 틀림없었다. 로렌이 어떤지, 왜 숨어 있는 건지, 어제 들려준 이야기에 대해서 어떻게 생각하는지, 언제 다시 호텔에 올 건지 알고 싶은 델핀이 건 전화가 틀림없었다.

사실 전화를 건 사람은 로렌이 괜찮은지, 배 상태가 어떤지 확인하려던 에일린이었다. 에일린은 전화벨이 열 번 혹은 열다섯 번 정도 울릴 때까지 기다렸지만 로렌이 받지 않자 잡지사 사무실에서 외투도 입지 않은 채 뛰쳐나와 집까지 차를 몰고 온 참이었다. 문이 잠겨 있자 에일린은 주먹으로 문을 쾅쾅 두드려도 보고 손잡이를 달그락달그락 돌려보기도 했다. 엄마 곰 창문에 얼굴을 바싹 갖다 대고 로렌의 이름을 소리쳐 불러보기도 했다. TV 소리만 들렸다. 에일린은 뒷문으로 돌아가 이번에는 뒷문을 쾅쾅 두드리면서 로렌의 이름을 소리쳐 불러보았다.

물론 로렌은 담요 속에서 이 모든 소리를 들었지만 그것이 델핀이 아니라 에일린이라는 사실을 깨닫기까지는 한참이 걸렸다. 마침내 에일린이라는 사실을 깨달은 로렌은 담요를 질질 끌면서 부엌으로 살금살금 기어가는 동안에도 델핀이 엄마 목소리를 흉내 낸 것일지도 모른다고 생각했다.

"세상에, 너 대체 왜 이러는 거니?" 에일린이 로렌을 덥석 껴안으며 말했다. "문은 대체 왜 잠근 거야, 전화는 또 왜 안 받고? 혹시 무슨 게임 중이니?"

로렌이 아무 말 없이 꿋꿋이 버틴 15분 동안, 에일린은 로렌을 껴안았다 큰 소리로 꾸짖었다를 반복했다. 완강히 버티던 로렌이 갑자기 무너지더니 모든 걸 털어놓았다. 크게 마음이 놓이면서도 한편으로는 벌벌 떨면서 우는 동안 로렌은 안전과 안심을 위해 뭔가 개인적이고 복잡한 것을 헐값에 팔아 치우고 있다는 느낌을 받았다. 자기 자신도 모든 것을 분명하게 이해할 수 없었기에 사실을 있는 그대로 다 털어놓는 것은 불가능했다. 자신이 원했던 것이 무엇인지, 그것을 원하기는 했던 건지조차 설명할 수 없었다.

에일린은 해리에게 전화를 걸어 지금 당장 집으로 오라고 했다. 에일린이 로렌을 혼자 두고 데리러 갈 수는 없어서 해리는 집까지 걸어와야 했다.

잠긴 문을 열기 위해 현관문으로 간 에일린은 우편물 투입구 바로 앞에 소인도 없고 로렌이라는 이름 외에 아무것도 쓰여 있지 않은 봉투를 하나 발견했다.

"이 봉투 우편물 투입구로 들어오는 소리 들었니? 혹시 현관에서 인기척이 들렸어? 염병할, 도대체 어떻게 이런 일이 있을 수 있지?"

에일린은 봉투를 뜯어 로렌의 이름이 달린 금목걸이를 꺼냈다.

"그 얘기는 까먹고 못 했어." 로렌이 말했다.

"쪽지가 있어."

"*읽지 마. 읽지 말아줘. 듣고 싶지 않단 말이야.*"

"바보 같기는. 쪽지가 뭘 어쩐다고 그래. 학교에 전화를 걸었더니 네가 결석했다고 하기에 지금도 아픈지 궁금하다고, 선물 보낼 테니까 기운 내라고 쓰여 있을 뿐이야. 어차피 너 주려고 산 거였고 누가 잃어버린 게 아니었대. 아니, 이게 무슨 말이야? 3월에 열한살이 되면 생일선물로 주려고 했지만 그냥 지금 네가 가졌으면 한다고. 네 생일이 3월이라는 생각은 대체 어떻게 하게 된 거라니? 엄연히 6월이구만."

"그건 나도 알아." 로렌은 이제 아파서 기운 없는 어린아이다운 부루퉁한 목소리에 기대를 걸었다.

"이제 알겠지? 그 여자 제대로 알고 있는 게 하나도 없잖아. 그냥 미친 여자야." 에일린이 말했다.

"그래도 엄마 이름은 알고 있던데. 엄마가 어디 있는지도 알고 있고. 엄마가 나를 입양한 게 아니라면 그런 걸 어떻게 다 알고 있는 건데?"

"도대체 어떻게 알아냈는지 모르겠지만 그 여자가 잘못 알고 있는 거야, 전부 다. 두고 봐. 이따가 아빠가 네 출생증명서를 보여줄 거야. 넌 토론토의 웰슬리 병원에서 태어났어. 그 병원으로 데리고 가서 네가 태어난 방까지 보여줄 수도 있다니까……."

에일린이 쪽지를 다시 보더니 손안에 꽉 쥐고 구겨버렸다.

"몹쓸 년. 감히 학교에 전화를 하다니. 우리 집까지 찾아오고, 미친년."

"그거 어디 안 보이는 데다가 치워버려. *지금 당장.*" 로렌이 목걸이를 가리키며 애원조로 말했다.

해리는 에일린만큼 화를 내지는 않았다.

"나하고 말했을 때는 그 여자 완전히 멀쩡해 보였는데. 나한테는 그 비슷한 말도 한 적이 없었어." 해리가 말했다.

"그래, 그랬겠지. 그 여자가 노린 건 로렌이었으니까. 당신이 가서 그 여자하고 얘길 좀 해봐. 당신이 안 하면 내가 할 거야. 나라도 꼭 할 거야. 오늘 당장."

해리는 그러겠다고 했다. "내가 가서 해결할게. 당연히 그래야지. 앞으로 아무 탈 없도록 말이야. 세상에 별일이 다 있군."

에일린은 점심을 일찍 차렸다. 해리와 로렌이 좋아하는 마요네즈와 머스터드가 들어간 햄버거를 만들어주었다. 다 먹어치우고 나서야 로렌은 이처럼 왕성한 식욕을 드러내 보인 게 아차 싶었다.

"이제 좀 괜찮아졌구나? 오늘 오후에는 학교에 가야지?" 해리가 말했다.

"아직 감기가 안 나았단 말이야." 로렌이 말했다.

"안 돼, 학교에 다시 가는 건. 오늘은 내가 로렌하고 집에 있을 거야." 에일린이 나서서 거들어주었다.

"그렇게까지 할 필요는 없어 보이는데." 해리가 말했다.

"그리고 이것도 갖다 줘." 에일린이 봉투를 해리의 주머니에 쑤셔 넣으며 말했다. "신경 쓰지 마. 굳이 열어볼 것 없어. 그 여자가 보낸 바보 같은 선물일 뿐이니까. 그리고 앞으로 다신 이런 짓 하지 말라고 해. 안 그럼 큰코다칠 줄 알라고. 앞으로 다신 그러지 말라고 단단히 일러둬."

로렌은 그 후로도 죽 학교에 다시 갈 필요가 없었다. 그 마을에 있는 학교로는.

그날 오후 에일린은 매형이 자신에 대하여, 그러니까 자신의 라이프 스타일에 관하여 험담을 했다는 이유로 해리가 피하고 있는 누나, 즉 시누이에게 전화를 걸어 시누이가 다녔다는 토론토 소재 사립 여학교에 관하여 논의했다. 그 후로 전화 통화가 몇 차례 더 오간 후, 약속이 잡혔다.

"돈 문제가 아니야. 해리한테 그만한 돈은 있으니까. 지금 없다고 해도 벌 수 있을 테고. 이번 일 때문도 아니야. 너를 이 거지 같은 마을에서 키워선 안 돼. 이런 데 있다가는 너도 촌뜨기처럼 말하게 될 거야. 사실 전부터 생각은 하고 있었어. 네가 조금 더 클 때까지 기다리고 있었던 것뿐이지."

집에 돌아온 해리는 전학은 전적으로 로렌의 뜻에 달렸다고 했다.

"집을 떠나고 싶니, 로렌? 난 네가 여기를 좋아하는 줄 알았는데. 친구들도 많이 사귀었고 말이야."

"친구들? 로렌 친구는 그 여자였어. 델-핀. 당신 그 여자한테 정말 말하기는 한 거야, 그 여자가 알아듣게?"

"정말 말했고, 그 여자도 알아들었어."

"그 뇌물도 되돌려줬겠지?"

"그걸 뇌물이라고 부르는 거라면. 돌려줬어."

"더 이상 문제 일으키지 않겠지? 더 이상 문제 일으키지 말라는 뜻, 그 여자도 알아들은 거지?"

해리가 라디오를 틀었고 세 식구가 다 함께 저녁을 먹으며 뉴스를 들었다. 에일린이 와인을 한 병 땄다.

"이게 뭐야?" 해리가 다소 위협적인 목소리로 물었다. "혹시 축하주야?"

로렌은 학습을 통해 불길한 징조를 익히 알고 있었다. 지금부터 겪을 일들이 무엇인지, 기적적인 구조의 대가, 다시 말해서 학교나 호텔에 다시 안 가도 되고, 어쩌면 크리스마스 휴가 전까지 남은 2주 동안 내내 거리를 돌아다닐 일도, 집 밖을 나갈 일도 없게 된 데 대한 대가가 무엇일지 눈에 선했다.

와인은 그런 징조 가운데 하나일 수도 있었다. 징조일 때도 있었고 아닐 때도 있었다. 하지만 해리가 진이 들어 있는 병을 꺼내 자기가 마시려고 텀블러에 반쯤 따르고 거기에 얼음만 넣은 순간(얼마 후에는 얼음도 넣지 않을 것이다) 경로는 정해졌다. 분위기는 여전히 명랑할지 몰라도 그 명랑함은 칼처럼 날카롭고 매서웠다. 해리도, 에일린도 로렌에게 평상시보다 훨씬 말을 많이 하게 될 것이다. 이따금 서로에게 거의 평상시에 가깝게 말을 건네기도 할 것이다. 그러나 실내에는 아직 말로 표출되지 않은 난폭한 기운이 감

돌 것이다. 그리고 로렌은 희망하게 될 것이다, 아니 더욱 정확하게
는 예전처럼 희망을 가져보려고 노력하게 될 것이다. 어떻게든 그
들이 싸움을 시작하지 않기를. 로렌은 예전부터 자기 혼자만 이런
희망을 품고 있지는 않을 거라고 늘 믿어왔고 지금도 그렇게 믿고
있다. 해리와 에일린도 마찬가지였다. 그런 마음이 아주 없는 것은
아니었다. 그러나 곧 닥칠 일에 대한 열망 또한 아주 없지는 않았
다. 둘은 이러한 열망을 그냥 넘긴 적이 한 번도 없었다. 이러한 감
정이 감돌 때, 공기가 바뀌어도, 모든 사물의 형태가, 모든 가구와
살림살이의 형태가 전에 없이 또렷해지고 조밀해져도, 최악의 상
황이 뒤따르지 않았던 적은 단 한 번도 없었다.

　로렌은 자신의 방에 있을 수 없었다. 해리와 에일린이 있는 곳에
남아, 그들에게 몸을 던져가며 항변하고 통곡하면 급기야 둘 중 하
나가 그녀를 안아다 침대로 데려다주면서 이렇게 말하곤 했다.

　"괜찮아, 다 괜찮아. 우리는 신경 쓰지 마, 우릴 신경 쓸 건 없어.
우리 인생이니까, 대화로 풀어야지."

　'대화'란 집 안을 이리저리 서성이면서 상대를 비난하는 말을 길
게 늘어놓고, 목소리 높여 반박하다가 급기야 재떨이고, 술병이고,
접시를 서로에게 집어 던지는 것을 뜻했다. 한번은 에일린이 밖으
로 달려 나가 잔디밭에 몸을 던지고는 흙덩이와 풀을 쥐어뜯는데
해리가 문간에서 "그래, 바로 그거야! 동네방네 아주 소문을 내라"
하고 말한 적도 있었다. 해리가 욕실에 문을 잠그고 들어가 "이 고
통스러운 삶에서 벗어나는 길은 딱 한 가지밖에 없어"라고 소리친
적도 있었다. 둘 다 약 먹고 죽어버리겠다, 면도날로 손목을 그어버

리겠다며 서로를 위협했다.

에일린이 "하느님 맙소사, 이제 그만 좀 하자. 제발, 제발, 이 짓 좀 그만하자"라고 말한 적도 있었다. 에일린의 이 같은 말에 해리는 잔인하게도 에일린을 흉내 내어 찢어질 듯 높은 목소리로 흐느끼면서 이렇게 말했다.

"그만 좀 하자니, *당신만* 그만하면 돼."

로렌은 싸움의 원인을 알아내려고 애쓰는 단계는 이미 졸업했다. 싸움의 원인은 매번 다르면서도(오늘 밤에는 로렌이 집을 떠나게 된 것, 에일린이 그런 결정을 상의도 없이 혼자 내려버린 것 때문인 것 같았다) 매번 같았다. 서로 소유권을 주장할 수 있는 것, 둘 다 절대로 포기할 수 없는 것, 바로 로렌이었다.

로렌은 해리와 에일린에게도 유난히 마음 약한 부분이 있을 거라는 생각 또한 오래전에 버렸다. 해리가 늘 농담을 입에 달고 사는 건 슬프기 때문이었고, 에일린이 사무적이고 경멸스러운 태도를 보이는 것은 해리가 그녀를 밀어내는 것 같다고 느끼고 있기 때문이었다. 로렌이 해리와 에일린 각자에게 상대방에 관하여 해명해줄 수만 있다면 상황이 호전될 것 같았다.

다음 날이면 해리와 에일린은 고요한 가운데 상처받고 수치스러운 마음을 숨긴 채 이상하리만치 들뜬 모습을 보일 것이다.

"자고로 인간은 싸우면서 살아야 하는 거란다, 감정을 억누르는 건 잘못된 거야." 에일린은 로렌에게 이렇게 설명한 적이 있었다. "분노를 억누르면 암에 걸린다는 학설도 있어."

해리는 싸움을 의견 대립이라고 지칭했다. "의견 대립을 보여서 미안하구나. 에일린이 변덕이 죽 끓듯 하잖니. 너한테 해줄 수 있는 말은 말이야…… 아! 너한테 해줄 말이라고는…… 살다 보면 이런 일도 일어난다는 거란다."

오늘 밤 로렌은 해리와 에일린이 서로에게 실제로 상처를 입히기 전에 곯아떨어져버렸다. 그런 일을 벌일 거라는 확신도 들기 전에 잠에 빠져버린 것이다. 로렌이 자러 갈 때는 아직 술도 등장하기 전이었다.

해리가 로렌을 깨웠다. "미안한데, 정말 미안한데, 아가, 일어나서 아래층으로 좀 와줄 수 있겠니?"

"아침이야?"

"아니야, 아직 한밤중이야. 에일린하고 내가 너한테 할 얘기가 있어서 그래. 너하고 얘기해야 할 일이 생겼어. 너도 이미 알고 있는 일 때문이야. 그러니까, 지금 좀 내려가자꾸나. 슬리퍼 신겠니?"

"나는 슬리퍼가 싫다고!"

로렌이 해리에게 상기시켜주었다. 그러고는 해리보다 앞서 성큼성큼 계단을 내려갔다. 해리도, 에일린도 여전히 외출복 차림으로 현관에서 기다리고 있었다.

에일린이 로렌에게 말했다. "너도 아는 사람이 지금 와 있어."

그 사람은 델핀이었다. 델핀이 평상시에 입던 검은 바지와 스웨터 위에 스키용 외투를 입고 소파에 앉아 있었다. 델핀이 야외용 옷을 입은 모습은 처음이었다. 얼굴은 축 처지고, 피부는 늘어졌고 몸은 크게 패배라도 당한 듯 보였다.

"우리 부엌으로 가면 안 될까?" 로렌이 말했다.

왠지 몰라도 부엌이 더 안전해 보였다. 어딘가 좀 덜 특별한 공간인 데다 다 같이 둘러앉을 테이블이 있어서 그런 듯했다.

"로렌이 부엌으로 가고 싶다고 하니 다들 부엌으로 갑시다." 해리가 말했다.

다들 식탁에 앉자 해리가 입을 열었다. "로렌, 내가 너한테 아기 얘기를 해줬다고 설명했단다. 너 갖기 전에 가졌던 아기하고 그 아기가 어떻게 됐는지 말이야."

해리는 로렌이 "응" 하고 대답할 때까지 기다렸다.

"나도 이제 말 좀 해도 될까? 로렌한테 얘기해도 되냐고." 에일린이 말했다.

"그야 당연히 되지." 해리가 말했다.

"해리는 애를 하나 더 갖는다는 생각을 못 견뎌했어." 에일린이 식탁 밑 무릎 위에 올려놓은 손을 내려다보며 말하기 시작했다. "집 안에서 벌어지는 혼돈 자체도 못 견뎌했고. 저이는 글을 써야 했어. 뭔가 업적을 이뤄서 혼돈을 없애고 싶어했지. 저이는 내가 낙태하길 바랐고 나도 하겠다고 했다가 안 하겠다고 했다가 다시 하겠다고 했지만, 결국 할 수 없어서 우리는 싸웠고 내가 아기를 데리고 차에 탔던 거야. 친구네 집에 가려고. 나는 과속도 안 했고, 당연히 술을 마시지도 않았어. 그저 길에 조명이 없었고 날씨가 나빴던 것뿐이었어."

"아기용 간이침대에 안전벨트를 안 맸던 것뿐이기도 하고." 해리가 덧붙였다. "그 점은 차치하더라도, 나는 낙태해야 한다고 우기지 않았어. 낙태 얘기를 살짝 언급했을 수는 있겠지. 하지만 강요할 수는 없는 문제잖아. 로렌이 듣고 심란해할까 봐 그 부분은 일부러 얘기하지 않았어. 누구든지 심란해할 얘기니까."

"그래, 하지만 그게 진실이잖아. 로렌도 진실을 받아들일 수 있고, 그게 *자기가* 아니었다는 것도 안다고."

로렌은 자신도 깜짝 놀랄 정도로 큰 소리로 발언했다. "나였잖아, 그게 내가 아니라면 대체 누구라는 거야?"

"그래, 하지만 낙태를 원했던 건 내가 아니었어." 에일린이 말했다.

"그렇다고 낙태할 마음이 *전혀* 없었던 것도 아니었잖아." 해리가 말했다.

"그만들 해." 로렌이 말했다.

"우리 이러지 말자고 약속했잖아. 우리가 하지 말자고 약속했던 게 바로 이런 짓 아니었냐고! 그리고 우린 델핀한테 사과해야 돼." 해리가 말했다.

이 대면이 진행되는 동안 델핀은 고개를 들고 그 누구도 쳐다보지 않았다. 식탁 쪽으로 의자를 가까이 끌지도 않았다. 해리가 자기 이름을 언급했다는 사실도 눈치채지 못한 것 같았다. 델핀을 꼼짝 못하게 한 것은 패배 때문만은 아니었다. 해리와 에일린이 도저히 알아차릴 수 없었던 것은 고집, 심지어 역겨움이었다.

"오늘 오후 델핀하고 얘기를 해봤어, 로렌. 그 아기 얘기도 해주었지. 그 아기가 델핀의 아기였어. 내가 너한테 그 아기가 입양된 아기였다는 얘기를 해주지 않았던 건 상황만 악화시킬 것 같아서 였어. 아기를 입양해놓고는 제대로 키우지 못했으니까 말이야. 5년 이나 노력하고도 실패했으니 우리한테 아이가 생길 거라고는 생각 도 못했어. 그래서 입양을 했던 거야. 하지만 애초에 그 아기의 친 엄마는 델핀이었어. 우리는 그 아기한테 로렌이란 이름을 지어주 었고 너한테도 로렌이란 이름을 지어주었지. 우리가 가장 좋아하 는 이름이기도 했고 새로 시작한다는 느낌이 들기도 해서 그랬던 것 같아. 그러다 델핀이 아기에 대해서 궁금해하기 시작했고 우리 가 데려갔다는 사실을 알아냈으니 당연히 그 아기가 너라고 착각 하게 된 거야. 델핀이 여기 온 건 널 찾기 위해서였어. 정말 안타까 운 일이야. 내가 사실대로 털어놓자 델핀은 당연하게도 증거를 보 여달라고 했어. 그래서 오늘 밤 우리 집으로 오라고 했고 서류를 보 여주었지. 널 몰래 데려가려고 했다거나 그런 건 절대로 아니었고, 그냥 너랑 친구가 되고 싶었을 뿐이래. 그저 외롭고 혼란스러웠던 것뿐이야."

숨이 막혀 답답하다는 듯 델핀이 외투 지퍼를 홱 잡아당겼다.

"그리고 우리가 아직도 가지고 있고…… 도저히 처리할 수도 없 었고, 이때다 싶은 때도 없었고 해서……." 해리가 싱크대 위에 얌 전히 놓인 마분지 상자를 가리키며 말을 이었다. "그리고 델핀한테 저 상자도 보여주었어. 그러니까 오늘 밤은 한 가족으로서, 어차피 모든 게 탄로 난 오늘 밤에 다 같이 나가서 이 일을 해치우려고 해. 우리 모든 걸 떨쳐버리도록 하자. 모든 불평과 비난을. 델핀과 에일린과 나, 우리 셋은 네가 함께 가주었으면 해. 괜찮겠니? 정말 괜찮겠어?"

로렌이 말했다. "지금 비몽사몽이야. 감기도 걸렸고."

"해리가 하자는 대로 하는 편이 나을 거야." 에일린이 말했다.

델핀은 여전히 고개를 들지 않았다.

해리가 싱크대에서 상자를 가져다가 델핀에게 주었다. "이 상자를 운반해야 할 사람은 당신인 것 같군요. 괜찮으신가요?"

"모두들 괜찮으니, 이제 나가자." 에일린이 말했다.

델핀이 상자를 든 채 눈밭에 멍하니 서 있기만 하자, 에일린이 "제가 할까요?" 하고 의사를 물은 다음 상자를 정중하게 받아들었다. 에일린이 상자를 연 다음 해리에게 내밀었다가, 마음이 바뀌었는지 다시 델핀에게 내밀었다. 델핀은 재를 조금 손으로 움켜쥐어 들어 올렸지만 상자를 넘겨받지는 않았다. 에일린도 재를 한 움큼 집어 들고는 해리에게 상자를 넘겼다. 재를 움켜쥔 해리가 상자를 로렌에게 건네려는데 에일린이 입을 열었다.

"아니, 로렌까지 할 필요는 없어."

로렌의 손은 이미 외투 주머니에 있었다.

바람이 전혀 없어서 재는 해리와 에일린과 델핀이 떨어뜨린 눈밭으로 그대로 떨어졌다.

"하늘에 계신 우리 아버지시여……." 에일린이 목이 쉬어버리기라도 한 것처럼 말했다.

해리가 또랑또랑하게 이어받았다. "이 아이는 로렌이라고 하옵

나이다. 저희 자식이었고 모두가 사랑하는 아이였사옵니다. 다 같이 기도합시다."

해리가 델핀에게 시선을 준 다음 에일린에게도 시선을 보내자, 그들은 이내 다 함께 복창하기 시작했다.

"이 아이는 로렌이라고 하옵나이다."

델핀의 목소리는 아주 작아서 거의 중얼거림에 가까웠고, 에일린의 목소리는 짐짓 진심인 척 꾸민 목소리였고, 기도를 주재 중인 해리의 목소리는 낭랑하고 사뭇 진지했다.

"저희는 이제 로렌에게 작별 인사를 하고 로렌을 눈밭으로 돌려보내나이다."

기도가 끝나갈 무렵 에일린이 다급하게 말했다. "저희의 죄를 용서하여주옵소서. 저희의 허물을 사하여주옵소서."

마을로 돌아갈 때 델핀은 로렌과 함께 뒷자리에 앉았다. 해리가 앞자리, 즉 자기 옆자리에 앉으라는 의미로 델핀을 위해 차 문을 열어주었으나, 델핀은 비틀거리며 해리를 지나쳐 뒷자리로 가버렸다. 이제 상자를 들고 있지도 않으니 귀빈석을 내주어야 한다고 생각한 모양이었다. 델핀은 스키용 외투 주머니를 뒤져 티슈를 꺼냈다. 티슈를 꺼내던 도중 뭔가가 끌려 나와 자동차 바닥에 떨어졌다. 델핀은 저도 모르게 툴툴거리며 그것을 찾으려고 손을 아래로 뻗었지만, 로렌이 한발 빨랐다. 로렌이 주워 든 것은 델핀이 자주 차던 귀고리 한 쪽으로 머리카락 속에서도 빛을 발하던 어깨까지 내려오는 길이의 무지갯빛 구슬 귀고리였다. 오늘 저녁 내내 차고 있다가 주머니에 쑤셔 넣는 게 낫겠다고 생각한 게 틀림없었다. 이 귀고리를 만진 것뿐인데, 손가락 사이로 주르르 미끄러지는 차갑고 영롱한 구슬의 감촉을 느낀 것뿐인데, 로렌은 불현듯 뭐든지 다 없던 일이 되어버렸으면 좋겠다는 생각이 들었다. 델핀이 도도하고 팔팔하게 호텔 안내 데스크 뒤에 앉아 있던 옛날의 그 델핀으로 돌아갔으면 좋겠다고.

델핀은 말 한마디 하지 않았다. 로렌과 손가락 하나 닿지 않고서 귀고리만 가져갔다. 그러나 그날 저녁 처음으로 델핀과 로렌은 서로를 정면으로 쳐다보았다. 델핀의 눈이 휘둥그레지더니 순식간에 낯익은 눈빛, 냉소와 공모의 눈빛이 떠올랐다. 델핀은 어깨를 으쓱거리고는 귀고리를 주머니에 넣었다. 그게 끝이었다. 그 이후로는 내내 해리의 뒤통수만 쳐다보았다.

델핀을 호텔 밖에 내려주려고 속도를 줄이면서 해리가 입을 열었다. "언제 시간 되면 저희 집으로 와서 같이 저녁 식사라도 하시죠."

"제가 쉬는 시간이 별로 없어서요." 델핀이 차에서 내리며 인사를 했다. "그럼 안녕히."

델핀은 딱히 누구에게랄 것도 없는 인사를 날리고는 질퍽질퍽한 인도를 따라 호텔까지 터벅터벅 걸어갔다.

집으로 오는 길에 에일린이 입을 열었다. "난 델핀이 거절할 줄 알았어."

"그래도 권한 것만으로 고맙게 생각했을 거야." 해리가 말했다.

"델핀한테 우리는 안중에도 없었어. 오로지 로렌한테만 관심이 있었던 거지. 로렌이 그 여자애인 줄 알았을 때 말이야. 지금은 로렌한테도 관심이 없겠지."

"하지만 우리는 관심이 있지. 로렌은 우리 아이니까." 해리가 목소리를 높여 말했다. "우린 너를 사랑한단다, 로렌. 너한테 사랑한다는 말을 한 번 더 하고 싶구나."

그 여자애. 우리 아이.

로렌은 뭔가가 맨 발목을 따끔따끔 찌르는 느낌이 들었다. 손을 아래로 뻗어보니 가시가 나왔다. 밤송이 같은 우엉 열매가 통째로 달라붙어 있었다.

"눈 밑에 있던 우엉이 딸려 왔어. 가시가 *어마어마하게* 많아."

"집에 가면 떼어줄게. 지금은 어쩔 수 없으니까." 에일린이 말했다.

로렌은 씩씩거리며 파자마에서 우엉 가시를 잡아 빼고 있었다. 하지만 잡아 뺀 가시는 곧바로 손가락에 들러붙었다. 다른 쪽 손으로 가시를 떼려고 하자 순식간에 그 손에도 가시가 달라붙었다. 로렌은 가시가 너무 지긋지긋해서 손을 휘저으며 꽥꽥 고함을 지르고 싶었지만 그저 가만히 앉아서 기다리는 수밖에 없다는 사실을 알고 있었다.

반전
TRICKS

I

"죽어버릴 거야."

로빈은 몇 년 전, 어느 날 저녁 이렇게 말했다.

"그 드레스 내일까지 준비해놓지 않으면 죽어버릴 거야."

그들이 있는 곳은 아이작 스트리트에 있는 암녹색 미늘벽 판잣집의 방충망으로 둘러싸인 현관이었다. 옆집에 사는 윌러드 그리그는 로빈의 언니 조앤과 카드 테이블에서 루미*를 하고 있었다. 담배 냄새가 저 아래 어느 집 부엌에서 부글부글 끓고 있는 케첩 냄새와 힘겨루기를 하고 있었다.

---

* 특정한 조합의 카드를 모으는 단순한 형태의 카드놀이.

월러드는 조앤이 무뚝뚝한 목소리로 "뭐라고?"라고 묻기 전에, 대놓고 웃는 것을 보았다.

"죽어버린다고 했어. 내일까지 그 드레스 준비해놓지 않으면 죽어버린다고. 세탁소 말이야." 로빈이 도도하게 말했다.

"내 귀에도 그렇게 들리더라고. 그래서 죽겠다고?"

그런 종류의 발언을 하는 조앤의 속을 도무지 알 길이 없었다. 목소리는 한없이 온화했고, 조소는 놀라울 정도로 조용했고, 지금은 사라지고 없는 미소는 입꼬리만 아주 살짝 올린 것에 불과했다.

"글쎄, 그럴 거라니까. 난 그 옷이 꼭 필요하단 말이야." 로빈이 이번에도 도도하게 말했다.

"재한테는 그게 꼭 필요하고, 그게 없으면 *죽어버릴 거고*, 그걸 입고 연극을 보러 갈 거래." 조앤이 월러드에게 소곤소곤 말했다.

그러자 월러드가 입을 열었다. "자 자, 조앤."

월러드의 부모도, 월러드 자신도 이 집 여자애들의 부모와 친구였다. 그는 아직도 두 자매를 여자애들이라 생각하고 있었다. 부모가 모두 돌아가신 지금, 그는 이 집 딸들이 서로를 괴롭히지 않도록 최대한 뜯어말려야 할 의무가 자신에게 있다고 여겼다.

조앤은 지금 서른 살이고 로빈은 스물여섯 살이다. 조앤은 체형이 남자아이 같아서 가슴통이 좁고 긴 얼굴은 누르스름하며, 머리는 길고 고운 갈색의 생머리이다. 그녀는 자신이 아동기에서 성숙한 여성으로 가는 길목 어디쯤에서 제대로 성장하지 못한 운 나쁜 사람이라는 사실을 부인하려 한 적이 없었다. 어린 시절부터 계속 앓아온 중증 천식으로 제대로 자라지 못했고, 보기에 따라서는 불구가 되었다고 볼 수도 있었다. 그렇게 생긴 사람, 겨울에 밖으로 나갈 수 없거나 밤에 혼자 있으면 안 되는 사람이 자기보다 운 좋은 다른 사람들의 어리석음을 그토록 통렬하게 파악하리라고는 아무도 예상하지 못했을 것이다. 그토록 경멸감을 풍부하게 품고 있으리라는 것도. 윌러드는 로빈이 분노 때문에 눈물을 글썽거리면 조앤이 "지금은 또 뭐가 문젠데?" 하고 말하는 장면을 평생 지켜본 것만 같았다.

오늘 밤 로빈은 조금밖에 쓰라리지 않았다. 내일이 스트래트퍼드에 가는 날이어서 그런지 로빈은 이미 조앤의 영향권에서 벗어난 느낌이었다.

"무슨 연극인데, 로빈?" 최대한 분위기를 부드럽게 바꿔보려고 윌러드가 물었다. "셰익스피어 작품이니?"

"응, 〈뜻대로 하세요〉야."

"너 윌러드 말을 알아듣기는 한 거야? 셰익스피어도?"

로빈이 그렇다고 답했다.

"넌 정말 경이롭다니까."

  *   *   *

5년 전부터 로빈은 연극을 관람하고 있다. 매년 여름에 한 편씩. 정기적인 연극 관람은 로빈이 간호사가 되려고 스트래트퍼드에 살 때 시작되었다. 연극 의상 제작 일을 하는 이모한테 초대권을 받은 어떤 학교 친구랑 함께 갔었다. 티켓을 준 친구가 너무 지루해서

(《리어 왕》이었다) 로빈은 자신의 느낌을 입 밖으로 꺼내지 못했다. 어차피 표현할 수도 없었겠지만. 차라리 혼자 극장을 나와 앞으로 적어도 24시간 동안은 아무하고도 이야기하지 않는 편이 더 나았을 것이다. 그때 또 보러 오기로 마음을 먹었다. 꼭 혼자서.

그렇게 어려운 일도 아니었다. 로빈이 자란 마을이기도 하고, 조앤 때문에 나중에 일자리를 구하게 될 마을도 겨우 50킬로미터 정도밖에 떨어져 있지 않았다. 그 마을 사람들 역시 셰익스피어 연극이 스트래트퍼드에서 상연 중이라는 사실을 알고 있었을 텐데 로빈은 보러 간다는 사람이 있다는 이야기를 들어본 적이 없었다. 윌러드 같은 사람들은 대사를 못 알아들을지 모른다는 문제 외에도 관람객 중 어느 누구한테 무시라도 당하면 어쩌나 두려워했다. 조앤 같은 사람들은 세상에 셰익스피어 따위를 좋아하는 사람은 있을 리 없다고 확신하고 있었다. 따라서 조앤 부류에 속하는 누군가가 연극을 보러 간다면 그건 볼 마음도 없으면서 남에게 뽐낼 목적 하나로 오는 속물들과 어울리고 싶어서일 것이다. 마을에서 연극 작품을 정기적으로 보러 다니는 몇 안 되는 사람들은 브로드웨이 뮤지컬이 투어에 나서는 시기에 토론토에 있는 로열 알렉산드라 극장으로 가는 것을 선호했다.

로빈은 좋은 좌석에 앉고 싶어서 그나마 저렴한 토요일 마티네* 밖에 예약할 수 없었다. 로빈은 병원에 나가지 않아도 되는 주말에 상연하는 연극으로 골랐다. 미리 책을 읽고 가는 법도 없었고, 비극

---

* 연극·영화 등의 주간 공연.

이건 희극이건 개의치 않았다. 극장 안에서든 길거리에서든 아는 사람을 여태 한 명도 만나지 못했는데, 그래서 더없이 좋았다. 함께 일했던 동료 간호사 한 명은 이런 말을 하기도 했다.

"난 혼자 연극을 보러 가는 건 도저히 엄두가 안 나서 못 하겠던데."

그 말을 듣고 로빈은 자신이 보통 사람들하고 다르다는 사실을 깨달았다. 그녀 자신은 낯선 사람들에 둘러싸여 연극을 볼 때가 그 어느 때보다 편안했다. 연극이 끝나면 그녀는 시내까지 걸어가 강을 따라 걷다가 너무 비싸지 않은 식당이 나오면(대개는 샌드위치 집이었다), 카운터 자리의 높은 의자에 앉아 혼자 식사를 했다. 그러고 나면 집으로 가는 7시 40분 기차를 잡아탈 수 있었다. 그게 다였다. 그 몇 시간으로 그녀는 자신이 돌아가려는 보잘 것 없고 불만족스러운 삶이 일시적인 것일 뿐이고, 그런 삶을 견디는 것도 전보다 덜 힘들 거라는 확신을 얻을 수 있었다. 그리고 그런 시간, 그런 인생, 모든 것 뒤에는 기차 창밖을 통해 보이는 햇빛을 받아 더욱 찬란히 빛나는 광채가 있었다. 여름 들판을 비추는 햇빛과 길게 드리운 그림자는 머릿속에 남아 있는 연극의 여운 같았다.

작년에는 〈안토니우스와 클레오파트라〉를 보았다. 연극이 끝나고 강변을 산책하던 로빈은 난생처음 흑조를 보았다. 백조 무리와 멀지 않은 곳에서 물 위를 미끄러지듯 나아가며 먹이를 먹고 있던 흑조는 왠지 모르게 불청객처럼 보였다. 이번에는 카운터 자리가 아닌 진짜 레스토랑에서 식사를 해야겠다고 생각하게 된 것도 그 백조들의 빛나는 날개 때문이었을 것이다. 하얀 테이블보, 산뜻한 생화, 와인 한 잔, 홍합이나 콘월 암탉같이 특이한 식사. 로빈은 가방을 열어보고 수중에 돈이 얼마나 있는지부터 확인하려고 했다.

그런데 가방이 없었다. 어쩌다 한번 쓰는, 페이즐리 무늬에 은색 체인이 달린 작은 천 가방이 평소처럼 어깨에 매달려 있지 않았다. 가방이 없어진 줄도 모르고 극장에서부터 시내까지 내내 혼자 거리를 걸어왔던 것이다. 물론 옷에는 주머니도 없었다. 집으로 돌아가는 기차표도, 립스틱도, 돈도 없었다. 땡전 한 푼 없었다.

연극을 보는 내내 가방을 무릎 위에 놓고 그 위에 팸플릿을 놓았던 것이 떠올랐다. 이제 보니 팸플릿도 없었다. 아마도 둘 다 바닥으로 떨어진 모양이었다. 하지만 다시 생각해보니 여자 화장실에 들어갔을 때는 분명 가방을 들고 있었다. 화장실 문 안쪽에 달린 고리에 가방 체인을 걸었던 기억이 났던 것이다. 그러니 화장실에 두고 온 것도 아니었다. 그다음에는 세면대 거울을 보고 빗을 꺼내 머리를 매만졌다. 로빈의 검은 머리는 가늘어서, 머릿속으로 재클린 케네디처럼 부풀린 머리를 상상하며 밤에 롤러 빗으로 잔뜩 띄워놓아도 푹 가라앉고 말았다. 머리만 아니었다면 로빈은 거울 속에 비친 모습에 만족했을 것이다. 초록빛이 도는 회색 눈동자에 검은 눈썹, 내버려둬도 알아서 구릿빛으로 타는 피부였고, 이 모든 것은 허리 부분은 딱 달라붙고 엉덩이 부분에는 자잘한 세로 주름이 잡혀 있어 풍성하게 퍼지는, 광택이 나는 면으로 만든 아보카도색 원피스로 인하여 더더욱 돋보였다.

바로 거기가 가방을 두고 온 곳이었다. 세면대 옆 공간. 그곳에 선 채 자기 모습에 감탄하면서 원피스 뒷부분의 V 절개선을 보려고 뒤돌아섰다가(로빈은 자기 등이 예쁘다고 생각하고 있었다) 그 김에 브래지어 끈이 보이는지도 확인해보았다.

허영심과 어리석은 만족감에 휩쓸려 그녀는 가방도 그대로 둔 채 여자 화장실에서 튀어나왔던 것이다.

로빈은 강둑에 올라 거리로 들어서는 가장 가까운 길로 극장을 향해 걷기 시작했다. 최대한 빨리 걸었다. 늦은 오후 땡볕이 내리쬐는 가운데 그늘도 없고 차만 많은 길을 그렇게 걸었다. 이제는 뛰다시피 하고 있다. 그 때문에 옷 속에 댄 땀 흡수용 패드에서 땀이 배어나왔다. 지금은 텅텅 빈 한증막 같은 주차장을 가로질러 언덕을 올랐다. 언덕 위에도 그늘이 없기는 마찬가지였고 극장 주변에는 사람이 아무도 없었다.

하지만 문은 잠겨 있지 않았다. 텅 빈 로비에 서서 이글거리는 오후의 햇빛 때문에 부셨던 눈이 정상으로 돌아올 때까지 로빈은 한동안 기다려야 했다. 심장이 쿵쾅거렸고 땀방울이 윗입술로 똑 떨어졌다. 예매소 문은 닫혀 있었고 매점도 마찬가지였다. 내부 극장 문은 잠겨 있었다. 화장실 쪽으로 난 계단을 내려가는 동안 구두가 대리석 바닥을 찧는 또각또각 소리가 났다.

제발 열려 있어라, 제발 열려 있어라, 제발 그 자리에 있어라.

하지만 없었다. 부드럽게 돌결이 나 있는 세면대 위에도, 쓰레기통에도, 칸마다 문 뒤에 달린 고리에도 아무것도 없었다.

위층으로 올라갔을 때 어떤 남자가 로비 바닥을 걸레질하고 있었다. 남자는 분실물 보관소에 접수가 됐을지 모르겠지만 그쪽도 문을 닫았다고 했다. 그는 그다지 내키지 않는다는 듯 마지못해 걸레를 놓더니 계단을 더 내려가면 나오는 작은 공간으로 로빈을 안내했다. 그 공간에는 우산 몇 개, 짐 꾸러미, 심지어 외투와 모자, 그리고 징그러운 갈색 여우털 목도리까지 있었다. 그러나 어깨에 메는 페이즐리 천 가방은 없었다.

"안됐구려." 남자가 말했다.

"제가 앉았던 좌석 밑에 있지 않을까요?"

거기 있을 리 없다고 확신하면서도 로빈은 애원조로 물었다.

"거긴 이미 청소했는걸."

이제는 계단을 올라 로비를 가로질러 거리로 나가는 수밖에 도리가 없었다.

그녀는 그늘을 찾아 주차장 반대편으로 걸어갔다. 벌써부터 조앤의 말소리가 들리는 것 같았다.

'그 청소부 아저씨가 집으로 가져가서 자기 부인이나 딸 주려고 꿍쳐뒀을 거야. 그런 데서 일하는 사람들이 그렇지 뭐.'

로빈은 어떻게 해야 좋을지 궁리할 동안 앉아 있을 벤치나 낮은 담장을 찾아 두리번거렸다. 그런 것은 보이지 않았다.

그때 산만 한 개가 뒤에서 튀어나와 로빈을 치고 지나갔다. 그 개는 진한 밤색 개로 다리가 길고 거만하고 고집 센 표정을 짓고 있었다.

"주노, 주노. 조심조심 다녀야지." 남자의 목소리가 들렸다. "아직 어리고 버릇이 없답니다. 아무래도 인도가 자기 것이라 생각하는 모양이에요. 그래도 사납지는 않습니다. 많이 무서우셨나요?"

로빈은 아니라고 대답했다. 잃어버린 가방에 온통 정신이 팔려 있던 로빈은 엎친 데 덮친 격으로 일어난 개의 공격에 대해서는 생각할 겨를이 없었다.

"사람들이 도베르만을 보고 겁먹는 일이 종종 있어서요. 도베르만은 맹견으로 명성이 자자한 만큼, 경비견인 경우에는 사나운 본성을 드러내도록 훈련을 받지만 산책 중일 때는 전혀 사납지 않답니다."

로빈은 개의 품종에 대해서는 아는 것이 하나도 없었다. 조앤의 천식 때문에 집에서는 개고 고양이고 길러본 적이 없어서였다.

"괜찮아요." 로빈이 말했다.

개의 주인은 주노라는 개가 기다리고 있는 곳으로 가는 대신 개를 자신이 있는 곳으로 다시 불렀다. 그러고는 들고 있던 목줄을 개 목걸이에 걸었다.

"잔디밭에 오면 목줄을 풀어줍니다. 극장 아래 있는 잔디밭 말이에요. 주노가 좋아하거든요. 하지만 이 위에서는 다시 목줄을 걸어야겠죠. 제가 부주의했네요. 그런데 어디 아프신가요?"

대화의 방향이 이처럼 갑자기 변했는데도 로빈은 깜짝 놀랄 기운조차 없었다.

"가방을 잃어버렸어요. 순전히 제 잘못이었죠. 극장 여자 화장실 세면대에 놓고 나왔기에 돌아가서 찾아보았지만 없었어요. 연극이 끝나고 가방을 거기 둔 채 그냥 걸어 나왔거든요."

"오늘 연극이 뭐였죠?"

"〈안토니우스와 클레오파트라〉요. 돈도, 집에 돌아가는 기차표도 가방에 들어 있어요."

"기차를 타고 오셨다고요? 「안토니우스와 클레오파트라」 보려고요?"

"그래요."

로빈은 예전에 어머니가 조앤과 자신에게 기차든 뭐든 타고 여행을 할 때 주의하라며 해준 충고가 떠올랐다. 늘 지폐 두어 장은 접어서 속옷에 옷핀으로 꽂아두라는 것이었다. 한 가지 더, 낯선 남자와 말을 하지 말라.

"뭐가 그렇게 우스우세요?" 남자가 물었다.

"저도 모르겠어요."

"글쎄요, 계속 그렇게 웃으셔도 될 것 같네요. 제가 기꺼이 기차 삯을 빌려드릴 테니까요. 기차 시간이 어떻게 되죠?"

로빈이 기차 시간을 알려주자 남자가 말했다.

"좋습니다. 하지만 우선 음식부터 먹어야 해요. 그러지 않으면 너무 배가 고파서 기차 여행을 신나게 즐길 수 없을 테니까요. 주노를 산책시킬 때는 돈을 안 가지고 나와서 지금은 저도 돈이 없거든요. 하지만 제 가게가 여기서 그렇게 멀지는 않으니까 저랑 같이 가시면 제가 계산대에서 돈을 꺼내드리도록 하죠."

로빈은 여전히 잃어버린 가방에 정신이 팔려서 남자의 억양을 눈치채지 못하고 있었다. 어디 억양이었더라? 프랑스, 네덜란드? 로빈이 식별할 수 있는 억양은 그 두 가지가 다였다. 학창 시절에 배운 프랑스어와 가끔 병원에 외래 환자로 찾아왔던 이민자가 쓴 네덜란드어. 또 하나 로빈의 눈길을 끈 것은 남자가 기차 여행을 신나게 즐길 수 없다고 말했다는 점이었다. 그녀가 아는 사람 중에는 다 큰 어른을 두고 그런 식으로 말하는 법이 없었다. 하지만 남자는 그것이 아주 자연스럽고 당연한 일이라는 듯 말했다.

다우니 스트리트 모퉁이에서 남자가 말했다. "이쪽으로 돌아야 해요. 이 길을 따라 조금만 가면 집이 나올 거예요."

아까는 *가게*라더니 지금은 집이라고 했다. 하지만 가게가 집 안에 있을 가능성도 있었다.

로빈은 걱정하지 않았다. 나중에 의아하게 여기기는 했다. 한 치의 망설임도 없이 낯선 남자의 도움을 받아들이고 구원의 손길을 덥석 잡아버린 데다 산책할 땐 돈을 안 가지고 다니니 가게 계산대에서 돈을 꺼내줄 수 있다는 말을 아무런 거리낌 없이 믿어버렸다니!

그 이유 가운데 하나는 억양에 있었던 것 같다. 네덜란드 농부들과 그 부인들의 억양을 우스꽝스럽게 흉내 내던(물론 그 사람들이 안 보는 자리에서) 간호사들이 있었다. 그래서 로빈은 말도 안 된다는 것을 알고 있으면서 그 사람들을 대할 때면 언어장애나 정신지체가 있기라도 한 것처럼 남다르게 대하는 버릇을 갖게 되었다. 그 결과 억양은 그녀에게 자비심과 정중함을 불러일으켰다.

또 한 가지 이유는 로빈이 그 남자를 전혀 주의 깊게 보지 않았다는 데 있었다. 처음에는 너무 당황해서 그러지 못했고, 시간이 얼마간 흐른 뒤에는 나란히 길을 걷고 있어서 그럴 수 없었다. 남자는 키가 크고 다리가 길어서 걸음이 빨랐다. 한 가지 로빈의 이목을 끈 것은 그루터기에 가깝게 바짝 깎은 머리 위로 눈부시게 반짝거린 햇빛이었다. 그 때문에 남자의 머리가 은빛으로 보였다. 엄밀히 말해서 회색이었지만. 넓고 높은 이마 또한 햇빛에 빛나고 있어서 로빈은 남자가 자신보다 한 세대 전 사람인 것 같다는 느낌을 받았다. 존경은 요구할지언정 결코 가까이 다가갈 수는 없고, 공손하지만 약간 성격이 급하고, 학교 선생님 같은 면도 있으면서 독단적인 사람으로 보였다. 나중에 실내에 들어갔을 때 로빈은 회색 머리 사이사이에 녹슨 빛이 감도는 빨간 머리가 섞여 있는 걸 볼 수 있었다. 그러나 그의 피부는 빨간 머리치고 드물게 올리브빛을 띠었다. 집 안에 누군가와 함께 있는 것이 익숙하지 않은 듯 집 안에서의 움직임도 서툴렀다. 나이는 로빈보다 열 살 이상 많아 보이지는 않았다.

로빈은 잘못된 이유 때문에 남자를 믿어버렸던 것이다. 그러나 어쨌든 믿음 자체가 잘못된 것은 아니었다.

가게가 정말 집 안에 있었기 때문이다. 폭이 좁은 오래된 벽돌집이 상가용 건물만 죽 들어선 가운데 저 홀로 덩그러니 서 있었다. 그 집에는 보통 주택에 있을 법한 현관과 계단, 창문이 있었고, 창문에는 정교한 시계가 하나 걸려 있었다. 그는 문을 열었으면서도 *닫았음*이라는 표지판을 돌려놓지 않았다. 주노가 둘을 제치고 먼저 들어가자 이번에도 그가 로빈에게 사과했다.

"주노는 이 집 안에 있으면 안 될 사람이 없는지, 나갈 때와 달라진 점은 없는지 살피는 것이 제 임무라고 생각한답니다."

집 안은 시계 천지였다. 짙은 목재와 옅은 목재, 페인트로 그린 숫자와 금박을 입힌 반구형. 선반에도 바닥에도 심지어 거래가 이루어지는 곳으로 보이는 카운터 위에도 시계가 있었다. 그 너머로는 내부를 드러낸 채 벤치 위에 놓인 시계도 있었다. 주노가 시계 사이를 솜씨 좋게 요리조리 빠져나간 후, 쿵쿵거리며 계단을 올라가는 소리가 들렸다.

"시계에 관심이 있으신가요?"

로빈은 "아뇨"라고 대답한 후에야 예의상 그렇다고 대답해야 했다는 생각이 들었다.

"좋아요, 그렇다면 시계 강의를 시작할 필요는 없겠군요."

그는 이렇게 말한 후, 로빈을 주노가 지나간 길로 안내했다. 그들은 화장실 문일 것으로 짐작되는 문을 지나 위로 올라가는 가파른 계단을 올랐다. 그랬더니 모든 것이 깨끗하고 밝은 부엌이 나왔고, 주노가 꼬리를 살랑거리며 바닥에 놓인 빨간 접시 옆에서 기다리고 있었다.

"기다려. 그래, 기다려야지. 손님 와 계신 거 안 보이니?"

그가 로빈이 널찍한 거실로 들어올 수 있도록 한옆으로 물러서주었다. 페인트를 칠한 넓은 마룻바닥에 러그는 깔려 있지 않았고 창문에도 커튼 없이 블라인드만 달려 있었다. 한쪽 벽면의 대부분은 하이파이 시스템이 차지했고 반대쪽 벽은 잡아당기면 침대로 쓸 수 있는 소파가 있었다. 캔버스 체어 두어 개와 책장이 하나 있었는데, 책은 한 줄에만 꽂혀 있고 나머지 선반에는 잡지가 차곡차곡 정돈되어 있었다. 그림이나 쿠션 등 장식물은 전혀 없었다. 모든 것이 어떤 의도와 필요를 지녔고, 소박한 만족감을 드러내주는 미혼 남자의 방이었다. 로빈이 알고 있는 유일한 미혼 남성, 윌러드 그리그의 집과는 완전히 달랐다. 윌러드의 공간은 돌아가신 부모님의 가구 한가운데 아무렇게나 세워놓은 썰렁한 야영지에 가까웠다.

"어디 앉으실래요? 소파? 의자보단 편할 겁니다. 커피를 만들어 드릴 테니까 저녁 만드는 동안 여기 앉아서 마시고 계세요. 연극 끝나고 기차 타고 집에 가기 전까지는 보통 뭘 하시나요?"

외국인이라서 그런지 말하는 방식이 달랐다. 배우들처럼 단어 사이사이를 약간 떼어서 발음하고 있었다.

"걸어요. 그런 다음 먹어요." 로빈이 말했다.

"그렇다면 오늘과 다르지 않겠군요. 혼자 먹으면 심심한가요?"

"아뇨, 연극 생각을 해요."

커피는 매우 진했지만 로빈은 이내 적응했다. 여자였으면 부엌일을 돕겠다고 자청했겠지만, 이 경우에는 그러면 안 될 것 같았다. 로빈은 의자에서 일어나 거의 까치발로 방을 가로질러 잡지를 한 권 꺼냈다. 꺼내면서도 괜한 짓이라는 것은 알고 있었다. 하나같이 싸구려 갈색 종이를 사용하여 만든 잡지에는 읽을 수도, 어느 나라 말인지도 알 수 없는 언어가 인쇄되어 있었다.

잡지를 무릎 위에 올려놓고 펼쳐보니 막상 식별할 수 있는 글자가 정말 하나도 없었다.

그가 커피를 좀 더 가지고 왔다.

"우아, 우리나라 말을 읽을 수 있나 보군요?"

비아냥거리는 것처럼 들렸지만 그는 그녀의 시선을 피하고 있었다. 자기 집 안에 들어오더니 내성적인 사람으로 돌변한 것만 같았다.

"어느 나라 말인지도 모르는걸요." 로빈이 말했다.

"세르비아어예요. 세르보크로아티아어라고 부르는 사람들도 있죠."

"거기가 당신이 온 나라인가요?"

"나는 몬테네그로에서 왔어요."

로빈은 어찌할 바를 모르고 쩔쩔맸다. 몬테네그로가 어디 있는지 몰라서였다. 그리스 옆인가? 아냐, 그건 마케도니아였지.

"몬테네그로는 유고슬라비아 내에 있어요, 라고 사람들은 말하죠. 하지만 우린 그렇게 생각하지 않아요."

"전 그런 나라에서는 함부로 못 나오는 줄 알았어요. 공산국가라서요. 보통 사람들처럼 그냥 출국해서 서방세계로 갈 수 없는 줄 알았거든요."

"그럴 리가요." 남자는 그다지 관심 없다는 듯, 혹은 그런 일은 잊은 지 오래라는 듯 말했다. "정말 원하면 나올 수 있어요. 나는 거의 5년 전에 떠나왔죠. 지금은 훨씬 쉬워졌어요. 이제 곧 고국으로 돌아가는데 아마 또다시 고국을 떠나게 될 겁니다. 이제 당신 먹을 저녁 만들러 가야겠어요. 안 그러면 배고픈 채로 가야 할 테니까요."

"하나만 더요." 로빈이 가려는 그를 붙잡았다. "어째서 나는 이 글자를 못 읽는 거죠? 내 말은 그러니까, 이 글자가 뭐냐는 거예요. 당신이 떠나온 나라의 알파벳인가요?"

"키릴 알파벳이에요. 그리스어랑 비슷한. 이제 정말 요리하러 가야겠어요."

로빈은 이상하게 생긴 글자가 인쇄된 페이지를 무릎 위에 펼쳐 놓고 낯선 세계에 들어온 것 같다는 생각을 했다. 스트래트퍼드, 다우니 스트리트에 있는 아주 작은 낯선 세계. 몬테네그로. 키릴 알파벳. 남자에게 이것저것 꼬치꼬치 캐묻다니 무례한 짓이었다. 자칫하면 그에게 별종으로 보일 수도 있었다. 물어보고 싶은 게 아직 많았지만 로빈은 자제해야 했다.

아래층에 있는 모든 시계들, 혹은 대부분의 시계가 정각을 알리기 시작했다. 벌써 7시였다.

"그 기차 뒤에 다른 기차는 없나요?" 그가 부엌에서 목청 높여 물었다.

"있어요. 10시 5분 전 기차예요."

"그 기차를 타면 안 될까요? 혹시 집에서 걱정하실까요?"

로빈은 괜찮다고 했다. 조앤이 언짢아하기야 하겠지만, 엄밀히 말해서 그건 걱정이 아니므로.

저녁은 빵과 와인을 곁들여 대접에 내온 스튜, 혹은 걸쭉한 수프였다.

"스트로가노프예요. 입맛에 맞았으면 좋겠네요."

"맛있어요." 로빈이 솔직하게 말했다.

와인은 썩 마음에 들지는 않았다. 그보다 달았으면 더 좋았을 텐데.

"몬테네그로에서 먹는 음식인가요?"

"딱히 그런 건 아니에요. 몬테네그로 음식은 별로거든요. 우리나라는 음식으로 유명한 나라는 아니랍니다."

로빈은 지금 상황에서 전혀 실례가 되지 않을 것 같은 질문을 했다. "그러면 당신네 나라는 뭐가 유명한가요?"

"당신네 나라는 뭔가요?"

"그야 캐나다죠!"

"아뇨, 뭘로 유명하냐고요."

당황하여 말문이 막힌 로빈은 바보가 된 느낌이 들었다. 그렇지만 웃으며 말했다.

"모르겠네요. 없는 것 같아요."

"몬테네그로 사람들은 아우성치고 소리 지르고 싸움 잘하는 걸로 유명해요. 마치 주노처럼요. 훈련이 필요하죠."

그가 일어나더니 음악을 틀었다. 어떤 음악을 듣고 싶은지 물어보지 않아서 다행이었다. 아는 음악가라고는 모차르트와 베토벤밖에 없는 데다 둘의 작품을 분명하게 구분하지 못하는 상황에서 좋아하는 음악가가 누구냐는 질문은 듣고 싶지 않았다. 그녀가 정말로 좋아하는 것은 포크송이었지만 지루한 데다 그가 국적을 내세운 취향으로 생각할지도 몰랐고, 그러한 인식을 로빈이 몬테네그로에 대하여 품고 있는 이미지와 결부시킬 것만 같았다.

그가 튼 음악은 일종의 재즈였다.

로빈은 애인, 심지어 남자친구도 사귀어본 적이 없었다. 어쩌다 이런 일이 일어난 걸까, 아니 안 일어난 걸까? 그녀도 몰랐다. 물론 조앤 때문이라고 볼 수도 있었지만, 그녀와 비슷한 짐을 짊어지고 있는 다른 여자애들은 그럭저럭 잘해나가고 있었다. 어쩌면 로빈이 이성 문제에 충분한 관심, 시급한 관심을 기울이지 않았던 데 있었을지도 모른다. 그녀가 사는 마을의 여자애들은 대부분 고등학교를 졸업하기도 전에 누군가와 진지한 관계를 맺었다. 그래서 고등학교도 마치지 못하고 중퇴 후 결혼해버린 여자애들도 있었다. 물론 그보다 상위 계급에 속하는 여자애들은(대학까지 보낼 정도로 부모가 여유 있는 집안의 딸들로 그 수는 얼마 되지 않는다) 더 나은 신랑감을 찾으러 세상에 나가기 전 고등학교 시절 남자친구를 정리하는 것을 수순이라 여겼다. 그렇게 버림받은 남자애들도 득달같이 채 갔고, 잽싸게 움직이지 못한 여자애들은 선택의 폭이 대폭 좁아졌음을 뒤늦게 깨달았다. 일정 연령을 넘기면 마을에 새로이 등장한 남자들도 대부분 부인을 옆에 끼고 나타나게 마련이었다.

그러나 로빈에게도 기회는 있었다. 간호사 교육을 받으러 타지로 나갔으니 그것을 새 출발의 발판으로 삼아야 마땅했다. 간호사 교육을 받는 여자애들은 의사들을 노렸다. 거기서도 로빈은 실패했다. 당시에는 그조차 깨닫지 못했다. 시종일관 너무 진지했던 게 문제였던 것 같다. 〈리어 왕〉 같은 연극을 보는 취미에만 매달리고 댄스파티와 테니스 같은 기회를 활용하는 데는 소홀했던 것이다. 여자가 너무 진지하면 외모가 상쇄될 수도 있는 시대였다. 그러나 남자를 얻은 여자애들이 부러웠던 적은 한 번도 없었다. 사실 결혼하고 싶다는 생각이 드는 상대조차 떠올릴 수 없었다.

그렇다고 결혼에 결사반대하는 것은 아니었다. 열다섯 살 소녀처럼 마냥 기다리고 있는 것뿐이었고, 자신이 처한 현실에 직면해야 할 때는 어쩌다 두어 번 정도밖에 되지 않았다. 가끔 함께 일하는 여자 동료 가운데 하나가 로빈에게 누군가를 소개시켜주곤 했는데, 그녀에게 적합한 짝이라 여겼을 상대를 보고 로빈은 적잖이 충격을 받곤 했다. 최근에는 윌러드조차 언젠가 자기라도 그 집으로 들어가 조앤 돌봐주는 일을 도와야 하는 거 아니냐는 농담을 해서 로빈을 경악케 했다.

어떤 사람들은 로빈이 애초에 자기 인생을 조앤에게 헌신하기로 계획한 일을 당연하게 여기면서, 그녀가 미혼인 것이 당연하다느니, 심지어 대견하다느니 하면서 칭송하기까지 했다.

식사를 마치고, 남자는 로빈에게 기차 타기 전까지 강변 산책을 하지 않겠느냐고 물었다. 로빈이 좋다고 하자, 남자는 이름도 모르면서 함께 산책할 수는 없다고 했다.

"당신을 소개할 일이 생길 수도 있잖아요."

로빈은 그에게 이름을 알려주었다.

"로빈이라면 그 새 이름*을 말하는 건가요?"

"그래요, 로빈 레드브레스트**의 그 로빈이에요."

로빈은 아무 생각 없이 전에 말하곤 하던 대로 말을 해버렸다. 갑자기 멋쩍어진 로빈은 하는 수 없이 아무렇지도 않은 척 말을 이어나갈 수밖에 없었다.

---

* robin. 개똥지빠귀를 가리킨다.
** robin redbreast. 미국 개똥지빠귀를 뜻한다.

"이제 당신이 이름을 알려줄 차례예요."

그의 이름은 대니얼이었다.

"다닐로지만 여기선 대니얼이에요."

"그러니까 여기란 여기를 말하는 거군요."

로빈은 로빈 레드브레스트에서 느낀 창피함 때문에 여전히 머쓱한 목소리로 말했다.

"하지만 거긴 어디죠? 몬테네그로에서도 어느 도시든지 시골에서 살았을 거 아니에요?"

"나는 산골 마을에서 살았어요."

그의 가게 위에 있는 거실에 앉아 있을 때 둘 사이에는 어느 정도 거리가 있었고, 그가 무뚝뚝하게 행동하든 어설프게 행동하든 굼뜨게 움직이든 로빈에게는 그 거리가 가까워질지도 모른다는 두려움도, 희망도 없었다. 몇 번 안 되기는 하지만, 어쩌다 다른 남자들하고 있을 때 거리가 가까워지기라도 하면 로빈은 어색해서 어쩔 줄 몰라 했었다. 이제는 순전히 필요에 의해 이 남자와 함께 꽤 바싹 붙어 걷고 있었다. 지나가다 누군가 만나기라도 하면 둘의 팔이 스치고 지나갈 정도로 둘의 사이는 가까웠다. 남자가 길을 비켜주기 위해 그녀의 뒤로 움직이기라도 하면 그의 팔이나 가슴이 그녀의 등에 잠깐이나마 부딪히게 되어 있었다. 이러한 가능성 그리고 마주치는 사람들은 누구나 둘을 커플로 보게 될 거라는 인식이, 그녀의 어깨를 지나 한쪽 팔 아래에 걸쳐 일종의 경련, 긴장 같은 것을 유발했다.

그는 로빈에게 〈안토니우스와 클레오파트라〉에 관하여 그 연극이 마음에 들었는지(마음에 들었다), 특히 어떤 부분이 가장 기억에 남는지 물었다. 그때 로빈의 마음속에 떠오른 것은 여러 차례 등장한 대담하고 설득력 있는 포옹 장면이었지만, 그 말을 그대로 할 수는 없었다.

"마지막 부분요. 거기서 클레오파트라가 자기 몸 위에 독사를 올려놓거든요."

로빈은 *가슴*이라고 말하려다가 몸으로 바꿨지만, 딱히 더 나은 선택 같지는 않았다.

"그리고 늙은 남자가 독사가 든 무화과 바구니를 들고 와서 둘이 농담 같은 걸 주고받아요. 그 장면이 좋은 건 아무래도 워낙 뜻밖이어서 그런 것 같아요. 물론 다른 부분도 좋았고, 전체적으로 다 마음에 들었지만, 그 부분은 달랐어요."

"그래요, 나도 그 부분이 마음에 드는군요."

"당신도 봤나요?"

"아뇨, 지금은 돈을 모으는 중이라서요. 하지만 셰익스피어 작품은 많이 읽었거든요. 영어 배우려는 학생들이 많이 읽어요. 낮에는 시계 공부를 했고 밤에는 영어 공부를 했어요. 당신은 뭘 배웠죠?"

"별로 배운 건 없어요, 학교에서는요. 졸업하고 나서…… 간호사 공부를 했어요."

"공부 많이 해야 하잖아요, 간호사 되려면. 그럴 것 같은데."

그 후에는 저녁 공기가 서늘해져서 얼마나 반가운지 모르며, 아직 8월이 한참 남아 있긴 하지만 밤이 눈이 띄게 길어졌다는 얘기를 주고받았다. 주노가 따라오고 싶어했지만 그가 남아서 가게를 지켜야 한다고 주의를 주자 그 즉시 얌전해졌다는 얘기도. 이런 식의 대화는 점점 더 서로가 가담에 합의한 일종의 위장 전술처럼 느껴졌다. 둘 사이에서 아까부터 내내 불가피하고 필연적으로 되어가는 것을 막으려는 전형적인 장막처럼 느껴졌던 것이다.

그러나 철도역의 불빛을 보자 다음에 대한 기약이든 신비로운 인연이든 모든 것은 이내 사라져버렸다. 창구에 줄 서 있는 사람들이 보이자 그가 그 뒤로 가서 순서를 기다렸다가 표를 사 가지고 왔다. 그들은 승객들이 기다리고 있는 플랫폼으로 나갔다.

"종이에 이름하고 주소를 적어주시면 돈은 바로 보내드릴게요." 로빈이 말했다.

이제 그 일이 일어나겠구나 하고 로빈은 생각했다. 그 일이란 아무것도 아닌 일이었다. 이제 아무 일도 일어나지 않을 것이다. 안녕히 가세요. 감사합니다. 돈은 꼭 보내드릴게요. 서두르실 것 없어요. 감사합니다. 천만에요. 그래도 고마워요. 안녕히 가세요.

"우리 이쪽으로 조금 걸어요."

그가 제안했고, 둘은 환한 불빛에서 멀리 떨어진 플랫폼을 따라 걸었다.

"돈 걱정은 하지 마세요. 얼마 안 되는 돈인 데다가 제가 곧 떠날 거라 어쨌든 못 받을 수도 있거든요. 가끔 편지가 늦게 도착하기도 하잖아요."

"하지만, 그래도 돈은 꼭 갚고 싶어요."

"그럼 저한테 어떻게 갚아야 할지 알려드릴게요. 내 말 잘 듣고 있는 거죠?"

"네."

"내년 여름에도 나는 아까 그 장소에 있을 거예요. 똑같은 가게에. 늦어도 6월엔 올 겁니다. 내년 여름에요. 그러니까 당신은 연극을 고른 다음에 기차를 타고 여기 와서 가게에 들러주세요."

"그럼 그때 갚으란 얘긴가요?"

"그럼요. 그때도 저녁 만들어드릴 테니까 같이 와인도 마시고 나도 그간 있었던 일 얘기해줄 테니까 당신도 얘기해주세요. 그리고 한 가지 더 부탁할 게 있어요."

"뭔데요?"

"그때도 꼭 오늘 입은 옷을 입고 와주세요. 그 녹색 드레스요. 머리도 똑같이 하고요."

로빈이 웃으며 말했다. "날 알아볼 수 있게 말이죠?"

"그래요."

플랫폼 끄트머리에 다다랐을 때, 그가 말했다. "여긴 조심해야 해요."

잠시 후 계단을 내려가 자갈 깔린 길에 들어섰을 때는 "괜찮아요?"라고 묻기도 했다.

"괜찮아요." 로빈이 마음의 동요가 묻어나는 목소리로 말했다.

바닥에 깔린 울퉁불퉁한 자갈 때문이었는지, 그가 어깨를 잡았다가 손을 아래로 움직여 드러난 팔을 잡았기 때문인지는 로빈도 몰랐다.

"우리가 이렇게 만났다는 건 중요한 일이에요. 난 그렇게 생각해요. 당신도 그렇게 생각하나요?"

로빈은 "그렇다"고 대답했다.

"그래요. 그럼요."

그가 양손을 그녀의 팔 밑으로 슬며시 넣어 허리에 두르고는 꽉 껴안았고, 둘은 몇 번이고 키스를 나눴다.

키스로 나누는 대화. 미묘하고, 대담하고, 마음을 사로잡고, 변신을 가능케 하는 대화. 키스를 멈췄을 때 그들은 둘 다 떨고 있었다. 힘겹게 다시 목소리를 가다듬은 그가 무덤덤하게 말하려고 애를 썼다.

"우리 편지는 주고받지 말기로 해요. 편지는 별로 좋은 생각이 아니니까. 그저 서로를 머릿속에 담아만 뒀다가 내년 여름에 만나요. 나한테 미리 알릴 것도 없어요. 그냥 오기만 하면 돼요. 지금 이 마음 변치 않는다면 그냥 오기만 하면 돼요."

기차 소리가 들렸다. 그는 로빈이 플랫폼으로 올라갈 수 있도록 도와주었고, 그 이후로는 그녀에게 손끝 하나 대지 않았지만 주머니에서 뭔가를 만지작거리면서 그녀 옆에서 힘차게 걸었다.

그녀를 두고 떠나기 직전, 그가 접은 종이쪽지 한 장을 건넸다.

"아까 가게에서 나오기 전에 적은 거예요."

기차 안에서 로빈은 그의 이름을 읽어보았다. *다닐로 아지치.* 그리고 *비옐로예비치.* 우리 마을.

로빈은 역에서부터 시커멓고 무성한 나무 밑을 지나 집까지 걸어갔다. 조앤은 혼자서 카드놀이를 하고 있었다.

"기차를 놓치는 바람에, 미안. 저녁은 먹었어. 스트로가노프로."

로빈이 말했다.

"지금 내가 맡고 있는 냄새가 그 냄새구나."

"와인도 한잔했지."

"그 냄새도 나네."

"지금 바로 자러 가야겠어."

"그러는 게 좋겠다."

로빈은 위층으로 올라가면서 '영광의 구름을 나부끼며'*를 떠올렸다.

우리의 고향인, 하나님으로부터.**

얼마나 어리석었던가! 심지어 신성모독이라고 할 수도 있었다. 신성의 존재를 믿을 수 있는 사람에게나 해당하는 말이겠지만 말이다. 기차역 플랫폼에서 키스를 받고 1년 동안 일어난 일을 전해 달라는 말을 듣다니. 조앤이 알기라도 하는 날엔 뭐라고 할까? 아, 외국인. 외국인들은 대개 아무도 거들떠보지 않을 여자를 고른다지.

몇 주 동안 자매는 거의 말을 하지 않았다. 그러다 전화도 편지도 없고, 로빈이 저녁에 외출하는 것도 도서관에 가기 위해서라는 걸 알게 되자 조앤은 마음을 놓았다. 뭔가 달라졌다는 것을 조앤도 눈치채기는 했지만 심각하게 여기지는 않았다. 그녀는 윌러드에게 농담도 하기 시작했다.

---

* 윌리엄 워즈워스의 시에 나오는 시구.
** 역시 윌리엄 워즈워스의 시. 「어린 시절을 떠올리며 영생불멸을 깨닫는 노래」에 나오는 시구.

로빈을 앞에 두고 조앤이 이렇게 말했던 것이다. "여기 계신 우리 숙녀분께서 스트랫퍼드에서 뭔지 모를 모험을 시작했다는 거 혹시 알려나 모르겠네. 암, 그렇고말고. 내가 말해주지. 글쎄 로빈이 술 냄새랑 굴라슈* 냄새를 풍기면서 밤늦게 왔지 뭐야. 그 냄새가 어땠는 줄 알아? 토할 것 같은 냄새였어."

조앤은 로빈이 정체 모를 유럽 요리를 메뉴에 올려놓은 어떤 이상한 레스토랑에 가서 제 딴엔 고상한 척한답시고 식사와 함께 와인이라도 한잔 주문했겠거니 여기는 모양이었다.

로빈은 몬테네그로에 관한 책을 읽으려고 도서관에 다니고 있었다. 책에는 이렇게 쓰여 있었다.

'2세기도 넘게 몬테네그로인들은 투르크족 및 알바니아인들에 맞서 싸웠다. 몬테네그로 남자들에게는 이것이 거의 유일한 의무였다(몬테네그로인들이 자존심 세고, 호전적이고, 일하기 싫어한다는 평판은 오늘날까지 이어지고 있으며, 유고슬라비아 사람들 사이에서는 이점이 판에 박은 농담거리이다).'

그 두 세기가 정확히 언제부터 언제까지였는지는 알아낼 수 없었다. 로빈은 왕들, 주교들, 전쟁, 암살 사건에 관하여, 모든 세르비아 시 중에서 가장 위대하며 몬테네그로의 어떤 왕이 지었다는 「갈란드 산」이란 시도 읽어보았다. 읽은 내용 중 머릿속에 남은 단어는 거의 없었다. 딱 하나, 어떻게 읽는지는 모르지만 몬테네그로의 본명만은 머릿속에 남아 있었다.

---

* 고기에 파프리카를 넣은 헝가리 스튜 요리.

Crna Gora.

로빈은 지도도 찾아보았다. 몬테네그로라는 나라 자체도 충분히 찾기 힘들었지만, 돋보기를 동원한 끝에 마침내 여러 마을 이름(그 중에 비엘로예비치는 없었다)과 모라카 강과 타라 강과, 제타 유역을 제외한 모든 곳에 존재하는 듯한 짙은 색 산맥 이름들을 눈에 익힐 수 있었다.

이런 조사를 계속해야 할 필요성을 말로 설명하기는 어려웠지만, 로빈은 굳이 설명하려 하지 않았다(물론 도서관에서 그녀는 눈에 띄는 존재였고, 몰두한 모습 또한 마찬가지긴 했다). 그녀가 노력 중인 작업은(그리고 반쯤 성공한 것은) 그녀가 익히고 있는 이러한 명칭들을 그 또한 알고 있고, 역사 또한 학교에서 그가 배운 내용일 것이며, 이런 장소들 가운데 몇몇 군데는 그가 어렸을 때나 지금보다 젊었을 때 실제로 방문해본 곳이라고 생각하면서 다닐로를 실존하는 어떤 장소와 실존했던 과거 속에 자리 잡게 하는 것이었다. 아니, 어쩌면 그러한 지명들 중 지금 이 순간 그가 방문하고 있는 곳이 있을 수도 있었다. 손가락으로 인쇄된 지명을 만지면서도 어쩌면 지금 그가 있는 바로 그 장소를 짚고 있는 것인지 모른다는 생각을 했다.

로빈은 책과 도표를 통해 시계 제작에 관해서도 공부해보려고 했지만, 이 분야에서는 그다지 성공을 거둘 수 없었다.

그는 여전히 그녀와 함께 있었다. 잠에서 깨어났을 때도, 일하다가 잠깐 쉬는 동안에도 그녀는 그를 생각했다. 크리스마스에도 그녀의 생각은 어느덧 책에서 읽은 동방정교회 의식으로 흘러가 급기야 금색 제의를 입은 수염이 텁수룩한 사제, 촛불과 향, 낯선 언어로 부르는 애절한 성가에까지 이르렀다. 한파와 저 멀리 얼어붙은 호수를 보자 산골 마을의 겨울이 떠올랐다. 마치 자신이 태어날 때부터 세상 한 구석에 있는 그 낯선 장소와 인연을 맺게 되어 있었고, 또한 태어날 때부터 다른 운명을 타고나기라도 한 것처럼 느껴졌다. 그녀가 독백처럼 중얼거리는 단어가 있었다. *운명. 애인. 남자친구*가 아니라 *애인*이었다. 때때로 그녀는 *그*가 조국에 돌아갔다가 나오는 얘기를 할 때 태연하면서도 주저하던 모습을 떠올리곤 했다. 그럴 때면 *그*가 어두운 음모, 영화에나 나올 법한 흉계, 위험에 연루되는 모습을 상상하면서 걱정을 했다. 편지를 주고받지 말자던 그의 결정이 어쩌면 현명한 결정이었을지도 몰랐다. 그러지 않았더라면 그녀는 편지를 쓰고 답장을 기다리다가 기진맥진했을 것이다. 편지를 쓰고 답장을 기다리고, 답장을 기다리고 편지를 쓰는 일의 반복. 답장이 오지 않으면 물론 안절부절못하게 될 것이다.

이제 로빈에게는 늘 그녀를 따라다니는 무언가가 생겼다. 자신에게서, 자신의 몸에서, 목소리에서, 모든 행동거지에서 빛이 난다는 것을 그녀는 알고 있었다. 그 때문에 걸음걸이도 달라졌고 아무 이유 없이 웃었고 환자도 더없이 상냥하게 대했다. 어느 때고 곱씹어볼 일이 있다는 것은 즐거운 일이었다. 로빈은 바쁘게 일하는 동안에도, 조앤과 저녁을 먹는 동안에도 그렇게 추억을 곱씹었다. 아무것도 바르지 않은 벽, 빛이 블라인드 날개살을 통과하면서 생긴 직사각형 모양의 가느다란 빛줄기들. 거친 질감의 종이에 사진이 아니라 옛날식으로 그린 삽화가 들어간 잡지책. 스트로가노프를 담아 내온, 둘레에 노란 줄무늬가 있는 오지그릇. 주노의 초콜릿색 목줄과 늘씬하고 강인한 다리. 그리고 거리의 시원한 바람, 시청 화단에서 날아온 꽃향기와 작은 벌레들이 윙윙거리고 빙빙 돌며 이룩한 작은 문명 전체가 자리하고 있던 강가의 가로등 주변.

그가 기차표를 가지고 돌아왔을 때 가슴속이 무겁게 가라앉았다가 완전히 닫혔던 일. 그러나 그 후 함께한 산책, 착착 맞아떨어지던 발걸음, 플랫폼에서 자갈이 깔린 바닥으로 내려선 일. 신고 있던 구두의 얇은 밑창을 통해 전해지던 날카로운 자갈의 통증.

이러한 생각의 흐름은 몇 번을 반복해도 결코 희미해지는 부분이 없었다. 그녀의 기억, 기억에 놓인 자수는 나날이 입체감을 더해만 갔다.

우리가 이렇게 만났다는 건 중요한 일이에요.

그래요. 그럼요.

그러나 막상 6월이 찾아왔을 때, 로빈은 꾸물댔다. 아직 어느 연극을 볼지 정하지도 않았고, 표를 우편으로 주문해놓지도 않았다. 고심 끝에 그녀는 기념일, 그러니까 작년과 같은 날을 고르는 것이 가장 좋겠다는 결정을 내렸다. 그날 상연 작품은 〈뜻대로 하세요〉였다. 그러다 문득 다른 데 정신이 팔려서, 혹은 너무 흥분해서 어차피 연극에 집중하지 못할 게 뻔하므로 귀찮게 연극을 볼 필요도 없이 다우니 스트리트로 직행해도 되겠다는 생각이 들었다. 그렇지만 로빈은 그날의 일과를 변경하는 데 미신적인 생각을 품고 있었다. 표가 도착했고, 그때 입었던 녹색 드레스를 세탁소로 가지고 갔다. 그날 이후 그 옷을 입지는 않았지만 새 옷처럼 산뜻하고 빳빳하게 만들고 싶었다.

세탁소에서 다림질을 맡은 여자가 그 주에 며칠간 일을 못 나왔다. 아이가 아프다고 했다. 하지만 그 여자는 세탁소에 다시 나올 것이며, 옷도 토요일 오전까지 준비해놓겠다고 약속을 했다.

"죽어버릴 거야. 그 드레스 내일까지 준비해놓지 않으면 죽어버릴 거야." 로빈이 말했다.

로빈은 테이블에서 루미를 하고 있는 조앤과 윌러드 쪽을 보았다. 조앤과 윌러드가 이 자세로 있는 모습은 지금까지 질리도록 보아왔지만, 이제 다시는 그들을 못 보게 될 수도 있었다. 저 두 사람은 로빈이 직면한 긴장과 도전, 위험을 상상이나 할 수 있을까.

드레스는 준비되지 않았다. 아이가 아직 낫지 않았다고 했다. 로빈은 그 옷을 집으로 다시 가지고 와서 직접 다림질할까를 고민했지만 너무 초조해서 다림질을 제대로 못 할 것 같다는 결론을 내렸다. 특히나 조앤이 옆에서 지켜보는 자리라면 더더욱 신경이 쓰일 게 분명했다. 로빈은 즉시 시내에 단 하나밖에 없는 그럴싸한 여성복 가게에 갔다. 치마가 퍼지지 않고 일자로 떨어지는 데다 소매도 없는 점은 마음에 걸렸지만 옷맵시는 그 전 드레스 못지않고 어쨌든 녹색인 드레스를 발견했으니 이 정도면 운이 좋은 편이라고 생각하기로 했다. 그러나 아보카도 녹색이 아니라 라임 빛이 도는 녹색이었다. 여점원은 라임 녹색이 올해 유행하는 색이고, 퍼지는 치마와 주름 잡힌 허리는 한물갔다고 했다.

기차 창밖을 내다보니 빗방울이 떨어지기 시작했지만 로빈은 우산조차 없었다. 맞은편에 앉은 승객은 그녀가 아는 얼굴이었다. 몇 달 전에 병원에서 쓸개 제거 수술을 받은 여자였다. 이 여자한테는 스트래트퍼드에 살고 있는 결혼한 딸이 있었다. 여자는 기차에서 만난 두 사람이 목적지가 같으면 내릴 때까지 무조건 대화를 나눠야 한다고 여기는 사람이었다.

"우리 딸이 마중 나올 거랍니다. 우리가 가시는 곳까지 데려다드리면 되겠네요. 이렇게 갑자기 비까지 쏟아지니."

열차가 스트래트퍼드에 도착했을 때는 비가 그치고 해까지 얼굴을 내밀어 아주 더웠다. 그럼에도 로빈은 태워준다는 호의를 받아들일 수밖에 없었다. 그녀는 막대 아이스크림을 먹고 있는 두 아이들과 함께 뒷좌석에 앉았다. 드레스에 오렌지색이나 딸기색 액체가 떨어지지 않은 것이 기적처럼 보였다.

로빈은 연극이 끝날 때까지 기다릴 수 없었다. 새 드레스가 아주 얇은 소재로 만들어진 데다 소매까지 없어서 냉방 중인 극장이 몸이 떨릴 정도로 추운 탓이었다. 어쩌면 너무 초조해서 떨렸던 걸까. 같은 열에 앉은 사람들에게 양해를 구하고 빠져나온 로빈은 불규칙하게 난 계단이 있는 복도를 올라 환한 로비로 나왔다. 또다시 비가 내리고 있었다. 아주 세차게. 지난번에 가방을 잃어버렸던 바로 그 여자 화장실에 홀로 서서 그녀는 머리를 매만졌다. 습기 때문에 부풀린 머리가 가라앉고 있었다. 매끈하게 말아놓은 머리카락이 조금씩 뭉쳐서 곱슬곱슬한 검은 가닥이 되어 얼굴 주변으로 흘러내렸다. 헤어스프레이를 가져오지 않은 것이 아쉬웠다. 대신 뒤로 빗질을 해서 최대한 깔끔하게 마무리를 했다.

밖에 나가자 비는 그쳐 있었고 또다시 태양이 얼굴을 내밀고 젖은 도로 위에서 이글거렸다. 이제 그녀는 목적지를 향해 출발했다. 학교 다닐 때 수학 문제를 풀러 칠판 앞으로 나갈 때처럼, 암기한 내용을 암송하기 위해 반 아이들 앞에 나가 서 있어야 했던 때처럼 다리가 후들거렸다. 너무 순식간에 다우니 스트리트 모퉁이에 도착하고 말았다. 이제 몇 분 후면 그녀의 인생이 영영 바뀌게 될 터였다. 아직 준비되지 않았지만 더 이상 미룰 수도 없었다.

두 번째 블록에 들어서자 저만치 앞에, 양쪽에 전형적인 상가 건물이 자리 잡고 있는 사이로 이상하게 생긴 그때 그 작은 집이 눈에 들어왔다.

가까이, 점점 가까이 다가갔다. 그 거리에 있던 대부분의 상점처럼(에어컨 있는 곳이 별로 없었다) 그 집도 문이 열려 있었다. 파리를 못 들어오게 하려고 방충망 문만 닫아놓은 상태였다.

계단 두 개를 오르자 눈앞에 문이 있었다. 하지만 문을 바로 밀지는 않고, 잠시 눈을 적응시켰다. 어두운 실내에 들어가자마자 넘어지고 싶지 않았으니까.

그가 거기 있었다. 카운터 너머 작업 공간에서 하나밖에 없는 전구 불빛을 받으며 일을 하고 있었다. 몸을 앞으로 숙이고 옆모습을 보인 채 그는 시계 작업에 푹 빠져 있었다. 사실 로빈은 자신이 그를 제대로 기억하고 있는 건지, 몬테네그로가 그의 어딘가를 바꿔놓지는 않았을지 두려웠었다. 머리를 잘랐다든지, 수염을 기르기라도 했을까 봐. 그러나 그는 작년 그대로였다. 똑같이 짧고 뻣뻣한 머리는 머리 위를 비추고 있는 작업장 불빛을 받아 전처럼 번득였고, 녹슨 것 같은 적갈색이 감도는 은색을 띠었다. 살짝 굽은 듬직한 어깨까지 소매를 말아 올려 맨 팔뚝이 드러나 있었다. 얼굴에는 몰입, 열의, 무슨 일을 하고 있는지는 모르겠지만 자기가 하고 있는 일과 다루고 있는 기계에 대한 완벽한 이해가 나타나 있었다. 시계를 다루는 모습을 본 적은 없었지만 마음속으로 그려본 그의 모습과 똑같았다. 그녀는 딱 저런 모습으로 자신에게 열중하는 그의 모습을 상상하곤 했었다.

잠깐. 로빈은 제 발로 걸어 들어가고 싶지 않았다. 그가 자리에서 일어나 그녀가 있는 쪽으로 다가와서 문을 열어주길 바랐다. 그래서 큰 소리로 그를 불렀다. 대니얼. 다닐로라고 부를까 하다가 혹시나 외국어 발음을 어설프게 하면 어쩌나 싶어 마지막 순간에 관뒀다.

그는 듣지 못했다. 아니면 지금 하고 있는 일 때문에 조금 늦게 올려다보려는 것인지도 몰랐다. 그때 그가 고개를 들었지만 그녀 쪽이 아닌 다른 곳을 보았다. 지금 당장 필요한 게 있어서 그것을 찾아 두리번거리는 듯한 모습이었다. 그러나 눈을 치켜뜨다가 로빈을 발견했다. 그는 무언가를 조심스럽게 움직여 작업대 뒤로 밀더니 자리에서 일어나 엉거주춤 그녀가 있는 쪽으로 다가왔다.

그가 로빈을 보고 고개를 아주 조금 가로저었다.

그녀의 손은 당장이라도 문을 밀어 열 준비가 되어 있었지만 그만두었다. 그가 무슨 말이라도 하길 기다렸지만 그는 아무 말도 없었다. 그저 고개만 다시 가로저을 뿐이었다. 크게 당황한 기색이었다. 꼼짝 않고 서 있기만 했다. 그러곤 눈길을 돌려 가게를 둘러보았다. 곳곳에 진열된 시계들이 자기에게 무슨 정보나 도움을 줄지도 모른다는 듯 애꿎은 시계만 바라보았다. 다시 고개를 돌려 로빈의 얼굴을 본 그는 몸을 부르르 떨더니 본의 아니게(의도적이었을지도 몰랐다) 앞니를 드러내며 으르렁거렸다. 그녀를 보는 것만으로 뚜렷한 공포가, 위험에 대한 불안감이 몰려온다는 듯한 모습이었다.

이 모든 것이 장난 혹은 게임일 가능성이 아직 남아 있기라도 한 것처럼, 로빈은 그 자리에 얼어붙은 듯 서 있었다.

이제 그는 마음을 정했다는 듯 다시 한 번 그녀가 있는 쪽으로 다가왔다. 더 이상 그녀를 바라보지 않고, 굳게 결심한 듯(그녀한테는 그렇게 보였다) 행동에 나서더니 역겹다는 듯 나무문에 손을 올린 다음 여전히 열려 있던 가게 문을 그녀의 면전에서 쾅 하고 닫아버렸다.

아주 손쉬운 방법이었다. 공포에 질린 로빈은 이제야 그의 행동이 이해되었다. 그가 그런 식으로 행동한 이유는 그가 변명을 하면, 깜짝 놀란 그녀가 여자들이 으레 그러듯 소란을 피우고, 상처받았다며 쓰러져 펑펑 울게 될지도 모르는 상황에 맞닥뜨리는 것보다 그 편이 훨씬 쉬운 방법이기 때문이리라.

*   *   *

그녀에게 남은 것은 수치심, 극도의 수치심이었다. 좀 더 자신감 넘치고 경험이 많은 여자라면 분노에 휩싸인 채 치를 떨며 그 자리를 떠나버렸을 것이다. *그런 놈은 무시해버려.* 로빈은 병원에서 어떤 여자가 자기를 버린 남자에 대해 하는 말을 들은 적이 있었다. *남자들은 하나같이 믿을 게 못 돼.* 그 여자는 전혀 놀랍지 않다는 듯 행동했었다. 사실은 로빈도 놀랍지 않았다. 다만 자신을 탓할 뿐이었다.

작년 여름에 했던 말들, 역에서 한 약속과 작별 인사는 일종의 바보 같은 장난이자 가방을 잃어버리고 혼자 연극이나 보러 다니는 외로운 여자한테 베푼 과한 친절에 지나지 않았다는 것을 진작 깨달았어야 했다. 그는 그날 집에 도착하기도 전에 벌써 후회하면서 그 여자가 제발 심각하게 받아들이지 말았으면 하고 간절히 바랐을 것이다.

몬테네그로에서 부인을 데리고 왔을지도 모를 일이었다. 부인이 위층에 있었다면 그의 얼굴에 나타난 놀란 표정, 혐오감에 몸을 부들부들 떨었던 이유도 설명이 되었다. 혹시라도 그가 로빈을 생각했다면 그건 그녀가 지금까지 죽 해오던 대로 따분하고 순진해 빠진 꿈을 꾸면서 바보 같은 계획을 꾸며댈지도 모른다는 두려움에서였을 것이다. 그가 여자들을 떼내는 방법을 알고 있는 것도 이전에 여자들이 그에게 추태를 부린 적이 있기 때문이리라. 그 방법이란 이런 것이었다. 다정하게 대하지 말고 잔인하게 대할 것. 사과도, 변명도, 희망도 주지 말 것. 여자를 못 알아보는 척하고, 그 방법이 통하지 않으면 면전에 대고 문을 쾅 닫을 것. 미움을 빨리 살수록 일은 수월해진다.

그렇지만 그런 여자들 중에는 이런 일들이 견딜 수 없을 만큼 힘든 부류가 있다.

　바로 그녀처럼. 눈물을 흘리며 울고 있는 그녀처럼. 거리를 걸을 때는 가까스로 눈물을 참을 수 있었지만 강 옆으로 난 길에서는 눈물이 줄줄 흘렀다. 여전히 홀로 유영하고 있는 그때 그 흑조, 새끼 오리들과 꽥꽥거리는 엄마, 아빠로 이루어진 그때 그 오리 가족들, 물에 비친 태양까지. 지금의 이 충격에서 빠져나가려고 하지 않는 편이, 없었던 셈 치지 않는 편이 나았다. 잠시라도 그랬다가는 충격이 다시 한 번 강타하면서 가슴을 후려치는 아픔을 견뎌야 하므로.

　　　　＊　　　　　＊　　　　　＊

　"올해엔 제때 왔네. 연극은 어땠어?" 조앤이 물었다.

　"처음부터 끝까지 다 보지는 못했어. 극장에 막 들어가려는데 벌레가 눈으로 날아들어서. 눈을 아무리 깜빡여도 벌레가 안 나와서 여자 화장실에 가서 물로 씻어내야 했거든. 그때 수건에 벌레가 묻은 걸 모르고 다른 쪽 눈도 비볐더니 그쪽 눈에도 벌레가 들어갔나 봐."

　"어째 눈이 빠지게 운 것 같더라니. 아까 들어올 때 보고 난 또 엄청 슬픈 연극이었나 보다 했지. 소금물로 세수하는 게 좋을 거야."

　"나도 그러려고 했어."

　로빈은 소금물 세수 말고 다른 일도 하려고, 또는 안 하려고 하던 참이었다. 스트래트퍼드에는 절대로 가지 말 것, 그 거리도 절대로 돌아다니지 말 것, 연극도 다시는 보지 말 것. 라임이건 아보카도건 녹색 드레스는 절대로 입지 말 것. 몬테네그로 소식에는 철저히 귀를 닫을 것. 이건 별로 어렵지 않을 것 같았다.

II

이제 본격적인 겨울이 시작되어 호수는 방파제까지 거의 다 얼었다. 군데군데 보이는 울퉁불퉁한 얼음은 큰 파도가 그대로 얼어붙어버린 것처럼 보인다. 인부들이 바깥에서 크리스마스 전구를 내리는 중이다. 독감이 돈다고 한다. 겨울바람을 맞으며 걷느라 사람들의 눈에 눈물이 맺힌다. 여자들은 하나같이 트레이닝 바지에 스키용 외투로 몸을 꽁꽁 싸매고 있다.

하지만 로빈은 아니다. 병원의 맨 꼭대기 층인 3층에 들르려고 엘리베이터에서 내린 로빈은 검은색 롱코트에 회색 울스커트, 연보랏빛이 감도는 회색 실크 블라우스를 입고 있다. 숱이 많은 회흑색 생머리는 어깨 길이까지 잘랐고 귀에는 작은 다이아몬드 귀고리를 하고 있다. (예전과 마찬가지로 마을에서 가장 예쁘고, 미모가 가장 일취월장한 여자들 중 몇몇은 역시 결혼하지 않은 여자들이다.) 로빈은 이제 시간제로 3층에서만 일하기에 간호사 복장을 갖출 필요가 없다.

3층까지 올라오는 건 평소처럼 엘리베이터를 타면 되지만 내려가는 건 훨씬 까다롭다. 접수처 너머에서 간호사가 감춰진 버튼을 눌러주어야 내려갈 수 있다. 3층이 정신과 병동이라서 그렇다. 그러나 그렇게 부르는 사람은 거의 없다. 정신과 병동은 로빈의 아파트처럼 호수의 서쪽을 향하고 있어 해넘이 호텔이라고들 부른다. 나이 든 사람들 중에는 정신과 병동을 로열요크*라 지칭하는 이들도 있다. 이곳 환자들은 단기 환자지만, 그중에는 재발이 잦은 단기 환자들도 있다. 망상이나 금단이나 고통이 영구화되면 이곳 말고 시를 빠져나가자마자 나오는 카운티 홈의 장기 요양 시설에 입원하게 된다. 아주 적절한 이름이 아닐 수 없다.

40년 동안 이 마을은 크게 성장하지 않았지만 변화는 있었다. 쇼핑몰 광장에 들어선 상가들이 고전을 면치 못하고 있기는 하지만 쇼핑몰도 두 개나 있다. 저 절벽 위에는 새로 지어진 주택들이 들어서 있고(장년 공동체이다), 호수를 내려다보고 있는 집 중 오래된 대형 주택 두 채는 아파트로 개조되었다. 로빈은 운 좋게 그 아파트를 얻을 수 있었다. 조앤과 함께 살던 아이작 스트리트의 집은 플라스틱 자재로 깔끔하게 단장된 후 부동산 사무실로 바뀌었다. 윌러드의 집은 예전과 같다. 몇 년 전 뇌졸중이 몇 번 왔지만 윌러드는 그럭저럭 잘 넘겼다. 지팡이를 두 개나 짚고 걸어야 하지만 말이다. 윌러드가 입원 중일 때 로빈은 자주 그를 찾았다. 그는 그동안 로빈과 조앤처럼 좋은 이웃도 없었고, 카드놀이는 또 얼마나 재미있었는지 모른다는 얘기를 했다.

조앤이 죽은 지는 올해로 18년이 되었고, 로빈은 함께 살던 집을

---

* 캐나다, 온타리오, 토론토 시내에 있는 역사적인 호텔. 1929년 당시 가장 크고 안락한 호텔로 꼽혔다.

판 다음 유서 깊은 그 동네를 떠났다. 병원에 찾아온 환자들을 위할 때를 제외하면 더 이상 교회에 나가지도 않고, 젊었을 때 알던 사람들이며 동창들도 거의 만나지 않는다.

다 늦은 나이에 어쨌거나 결혼 가능성이 다시 열리긴 했다. 주변에 홀아비들, 홀로 남은 남자들이 있는데 그런 남자들은 대개 결혼 경험이 있는 여자를 원한다. 든든한 직장까지 있다면 그 또한 마다하지 않는다. 그러나 로빈은 결혼에 관심이 없다는 의사를 분명히 밝혔다. 젊어서부터 알던 사람들은 로빈이 늘 결혼에 무관심했다고, 원래 그런 사람이라고들 한다. 요즘 알게 된 사람들 중에는 로빈은 레즈비언이 틀림없지만 워낙 원시적이고 낙후된 환경에서 자라 인정을 못하는 것뿐이라고 하는 이들도 있다.

지금 사는 마을에는 조금 다른 부류의 사람들이 살고 있는데, 로빈이 친하게 지내는 사람들이 바로 이 새로운 부류의 사람들이다. 그들 중에는 결혼하지 않고 동거만 하는 이들도 있다. 인도, 이집트, 필리핀, 한국 등 다양한 나라에서 태어난 사람들도 있다. 예전 생활양식이나 종전의 관습들도 어느 정도 남아 있기는 하지만 그런 것들에 개의치 않고 자기 나름대로 살아가는 사람들이 많다. 먹고 싶은 음식은 거의 뭐든 살 수 있고, 날씨 좋은 일요일 아침에는 예배에 대한 생각 따위는 까맣게 잊은 채 보도 위 카페 테이블에 앉아 비싼 커피를 마시며 교회 종소리를 들을 수도 있다. 해변 둘레에는 더 이상 철도 차고와 창고가 없고 호수를 따라 1.6킬로미터 정도 뻗은 판자 길을 산책할 수도 있다. 합창단과 배우 협회도 있다. 로빈은 배우 협회에서 여전히 매우 활발하게 활동하고 있지만, 예전처럼 자주 무대에 오르지는 않는다. 몇 년 전 그녀는 헤다 가블레르* 역을 맡았다. 연극은 불쾌했지만 그녀가 연기한 헤다는 돋보였다는 것이 전반적인 반응이었다. 실제 그녀와는 정반대의 성격을 지닌 캐릭터를 이례적으로 잘 살렸다고들 했다.

요즘에는 이 마을에도 스트래트퍼드로 가는 사람들의 수가 꽤 많아졌다. 로빈은 스트래트퍼드 대신 나이아가라 온더레이크**로 연극을 보러 간다.

반대쪽 벽에 간이침대 세 개가 나란히 놓인 것이 로빈의 눈에 띄었다. 로빈이 접수처 담당 간호사 코럴에게 묻는다.

"무슨 일이야?"

"임시예요. 병실에 재배치될 거예요." 코럴이 미심쩍어하며 말한다.

로빈이 코트와 가방을 걸려고 접수처 뒤 사물함 쪽으로 가자 코럴이 이 환자들은 퍼스 카운티에서 온 환자들이라고 알려준다. 그쪽 병원이 초만원이라 생긴 혼선이란다. 누군가 그쪽 말을 잘못 알아들었고 이곳 카운티 시설에서는 아직 그 환자들을 받을 준비가 안 되어 있어서 당분간 여기에 있는 걸로 결정이 났을 뿐이라고.

"내가 가서 인사라도 해야 할까?"

"그야 선생님 뜻에 달렸죠. 제가 마지막으로 봤을 땐 다들 인사 불성이었어요."

---

* 노르웨이의 극작가, 헨리크 입센이 쓴 4막의 희곡이자, 이 드라마의 주인공.
** 온타리오의 지명.

간이침대 세 개의 측면 난간이 모두 올라와 있고, 환자들은 똑바로 누워 있다. 코럴이 말한 대로 모두들 깊은 잠에 빠진 것처럼 보인다. 늙은 여자 둘과 늙은 남자 하나. 로빈은 뒤돌았다가 다시 돌아섰다. 선 채로 늙은 남자를 내려다보는 중이다. 벌린 입 사이로, 틀니가 있었다면 그것이 있어야 할 자리가 비어 있는 것이 보였다. 머리는 여전히 하얗고 짧다. 살이 빠져 볼은 홀쭉해졌지만 양쪽 관자놀이 부분이 넓어 권위적으로 보이고 (마지막으로 만났을 때처럼) 심리적인 동요가 그대로 드러나는 것은 여전하다. 군데군데 쪼글쪼글하고 창백하다 못해 거의 은빛에 가까운 피부는 종양 덩어리를 도려낸 부분일 것이다. 몸은 쇠약해지고 시트 아래 다리는 거의 없다시피 빈약하지만, 그녀의 기억 속 모습 그대로 가슴과 어깨는 여전히 꽤 넓다.

침대 발치에 붙어 있는 환자 카드를 읽어본다.

알렉산더 아지치.

다닐로. 대니얼.

알렉산더도 성일지 모른다. 알렉산더. 아니면 그가 거짓말을 한 걸지도 모른다. 처음부터 거의 마지막까지 예방 차원에서 거짓말 혹은 진실 반 거짓말 반을 섞어 말했을 것이다.

로빈은 접수처로 돌아가 코럴에게 묻는다. "저 남자 환자 기록 없어?"

"왜요? 아는 분이세요?"

"그런 것 같아."

"한번 알아볼게요. 전화를 걸어보면 알 수 있을 거예요."

"서두를 건 없어. 그냥 시간 날 때 알아봐. 궁금해서 그런 거니까. 이제 나도 가서 환자들 좀 봐야겠다."

일주일에 두 번, 이곳 환자들과 대화를 나눈 다음 그들이 망상이나 우울감을 어떻게 해결하고 있는지, 약이 제대로 듣고 있는지, 친척이나 애인의 방문이 기분에 어떤 영향을 미치는지 보고하는 것이 로빈의 일이다. 1970년대 정신 질환 환자들을 집 가까이에 있게해주자는 운동이 시작된 이후로 3층에서 꽤 오래 일을 해와서 로빈은 몇 번이고 되돌아오는 환자들을 많이 알고 있다. 정신 질환 치료 자격을 갖추기 위해 추가 강좌를 듣기는 했지만 로빈은 애초에 이 일에 소질이 있었다. 스트래트퍼드에서 〈뜻대로 하세요〉를 보지 않고 돌아온 이후, 어느 땐가부터 로빈은 이 일에 끌리기 시작했다. 기대했던 일은 아니었지만 뭔가가 그녀의 삶을 바꿔놓았던 것이다.

레이 씨는 시간이 대개 가장 많이 소요되기 때문에 마지막에 방문하기로 했다. 그렇다고 언제나 그가 원하는 만큼 무한정 시간을 내줄 수 있는 것은 아니고 다른 환자들의 상태에 달려 있다. 오늘 레이 씨를 제외한 나머지 환자는 대부분 약 덕분에 회복 중이므로, 그들은 오늘 초래한 소란에 대해서 사과만 하면 된다. 그러나 DNA의 발견에 대한 자신의 공로가 제대로 보상 혹은 인정받지 못했다고 믿고 있는 레이 씨는 제임스 왓슨*에게 보낸 편지 때문에 광분한 상태이다. 그는 왓슨 박사를 짐이라고 부른다.

---

* 프랜시스 크릭과 함께 1953년 DNA의 이중 나선 구조를 발견한 것으로 가장 유명한 미국의 분자생물학자.

"내가 짐한테 보낸 그 편지 말인데요. 그런 편지는 보내서도 안 되고 사본을 보관해서도 안 된다는 것쯤은 나도 알고 있어요. 그런 데 어제 내가 내 파일을 훑어보던 중에, 글쎄 어떤 일이 있었는지 알아요? 맞혀보세요." 레이 씨가 말한다.

"그냥 레이 씨가 말씀해주세요." 로빈이 말한다.

"없어졌어요. 없어졌다고요. 도둑맞은 거예요."

"어디 다른 데 보관하신 걸지도 모르잖아요. 제가 한번 찾아볼게 요."

"놀랍지도 않네요. 진작 그만뒀어야 하는 건데. 내가 상대하고 있는 건 거물들인데 그런 사람들하고 싸워서 이긴 사람이 누가 있 나요? 그러니 나한테 사실대로 말해줘요. 말해달라고요. 이제 그만 둬야 할까요?"

"그건 레이 씨한테 달려 있어요. 레이 씨만이 정할 수 있는 거예 요."

레이 씨가 다시 한 번 자신이 겪은 불운한 일들을 시시콜콜 늘어 놓기 시작한다. 그는 과학자가 아니라 측량사이지만, 일평생 과학 의 진보만 추적한 것이 분명해 보였다. 로빈에게 들려준 정보며, 심 지어 뭉툭한 연필로 그린 그림도 십중팔구 정확할 것이다. 자신이 속았다는 이야기만 어설프고 뻔한데, 아마도 영화나 TV 탓이 클 것 이다.

그러나 로빈은 레이 씨가 나선형의 지퍼를 내리면 두 가닥이 각 자 따로따로 떠 있게 된다고 설명하는 부분은 늘 즐겁게 듣는다. 이 설명을 할 때 레이 씨는 얼마나 우아하고, 또 머리에 쏙쏙 들어오게

끔 손을 얼마나 잘 활용하는지 모른다. 자체 지시에 따라 복제를 하기 위해 정해진 경로로 이동을 시작하는 각각의 가닥.

레이 씨도 그 부분을 좋아해서 눈에 눈물까지 글썽이며 감탄을 한다. 그녀는 늘 설명 잘 들었다며 감사 인사를 하고는 여기서 멈춰주었으면 하고 바라지만 물론 그럴 리는 없다.

그럼에도 그녀는 레이 씨가 호전되고 있다고 믿고 있다. 이 사회의 부당한 측면을 파고들기 시작하고, 도둑맞은 편지 같은 문제에 집중하기 시작한다는 것은 그가 호전되고 있다는 뜻일지도 모른다.

조금만 격려해주고, 관심사를 살짝 바꾸기만 하면 그도 로빈과 사랑에 빠질 수 있을 것이다. 전에 환자 몇몇과 그런 적이 있었다. 둘 다 유부남이었다. 그러나 유부남이라는 사실에도 아랑곳하지 않고 그녀는 그들과 잤다. 물론 그들이 퇴원한 후였지만. 그러나 그쯤되면 감정이 바뀌었다. 남자들은 고맙다는 감정을 느꼈고, 그녀는 호의를 베풀었다는 감정을 느꼈으며, 쌍방은 잘못된 대상을 향한 향수 같은 감정을 느꼈다.

그렇다고 후회하는 것은 아니다. 지금에 와서 후회되는 일은 거의 없다. 성생활에 대한 후회도 물론 없다. 아주 가끔 은밀하게 이루어지기는 했지만 전반적으로 위안이 되어주었다. 다만 이제까지 사람들이 그녀를 어떻게 평가했던가를 생각해보았을 때, 굳이 공을 들여가면서까지 이를 비밀로 유지할 필요가 있었던가 하는 생각은 들었다. 최근에 알게 된 사람들도 오래전에 알고 지냈던 사람들 못지않게 그녀에게 가혹하고 그릇된 잣대를 들이댔던 것이다.

＊　　　＊　　　＊

코럴이 인쇄된 종이 한 장을 건넨다.

"별건 없더라고요."

로빈은 코럴에게 고맙다고 인사한 후 종이를 접어서 사물함으로 가져간 다음 가방에 넣는다. 혼자 있을 때 읽고 싶어서였다. 하지만 집에 도착할 때까지 기다릴 수는 없다. 그래서 예전에 기도실이었던 격리실로 내려간다. 격리된 환자가 없어서 지금은 조용하다.

알렉산더 아지치. 1924년 7월 3일 유고슬라비아 비엘로예비치에서 출생. 1962년 5월 29일 캐나다로 이민. 1924년 7월 3일 비엘로예비치에서 출생한 형 다닐로 아지치가 보살폈음. 캐나다 시민.

알렉산더 아지치는 형 다닐로가 1995년 9월 7일 사망할 때까지 함께 거주했음. 1995년 9월 25일 퍼스 카운티 장기 요양 시설에 입원했고, 그 이후 지금까지 그곳 환자임.

알렉산더 아지치는 태어날 때부터 또는 출생 직후 걸린 질병으로 농아가 된 것으로 보임. 어렸을 때 특수교육 기관이 없어서 교육을 받지 못함. IQ를 측정한 적은 없지만 시계 수리를 배워 시계 수리점에서 일했음. 수화를 배운 적은 없음. 형에게 의존하였으며 어느 모로 보나 형을 통하지 않으면 정서적인 접근이 불가했음. 무기력, 식욕 없음, 가끔 적대감 표출, 입원 후 전반적으로 퇴행.

기가 막혀.

형제가 있었다니.

그것도 쌍둥이가.

로빈은 이 종이를 높은 데 있는 사람에게 들이밀고 싶은 심정이다.

이건 말도 안 된다고요. 난 받아들일 수 없어요.

그럼에도 불구하고.

셰익스피어를 보고 대비했어야 했다. 셰익스피어 작품을 보면 쌍둥이가 혼돈과 재앙의 원인인 경우가 심심찮게 나온다. 그러한 반전은 목적을 달성하기 위한 하나의 수단에 머물게 되어 있다. 끝부분에는 미스터리도 풀리고, 장난도 용서받고, 진정한 사랑 혹은 그 비슷한 감정도 다시 불타오르게 되고, 놀림감이었던 자들은 아량을 베풀어 불평하지 않는다.

그는 잠깐 볼일을 보러 나갔을 것이다. 아주 잠깐이면 끝나는 볼일을. 자기 동생에게 가게를 그렇게 오래 맡기지는 않았을 것이다. 어쩌면 방충망 문에 고리가 걸려 있었는지도 모른다. 밀어보지 않았으니 알 수는 없겠지만. 그는 주변으로 주노를 산책시키러 나간 동안 방충망 문에 고리를 걸어놓고 아무에게도 열어주지 말라고 동생에게 타일렀을 것이다. 그러고 보니 주노의 모습이 보이지 않아 의아했던 기억이 난다.

조금만 뒤늦게 갔더라면. 아니, 조금만 일찍 갔더라면. 연극이 끝날 때까지 기다리거나 연극을 아예 보지 않았더라면. 머리 따위 매만지지 않았더라면.

그랬더라면 뭐가 어떻다는 건가? 알렉산더가 딸린 그와 조앤이 딸린 그녀, 둘이 뭘 어떻게 할 수 있었겠는가? 그나저나 알렉산더는 그날 아주 멀쩡해 보였다. 방해나 어떤 변화를 꾹 참고 있는 사람으로는 보이지 않았다. 그리고 조앤은 분명 괴로워했을 것이다. 집안에 알렉산더라는 농아가 있어서라기보다는 로빈이 외국인과 결혼한다는 사실 때문에.

지금은 믿기 어렵지만 그때는 상황이 그랬다.

모든 것이 띄엄띄엄도 아니고 하루 만에, 단 몇 분 만에 파국을 맞이했다. 투쟁, 희망, 상실, 이런 것들은 질질 끌다가 파국을 맞이하는 경우가 훨씬 많지 않았던가. 만사가 결국 파국을 맞이한다는 것이 순리라면 순식간에 끝나는 편이 차라리 더 견디기 쉽지 않을까?

하지만 막상 자신이 당사자가 되면 그런 관점을 적용하지는 않는다. 로빈이 그렇다. 지금까지도 그녀는 가능성을 열망하고 있을지 모른다. 깜빡 속아 넘어가게 만든 그 반전에 대해서는 단 한순간도 고맙게 여기지 않을 것이다. 하지만 그 반전을 발견한 데 대해서는 감사할 날이 올 것이다. 그러한 발견으로 인하여 모든 것이, 심지어 쌍둥이 동생이 어처구니없이 끼어들게 된 바로 그 순간까지 완전해지기 때문이다. 화가 나서 미칠 것 같기는 했지만 먼 훗날이나마 수치심을 떨쳐버리고 마음까지 따뜻해졌으니 말이다.

그들이 속했던 세상은 물론 다른 세상이었다. 무대 위에서 만들어진 세상이나 다름없는 그런 세상이었던 것이다. 엉성한 약속, 의식과도 같은 키스, 그들은 모든 것이 계획대로 순풍에 돛을 단 배처럼 진행될 것이라는 무모한 믿음에 사로잡혀 있었다. 그런 상황에서는 한 치만 어긋나도 길을 잃게 되어 있거늘.

로빈은 빗과 칫솔이 순서에 맞게 놓여야 하고, 구두는 옳은 방향을 향해야 하고, 계단을 오를 때는 꼭 개수를 세야 하고, 그렇지 않을 경우 어떤 벌이 따를 것이라 믿는 환자들을 본 적이 있다.

그녀가 저지른 그런 종류의 실수가 있다면, 그건 녹색 드레스 부분일 것이다. 세탁소 여자 때문에, 아픈 아이 때문에, 그녀는 올바른 녹색 드레스를 입지 못했던 것이다. 그녀는 누군가에게 털어놓을 수 있으면 좋겠다고 생각했다. 바로 그에게.

힘
POWERS

단테는 잠깐 내려놔

1927년 3월 13일. 봄이 코앞에 닥친 마당에 겨울이 불쑥 찾아왔다. 폭설로 도로가 폐쇄되고 학교에는 휴교령이 내려졌다. 어떤 할아버지가 선로 밖으로 산책을 나갔다가 실종되었는데 아무래도 얼어 죽은 것 같다고들 한다. 오늘은 스노슈즈*를 신고 거리 한가운데까지 나가보았는데 눈 위에는 내 발자국 말고 다른 흔적은 하나도 없었다. 상점에 갔다가 돌아올 때쯤에는 내가 남긴 흔적도 눈에 완전히 덮여 있었다. 날씨가 이 모양인 것은 호수가 예년처럼 얼어붙지 않았고 서쪽에서 불어오는 바람이 습기를 다량 머금고 있다가

_____
* 눈에 미끄러지지 않도록 고안된 테니스 라켓 모양의 신발.

우리에게 눈으로 털어버리고 있어서였다. 나는 커피와 생필품 두어 가지를 사러 나갔다. 상점에 가면 한 1년쯤 못 본 테서 네터비를 볼 수밖에 없을 텐데. 그 애가 중퇴한 후 우정 비슷한 것을 유지하려고 애쓰던 나였지만 정작 한 번도 그 애를 만나러 가지 않은 터라 마음이 별로 좋지 않았다. 테서와 친하게 지내려고 노력한 건 나밖에 없었던 것 같다. 테서는 커다란 숄로 온몸을 돌돌 감싸고 있어서 마치 그림책에서 튀어나온 것처럼 보였다. 검고 곱슬곱슬한 걸레처럼 부스스한 머리가 덮고 있는 넙적한 얼굴과 넓은 어깨에도 키는 기껏해야 150센티미터를 넘지 않아서 사실 가분수처럼 보였다. 그 애는 그저 웃기만 했다, 예전과 변함없이. 그래서 나는 어떻게 지내느냐고 물었다. 테서를 만나면 누구나 안부를 묻는데 절대 건성으로 묻는 게 아니다. 뭔지 몰라도 무언가가 오랫동안 테서의 발목을 붙잡고 놓아주지 않아 급기야 열네 살쯤 되었을 때 테서가 학교를 나와야 했기 때문이다. 물론 테서가 우리가 속한 세계에 속해 있지 않은 까닭에 달리 할 말이 없어서 안부를 묻는 것이기도 하다. 테서는 어떤 클럽에도 속해 있지 않아서 그 어떤 스포츠에도 낄 수 없고 정상적인 사회생활도 못하고 있다. 테서에게도 사람들과 관계를 맺으며 살아가는 테서 나름의 인생이 있고 그게 잘못되었다는 건 아니지만 그런 인생을 뭐라고 불러야 할지는 나도 모르겠다. 아마 그 애도 모를 것이다.

　맥윌리엄스 씨가 점원들이 나오지 못했기 때문에 상점 밖에서 맥윌리엄스 부인을 돕고 있었다. 남 놀리는 걸 끔찍이 좋아하는 맥윌리엄스 씨가 테서를 놀려대기 시작했다. 이번 폭설은 예감이 안 들었느냐, 어째서 우리한테 그런 것도 미리 알려주지 못한 것이냐며 지분거리자 맥윌리엄스 부인이 그만 좀 하라며 나무랐다. 테서는 그런 말은 들은 체 만 체하더니 정어리 통조림을 달라고 했다. 테서가 정어리 통조림 하나로 저녁을 때우는 모습을 생각하니 갑자기 내 마음이 다 안 좋아졌다. 테서가 다른 사람들처럼 요리를 못할 이유가 없으므로 정말 그럴 것 같지는 않지만 말이다.

상점에서 들은 빅뉴스는 나이츠 오브 피티어스 홀* 지붕이 무너졌다는 소식이었다. 그 장소는 3월 말까지 계속 올리기로 한 우리의 작품 〈곤돌라 사공〉**의 무대가 있는 곳이다. 시청 무대는 너무 작고, 오래된 오페라 하우스는 현재 헤이 가구점의 관들을 보관하는 데 쓰이고 있다. 오늘 밤 리허설을 하기로 되어 있지만 거기 나타날 사람이 누가 있을지, 어떤 결과를 낼 수 있을지 모르겠다.

3월 16일. 올해 〈곤돌라 사공〉의 공연은 보류하기로 결정했다. 주일학교 강당으로 리허설을 나온 사람이 우리 여섯 명밖에 없어서 결국 리허설을 포기하고 커피를 마시러 월프네 집으로 갔다. 월프가 자기 일이 너무 많아 바빠지고 있어서 올해까지만 공연을 하겠다고 선언했기 때문에 다른 테너를 찾아야 할 것이다. 월프가 최고의 테너인 만큼 타격이 아주 클 것 같다.

---

* 나이츠 오브 피티어스라는 사교 단체의 건물. 역사도 길고 미국 전역을 비롯하여 프랑스, 캐나다에도 있다고 한다.
** 19세기 말 영국의 설리번이 작곡하고 길버트가 작사한 19편의 희가극 중 한 편으로, 작품들이 상연된 극장 이름을 따서 사보이 오페라라고 부른다.

아직 서른 남짓밖에 되지 않았다고는 하지만 의사에게 이름을 부르는 게 나는 아직도 멋쩍다. 월프가 사는 집은 코건 선생님 댁이었고 아직 많은 사람들이 그렇게 부르고 있다. 그 집은 특별히 한쪽 끝에 튀어나온 사무실 공간을 만들어 의사가 살 수 있도록 지어진 집이었다. 하지만 월프가 전면적인 개조 공사를 하면서 칸막이 몇 개를 허물어뜨렸고, 그 결과 공간이 훨씬 넓고 밝아졌다. 시드 랜스턴은 이게 다 안주인 맞아들일 준비가 아니냐며 월프를 놀려댔다. 지니가 바로 옆에 있는데 그런 민감한 주제를 꺼내다니 눈치도 없다 싶었지만 시드 랜스턴은 아마 모르고 있었을 것이다. (지니는 청혼을 세 번 받았다. 첫 번째는 월프 럽스턴으로부터, 그다음에는 토미 셔틀스로부터, 마지막으로 유언 매케이로부터. 의사, 검안사, 그리고 목사까지. 지니는 나보다 8개월 먼저 태어났지만 그 애를 따라잡을 생각은 접어야 할 것 같다. 지니 말로는 이해할 수 없고 세 번의 청혼 모두 마른하늘에 날벼락 같았다고 하지만 나는 그 애가 그 남자들에게 꼬리를 친 거라고 생각한다. 그러니까 내 생각은 남자들이 남들 앞에서 웃음거리가 되도록 내버려둘 것이 아니라 그 전에 모든 걸 농담으로 바꿔버림으로써 남자들에게 자신이 청혼을 달가워하지 않는다는 사실을 알릴 방법은 분명 존재했다는 것이다.)

내가 만일 무슨 중병에라도 걸린다면, 혹시 죽을 경우를 대비하여 이 일기장을 아예 없애버리든지 자체 검열을 통해 줄이라도 그어 지워야 할 내용은 지울 수 있기만을 바랄 뿐이다.

어쩌다 보니 우리의 대화는 다소 진지한 방향으로 나아갔고, 그러다 우리가 학교에서 배운 것들 중에 이미 까먹은 것이 얼마나 많은가로 주제가 넘어갔다. 누군가 마을에 있던 토론 클럽과, 제1차 세계대전이 끝난 후 다들 드라이브 다닐 차도 생기고 보러 갈 영화도 나오고 골프도 치기 시작하면서 그 클럽이 전격 해체된 이야기를 꺼냈다. 그때 그 클럽의 토론 주제가 얼마나 심각했는지 모른다.

"인격 형성에는 과학과 문학 중 어떤 것이 더 중요한가?"

요즘 그런 얘기를 들어줄 사람을 찾을 수나 있을까? 대충 둘러앉아 그 얘기를 하는 것만으로 우리는 우스꽝스러운 기분에 휩싸일 것이다. 그때 지니가 독서 클럽이라도 만들어서 늘 읽어야겠다고 마음만 먹고 실제로 읽지 않고 넘어가버리는 중요한 책들을 접해야 한다고 말했다. 한 해 한 해 거실에 있는 유리문 뒤쪽 선반에서 먼지만 쌓여가는 하버드 클래식*. 『전쟁과 평화』는 어떠냐고 내가 제안했지만 지니가 자신은 벌써 읽었다고 했다. 그렇게 해서 『실낙원』과 『신곡』이 투표에 부쳐졌고 『신곡』이 이겼다. 우리가 『신곡』에 관하여 아는 것이라고는 그것이 그다지 코미디**랄 수는 없고 이탈리아어로 쓰였다는 것밖에 없었다. 물론 당연하게도 우리는 영어판을 읽겠지만 말이다. 시드는 『신곡』이 라틴어로 쓰였을 거라면서 자신은 허트 선생님 수업 시간에 지겹게 읽어서 죽을 때까지 못 잊을 지경이라고 했다. 우리가 그에게 아우성을 치자 그는 시종일관 아는 척만 했다. 어쨌든 〈곤돌라 사공〉의 공연이 보류되었으니

---

* 하버드 대학 학장인 찰스 W. 엘리엇이 편찬 및 편집하여 1909년 처음 출간된 세계 고전문학 전집.
** 『신곡』의 원제가 Divine Comedy인 데서.

우리는 일부러 시간을 내서라도 몇 주에 한 번씩 만나 서로를 격려할 예정이다.

월프가 우리에게 집 안 구석구석을 구경시켜주었다. 식당은 현관 한쪽 끝에 그리고 거실은 그 반대쪽에 있고, 부엌에는 붙박이 수납장과 더블 싱크대, 최신 전기레인지까지 있다. 현관 뒤쪽에 화장실이 하나 새로 생겼고, 욕실도 최신식으로 바꿔서 붙박이 수납장이 어찌나 큰지 사람이 걸어 들어갈 수 있을 정도이고, 문짝에는 전신 거울도 달려 있다. 집 안 곳곳의 바닥에는 황금빛 오크 바닥재가 깔려 있다. 집에 도착하자 우리 집이 어찌나 초라해 보이던지, 징두리 벽판은 어찌나 어둡고 구닥다리처럼 보이던지. 아침을 먹으면서 우리도 식당 쪽에 일광욕실을 만들어서 집 안에 밝고 현대적인 느낌의 방 하나쯤은 만들자고 아버지한테 졸랐다. (깜빡하고 언급을 안 했는데 월프는 집 반대쪽에서부터 자기 사무실까지 이어진 일광욕실을 가지고 있어서, 그 때문에 집이 굉장히 안정적으로 보인다.) 아버지는 아침저녁으로 햇볕을 쬘 수 있는 베란다가 두 개나 있는데 우리한테 그런 게 왜 필요하냐고 하셨다. 따라서 우리 집을 더 멋지게 개조하려는 나의 계획은 실현 가능성이 매우 낮을 것으로 보인다.

*   *   *

4월 1일. 일어나자마자 아버지한테 장난을 쳤다. 복도로 뛰쳐나가 박쥐 한 마리가 굴뚝에서 내 방으로 들어왔다고 소리를 지르자 아버지는 멜빵도 내리고 얼굴에 면도거품을 잔뜩 바른 채 욕실에서 후다닥 나오셔서는 소리 좀 그만 지르고 진정한 다음 가서 빗자루나 가져오라고 하셨다. 그래서 빗자루를 가지고 온 다음 아버지가 안경을 쓰고서 박쥐를 찾으려고 빗자루로 여기저기를 세게 내려치는 동안 겁에 질린 척하면서 뒤 계단에 숨어 있었다. 그런 아버지가 너무 불쌍해진 나는 "만우절!" 하고 환호성을 질러버렸다.

그다음에는 지니가 우리 집에 전화를 했다. "낸시, 난 어쩌면 좋니? 머리가 자꾸 빠지더니 베개를 온통 뒤덮었어. 아름다운 내 머리카락이 뭉텅이로 베개에 널려 있으니 이제 난 대머리가 되어버릴 거야. 다신 집에서 나갈 수 없겠지. 당장 우리 집으로 와서 빠진 머리로 가발이라도 만들 수 있나 봐주겠니?"

그래서 나는 아주 태연하게 말했다. "밀가루하고 물을 섞은 다음에 그걸로 머리카락을 다시 붙여봐. 하필이면 만우절 아침에 머리카락이 그렇게 빠지다니 웃기지 않니?"

이제부터는 별로 기록하고 싶지 않은 부분이다.

윌프가 병원에 일찍 간다는 것을 알고 있었기에 나는 아침 먹을 때까지 기다리지도 않고 윌프네 집으로 후다닥 갔다. 조끼와 셔츠 차림의 그가 직접 현관문을 열어주었다. 진료실 문은 아직 닫혀 있을 것이라는 생각에 진료실 걱정은 전혀 하지 않았다. 윌프가 집안일을 맡긴 늙은 여자(나는 이름조차 모른다)가 쿵쾅거리며 부엌 여기저기를 다니고 있었다. 나는 그 여자가 문을 열어주었어야 한다고 생각하지만, 막 나가려던 윌프가 바로 거기 있었다.

"왜 그러니, 낸시?" 윌프가 물었다.

나는 입도 뻥긋하지 않은 채 괴로운 표정을 지어 보이며 목만 움켜쥐었다.

"무슨 일이야, 낸시?"

나는 목을 쥔 손에 좀 더 힘을 주고 애처롭게 걱걱거리면서 고개를 가로저어 말을 못한다는 몸짓을 해보였다. 아, 얼마나 한심했던가!

"이리 들어와봐."

월프가 복도 측면을 지나 살림집 문을 통과하여 나를 진료실로 데리고 갔다. 그 늙은 가정부가 훔쳐보고 있다는 사실을 알았지만 나는 그 여자를 보았다는 말을 하지 않고서 내 연기를 계속 밀고 나갔다.

"이제 말해봐."

월프가 나를 환자가 앉는 의자에 앉히고 불을 켜면서 말했다. 블라인드는 아직 내려져 있었고 실내에서는 소독약 냄새가 코를 콕콕 찔렀다. 월프가 혓바닥을 평평하게 누르는 막대와 목구멍을 환하게 밝히면서 들여다보는 데 쓰는 기구를 꺼냈다.

"이제, 될 수 있는 대로 크게 입을 벌려봐."

나는 월프가 시키는 대로 했다. 월프가 그 막대로 내 혓바닥을 누르려는 찰나 내가 크게 소리쳤다.

"만우절이지롱!"

그의 얼굴에는 일말의 미소도 번지지 않았다. 쥐고 있던 막대를 홱 거두더니 기구의 조명을 딱 소리 나게 꺼버리고는 말 한마디 하지 않았다. 잠시 후 월프가 진료실의 외부 문을 홱 잡아당겨 열고서 말했다.

"낸시, 공교롭게도 여기는 아픈 사람들 오라고 있는 곳이야. 나가서 나이에 맞게 행동하는 법이나 배우지그래?"

죽을 만큼 창피했던 나는 허둥지둥 그곳을 빠져나왔다. 그에게 장난도 못 받아주느냐고 물어볼 엄두는 도저히 나지 않았다. 부엌에 있던 그 오지랖 넓은 여자가 월프가 머리끝까지 화가 났고 나는 망신만 당한 채 내뺐다고 동네방네 소문낼 게 뻔하다. 하루 종일 기분이 나빴다. 게다가 최악인 것은 어처구니없는 우연의 일치로 정말 몸이 안 좋아졌다는 것이다. 열도 나고 목도 조금 부어올라서 담요로 다리를 덮고 거실에 앉아 단테나 읽었다. 내일 밤이 독서 클럽 모임이니까 다른 사람들보다 많이 읽어놓아야겠다. 그런데 문제는 내용이 머릿속에 하나도 안 들어온다는 것이다. 책을 읽고 있어도 자꾸만 내가 얼마나 바보 같은 짓을 저질렀나 하는 그런 생각만 들면서 월프가 나이에 맞게 행동하라고 모질게 던졌던 말이 귓가에 맴돌았다. 그러다 나도 모르게 살면서 그런 자잘한 재미를 추구하는 게 그렇게 한심한 짓이냐며 머릿속으로 따지고 있었다. 그의 아버지가 목사였던 것으로 알고 있는데, 그 때문일까? 목사의 가족들은 이사를 하도 자주 다녀서 월프는 함께 자라면서 서로를 이해하기도 하고 서로에게 장난도 치는 그런 친구들과 어울릴 기회를 한번도 갖지 못했을 것이다.

지금도 조끼와 빳빳하게 풀을 먹여 다린 셔츠를 입은 월프가 문을 열어놓은 모습이 눈에 선하다. 대꼬챙이처럼 크고 마르기만 한 월프. 반듯한 가르마와 꼼꼼하게 다듬은 콧수염. 아, 이 대참사를 어쩌면 좋을까!

장난이 중대한 잘못이라고 생각하지 않는다고 해명하는 쪽지를 보내면 어떨까? 아니면 당당하게 사과 편지를 보내버릴까?

이 얘기를 지니에게 털어놓을 수는 없다. 윌프가 지니한테 청혼한 적이 있고 그것은 그가 지니를 나보다 더 훌륭한 사람으로 여기고 있다는 뜻이기 때문이다. 지니한테 말했다가 혹시라도 나중에 그 일로 나를 남몰래 협박하면 어쩌나 그런 생각까지 든다. (비록 지니가 윌프를 거절했지만 말이다.)

4월 4일. 어떤 할아버지가 뇌졸중을 일으켜서 윌프가 독서 클럽에 나오지 못했다. 그래서 나는 쪽지를 썼다. 사과의 뜻은 전하되 너무 비굴하지 않으려고 노력했다. 여간 신경 쓰이는 게 아니다. 쪽지가 아니라 내가 저지른 일이.

4월 12일. 오늘 정오에 문을 열어주러 나갔더니 철없고 어리석은 내 삶에 깜짝 놀랄 만한 일이 일어나 있었다. 아버지가 방금 전에 집에 돌아오셔서 아주 이른 저녁 식사 자리에 앉아 계셨는데 윌프가 우리 집에 나타났던 것이다. 윌프가 내 쪽지에 답장을 하지 않기에 나는 그가 나를 영원히 증오하기로 작정한 것 같으니 앞으로는 내 쪽에서도 그를 본체만체할 수밖에 없겠다고 체념하고 있던 터였다.

윌프가 저녁 먹는 데 방해가 된 것은 아니냐고 물었다.

3킬로그램 정도 살을 뺄 때까지 저녁을 굶기로 결심했기 때문에 윌프는 내 저녁 식사를 방해하려야 할 수 없었을 것이다. 아빠와 복스 부인이 저녁을 먹는 동안 나는 입을 꼭 다물고 단테만 뒤적인다.

그래서 나는 아니라고 했다.

그러자 윌프가 자신과 드라이브를 하지 않겠느냐고 했다. "얼음이 강에서 떠내려가는 걸 볼 수 있을 거야"라는 말과 함께. 그러더니 이어서 말하길, 어젯밤 거의 잠을 자지 못했는데 오늘 진료소 문을 1시에 열어야 했기 때문에 잠깐이라도 눈 붙일 틈이 없었으므로 신선한 바람을 맞으면 정신이 좀 맑아질 것 같다고 했다. 어젯밤에 왜 잠을 못 잤는지에 대해서는 말해주지 않았지만 나는 신생아 때문이라는 것을 알고 있었다. 윌프는 그런 얘기를 하면 내가 난처해할 거라고 여긴 모양이었다.

나는 오늘의 독서를 시작할 참이었다고 말했다.

"단테는 잠깐 내려놔." 윌프가 말했다.

그래서 외투를 가져온 다음 아버지한테 나갔다 오겠다고 말하고는 윌프와 함께 차를 탔다. 우리는 노스브리지까지 드라이브를 갔다. 노스브리지에는 주로 점심시간을 넘긴 남자들과 남자애들로 이루어진 그리 크지 않은 인파가 모여 얼음을 구경하고 있었다. 겨울이 너무 늦게 시작되는 바람에 올해엔 얼음덩어리가 그렇게 크지 않았다. 그럼에도 얼음덩어리는 다리 기둥에 부딪히면서 기둥 표면을 바드득 갈면서 지나갔고, 사이사이 스며드는 물 때문에 생긴 작은 물줄기들과 함께 흘러가면서 굉음을 냈다. 최면에 걸리기라도 한 듯 가만히 서서 바라보는 것밖에는 달리 할 일이 없었고, 발이 아주 시렸다. 얼음이 부서지고 있는데도 겨울은 아직 물러날 마음이 없어 보이고 봄은 멀게만 느껴진다. 여기 서서 몇 시간이고 이걸 보면서 재미있어할 사람이 이 세상에 있기나 할지 궁금해졌다.

윌프도 얼음 구경에 싫증이 나기까지는 그리 오래 걸리지 않았다. 우리는 차로 돌아갔고 무슨 말을 해야 할지 모르고 쩔쩔매다가, 내가 단도직입적으로 물었다.

"내 쪽지는 받았어요?"

윌프는 받았다고 했다.

나는 그때 그 일 때문에 정말 바보가 된 기분이었다고 말했다. (사실이었지만 아마도 내가 의도한 것보다 훨씬 깊이 뉘우치는 것처럼 들렸을 것이다.)

"아, 그건 신경 쓰지 않아도 돼."

윌프가 후진을 해서 우리는 함께 마을로 향했다.

그때 윌프가 말했다. "너한테 결혼해달라고 말할까 생각하고 있었어. 이런 식으로 하려던 건 아니었는데. 좀 더 서서히 알리려고 했었지. 이거보단 적합한 상황에서 말이야."

"생각하고 있었지만 지금은 아니라는 얘기예요? 아니면 정말 할 거란 얘긴가요?"

윌프한테 청혼을 받아내려고 이 말을 한 건 맹세코 아니었다. 단지 상황을 분명하게 해두고 싶을 뿐이었다.

"정말 할 거란 얘기지."

충격을 극복하기도 전에 "좋아"라는 말이 먼저 튀어나와버렸다. 말로는 표현이 안 된다. 나는 얌전하고 정중하게 그러나 너무 간절

418

하지는 않게 "좋아"라고 말했다. 좋아, 차 한잔하지 뭐, 할 때의 '좋아'에 가까웠다. 나는 놀란 내색조차 하지 않았다. 내가 이 순간을 빨리 넘겨버리면 우리 둘 다 긴장을 풀고 평상시처럼 돌아갈 수 있을 것만 같았다. 하지만 사실대로 말하면 나는 윌프와 있을 때 긴장을 풀고 평상시처럼 행동했던 적이 한 번도 없었다. 윌프 때문에 어리둥절하기도 했다가 그가 무섭기도 하면서 우스꽝스럽다고도 생각했고, 재수 없었던 만우절 이후로는 수치심에 사로잡혀 있었다. 그 수치심을 극복하려고 그와 결혼하겠다고 말한 게 아니길 바랄 뿐이다. 좋아라는 말을 취소하고 생각할 시간이 필요하다고 해야 할까 망설인 기억이 있지만, 그랬다가는 우리 둘을 전과는 비교할 수 없을 정도로 수치스러운 상황에 빠뜨리고 말 것이다. 게다가 더 생각해볼 것이나 있는지 모르겠다.

　나는 윌프와 약혼을 했다. 나도 믿어지지 않는다. 다들 이렇게 청혼을 받는 건가?

　4월 14일. 윌프가 와서 아버지하고 이야기를 나눴고 나는 지니네 집에 가서 지니와 이야기를 나눴다. 나는 이런 말을 하려니 기분이 영 좋지만은 않다고 지니에게 사실대로 털어놓은 다음, 내 들러리가 되어달라고 해도 기분 나빠하지 않았으면 좋겠다고 했다. 지니는 물론 기분 나쁘지 않다고 했고 우리는 괜스레 울컥해져서는 서로 얼싸안고 훌쩍거렸다.

　"남자가 뭐라고 친구에 비할 수 있겠니?" 지니가 말했다.

　나는 될 대로 되라는 기분에 사로잡혀 지니한테 다 네 탓이라고 말했다. 불쌍한 월프가 두 여자한테 거절당하는 꼴을 볼 수 없었노라고.

    5월 30일. 준비할 게 너무 많아서 오랫동안 일기를 쓰지 못했다. 결혼식 날짜는 7월 10일로 잡혔다. 웨딩드레스는 코니시 양한테 맡겼는데, 여기저기 시침핀이 꽂힌 속옷을 입고 선 채 가만히 있으라는 닦달을 받으니 미칠 것만 같았다. 드레스가 순백의 마퀴제트* 소재라서 혹여 발이 걸리면 어쩌나 걱정이 되어 뒤로 길게 끌리는 스타일은 하지 않으려고 한다. 혼수로는 여름용 나이트가운 여섯 벌과 물결무늬 실크에 라일락 꽃무늬가 있는 기모노 한 벌, 겨울용 파자마 세 벌을 준비했는데 모두 토론토에 있는 심슨 백화점에서 샀다. 파자마가 새색시다운 혼수가 아닌 것은 분명하지만 나이트가운은 하나도 따뜻하지 않은 데다 아무튼 나는 나이트가운이 정말 싫다. 게다가 나이트가운은 늘 허리께에서 뒤엉킨다. 실크 슬립과 이런저런 속옷도 샀는데 모두 복숭아색이나 '살색'이다. 지니는 중국이 참전이라도 하게 되면 실크가 매우 귀해질 것이므로 살 수 있을 때 많이 사둬야 한단다. 지니는 늘 그렇듯이 뉴스에 참 밝다. 지니가 입을 들러리 드레스는 연한 파란색이다.
    어제 복스 부인이 케이크를 만들었다. 과일이 익으려면 6주는 더 기다려야 한다고 하니 날짜가 아주 아슬아슬하게 되었다. 행운을 기원하면서 반죽을 저어야 했는데, 과일이 들어 있어서 어찌나 빡

---

* 얇고 투명한 천의 일종.

빡하던지 팔이 떨어지는 줄 알았다. 마침 올리가 옆에 있어서 복스 부인이 안 볼 때 나 대신 조금 저어주었다. 그것이 어떤 운을 가져올지는 나도 모르겠다.

올리는 월프의 사촌인데 몇 달 동안 여기 머무를 예정이다. 월프한테 남자 형제가 없어서 올리가 신랑 들러리를 서기로 했다. 올리는 나보다 일곱 달 먼저 태어났는데, 그래서인지 나나 올리는 월프와 달리(어린애 같은 월프의 모습은 상상도 할 수 없다) 아직 애들인 것 같다. 올리는 폐결핵 요양소에 세 달 있다가 나왔는데 지금은 좋아졌다. 요양소에 있을 때 한쪽 폐를 허탈시켰다고 한다. 예전에 폐 허탈에 대해서 들었을 때는 한쪽 폐로만 숨을 쉬어야 하는 줄 알았는데 그렇지는 않은 모양이다. 폐를 허탈시켜 사용하지 않게 만들어놓고 그동안 약물을 투여하고 포낭(포장이 아니다)으로 감염 부위를 감싸 균을 휴면 상태로 만드는 것이다. (의사랑 결혼을 약속하더니 의학 박사가 다 된 내 모습을 보라!) 월프가 이 과정을 설명하는 동안 올리는 두 귀를 막고 있었다. 올리는 시술 과정을 떠올리지 않는 편이 더 좋아서 셀룰로이드 인형처럼 속이 텅 빈 사람 행세를 한다고 한다. 월프와는 완전히 반대되는 성격이지만 둘은 그럭저럭 잘 지내는 듯하다.

웨딩 케이크 장식을 제과점에 맡기게 되어 얼마나 다행인지 모른다. 그러지 않았더라면 복스 부인이 그 엄청난 부담을 견디지 못했을 것 같다.

6월 11일. 한 달도 안 남았다. 지금은 이렇게 일기를 쓸 때가 아

니라 결혼 선물 목록을 작성해야 할 때이다. 이 모든 게 내 것이 된
다니 믿기지 않는다. 월프가 벽지를 골라달라며 나를 찾았다. 방마
다 벽에 회반죽을 바르고 흰색 페인트를 칠해놓았기에 그것이 월
프의 취향인 줄로만 알았는데, 자기 부인에게 벽지를 고르게 해주
려고 벽을 그렇게 남겨놓은 모양이다. 유감스럽게도 나에게 떨어
진 임무에 할 말을 잃고 멍한 모습을 보였지만 이내 정신을 차리고
월프에게 매우 사려 깊은 행동이기는 하지만 아직 내가 사는 집이
아니라 그런지 어떤 벽지가 좋을지 정말 알 수 없다고 말했다. (월
프는 우리가 신혼여행에서 돌아올 즈음에는 마무리가 되어 있기를
바랐을 것이다.) 그렇게 나는 나에게 떨어진 임무를 미룰 수 있었
다.

지금도 일주일에 이틀은 제분소에 나가고 있다. 결혼 후에도 계
속 다닐 생각이었지만 아버지는 물론 안 된다고 하신다. 나아가 과
부나 재정적으로 극심하게 쪼들리고 있는 여자가 아닌 다음에야
유부녀를 고용하는 것은 법적으로 떳떳하지 못하다고까지 하셨다.
그러더니 처음에는 민망해서 차마 하지 못했던 말도 꺼내셨다. 결
혼을 하면 못 나올 일이 생긴다면서.

"남들 앞에 나서지 못할 때가 온다."

"아, 그 생각은 못했네요." 나는 바보처럼 얼굴을 붉혔다.

그래서 아버지의 머릿속에는 올리가 내가 하던 일을 이어받으면
좋겠다는 생각이 자리 잡게 되었고, 올리가 열심히 일해서 나중에
는 아예 공장을 물려받을 수 있기를 진심으로 바라고 계신다. 어쩌
면 아버지는 내가 제분소를 물려받을 수 있는 사람과 결혼하길 내

심 바라고 계셨을지도 모른다. 그렇다고 아버지가 월프를 멋진 신랑감으로 여기지 않는 건 아니지만. 똑똑하고 교육도 많이 받았지만(정확히 어디서 얼마나 교육을 받았는지는 모르지만 실질적으로 이 마을 사람들 중에서 아는 것이 가장 많은 사람이라는 사실에는 의심의 여지가 없다) 앞날을 아직 정하지 못한 올리가 최선의 선택으로 보였을지 모른다. 바로 이러한 이유 때문에 나는 어제 올리를 사무실로 데리고 가서 여러 가지 책들을 보여주어야 했다. 아버지가 올리를 데려다가 누구든 주변을 지나는 사람이 있으면 그 사람에게 올리를 소개했고, 만사가 순조롭게 진행되는 듯 보였다. 사무실에 있을 때 올리는 내내 귀를 기울였고 사뭇 진지한 비즈니스맨다운 모습을 보이더니 인부들하고 있을 때는 쾌활하고 유머 있는 모습(과한 유머는 아니었다)을 보였고 말투까지 분위기에 딱 맞게 바꿨다. 아버지는 그런 올리를 보고 크게 기뻐하면서 들뜬 모습을 보였다. 나중에 안녕히 주무시라고 인사를 하는데 아버지가 말씀하셨다.

"그 젊은 친구가 나타난 것을 나는 정말 천우신조로 여긴다. 그 친구는 제집처럼 편안한 미래와 살 곳을 찾게 될 청년이다."

아버지 말이 틀렸다는 건 아니지만 올리가 이 동네에 정착해서 제분소를 운영할 가능성은 내가 지그펠드 폴리스*의 코러스 걸에 뽑힐 가능성과 다를 바 없다.

올리로서는 즐거운 척 연기를 할 수밖에 없을 것이다.

---

* 플로렌스 지그펠드가 브로드웨이에서 운영한 쇼로 이 쇼에는 아름다운 코러스 걸들이 대거 등장하여 화려한 무대 위에서 코미디 성격의 쇼를 펼쳤다.

지니가 올리를 떠맡아주지 않을까 생각한 적도 있었다. 지니는 책을 읽어서 박식하고 담배도 피우고 교회에 꼬박꼬박 나가고는 있지만 관점에 따라서는 무신론자로 여길 법한 견해를 가지고 있다. 게다가 올리를 보고 키는 좀 작지만(176에서 180센티미터쯤 되는 것 같다) 못생기지는 않았다고 했다. 올리는 지니가 좋아하는 파란 눈과 앞이마로 늘어뜨린 연갈색 곱슬머리였는데, 머리는 멋있어 보이려고 의도적으로 내린 듯하다. 물론 둘이 만났을 때 올리는 지니에게 잘해주었고 지니가 말을 많이 할 수 있도록 대화를 잘 이끌기도 했다. 지니가 집에 가고 난 후에는 이렇게 말하기도 했다.

"네 꼬마 친구 꽤나 똑똑하던걸, 안 그래?"

'꼬마'라니. 지니도 올리보다 크면 컸지 작지 않다고 그에게 말하고 싶은 마음이 굴뚝같았다. 하지만 신체적인 면에서 다소 부족한 남자에게 키를 지적한다는 것은 꽤나 비열한 짓이므로 꾹 참았다. '똑똑하다'는 부분에 대해서는 뭐라고 해야 할지 모르겠다. 내 생각에도 지니는 똑똑하지만(가령 올리도 『전쟁과 평화』를 읽었을까?) 올리의 말투만 가지고는 지니가 정말 똑똑하다는 건지 안 똑똑하다는 건지 알 수 없었다. 내가 알 수 있었던 건 지니가 똑똑하다면, 올리가 별로 안 좋아할 것이고, 지니가 안 똑똑하다면 그건 지니가 똑똑한 척했다는 뜻이어서 그 역시 올리가 별로 안 좋아할 것이란 사실이었다. '네 속은 정말 알 수 없다니까'같이 뭔가 멋지면서도 재미있는 말로 받아쳤어야 하는 건데, 물론 그땐 아무 말도 못했고 이것도 지금에서야 생각해냈다. 최악인 것은 올리가 그 말을 한 바로 그 순간 마음속으로 남몰래 지니의 일면을 자각하게 되었고, 지

니를 옹호하면서도(머릿속으로만) 동시에 비열하게도 올리의 의견
에 동의하고 있는 나 자신을 발견했다는 것이다. 앞으로 지니가 내
눈에 똑똑하게 보일 날이 올지 미지수이다.

월프도 그 자리에 있었으므로 내가 올리와 주고받은 말을 처음
부터 끝까지 들었을 것이 분명한데 그는 아무 말도 하지 않았다. 한
때 청혼했던 여자인 만큼 옹호하고 싶은 마음이 있지 않느냐고 월
프에게 물어볼 수도 있었겠지만 나 또한 그 부분에 관하여 내가 알
고 있는 모든 것을 월프에게 털어놓은 적이 없었다. 월프는 고개
를 앞으로 숙이고(키가 매우 커서 거의 모든 사람들에게 이런 자세
를 취해야 한다) 희미한 미소를 띤 채 올리와 내가 하는 이야기를
듣기만 하는 때가 많다. 그게 미소인지 아니면 원래 입 모양이 그
런 건지 확실히 모르겠다. 저녁이면 월프와 올리가 우리 집을 방문
했고, 나중에 보면 결국 아버지는 월프와 크리비지*를, 올리와 나
는 농담 따먹기를 하고 있었다. 그렇지 않은 때에는 월프와 올리,
나 이렇게 셋이서 3인용 브리지**를 했다. (이유는 모르겠지만 브리
지가 너무 허세 부리는 게임 같다며 아버지는 브리지를 싫어했다.)
가끔은 월프가 병원이나 엘시 베인턴(나로서는 월프의 가정부의
이름을 도저히 외울 수 없어서 매번 큰 소리로 복스 부인에게 물어
야 했다)의 호출을 받고 나갈 일이 생긴다. 또 어떤 때는 크리비지
게임이 끝나고 나서 월프가 피아노에 앉아 악보도 보지 않고 연주
를 하곤 한다. 어둠 속에서. 아버지는 여기저기 돌아다니다가 올리

---

* 카드 게임의 일종.
** 원래 두 명씩 한 조를 이루어 네 명이 하게 되어 있다.

와 내가 있는 베란다로 나오고 그러면 우리 셋이 함께 앉아 감동하면서 월프의 연주를 듣기도 한다. 그럴 때 월프는 자기 연주에 도취되어 우리를 위해 연주를 하는 것 같지 않다. 우리가 듣거나 말거나, 우리가 떠들거나 말거나 개의치 않아서이다. 우리가 일부러 크게 떠들 때도 있는데 그건 가장 좋아하는 곡이 〈켄터키 옛집〉인 아버지가 듣기에 다소 난해한 클래식을 연주할 때가 있기 때문이다. 그럴 때 월프는 들뜬 모습을 보인다. 그런 종류의 음악은 그로 하여금 세상을 잠시 잊게 만드는 것 같아서, 오로지 그를 위하여 우리 셋은 대화를 시작한다. 연주가 끝나고 월프에게 연주 감상 잘했다는 말을 잊지 않고 건네는 사람은 아버지이다. 월프는 어딘가 다른 데 정신이 팔린 것 같으면서도 예의 바르게 감사하다고 인사를 한다. 올리와 나는 이럴 때 월프는 우리의 생각 따위에는 관심이 없다는 사실을 알고 있어서 아무 말도 하지 않는다.

언젠가 한번은 올리가 월프가 연주하고 있던 곡을 들릴 듯 말 듯 흥얼거린 적도 있었다.

"아침은 밝아오고 페르귄트는 하품을 한다……."

"뭐라고?" 내가 그에게 작은 목소리로 물었다.

"아무것도 아니야. 그냥 월프가 연주하는 곡일 뿐이야."

나는 올리한테 철자를 써달라고 했다. 페-르-귄-트.

월프와 함께 즐길 수 있는 취미가 될 것 같으니 아무래도 음악 공부를 좀 더 해야겠다.

날씨가 갑자기 더워졌다. 모란이 아기 엉덩이처럼 크게 활짝 피었고 조팝나무 관목이 눈처럼 떨어지고 있다. 복스 부인은 이런 날씨가 계속되면 내 결혼식 즈음에는 모든 게 바싹 말라붙어버릴 거라고 말하고 다닌다.

이 글을 쓰고 있는 지금, 커피를 세 잔이나 마셨지만 머리 손질은 못 끝냈다. 복스 부인이 한마디 한다.

"이제 얼마 안 있으면 생활 태도를 싹 바꿔야 할 거예요."

빈말이 아니었다. 엘시 싱거맘이 윌프한테 내가 살림을 도맡아 할 수 있도록 자신은 그만둘 거라고 말했기 때문이다.

따라서 이제부터는 나의 생활 태도를 바꾸고자 적어도 지금 당장은 일기에 작별을 고하려 한다. 전에는 내 인생에 정말 색다른 일들이 많이 일어날 거라서 모든 것을 꼭 기록해야 할 것만 같았다. 내 착각에 지나지 않았던 걸까?

세일러복을 입은 소녀

"여기선 뒹굴뒹굴 게으름 피울 꿈도 꾸지 마. 참, 깜짝 놀랄 일이 있어." 낸시가 말했다.

"넌 참 깜짝 놀랄 일도 많더라." 올리가 말했다.

오늘은 일요일이라서 올리는 뒹굴뒹굴 빈둥거리고 싶었다. 올리가 늘 고맙게 여기지만은 않는 낸시의 일면은 바로 그녀의 넘치는 에너지였다.

올리는 낸시를 보면서 조만간 저 에너지를 쓸 데가 생길 거라고 생각했다. 월프가 다른 남자들처럼 무신경하게 낸시만 믿고 살림을 맡길 테니 말이다.

예배가 끝난 후, 월프는 곧바로 병원으로 갔고 올리는 낸시 부녀와 저녁을 먹으러 다시 낸시네 집으로 왔다. 복스 부인도 일요일엔 매주 교회에 갔다가 오후 내내 자기만의 아담한 집에서 기나긴 휴식 시간을 갖기 때문에 그날 낸시 부녀는 차가운 음식으로 끼니를 때운다. 올리가 낸시를 도와 부엌을 깔끔하게 치웠다. 식당에서는 빈틈없이 코 고는 소리가 이어지고 있었다.

"너희 아버지 말인데, 흔들의자에 앉아서 무릎에 《새터데이 이브닝 포스트》를 올려놓은 채 주무시고 계시더라." 올리가 말했다.

"일요일 오후에는 매번 낮잠을 주무시면서 인정을 안 하셔. 그러고도 늘 읽을 줄 아신다니까." 낸시가 말했다.

낸시는 허리에 앞치마를 두르고 있었는데 본격적인 부엌일에 어울리는 그런 앞치마는 아니었다. 그녀는 앞치마를 벗어 문고리에 걸어놓고 부엌문 옆에 달린 작은 거울 앞에서 손으로 머리를 띄웠다.

"꼴이 엉망이네." 낸시가 애처롭게, 그러나 불쾌하지는 않은 목소리로 말했다.

"정말 엉망이야. 월프가 네 어딜 보고 좋다는 건지 모르겠어."

"조심하지 않으면 한 대 맞는 수가 있어."

낸시는 올리를 데리고 앞장서서 부엌문을 나와 까치밥나무 덤불을 돈 다음 단풍나무 아래 그녀가 그네를 뛰던 곳(이 얘긴 올리에게 이미 두어 번 한 적이 있다)으로 갔다. 그런 다음 흑톳길을 따라 블록 끝까지 갔다. 오늘은 일요일이라서 잔디를 깎는 사람이 아무도 없었다. 사실 뒷마당에는 나와 있는 사람 자체가 없었고 모든 집들이 폐쇄적이고 오만하고 배타적인 분위기를 풍기고 있었다. 마치 모든 집이 집 안에는 충분히 누릴 자격이 있는 휴식을 취하느라 잠깐 동안만 세상모르고 잠이 든, 낸시의 아버지같이 점잖은 사람들이 있다고 말하는 것만 같았다.

그렇다고 동네 전체가 조용했다는 뜻은 아니었다. 일요일 오후는 현지 사람들과 시골 마을에서 온 사람들이 해안 절벽 바닥에서 약 1.6킬로미터 떨어진 곳에 있는 해변으로 내려오는 때였다. 워터 슬라이드를 타면서 지르는 비명 소리, 물속에서 첨벙거리는 아이들이 내는 떠들썩한 소리, 승용차가 빵빵거리는 소리와 아이스크림 트럭의 경적 소리, 몸매 과시에 혈안이 된 청년들과 광적인 걱정에 휩싸인 엄마들이 내는 큰 목소리가 뒤섞여 들려왔다. 이 모든 소리가 한데 어우러져 정신없는 소음이 되었다.

흙툿길 끝, 돌도 깔리지 않은 빈촌에는 낸시가 옛날 얼음 창고라고 알려준 적 있는 텅 빈 건물이 하나 있었고, 그 건물 너머에는 공터와 메마른 배수로 위를 가로지르는 널빤지 다리 하나가 있었다. 그 후부터는 차 한 대(가급적 말 한 마리나 마차)가 지나갈 만한 길이 나왔다. 이 길의 한쪽에는 작은 연녹색 이파리들과 바짝 마른 핑크색 꽃들이 드문드문 달린 가시덤불 벽이 하나 있었다. 이 가시덤불은 미풍도 들여보내주지 않았고 그늘도 만들어주지 않으면서 올리의 셔츠 자락만 잡아당기려고 했다.

올리가 이 빌어먹을 식물이 뭐냐고 묻자 낸시가 알려주었다.

"들장미야."

"이게 깜짝 놀랄 일이란 건가?"

"두고 보면 알게 될 거야."

올리는 터널 안이 찜통처럼 더워서 낸시가 걸음을 늦춰주었으면 하고 바랐다. 그는 버릇없고 뻔뻔하고 이기적인 면을 제외하고는 남다를 것이 없는 이 여자와 이렇게 자주 어울려 다니는 자신에 곧잘 깜짝 놀라곤 했다. 아마도 그녀를 당혹시키는 것이 즐거워서 그런가 보다. 그래도 낸시가 보통 여자들보다는 똑똑한 편이라서 그게 가능했다.

올리의 눈에 들어온 것은 저 멀리 나무가 적당한 그늘을 만들어주고 있는 어떤 집의 지붕이었다. 낸시로부터 정보를 얻어낼 가망은 없었으므로 올리는 그 집에 도착하면 어디 시원한 데 앉을 수 있으리라는 희망에 만족하기로 했다.

"손님이 있네." 낸시가 곧이어 말했다. "미처 생각을 못 했어."

거무칙칙한 모델 티*가 길 끝으로 돌아 나오게 되어 있는 공간에 있었다.

"어쨌거나 한 대밖에 없으니까. 저 사람들이 거의 끝났기를 바라자."

하지만 그들이 자동차가 있는 곳까지 다다랐는데도 그럭저럭 괜찮아 보이는 1.5층짜리 집(여기 사람들은 "흰색"이라고 부르고 올리가 온 지역에서는 "노란색"이라 부르는 벽돌로 지어졌다)에서는 아무도 나오지 않았다. (정확하게는 우중충한 황갈색이었다.) 생전 깎아준 적이 없어 보이는 잔디가 깔린 마당 둘레에는 산울타리도 없이 늘어진 철조망만 쳐져 있었다. 대문에서 현관까지 가는 길은 시멘트 포장도 안 되어 있는 흙길이었다. 마을 밖에서는 이런 집이 그리 드문 게 아니었다. 보도를 깔거나 잔디 깎는 기계를 가지고 있는 농부가 그렇게 많지 않아서였다.

한때는 화단이 있었을 것이다. 지금은 무성하게 자란 잔디밭 곳곳에 흰색과 금색 꽃들이 피어 있었다. 데이지 꽃일 거라고 거의 확신하고는 있었지만 올리는 괜히 낸시에게 물어봤다가 조롱 어린 정정을 당할 것만 같았다.

낸시는 올리를 좀 더 우아하고 여유로운 나날을 보여주는 유물(페인트는 칠하지 않았지만 마주 보는 벤치 두 개까지 갖춘 어엿한 나무 그네) 쪽으로 인도했다. 그네 근처 잔디가 전혀 밟혀 있지 않은 걸 보니 별로 사용하지 않은 모양이었다. 그네는 잎이 무성한 나

---

* 1908년부터 1927년까지 포드 자동차 회사에서 제조, 판매한 자동차로 자동차의 대중화를 이끈 역사적인 자동차 모델.

무 두어 그루가 드리운 그늘 밑에 있었다. 낸시가 앉자마자 벌떡 일어나더니, 두 벤치 사이에서 마음을 다잡고는 이 삐걱거리는 장치를 앞뒤로 움직이기 시작했다.

"이러면 그 애한테 우리가 왔다는 걸 알릴 수 있을 거야." 낸시가 말했다.

"누구한테 알린다는 건데?"

"테서."

"네 친구야?"

"물론이지."

"늙은 아줌마 친구?" 올리가 무심하게 물었다.

그는 낸시가 이른바 싹싹하다고 지칭할 수 있는(낸시가 읽고는 마음에 깊이 새긴 어느 사춘기 소녀용 책에서는 아마도 그렇게 지칭했을 것이다) 일면을 남발하는 모습을 수없이 보아왔다. 제분소에서 일하는 나이 든 아저씨들을 천진난만하게 괴롭히던 낸시의 모습이 떠올랐다.

"학교를 같이 다녔어, 테서하고 내가. 테서하고 나 말이야."

그 말은 다른 종류의 생각을 불러일으켰다. 낸시가 자신을 지니와 엮어주려고 애쓰던 지난번이 떠올랐던 것이다.

"그 애의 어떤 점이 그렇게 흥미로운데?"

"두고 보면 알게 될 거야. 우아!"

낸시가 그네를 타다 말고 뛰어내리더니 집 가까이 있던 수동 펌프 쪽으로 달려갔다. 물이 나오기까지 펌프 손잡이를 아주 오랫동안 세게 움직여야 했다. 하지만 그렇게 한참을 움직이고도 낸시는 전혀 지쳐 보이지 않았고, 꽤 한참 동안 펌프 손잡이를 열심히 움직이더니 펌프 고리에 걸려 있던 주석 잔에 물을 가득 채워가지고는 물이 철철 넘치는 그 잔을 그네로 가지고 왔다. 낸시의 얼굴에 나타난 열성적인 표정을 보고 올리는 그 잔을 지금이라도 당장 자신에게 주려는 줄 알았으나, 낸시는 잔을 자기 입가로 가져가 만면에 희색을 띤 채 벌컥벌컥 물을 들이켰다.

"수돗물이 아니야." 낸시가 잔을 올리에게 건네며 말을 이었다. "우물물이라 맛있어."

낸시는 우물에 걸려 있던 오래된 주석잔에 따른 정수 처리하지 않은 물도 마시는 소녀였다. (자기 몸에서 일어났던 재앙 때문에 올리는 그 어떤 청년보다 더 그러한 위험에 민감하게 촉각을 곤두세우게 되었다.) 물론 낸시는 과시욕이 대단한 사람이었다. 하지만 정말 태생적으로 무모했고 자신이 불사신이라는 순진한 확신에 사로잡혀 있었다.

올리로 말할 것 같으면 자신을 두고 그렇게 말하지는 않았을 것이다. 그럼에도 그 또한 자신이 뭔가 특별한 운명을 타고났고, 그의 삶에는 어떤 의미가 있을 거라는 생각(물론 농담을 통해서만 이런 말을 꺼낼 수 있었다)을 품고 있었다. 어쩌면 그 때문에 둘이 가까워진 것일지도 몰랐다. 그러나 차이가 있다면 올리는 계속 밀고 나갈 거라는 것, 이상에 못 미치는 것에 안주하지 않을 것이라는 점이었다. 반면 낸시는 과거와 미래가 별로 다르지 않을 것이다. 여자이기 때문에. 여자들은 상상도 못할 만큼 폭넓은 선택이 자신을 기다리고 있다는 생각을 하자 올리는 갑자기 마음이 놓이면서 낸시가 불쌍해졌고 기분마저 좋아졌다. 낸시와 어울려 다니게 된 이유를 자문해볼 필요도 없고, 낸시와 놀림을 주거니 받거니 하면서 노닥거리는 시간도 아주 편하게 흘러가던 때가 있었다.

물은 정말 맛있었고, 놀랄 만큼 차가웠다.

"테서를 보러 오는 사람들이 있어." 낸시가 맞은편에 앉으면서 말했다. "금방이라도 누가 나타날지 몰라."

"그래?" 올리가 물었다.

불현듯 낸시가 비정기적으로 손님을 받는 반직업적인 창녀와 친구로 지낼 만큼 극단적이고 줏대 있는 여자일지도 모른다는 허황된 생각이 떠올랐다. 타락한 여자와 지금까지도 친구로 지내고 있을 만큼 말이다.

낸시가 내 생각을 읽은 모양이었다(똑똑할 때도 가끔은 있다).

"어머, 그런 게 아니야. 내 말은 그런 뜻이 아니었어. 난생처음 듣는 정말 불순한 생각이다. 테서는 절대로 그런 짓을 하지 않을 아이야. 윽, 역겨워. 그런 생각을 하다니 부끄러운 줄 알아. 그 애는 절대로…… 아무튼, 두고 봐."

낸시의 얼굴은 새빨개져 있었다.

문이 열리더니 통상적으로 사람들이 주고받곤 하는 질질 끄는 작별 인사도 없이(입 밖으로 소리 내어 하는 작별 인사조차 없이) 자신들이 타고 온 차처럼 낡기는 했지만 아직 쓸 만해 보이는 어떤 중년 남녀가 나와 흙길을 따라 내려오더니 그네 쪽을 바라보고 낸시와 올리를 발견하고도 아무 말 하지 않았다. 이상하게도 낸시 또한 아무 말 하지 않았고, 활기찬 인사 한마디 목청 높여 건네지도 않았다. 중년 남녀는 각자 자동차의 운전석과 조수석 쪽으로 향하더니 차에 올라타 떠나버렸다.

그때 어떤 형상 하나가 문가에 드리운 그림자 속에서 움직이자 낸시가 크게 소리쳐 불렀다.

"안녕, 테서."

여자는 건장한 어린아이의 모습을 하고 있었다. 시커먼 곱슬머리에 뒤덮인 커다란 머리, 넓은 어깨, 그루터기 같은 두 다리. 여자는 맨다리에 이상한 의상을 입고 있었다. 세일러 블라우스와 스커트였다. 더 이상 학생이 아니라는 사실을 고려할 때 이런 삼복더위에 저런 옷을 입다니 이상했다. 모르긴 몰라도 학교 다닐 때 입었던 옷일 것 같은데, 그런 옷을 집에서도 입고 있다니 참으로 검소한 사람이구나 싶었다. 저런 옷은 결코 닳아 해지지도 않고 올리가 보기에는 결코 여자들의 몸매를 돋보이게 해주지도 않았다. 대부분의 여학생과 마찬가지로 그 옷을 입은 그녀 또한 어색해 보였다.

낸시가 올리를 일으켜 세워 그를 소개했고, 그는 얘기 많이 들었노라며 테서에게 여자들에게 대개는 무난하게 통하는 간사한 목소리로 말했다.

"아니야, 그런 적 없어. 이 사람이 하는 말은 하나도 믿지 마. 실은 처치 곤란이라서 여기까지 데리고 온 것뿐이야."

테서는 눈꺼풀이 두껍고 눈도 그다지 크지 않았지만 눈동자만큼은 눈부실 정도로 짙고 부드러운 푸른색을 띠고 있었다. 올리를 보려고 들어 올린 눈꺼풀 아래로 드러난 눈동자는 특별한 호감이나 반감 혹은 호기심조차 내비치지 않은 채 환하게 빛나기만 했다. 그저 깊고 확신에 차 있을 뿐이었다. 그 바람에 올리는 예의 바른 헛소리를 더 이상 입 밖에 낼 수 없었다.

"들어오세요." 테서가 앞장서며 말했다. "우유를 마저 저어야 하는데 양해해주셨으면 합니다. 요전 손님이 오셨을 때 젓다가 중단했는데 지금 다시 저어주지 않으면 버터가 상할지도 모르거든요."

"일요일에 우유를 젓다니, 너도 참 말을 안 듣는 아이로구나." 낸시가 말했다.

"잘 봐, 올리. 버터는 이렇게 만드는 거야. 보나 마나 넌 버터가 소한테 얻을 때부터 다 만들어져 나와서 포장만 해가지고 상점으로 배달되는 줄 알았겠지."

낸시가 올리한테 말한 다음 곧바로 테서를 보고 말했다.

"넌 하던 거 계속해. 하다가 힘들어지면 나한테 잠깐 맡겨도 되고. 실은 내 결혼식에 초대하려고 왔어."

"그 비슷한 얘긴 나도 들었어." 테서가 말했다.

"너한테도 청첩장은 보냈는데 네가 그걸 눈여겨볼지 알 수 있어야 말이지. 그래서 직접 와서 네가 오겠다고 할 때까지 네 목이라도 비틀어야겠다고 생각했어."

낸시와 테서는 곧장 부엌으로 갔다. 블라인드는 창문턱까지 내려져 있었고, 환풍기는 머리 위 높은 곳에서 공기를 휘젓고 있었다. 실내에서는 음식 냄새, 접시에 담긴 파리약 냄새, 등유 냄새, 행주 냄새가 났다. 이 모든 냄새는 수십 년 동안 벽과 마룻널에 덕지덕지 달라붙어 있었을 것이다. 그러나 누군가(아마도 거친 숨소리를 내면서 교유기*에 대고 으르렁대다시피 하고 있는 이 소녀가) 수고스럽게도 찬장과 문짝에 청록색 페인트를 칠해버렸다.

식탁과 스토브 주변 수시로 오가는 경로에 닳아서 푹 파인 홈이
여러 개 생긴 바닥을 보호하려고 교유기 주변에 신문지를 펼쳐 깔
았다. 평범한 농장 소녀 같았으면 올리도 호기롭게 우유 젓기를 해
봐도 되겠느냐고 물었겠지만 이번 경우에는 별로 자신이 없었다.
뚱해 보이지는 않았지만, 나이에 비해 겉늙어 보이는 이 테서란 여
자애는 주눅이 들 정도로 솔직하고 말수가 적었다. 낸시조차 테서
가 있는 자리에서는 금세 조용해졌다.

드디어 버터가 나왔다. 버터를 보려고 벌떡 일어난 낸시가 올리
에게도 버터를 보라고 성화를 했다. 노랗기는커녕 허여멀건 색을
보고 놀랐지만 낸시가 무지하다며 무안을 줄 것 같아 아무 말도 하
지 않았다. 잠시 후 두 소녀가 끈적거리는 허여멀건 덩어리를 식탁
위에 펼쳐놓은 헝겊 위에 놓고 나무 주걱으로 내리치더니 바닥에
깔린 헝겊으로 꽁꽁 감쌌다. 테서가 바닥에 나 있던 문을 들어 올리
자 두 여자애들이 그것을 들고, 그로서는 있는지조차 몰랐던 지하
계단을 내려갔다. 올리는 테서가 혼자서 더 잘할 수 있음에도, 성
가시지만 귀여운 아이에게 하듯 기꺼운 마음으로 낸시에게 일종의
특권을 주고 있다는 사실을 알아차렸다. 테서는 낸시에게 바닥에
깔린 신문지를 치우게 하고 자신은 그동안 지하실에서 꺼내 온 여
러 개의 레모네이드 병뚜껑을 열었다. 테서는 구석에 있던 아이스
박스에서 얼음덩어리를 꺼내다가 싱크대에서 얼음에 붙어 있던 톱

---

* 버터를 만드는 도구로 기다란 원통형 가운데 막대가 있다.

밥을 물로 씻어낸 다음 망치로 얼음을 세게 내리쳤다. 그렇게 해서 조각 낸 얼음을 유리컵에 넣었다. 이번에도 역시 올리는 돕겠다고 나서지 않았다.

"자, 테서." 낸시가 레모네이드를 한 모금 마시고 나서 말을 꺼냈다. "이제 때가 됐어. 내 부탁 좀 들어줘. 제발."

테서도 자기 레모네이드를 마셨다.

"올리한테 말해줘. 올리 주머니에 뭐가 들어 있는지 말해줘라, 응? 오른쪽 주머니부터." 낸시가 말했다.

테서가 쳐다보지도 않고 말했다. "글쎄, 지갑이 있겠지."

"우아, 계속해줘." 낸시가 말했다.

"음…… 맞혔다고 봐야겠지, 나한테 지금 지갑이 있으니까. 그러면 지갑 안에 뭐가 있는지도 맞혀야 하는 건가? 뭐 별로 들어 있는 것도 없으니까." 올리가 말했다.

"저 말은 신경 쓰지 마. 또 뭐가 있는지 말해줘, 테서. 오른쪽 주머니에 말이야."

"그나저나 이게 다 무슨 일이지?" 올리가 물었다.

"테서, 그러지 말고. 우리 모르는 사이도 아니잖아. 우리가 오랜 친구 사이라는 걸 잊은 건 아니지? 우리 1학년부터 친구였잖아. 그러니까 내 부탁 좀 들어줘. 제발."

"이거 혹시 무슨 게임이니? 너희 둘이 생각해낸 무슨 게임인 거야?" 올리가 말했다.

낸시가 올리를 비웃었다. "왜 그래? 주머니에 들키면 안 될 물건이라도 있는 거야? 냄새나는 양말이라도 들어 있는 거냐고!"

"연필 한 자루. 돈 조금. 동전. 얼마짜리인지는 모르겠어. 무슨 글이 적힌 종이 한 장. 인쇄된 것 같은데?" 테서가 아주 차분하게 말했다.

"주머니를 비워봐, 올리. 주머니 좀 비워보라고." 낸시가 큰 소리로 말했다.

"아, 껌도 하나 있다. 껌인 것 같아. 그게 다야." 테서가 말했다.

껌은 포장이 벗겨져 온통 보풀이 묻어 있었다.

"껌은 나도 깜빡 잊고 있던 건데."

올리는 그렇지 않았으면서 그렇다고 말했다.

몽당연필 한 자루, 센트와 페니 동전 몇 개, 오린 후 접어서 보관하다가 닳아버린 신문 기사 조각이 나왔다.

"그건 누가 준 거야?"

올리가 말하는 도중에 낸시가 그것을 낚아채서는 펼쳐보았다.

"당사는 독창적이고 우수한 시 및 산문 원고를 찾고 있습니다. 진지하게 고려하……." 낸시가 크게 소리 내어 읽었다.

올리가 낸시의 손에서 신문 기사 쪼가리를 잡아챘다.

"누가 준 거라고. 이 회사가 합법적인 회사인지 아닌지 내 의견을 듣고 싶다고 했어."

"오, 올리."

"아직 가지고 있는 줄도 몰랐다고. 껌처럼."

"놀랍지 않아?"

"당연히 놀랍지. 나는 까맣게 잊고 있었는데."

"테서가 놀랍지 않아? 테서가 알고 있는 게 말이야."

몹시 당혹스러웠음에도 올리는 가까스로 테서에게 미소를 지어 보일 수 있었다. 테서가 잘못한 건 없었으므로.

"신문 쪼가리는 많은 남자들이 주머니에 넣고 다니는 거야. 동전? 말할 것도 없지. 연필이라면⋯⋯." 올리가 말했다.

"껌은?" 낸시가 물었다.

"가능성 있지."

"인쇄된 종이는? 테서가 *인쇄*된 거라고 했잖아."

"그냥 종이 한 장이라고 했어. 뭐라고 쓰여 있는지는 모르고 있었고." 낸시에게 맞서던 올리가 곧바로 테서에게 물었다. "맞잖아, 안 그래?"

테서가 고개를 가로저었다. 그러곤 문 쪽을 바라보면서 귀를 기울였다.

"길에 차가 한 대 있는 것 같아."

테서의 말이 옳았다. 이제 셋 모두에게 차 소리가 들렸다. 낸시가 창가로 가 커튼 틈으로 몰래 내다보던 그 순간, 테서가 올리에게 뜻밖의 미소를 지어 보였다. 그 미소는 공모나 사과 또는 일반적인 애교의 뜻으로 짓는 미소가 아니었다. 환영의 미소였을지는 몰라도 분명한 초대의 뜻은 전혀 없었다. 그저 약간의 온정, 테서 안의 편안한 기질을 내보인 것에 불과했다. 그와 동시에 그 미소가 테서의 온몸으로 퍼지고 있기라도 한 것처럼 테서의 넓은 어깨가 들썩이더니 어깨 위에 얌전히 내려앉았다.

"빌어먹을." 낸시가 말했다.

하지만 그녀는 자신의 흥분을 가라앉혀야 했고, 올리는 비정상적인 끌림과 놀람을 수습해야 했다.

테서가 문을 열었을 때 어떤 남자가 차에서 내리고 있었다. 남자는 낸시와 올리가 흙길을 내려오는 동안 대문 옆에서 기다렸다. 남자는 60대로 보였고 건장한 어깨에 심각한 얼굴을 하고 있었으며 희푸르스름한 여름용 정장과 크리스티사* 모자를 쓰고 있었다. 남자는 낸시와 올리에게 목례하며 순간적인 공손함을 보여주었고 의도적으로 호기심을 자제한 표정을 짓고 있었다. 진찰실에서 나오는 사람들을 위해 출입문을 잡아줄 때 보일 법한 그런 모습이었다.

테서가 문을 닫을 새도 없이 또 다른 차 한 대가 저 멀리 길 끝에서 모습을 드러냈다.

"줄 서야겠네. 일요일 오후라 바쁜가 보다. 어쨌든 여름이니까. 테서를 보려고 멀리서 오는 사람들도 있어." 낸시가 말했다.

"그러니까 테서는 사람들 주머니에 뭐가 있는지 맞힐 수 있다는 거야?"

올리의 이 말에 낸시는 대답을 건너뛰었다.

"대개는 잃어버린 물건에 대해 물어봐. 귀중한 것들 말이야. 자기들한테 나름 의미가 있는 것들."

"요금을 받아?"

"안 받을걸."

"받아야지."

"왜 받아야 하는데?"

---

* 영국의 유명한 모자 회사.

"가난하지 않아?"

"굶어 죽을 정도는 아니잖아."

"자주 틀리니까 안 받는 모양이지."

"글쎄, 잘 맞히니까 사람들이 자꾸 찾아오는 거 아닐까?"

밝지만 바람 한 점 안 통하는 들장미 덤불이 있는 터널에 이르자 그들의 말투는 바뀌었다. 얼굴에 샘솟은 땀을 닦아내자 아웅다웅할 에너지도 없었다.

"이해가 안 돼." 올리가 말했다.

"이해가 되는 사람이 있을지 모르겠네. 잃어버린 물건만 찾아주는 것도 아니거든. 시체의 위치를 알아낸 적도 있어."

"시체라고?"

"철도 선로 밖으로 걸어 나갔다가 폭설에 갇혀서 얼어 죽었을 거라고 짐작된 남자가 있었는데 계속 못 찾고 있었어. 그런데 테서가 절벽 아래 호숫가를 보라고 알려줬지. 아니나 다를까 철도 선로와는 상관없는 장소에 있었던 거야. 한번은 소가 실종된 적도 있었는데 그 소는 물에 빠져 죽었다고 테서가 알려주었지."

"그래서? 그게 사실이라면 어째서 조사하겠다고 나서는 사람이 없는 거야? 과학적인 조사 같은 거 말이야." 올리가 말했다.

"한 치도 거짓이 없다니까."

"테서를 못 믿는다는 건 아니야. 하지만 어떻게 그럴 수 있는지 알고 싶어. 테서한테 물어본 적은 있는 거야?"

낸시는 뜻밖의 발언으로 올리를 놀라게 했다.

"너무 무례하지 않겠어?"

이제 이 대화에 진저리를 치는 것처럼 보이는 쪽은 낸시였다.

"테서는 학교에 다녔을 때도 투시를 했던 거야?" 올리가 꿋꿋하게 물었다.

"아니, 나도 몰라. 그 애가 털어놓은 적도 없고."

"테서도 보통 사람들하고 똑같았니?"

"보통 사람들하고 똑같진 않았어. 하지만 누군들 똑같겠어? 내 말은 그러니까, 나도 내가 보통 사람들하고 똑같다고 생각한 적이 없었다는 얘기야. 지니도 자기가 똑같다고 생각하지 않았고. 테서의 경우에는 집이 학교에서 멀었고 아침에 등교하기 전에 소젖을 짜야 했던 것뿐인데, 우리랑 다른 점이라면 그 점이었지. 난 테서랑 친하게 지내려고 늘 노력했어."

"그랬을 거 같다." 올리가 조심스럽게 말했다.

낸시가 올리의 말은 듣지 못했다는 듯 얘기를 계속 이어나갔다. "그렇지만 처음을 생각해보면 말이야, 테서가 아팠을 때 시작되었던 게 틀림없어. 고등학교 2학년 어느 날, 테서가 아팠거든, 발작도 있었고. 이후 학교를 그만두더니 다신 복학하지 않았어. 일종의 외톨이가 된 건 그때였지."

"발작이라, 간질 발작을 말하는 거야?" 올리가 물었다.

"그런 말은 못 들어봤는데. 아하." 낸시가 올리에게서 고개를 돌리며 말했다. "그동안 난 정말 역겨웠어."

올리가 걸음을 멈추고 물었다. "어째서?"

낸시도 따라 멈췄다. "여기에도 특별한 것이 있다는 걸 보여주려고 널 일부러 데려간 거였어. 테서 말이야. 그러니까 테서를 보여주려고 데려간 거였다고."

"그랬구나. 그런데?"

"넌 이 동네에는 흥미로운 게 하나도 없다고 생각하니까. 넌 우리를 조롱의 대상으로만 여기잖아. 여기 있는 우리 모두를 말이야. 그래서 너한테 테서를 보여주려고 했던 거야. 별종을 구경시켜주려고."

"나라면 테서한테 별종이란 말은 안 쓰겠어."

"아무튼 그게 내 의도였어. 가서 시원하게 맞고 와야겠네."

"그럴 것까지야."

"그럼 가서 테서한테 용서해달라고 빌어야겠네."

"나라면 안 그럴 거야."

"그렇지?"

"그럼."

그날 저녁 올리는 낸시가 차가운 음식으로 저녁상 차리는 것을 도왔다. 복스 부인이 냉장고에 닭 요리와 젤리를 넣어두었고, 낸시가 일요일에는 에인절 케이크*를 만들어 딸기와 함께 냈다. 둘은 오후의 그늘이 드리워진 베란다에 저녁상을 차렸다. 주 요리와 디저트 사이에 올리가 먹고 난 접시와 젤리 그릇을 부엌으로 다시 가지고 갔다.

올리가 뜬금없이 말했다. "그 사람들 중 어느 하나라도 그녀에게

---

* 달걀 흰자로 만드는 고리 모양의 케이크.

음식을 가져다 준 적이 있는지 궁금하군. 닭 요리라든가 딸기 같은 걸 말이야."

낸시는 과당에 성한 베리 열매를 담그고 있었다.

잠시 후 낸시가 물었다. "뭐라고?"

"그 여자애 말이야. 테서."

"아, 테서한테도 닭은 있어. 먹고 싶으면 한 마리 잡으면 될 거 야. 베리 열매 밭이 있다고 해도 놀라지 않을 거 같은데. 시골에 사 는 사람들은 대부분 베리를 키우니까 말이야."

낸시는 집에 오는 길에 한바탕 뉘우치고 나서 기분이 좋아졌지 만 이제 그 효과는 사라지고 없었다.

"테서가 별종이 아니라는 건 아니야. 자신을 별종으로 여기지 않 을 거라는 말이지." 올리가 말했다.

"당연히 별종으로 여기지 않겠지."

"그녀는 있는 그대로의 자신에게 만족하고 있어. 정말 눈에 띄는 눈동자를 가지고 있고."

낸시는 자신이 디저트 내갈 준비를 하느라 분주한 동안 윌프에 게 피아노를 연주해줄 수 있겠느냐고 물었다.

"크림을 저어야 하는데, 이런 날씨에는 엄청 오래 걸리거든요."

윌프가 너무 피곤하니 그냥 천천히 준비하라고 했다.

그렇지만 나중에 디저트를 끝내고 날이 어둑어둑해질 때쯤에는 피아노를 쳤다. 낸시의 아버지는 저녁 예배에는 가지 않았지만(너 무 무리한 요구라고 생각하셨다) 일요일에는 카드 게임이든 보드 게임이든 게임은 일절 못하게 했다. 윌프가 연주하는 동안 아버지는 이번에도 《새터데이 이브닝 포스트》를 훑어보셨다. 낸시는 월프의 시야에서 벗어나 베란다 계단에 앉아 담배를 피우면서 아버지가 냄새를 알아차리지 못하기만을 바랐다.

"결혼하면 말이야……." 낸시가 베란다 난간에 기대 있던 올리에게 말했다. "결혼하면 어디든 내가 피우고 싶은 데서 마음껏 담배를 피울 거야."

물론 올리는 폐 때문에 담배를 피우지 않았다.

올리가 웃으며 말했다. "이런 이런, 설마 그것 때문에 결혼하려는 거야?"

월프가 악보도 없이 〈아이네 클라이네 나흐트뮤지크〉*를 연주하고 있었다.

"참 잘하지? 월프는 손재주가 뛰어나. 그런데도 여자들은 그 손이 차갑다고만 했었지." 올리가 말했다.

그러나 사실 올리는 월프나 낸시나, 그 둘의 결혼을 생각하고 있던 것이 아니었다. 그는 테서, 테서의 기이함과 평온한 모습을 생각하고 있었다. 이 길고 무더운 여름날 저녁, 들장미 길 끝에서 무엇을 하고 있을까 궁금하게 여기고 있었다. 지금도 방문객들이 와서 사람들의 온갖 문제를 해결해주느라 바쁘게 보내고 있을까? 아니면 밖에 나가 아무도 없는 가운데 떠오르는 달을 벗 삼아 그네에 앉아서는 삐걱거리며 타고 있을까?

얼마 안 있어 올리는 테서가 펌프에서 들통으로 물을 채워 토마

---

* 모차르트가 작곡한 현악 세레나데 G장조(K.525)의 다른 이름으로 소야곡, 또는 밤의 세레나데라고도 불린다.

토에 물을 준 다음, 언덕 위 콩과 감자에도 물을 주면서 저녁 시간을 보낸다는 것을 알게 될 터였다. 그리고 혹시라도 그녀를 좋아할 기회를 얻는다면, 이 일은 고스란히 그에게 떨어지게 되리라는 것도.

그동안 낸시는 결혼식을 준비하면서 점점 더 정신없이 분주한 나날을 보내느라 테서를 생각할 겨를이 없었다. 올리 또한 마찬가지여서 어쩌다 한두 번 필요하면 꼭 옆에 없더라는 말을 한 게 다였다.

4월 29일. 사랑하는 올리에게.

퀘벡에서 돌아온 이후 네 소식을 듣겠지 하고 생각하고 있었는데 아무 소식이 없어서(심지어 크리스마스에도!) 놀랐다가 그 이유를 알아냈다고나 할까. 몇 번인가 편지를 쓰려고 펜을 잡았지만 감정이 정리될 때까지 기다려야 했지. 너는 뭐라고 부를지 모르겠지만 네가 《새터데이 나이트》에 기고한 기사인지 이야기인지 아무튼 그 글은 잘 쓴 것 같고 너의 눈부신 업적으로서 분명 잡지에 실릴 수 있을 것 같아. 아버지는 '작은' 호수 항구라는 표현이 마음에 안 들어서 너한테 여기야말로 휴런 호 이쪽 편에서는 최고의 항구라는 걸 상기시켜주고 싶대. 나로 말할 것 같으면 '단조롭다'는 단어가 좀 걸리더라. 여기가 다른 곳보다 특별히 더 단조로운 데인지도 모르겠고. 그럼 너는 마을이 시적이기라도 해야 한다는 거니?

하지만 정말 큰 문제는 테서이고 이 글로 인해서 걔 인생이 어떻게 될까 하는 거야. 보나 마나 넌 그런 건 생각해보지도 않았겠지. 전화로도 연락이 안 되고 그렇다고 아주 마음 푹 놓고 운전대 잡고 그 애를 만나러 나갈 수도 없는 상황이야. (그 이유는 내 상상에 맡기겠어.) 내가 들은 말은 차치하고라도 사람들이 너무 많이 찾아와서 테서가 사는 곳까지 차로 들어가기에는 길 상황이 정말 최악이라 도랑에 빠지는 사람들 때문에 견인차까지 동원되고 있대. (그런데도 고맙다는 인사는커녕 우리 마을이 시대에 뒤떨어졌다는 잔소리만 늘어놓는다나) 아수라장이 된 길은 완전히 망가져서 보수조차 불가능하고. 들장미는 당연히 지난날의 추억이 될 거야. 군의회에서는 이번 일로 비용이 얼마나 들 것인지를 놓고 이미 뒤집혔고 테서 때문에 세상의 이목이 쏠린 거고 테서만 돈을 긁어모으고 있다는 생각에 격노한 사람들이 아주 많아. 사람들은 테서가 공짜로 봐준다는 말을 믿지 않고, 이 일로 돈을 만지게 되는 사람이 있다면 그건 너일 거래. 이 말은 아버지 말을 인용한 거야. 나는 네가 돈 버는 데만 관심이 있는 사람이 아니라는 걸 알고 있지만 아버진 모르시니까. 너한테는 모든 일이 등단의 영광이겠지. 빈정거리는 말처럼 들렸다면 용서해줘. 야망을 품는 건 괜찮아. 하지만 다른 사람들 생각도 해줘야 하는 거 아니니?

넌 축하한다는 편지를 기대하고 있었겠지만 난 속 시원하게 다 털어놓아야만 했어. 양해해주길 바랄게.

참, 한 가지만 더 묻자. 너한테 정말 물어보고 싶어. 그때도 내내 글로 쓸 생각만 하고 있었던 거니? 듣자 하니 혼자서 몇 번인가 테서네 집을 왔다 갔다 했다더라. 나한테는 그런 얘기는커녕, 같이 가자고 하지도 않았잖아. 소재(너라면 이렇게 지칭하겠지 싶다)를 구하는 중이라는 내색도 전혀 하지 않았고, 내가 기억하기로는 거기 갔던 경험에 대해서도 대수롭지 않다는 듯 건방지게 말했고 말이야. 눈을 씻고 찾아봐도 네 글에 내가 너를 어떻게 데려갔는지, 테서한테 어떻게 소개시켰는지 그런 말은 없더라. 개인적인 인정이나 감사인사는 고사하고 인정 자체를 안 하고 있잖아. 네가 테서한테 네 의도를 얼마나 정직하게 밝혔는지, 혹은 너의 이른바 과학적 호기심(이 말은 네 말을 인용한 거야)을 충족시켜도 좋은지 테서한테 허락은 받았는지 의문이다. 테서한테 무슨 짓을 하려고 했는지 설명은 해줬니? 아니면 그냥 오가다 만난 우리, 단조로운 사람들을 작가로서의 네 경력을 시작하는 데 이용한 것뿐이었던 거니?

행운을 빈다, 올리. 다시는 네 소식 듣고 싶지 않아. (너한테 한 번이라도 소식을 듣는 영광 따위 우리한텐 애초에 없었지만 말이야.)

네 사촌 형수, 낸시가

친애하는 낸시에게

낸시, 우선 네가 아무것도 아닌 일에 열을 내고 있는 것 같다는 말부터 해야겠다. 테서는 결국 누군가에게 발견되어 '글감'이 될 운명이었어. 그렇다면 그 누군가가 내가 되지 말란 법이라도 있어? 그 일을 글로 써야겠다는 생각은 테서하고 대화를 나누다 보니까 차차 마음속에서 구체화되었어. 과학적 호기심에서 나온 행동이라는 말은 사실이야. 하지만 그건 내 천성의 일부일 뿐이고 난 그걸 가지고 사과할 마음이 전혀 없어. 넌 내가 너한테 허락을 구하거나 내 계획과

힘 449

동선을 계속 보고했어야 한다고 생각하는 것 같은데, 그때 넌 웨딩 드레스며 축하 파티 때문에 잔뜩 흥분해서는 여기저기 다니느라 대단히 바쁘신 몸이었어. 네가 받은 은접시가 몇 개인지 그 누가 알겠니!

테서로 말할 것 같으면, 글이 실리고 나니까 내가 테서를 까맣게 잊었다든지, 내 글이 테서의 삶에 어떤 여파를 몰고 올지 내가 심사숙고하지 않았다고 생각한다면 그건 크나큰 오산이야. 사실 테서한테 편지를 받았는데, 거기에는 네가 말한 것 같은 그런 소란이 있다는 말은 전혀 없어. 좌우간 테서는 거기서 겪는 그런 불편을 그렇게 오래 참지 않아도 될 거야. 내 글을 읽고 크게 관심을 갖게 된 사람들하고 연락이 됐어. 그런 문제에 관하여 시행되고 있는 합법적인 성격의 연구가 있는데, 여기서 진행하는 것도 있지만 대부분이 미국에서 진행되고 있어. 미국은 이런 종류의 일에 투입할 수 있는 돈도, 진심 어린 관심도 더 많은 곳이니까 이제부터 거기서 여러 가지 가능성에 대해서 조사를 해보려고 해. 연구 대상인 테서를 위해서도 이 방면의 과학 기자인 나를 위해서도 보스턴이나 볼티모어나 어쩌면 노스캐롤라이나에 갈지도 모르겠다.

나를 그토록 무자비한 사람으로 생각하고 있다니 유감이야. 그나저나 결혼 생활이 마음에 든다는 말이 없네. 베일에 가린 소식(아마도 기쁜 소식이겠지?) 말고는. 윌프에 대한 얘긴 없었지만 윌프도 퀘벡에 데리고 갔을 테지. 둘이 즐거운 시간 보냈길 바란다. 윌프의 번영을 기원할게. 그럼 이만.

올리

사랑하는 테서에게

전화선도 빼놓은 것 같더라. 네가 누리고 있는 유명세를 생각하면
필요한 조치였겠지. 나쁜 뜻으로 한 말 아니라는 거 알아줬으면 좋
겠다. 요새 자꾸 의도와 다르게 말이 나오더라고. 내가 요새 임신 중
이거든. (소식 들었는지 모르겠다.) 그래서 그런지 화도 잘 나고 신
경도 예민해졌어.

널 보려고 물밀듯 찾아오는 사람들 때문에 아주 바쁘고 혼란스러운
시기를 보내고 있겠구나. 일상생활에 지장이 크겠다. 기회가 되면
한번 보고 싶은데. 그러니까 이 편지는 사실 마을에 오게 되면 우리
집에 한번 들러달라는 초대장인 셈이야. (상점에 갔다가 네가 이제
식료품은 전부 배달시킨다는 말을 들었어.) 너 내가 사는 새집(장식
을 새로 했고 나는 산 지 얼마 안 됐으니까 나한테는 새집이란 말이
야) 내부는 한 번도 본 적이 없잖아. 생각해보니까 전에 살던 집도
마찬가지였더라. 내가 늘 널 보러 갔기 때문인 것 같아. 마음처럼 그
렇게 자주 가지는 못했지만 말이야. 살다 보면 늘 그렇게 바쁠 수 없
더라. 벌고 쓰는 일에 우리는 있는 힘을 헛되이 탕진하잖니.* 뭐가
그렇게 바쁘다고 했어야 하는 일 또는 했으면 하는 일도 못하고 살
아야 하는 건지…… 낡은 나무 주걱으로 함께 버터를 두드렸던 일
기억나니? 난 정말 재미있었어. 그때 내가 올리를 데려가서 너한테

---

* 윌리엄 워즈워스의 시, 「우리는 세속에 너무 물들었다」에 나오는 구절.

소개해주었는데. 아무쪼록 네가 그날을 후회하지 않기만을 바라.

테서, 난 네가 나를 자기 일도 아니면서 쓸데없이 참견하고 오지랖 넓게 구는 사람이라고 생각하지 않았으면 해. 하지만 올리가 편지를 보냈는데, 글쎄 미국에서 연구인지 뭔지를 하는 사람들하고 연락하고 있다지 뭐니. 분명 너한테도 이 얘길 했겠지. 올리가 말하는 게 무슨 연구인지는 모르겠지만 그가 보낸 편지에서 그 부분을 읽을 때 간담이 서늘해졌다는 말만은 해야겠다. 난 그냥 네가 여길 떠나서 (네가 떠날 생각이라면 말이야) 아는 사람도 아무도 없고 널 친구나 보통 사람으로 여기는 사람도 없는 곳에 가면 안 될 것 같은 예감이 들어. 그냥 너한테 이 말은 꼭 해야 할 것만 같았어.

너한테 꼭 해야 할 것만 같은 말이 하나 더 있는데 어떻게 해야 할지 모르겠다. 그 말은 이거야. 올리는 분명 나쁜 사람은 아니지만 흡인력이 있어. 생각해보니 여자뿐만 아니라 남자한테도 그래. 자기가 그런 사람이라는 걸 몰라서가 아니라 그 뒷감당을 하지 않는다는 게 문제야. 툭 까놓고 말해서, 올리와 사랑에 빠지는 것보다 더 고약한 운명은 없다는 게 내 생각이야. 그는 너랑 한 팀이 되어서 너에 대한 글이나 무슨 실험, 뭐가 됐든 앞으로 벌일 일에 대해서 글을 쓸 궁리만 하고 있는 것 같더라. 따라서 아주 다정하고 자연스럽게 널 대할 거야. 그는 연기를 하는 건데 네가 그걸 진심이라고 잘못 받아들이게 될 수도 있어. 내가 이런 말 한다고 화내지 말아줘. 우리 집에 놀러 와.

키스를 보내며, 낸시가

낸시에게

내 걱정은 하지 말아줘. 올리가 꾸준히 나한테 뭐든지 알려주고 있으니까. 네가 이 편지를 받을 때쯤이면 우리는 결혼해서 이미 미국에 가 있을지 모르겠다. 너의 새집 내부도 구경 못하게 된 건 유감이야. 그럼 이만 줄일게.

테서

머리에 난 구멍

센트럴 미시건의 언덕들은 울창한 떡갈나무 산림에 뒤덮여 있다. 낸시가 그곳을 처음이자 마지막으로 방문한 것은 1968년 가을, 떡갈나무 잎에 단풍은 들었지만 아직 낙엽으로 떨어지지는 않고 나무에 붙어 있을 때였다. 낸시는 산림보다는 가을이 되면 빨간색과 금빛을 띠는 단풍나무가 많은 아기자기한 숲이 더 익숙했다. 거대한 떡갈나무 나뭇잎의 어두운 색, 즉 녹슨 빛과 와인 빛을 보면 기운이 빠졌다. 심지어 햇빛을 받아도 마찬가지였다.

개인 병원이 들어서 있는 언덕은 나무가 전혀 없는 벌거숭이 언덕이었고, 도시나 마을 심지어 사람이 사는 농장과도 멀리 떨어져 있었다. 병원 건물은 마을 유지의 대저택이었던 것을 병원으로 '개조'했을 법한 그런 건물이었다. 작은 마을에서는 가문의 일원이 하나둘 죽어나가 후손이 하나도 안 남았다든지, 가세가 기울어 더 이상 유지할 형편이 안 되면 그런 유지의 대저택이 병원으로 개조되는 일이 더러 있었다. 정문 양쪽에는 각각 퇴창이 두 개씩 있고, 3층까지 뻥 뚫린 지붕창이 있었다. 오래되어 얼룩이 생긴 벽돌담에, 관목이나 산울타리나 사과 과수원 하나 없이 짧게 깎아놓은 잔디밭과 자갈 깔린 주차장만 있었다. 혹시 도망가고 싶은 생각을 품게 되더라도 숨을 곳 하나 없었다.

월프가 몸져눕기 전이었다면 낸시에게도 그런 생각은 (그렇게 빨리) 떠오르지 않았을 것이다.

몇 대 안 되는 자동차 옆에 주차하면서 낸시는 이 차들이 직원 차일지, 방문객 차일지 궁금했다. 이렇게 외딴 곳에 방문객이 몇이나 찾아오겠어?

수많은 계단을 힘겹게 올라갔더니 고작 옆문으로 돌아오라는 안내문이 적힌 표지판이 나왔다. 가까이서 보니 쇠창살이 달린 창문도 있었다. 퇴창이 아니라(쇠창살뿐만 아니라 커튼도 없었다) 퇴창 위아래로 난 창문 몇몇에 달려 있었는데, 퇴창 아래의 경우에는 일부가 지상으로 드러난 저장고일 것이다.

돌아가라는 안내를 받고 찾아간 문이 바로 그 저층 높이에서 열렸다. 그녀는 벨을 울린 다음 문을 두드렸다가 또다시 벨을 눌러보았다. 벨 울리는 소리가 자신에게도 들렸을 거라고 생각했지만 안에서 시끄럽게 달그락거리는 소리가 들려서 확신할 수는 없었다. 문손잡이를 돌려보았더니 놀랍게도 (창문에 달린 쇠창살을 고려할 때) 문이 열렸다. 그녀가 서 있는 곳은 주방의 문지방으로 시설의 주방답게 분주하고 규모도 컸다. 많은 사람들이 점심 먹고 난 설거지와 청소를 하고 있었다.

주방 창문에는 아무것도 없었다. 천장이 높아 소리가 크게 울렸고, 벽과 찬장에는 모두 흰색 페인트가 칠해져 있었다. 청명한 가을 낮의 햇빛이 절정에 달한 시간이었건만 실내에는 수많은 전구가 켜져 있었다.

물론 문을 열자마자 그녀의 존재를 알아차리는 사람은 있었다. 그러나 그녀에게 찾아와 인사를 건네면서 무슨 일로 왔는지 물으려고 신속하게 움직이는 사람은 없어 보였다.

그 밖에 알아챈 것이 하나 더 있었다. 빛과 소음으로 인한 심한

압박감과 더불어 자기 집에서 받는 것과 똑같은 느낌, 집에 찾아오는 다른 사람들이 훨씬 강하게 인지했을 그 느낌이 느껴졌다.

무언가 고장이 나 있는데 고치거나 바꿀 수는 없고 최대한 참고 견뎌야 할 것만 같은 그런 느낌이었다. 그런 곳에 들어오면 일찌감치 포기해버리는 사람들이 있다. 그런 사람들은 어떻게 참고 견뎌야 하는지 몰라 격분하거나 겁에 질리기 때문에 도망쳐야 한다.

하얀 앞치마를 두른 남자가 쓰레기통이 담긴 카트를 밀면서 다가왔다. 그 남자가 인사를 하려고 온 건지 지나가던 길이었는지 알 수는 없었지만 어쨌든 웃고 있었고 붙임성도 좋아 보이기에 그녀는 자신은 어떤 사람이며, 누구를 보러 왔다고 말했다. 그는 가만히 듣다가 몇 번인가 고개를 끄덕이더니 더욱 환하게 웃고는 고개를 까딱거리면서 손으로 자기 입을 톡톡 두드리기 시작했다. 자신은 말을 할 수 없고, 아니 어떤 게임에서처럼 말을 하면 안 된다는 것을 보여주고는 카트를 덜컹거리며 저장고 쪽으로 내려가는 경사로를 향해 가던 길을 계속 갔다.

그는 직원이 아니라 입원 환자일 것이다. 일할 수 있는 사람들은 데려다가 일을 시키는 그런 장소인 게 틀림없다. 노동이 환자에게도 이롭다는 발상에서 그랬을 것이고 어쩌면 실제로 이롭게 작용했을지도 모른다.

마침내 책임자로 보이는 사람이 나타났다. 환자 대부분이 입고 있는 흰색 앞치마가 아닌 어두운 색 정장을 입은 낸시 또래의 여자였다. 낸시는 아까 말했던 내용을 다시 한 번 말했다. 어떤 입원 환자(병원 측에서 선호할 듯한 명칭에 의하면 거주자)가 연락할 사람으로 그녀의 이름을 댔기 때문에 편지를 받았다고.

아까 주방에 있던 사람들이 고용된 인부가 아닐 거라는 낸시의 짐작이 맞았다.

"여기서 일하는 걸 좋아하는 것처럼 보이지요? 자부심까지 느끼고 있답니다." 여자 감독관이 말했다.

그녀는 웃는 얼굴로 좌우를 조심하라고 주의를 주면서 낸시를 사무실로 안내했다. 사무실은 주방에서 멀리 떨어진 방이었다. 대화를 나누다 보니 그녀는 온갖 방해 요인을 처리해야 했다. 주방 일에 대한 결정을 내리고 흰색 앞치마를 뒤집어쓴 누군가가 와서 문 주변을 기웃거릴 때마다 항의를 해결해주어야 했다. 벽 여기저기에 갈아놓은 고리에 아무렇게나 꽂아놓은 각종 파일, 청구서, 고지서 등을 처리하는 것도 그녀의 몫이었다. 낸시 같은 방문객을 상대해야 하는 것을 포함하여.

"저희가 소장하고 있는 예전 기록을 살펴보았더니 친척으로 적은 이름이 몇 개 나왔는데……."

"저는 친척이 아닙니다." 낸시가 말했다.

"누구든지 간에요. 저희가 당신이 받은 것 같은 그런 편지를 보내는 이유는 그 사람들이 이런 경우에 바라는 일 처리 방식이 있을지도 모르니까, 그런 사항에 대해서 도움을 좀 받으려는 것뿐입니다. 사실 답장은 별로 못 받았어요. 이렇게 먼 곳까지 직접 와주셔서 얼마나 다행인지 모릅니다."

낸시는 이런 경우가 무슨 뜻이냐고 물었다.

감독관은 이곳에 수년 동안 입원한 사람들 중에는 어쩌면 이런 곳에 올 필요가 없었을지도 모르는 사람들이 끼어 있다고 말했다.

"제가 신임이라 양해를 부탁드릴게요. 하지만 아는 대로 말씀드리도록 하지요."

감독관에 따르면 여기는 정신장애가 있거나 치매거나 발달이 비정상이거나 어떻게 해도 발달이 안 되거나 가족들도 두 손 들어버렸거나 혹은 들어버리고 싶은 사람들이 모두 모인, 말 그대로 다목적 수용 시설이었다. 예전부터 늘 수용 사유가 광범위했고, 지금도 그랬다. 문제가 심각한 환자들은 전원 북관에 수용해놓고 감시하고 있었다.

원래 이 병원은 어떤 의사가 소유와 경영을 겸하고 있던 개인 병원이었다. 그가 죽은 후, 의사의 유족들이 병원을 인수했고, 나중에 알고 보니 그 가족에게는 그 가족만의 운영 방식이 있었다. 병원의 일부가 자선 병원으로 바뀌었고 엄밀히 말해 자선이 전혀 필요 없다고 할 수 있는 자선 대상 환자들을 위해 보조금을 받아내려는 이례적인 조처가 마련되기도 했다. 아직 명단에 올라 있지만 실제로는 고인이 된 사람들도 있었고 적절한 서류나 기록이 없는 이들도 있었다. 물론 이들 중 다수가 생계를 위해 일하고 있고 그러한 관행은 사기 진작에는 이로울지 모르겠으나(사실 이롭기는 했다) 다들 수입이 부정기적인 데다 불법이기도 했다.

문제는 철저한 조사가 실시되어 이곳 전체가 조만간 폐쇄된다는 데 있었다. 어쨌거나 건물도 너무 노후했다. 수용할 수 있는 인원도 너무 적었고, 요즘은 이런 식으로 운영하는 병원도 없었다. 중증 환자들은 플린트나 랜싱에 있는 대규모 시설로 이송될 예정이었고

(아직 확정된 것은 아니었지만) 나머지 인원은 요즘 추세에 따라 보호시설, 공동생활 가정에 들어갈 수 있었다. 그다음으로는 친척 집에 맡긴다면 그럭저럭 지낼 수 있는 부류가 있었다.

테서가 그 마지막 부류로 간주되었다. 입원 당시에는 전기 자극 치료가 필요해 보였지만 꽤 오래전부터 지금까지 최소한의 약물 치료만 받아왔다.

"충격 치료 말씀이신가요?" 낸시가 물었다.

"충격 요법이라고 해야겠지요."

감독관은 그렇게 말하면 무슨 대단한 차이라도 생긴다는 투로 말했다.

"친척이 아니라고 하셨죠. 그렇다면 그녀를 데려갈 뜻이 없다고 봐야겠군요."

"저한테는 남편이 있는데……." 낸시가 멈칫하다가 말을 이었다. "남편이 있는데 이제, 아니 앞으로 이런 시설에 보내야 할 것 같거든요. 그런데 그냥 집에 데리고 있어야겠어요."

"아, 그러시군요." 감독관이 불신은 아니지만 그렇다고 동정의 기색이 묻어 있지도 않은 한숨을 쉬며 말했다. "문제는 그녀가 심지어 캐나다 국민도 아니라는 겁니다. 본인도 그렇게 생각하지 않고 있고요. 아무튼 그러면 지금 그녀를 볼 마음도 없으시겠군요."

"아니에요, 그렇지 않아요. 여기 온 것도 만나보기 위해서였는걸요."

"아, 잘됐네요. 모퉁이 돌면 바로 나오는 제빵실에 있습니다. 꽤 오랫동안 여기서 빵을 구웠어요. 처음에는 제빵사를 고용했던 것 같은데, 그 사람이 그만둔 이후로 다른 사람을 뽑지 않았더군요. 테서가 있으니 그럴 필요가 없었던 거겠죠." 감독관이 일어서며 말을 이었다. "자, 잠시 후에 제가 들여다보면서 드릴 말씀이 있다고 할 거예요. 당신은 그때 방에서 나오시면 됩니다. 테서는 머리가 꽤 잘 돌아가는 편이라 눈치가 빨라서 당신이 자기를 데려가지 않을 거라는 걸 알면 동요할 수 있거든요. 그러니 제가 빠져나갈 기회를 만들어드리도록 하지요."

테서의 머리카락은 완전히 세지는 않았다. 곱슬머리를 촘촘한 망사 속에 가둬놓아 주름 하나 없고 환하게 빛나는 이마가 드러났는데 전보다 훨씬 넓고 하얘진 것 같았다. 몸 또한 넓어져 있었다. 몸에 딱 맞게 입은 하얀 제빵사 복장 아래로 도드라진 거대한 가슴은 바윗덩어리처럼 단단해 보였다. 이처럼 무거운 짐을 가슴에 달고 있는 데다 크고 납작한 빵 반죽을 돌돌 말기 위해 테이블 위로 숙인 자세였는데도 어깨는 반듯하고 당당해 보였다.

제빵실에는 예쁜 얼굴을 자꾸만 움찔거리며 기괴하게 찡그리는 키 크고 마르고 섬세하게 생긴 여자애(아니 다 큰 여자) 말고는 테서밖에 없었다.

"어머나, 낸시. 너구나." 테서가 말했다.

뼈대에 붙어 있는 육중한 살덩어리를 지고 다니는 사람들이 그렇듯 씩씩하게 숨을 헐떡이고 무의식적인 친밀감을 보이기는 했지만 말투는 꽤 자연스러웠다.

"그만해, 엘리너. 바보 같은 짓 하지 마. 내 친구한테 의자나 하나 갖다 드리고."

요즘 사람들이 하듯 낸시가 포옹하려는 자세를 취하자 테서는
당황했다.

"어쩌지, 지금은 온통 밀가루가 묻어서. 게다가 엘리너가 널 깨
물지도 몰라. 엘리너는 내가 다른 사람들하고 친하게 지내는 걸 싫
어하거든."

엘리너가 황급히 의자를 가지고 돌아왔다. 낸시는 애써 엘리너
의 얼굴을 응시하면서 공손하게 말했다.

"정말 고마워요, 엘리너."

"엘리너는 말을 안 해. 그렇지만 훌륭한 조수가 되어주고 있지.
엘리너가 없으면 나 혼자선 감당을 못할 거야, 그렇지, 엘리너?"

"날 알아보다니 놀라운걸. 옛날에 비해 얼굴이 많이 상했을 텐데
말이야." 낸시가 말했다.

"그러네. 난 네가 과연 올까 궁금했어." 테서가 말했다.

"하긴 내가 죽었을지도 모르는 노릇이잖니. 너 지니 로스 기억
해? 지니는 죽었어."

"기억해."

테서는 파이 껍질을 만들고 있었다. 반죽을 둥근 모양으로 자른
다음, 그것을 주석으로 만들어진 파이 굽는 틀에 철썩 내려놓고 파
이 틀을 높이 든 채, 한 손으로는 틀을 돌리고 다른 한 손으로는 들
고 있던 칼로 반죽을 조각냈다. 이 모든 과정을 빠르게 몇 번 반복
했다.

"월프는 안 죽었고?" 테서가 물었다.

"안 죽었어. 하지만 그이는 정신이 온전치 못해, 테서."

뒤늦게 눈치 없는 말을 했다는 생각이 든 낸시는 목소리를 밝게 내보려고 노력했다.

"그이가 요새 좀 이상해졌어, 불쌍한 울피."

몇 년 전 낸시는 울피라는 이름이 월프의 긴 턱과 가느다란 콧수염, 부리부리하고 근엄한 눈동자에 더없이 어울린다는 생각에 그를 울피라고 불러보았다. 하지만 월프는 자신을 놀리는 걸지도 모른다고 의심하며 싫어했고, 그래서 낸시도 더 이상은 그렇게 부르지 않았다. 이제 월프가 전혀 개의치 않으므로, 그에 대하여 좀 더 밝고 온화한 감정을 품게 해주는 그 이름을 불러본 것뿐이었다. 현재와 같은 처지에서 그것은 크나큰 도움이 아닐 수 없었다.

"예를 들면, 월프는 러그를 끔찍이 싫어하게 되었지."

"러그를?"

"그이는 방 안에서 이렇게 걸어 다녀." 낸시가 허공에 대고 직사각형을 그려 보이며 말했다. "그래서 벽에 붙여놓았던 가구를 옮겨야 했지. 옮기고 옮기고 또 옮기고."

낸시는 문득 왠지 모르게 미안한 생각이 들어 웃었다.

"아, 여기에도 그런 사람이 좀 있어." 테서가 내부인인 자신이 누구보다 잘 안다는 듯 고개를 끄덕이며 말했다. "그런 사람들은 벽에 뭘 못 놔두게 해."

"게다가 굉장히 의존적이야. '낸시는 어디 있지?'라는 말을 입에 달고 산다니까. 요즘 그이가 믿는 사람은 나밖에 없어."

"폭력 성향은 없니?" 테서가 이번에도 전문가라도 되는 것처럼 물었다.

"없어. 대신 굉장히 의심이 많아. 누가 들어와서 자기가 못 찾도록 물건을 숨긴다고 생각해. 누가 돌아다니면서 시간이랑 심지어 신문에 찍힌 날짜까지 바꿔놓는다고 생각한다니까. 내가 아무개가 아프다는 말을 하면서 딱 맞는 진단을 내리면 갑자기 생기가 돌아. 사람 마음이라는 게 참 묘한 거더라."

아뿔싸. 또다시 눈치 없는 말을 하고 말았다.

"정신은 오락가락하지만 그이는 폭력적이진 않아."

"다행이네."

테서가 파이 틀을 내려놓더니 상표 없이 그냥 블루베리라고만 적혀 있는 커다란 깡통에 든 것을 주걱으로 떠서 파이를 채우기 시작했다. 파이 속 재료는 얇고 차져 보였다.

"받아, 엘리너. 네가 좋아하는 파이 반죽 부스러기야."

엘리너는 낸시가 앉은 의자 바로 뒤에 내내 서 있었다. (낸시는 고개를 돌려 뒤를 보지 않으려고 조심했다.) 이제 엘리너는 고개를 들어 쳐다보지도 않고 제빵 테이블을 슬며시 돌아와 테서가 칼로 잘라낸 반죽 쪼가리들을 뭉치기 시작했다.

"하지만 그 남자는 죽었어. 그 정도는 나도 알아."

"그게 무슨 얘기야?"

"그 남자 말이야. 네 친구."

"올리? 지금 올리가 죽었다는 거니?"

"몰랐어?" 테서가 물었다.

"응, 몰랐어."

"너라면 알고 있을 줄 알았는데. 윌프도 몰랐던 거니?"

"*윌프도 모르고 있는 거지.*"

낸시는 자기도 모르게 시제를 바꿔 남편이 과거 속의 잊힌 사람이 아니라는 점을 내세웠다.

"윌프는 알고 있는 줄 알았지. 둘이 친척 아니었어?"

낸시는 대답하지 않았다. 테서가 여기 있으니 물론 올리가 죽었을 거라는 것쯤은 진작 눈치챘어야 했다.

"네 남편이 너한텐 알리지 않고 혼자만 알고 있었나 보다." 테서가 말했다.

"윌프가 그거 하나는 기가 막히게 잘하지. 올리는 어디서 죽은 거야? 임종은 지켰니?"

테서가 고개를 흔들었는데 임종을 못 지켰다는 건지 어디서 죽었는지 모른다는 뜻인지 알 수 없었다.

"그럼 언제 죽었는데? 너한테는 뭐라고 알려왔는데?"

"나한테 알려준 사람은 없었어. 나한테는 아무것도 알려주지 않으려 했거든."

"어머나, 테서."

"내 머리에 구멍이 있었어. 꽤 오랫동안."

"전에 알던 것 때문이니? 어떻게 했었는지 기억은 나고?" 낸시가 물었다.

"그들이 나한테 가스를 주입했어."

"그들이라니?" 낸시가 단호하게 물었다. "가스를 주입했다니 그게 무슨 말이야?"

"여기를 장악하고 있던 사람들 말이야. 그 사람들이 나한테 바늘도 꽂았어."

"좀 전엔 가스라며."

"바늘도 꽂고 가스도 주입했어. 내 머리를 고친다면서, 기억 안 나게 해준다면서 말이야. 어떤 건 기억이 나는데, 언제였는지가 헷갈려. 아주 오랫동안 내 머리에는 그 구멍이 있었어."

"올리는 네가 여기 들어오기 전에 죽은 거니, 아니면 들어온 다음에 죽은 거니? 올리가 어떻게 죽었는지도 기억이 안 나?"

"아, 나는 봤지. 올리는 검은 코트로 머리를 감싸고 있었어. 목에는 전깃줄이 묶여 있었고. 누군가 그 사람한테 그런 짓을 했어." 일순간 테서의 입술은 굳게 앙다물어졌다. "누군가는 전기의자형을 받아야 했어."

"네가 악몽을 꾼 걸지도 모르잖아. 꿈하고 현실이 뒤섞여서 헷갈린 거 아니니?"

테서가 마음을 정하기라도 한 듯 턱을 쳐들며 말했다. "악몽이 아니야. 그런 건 혼동하지 않아."

'충격요법 때문이군.' 낸시는 속으로 생각했다.

충격요법 때문에 기억에 구멍이 생긴 걸까? 병원 기록에 뭔가 있을 텐데. 감독관하고 다시 한 번 얘기를 해봐야겠다.

낸시는 엘리너가 자투리 반죽을 가지고 만들고 있는 것을 보았다. 머리며, 귀며 꼬리를 붙여놓은 솜씨가 꽤 그럴듯했다. 작은 밀가루 생쥐.

테서는 정확하면서도 신속하게 파이를 덮고 있는 위 껍질에 공기가 빠져나갈 구멍을 만들었다. 엘리너가 만든 생쥐도 따로 파이 틀에 올린 채 나머지 파이와 함께 오븐에 들어갔다.

테서가 양손을 내민 채 서서 기다리자 엘리너가 조그만 젖은 수건을 가져다 끈적끈적한 반죽이나 먼지처럼 내려앉은 밀가루를 깨끗이 닦았다.

"의자."

테서가 낮은 목소리로 말하자 엘리너가 의자를 가져와 테서가 앉을 수 있도록 테이블 끝, 낸시의 의자 근처에 놓았다.

"엘리너, 가서 우리가 마실 차를 좀 끓여오면 어떻겠니? 걱정 마, 네 간식은 우리가 잘 보고 있을 테니까. 네 생쥐 친구도 지켜봐 줄게."

엘리너에게 할 말을 마친 테서가 곧이어 낸시에게 말하기 시작했다.

"지금까지 하던 얘기는 없었던 걸로 하자. 마지막으로 연락을 주고받았을 때, 임신 중이라고 하지 않았니? 아들이야, 딸이야?"

"아들이야. 아주 옛날 얘기네. 그 후에 딸도 둘 낳았어. 그 애들은 이제 다 컸어."

"여기 있으면 시간 가는 걸 모르게 돼. 그게 축복인 건지 아닌지는 모르겠다. 애들은 지금 뭐 하는데?"

"아들 녀석은……."

"이름이 뭐야?"

"앨런. 그 애도 의대에 갔어."

"의사구나. 잘됐네."

"딸들은 둘 다 결혼했어. 앨런도 결혼했고."

"그래서 그 애들 이름은 뭐야? 딸들 말이야."

"수전하고 패트리셔야. 둘 다 간호사가 됐어."

"이름을 아주 잘 지었네."

차가 나왔고(여기선 주전자를 계속 불에 올려놓아야 한다) 테서
가 차를 따랐다.

"최고급 찻잔은 아니지만 이해해줘." 테서가 이가 조금 빠져 있
는 컵을 자기 앞에 놓으며 말했다.

"괜찮은데 뭐. 테서, 옛날에 네가 할 수 있었던 일은 기억하고 있
는 거니? 전에는 가능했잖아. 뭐가 있는지 알아맞힐 수 있었잖아.
사람들이 뭔가 잃어버리면 그게 어디 있는지 알려줄 수 있었잖아."

"아니야. 그냥 아는 척했던 것뿐이야."

"그랬을 리 없어."

"그 얘기만 하면 괴로워져."

"미안해."

감독관이 문가에 모습을 드러냈다. "차 마시고 계신데 죄송합니
다. 방해하고 싶지 않습니다만, 말씀 다 나누시고 잠깐 제 방에 들
러주시면⋯⋯."

말하는 소리가 안 들릴 만큼 여자가 멀리 간 것도 아닌데 테서가
냉큼 말했다. "네가 나한테 작별 인사 못하게 하려는 거야."

테서는 익숙한 속임수를 훤히 꿰뚫고 있는 것처럼 보였다.

"저 여자가 쓰는 수법이야. 모르는 사람이 없지. 설마 네가 나를
데려가려고 온 건 아닐 거 아니야. 바랄 걸 바라야지."

"너 때문은 아니야, 테서. 나한테는 월프가 있어서 그래."

"이해해."

"그이는 좋은 대접을 받을 자격이 있는 사람이야. 나한테 더없이 좋은 남편이었으니까. 그이를 시설에 들여보내지 않겠다고 나 자신한테 다짐했어."

"안 되지. 시설에 들여보내다니 안 될 말이지." 테서가 말했다. "이런, 내가 괜한 말을 했구나."

테서는 웃고 있었다. 낸시는 그 웃음에서 오래전 그녀를 어리둥절하게 했던 것을 보았다. 딱히 우월감이라 할 수는 없고 굉장히 불필요한 자비심이랄 수 있는 표정이 어려 있었던 것이다.

"날 보러 와줘서 고마웠어, 낸시. 이렇게 건강한 모습 봤으니 된 거지 뭐. 그게 어디니? 넌 잠깐 들러서 그 여자 보고 가야지."

"그 여자 볼 마음 없어. 난 몰래 내빼지 않을 거야. 너한테 꼭 작별 인사 하고 싶어."

이렇게 된 이상 이제 감독관한테 테서가 했던 얘기가 무슨 얘기였는지는 물어볼 수 없게 되었다. 어차피 그걸 물어서 확인해야 하는지 확신할 수도 없었다. 테서 등 뒤에서 몰래 캐묻는 짓 같기도 했고 보복을 초래할지도 몰랐다. 이런 곳에 있는데 무슨 보복을 당하겠느냐고 생각할지 모르지만 사람 일은 아무도 모르는 법이다.

"그럼, 엘리너가 만든 생쥐가 다 익을 때까지 작별 인사는 잠깐 넣어둬. 엘리너의 눈먼 생쥐지만. 그 애가 너한테 하나 주고 싶어 해. 네가 마음에 든다나 봐. 걱정은 안 해도 돼. 손은 깨끗하게 씻었는지 내가 늘 확인하니까."

낸시는 생쥐를 먹고 나서 엘리너에게 아주 맛있었다고 말해주었다. 엘리너는 낸시에게 악수를 허락해주었고, 테서도 낸시와 악수를 나눴다.

"올리가 죽은 게 아니라면 어째서 여기 와서 날 데려가지 않고 있겠어?" 테서가 확신에 찬 말투로 또박또박 말했다.

낸시는 고개를 끄덕이며 말했다. "편지할게."

낸시는 정말로 편지를 쓸 마음이었다. 하지만 집에 돌아가자마자 윌프가 크나큰 걱정거리가 되는 바람에 미시건을 방문했던 일 자체가 심란해지기도 하면서 마음속에서는 일어난 적 없는 비현실적인 일이 되어버렸다.

네모, 동그라미, 별

1970년대 초, 어느 늦은 여름날, 한 여자가 밴쿠버 주변을 돌아다니고 있었다. 밴쿠버는 한 번도 와본 적 없고 그녀가 아는 한 앞으로 다시 방문할 일도 없는 도시였다. 그녀는 시내에 있는 호텔을 나와 버라드 스트리트 다리를 건넜고, 얼마 후 걷다 보니 4번가에 와 있었다. 이 시기의 4번가는 온갖 물건을 파는 작은 상점들의 차지가 되어 있었다. 향, 크리스털, 종이로 만든 커다란 꽃, 살바도르 달리와 화이트 래빗* 포스터, 전설에서나 들어본 가난한 나라에서 만든 밝고 얇거나 어두침침하고 담요처럼 무거운 싸구려 옷들까지 온갖 물건을 팔고 있었다. 이런 상점에서 트는 음악은 지나가면서 듣기만 해도 청각적인 폭력을 당하는 느낌을 주었다. (길바닥에 거의 쓰러질 지경이었다.) 달콤한 이국의 냄새, 실질적으로 인도에 집을 지은 것이나 다름없는 소년과 소녀들, 혹은 젊은 남녀의 나태한 모습도 마찬가지 느낌을 주었다. 여자는 이른바 청년 문화라는 것에 관하여 들어본 적도 읽어본 적도 있었다. 청년 문화는 최근 몇 년간 눈에 띄게 두드러지고 있는 현상이었고 사실 사양길에 접어들 운명이었다. 하지만 그녀는 이토록 청년 문화가 몰려 있는 공간을 헤치고 나아가야 했던 적도, 뜻하게 않게 제 발로 그 한가운데 갇힌 적도 없었다.

그녀는 예순일곱 살로 너무 말라서 실질적으로 엉덩이와 가슴이

---

* 『이상한 나라의 앨리스』에 나오는 토끼.

소멸되다시피 했으며, 앞으로 내민 고개를 도전적이고 호기심 어린 태도로 좌우로 돌리면서 씩씩하게 걷고 있었다.

그녀와의 나이 차가 30년 안쪽인 사람은 근방에 한 명도 없어 보였다.

어떤 남자애와 여자애가 그녀에게 다가왔다. 근엄한 표정을 짓고는 있었지만 그럼에도 얼이 빠져 보이는 것은 어쩔 수 없었다. 머리 둘레에는 꼬아 만든 관을 쓰고 있었다. 그 애들은 그녀에게 작은 종이 두루마리를 팔고 싶어했다.

그녀가 그 안에 운수가 적혀 있느냐고 물었다.

"어쩌면요." 여자애가 답했다.

"지혜가 담겨 있어요." 남자애가 비난조로 말했다.

"아하, 그렇다면야."

낸시가 1달러를 자수가 놓인 늘어난 모자에 넣으며 말했다.

"이제, 아줌마 이름을 알려주세요."

여자애가 참지 못하고 웃음을 터뜨리며 말했지만 상대방의 웃음을 볼 수는 없었다.

"*아담과 이브가요.*" 여자애가 지폐를 받아 둘러쓰고 있던 천 쪼가리 어딘가로 쑤셔 넣으며 말했다. "*아담과 이브와 세게 꼬집어 줘가 토요일 밤에 강으로 내려갔는데요……*"*

그러나 남자애와 여자애는 경멸과 권태를 노골적으로 드러내며 중간에 그만두었다.

---

* 어린이들이 하는 놀이의 일종으로, 세게 꼬집어달라는 답을 유도한다.

1달러도 아깝군. 낸시는 계속 걸었다.

나는 여기 오면 안 된다는 법이라도 있는 건가?

비좁고 어두침침한 어떤 카페의 창문에 간판이 달려 있었다. 낸시는 호텔에서 아침을 먹은 이후 지금까지 아무것도 먹지 않았다. 시간은 벌써 오후 4시를 가리키고 있었다. 낸시는 간판에 쓰인 내용을 읽으려고 걸음을 멈췄다.

잔디에게 축복을. 휘갈겨 쓴 이 글자 뒤로 화가 난 것처럼 얼굴을 잔뜩 찌푸린 채 거의 울먹이는 표정을 하고 성긴 머리칼을 양 볼과 이마 뒤로 휘날리고 있는 사람이 있었다. 푸석푸석해 보이는 옅은 적갈색 머리였다. 원래 머리색보다 밝은색으로 염색해야 한다는 미용사의 말이 떠올랐다. 낸시의 머리칼은 어두운 갈색, 아니 거의 검정에 가까운 색이었다.

사실 검정은 아니었다. 이제 낸시의 머리카락은 흰색이었다.

아무런 준비 없이 이런 모습의 자기 자신과 맞닥뜨리게 되는 일은 평생 몇 차례밖에 일어나지 않는다. (여자라면 적어도 몇 차례밖에 되지 않아야 한다.) 잠옷만 입거나 파자마 윗도리만 입고 태연하게 돌아다니고 있는 자신을 발견하는 악몽처럼 끔찍한 일이었다.

지난 10년 혹은 15년 동안 그녀는 화장이 잘됐는지, 혹은 염색을 시작할 때가 기어이 오고야 만 것인지를 판단하기 위해 적나라한 조명 아래서 자기 얼굴을 자세히 들여다보는 시간을 반드시 가졌다. 그러나 이번처럼 가슴이 철렁 내려앉은 적은 없었다. 예전부터 있었던 피부 결점과 새로 생긴 피부 결점 또는 더 이상 간과할 수 없는 노화의 흔적 정도가 아니라 완전히 낯선 얼굴이 거울 속에 있었던 것이다.

그녀가 전혀 몰랐던, 그리고 앞으로도 알고 싶지 않은 얼굴이었다.

물론 그 즉시 얼굴을 펴자 보기에 좀 나아지기는 했다. 그제야 자기 얼굴을 알아보았다고 말할 수 있었다. 그녀는 1분이라도 지체할 수 없다는 듯 곧바로 해결책을 두루 모색하기 시작했다. 우선 바람이 불어 그런 얼굴이 드러나는 일이 없도록 머리를 스프레이로 고정해야 했다. 입술 선을 좀 더 또렷하게 드러내줄 립스틱도 필요했다. 자신의 입술 색에 가깝게 핑크빛이 살짝 도는 칙칙한 갈색 립스틱은 유행하는 색이긴 했지만 그 립스틱 대신 요즘은 거의 찾아보기 힘든 밝은 산홋빛으로 정했다. 필요한 것을 즉시 찾아내겠다는 일념은 그녀를 돌변하게 했고(세 블록인가 네 블록 뒤에 있는 약국까지 뒤졌다) 아담과 이브를 중얼거리던 애들한테 다시는 무시당하고 싶지 않다는 욕망은 길까지 건너게 만들었다.

이런 일이 벌어지지 않았더라면 그 만남은 일어나지 않았을 것이다.

자신처럼 나이 많은 사람이 한 명 더 인도에 등장했다. 키는 크지 않지만 자세가 반듯하고 건장해 보였고, 얼마 남지 않은 백발이 장식처럼 남은 머리는 정수리까지 벗어져 있었으며, 낸시와 마찬가지로 머리카락이 바람에 이리저리 흩날리는 남자였다. 맨 위 단추를 푼 데님 셔츠에 낡은 재킷과 바지 차림이었다. 머리를 묶는다든지 두건을 두른다든지 청바지를 입는 것과 같이 길거리를 활보하고 있는 젊은이들처럼 보이려 애쓴 흔적은 전혀 없었다. 그럼에도 그 남자는 지난 몇 주 동안 그녀가 매일같이 보아온 부류의 남자들과는 확연히 달랐다.

그녀는 거의 보자마자 알아보았다. 올리였다. 그러나 그와 마주칠 리 없다고 생각할 만한 충분한 이유가 있었기에 그녀는 그 자리에 딱 멈춰 서버렸다.

올리잖아, 살아 있었군. 올리가.

"낸시!" 그가 먼저 입을 열었다.

그녀의 얼굴에 떠오른 (그는 눈치채지 못했겠지만 공포의 순간이 지나간 후의) 표정과 그의 얼굴에 떠오른 표정은 거의 똑같았을 것이다. 믿기 어렵지만 반가운 마음이 들었다가 미안해진 표정.

미안한 이유가 뭐였더라? 둘이 우호적인 상태로 헤어지지 않았고, 이날 이때까지 한 번도 연락을 주고받지 않았다는 사실 때문에? 아니면 각자에게 일어난 많은 변화들 때문에, 이제야 순전히 우연에 의해 서로의 앞에 모습을 드러냈기 때문에?

이러한 조우가 충격적인 이유는 당연히 올리보다 낸시에게 더 많았다. 그러나 낸시는 그 얘기를 잠시 미루기로 했다. 서로의 처지를 알게 되기까지.

"여기 온 지 하룻밤밖에 안 지났어. 그러니까 어젯밤에 이어 오늘이 두 번째 밤이라는 뜻이야. 알래스카까지 가는 유람선 여행을 하는 중이거든. 나처럼 나이 많은 다른 과부들하고. 알겠지만 월프는 죽었어. 죽은 지 거의 1년이 다 되어가. 나는 지금 굶어죽기 직전이야. 아까부터 계속 걸었거든. 어떻게 여기까지 왔는지도 모르

474

겠네." 그녀는 곧이어 어리석은 말을 내뱉고 말았다. "네가 여기 사는 줄은 몰랐어."

여기가 아니라 그 어디에서도 그가 살고 있을 줄은 몰랐기 때문이다. 하지만 그가 죽었다고 절대적으로 확신하고 있던 것도 아니었다. 그녀가 아는 한 월프도 그런 소식을 들은 적이 없었다. 떠나기 전에도 별로 기대할 수 있는 게 없는 월프였지만, 그녀가 테서를 보러 미시건으로 떠났던 그 짧은 사이에도 그는 악화일로를 걷고 있었다.

올리는 밴쿠버에 살고 있지 않다면서 자신도 잠깐 들른 것뿐이라고 했다. 병원에 볼일이 있어 왔는데 정기적으로 하는 일이라고 했다. 그는 텍사다 섬에 살고 있었다. 그게 어디 있는지는 너무 복잡해서 설명해줄 수 없다고 했다. 여기서 거기까지 가려면 배와 페리를 각각 세 번씩 갈아타야 한다고 하니 알 만했다.

올리를 따라 골목에 주차해놓은 지저분한 흰색 폭스바겐까지 간 다음, 함께 차를 타고 식당으로 갔다. 밴에서는 바다와 해초와 물고기와 고무 냄새가 나는 것 같았다. 게다가 나중에 안 사실이지만 올리는 육류는 절대 입에 대지 않고 어류만 먹는다고 했다. 작은 테이블이 많아야 여섯 개 정도밖에 없는 일식당이었다. 젊은 사제에게서 볼 수 있을 법한 상냥한 표정으로 눈을 내리깔고 있는 일본 청년이 카운터 뒤에서 겁나게 빠른 속도로 생선을 토막 내고 있었다. 올리가 "어떻게 지내나, 피트?" 하고 소리 높여 묻자 그 젊은이는 칼질의 속도를 조금도 늦추지 않은 채 놀리는 듯한 북미 억양으로 "퐌타스틱해요"라고 대꾸했다. 낸시는 순간적으로 굉장히 불쾌했다. 올리는 젊은이의 이름을 불러주었는데 젊은이는 올리의 이름을 불러주지 않아서였을까? 자신이 그 사실을 알아차렸다는 것을 올리가 알아차리지 않기를 바랐기 때문에? 어떤 사람들은, 아니 남자들은 상점과 식당에서 만난 사람들과 친분을 맺는 것을 매우 중요하게 생각했다.

생선을 날로 먹는다는 생각을 견딜 수 없었던 낸시는 국수를 주문했다. 젓가락(그녀가 한두 번 써본 적이 있는 중국 젓가락과는 달라 보였다)도 낯설었지만 그 식당에는 젓가락밖에 없었다.

이제 자리를 잡고 앉았으니 낸시는 테서 얘기를 꺼내야겠다고 생각했다. 그러나 올리가 먼저 테서 얘기를 꺼낼 때까지 기다리는 것이 좀 더 예의 바른 처사인지도 몰랐다. 그래서 낸시는 유람선 얘기를 시작했다. 그녀는 앞으로 다시는 유람선 여행을 가지 않겠다고 했다. 경치를 가로막은 것은 비와 안개 같은 날씨가 아니었다. 가끔 날씨가 나쁠 때도 있었지만 사실 경치는 일평생 보아온 것보다 훨씬 많이 보았다. 끝없이 나오는 산, 끝없이 이어지는 섬, 끝없이 보이는 바위와 물과 나무들. 다들 "웅장하지 않아요? 굉장하지 않아요?"를 연발했다.

굉장하고, 굉장하며, 굉장했다. 물론 웅장하기도 했다.

그들은 곰을 보았다. 바다표범도, 바다사자도, 고래도 보았다. 다들 열심히 사진을 찍어댔다. 새 카메라가 제대로 작동하지 않는다며 식은땀을 흘리고 욕지거리를 했다. 그러다 배에서 내려 유명한 기차를 타고 유명한 금광촌에 가서 더 많은 사진을 찍었다. 1890년대 복장을 한 배우들도 있었지만 대부분의 사람이 한 일은 과연 무엇이었을까? 퍼지를 사려고 줄을 선 것이었다.

기차에서는 다 같이 노래를 불렀다. 다시 배에 올라서는 술을 마셨다. 아침 식사 전까지 내내 마신 이들도 있었다. 카드 게임, 도박. 매일 밤 할망구 열 명이 영감 한 명과 춤을 췄다.

"우린 모두 도그 쇼에 나간 개처럼 리본을 묶어 머리를 말고 반짝이를 붙이며 머리를 부풀렸지. 정말이지 경쟁이 얼마나 치열했다고."

올리는 이 이야기를 듣는 동안 여러 부분에서 웃었다. 그러나 낸시는 그중 언젠가 한 번 올리가 그녀가 아닌 카운터 쪽을 멍하니 불안한 표정으로 바라보는 모습을 포착했다. 수프를 다 먹었으니 이 시간 이후로는 어떻게 해야 하나 생각하고 있었던 걸지도 몰랐다. 어쩌면 다른 남자들처럼 자기가 주문한 음식이 빨리 나오지 않아서 무시당했다고 느끼고 있었던 걸지도 몰랐다.

낸시는 면을 자꾸만 놓쳤다. "하느님 맙소사, 내가 지금 여기서 뭘 하고 있는 거지 하는 생각이 자꾸만 들었어. 다들 바람을 좀 쐬고 오라고 성화였거든. 월프가 몇 년 동안 정신이 나가는 바람에 내가 집에서 그를 보살펴야 했으니까. 그이가 죽고 나니까 나더러 나가서 이런저런 모임에 가입하라고 하지 뭐야. 그래서 노인들의 북클럽에도 가입하고, 노인들의 숲 산책 모임에도 가입하고, 수채화 모임에도 가입했지. 심지어 병원에 입원한 무방비 상태의 가엾은 사람들을 아무 때나 찾아가는 방문 자원봉사 단체에도 가입했어. 그런데 그 어느 것도 하고 싶은 의욕이 안 생기더라. 그러니까 이번에는 다들 휴가를 가라고 귀에 못이 박이게 권하더라고. 애들까지

나서서 말이야. 나더러 아무것도 신경 쓰지 말고 푹 쉬어야 한다면
서. 휴가를 어떻게 떠나야 할지 몰라서 망설이고 있는데, 그때 유람
선 여행을 가보라고 권한 사람이 있었어. 그렇게 해서 유람선 여행
을 떠나야겠다고 생각하게 된 거야."

"재미있네. 나라면 부인이 죽어도 유람선 여행을 갈 생각은 못할
것 같은데."

낸시는 한 치도 망설이지 않고 말했다. "그렇게 생각하다니 현명
하구나."

그녀는 올리가 테서 얘기를 꺼낼 때를 기다렸지만, 그는 생선이
나오자 그걸 가지고 호들갑을 떨었다. 낸시에게도 먹어보라며 적
극 권하기까지 했다.

낸시는 먹고 싶지 않았다. 사실 입맛 자체가 뚝 떨어져서 담배에
불을 붙였다.

그녀는 광풍을 몰고 왔던 그때 그 글 이후, 올리를 예의 주시하면
서 더욱 뛰어난 작품이 나오길 고대하고 있었노라고 했다. 그 글은
그가 훌륭한 작가임을 보여주었다면서.

올리는 낸시가 무슨 말을 하는 건지 전혀 모르겠다는 듯 일순간
어리둥절한 표정을 지었다. 그러다가 깜짝 놀랐다는 듯 고개를 절
레절레 저으며 그것도 다 옛날 얘기라고 했다.

"내가 정말 바라던 일도 아니었고."

"그게 무슨 소리야? 너 예전의 올리가 아니구나, 그렇지? 넌 변
했어."

"당연히 변했지."

"내 말은, 네가 근본적으로나 육체적으로나 어딘가 달라졌다는 뜻이야. 체형이 바뀌었잖아. 어깨만 봐도 그렇고. 아니면 내가 잘못 기억하고 있는 거니?"

올리는 제대로 봤다고 했다. 그는 좀 더 육체적 활동에 치중하는 삶을 원한다는 사실을 깨달았다. 그러나 그 결과 찾아온 것은 그를 괴롭혔던 오래전 악마(그녀는 폐결핵을 말하는 걸 거라고 짐작했다)였고 엉뚱한 짓만 골라서 하고 있다는 생각이 들었다. 그래서 바꿨다. 그게 벌써 여러 해 전이었다. 도제 교육을 받아 보트 제작자가 되었다. 그다음에는 심해 낚시 사업을 하는 남자와 연이 닿았다. 올리는 어떤 억만장자를 위해 여러 척의 보트를 관리해주었는데, 그 일은 오리건에 기반을 두고 있었다. 열심히 일을 하다 보니 다시 캐나다까지 왔고 한동안 여기(밴쿠버)를 자주 드나들다가 시쉘트*에 있는 땅을 우연히 사게 되었다(아직 땅값이 쌀 때라서 해안가 땅을 살 수 있었다). 이번에는 카약 사업을 시작했다. 카약을 건조하고, 빌려주고, 팔고, 타는 법을 가르쳤다. 그러다 시쉘트도 너무 붐빈다는 생각이 들어 자기 땅을 친구한테 거의 헐값에 넘겨버렸다. 그가 알기로는 시쉘트에 땅을 사고도 돈 한 푼 못 번 사람은 자기밖에 없다고 했다.

"하지만 인생이 돈이 다가 아니잖아." 올리가 말했다.

올리는 텍사다 섬의 땅에 대한 이야기를 듣게 되었다. 이제는 그 섬을 거의 떠나지 않는다고 했다. 그는 먹고살려고 이런저런 일을

---

* 밴쿠버에서 북서쪽으로 약 50킬로미터 떨어진 곳.

했다. 카약 사업도 하고 낚시도 하고 있었다. 돈을 받고 잡역부, 건축업자, 목수 일도 했다.

"그럭저럭 잘살고 있어." 올리가 말했다.

그는 낸시에게 자신이 손수 지은 집에 대해서 설명해주었다. 외관은 판잣집 같을지 몰라도 내부는, 적어도 자신에게는, 마음에 쏙 들었다. 작은 원형 창문이 나 있는 다락방 침실. 필요한 모든 것을 찬장 같은데 넣어두지 않고 밖으로 내놓아 손만 뻗으면 집을 수 있었다. 집에서 조금만 걸으면 향초(香草) 화단 한가운데 자리한 땅 속에 매립해놓은 욕조가 있었다. 뜨거운 물을 들통 가득 담아 욕조로 나른 다음에는 느긋하게 누워 별을 보곤 했다. 심지어 겨울에도.

그는 채소를 길러 사슴과 나눠 먹었다.

올리가 이 모든 얘기를 해주는 동안 낸시는 내내 기분이 나빴다. 중대한 허점을 하나 발견하기는 했지만 그렇다고 올리의 말을 믿지 못하는 건 아니었다. 다만 점점 어리둥절해지다가 그다음에는 실망감이 밀려왔다. 올리의 말을 들어보면 올리도 다른 남자들과 다를 바 없었다. (이를테면 아까 올리한테 얘기했던 것처럼 낸시가 시종일관 서먹서먹하고, 무뚝뚝하게 사람들을 대했던 유람선에서 만난 남자도 올리 같았다.) 때와 장소에 대한 얘기 말고 자기 인생에 대해서 솔깃하게 말할 줄 아는 남자는 별로 없었다. 반면 무심코 말하는 것 같지만 은근히 달변가다운 면모를 드러내며 유창하게 말할 줄 아는 남자들이 있었다. 주로 요즘 남자들이 이런 부류에 속했는데 그들의 달변은 인생길은 험난했지만 불행한 일도 전화위복이 되었고 그 속에서 교훈도 깨우치다 보니 아침에는 기쁨이 오더라*는 내용을 담고 있었다.

다른 남자들이 따분하게 말하는 데에는 반감이 없었지만(대개는 다른 생각을 했다), 낡아 빠진 테이블에 기댄 채, 징그러운 생선 토막이 담긴 나무 접시 너머에서 올리가 그러는 걸 목격하니 슬픔이 온몸으로 번졌다.

올리는 달랐다. 올리는 정말 남달랐었다.

그렇다면 그녀는 어떤가? 그녀의 경우에는 예전과 너무 똑같다는 것이 문제였다. 유람선 얘기를 하는 동안 그녀는 마냥 신이 났었다. 자기가 듣기에도 자기 얘기가, 자기 입에서 쏟아져 나오는 말들이 사뭇 재미있기만 했다. 예전에 올리와 얘기할 때는 정말이지 이렇지 않았다. 지금의 모습은 올리가 떠나고 난 후 올리와 대화를 나눌 수 있었으면 좋겠다고 바라고는 마음속으로 그에게 얘기를 건네곤 했던 때와 더 가까웠다. (물론 그에 대한 화가 풀리고 난 후의 일이었다.) 무슨 일이라도 생기면 '올리한테 말할 수 있으면 좋겠다'라고 생각했던 그때와. 누군가에게 자기가 내키는 대로 얘기할 때의 낸시는 가끔씩 도를 넘을 때가 있었다. 그럴 때는 상대방이 무슨 생각을 하는지 알 수 있었다. '비웃고 있구나, 혹은 비난하고 있구나, 혹은 씁쓸해하는구나.' 그런 단어를 입 밖에 내지는 않겠지만 월프도 아마 속으로는 그런 생각을 했을 것이다. 낸시로서는 절대로 알 수 없겠지만 말이다. 지니라면 웃고 말겠지만, 전과는 다른 웃음일 것이다. 결혼 후 중년 부인이 되더니 지니는 비밀스럽고 온

---

* 저녁에는 울음이 깃들지라도 아침에는 기쁨이 오리로다(시편 30:5).

화하고 너그러운 사람이 되었다. (지니의 비밀은 죽기 직전에 밝혀
졌다. 불교로 개종했다는 사실을 시인했던 것이다.)

그러고 보면 낸시는 자신이 그리워하고 있는 것이 무엇인지도
알지 못한 채 올리를 무던히도 그리워했다. 그것은 미열처럼 올리
안에서 은근히 불타오르는 어떤 고질적인 것, 낸시로서는 도저히
이길 수 없는 어떤 것이었다. 그와 알고 지냈던 그 짧은 시간 동안
낸시의 신경을 긁었던 것은, 이제와 돌이켜 생각해보면, 사실 반짝
반짝 빛나는 것들이었다.

이제 올리의 이야기는 본궤도에 올라 있었다. 그는 낸시의 눈을
보며 웃었다. 그러자 낸시는 예전에 그가 매력을 발산하는 데 써먹
곤 했던 손쉬운 수법이 떠올랐다. 그러나 그때 낸시는 그가 그 수법
을 그녀에게 써먹을 날은 오지 않을 거라고 생각했었다.

낸시는 그가 이런 말을 하면 어쩌나 조마조마했다.

'나 때문에 지루한 건 아니지?' 또는 '인생은 정말 놀랍지 않니?'
같은.

"난 그동안 믿기 힘들 정도로 운이 좋았어. 운이 따라줬다고나
할까. 물론 그렇게 생각하지 않는 사람들이 있다는 건 나도 알아.
나더러 무엇 하나 끈기 있게 매달리지 못했다거나 돈 한 푼 못 벌었
다고 하겠지. 내가 무일푼이니 그 모든 게 다 시간 낭비였다고 할
거야. 하지만 그건 사실이 아니야. 나는 계시를 들었어."

올리가 반쯤 자조 섞인 웃음을 띤 채 눈썹을 치키며 말했다.

"정말이야, 정말 들었다니까. 틀에 박힌 생각에서 빠져나오라는
계시를 들었어. 대단한 일을 해내고야 말겠다는 생각에서, 내가 잘

난 사람이라는 착각에서 빠져나오라는 계시를 들었지. 나는 평생 운이 좋았어. 폐결핵에 걸린 것조차 행운이었지. 그 덕에 대학을 안 갔으니까. 대학에 갔더라면 머릿속에 허튼 생각만 가득 찼을 거야. 전쟁이 조금 일찍 터졌다면 그 덕에 징병도 안 당했을 테고 말이야."

"유부남만 되도 징병 안 당할 수 있었거든." 낸시가 말했다.

월프도 혹시 징병을 회피하려는 목적으로 결혼한 것은 아니었을까 하는 의심이 들면서 기분이 나빴던 낸시는 남편에게 대놓고 물어본 적이 있었다.

"다른 사람들의 이유 따위는 내 알 바 아니오."

월프는 그렇게 말했다. 그러곤 어쨌거나 전쟁은 일어나지도 않을 거라고 했다. 월프의 말대로 전쟁은 일어나지 않았다. 적어도 그 후 10년 동안은.

"물론 그랬겠지. 하지만 그건 엄밀히 말해서 합법적인 처사가 아니었어. 나는 시대를 앞선 사람이었던 거야, 낸시. 하지만 내가 사실 결혼한 것이 아니었다는 생각을 자꾸만 잊어버리게 돼. 어쩌면 테서가 도무지 속을 알 수 없고 매사에 진지한 여자였기 때문인지도 모르지. 테서랑 있으면 딴 생각을 못 하거든. 테서한테는 무엇 하나 그냥 넘어갈 수 있는 게 없었다니까."

"그래, 너하고 테서 얘기 좀 해봐." 낸시가 최대한 밝은 목소리로 말했다.

"모든 게 좌절된 건 불황 때문이었어." 올리가 말을 시작했다.

올리가 뒤이어 설명한 바에 따르면 많은 사람들이 테서에게 보였던 관심의 대부분이 시들해졌고, 그 결과 재정 지원도 고갈되었다는 뜻이라고 했다. 그러니까 연구의 돈줄이 말라버렸다는 것이었다. 게다가 과학계의 사조도 바뀌어 사이비로 판명이 되면 철저한 외면을 받았다. 한동안 계속 진행된 실험도 있었지만, 올리가 멍한 표정으로 말해준 바에 따르면, 가장 큰 관심을 보였고 가장 열성적이었던 사람들, 그가 연락하지도 않았는데 그에게 먼저 연락을 취해왔던 사람들이 편지에 답장을 해주지 않거나 전화를 받지 않는 식으로 가장 먼저 연락을 피했고, 급기야 나중에는 비서를 시켜 조사가 전면 취소되었다는 쪽지를 보내왔다. 풍조가 바뀌자 그와 테서는 거머리, 골칫거리이자 기회주의자 취급을 받았다.

"우린 별짓을 다 해봤지만 결국 학계의 처분을 따를 수밖에 없었어. 나라는 사람은 무용지물이 된 거야."

"난 너희가 만난 사람들이 대부분 의사인 줄 알았어."

"의사들도 있었고. 출세에 혈안이 된 사람들도 있었고, 학자도 있었지."

이야기가 샛길로 새는 바람에 되살아난 오랜 상처와 울화에서 올리를 빼내기 위해 낸시는 실험에 관하여 물었다.

실험의 대부분이 카드와 관련된 것이었다. 보통 카드가 아니라 고유의 기호가 찍혀 있는 ESP라는 특수 카드였다. 십자가, 동그라미, 별, 물결선, 네모. 이렇게 다섯 가지 기호가 찍힌 카드를 테이블 위에 기호가 보이도록 올려놓고 나머지 카드는 섞고 난 다음 기호가 찍힌 면을 아래로 하여 그들이 가지고 있는 것이다. 테서는 자기 앞에 있는 카드 가운데 어떤 카드가 쌓아놓은 카드 더미의 맨 윗장과 일치하는지 맞혀야 한다. 그것을 개방형 짝 맞춤 실험이라 했다. 눈 가림 짝 맞춤 실험도 방법은 똑같았고 다섯 장의 카드를 기호가 보이지 않게 뒤집어놓는 점만 달랐다. 다른 실험법도 있었는데 난이도가 점점 높아졌다. 주사위나 동전이 사용될 때도 있었다. 아무것도 사용하지 않고 마음속에 떠오르는 이미지만 가지고 실험할 때도 있었다. 머릿속으로 일련의 이미지를 떠올린 다음 아무것도 기록하지 않는다. 피험자와 연구원을 같은 방에 두거나, 각자 다른 방에 두거나, 1.6킬로미터 정도 떨어뜨려놓는다.

그런 다음 테서의 정답률을 순전히 우연에서 얻은 결과와 비교했다. 그가 믿고 있던 확률 법칙은 20퍼센트였다. 방에는 의자와 테이블과 전등만 있었다. 취조실처럼. 테서는 그 방에서 녹초가 되어 나오곤 했다. 어디를 봐도 카드의 기호들이 눈앞에 아른거렸다. 두통이 시작되었다.

확정적이지 못한 실험 결과가 나왔다. 사람들은 온갖 이의를 제기했다. 테서가 아니라 실험방법에 결함이 있는지 여부에 대한 것이었다. 인간에게는 특정한 것을 선호하는 성향이 있다는 것이다. 가령 동전 던지기를 하면 뒷면보다 앞면을 선택하는 사람이 더 많을 것이다. 그러한 선택에는 아무런 이유가 없다. 그냥 선택하는 것이다. 거기에 올리가 앞서 말했던 것, 즉 그러한 연구를 사이비 취급하는 학계의 풍토까지 더해졌다.

어둠이 내려앉고 있었다. 식당 문에는 '닫았음' 표지판이 내걸렸다. 올리는 계산서를 읽는 데 애를 먹었다. 알고 보니 이번에 밴쿠버까지 온 이유, 그러니까 병원에서의 볼일이란 눈에 관련된 일이었다. 낸시가 웃으며 그에게서 계산서를 빼앗은 다음 돈을 냈다.

"당연히 내가 내야지. 내가 부유한 미망인 아니겠니?"

식당을 나온 두 사람은 회포가 아직 덜 풀렸으므로(낸시가 보기에 풀리려면 아직 멀었다) 커피를 마시러 거리 위쪽에 있는 데니스 카페로 갔다.

"거기보단 좀 더 고급스러운 데가 낫지 않겠어? 한잔하는 건 어때?" 올리가 물었다.

낸시는 일말의 망설임도 없이 유람선에서 평생 마실 술을 다 마셨다고 말했다.

"나도 평생 마실 술은 진작 다 마셨지. 금주한 지 올해로 15년째야. 정확히 말하면 15년하고도 9개월이고. 달까지 세는 사람은 보나 마나 늙은 주정뱅이지."

실험이 진행되는 동안 초심리학자들, 올리 그리고 테서는 친구를 몇 명 사귀었다. 자신들이 지닌 능력으로 생계를 꾸리는 사람들을 알게 되었다. 그들은 이른바 과학의 발전에는 별 관심이 없었고 그들 사이에서 운세, 독심술, 텔레파시, 혹은 심령술이라 불리는 것으로 돈을 벌 뿐이었다. 좋은 위치에 자리를 잡고 집이나 점포 앞에 딸린 공간에서 운영하면서 터줏대감으로 자리를 잡은 이들도 있었다. 그런 사람들은 사적인 충고를 해주고, 미래를 예언하고, 점성술을 하면서 모종의 치유에도 관심을 가진 부류였다. 대중 앞에서 공연하는 이들도 있었다. 그러려면 강연과 낭독회와 셰익스피어 극에서 발췌한 장면 상연과 성악 공연과 여행 슬라이드 상연(교란이 아닌 교육)으로 이루어진 셔터쿼* 같은 성격의 쇼와 결합해야 했다. 그런 공연들의 서열 밑바닥에는 벌레스크**와 최면술, 온몸에 뱀을 칭칭 휘감은 반벌거숭이 여자가 뒤섞인 싸구려 행사도 있었다. 올리와 테서는 당연히 자신들을 첫 번째 부류에 속하는 사람들로 여기고 싶어했다. 교란이 아닌 교육은 그들이 정말 염두에 두고 있던 기조였다. 하지만 여기서도 시기적인 운은 따라주지 않았다. 이처럼 좀 더 고상한 경로도 거의 막바지에 접어들고 있었던 것이다. 음악을 듣는 일이나 어느 정도의 교육은 라디오로도 가능했고 보고 싶은 여행 관련 영상은 모두 교회 강당에서 보았다.

올리와 테서가 찾아낸 유일한 돈벌이는 시청이나 가을 축제에서 열리는 순회공연이었다. 그들은 최면술사와 뱀쇼를 하는 여자와 저질 변사, 깃털만 걸친 스트리퍼들과 같은 무대를 써야 했다. 그런 종류의 공연도 쇠락의 길을 걷고 있었지만 묘하게도 전쟁이 임박하자 상승세를 탔다. 자동차 연료 배급제 때문에 사람들이 시내 나이트클럽이나 대형 영화관에 못 가게 되면서 수명이 인위적으로 연장되었던 것이다. 거실 소파에 앉아 편안하게 마술 묘기를 즐길 수 있게 해줄 TV가 아직 등장하지 않은 탓도 있었다. 1950년대 에드 설리번*** 등이 등장하자 그런 공연은 진짜 종말을 맞이하게 되었

---

* 19세기 말에서 20세기 초 미국에서 유행한 성인 교육 운동으로 오락과 교육을 병행했다. 교육이 맨 처음 열린 셔터쿼 호수의 이름을 따서 셔터쿼로 불리게 되었다.
** 성적인 웃음을 유발하는 콩트나. 누드까지는 아니지만 여성의 성적 매력을 강조한 춤을 포함한 쇼를 말한다.
*** 미국의 오락 작가며 TV 사회자. 1950년대부터 1960년대에 걸쳐 최고의 인기를 누렸으며 자신의 이름을 딴 쇼인 〈에드 설리번 쇼〉의 사회자로 가장 잘 알려져 있다.

다.

그럼에도 한동안 공연은 대만원을 기록했다. 진지하면서 약간의 흥밋거리 또한 가미한 강연으로 장내 분위기를 띄울 때는 올리도 가끔 즐거워했다. 얼마 후 올리도 쇼에 출연하게 되었다. 그들은 공연에 드라마나 서스펜스를 더하여 테서의 단독 공연보다는 좀 더 흥미로운 무언가를 고안해내야 했다. 고려해야 할 요인이 하나 더 있었다. 담력과 체력에 관한 한 테서는 잘 버텨냈지만 그것을 뭐라고 부르던 간에 그녀가 지닌 힘에 있어서는 그다지 신통한 모습을 보여주지 못했다. 급기야 허둥대기 시작했다. 그 어느 때보다 강한 집중력을 발휘해야 했지만 그것조차 소용없을 때가 많았다. 두통은 사라지지 않았다.

사실 대다수의 사람이 품고 있는 의심은 타당하다. 그런 공연에는 속임수가 총동원된다. 가짜와 속임수가 판을 친다. 가끔은 그런 속임수가 전부인 공연도 있다. 그러나 (대다수의) 대중이 바라고 있는 것이 사실일 때도 종종 있다. 대중은 그것이 전부 다 거짓은 아니길 바란다. 그리고 테서처럼 정말로 고결한 공연가들은 사람들의 이런 희망에 대해서 잘 알고 있고 또한 이해하고 있기에(그 누가 테서보다 잘 이해할 수 있을까?) 원하는 결과를 보장해주는 모종의 속임수와 패턴을 쓰기 시작한다. 매일 밤, 그런 결과를 얻어야만 하기 때문이다.

결과를 보장하기 위한 그러한 수단이 톱으로 몸이 두 동강 난 여자가 들어가는 상자에 설치하는 가짜 칸막이처럼 조악하고 너무 뻔한 것일 때도 있다. 숨겨진 마이크처럼. 좀 더 그럴듯한 수단으로는 무대에 선 사람과 바닥에 자리한 파트너끼리 미리 정해놓은 암호가 있다. 이러한 암호는 그 자체로 하나의 예술이 될 수 있다. 절대 기록해놓지 않고 그 누구에게도 알려주지 않는다.

낸시는 그의 암호, 그러니까 테서와 주고받은 암호도 그 자체로 예술이었느냐고 물었다.

"다양했지. 뉘앙스도 있었고." 올리가 얼굴에 생기를 띠며 말했다. "사실 우리도 꾸민 티가 팍팍 났을 거야. 내 의상은 검은색 망토였는데……."

"올리, 설마. 검은색 망토라고?"

"정말 입었다니까. 검은색 망토. 자원자가 나오면 내가 망토를 벗어서 그 사람한테 뒤집어씌워. 그리고 테서한테 눈가리개를 씌운 다음, 눈가리개도 샛눈으로 안 본다는 걸 보여주려고 관객이 써보게 해. 내가 테서를 부르지. '내가 망토로 가린 사람은 누구죠?' 라거나 '망토 속에 있는 사람은 누구인가요?'라고 묻는 거야. 그냥 '코트'나 '검은 천'이라고 하기도 해. '나한테 있는 게 뭐죠?'라거나 '누가 보이나요?', '머리색은 뭐죠?', '키가 큰 가요, 작은가요?'라고 묻지. 단어로 암시를 줄 수도 있고 억양으로 힌트를 줄 수도 있어. 그런 식으로 점점 구체화하는 거지. 그건 시작에 불과했어."

"꼭 책으로 내도록 해."

"나도 그러려고 했지. 책을 통해 일종의 폭로를 해야겠다고 생각했던 거야. 그러다가 누가 신경이나 쓸까 하는 생각이 들더라. 사람은 속고 싶어하거나, 속기 싫어하거나 둘 중 하나야. 증거를 찾으려고 하지도 않아. 그래서 또 하나 생각해낸 게 미스터리 소설이었어.

더없이 좋은 배경이니까. 그 책으로 돈을 많이 벌어서 그 일에서 손을 털 수 있을 줄 알았어. 심지어 영화 대본까지 생각했다니까. 혹시 펠리니* 영화 본 적 있어?"

낸시는 없다고 했다.

"어쨌거나 허무맹랑했지. 펠리니 영화가 그렇다는 게 아니라 내 머릿속에 들었던 생각이 그렇다는 거야. 그러니까 그 당시에."

"테서 얘기 좀 해봐."

"편지에 다 썼을 텐데. 내가 편지 안 보냈던가?"

"안 보냈어."

"그럼 월프한테 보냈나 보다."

"네 편지 받았으면 월프가 나한테 얘기해줬겠지."

"글쎄, 그럼 안 보냈나 보지 뭐. 그때 아마 내가 바닥을 치고 있었을 거야."

"그게 언제였는데?"

올리는 기억을 못 했다. 한국전쟁이 발발했다. 해리 트루먼이 대통령이었다. 처음엔 테서가 단순한 감기에 걸린 줄 알았다. 하지만 전혀 낫지 않고 점점 쇠약해지더니 원인을 알 수 없는 멍이 온몸에 번졌다. 백혈병에 걸렸던 것이다.

그들은 무더운 한여름에 산골 마을에 처박혀 살았다. 겨울이 오기 전에 캘리포니아에 도착할 수 있길 바랐지만 그러지 못했다. 다음에 출연하기로 계약한 공연 장소까지도 갈 수 없었다. 함께 순회

---

* 이탈리아의 영화감독으로 〈길〉, 〈8과 1/2〉 등의 영화로 유명하다.

공연을 다니던 사람들은 두 사람을 빼고 공연을 계속했다. 올리가 시내에 있는 라디오 방송국에 일자리를 구했다. 테서와 공연하는 동안 올리는 좋은 목소리를 개발해냈다. 라디오에서 뉴스도 읽고 광고도 숱하게 녹음했다. 그중에는 올리가 원고를 직접 쓴 것도 있었다. 고정 출연하던 남자가 알코올중독 병원에서 황금 치료*인지 뭔지를 받으러 떠났다.

그는 테서와 함께 호텔에서 가구가 딸린 아파트로 이사를 했다. 당연히 에어컨은 없었지만 운 좋게도 나무 그늘이 지는 작은 발코니가 있었다. 그는 테서가 맑은 공기를 마실 수 있도록 소파를 끌어서 발코니에 올려다놓았다. 테서를 병원으로 데려가는 일만은 피하고 싶었다. 물론 여기에는 돈 문제가 어느 정도 작용했다. 둘 다 아무런 보험도 들어 있지 않았던 것이다. 하지만 테서가 나뭇잎이 살랑거리는 것을 내다볼 수 있는 아파트 발코니에서 더욱 평온해한다는 점도 작용했다. 그럼에도 결국엔 테서를 입원시킬 수밖에 없었는데 몇 주 만에 그녀는 그곳에서 죽고 말았다.

"그럼 무덤도 거기 있는 거야? 우리가 돈을 보내줄 거란 생각은 안 해봤니?" 낸시가 말했다.

"아니, 두 질문에 대한 내 대답은 '아니요'야. 사실 난 돈을 달라고 부탁할 생각이 전혀 없었어. 내가 책임져야 하는 일이었으니까. 그리고 테서는 화장을 했어. 테서의 유골을 가지고 그 마을을 떴지. 그 후 가까스로 서해안에 도착할 수 있었어. 실질적으로 테서가 나

---

* 레슬리 킬리 박사가 발견했다고 주장하는 알코올중독 치료법인 킬리 치료법의 별칭으로 굉장한 인기를 끌었다.

한테 마지막으로 했던 말이, 화장한 다음에 파도치는 태평양에 재를 뿌려달라는 거였거든."

그래서 그렇게 했다고 올리는 말했다. 그는 오리건 해안의 바다와 고속도로 사이에 있던 기다란 해변과 이른 아침의 안개와 한기, 바닷물 냄새, 구슬픈 파도 소리를 기억하고 있었다. 구두와 양말을 벗고 바지를 걷어올린 채 물속에 들어가자 갈매기들이 먹이라도 가지고 왔나 싶었는지 그의 뒤를 쫓았다. 하지만 그에게는 테서의 유골밖에 없었다.

"테서는······." 낸시는 말을 시작했지만 차마 뒷말을 이을 수 없었다.

"그 후에 알코올중독자가 됐어. 어느 정도는 멀쩡하게 지냈지만 꽤 오랫동안 내 속은 고목나무였어. 그러다 수렁에서 빠져나왔지."

올리는 계속 고개를 숙이고 있었다. 무거운 침묵이 이어지는 동안 그는 재떨이를 만지작거렸다.

"그래도 인생은 흘러간다는 걸 너도 알았겠지."

낸시의 말에 올리가 한숨을 쉬었다. 원망과 안도가 뒤섞인 한숨이었다.

"넌 참 모질어, 낸시."

올리가 차로 낸시가 머물고 있는 호텔까지 바래다주었다. 올리의 밴은 기어를 바꿀 때마다 엄청나게 덜컹거렸고 차체 자체도 진동과 떨림이 심했다.

호텔은 특별히 고급스럽거나 화려하지도 않아서 주위에 도어맨도 없었고 언뜻 봐도 식충식물처럼 생긴 꽃을 심어놓은 화단도 없었다. 그런데도 올리는 이렇게 말했다.

"이런 오래된 고물차 가지고 여기까지 온 사람은 없었을 테지."

낸시는 웃으며 그의 말에 맞장구쳐줄 수밖에 없었다.

"페리 시간은 어떻게 돼?"

"놓쳤어. 한참 전에."

"잠은 어디서 잘 거니?"

"호스슈 베이에 친구들이 있어. 그 친구들 깨우기 뭣하면 차에서 자도 되고. 차에서 한두 번 자본 것도 아닌걸 뭐."

낸시의 방에는 침대가 두 개 있었다. 트윈 베드로. 그를 데리고 들어가면 기분 나쁜 시선을 한두 번 받을지도 모르지만 그렇다고 그를 그냥 내버려둘 수도 없었다. 남들은 어떻게 생각하건 자신만 떳떳하면 그만이라는 생각에 개의치 않기로 했다.

낸시는 심호흡을 했다.

"아냐, 낸시."

지금까지 내내 그녀는 올리가 한마디라도 진실을 말해주길 기다렸다. 오늘 오후 내내, 또는 어쩌면 거의 일평생 동안을. 그녀는 기다려왔다. 그리고 마침내 그가 한마디 진실을 내뱉었다.

아냐.

그 말은 그녀가 미처 하지도 않은 제안에 대한 거절이었을 것이다. 그녀 입장에서는 오만하고 비위에 거슬릴 수 있는 말이었다. 그러나 사실 그녀에게는 솔직하고 다정하게 들렸고 그 당시에는 지금까지 들어본 그 어떤 말보다도 이해심이 가득 담긴 말처럼 들렸다. *아냐.*

그녀는 자신이 어떤 말을 하건 위험할 거라는 사실을 알고 있었다. 그녀의 욕망 자체가 위험했다. 그 욕망이 어떤 종류의 욕망인지, 욕망의 대상은 무엇인지, 자신조차 모르고 있어서였다. 뭔지 모르겠지만 그들은 오래전에 일어났던 과거의 일을 회피한 전력이 있었고, 꼬부랑 늙은이까지는 아니지만 볼썽사납고 우스꽝스러워 보이는 노인이 되었으니 지금도 그래야 할 것이다. 각자의 시간을 거짓말에 허비해버린 불운한 노인들이 되었으니 말이다.

낸시 또한 내내 침묵을 지켰으니 거짓말을 한 것이나 다름없었다. 그리고 당분간은 그 거짓을 계속 이어갈 참이었다.

"아니야." 올리가 겸손하되 꿋꿋하게 다시 한 번 사양했다. "결국 안 좋은 꼴만 보게 될 거야."

물론 그럴 것이다. 그 한 가지 이유는 집에 가자마자 낸시가 미시건에 있는 그 요양원으로 편지를 보내 테서한테 정말 있었던 일을 알아낸 다음, 테서를 자신이 사는 곳으로 데리고 올 작정이었기 때문이다.

짐을 버릴 줄만 안다면 길은 평탄할 것이다.

아담과 이브 애들이 낸시에게 판 종이가 아직 재킷 주머니에 있었다. 집에 돌아온 후로 거의 1년 동안 입지 않았던 재킷에서 그 종이를 꺼냈을 때, 스탬프로 찍어놓은 그 문구를 보고 그녀는 어이가 없으면서 화가 나기도 했다.

길은 평탄하지 않았다. 미시건에 보낸 편지는 반송되었다. 그 병원이 없어진 모양이었다. 그러나 낸시는 문의해볼 데가 있다는 사실을 발견하고 곧 궁금증 해결 작업에 착수했다. 편지를 보낼 관계 당국이 있었고 가능한 경우 파헤쳐야 할 기록도 있었다. 그녀는 포기하지 않았다. 자취가 감쪽같이 사라졌다는 사실을 인정하지 않으려 했다.

올리의 경우에는 인정할 수밖에 없었을 것이다. 텍사다 섬으로 편지를 보냈던 것이다. 텍사다 섬이라고만 적어서 보내도 인구가 적어 편지는 누구에게든 들어갈 거라 생각했다. 하지만 그 편지도 주소 불명이라는 소인만 찍힌 채 반송되었다.

반송된 편지를 뜯어 자기가 쓴 내용을 차마 읽어볼 수는 없었다.

너무 심할 게 뻔했다.

창틀에 있는 파리

그녀는 자기 집 일광욕실에 놓인 오래된 윌프의 흔들의자에 앉아 있다. 자려고 앉은 것은 아니다. 지금은 눈부신 늦가을 오후이다. 사실 오늘은 그레이 컵* 경기가 있는 날이라 포트럭 파티에 가서 다 함께 TV로 경기를 보기로 되어 있다. 그런데 그녀가 마지막 순간에 핑계를 댔다. 사람들도 이젠 그녀의 상습적인 거절에 그러려니 한다. 몇몇은 그런 그녀가 걱정된다고 한다. 하지만 모임에 나타나 몸에 밴 오랜 습성이나 사람들과 어울리려는 욕구를 드러내면 사람들은 다시 안심한다. 자기도 모르게 가끔 분위기 메이커로 돌변하는 것은 낸시로서도 어쩔 수 없다. 그러고 나면 사람들은 한동안 낸시 걱정을 접는다.

자식들도 어머니에게 과거 속에만 머물러 있지 말았으면 좋겠다고 한다.

하지만 낸시 자신이 하고 있다고 믿고 있는 일, 시간만 나면 하고 싶은 일은 과거 속에 머물러 있는 것이라기보다 과거를 끄집어내 자세히 살피는 것이다.

어느새 다른 방으로 들어가고 있는 자신을 발견했을 때 낸시는 꿈결이라고 생각하지 않았다. 그녀의 뒤에 있는 눈부시게 환한 일광욕실은 어느덧 어두컴컴한 공간이 되어 있었다. 호텔 열쇠는 예전과 마찬가지로 방문에 꽂혀 있다. 난생처음 보는 공간인데 어째

---

* 캐나다의 프로 축구 리그 우승 팀에게 주는 우승컵.

서 예전과 마찬가지라는 생각이 들었는지는 모르겠다.

그 방은 초라한 방이다. 녹초가 된 여행객을 위한 녹초 같은 방이다. 천장 등 하나, 철사 옷걸이 두어 개가 걸린 가로로 긴 막대 하나, 잡아당기면 옷걸이에 걸린 옷을 안 보이게 감출 수 있는 핑크색과 노란색 꽃무늬 커튼이 다이다. 커튼의 꽃무늬는 밝고 명랑한 분위기를 북돋우기 위한 것이라기보다 딱 그 반대의 목적을 지닌 듯하다.

올리가 난데없이 침대에 세게 드러눕는 바람에 침대 스프링이 낑낑거리며 불쌍한 소리를 낸다. 올리와 테서는 이제 차를 타고 돌아다니고 운전은 오롯이 올리의 몫인 것으로 보인다. 첫더위와 흙먼지가 찾아온 오늘 같은 날 올리는 운전으로 완전히 녹초가 되었다. 테서는 운전을 못한다. 의상 가방을 여느라 이미 소음을 꽤 많이 냈는데 욕실에 있는 얇은 판자 칸막이 뒤에서 시끄러운 소리를 더 많이 내고 말았다. 그녀가 욕실에서 나오자 올리는 자는 척을 하고 있다. 하지만 샛눈을 통해 뒤판의 얼룩덜룩한 부분을 따라 앞면도 점박이가 된 화장대 거울을 들여다보는 그녀를 훔쳐보고 있다. 그녀는 발목까지 오는 노란색 새틴 치마와 검은색 볼레로를 입고 장미꽃 무늬가 들어간 검은색 숄을 두르고 있다. 숄 가장자리에 달린 술은 길이가 45센티미터나 된다. 의상은 그녀의 아이디어지만 독창적이지도 어울리지도 않는다. 볼연지까지 바른 피부이건만 칙칙해 보인다. 머리는 핀을 꽂고 스프레이를 뿌려 꼬불꼬불한 머리를 마치 검은색 헬멧처럼 편평하고 반질반질하게 만들어놓았다. 눈꺼풀에는 자주색 아이섀도를, 속눈썹은 위로 올려 마스카라를 발랐다. 까마귀 날개 같은 속눈썹. 마치 형벌처럼 희미한 눈동자 위를 무겁게 짓누르는 눈꺼풀. 사실 그녀의 자아 전체가 의상과 머리와 메이크업에 짓눌린 것처럼 보인다.

그가 뜻하지 않게 낸 (불평이나 짜증 섞인) 소음이 그녀에게 가 닿았다. 그녀가 침대 쪽으로 오더니 허리를 숙여 그의 신발을 벗겨준다.

그가 굳이 그럴 필요 없다고 말한다.

"조금 이따가 또 나가야 한단 말이야. 나가서 그 사람들을 만나야 한다고."

그 사람들이란 극장 사람들 또는 쇼 기획자들을 말하는 것이다. 그녀는 아무 말도 하지 않는다. 거울 앞에 서서 거울을 보더니 무거운 의상과 머리(가발이다)와 기분의 무게를 여전히 짊어진 채 방 안을 이리저리 서성거린다. 마치 해야 할 일이 있는데 마음을 다잡지 못해 못하고 있기라도 한 것처럼.

신발을 벗겨주려고 허리를 숙였을 때조차 그녀는 올리의 얼굴을 보지 않았다. 그리고 침대 위에 닿는 순간 이미 눈을 감고 있었다면 (그녀는 그랬다고 생각하고 있다) 그 또한 그녀의 얼굴을 보지 않으려고 그랬을 것이다. 둘은 전문가 부부가 되어 잠도 함께 자고 밥도 같이 먹고 여행도 같이 다닌다. 심지어 서로의 호흡 리듬마저 비슷해졌다. 그럼에도 관객에 대한 공동 책임에 의해 하나가 되어야 하는 때를 제외하고는 절대로, 절대로 서로의 얼굴을 쳐다볼 수 없다. 서로의 얼굴에서 무시무시한 무언가를 포착하게 될까 두려워서이다.

　부옇게 흐려진 거울이 딸린 화장대를 기대어놓을 마땅한 벽이 없어서 화장대 일부가 창문을 가리는 바람에 밖에서 들어오는 빛을 막고 있다. 한동안 미심쩍은 표정으로 화장대를 바라보던 그녀는 힘을 모아 화장대 한쪽 모서리를 방 쪽으로 조금 움직인다. 숨을 고른 다음 더러운 레이스 커튼을 연다. 가장 멀리 떨어진 창틀 구석, 커튼과 화장대 때문에 늘 가려지는 자리에 파리의 시체더미가 있다.

　최근에 이 방에 들었던 누군가가 심심풀이로 파리들을 죽인 다음 그 작은 시체들을 한데 모아 이 장소를 찾아내 숨겨놓은 것이다. 파리 시체는 차곡차곡 쌓여 딱 맞아떨어지지는 않지만 아무튼 피라미드 모양을 이루고 있다.

　그녀는 이 광경을 보고 비명을 지른다. 역겹다거나 충격을 받아서가 아니라 깜짝 놀라서였다. 환호성으로 보아도 좋다. *우아, 우아, 우아.* 그녀는 크게 기뻐한다. 파리들은 현미경 아래에서 파란빛, 금빛, 에메랄드빛을 발하고 날개는 반짝거리는 망사가 되어 갑자기 보석으로 둔갑하기 때문이다. *우아.* 그녀는 다시 한 번 환호성을 지르지만 이 파리들은 그런 파리일 리 없다. 창틀에 빛을 발하는 곤충이 있는 것이 보이니까. 현미경도 없고 파리들이 죽으면서 광채도 다 사라져버렸다.

　그것은 그녀가 그 파리들을, 그 작은 시체들이 쌓인 더미를, 모두 뒤죽박죽 뒤섞인 채 먼지덩어리가 되어 이 구석에 숨겨진 것을 보아서였다. 화장대에 손을 대기도 전, 혹은 커튼을 치기도 전에 그 자리에 있던 파리들을 이미 보았던 것이다. 그녀는 그 파리들이 그 자리에 있다는 것을 내내 알고 있었다. 다른 일들과 마찬가지로.

하지만 아주 오랫동안 그녀는 몰랐다. 아무것도 모른 채 예행 연습한 속임수와 수법에만 매달려왔다. 다른 방법이 있다는 사실을 거의 잊고 살다가 이제는 믿지 않게 되었다.

그녀는 이제 올리를 깨워 얼마 안 되는 그의 불편한 휴식 시간을 방해했다.

"그게 뭐지? 당신 벌레에라도 쏘인 거야?"

올리가 이렇게 묻고는 침대에서 일어나며 신음 소리를 낸다.

그녀는 아니라고 대답하면서 파리를 가리켜 보인다.

나는 파리가 저기 있었다는 걸 진작 알고 있었어요.

올리는 그게 테서한테 어떤 의미인지, 얼마나 다행스러운 일인지 잘 알고 있다. 그러나 그녀의 기쁨에는 동참할 수 없다. 그럴 수 없는 건 그 또한 거의 잊고 있는 일들이 있어서였다. 그는 그녀의 힘을 믿은 적이 있었던 때를 거의 잊고 지냈고 이제는 그녀를 위해서나, 자신을 위해서나 둘의 사기극이 잘 먹히기만을 간절히 바라고 있다.

언제 알게 된 거지?

거울을 봤던 때요. 아니 창문을 봤을 때던가. 언제인지는 모르겠어요.

그녀는 아주 행복하다. 자기가 할 수 있는 일에 대해서 크게 기뻐한 적도, 크게 슬펐던 적도 없었던 그녀이다. 모든 것을 당연하게 여기기만 했다. 이제 물로 씻어내기라도 한 듯 그녀의 눈동자는 초

롱초롱 빛나고, 목소리는 달콤한 물로 성대를 행구기라도 한 것처
럼 촉촉하게 들린다.

그래, 그렇군. 그가 말한다. 그녀는 팔을 위로 뻗어 그의 목에 두
르고는 그의 안주머니에 들어 있는 서류가 바스락거리는 소리를
낼 정도로 세게 그의 가슴에 머리를 들이민다.

그 종이는 그가 이런 마을을 돌아다니다가 만난 어떤 남자한테
받은 비밀 서류이다. 그 남자는 순회공연하는 사람들을 돌봐주고
가끔 이례적인 서비스를 수행하여 그들에게 도움을 베푸는 것으로
알려져 있다. 올리는 그 의사에게 아내가 걱정된다고 털어놓았다.
때때로 침대에 누운 채 집중력을 간절히 바라는 표정으로 몇 시간
이고 천장을 바라보곤 하는데 관객 앞에서 필요한 말을 할 때를 제
외하고는 며칠 동안 아무 말도 하지 않는다고 한다(이것은 모두 사
실이다). 그는 그녀의 초능력이 결국 그녀의 정신과 천성 사이에
존재하는 심각한 불균형과는 무관한 것이 아닐까 자문해본 다음,
그 의사에게도 물어보았다. 과거에 발작을 일으킨 적이 있었으니,
그는 그와 비슷한 어떤 것이 재발할 수도 있지 않을까 생각하고 있
다. 원래 인성이 나쁘다거나 나쁜 습관이 있는 사람은 아니지만 그
녀는 보통 사람이 아니고 독특한 사람이다. 독특한 사람과 사는 일
은 스트레스가 될 수 있다. 아니 어쩌면 보통 사람이 감당할 수 있
는 것 이상의 스트레스일지도 모른다. 의사는 이 점을 간파하고 그
에게 그녀를 어떤 시설에 들여보내 쉬게 해주라고 권유했다.

그는 그녀가 자기에게 몸을 밀착시키면서 듣게 될 바스락거리는
소리의 정체를 물을까 봐 걱정이다. 서류라는 대답을 해서 그녀에

게 무슨 서류냐는 질문을 듣고 싶지 않다.

하지만 그녀의 힘이 정말 돌아왔다면(그간 거의 잊고 지냈던, 그녀에 대한 지대한 관심이 돌아왔기 때문에 그는 그렇게 생각하고 있다), 예전의 그녀로 돌아왔다면, 눈으로 보지 않고도 그 서류가 어떤 서류인지 알아맞힐 수 있지 않을까?

그녀는 뭔가 아는 것이 있지만 알지 않으려고 노력 중이다.

이것이 한때 자신이 가지고 있던 것을 되찾는 것을 의미하는 거라면, 즉 눈으로는 투시를 하고 입으로는 투시 내용을 즉시 발설하는 것을 의미한다면, 그런 능력 없이 사는 것이 더 낫지 않을까? 그런 능력이 그녀에게서 사라지는 게 아니라 그녀가 그런 능력을 버리려고 하는 것이라면 그러한 변화를 달갑게 받아들일 수는 없는 걸까?

둘은 지금과 다른 일을 할 수 있을 것이고, 다른 삶을 살 수 있을 거라고 그녀는 믿고 있다.

그는 서류는 가능한 한 빠른 시일 내에 없애버릴 거라고, 생각 자체를 접어야겠다고, 자신 또한 희망과 명예를 추구할 수 있다고 마음속으로 생각한다.

그래요. 그래요. 테서는 한쪽 볼 안쪽에서 희미하게 나던 딱딱거리는 소리에서 모든 악의가 사라지는 것을 느낀다.

집행이 유예되었다는 느낌이 분위기를 밝게 바꿔준다. 머릿속도 맑아지고 기운도 팔팔해진 낸시는 기지의 미래가 공격을 받아 시들시들해지더니 더럽고 너덜너덜한 낙엽처럼 순식간에 허공으로 날아가버리는 느낌을 받는다.

　하지만 그 순간의 심연에는 어떤 불안이 기다리고 있다. 낸시는 무시하기로 굳게 마음먹는다. 소용없겠지만. 자신이 그 두 사람의 인생에서 쫓겨나, 혹은 끌려 나와 자기 인생으로 돌아왔다는 것을 그녀는 이미 깨달았다. 마치 침착하면서 결단력 있는 누군가가(혹시 월프일까?) 그녀를 철사 옷걸이와 꽃무늬 커튼이 있는 그 방 밖으로 유도하는 임무에 발 벗고 나서기라도 한 것처럼 보인다. 그녀의 뒤에서 허물어지면서 숯과 부드러운 재 같은 것으로 시커멓게 변하기 시작한 것으로부터 조심조심, 가차 없이 그녀를 데리고 나가려 하는 것 같다.

2013년 노벨문학상 수상작가. 앨리스 먼로.

『런어웨이』는 국내에 처음 소개된 앨리스 먼로의 『떠남』을 새롭게 번역하여 출간한 작품이다. 그 당시에 이 작품은 그다지 주목을 받지 못하다가(나만의 착각일 수도 있겠지만) 노벨문학상 수상을 계기로 다시 주목을 받게 되었다. 이러한 재조명이 다행스러운 이유는 이번을 계기로 완역본을 독자 여러분께 소개할 수 있어서이다.

무슨 이유인지는 모르겠지만 기존 번역서에는 「허물」, 「반전」, 「힘」이 빠져 있다. 개인적으로 「런어웨이」가 가장 인상 깊은 작품이기는 했지만 재미나 구성에 있어서 나머지 작품에 비해 전혀 뒤지지 않는 저 세 작품이 빠졌다는 사실이 의아했다.

특히나 「반전」의 경우에는 진상을 나중에라도 아는 것이 나을까, 죽을 때까지 모르는 것이 나을까…… 모르는 게 약이었을 거라는 생각이 들었다. 하지만 「힘」의 경우에는 진상이 너무 궁금하다. 작가한테 메일이라도 보내 물어보고 싶은 심정이다. 테서는 과연 미시건의 불법 요양원에 버려진 걸까, 아니면 올리 말대로 백혈병으로 사랑하는 이가 지켜보는 가운데 평화로운 죽음을 맞이한 걸까? 아니 애초에 미시건을 찾아간 일, 올리를 거리에서 마주친 일이 일어났던 일이기는 한 걸까? 낸시도 그다지 신뢰가 가는 화자가 아니기에 어떤 것을 믿고 어떤 것을 믿지 말아야 할지 모르겠다.

그 운명을 알 수 없기는 「런어웨이」의 플로러도 마찬가지이다. 클라크만이 알고 있을 것이다. 실비아와 헤어지고 나서 당연히 플로러를 집으로 데리고 갔을 줄 알았는데 실비아가 칼라에게 보낸 편지를 통해 우리는 그러지 않았다는 것을 알게 된다. 그 순간 이 소설은 남편의 정서적 학대를 벗어나려는 여성의 이야기와 한 여성이 다른 여성에게 이성적인 감정을 느낀다는 잔잔한 드라마에서 호러가 되었다.

「허물」의 첫 장면은 관계를 서로 알 수 없는 네 사람이 차를 타고 뭔가 남들에게 들키고 싶지 않은 일, 은밀한 일을 벌이는 것으로 시작된다. 그러나 그들의 관계가 밝혀지고 델핀의 사연이 나오면서 이야기는 어느덧 호러에서 가슴 아픈 드라마로 바뀌어 있었다. 친구 같은 부모가 될 것인가, 권위 있는 부모가 될 것인가? 아이에게

스와핑 장면까지 노출하고 술과 마리화나를 체험하게 해주었으니 참으로 무책임한 부모가 아닐 수 없다. 철없는 부모 밑에서 로렌은 일찌감치 어른이 되지만 그래도 한계는 있는 법. 이런 로렌도 커서 영성균형센터를 찾게 되는 건 아닐까 자못 걱정이다. 「침묵」의 퍼 넬러피처럼 말이다.

　이번 단편집에는 단편 아닌 단편이 끼어 있다. 「우연」, 「머지않 아」, 「침묵」은 줄리엣이라는 동일한 여주인공이 등장한다. 「우연」 에서는 기차에서 우연히 에릭을 만나 사랑에 빠지고 「머지않아」에 서는 친정을 방문하여 아버지가 교편을 내려놓은 이유를 알게 되 며 「침묵」에서는 애지중지 기르던 딸 퍼넬러피와 연락이 두절된다. 특히 「머지않아」 막바지에서 줄리엣은 삼위일체 종파에 속한 목사 와 부모로서 자녀에게 종교를 접하게 해주어야 할 것인가를 놓고 격론을 벌인다. 퍼넬러피가 우는 바람에 자칫 언성이 높아질 뻔했 던 토론은 성급하게 끝이 나지만 「침묵」을 보면 줄리엣이 퍼넬러피 를 교회에 보내지 않는 것을 두고 후회하는 장면이 나온다. 워낙 답 답한 마음에 이런저런 이유를 생각하다가 나온 말이었겠지만 표면 적으로는 목사가 승리한 것처럼 보인다.

　예전에는 장편소설이 일단 길이가 기니까 훨씬 쓰기 어렵고 더 대단한 작품이라는 단순 무식한 생각을 했었다. 그러나 먼로의 단 편을 읽으면서 이렇게 짧은, 얼마 안 되는 분량 안에서 각 등장인물 의 행동도 납득시키면서 사건도 전개해야 하다니 어찌 보면 장편

보다 더 어렵겠구나 하고 알게 되었다.

그런 면에서 나는 아직 이 책을 읽지 않은 사람들이 부럽다. 여행을 마치고 돌아와 여행을 앞둔 사람들을 바라보는 심정이랄까! 아무쪼록 즐거운 독서 여행이 되길 기원하는 바이다.

Bon voyage!

황금진

옮긴이 황금진
1975년 수원에서 태어났다. 숙명여자대학교 영문학과를 졸업했으며 현재 전문번역가로 활동
하고 있다. 옮긴 책으로는『개와 영혼이 뒤바뀐 여자』『프로젝트 매니지먼트』『기업을 키우는
인사 결정의 기술』등이 있다.

런어웨이

초판 1쇄 발행 2013년 12월 31일
2판 1쇄 발행 2020년 5월 11일
2판 2쇄 발행 2023년 11월 27일

지은이 앨리스 먼로
옮긴이 황금진

발행인 이재진 **단행본사업본부장** 신동해
편집장 조한나 **마케팅** 최혜진 이은미
홍보 반여진 허지호 정지연 송임선
국제업무 김은정 김지민 **제작** 정석훈

브랜드 웅진지식하우스 **주소** 경기도 파주시 회동길 20
문의전화 031-956-7211(편집) 02-3670-1123(마케팅)
홈페이지 www.wjbooks.co.kr
인스타그램 www.instagram.com/woongjin_readers
페이스북 www.facebook.com/woongjinreaders
블로그 blog.naver.com/wj_booking

발행처 ㈜웅진씽크빅 **출판신고** 1980년 3월 29일 제406-2007-000046호